KB167614

레프트 비하인드 1

L E F T B E H I N D

남겨진 사람들

레프트 비하인드 1

남겨진 사람들

글쓴이 팀 라헤이, 제리 젠킨스
옮긴이 CR번역연구소
펴낸이 이재철
만든이 정애주
펴낸곳 (주)홍성사

펴낸날 2006. 6. 2. 초판 발행
2006. 9. 5. 2쇄 발행

편집 이현주 한미영 한수경 김혜수 최강미 김기민
미술 권진숙 서재은 조은애
제작 홍순흥 윤태웅
미디어 백경호
영업 오민택 백창석 이재원
큼회원관리 국효숙 김경아
관리 이남진 박승기
총무 정희자 김은오

등록 1977. 8. 1 제1-499호
121-885 서울시 마포구 합정동 377-9 T.333-5161 F.333-5165
http://www.hsbooks.com E-mail:hsbooks@hsbooks.com

Left Behind #1:Left Behind. Korean

ISBN 89-365-0718-4
ISBN 89-365-0530-0(전12권)
값 10,000원 ※잘못된 책은 바꿔 드립니다.

레프트 비하인드

LEFT BEHIND

1

팀 라헤이 · 제리 젠킨스 지음 CR번역연구소 옮김

남겨진 사람들

홍성사.

"내가 너희에게 비밀을 말하노니……."

1

레이포드 스틸의 마음은 아직 손끝 하나 건드려 본 적 없는 한 여자에게 가 있었다. 오전 여섯 시 히드로 공항 도착 예정인 747기. 승객을 가득 태우고 대서양 상공을 비행 중인 747기를 자동조종 상태에 놓은 채, 레이포드는 가족 생각을 떨쳐냈다.

봄 방학에는 아내와 열두 살짜리 아들과 함께 시간을 보낼 예정이다. 타지에서 대학에 다니는 딸도 돌아올 거고. 하지만 부기장이 옆에서 졸고 있는 지금 이 순간만큼은 해티 더럼의 미소를 떠올리며 그녀와의 다음 만남을 간절히 기다리기로 했다.

해티 더럼. 레이포드의 선임 승무원인 해티를 그는 벌써 한 시간 이상 보지 못했다.

레이포드는 아내가 있는 집으로 달려가는 시간만을 늘 기다려 왔었다. 마흔의 나이에도 아이린은 꽤 매력적이고 활달했다. 하지만 요즘 들어 아내는 부쩍 종교에 빠져 염증을 느끼게 했다. 그녀에게 들을 수 있는 얘기라곤 대부분 종교에 대한 내용뿐이었다.

물론 레이포드도 하나님에 대한 거부감은 없었다. 때때로 교회에 가는 일이 즐겁기까지 했다. 하지만 아이린이 교인도 별로 없는 작은 교회에 빠져 일요일마다 교회에 나가고 주간 성경공부까지 하면서 레이포드의 마음은 불편해졌다. 아내가 다니는 교회는 사람을 가능한 한 긍정적으로 받아들여 장점을 인정해 주거나 자율성을 존중해 주는 곳이 아니었다. 그곳 사람들은 하나님이 레이포드의 삶에 무슨 일을 해 주시는지를 대놓고 물었다.

"매사에 엄청난 영향을 주고 계시죠"라고 웃으면서 대답해야 그들은 비로소 흡족한 표정을 짓곤 했다. 그래서 레이포드는 주일마다 바쁘다는 핑계를 더 자주 만들었다.

레이포드는 자신이 정신적으로 방황하게 된 이유를 아내가 하늘나라 신랑한테 정신이 팔린 탓으로 돌리며 스스로를 합리화하려 했지만, 실제로는 육체적 욕망 때문인 것을 알고 있었다.

해티 더럼은 눈부실 정도로 아름다웠다. 이 점에 대해서는 누구도 이의를 달지 못할 것이다. 그를 가장 전율케 하는 건 해티의 손길이었다. 하지만 부적절하거나 유난스럽지 않았다. 그저 스쳐 지나면서 팔을 건드리거나 조종석 뒤에서 손을 어깨에 가만히 내려놓는 정도였다.

레이포드가 그녀와의 만남을 즐기는 건 단지 그 손길 때문만은 아니었다. 해티의 표정과 행동과 눈길에서 그녀가 자신을 동경하고 존경한다는 감정을 읽을 수 있었다. 하지만 그 이상의 무언가를 바란다는 생각은 추측일 뿐이었다. 짐작건대 그럴 거란 추측이었다.

두 사람은 어느 때는 다른 동료와 함께, 또 어느 때는 단둘이 술이나 식사를 하며 몇 시간씩 얘기를 나누곤 했다. 그녀의 손길에 손가락 하나 스치는 정도의 반응도 보이지 않았지만 눈으로는 그녀의 시선을 놓치지 않았고, 웃음으로 자신의 뜻을 전달했다고 생각해 왔다.

오늘 아침에 해티가 평소처럼 자신임을 알리는 노크를 할 때 부기장이 깨지만 않는다면, 본격적인 관계로 진전할 수 있도록 그녀도 느낄 수 있을 만큼 손을 뻗어서 다정하게 어깨 위에 놓인 손을 감싸리라.

그게 시작이 될 것이다. 내숭을 떠는 편은 아니지만, 그렇다고 아이린 몰래 부정을 저지른 적도 없었다. 기회는 많았다. 12년도 더 된 일이지만, 회사에서 열린 크리스마스 파티에서 맛본 짜릿한 쾌락에 대해서는 오랫동안 죄책감을 느꼈다. 당시 아이린은 생각지도 않은 늦둥이 아들을 임신한 지 아홉 달이 지난 만삭의 몸이어서 집에 있었다.

술에 취하긴 했지만 레이포드는 그곳을 빠져나올 정도의 정신은 있었다. 아이린은 남편이 약간 취했다는 건 분명히 알았지만, 고지식한 기장인 남편에게 다른 건 의심하지 못했다. 오헤어 공항이 폭설로 폐쇄된 동안 레이포드 기장은 마티니 두 잔을 마셨고 날씨가 좋아져 비행을 해야 했을 때, 술을 먹었다는 이유로 자진해서 비행 근무를 포기한 적도 있었다. 그가 대체 조종사를 쓰는 비용을 부담하겠다고 하자, 이에 감명을 받은 팬콘티넨털 측은 그의 책임감과 현명함을 귀감으로 삼을 정도였다.

두 시간 정도만 있으면 레이포드는 아직 잠이 덜 깬 현란한 파스텔 색조의 새벽이 다가오는 광경을 가장 먼저 보게 될 것이다. 하지만 지금 창을 통해 보이는 어둠의 층은 두껍기만 했다. 긴 비행에 지쳐 자는 승객들은 창 가리개를 내리고 베개를 베고 담요를 덮은 채 깊은 잠에 빠져 있다. 기내는 몇몇 승객과 승무원이 서성이고 화장실을 이용하는 한두 명을 제외하고는 모두가 곤히 잠든 어두운 수면실이었다.

새벽이 오기 전 가장 어두운 이 시간, 레이포드의 최대 관심사는 해티 더럼과의 짜릿하고 위험한 관계를 감행할지였다. 갑자기 웃음이 터져 나오려고 했다. 장난하는 걸까? 자신 정도의 지위에 있는 남자가 과연 열다섯 살 연하의 아리따운 여인에게 꿈꾸는 것 이상의 시도를 하려고 할까? 정말 그럴 수 있을지 자신도 알 수 없었다. 그의 새로운 모험 때문에 아이린이 떠나지만 않는다면 할 수 있을 것도 같았다.

세상의 종말, 예수 사랑 그리고 영혼 구원에 대한 아내의 집착이 과연 누그러질까? 요즘 들어 아내는 휴거에 대한 글이라면 닥치는 대로 읽고 있었다.

"여보, 예수님이 우리가 죽기 전에 구원하러 오신대요."

한껏 흥분한 목소리로 아이린이 말했다.

"아무렴, 그렇고말고. 그렇게 되면 난 죽겠지."

레이포드가 신문으로 눈을 돌리며 말했다.

"앞으로 내게 일어날 일을 모른다면 이렇게 떠들지도 않을 거예요."

아이린은 전혀 우습지 않다는 듯이 말했다.

"나야말로 내게 일어날 일을 알고 있다고. 죽는 거지. 가는 거라고. 끝나는 거야. 당신이야 물론 바로 하늘로 올라가겠지만 말이야."

레이포드가 딱 잘라 말했다. 그러나 아이린을 화나게 할 의도는 없었다. 단지 우스갯소리로 한 말이었다. 그때 아이린이 획 돌아서기에 벌떡 일어나 그녀 쪽으로 달려가 돌려세워 입을 맞추려 했지만 그녀는 냉담했다.

"이러지 마, 아이린. 예수님이 선한 사람들을 위해 재림하실 때 그 광경을 목격한 수많은 사람이 기절해 버리는 건 아니잖아."

그녀는 눈물을 흘리며 손을 뿌리쳤다.

"몇 번이나 말했잖아요. 구원받는 자들은 선해서가 아니라……."

"용서받은 사람이란 말이지. 나도 알아."

그 순간 레이포드는 자신의 집 거실에서도 소외감과 씁쓸함을 느꼈다. 의자로 돌아가서 신문을 집어 들며 말했다.

"위로가 될지 모르겠지만, 당신이 그 정도의 확신을 가진다니 기쁘군."

"나는 성경이 말씀하신 대로 믿을 뿐이에요."

아이린의 말에 레이포드가 어깨를 으쓱했다. '그거 참 다행이군'이라고 대꾸하고 싶었지만 분위기를 다시 악화시키고 싶진 않았다. 한편으론 그런 확신이 부럽기도 했지만, 아내가 자신보다 좀더 감정적인 편이라고 생각했다. 단정하긴 좀 뭣하지만 굳이 말하자면, 자신이 더 영리하다고 생각했다. 그렇다. 그가 훨씬 지적이었다. 그는 규칙, 체계, 법칙, 관행처럼 실제로 보고 듣고 만지고 느낄 수 있는 것들만 믿었다.

하나님이 이런 모든 것들의 일부라도 무방했다. 고차원적인 힘, 은혜로운 존재, 자연의 법칙 뒤에 존재하는 힘이라면 괜찮았다. 하나님께 찬양하고, 기도하고, 남에게 너그러울 수 있는 인간의 능력을 자랑스러워하자. 그런 다음엔 본연의 일상으로 돌아가자. 레이포드가 가장 걱정하는 점은 아이린의 종교에 대한 집착이 암웨이나 타파웨어 그리고 에어로빅에 빠졌다가 나왔을 때와는 달리 전혀 수그러들지 않을 것이라는 예감이었다. 성경 구절을 읽어 주겠다며 집집마다 찾아다니는 걸 그저 지켜볼 뿐이었다. 아이린도 남편이 동행할 거라고는 꿈도 꾸지 않았다.

아이린이 완전히 광신자가 되면서 레이포드는 아무런 죄책감 없이 해티 더럼과의 관계를 꿈꾸게 되었다. 아마도 그는 해티와 히스로 공항 청사를 지나 택시 승강장으로 향하면서 뭔가를 말하고 전하고 귀띔할 것이다. 아니면 그보다 빨리 착륙을 몇 시간 앞둔 지금 당장에라도 자신의 속내를 비칠 수 있을까?

일등석 창가 옆 좌석에 한 기자가 잔뜩 몸을 구부린 채 노트북 컴퓨터에 몰두해 있었다. 그는 쓰던 기사를 나중에 마무리하기로 하고 컴퓨터를 닫았다. 캐머런 윌리엄스. 저명한 〈글로벌 위클리〉 지 역사상 최연소 수석 기자로 올해 나이 서른 살인 그는 다른 고참 기자들의 질시를 받으며 한발 앞서 특종을 잡거나, 모두가 탐내는 국제기사를 배당받았다. 캐머런을 칭찬하는 사람이든 욕하는 사람이든 상관없이 잡지사 동료들은 그를 '벅'이라고 불렀는데, 그건 캐머런이 항상 전통과 권위에 저항했기 때문이었다. 벅은 자신의 삶에 마법이 걸려 있어서 역사상 가장 중대한 사건들을 직접 목격할 수 있다고 믿었다.

14개월 전에는 신년호 특집 기사 취재차 하임 로젠츠바이크를 인터뷰하러 이스라엘에 갔다가 이제껏 한 번도 경험한 적이 없는 기괴한 일을 겪기도 했다.

초로의 로젠츠바이크는 〈글로벌 위클리〉 지 역사상 유일하게 만장일치로 '올해의 뉴스메이커'로 선정됐다. 잡지사 기자들은 〈타임〉 지의 '올해의 인물'로 유력하게 거론되는 사람은 그가 누구이든 간에 배제하는 전통이 있었다. 하지만 로젠츠바이크의 경우에는 일사천리였다. 캐머런 윌리엄스는 로젠츠바이크를 강력히 미는 반면에 다른 동료들이 으레 추천하는 '미디어 스타'는 반대하기로 마음먹고 편집 회의에 들어갔다.

그런데 스티브 플랭크 편집국장이 뜻밖의 말로 운을 떼었다.

"설마 노벨 화학상 수상자를 제쳐 놓고, 그렇고 그런 인물을 선정하려는 분은 없겠죠?"

간부들은 서로 쳐다보며 눈치를 보더니 자리를 뜨려고 했다.

"그래요, 모두 일어나시죠. 회의는 끝났습니다."

그때 벅이 말했다.

"국장님, 바라고 하는 말은 아니지만, 제가 그분을 알고 그분도 절 신뢰한다는 사실을 알고 계실 거라고 생각하는데……."

"너무 앞서 가지 말라고, 카우보이!"

한 경쟁자가 못마땅한 말투로 끼어들었다.

"벅에게 또 이 일을 주시려는 겁니까?"

이번에는 스티브 편집국장에게 따지듯 물었다.

"그럴 수도 있지. 그러면 안 되나?"

스티브가 시큰둥하게 대꾸했다.

"이건 기술 관련 기사예요, 과학 기사라구요. 저 같으면 과학 담당한테 시키겠습니다."

편집국장의 대답에 벅의 경쟁자가 투덜거렸다.

"독자가 하품이나 하게? 이봐, 이런 특집 기사는 이런 식으로 배당한다는 거 알잖나. 게다가 이번 건은 벅이 처음한 기사에 비하면 그리 전문적인 것도 아니라고. 독자들에게 그 사람의 인간적인 면을 전달하고 업적을 이해하도록 기사를 작성해야 한단 말일세."

"그거라면 누구나 다 아는 사실 아닙니까? 역사의 흐름을 바꿔 놓았는데요."

"오늘 담당자를 결정할 걸세."

편집국장이 단호하게 말했다.

"벅, 지원해 줘서 고맙네. 다른 분들도 지원 의사가 있는 줄 알겠습니다."

일에 대한 의욕으로 회의실 안이 갑자기 후끈 달아올랐다.

"보나마나 저 금발 머리 녀석이 일을 따내겠지."

동료의 툴툴거리는 소리가 들렸다. 그리고 그들의 예상대로 됐다.

벅은 상사의 신뢰와 동료와의 경쟁에 자극받아 주어진 모든 과제에 능력 이상의 노력을 하기로 마음을 다잡았다. 이스라엘에서 벅은 군 기지에 머물며 한 해 전에 인터뷰했던 로젠츠바이크를 하이파 외곽의 키부츠에서 만났다.

로젠츠바이크라는 인물 자체도 아주 매력적이었지만, 실제 '올해의 뉴스메이커'는, 발견이라고 해야 할지 발명이라고 해야 할지 분명히 구분하기 어렵긴 하나, 그의 발견품 또는 발명품이었다. 자신을 겸손하게 식물학자라고 소개한 로젠츠바이크는 사실 화공학자로 이스라엘 사막을 화원처럼 꽃피게 한 합성 비료를 개발한 장본인이었다.

"지난 수십 년 동안 강수량에는 아무 문제가 없었습니다. 모래를 적시는 정도 외엔 아무런 도움이 안 됐지요. 그런데 제 화합물은 물과 반응해서 모래를 기름지게 합니다."

노학자가 말했다.

벅은 전문가는 아니었지만 이런 간단한 설명에 고개를 끄덕일 정도의 지식은 있었다. 로젠츠바이크의 화합물 덕분에 이스라엘은 빠른 속도로 세계에서 가장 부유한 국가가 되었고, 석유가 나는 이웃 국가들보다 훨씬 수지맞는 수익원을 확보하게 되었다. 이스라엘 어딜 가나 이제까지 볼 수 없었던 농작물을 비롯한 꽃과 곡식이 가득했다. 예루살렘은 수출의 중심지가 되었고 실업자가 한 명도 없어서 모든 국민이 부를 누리게 되어 세계인의 부러움을 샀다.

기적의 화합물이 가져다준 번영 덕분에 이스라엘 역사의 흐름이 바뀌었다. 현금과 자원이 풍부해진 이스라엘은 이웃 나라들과 화친을 맺었고 무역과 교류도 자유로워져서 이 나라를 사랑하는 모든 사람에게 문호를 개방하였다. 하지만 어느 누구에게도 화합물 제조 비법이 공개되지 않았다.

벅은 노학자에게 화합물과 모든 적으로부터 이를 보호하기 위한 고도의 보안 절차에 대해 알려 달라는 말은 꺼내지 않았다. 군 당국이 벅의 숙소를 제공한 이유도 바로 보안이 중요했기 때문이다. 비밀을 유지해야 이스라엘이 국가로서 주권과 독립을 유지할 수 있기 때문이었다. 이스라엘은 일찍이 이런 평온을 누린 적이 없었다. 예루살렘은 더 이상 벽으로 둘러싸인 도시가 아니었고, 오히려 평화를 옹호하는 모든 이들을 받아들였다. 이 보수적인 노인은 오랜 세월 그들이 받은 박해에 대해 하나님이 보답하고 보상하신 것이라고 믿고 있었다.

하임 로젠츠바이크는 자국뿐 아니라 전 세계적으로 존경을 받았다. 외국의 지도자들은 그를 만나고 싶어 했으며, 국가원수에 준하는 엄중한 경호를 받았다. 나라 전체가 모처럼 맞은 번성으로 들떠 있었지만, 정부 관리들이 그냥 넋 놓고 있지는 않았다. 로젠츠바이크가 납치되어 고문이라도 당하는 날이면 어떤 나라라도 혁명적으로 변화시킬 수 있는 비밀이 누설될 수 있기 때문이었다.

러시아의 광대한 툰드라에 이 화합물이 변형되어 쓰일 경우 어떤 결과를 가져올지 상상해 보라! 1년 내내 눈으로 덮여 있던 곳도 꽃으로 만발할 수 있을까? 그것으로 소련 붕괴 후 쇠락의 길을 걷고 있는 이 거대한 나라가 회생할 수 있을까?

러시아는 황폐한 경제와 낙후한 기술을 보유한 한낱 수심에 잠긴 거인으로 전락했다. 가진 것이라곤 군사력밖에 없었고, 그나마 1마르크라도 있으면 무기 구입에 사용하느라 바빴다. 통화를 루블화에서 마르크화로 전환하는 과정은 순탄하지 않았다. 세계 금융을 세 개의 주요 통화로 통합하는 데 몇 년의 시간이 걸렸지만, 막상 변경하고 나자 대부분 만족해했다. 모든 유럽 국가와 러시아에서는 마르크화, 아시아 · 아프리카 · 중동에서는 엔화, 북남미와 호주에서는 달러화가 배타적으로 통용됐다. 하나의 세계 화폐로 가기 위한 움직임이 진행 중이지만, 예전에 마지못해 자국 통화를 포기했던 국가들은 다시 같은 일을 반복하고 싶지 않았다.

이스라엘의 성공에서 얻을 것이 없다는 사실에 실망한 러시아는 예루살렘을 점령하려고 한밤중에 이스라엘을 공격하기 시작했다. 훗날 이 사건은 '러시아판 진주만'으로 불렸다. 벅은 전쟁 발발 당시 로젠츠바이크와의 인터뷰를 위해서 하이파에 있었다. 러시아는 대륙간 탄도 미사일과 핵으로 무장한 미그 전폭기를 배치했다. 배치된 항공기와 탄두 수로 미루어 볼 때 그들의 목표는 예루살렘을 완전히 파괴하는 데 있었다.

이스라엘이 허를 찔렸다고 쓴 벅의 기사는 마치 중국의 만리장성이 길다고 쓴 것과 같다. 이스라엘 측의 레이더에 포착됐을 당시 러시아의 전투기들은 바로 머리 위에 와 있었다. 이스라엘은 이웃 국가들과 미국에 지원을 애타게 호소하는 한편 자국의 상공을 침략하는 적들의 의도를 알려고 노력했다. 이스라엘과 동맹국들이 제대로 방어할 수 있을 때쯤이면 이미 러시아가 수적으로 월등하게 우세할 것이 분명했다.

파멸이 임박했다. 북쪽의 약탈자에게는 그 이상의 협상도, 부를 함께 나누자는 호소도 필요 없을 것이다. 러시아의 목적이 단지 겁을 주고 위협하는 정도였다면 하늘을 온통 미사일로 채우지는 않았을 것이다. 전투기는 되돌릴 수 있지만 미사일은 파괴력이 있는데다가 겨누는 목표물이 있다.

따라서 이건 이스라엘을 굴복시키려는 무력 침범이 아니었다. 희생자를 위한 경고 메시지도 없었다. 이스라엘은 왜 전투기들이 국경을 넘어 공격해 오는지 알지 못한 채 방어 태세에 들어갔다. 일단 공격이 시작되면 이스라엘은 통째로 지상에서 사라질 것이다.

라디오와 텔레비전은 경고 사이렌을 울리며 생사의 갈림길에 선 사람들에게 힘들더라도 어디든 피신 가능한 곳으로 숨으라고 독려했다. 이스라엘은 역사의 마지막이 될지도 모를 순간을 맞아 방어에 나섰다. 처음 발사된 이스라엘 군의 지대공 미사일이 표적을 맞추자 하늘은 주황색의 불덩이로 훤해졌지만 그야말로 난공불락인 러시아 군의 공세를 늦추지는 못했다.

레이더로 적의 기세를 알고 전쟁의 승산을 계산하던 사람들은 귀를 찢을 듯한 폭음이 러시아의 공습 때문이라고 추측했다. 앞으로 일어날 일을 아는 지휘관들은 몇 초 내로 공격이 지상에 미쳐 온 나라를 덮으면 고통의 순간이 곧 끝나게 되리라고 믿었다.

벅은 영내에서 보고 들은 정보로 미뤄 종말이 멀지 않았음을 알았다. 빠져나갈 길은 없었다. 그러나 밤이 낮처럼 밝고 귀를 먹게 할 정도로 끔찍한 폭발이 계속되었는데도 땅 위의 어떤 것도 다치지 않았다. 건물도 덜컥덜컥 흔들리긴 했지만 직접 폭탄을 맞지는 않았다.

밖에서는 전투기들이 땅으로 곤두박질쳐서 웅덩이가 파이고 불타는 파편들이 날렸지만 통신선로는 멀쩡했다. 다른 지휘소도 무사했다. 보고된 부상자도 없고 파괴된 것도 전혀 없었다.

누군가 잔인한 장난을 하는 걸까? 그도 그럴 것이 처음에 발사한 이스라엘 미사일을 피해 러시아 전투기들이 멀리 달아나면서 쏜 미사일이 너무 높은 곳에서 폭발하는 바람에 지상에는 화재 외에 별다른 피해는 발생하지 않았다. 그런데 러시아는 나머지 공군 전력을 어떻게 한 걸까? 레이더 관찰에 따르면 러시아는 국토방위를 위한 예비 전력조차 남기지 않고 보유한 거의 모든 전투기를 보냈다고 한다. 수천 대의 전투기가 이 조그만 나라에서도 가장 인구가 많은 도시를 급습했던 것이다.

굉음이 계속됐다. 노련한 지휘관들도 겁에 질려 얼굴을 묻고 비명을 지를 만큼 폭발 소리는 끔찍했다. 전선 가까이에 있기를 원하던 벅이지만 이제는 오로지 살고 싶다는 본능 외엔 아무것도 생각나지 않았다. 이제는 죽는구나 하던 그에게 순간 엉뚱한 생각이 들었다.

'결혼이라도 할걸! 시체 일부라도 아버지나 형이 수습할 수 있을까? 신은 있는 걸까? 죽음으로 모든 게 끝나는 걸까?'

작은 탁자 밑에 웅크리고 있자니 불현듯 울고 싶은 충동이 일었다. 이건 그가 일찍이 예견하던 전쟁의 소리나 모습이 아니었다. 그는 안전한 곳에서 전투를 바라보며 사건을 기록하는 자신을 상상했었다.

대참사가 벌어지고 몇 분이 지났을까. 벅은 문득 안에 있으나 밖에 있으나 죽기는 마찬가지가 아닐까 하는 생각이 들었다. 허세라기보다는 그저 남들과는 다르고 싶어서였다. 이 기지에서 자신이 무엇 때문에 죽는지 직접 목격한 유일한 사람이 되기로 했다. 벅은 흐느적거리며 문 쪽으로 다가갔다. 아무도 관심을 보이거나 말리려고 하지 않았다. 모두가 사형 선고를 받은 사람처럼 보였다.

화염차단문을 열어젖히자 하얀 섬광에 눈을 뜰 수가 없었다. 하늘은 불길에 휩싸여 있었다. 여전히 화염 너머로 비행기의 굉음이 들렸고, 이따금 미사일이 폭발하면서 공중으로 불꽃이 솟구쳤다. 벅은 거대한 전투기들이 여기저기서 땅 위로 처박혀 부서지고 불타는 광경을 바라보며 두려움과 경악에 사로잡힌 채 서 있었다. 그런데 전투기들은 건물 사이나 인적이 없는 거리와 들판에만 떨어졌다. 방사능과 폭발성이 강한 무기들은 공중에서 폭발했다. 벅은 얼굴에 물집이 생기고 온몸에 땀을 흘리면서 그 열기 속에 우두커니 서 있었다. 도대체 무슨 일이 일어나고 있는 걸까?

순간 골프공 크기의 얼음덩이와 우박이 내려서 벅은 재킷으로 머리를 가려야만 했다. 그러다 땅이 심하게 흔들려 넘어지고 말았다. 차가운 얼음 조각에 얼굴을 대고 엎드리자 몸 위로 빗물이 흘러내렸다. 갑자기 하늘에서는 불타는 소리 외엔 아무 소리도 들리지 않았고, 불길이 아래로 잦아들기 시작했다. 10분간 벽력같은 굉음이 들리더니 불이 흩어지고, 흩뿌려진 불덩이들은 땅 위에서 사그라졌다. 불빛은 떨어질 때의 속도만큼이나 빠르게 사라졌다. 땅에는 고요가 내려앉았다.

연기구름이 미풍에 실려 사라져 버리자 흑색의 밤하늘이 다시 제 모습을 드러냈고, 별들도 아무 일 없었다는 듯 평화롭게 빛났다.

벅은 흙이 잔뜩 묻은 가죽 재킷을 움켜쥐고 건물로 향했다. 문 손잡이는 아직 뜨거웠고 안에서는 군 지휘관들이 벌벌 떨며 울고 있었다. 라디오는 이스라엘 조종사들이 보고하는 전황을 생중계하였다. 그들은 현장에 한발 늦게 도착하는 바람에 러시아의 전투기들이 저절로 파괴되는 광경을 멀찍이 지켜보기만 했다고 전했다.

신기하게도 이스라엘 전역에서 단 한 명의 부상자도 보고되지 않았다. 벅은 어떤 불가사의한 오작동으로 인해서 미사일과 전투기가 서로 부딪쳐서 폭발했다고 믿으려 했다. 하지만 목격자들에 의하면 비, 우박, 지진을 동반한 불기둥이 러시아 군의 공세 시도를 완전히 괴멸시켰다고 한다.

초월적 힘을 동반한 유성우였을까? 그럴지도 모른다. 하지만 쇳물을 뚝뚝 떨어뜨리며 불타던 뒤틀린 쇳덩이들은 어떻게 설명할 것인가? 하이파, 예루살렘, 텔아비브, 예리코, 심지어 베들레헴에 이르기까지 이것들은 지상으로 추락하면서 고대의 성벽을 무너뜨렸지만 살아 있는 피조물은 조금도 다치지 않았다. 해가 뜨자 살육의 현장이 드러났고 러시아가 중동 국가들, 특히 에티오피아 · 리비아와 비밀 동맹을 맺었다는 사실이 밝혀졌다.

폐허에서 이스라엘은 6년 이상 쓸 수 있을 정도의 연료를 얻을 수 있었다. 말똥가리와 독수리가 적군 시신의 살점을 뜯어 뼈가 드러나고 질병이 온 나라를 위협하기 전에 특수 병력을 동원한 매장 작업이 진행되었다.

벅은 그때 일을 마치 어제 일처럼 생생하게 기억하고 있다. 현장에서 실제로 목격하지 않았다면 그 역시 믿지 않았을 것이다. 두 눈으로 현장을 목격했기에 독자들을 사로잡을 수 있었다.

편집자와 독자는 모두 나름대로 이 현상을 설명했다. 다른 사람들한테 표현하진 않았지만, 벅은 그날로 하나님의 존대를 믿게 되었다. 유대교 학자들은 하나님이 불기둥, 지진, 우박, 비로 이스라엘의 적을 멸망시키는 장면을 묘사한 성경구절을 인용했다. 벅은 페르시아, 리비아, 에티오피아의 도움을 받아서 이스라엘을 침공하는 북쪽에서 온 강대한 적에 관해 묘사한 〈에스겔〉 38장과 39장을 읽으면서 좀처럼 입을 다물지 못했다. 좀더 분명한 것은 성경이 연료로 사용된 무기와 새에게 살을 뜯어 먹히거나 집단 매장된 적군들에 대해서 예언한다는 사실이다.

교회에 다니는 친구들은 이제야말로 벅이 영적으로 확실하게 준비가 되었으니 한 단계 더 나아가서 그리스도인이 되기를 바랐다. 벅은 그럴 단계까지는 안 되었지만, 그 일을 겪고 난 후 분명히 다른 사람, 다른 언론인이 되었다. 그에게 신앙을 넘어서는 것은 아무것도 없었다.

레이포드 스틸 기장은 일이 흘러가는 대로 자신을 내맡겨야 할지 확신하지는 못했지만, 해티 더럼이 보고 싶어 견딜 수가 없었다. 안전띠를 풀고 조종실을 나가면서 부기장의 어깨를 툭 쳤다.

"크리스토퍼, 아직 자동 조종 상태야."

잠에서 깨어나 헤드폰을 바르게 착용하는 젊은 부기장에게 레이포드가 말했다.

"해맞이나 가야겠어."

크리스토퍼가 입술을 적시며 흘끗 쳐다보았다.

"아직 해가 뜰 것 같지는 않은데요, 기장님."

"한두 시간은 더 있어야겠지. 왔다 갔다 하는 사람이 있나도 볼 겸."

"그러시죠. 그런 사람 있으면 제 안부 좀 전해 주세요."

레이포드가 코웃음을 치며 고개를 끄덕였다. 조종실 문을 여는 순간 그는 하마터면 해티 더럼에게 밀려서 넘어질 뻔했다.

"노크할 필요 없어요, 나가는 중이니까."

레이포드가 말했다.

선임 승무원 해티가 그를 주방 통로 안쪽으로 당겼지만, 그녀의 손길에는 아무 감정도 실려 있지 않았다. 레이포드의 팔에 닿은 그녀의 손가락은 발톱처럼 느껴졌다. 하지만 해티는 어둠 속에서도 느낄 수 있을 정도로 떨고 있었다.

"해티……."

레이포드를 조리실 칸막이 안으로 밀어넣은 해티가 자신의 얼굴을 그의 얼굴에 바싹 들이댔다. 유난히 두려워하는 표정을 짓지만 않았어도, 그는 이 순간을 즐기며 그녀를 안았을 것이다. 말을 꺼내려는 순간 해티가 무릎을 휘청거리며 울음 섞인 비명을 질렀다.

"사람들이 없어졌어요."

해티는 그의 가슴에 머리를 묻으며 낮은 목소리로 간신히 입을 떼었다. 레이포드는 해티의 손을 풀어 떼어내려 했지만 막무가내로 떨어지려고 하지 않았다.

"도대체 무슨 말이야?"

해티는 몸을 가누지 못할 정도로 심하게 흐느꼈다.

"사람들이 무더기로 사라져 버렸다고요!"

"해티, 이건 대단히 큰 비행기야. 화장실에 갔거나 아니면……."

직접 귀에 대고 얘기하려고 해티가 그의 머리를 아래로 당겼다. 울면서도 자신의 말을 이해시키려고 무척 애를 썼다.

"다 가 봤어요. 수십 명이나 된다고요."

"해티, 아직 어두우니까 날이 밝으……."

"나 미치지 않았어요. 직접 확인해 보세요! 기내 곳곳에서 사람들이 사라졌어요."

"장난일 거야. 숨어서 다른 사람들이……."

"레이포드! 그 사람들의 신발, 양말, 옷은 그대로 남아 있어요. 이 사람들은 사라진 거예요!"

해티는 그에게서 떨어지더니 구석에 쪼그리고 앉아서 흐느꼈다. 레이포드는 그녀를 진정시킨 뒤 도움을 구하거나 크리스토퍼와 함께 기내 구석구석을 둘러보고 싶었다. 하지만 무엇보다 해티가 제정신이 아니길 바랐다. 하지만 그녀는 레이포드를 놀릴 사람이 아니었다. 그렇다면 정말 사람들이 없어졌다고 믿는 것이 분명했다.

좀 전까지 조종실에서 하던 공상에서 덜 깨어난 걸까? 레이포드 기장은 입술을 꽉 깨물어 보고 아파서 움찔했다. 꿈은 아니었다. 레이포드가 일등석 칸에 들어서자 한 노부인이 남편의 스웨터와 바지를 손에 쥐고 동트기 전의 어스름한 어둠 속에서 넋을 놓고 앉아 있었다.

"어떻게 이런 일이……, 해럴드?"

노부인이 울먹거렸다.

레이포드는 나머지 일등석 칸을 자세히 살폈다. 식판대에 노트북 컴퓨터를 올려놓은 채 잠이 든 창가 좌석의 젊은이를 포함해서 대부분의 승객은 아직도 잠들어 있었다. 하지만 실제로 좌석 몇 개가 비어 있었다. 눈이 희미한 빛에 적응되자 레이포드는 계단 쪽으로 서둘러 갔다. 아래쪽으로 내려가려는데 노부인이 그를 불러 세웠다.

"조종사 양반, 남편이……."

레이포드가 손가락을 입에 대고 나지막한 목소리로 말했다.

"압니다. 저희가 찾아 드리죠. 곧 돌아오겠습니다."

'어떻게 이런 일이!' 하는 생각이 레이포드의 머리를 스쳤다.

뒤따라온 해티가 어깨를 잡자 레이포드가 걸음을 늦췄다.

"우리가 찾아 드린다고요? 객실 조명을 켤까요?"

"안 돼. 다른 승객이 알아봐야 좋을 거 없소."

레이포드는 낮은 목소리로 말했다. 레이포드는 승무원들에게, 그리고 해티에게 강한 모습을 보여 주고, 답을 주고 싶었다. 하지만 아래 칸으로 내려오면서 이제 남은 비행은 엉망이 되리라고 짐작했다. 그는 누구 못지않게 두려웠다. 좌석을 살필수록 그는 거의 공황 상태에 빠졌다. 칸막이 뒤 격리된 공간으로 들어가 자신의 뺨을 세게 쳐 보았다.

이건 장난도, 속임수도, 꿈도 아니었다. 뭔가 단단히 잘못되었고, 피할 곳도 없었다. 레이포드가 평정을 잃지 않는다 해도 사람들은 혼란스럽고 두려울 것이다. 이런 사태에 대한 대비가 전혀 되어 있지 않기 때문에 모두 기장만 쳐다볼 것이다. 하지만 뭘 바라고? 그가 도대체 무슨 일을 할 수 있겠는가?

처음엔 한 사람이, 이어서 다른 사람이 곁에 앉았던 사람이 옷만 남기고 없어졌다는 사실을 알고 비명을 지르며 자리에서 튀어 나왔다. 해티가 레이포드를 뒤에서 잡더니 숨쉬기 곤란할 정도로 그의 몸을 세게 안았다.

"레이포드, 도대체 무슨 일일까요?"

레이포드는 그녀의 손을 풀고 돌아섰다.

"잘 들어, 해티. 나라고 당신보다 더 많이 아는 게 아니오. 하지만 우리는 승객을 진정시켜서 무사히 착륙해야 해. 내가 안내 방송을 할 테니 다른 승무원과 승객이 모두 자리에 앉도록 해 줘. 알겠소?"

해티는 고개를 끄떡였지만 안색이 썩 좋아 보이지는 않았다. 레이포드가 조종실 쪽으로 서둘러 발길을 돌리는데 그녀의 비명 소리가 들렸다. '승객들 진정 한번 참 잘 시키는군'이라고 생각하며 돌아서자 해티가 통로에 주저앉아 코트와 아직 넥타이가 매여 있는 셔츠를 들어올렸다. 바지는 그녀의 발치에 있었다. 해티가 실성한 듯이 옷옷을 희미한 불빛에 대고 이름표를 읽었다.

"토니! 토니가 사라졌어요!"

해티가 울부짖었다.

레이포드는 옷가지들을 잡아채 칸막이 뒤로 던진 후, 해티의 팔꿈치를 잡아 일으켜 외진 곳으로 끌고 갔다.

"해티, 아직 착륙하려면 몇 시간은 더 있어야 해. 승객들이 흥분한 상태로는 어려워. 이제 기내 방송을 할 테니 맡은 일을 잘 처리해 줘야 해. 할 수 있겠지?"

해티는 멍한 눈으로 고개를 끄덕였다. 레이포드는 해티의 시선이 자기 쪽으로 향하도록 했다.

"할 수 있겠지?"

다시 한 번 물었다.

고개를 끄덕이면서 해티가 멍한 시선으로 물었다.

"레이포드, 우리는 죽는 건가요?"

"아니, 그런 일은 없을 거요."

하지만 그는 아무것도 확신할 수 없었다. 어떻게 알 수 있겠는가? 차라리 엔진 화재나 통제 불능의 하강 사태가 나을 뻔했다. 바다로 추락하는 게 이보단 나을 것이다. 이런 악몽 속에서 무슨 수로 사람들을 진정시킬 수 있단 말인가?

이런 상태라면 차라리 객실 조명을 켜는 게 나을 듯했다. 마침내 해티에게 구체적인 임무를 줄 수 있어서 다행이기도 했고.

"뭘 해야 할지는 모르겠지만, 일단 조명을 켜서 누가 사라지고 남았는지 정확히 파악하도록 하고, 외국인 입국신고서를 자세히 작성하도록 해요."

"그건 왜요?"

"시키는 대로 해요, 빨리!"

레이포드는 해티에게 승객과 승무원들을 책임지도록 한 것이 잘한 일인지 확신할 수가 없었다. 계단을 뛰어 올라가는데 주방 통로에서 비명을 지르며 나왔다. 조종실에 있는 딱한 크리스토퍼만 지금 무슨 일이 일어나고 있는지 몰랐다.

사실 레이포드는 이 사건에 대해 누구보다도 잘 알았다. 끔찍한 진실! 아이린이 옳았다. 그와 대부분의 승객은 남겨진 것이다.

2

바로 앞좌석의 노부인이 조종사를 부르는 소리에 캐머런 윌리엄스는 잠에서 깼다. 조용히 해 달라는 조종사의 말에 노부인이 벅을 힐끗 돌아봤다. 벅은 손을 펴서 긴 금발 머리를 쓸어 올리고는 간신히 웃음을 지어 보였다.

"부인, 무슨 일 있으십니까?"

"우리 바깥양반이!"

처음 비행기에 올랐을 때 벅은 그 노인이 오늬무늬를 한 울 재킷과 중절모를 선반에 올리는 걸 도와줬다. 그는 갈색 바지에 단화를 신고 셔츠 위에 넥타이를 매고 황갈색 스웨터 조끼를 입은, 키가 작고 몸집이 마른 신사였다. 머리가 약간 벗겨져 있어서 에어컨이 가동되면 모자가 다시 필요할 것이라고 생각했다.

"할아버지가 왜?"

"가 버렸어요!"

"뭐라고요?"

"그 양반이 사라졌다고요!"

"주무시는 동안 잠깐 화장실에 가셨겠죠."

"좀 찾아봐 주시겠소? 담요도 좀 가지고."

"담요요?"

"그 양반이 옷을 벗어 놓고 갔지 뭐요. 워낙 신앙심이 깊은 양반이라 적잖이 민망해하실 것 같아서요."

벅은 노부인의 상심한 표정에 웃음이 나오려는 걸 참았다. 기내에서 제공하는 술을 많이 마시고 일찌감치 곯아떨어진 통로 쪽 좌석에 앉은 기업체 중역이라는 승객 위로 몸을 기울여 담요를 받았다. 해럴드 씨의 옷은 좌석 위에 가지런히 개어져 있었고, 그 위에 안경과 보청기가 놓여 있었다. 바지는 좌석 모서리 밑으로 드리워져서 신발과 양말에 닿아 있었다.

그걸 보며 벅은 꽤 가지런하다는 생각을 했다. 일종의 간질병을 앓아서 겉으로는 의식이 있는 것처럼 보여도 종종 의식을 잃곤 하던 고등학교 시절 친구가 생각났다. 그 친구라면 사람들 앞에서 신발이나 양말을 벗고 옷도 제대로 입지 않은 채 화장실에서 나올 수도 있을 것이다.

"할아버지께서 간질병 증상을 보이신 적이 있습니까?"

"없어요."

"몽유병은요?"

"없어요."

"금방 다녀오겠습니다."

일등석 화장실에는 아무도 없었지만, 계단 쪽으로 가다 보니 통로에 승객 몇 명이 있었다.

"실례합니다. 사람을 찾는데요."

"여기 모두 마찬가지예요."

한 여자가 말했다. 벅이 몇 사람을 밀치고 지나가자 일등석과 이등석 칸의 화장실로 통하는 통로가 보였다. 조종사가 아무 말 없이 스쳐 지나갔고, 그 뒤로 선임 승무원이 따라왔다.

"손님, 자리로 돌아가서 안전띠를 매 주시겠습니까?"

"지금 누굴 찾……."

"다른 분들도 다 마찬가지입니다. 곧 설명을 드릴 겁니다. 그러니 지금은 제발요."

해티는 계단 쪽으로 그를 안내하고 나서 한 번에 두 칸씩 계단을 올라갔다.

벅은 계단을 반쯤 올라가다 돌아서서 상황을 살폈다. 아직 한밤중이었다. 객실에 불이 들어오자 벅은 경악했다. 여기저기에서 사람들이 옷을 들고 누군가 사라졌다며 가쁜 숨을 내쉬거나 비명을 질렀다.

어쨌든 그는 이게 꿈이 아니라는 것을 알았고, 전에 이스라엘에서 꼼짝없이 죽음을 기다리며 느꼈던 때와 같은 공포가 밀려왔다. 해럴드 부인한텐 뭐라고 할까?

'부인만 그런 게 아닙니다. 많은 사람이 좌석에 옷만 남기고 사라졌습니다.'

자리로 서둘러 돌아가면서 그는 안전한 환경에서 사람들이 옷만 남기고 사라지는 과정에 대해 예전에 읽었거나 보았거나 들은 적이 있는지 기억은행을 뒤져 보았다. 누구의 짓이든 간에 그들은 아직 기내에 있을까? 요구조건을 내걸까? 다음에 또 이런 실종 사태가 일어날까? 자신도 희생자가 될까? 결국 어디까지 가게 될까?

여전히 잠들어 있는 옆자리의 승객 위를 지나면서 벅은 기내에 가득 찬 두려움을 느꼈다. 선 채로 앞자리의 등받이 너머로 몸을 숙여 노부인에게 말했다.

"할아버지 말고도 많은 사람이 사라진 게 분명해요."

부인은 벅만큼이나 당황하고 두려워했다.

인터폰이 켜지고 기장의 방송이 시작되자 벅은 자리에 앉았다. 기장은 승객에게 각자 자리에 앉을 것을 요청한 뒤 상황을 설명하기 시작했다.

"승무원들에게 화장실을 뒤져서 모든 승객의 행방을 확인하도록 지시하겠습니다. 일행 중 사라진 분이 계시면 카드에 그분의 성명과 생년월일에서부터 인적 사항까지 기억할 수 있는 모든 사항을 기재해 주시기 바랍니다. 우리가 지금 어려운 상황에 처해 있다는 사실을 모두 잘 알고 계시리라 믿습니다. 여러분께서 작성해 주시는 카드에 근거해서 사라진 분들의 수를 파악해서 필요한 조치를 취할 것입니다. 이제 스미스 부기장이 비어 있는 좌석 수를 확인할 겁니다. 저는 팬콘티넨털과 연락을 취하겠으나 현재 위치에서 순조롭게 지상과 통신하기란 지극히 어렵다는 점을 미리 말씀드립니다. 요즘 같은 위성 시대에도 현 위치는 극히 외진 곳이기 때문입니다. 소식이 들어오는 대로 전달해 드리겠습니다. 여러분의 협조와 질서 유지에 감사드립니다."

벅은 부기장이 모자도 쓰지 않고 상기된 표정으로 조종실에서 급히 나오는 모습을 지켜봤다. 승무원들이 카드를 나누어 주는 동안 그는 좌석을 빠르게 훑어보며 통로를 오르내렸다.

승무원이 벅의 옆자리 승객에게 일행 중 누가 없어지지 않았는지를 묻자, 그는 잠에서 깨어나 횡설수설했다.

"없어지다니? 아뇨. 어차피 일행은 나밖에 없는데요."

그는 몸을 웅크리더니 다시 잠에 빠져들었다, 아무것도 모르는 채로.

크리스토퍼 부기장은 불과 몇 분 만에 조종실 문을 열쇠로 열더니 거칠게 문을 박차고 들어왔다. 그리고 자기 자리에 털썩 몸을 던지더니, 안전띠도 매지 않은 채 손으로 머리를 감쌌다.

"레이, 무슨 일이죠? 옷만 남기고 사라진 사람이 100명이 넘어요."

"그렇게나 많이?"

"왜요, 50명만 사라졌으면 다행인가요? 이륙할 때보다 적은 승객을 태우고 착륙하는 걸 어떻게 설명하죠?"

레이포드는 그린란드나 이름 모를 섬의 누군가와 교신하기 위해 계속 무전기와 씨름하다 고개를 저었다. 하지만 그들이 있는 곳은 매우 외진 곳이어서 라디오 뉴스조차 들을 수 없었다. 마침내 몇 킬로미터 떨어진 곳에서 반대 방향으로 비행 중인 콩코드 기와 연결되었다.

"미국으로 돌아갈 만큼 연료는 충분한가요, 오버?"

상대편 조종사가 레이포드에게 물었다.

"반 정도 왔습니다."

레이포드가 쳐다보자 크리스토퍼가 고개를 끄덕이며 낮은 목소리로 말했다.

"케네디 공항까진 갈 수 있겠는데요."

레이포드가 대답했다.

"포기하시죠. 뉴욕에는 착륙이 금지됐어요. 시카고에 활주로 두 개가 열려 있는데, 우리는 그곳으로 갑니다."

"우리가 출발한 곳이 시카고입니다. 히스로는 착륙이 안 되나요?"

"안 돼요. 폐쇄됐습니다."

"파리는?"

"출발했던 곳으로 돌아가야 할 겁니다. 우리는 한 시간 전에 파리에서 출발하고 나서 무슨 일이 일어났는지 소식을 들었고, 시카고로 곧장 가라는 지시를 받았습니다."

"무슨 일이죠, 콩코드?"

"모르면서 조난신호를 냈나요?"

"입 밖에 내기조차 끔찍한 사건이 일어났거든요."

"승객이 실종됐겠죠, 그렇죠?"

"맞아요. 100명 이상."

"어이쿠! 우리는 50명 정도인데요."

"대체 무슨 일이 일어난 거죠, 콩코드?"

"우선 자연발생적인 발화에 대해 생각해 봤는데 그러려면 연기나 잔해가 남았어야 합니다. 이 사람들은 육체가 사라진 겁니다. 유일하게 비슷한 경우가 있다면, 사람들이 사라졌다 다시 나타나 여기저기서 번쩍거리는 예전의 '스타트렉' 시리즈를 들 수 있겠죠."

"승객들한테 가족이 사라질 때처럼 금방 다시 나타날 거라고 말해 줄 수 있다면 좋겠군요."

레이포드가 말했다.

"그건 약과예요. 온 천지에서 사람들이 사라졌어요. 오를리 공항에서는 항공 교통 관제사와 지상 관제사가 사라졌어요. 어떤 비행기에서는 승무원들이 사라졌고요. 낮에 이 사고가 난 곳에서는 자동차 연쇄 충돌이 이어졌고 온통 혼란에 빠졌어요. 비행기가 여기저기에서, 그리고 모든 주요 공항에서 추락했고요."

"그럼 자연발생적인 일이라는 건가요?"

"모든 곳에서 동시에 일어났죠. 채 한 시간도 안 됐어요."

"저는 차라리 기체 이상으로 이 모든 일이 일어났길 바랐습니다. 가스나 작동 이상 같은."

"아무 연관 없이 일어난 일이기를 바란다는 말인가요, 오버?"

레이포드는 상대방이 빈정거리는 것을 알아챘다.

"무슨 얘긴지 알겠습니다, 콩코드. 전에 한 번도 겪어 본 적이 없는 일이긴 합니다."

"두 번 다시는 겪고 싶지 않은 일이죠. 고약한 꿈일 뿐이라고 되뇌었습니다."

"악몽이죠, 오버."

"맞아요. 하지만 꿈은 아니죠."

"승객들한테 뭐라고 할 거죠, 콩코드?"

"모르겠어요. 그쪽은요, 오버?"

"사실대로 말해야죠."

"지금으로선 그래야겠지만, 뭐가 진실이죠? 도대체 우리가 아는 게 뭐죠?"

"축복받은 일은 아니죠."

"적당한 표현이네요, 팬콘. 사람들이 뭐라고 하는지 알고 있나요, 오버?"

"알죠. 어떤 강대국이 가공의 광선으로 이런 일을 저질렀다기보다는 사람들이 천국으로 간 거라고 하는 편이 낫다고 하겠죠."

"듣기로는 모든 나라가 피해를 봤다고 하네요. 시카고에서 보죠."

"그럽시다."

레이포드 스틸은 크리스토퍼가 비행기의 육중한 동체를 돌려서 다시 미국으로 향하도록 조종 설정을 변경하는 모습을 지켜보았다.

"승객 여러분, 저희는 유럽에 착륙할 수 없게 되었습니다. 비행기는 시카고로 회항하겠습니다. 원래 목적지에 반 정도 왔으니까 연료는 문제 없을 것입니다. 이런 조치로 여러분의 마음이 조금이나마 편해지시기 바랍니다. 전화를 사용할 수 있는 지점에 닿으면 알려 드리겠습니다. 그때까지 참아 주시기 바랍니다."

레이포드가 기내 방송으로 말했다.

기장이 기내 방송을 통해 미국으로 회항한다는 소식을 알리자 객실 전체에서 박수가 터져 나왔고, 이에 벅은 놀라지 않을 수 없었다. 놀라움과 두려움으로 떨던 사람들은 대부분 미국인이었기에 적어도 익숙한 곳으로 돌아가서 사태를 파악하고 싶었던 것이다. 벅이 옆자리에서 자는 기업체 중역의 옆구리를 찔렀다.

"실례합니다만, 일어나서 들으셔야 할 것 같아서요."

잠에서 덜 깬 그는 불쾌하다는 듯이 벅을 쳐다보며 웅얼거렸다.

"추락하는 중이 아니라면 귀찮게 하지 마시오."

팬콘티넨털 747기가 마침내 미국의 위성통신 가청권 내로 진입하자, 레이포드 스틸 기장은 라디오 뉴스를 통해 실종 사태가 전 세계 모든 곳에서 일어났다는 사실을 알았다. 통신선은 불통이었다. 사라진 사람들 중에는 의료진, 기술자, 공무원도 있었다. 모든 관청은 비상 체제로 돌입해 끝없이 일어난 비극적 사건을 처리하기 위해 애썼다. 레이포드는 수년 전 시카고에서 일어난 '엘 열차 참사' 당시 병원과 소방서와 경찰 당국이 인원을 어떤 식으로 총동원했는지 떠올렸다. 비슷한 상황이긴 하지만, 규모는 몇천 배가 될 것이다.

애써 감추려 노력하지만, 뉴스 진행자들의 목소리는 공포에 차 있었다. 상상할 수 있는 모든 설명이 제시되었지만, 실제적인 정보가 그런 모든 토론과 참상을 다룬 보도를 압도했다. 사람들이 뉴스에서 원하는 것은, 목적지에 어떻게 갈 것인지와 어떻게 가족과 연락해서 안부를 확인하는지였다. 레이포드는 오헤어 공항에 정확한 순간에 착륙할 수 있도록 착륙 항로에 진입하라는 지시를 받았다. 두 개의 활주로만 열려 있었고, 전국의 대형 항공기는 모두 그쪽으로 향하는 것 같았다. 수천 명이 비행기 추락이나 차량 충돌 사고로 죽었다. 응급 요원들은 사라진 가족과 동료에 대해 애통해하며 고속도로와 활주로를 정리하고 있었다. 오헤어 공항의 택시 승강장에서는 기사들이 좌석에 옷만 남긴 채 사라져서 자원봉사자들이 차를 운행하고 있었다.

사라진 사람들이 조금 전까지 운전하던 차들은 제멋대로 흔들리며 질주했다. 응급 요원들에게 가장 힘든 일은 실종자, 사망자, 부상자를 파악해서 결과를 유족들에게 전하는 일이었다.

오헤어 공항 관제탑과 통신할 수 있을 정도로 가까워지자, 레이포드는 집으로 전화를 연결해 줄 수 있는지 물었다. 하지만 돌아온 대답은 비웃음뿐이었다.

"죄송하지만 전화선은 불통이고 근무 인원도 들쭉날쭉이어서 발신음이 나면 재다이얼 버튼을 눌러 통화하는 방법밖에 없습니다."

레이포드는 승객에게 사태의 심각성에 대해 설명하면서 진정해 주기를 당부했다.

"상황을 바꾸기 위해 기내에서 할 수 있는 일은 아무것도 없습니다. 가능하면 빠른 시간 안에 안전하게 시카고에 착륙해 여러분이 해결책을 얻을 수 있도록 해 드리겠습니다."

벅 윌리엄스의 앞좌석 등받이에 설치된 기내 전화는 일반 전화와는 달리 외부 모듈 접속 방식이 아니었다. 벅은 팬콘티넨털 항공사가 컴퓨터 이용자들의 불만을 피하기 위해 조만간 이 골동품들을 교체해야 할 것이라고 생각했다. 하지만 전화기 내부 접속은 일반 방식이어서 전화기를 파손하지 않고 내부를 볼 수 있다면 컴퓨터 모뎀을 전화선에 직접 연결할 수 있을 것 같았다. 현재 고도에서 휴대 전화 사용은 불가능했다.

앞에서는 해럴드 부인이 손으로 얼굴을 감싸고 어깨를 들썩이며 흐느끼고 있었다. 옆자리의 중역은 여전히 코를 골고 있었다. 이륙 직후 술에 만취하기 전, 그는 스코틀랜드에서 있을 중요한 회의에 대해 얘기했다. 그는 착륙하자마자 이 모든 광경에 경악하겠지!

벅 주위의 사람들은 모두 울거나 기도하거나 얘기하고 있었다. 승무원들이 간식거리와 음료를 권했지만 받는 사람이 거의 없었다. 벅은 원래 다리 뻗는 공간이 좀더 넉넉한 통로 쪽 좌석을 선호했지만, 지금은 창가에 앉아 부분적이나마 남들의 시선을 피할 수 있어서 다행이었다. 그는 컴퓨터 가방에서 실제로 사용하게 되리라곤 상상하지 못했던 작은 연장 주머니를 꺼내 전화기를 뜯기 시작했다.

전화기 내부의 모듈 연결 부위가 보이지 않자 벅은 어설픈 전공 노릇을 하기로 작정했다. 그는 이런 종류의 전화선은 예외 없이 같은 색일 것이라고 단정하고 컴퓨터를 열어서 암 커넥터로 이어지는 전선을 절단했다. 같은 방법으로 전화기 내부의 전선을 자르고 고무 피복을 벗겼다. 아니나 다를까 컴퓨터와 전화기 내부의 전선 가닥은 네 개로 똑같았다. 몇 분 만에 같은 색의 선끼리 꼬아서 연결했다.

벅은 뉴욕에 있는 스티브 플랭크 편집국장에게 급보를 타전하여 행선지를 알렸다.

"제가 아는 사실을 모두 보고하겠습니다. 다른 이야기들과 대동소이할지 모르겠지만, 적어도 속보성은 있을 겁니다. 그러나 어느 정도 가치가 있을지는 모르겠군요. 문득 국장님도 다른 사람들처럼 사라졌을 수 있다는 생각이 드는군요. 제가 알 도리가 없잖아요. 제 메일 주소 아시죠? 아직 무사하다는 소식을 주세요."

문서를 작성해 저장하고 뉴욕으로 보내기 위해 휴대 전화를 설정했다. 스크린 상단의 상태 표시줄이 20초마다 번쩍거렸다. 전송이 원활하지 않다는 표시였다. 계속 시도했다.

몇 장 분량으로 자신의 생각과 느낌을 정리했을 무렵 선임 승무원이 갑자기 나타났다.

"도대체 지금 뭘 하시는 거죠?"

안쪽으로 몸을 숙여 벅의 컴퓨터에서 기내 전화로 이어진 전선 뭉치를 보며 그녀가 말했다.

"이러시면 안 됩니다."

벅은 그녀의 명찰을 보았다.

"내 말 들어 보세요, 아름다운 해티. 지금 우리가 보고 있는 게 세상의 종말 아닌가요?"

"그런 식으로 말씀하지 마십시오, 손님. 이렇게 기내 장비를 훼손하도록 내버려 둘 순 없습니다."

"훼손하는 게 아니에요. 비상사태에 적절히 이용하는 것뿐이죠. 다른 모든 수단이 무용지물인 상황에서 이렇게라도 해야 연락이 될 것 아닙니까?"

"이러시면 안 된다니까요."

"해티, 한 가지 말해도 되겠소?"

"그 전화를 원래대로 해 놓으시면요."

"그럴게요."

"당장요."

"아니, 그럴 순 없어요."

"제가 듣고 싶은 말은 그것밖에 없습니다."

"이해해요. 하지만 내 말 좀 들어 봐요."

옆자리의 승객이 벅과 해티를 차례로 노려봤다. 그는 욕설을 내뱉더니 베개로 오른쪽 귀를 가리고 왼쪽 귀는 좌석 등받이로 눌렀다.

해티는 주머니에서 꺼낸 인쇄물에서 벅의 이름을 찾아냈다.

"윌리엄스 씨, 협조해 주시리라 믿습니다. 기장님께까지 보고하고 싶지는 않으니까요."

벅이 그녀의 손을 잡았다. 해티는 움찔했지만, 손을 빼지는 않았다.

"잠깐 얘기 좀 합시다."

"손님, 그런다고 제 마음이 변하지는 않습니다. 지금 당장요. 저는 겁에 질린 모든 승객을 책임지고 있습니다."

"해티도 그런 거 아닌가요?"

그는 아직도 해티의 손을 잡고 있었다.

해티가 입술을 오므리며 고개를 끄덕였다.

"누구 연락하고 싶은 사람 없나요? 제대로만 되면 외부와 연결돼서 무사하다는 걸 가족에게 알려 주고, 소식을 받을 수도 있어요. 아무것도 훼손하지 않았고 곧 원래대로 돌려 놓겠다고 약속할게요."

"정말 그러실 수 있으세요?"

"그럼요."

"저도 도와주실 수 있고요?"

"얼마든지! 이름하고 전화번호를 알려 줘요. 지금 뉴욕으로 전송하려는 것과 함께 보내서 그쪽에다 해티를 위해 전화를 걸고 결과를 저한테 알려 달라고 할게요. 성공적으로 전송될지, 전송에 성공하더라도 결과를 받을 수 있을지 보장할 수는 없지만 한번 해 볼게요."

"감사합니다."

"그건 그렇고, 다른 열성 승무원에게 방해받지 않도록 해 줄래요?"

해티는 억지로 웃음을 지었다.

"그들도 모두 손님의 도움을 원할 겁니다."

"이건 성공 확률이 아주 낮아요. 방해받지 않고 계속할 수 있도록 누구든 접근하지 못하도록 해 줘요."

"그렇게 하겠습니다."

대답은 그렇게 했지만 해티의 표정은 곤혹스러워 보였다.

"해티, 지금 옳은 일을 하고 있는 거예요. 이런 상황에서 자기 자신을 약간 생각하는 건 자연스러운 일이잖아요. 지금 내가 하고 있는 것처럼."

"하지만 지금은 모두 같은 배를 타고 있는걸요. 게다가 저는 책임도 있고요."

"사람들이 사라져 버리는 비상사태에서는 웬만한 규칙들은 던져 버려야겠죠."

레이포드 스틸은 핏기 없는 얼굴로 조종실에 앉아 있었다. 시카고에 착륙하기 30분 전, 승객들에게 알고 있는 모든 진실을 알려 주었다. 전 세계 수백만 명이 감쪽같이 사라진 사건으로 상상할 수 없는 혼란이 일어났다. 탑승한 의사들이 신경안정제를 사탕 나누어 주듯 했다는 보고를 받긴 했지만, 승객이 모두 흥분하지 않고 안정을 유지해 준 점에 대해 경의를 표했다.

레이포드는 솔직했고, 그가 아는 한 이게 최선의 방법이었다. 엔진이나 유압 장치, 심지어 랜딩 기어가 작동하지 않았더라도 승객에게 이보다 더 자세히 말해 주지는 않았을 것이다. 이곳에서 사랑하는 사람을 잃지 않았을지라도 집에 돌아가서 그 뒤에 일어난 끔찍한 사고로 누군가가 희생됐다는 소식을 들을 수도 있다고 솔직히 말해 주었다.

표현하지는 않았지만, 이번 일이 일어났을 때 상공에 있었던 것이 무척 감사한 일이라고 생각했다. 지상에는 얼마나 엄청난 혼란이 기다리고 있을까! 그야말로 지금 그들은 그 모든 혼란 위에 떠 있는 셈이었다. 기내에도 여파는 있었다. 곳곳에서 사람들이 사라졌다. 하지만 승무원 세 명이 사라져 기내 근무 인원이 부족한 것을 제외하고는, 승객들은 그들이 지상 교통수단으로 이동했거나 레이포드나 크리스토퍼가 사라졌을 경우에 당했을지도 모를 고통은 겪지 않았다.

오헤어 공항에서 몇 킬로미터 떨어진 공중 대기 경로에 진입하자 참사의 여파가 적나라하게 보이기 시작했다. 전국의 모든 공항에서 이륙한 비행기들이 시카고로 방향을 돌리고 있었다. 항공기들은 연료 보급 상황에 따라서 재편성되었다. 레이포드는 회항하기 전에 이미 동해안을 건너 대서양 상공을 비행한 후라서 우선 구역을 배정받아야 했다. 대개 레이포드는 착륙할 때까지 지상 관제소와 통신하지 않지만, 지금은 항공 관제탑에서 그렇게 할 것을 권유하고 있었다. 지상의 잔해에서는 드문드문 연기가 나고 있지만 시야는 양호한 편이었다. 하지만 개방한 두 개의 활주로가 제트기들로 혼잡해서 착륙하는 데 위험할 것이라고 알려 왔다. 활주로를 따라 양편에 줄지어 있는 제트기들은 모든 출입구가 막혀서 오도 가도 못 하고 있었다. 모든 종류의 교통수단이 동원되고, 승객은 활주로 끝에서부터 터미널까지 버스로 이동했다.

하지만 레이포드는 대부분의 승객들이 걸어서 이동해야 한다는 보고를 받았다. 남아 있는 모든 승무원은 승객을 도우라고 지시했지만, 막상 그들은 비행기를 안전한 지역으로 유도하느라 여념이 없었다. 몇 대의 버스와 승합차가 장애인, 노인, 항공기 승무원들에게 배정되었다. 하지만 레이포드는 승무원들에게 도보로 이동하라고 지시했다.

승객들은 기내 전화가 불통이라고 불만을 터뜨렸다. 해티 더럼은 레이포드에게 일등석의 어떤 모험심 강한 승객이 전화를 자신의 컴퓨터에 연결했는데 그가 편지를 쓰는 동안 컴퓨터가 자동으로 뉴욕으로 송신과 재송신을 반복했다고 말했다. 전화선이 개통되면 그 사람이 가장 먼저 소식을 전하게 될 것이다.

비행기가 시카고 공항으로 하강을 시작할 때까지 벅은 잠시 동안이나마 자신의 컴퓨터에 개방된 선에 비집고 들어가서 대기 중인 메일을 내려받을 수 있었다. 마침 그때 해티 더럼이 모든 전자 제품을 꺼 달라는 안내 방송을 했다.

이전엔 상상하지도 못했던 순발력을 발휘해 키를 재빠르게 쳐서 수초 내에 모든 메시지를 검색하고, 정리하고, 내려받은 다음 접속을 끊었다. 컴퓨터가 비행 통신에 방해될 수 있는 시점에 그는 접속을 끊고 친구, 동료, 친척, 그 밖의 다른 사람들에게서 온 소식을 검색하기 위해 파일을 뒤져 보기만 하면 되었다.

마지막 착륙 준비를 하기 전에 해티가 벅에게 급히 달려왔다.

"무슨 소식이라도?"

미안한 표정으로 벅이 고개를 저었다.

"애써 주셔서 감사합니다."

그때 갑자기 해티가 울기 시작했다.

당황한 벅은 그녀의 손목을 잡았다.

"해티, 오늘 모두 집에 가서 실컷 울게 될 거예요. 힘내세요. 승객이 비행기에서 무사히 내리면 적어도 그 때문에라도 위안을 얻게 될 겁니다."

"윌리엄스 씨, 기내에서 몇 분의 노인과 중년의 사람들이 사라졌고, 우리 또래 사람들도 몇 명 없어졌지만 전부는 아니에요. 청소년도 몇 명 사라졌고요."

말하면서도 해티는 흐느꼈다.

벅은 그녀를 바라봤다. 도대체 무슨 얘길 하려는 걸까?

"하지만 아이들과 아기들은 모두 사라졌어요."

"몇 명이나 있었는데요?"

"열 명 이상이오. 하지만 한 명도 빠짐없이 모두 사라졌어요!"

옆 좌석의 남자가 부스스 일어나더니 창밖으로 이글거리는 늦은 아침의 태양을 실눈으로 바라보며 말했다.

"아니, 도대체 무슨 말을 하는 겁니까?"

"곧 시카고에 착륙할 겁니다. 이만 가 봐야겠어요."

해티가 이렇게 말하고 다른 곳으로 갔다.

"시카고?"

"차라리 모르시는 게 나을 겁니다."

벅이 중얼거리듯 말했다.

남자는 벅의 무릎에 앉다시피 하며 창밖을 내다봤다. 술 냄새가 확 풍겨 왔다.

"전쟁이 났나, 아니면 폭동? 대체 무슨 일이야?"

비행기가 구름층을 뚫고 나오자 시카고 전경이 시야에 확연히 들어왔다. 연기, 화재, 길에서 벗어나서 서로 부딪치거나 난간에 충돌한 차들, 산산조각이 나서 지상에 방치된 비행기들, 비상등을 깜빡이며 잔해를 피해 서서히 움직이는 응급 차량…….

오헤어 공항이 보이자 어느 누구도 어디든 금방 갈 수 없으리라는 것이 분명해졌다. 보이는 곳마다 비행기들이 있었다. 추락해서 불타거나 서로 뒤엉켜 있었다. 사람들은 잔디밭을 가로질러서 자동차 사이를 지나 터미널로 걸어가고 있었다. 공항으로 통하는 고속도로는 눈만 없을 뿐 시카고 폭설 당시와 비슷해 보였다.

크레인과 견인차들이 자동차가 오갈 수 있도록 터미널로 통하는 도로를 정리하고 있었지만, 며칠까지는 아니더라도 몇 시간은 족히 걸려 보였다.

구불구불한 인파의 행렬이 거대한 건물에서 천천히 나와서 움직이지 않는 자동차들 사이를 지나 경사로로 이동했다. 사람들은 택시나 리무진을 찾아서 걷고 또 걸었다. 벅은 이 새로운 상황을 어떻게 헤쳐 나가야 할지 고민하기 시작했다. 어쨌든 이 혼잡한 지역에서 벗어나야 하는데, 문제는 그가 가야 하는 곳은 훨씬 상황이 안 좋은 뉴욕이었다.

"승객 여러분, 오늘 협조에 다시 감사드립니다. 저희는 유일하게 이 정도 크기의 비행기를 수용할 수 있는 활주로에 착륙하여 터미널에서 약 3킬로미터 정도 떨어진 공터로 이동하라는 지시를 받았습니다. 유감스럽게도 출구와 연결할 수 없는 관계로 비상 탈출용 고무풍선 경사로를 이용하셔야 합니다. 터미널까지 도보가 어려우신 분들은 비행기에 남아 계시면 사람을 보내 드리겠습니다."

레이포드가 기내 방송을 통해 상황을 설명했다. 차마 승객들한테 팬콘티넨털을 이용해 줘서 감사하다는 말은 할 수 없었다.

'다음에 항공 여행을 하실 때도 저희 항공편을 이용해 주시기 바랍니다.'

지난 몇 년을 통해 가장 힘든 착륙이 되리라 예상했기에 신호가 꺼질 때까지 안전띠를 매고 앉아 있으라고 승객들에게 당부했다. 결국 해낼 수 있으리란 생각은 했지만, 다른 비행기들 사이로 착륙해 본 건 무척 오랜만이었다.

문득 휴대 전화로 남보다 앞서 외부와 연락을 취했다는 그 일등석 손님이 부러웠다. 아이린, 클로이 그리고 아들 레이미와 통화하고 싶어 견딜 수가 없었다. 또 한편으로는 그들과 다시는 통화를 하지 못하게 될 것 같아 두려웠다.

3

해티 더럼과 남은 승무원들은 좌석 주머니에 비치되어 있는 안전 카드 내용을 숙지하도록 승객들을 독려했다. 많은 승객이 짐까지 들고 비행기에서 뛰어내려 경사로를 타고 내려갈 자신이 없다며 지레 겁먹고 있었다. 승무원들은 나중에 신발과 가방을 던져 줄 테니 신발을 벗고 엉덩이부터 뛰어내리라고 당부했다. 승객은 공항에서 따로 부친 가방을 기다리지 말라는 통보를 받았다. 정확히 언제가 될지 장담하지는 못하지만 짐은 집으로 배송될 거라고 했다.

벅 윌리엄스는 해티 더럼에게 명함을 주고 그녀의 전화번호를 받았다.

"제가 먼저 당신의 가족과 연락이 닿을 수도 있으니까요."

"〈글로벌 위클리〉 지에 계시군요? 몰랐어요."

해티는 웃어 보이려 애썼다. 그러자 벅이 말했다.

"그래서 전화기에 손댄다고 구박했군요."

"미안했어요, 진심으로. 이제 가 보세요."

벅은 언제나 단출한 여행을 선호해서 이번에도 가방을 따로 부치지 않은 걸 다행으로 생각했다. 해외여행을 할 때도 마찬가지였다. 가죽가방을 내리기 위해 선반을 열자 노인의 모자와 재킷이 여전히 가방 위에 놓여 있었다. 해럴드 부인이 눈물을 글썽이며 굳은 얼굴로 벅을 바라보았다.

"부인, 도와드릴까요?"

벅이 나직이 말했다.

노부인은 고마워하며 모자와 코트를 받아서 다시는 놓지 않을 것처럼 가슴에 꼭 안았다. 뭐라고 말했지만 벅은 알아들을 수가 없었다. 그는 부인에게 다시 말해 달라고 했다.

그러자 부인이 좀더 큰 소리로 말했다.

"비행기에서 뛰어내릴 수 없을 것 같아요."

"여기 그냥 계시면 됩니다. 사람들이 온답니다."

"어차피 뛰어내려서 그 물건을 타고 내려가야 하는 건 마찬가지 아니우."

"아닙니다, 부인. 사람들이 엘리베이터 같은 걸 가져올 겁니다."

벅은 노트북 컴퓨터와 케이스를 옷 사이에 조심스럽게 넣었다. 가방의 지퍼를 채우고 다른 사람들한테 그게 얼마나 쉬운지를 보여 주고픈 마음에 줄의 맨 앞으로 서둘러 나갔다. 우선 신발을 아래로 던지니 활주로 위로 튀어서 굴렀다. 그러고는 가방을 가슴 앞으로 꼭 쥐고 재빠르게 발을 앞으로 내디뎠다.

의욕이 앞섰는지 엉덩이 대신 어깨가 먼저 떨어지면서 다리가 머리 위로 치솟았다. 좀더 속력을 내자 몸무게가 앞으로 쏠리면서 바닥에 부딪혔다. 채찍을 휘두를 때 구심력이 발생하는 것처럼 양말만 신은 그의 발이 땅에 세게 부딪혔고, 상체가 위로 솟았다가 공중제비를 돌며 뒤집혀서 얼굴이 콘크리트 바닥에 처박힐 뻔했다. 마지막 순간까지 가방을 필사적으로 움켜쥐고 있었더니 머리가 아래로 감기면서 코가 아닌 뒤통수에 찰과상을 입었다. 별것 아니라고 말하고 싶었지만, 이미 피가 배어나고 있는 뒤통수를 문지르지 않을 도리가 없었다. 상처는 심각하기보다는 불편한 정도였다. 창피해서 잽싸게 신발을 주워 신고는 바쁜 척 터미널을 향해 달리기 시작했다. 터미널에 도착하고 나면 더 이상 서두를 필요가 없었다.

레이포드, 크리스토퍼 그리고 해티는 맨 나중에 747기에서 내렸다. 보행할 수 있는 사람들은 경사로를 통해서 내리고 노약자들은 버스로 이동하도록 했다. 버스기사는 승무원들에게 제일 나중에 출발하는 승객과 동승할 것을 권했지만 레이포드는 거절했다.

"터미널까지 걸어가는 승객을 보면서 버스를 타고 갈 순 없소. 보는 눈도 있고."

"기장님은 좋으실 대로 하시죠. 저는 기사 말대로 해도 될까요?"

레이포드는 크리스토퍼를 노려보았다.

"지금 진담인가?"

"이런다고 알아주는 사람도 없잖아요."

"이게 항공사 책임이라도 된단 말이군, 크리스. 정말 그런 뜻은 아니겠지."

"그런 건 아닙니다만, 터미널에 도착할 때쯤이면 기장님도 타지 않은 걸 후회하실 겁니다."

"이번 일은 보고할 수밖에 없네."

"수백만 명이 허공으로 사라진 와중에 걷지 않고 차를 탔다는 이유로 보고되는 걸 걱정하라고요? 나중에 뵙겠습니다, 기장님."

레이포드가 고개를 저으며 해티 쪽으로 돌아섰다.

"터미널에서 봐야겠군. 그곳을 벗어날 기회가 생기거든 날 기다리지 말아요."

"지금 농담하세요? 기장님이 걸으면 저도 걸어요."

"그럴 필요 없소."

"스미스 부기장님을 그렇게 혼내셨으면서……. 저도 걷겠어요."

"그 사람은 부기장이잖소. 조종사는 비행기에서 가장 늦게 내리고 비상시에는 앞장서야 하는 사람이오."

"제발 부탁인데 저도 정식 승무원으로 대해 주세요. 비행긴지 뭔지 못 몬다고 책임감까지 없는 건 아니니까요. 그리고 저를 연약한 여자로 여기지 마세요."

"명심하도록 하지. 짐은 챙겼소?"

해티는 바퀴 달린 가방을 끌고, 레이포드는 조종사용 가죽 상자를 챙겼다. 걷기에는 먼 길이었다. 걷는 동안 두 사람은 보행할 수 없는 사람들을 태우기 위해 서둘러 가는 수송 팀의 승차 제의를 몇 번이나 사양했다. 걸어가는 길에 같은 비행기에 탔던 승객들을 지나쳤다. 많은 사람이 레이포드에게 감사해했지만, 정작 그는 그들이 그러는 이유를 알지 못했다.

'허둥대는 모습을 보이지 않았기 때문이겠지.'

하지만 그들은 그만큼이나 겁먹고 충격받은 표정이었다.

두 사람은 비행기가 착륙하며 내는 굉음에 귀를 막았다. 레이포드는 이 활주로를 얼마나 더 개방할 수 있을지 가늠해 보았다. 그렇다고 열려 있는 나머지 활주로가 비행기를 더 많이 수용할 수 있는 것도 아니었다. 비행기가 고속도로나 공터에 착륙해야 하는 상황이 올까? 시내에서 얼마나 가야 막히지 않은 직선 도로가 나올까? 생각만으로도 아찔했다.

주위는 처참한 사고 현장으로 가는 구급차와 응급 차량으로 온통 부산스러웠다.

마침내 대합실에 도착했을 때, 수많은 사람이 공중전화기 앞에 줄을 서서 기다리고 있었다. 모든 줄마다 대기자들이 목을 뺀 채 다시 번호를 누르는 앞 사람에게 화를 내며 고함을 지르고 있었다. 공항 간이식당이나 레스토랑에서는 음식이 바닥났거나 부족했고, 신문과 잡지도 동났다. 점원이 사라진 가게에서는 약탈자들이 물건을 훔쳤다.

무엇보다 레이포드는 누군가와 앉아서 이번 사태를 어떻게 받아들여야 할지 얘기하고 싶었다. 하지만 친구이건 지인이건 아니면 낯선 사람이건 간에 눈에 보이는 사람들은 모두 뭔가로 분주했다. 오헤어 공항은 물자가 점점 고갈되고 혼잡해지는 거대한 감옥과도 같았다. 자는 사람은 한 명도 없었다. 모두가 외부 세계와의 연결고리를 찾기 위해, 가족과 연락을 취하거나 공항에서 빠져나가기 위한 방법을 찾기 위해 이리저리 바쁘게 움직였다.

청사 지하의 비행 센터도 이와 별반 다르지 않은 광경이었다. 해티는 라운지에서 전화 통화할 기회를 엿보다가 나중에 레이포드와 만나서 함께 교외로 나갈 수 있는 교통편을 알아보겠다고 했다. 목적지와 상관없이 교통편을 못 구할 거라는 생각이 들었지만 그렇다고 30킬로미터가 넘는 길을 걷고 싶은 생각도 없었다. 게다가 인근의 호텔은 모두 만원이었다.

마침내 한 관리 직원이 지하 센터에 모인 조종사들에게 주목해 달라고 말했다.

"현재 사용 가능한 전화선이 다섯 개 정도 있습니다. 실제로 통화에 성공한다는 보장은 없지만, 그나마 이게 여러분을 위한 최선의 선택입니다. 이곳으로는 일반 중계선이 지나가지 않기 때문에 대합실 공중전화의 영향을 받지 않습니다. 용건만 간단히 사용하시기 바랍니다. 그리고 몇 대 없지만 교외의 병원이나 경찰서까지 헬기를 이용할 수 있습니다. 우선권은 당연히 응급 환자에게 있습니다. 이곳에 줄 서서 전화와 헬기를 이용하십시오. 오늘 남은 일정을 제외하곤 앞으로 비행 일정이 취소됐다는 소식은 아직 없습니다. 다음 비행에 맞춰서 이곳으로 나오거나 전화로 일정을 확인하시기 바랍니다."

줄을 선 레이포드는 굉장히 오랜 시간 비행했다는, 그러면서도 도무지 아는 것이 없다는 강박감이 들기 시작했다. 지금까지 목격한 광경보다 더 확실한 예감이 들어서 견딜 수가 없었다. 그의 예감이 맞고, 그것이 사실이라면 집에 전화해도 응답할 사람이 없을 것이다. 줄을 선 채 올려다보니 텔레비전 화면에는 혼란스러운 장면들이 방영되고 있었다. 전 세계에서 통곡하는 어머니, 넋나간 가족들 그리고 죽음과 파괴의 소식이 전해졌다. 눈앞에서 가족과 친구가 사라지는 장면을 목격한 사람들에 대한 소식을 포함해서 십여 건의 사건이 보도되었다.

가장 충격적인 소식은 분만실에 들어가려는 순간, 갑자기 뱃속의 아기가 사라진 어떤 임산부의 이야기였다. 의사들이 태반을 들어낸 상태에서 그녀의 남편이 태아가 사라지는 장면을 녹화했다. 아내의 불룩한 배와 땀으로 얼룩진 얼굴을 찍으며 그는 어떤 기분인지 몇 가지 질문을 했다.

"지금 내 기분이 어떠냐고, 얼? 제발 그놈의 카메라나 꺼 버려."

산모는 지금 뭘 바라는 걸까?

"한 대 쥐어박게 가까이 좀 와 봐."

잠시 후면 자신들이 부모가 된다는 사실에 실감이 날까?

"잠시 후에 이혼인 줄 알아!"

곧이어 비명 소리와 함께 카메라가 흔들리고 겁에 질린 목소리가 들렸다. 그리고 허둥대는 간호사와 의사가 보였다. CNN에서 임산부의 큰 배가 금방 아기를 낳은 것처럼 홀쭉해지는 장면을 초저속으로 보여 주었다.

"시선을 화면의 좌측 가장자리에 고정하고 다시 보시면 간호사가 태아 심박동 측정기에서 뽑은 출력물을 읽고 있는 모습이 보이실 겁니다. 여깁니다. 보이십니까?"

뉴스 진행자가 간간이 힘을 주며 말했다.

임산부의 배가 홀쭉해지는 순간 화면이 멈췄다.

"간호사의 유니폼이 마치 투명 인간이 입고 있는 것처럼 아직 서 있습니다. 간호사가 사라졌습니다. 눈 깜짝할 사이에 말입니다. 보십시오."

녹화 테이프가 돌아가다 멈췄다.

"유니폼과 스타킹은 신발 위에 놓여 있습니다."

전 세계의 텔레비전 방송국에서, 특히 낮이나 초저녁에 일을 당한 지역의 방송국에서 기괴한 소식들이 전해졌다. CNN은 위성으로 신부의 손가락에 결혼반지를 끼워 주는 순간에 신랑이 사라지는 장면을 방영했다. 호주의 한 상가에서는 추도 예배를 드리는 동안 거의 모든 문상객이 시신과 함께 사라졌고, 같은 시간 다른 추도 예배에서는 몇 명의 문상객만 사라지고 시신은 그대로 남았다고 한다. 시체실에서도 시신들이 사라졌다고 한다. 어떤 장례식에서는 여섯 명의 운구자 중 세 명이 사라져서, 나머지 세 명이 비틀거리다 관을 떨어뜨렸다고 한다. 관을 다시 들어 올리자 관은 비어 있었다.

전화 대기줄 두 번째에 서 있던 레이포드는 화면에 나오는 다음 장면을 보고는 아내를 다시는 못 볼 거라고 확신했다. 인도네시아의 선교 본부에서 벌어진 어떤 기독교 고등학교 학생들간의 축구 경기 중 선수 한 명을 제외하고 모든 관중과 선수들이 운동장에 유니폼과 축구화를 남기고 사라져 버렸다. CNN 기자는 남은 선수가 자책감에 스스로 목숨을 끊었다고 말했다.

하지만 레이포드가 보기에 그것은 자책 이상이었다. 기독교 학교 학생인 그 선수는 곧바로 진실을 알았을 것이다. 휴거였다! 예수 그리스도가 당신의 백성을 위해 오셨지만, 그는 선택받지 못했다. 전화기 앞에 앉은 레이포드의 눈에서 눈물이 흘렀다. 누군가 4분밖에 쓸 수 없다고 말했지만 그 시간이면 충분하고도 남을 듯했다. 집에 있는 자동 응답기가 돌아가면서 아내의 명랑한 목소리가 들리자 그의 가슴은 찢어질 듯했다.

"저희에게 여러분의 전화는 소중하답니다. 삐 소리가 난 후 메시지를 남겨 주세요."

레이포드는 버튼을 몇 개 눌러서 메시지를 확인했다. 사소한 메시지 몇 개가 나온 후, 뜻밖에도 클로이의 목소리가 들렸다.

"엄마? 아빠? 거기 계세요? 오늘 일어난 일 보셨어요? 빨리 전화해 주세요. 여기도 최소한 학생 열 명과 교수님 두 분, 그리고 결혼한 학생들의 아이들이 사라졌어요. 레이미는 무사한가요? 전화 주세요."

클로이가 아직 무사하다는 사실을 알고 나니 당장이라도 달려가 딸을 안고 싶었다.

레이포드는 다시 전화를 걸어서 자동 응답기에 메시지를 남겼다.

"아이린? 레이미? 거기 있으면 전화 좀 받아. 난 지금 오헤어 공항에 있고 집에 가려고 애쓰고 있어. 만약 헬기를 타지 못하면 좀 오래 걸릴 거야. 아직 그곳에 있길 바란다."

"그만 하시죠, 기장님. 다른 사람들도 전화를 써야죠."

레이포드는 고개를 끄덕이고 나서 급히 클로이의 스탠퍼드 기숙사에 전화를 걸었다. 전화를 연결할 수 없다는 메시지에 짜증이 났다.

소지품을 챙기고 나서 우편함을 점검했다. 일상적인 허섭스레기 뭉치 외에 집에서 발송한 두툼한 마닐라 봉투가 나왔다. 요즘 들어 아이린은 깜짝 선물 발송을 즐겼다. 레이포드에게도 읽어 보라고 조르던 결혼 생활에 대한 책을 읽고 나서부터였다. 봉투를 가방에 끼워 넣고 해티 더럼을 찾아 나섰다. 재미있게도 지금은 해티에게 어떤 설렘도 없었다. 다만 그녀가 집으로 돌아갈 수 있도록 해 줘야 한다는 의무감만 있었다.

사람들로 붐비는 엘리베이터 앞에 서자, 알링턴 하이츠, 마운트 프로스펙트 그리고 디플레인스를 거치는 8인승 헬기가 출발한다고 외치는 소리가 들렸다. 레이포드는 헬기 출발지로 서둘러 갔다.

"마운트 프로스펙트로 가는데 자리 있습니까?"

"예."

"디플레인스로 가는 사람이 한 명 더 있는데요."

"글쎄요, 그 조종사님이 2분 내에 오시면 가능합니다."

"조종사가 아니라 여승무원인데요."

"조종사만 되는데요. 미안합니다."

"자리가 있으면요?"

"글쎄요, 그런데 지금 어디 계시죠?"

"호출할 겁니다."

"지금은 호출이 안 되는데요."

"잠깐만 기다려 주세요. 그냥 떠나면 안 됩니다."

헬기 조종사가 시계를 보며 말했다.

"3분입니다. 1시에 출발합니다."

레이포드는 조금 늦더라도 헬기를 잡아 두기 위해 가방을 바닥에 던져 놓고 갔다. 계단을 뛰어올라 회랑으로 들어갔다. 해티를 찾을 수 있을 것 같지 않았다. 구내전화를 집어 들었다.

"미안합니다만, 지금은 호출해 드릴 수 없는데요."

"급해서 그래요. 전 팬콘티넨털 기장입니다."

"무슨 일이신데요?"

"해티 더럼에게 K-17에서 일행을 만나라고 전해 주세요."

"해 보죠."

"꼭 해 주세요!"

발끝을 들고 살피는데, 어느새 해티가 그의 곁으로 다가섰다.

"전화 대기줄 네 번째에 서 있었는데, 그보다 더 좋은 일인가요?"

그녀가 물었다.

"서두르면 헬기를 탈 수 있어."

"크리스 부기장님 소식 끔찍하죠?"

서둘러 계단을 내려가며 그녀가 말했다.

"무슨 일?"

"정말 모르세요?"

레이포드는 당장 멈춰 서서 애태우지 말라고 하고 싶었다. 바로 이런 부분이 그녀 또래를 이해할 수 없는 점이었다. 속사포 같은 말장난을 즐기는 그들이었지만 그는 바로 본론을 듣고 싶었다.

"그냥 말해!"

원래 의도보다 화난 목소리였다.

문을 밀치고 활주로로 나갔다. 헬기 날개가 일으키는 바람에 머리가 휘날리고 귀가 얼얼했다. 레이포드의 가방은 이미 헬기에 실려 있고, 자리만 비어 있었다. 조종사가 해티를 바라보며 고개를 저었다. 헬기에 오르면서 레이포드는 해티의 팔꿈치를 잡아서 끌어올렸다.

"중량만 초과하지 않으면 되잖소?"

"몸무게가 얼마나 되죠?"

조종사가 물었다.

"46킬로그램!"

"그 정도면 됐어요! 하지만 안전띠를 매지 않으면 책임을 못 집니다!"

"출발하죠!"

레이포드가 외쳤다.

그는 안전띠를 매고 해티를 무릎에 앉혔다. 해티의 허리를 팔로 감싸고 손목을 잡았다. 몇 주 동안 꿈꿔 온 일이지만, 정작 지금은 어떤 흥미도, 흥분도, 욕망과 결부된 어떤 감정도 느낄 수 없었다. 다만 그녀를 도울 수 있어 기쁘면서도 비참한 기분이 들었다.

해티는 당혹스럽고 불편한 기색이었다. 레이포드는 해티가 동승한 다른 일곱 명의 조종사들을 부끄러운 듯이 힐끗 쳐다보는 것을 보았다. 하지만 어느 누구도 그녀에게 눈길을 주지 않았다. 이번 사태의 여파가 아직 생생하게 남아 있고, 도무지 알 수 없는 일들이 발생했기 때문이었다. 레이포드는 그들 중 한 명이 '크리스토퍼 스미스'라고 말하는 것을 들었다. 아니, 입 모양을 읽은 것 같았는데, 주위가 소란스러워 들을 수가 없었다. 그는 해티의 귀에 대고 물었다.

"크리스가 뭐?"

해티는 몸을 돌려 레이포드의 귀에 대고 말했다.

"라운지로 가다 보니까 피범벅이 되어서 침대에 실려 갔어요."

"무슨 일인데?"

"몰라요. 하지만 그렇게 좋아 보이지 않았어요."

"얼마나?"

"죽었을 것만 같아요. 사람들이 계속 애를 쓰긴 했지만 살아날 것 같지 않았어요."

레이포드가 머리를 흔들었다. 무슨 일이 그에게 일어난 걸까?

"차에 치었나? 그 버스가 사고 난 건가?"

그렇다면 그런 아이러니도 없겠지!

"모르겠어요. 허리나 손에서, 아니 둘 다에서 피가 나는 것 같았어요."

레이포드는 아까 그 조종사의 어깨를 두드렸다.

"크리스토퍼 스미스 부기장에 대해 아는 거 있습니까?"

"팬콘에 근무하는 조종사 말이죠?"

조종사가 되물었다.

"맞아요!"

"자살한 사람 말이죠?"

레이포드가 움찔했다.

"그렇지 않을걸요! 자살 사건이 있었나요?"

"많았죠. 하지만 대부분은 승객이었고, 승무원 자살자는 팬콘의 스미스가 유일합니다. 손목을 그었다더군요."

레이포드는 아는 얼굴이 있는지 헬기 안을 재빠르게 살폈지만 모두 모르는 사람뿐이었다. 하지만 그 조종사가 외치다시피 하며 한 말을 옆에서 들은 다른 조종사가 안됐다는 듯이 고개를 저으며 물었다.

"크리스토퍼 스미스라는 사람을 압니까?"

"제 부기장입니다."

"안됐군요."

"무슨 얘기 들은 거라도……."

"얼마나 신빙성이 있는지 모르지만, 듣자 하니까 아이들이 사라지고 부인이 자동차 사고로 죽었다는 소식을 들었다는군요."

처음으로 이번 사태의 여파가 레이포드에게 개인적으로 다가왔다. 레이포드는 스미스를 잘 알지 못했다. 두 아들이 있다는 사실이 어렴풋이 기억났다. 둘 다 십대 초반에 나이 차가 거의 없었다. 부인도 만난 적이 없었다. 하지만 자살이라니! 그건 레이포드가 선택해야 할 일이 아니었던가? 아니다, 클로이가 살아 있는 한 아니다. 하지만 아이린과 어린 레이미가 사라지고 클로이가 죽었다는 소식을 듣는다면 그의 심정은 어땠을까? 무슨 낙으로 살 수 있겠는가?

그러나 그동안, 특히 최근 몇 달 동안은 가족을 위해 살지 못했다. 지금 무릎에 앉아 있는 젊은 여자와 마음속으로 아슬아슬한 유희를 즐겼다. 하지만 그녀 쪽에서 종종 접촉을 해 올 때도 결코 손길조차 준 적이 없었다. 해티 더럼이 그가 돌봐야 할 유일한 존재라면 살고 싶은 마음이 생길까? 그런데 도대체 그는 어쩌다 그녀에게 관심을 갖게 되었을까? 해티는 그 나이답게 아름답고 매력적이고 영리했다. 두 사람 사이에 공통점이라곤 거의 없었다. 지금 아내를 찾고 싶은 것은 단지 그녀가 이제는 가고 없다고 단정하고 있어서일까?

해티를 안고 있는 그의 팔에는 애틋함이 담겨 있지 않았다. 그건 해티도 마찬가지였다. 두 사람 다 무서워서 죽을 지경이었고, 당연히 두 사람의 마음에 사랑놀이가 끼어들 여지가 없었다. 모순이었다. 그가 기억하기로 해티가 기내에서 일어난 사건에 대해 보고하기 직전까지는 그녀와의 관계를 좀 더 진전시키려는 꿈을 꾸었다. 불과 몇 시간 후인 지금 그녀를 자신의 무릎에 앉혔지만 이렇게 데면데면한 감정만을 가지게 될 줄 누가 알았겠는가?

첫 번째 착륙지는 해티가 내릴 디플레인스 경찰서였다. 레이포드는 그녀에게 순찰차가 있으면 경찰한테 차편을 부탁하라고 얘기해 주었다. 하지만 순찰차는 대부분 더 혼잡한 지역의 구호 활동에 동원되었기 때문에 그건 불가능했다.

"집까지 2킬로미터밖에 안 돼요. 걸어가면 돼요."

내리는 것을 돕는 레이포드에게 해티가 소리쳤다.

해티는 레이포드의 목을 세게 안았다. 그녀는 두려움에 떨고 있었다.

"가족 모두 무사하길 빌겠어요. 전화로 알려 주세요, 네?"

그가 고개를 끄덕였다.

"알았느냐고요?"

그녀가 재차 물었다.

"알았소!"

헬기가 공중으로 뜨자 해티가 주차장을 살피는 모습이 보였다. 순찰차가 보이지 않자, 돌아서서 여행 가방을 끌고 서둘러 그곳을 벗어났다. 헬기가 마운트 프로스펙트를 향해 출발하기 시작할 즈음 해티는 자신의 아파트를 향해 바쁘게 가고 있었다.

벅 윌리엄스는 승객 중 가장 먼저 오헤어 공항 터미널에 도착했다. 대합실은 엉망이었다. 전화를 걸기 위해 순서를 기다리는 동안 그가 모뎀을 전화에 연결하면 사람들이 가만히 있지 않을 터였다. 휴대 전화도 작동하지 않기 때문에 결국 회원에게만 개방하는 팬콘 클럽으로 향했다. 이곳도 붐비는데다 직원 몇 명이 근무 중에 사라져 인원 손실이 있었지만 나름대로 질서는 유지하고 있었다. 사람들은 전화를 걸기 위해 자기 차례를 기다리고 있었지만 팩스 송신이나 모뎀으로 바로 접속하는 것을 양해해 주었다. 기다리는 동안 벅은 컴퓨터를 꺼내 내부 모뎀 코드를 암 커넥터에 다시 연결했다. 그러고 나서 착륙하기 전에 급히 내려받은 메시지를 열어 보았다. 첫 번째 메일은 스티브 플랭크 편집국장이 전 직원에게 보낸 것이었다.

뉴욕으로 오려고 애쓰지 말고 현재 있는 곳에서 움직이지 말 것. 이곳으로 오는 건 불가능함. 사정이 허락하는 대로 전화할 것. 음성 사서함과 전자 메일을 규칙적으로 점검하고 연락을 취할 것. 본사는 정상 일정대로 일하는 인력이 있으니 현장에서 겪은 개인 이야기를 가능한 한 많이 전송할 것. 잡지사와 인쇄소 사이의 교통수단과 통신선로가 어떤 상태인지 확인되지 않았고, 그곳의 작업 인원이 어떤지도 파악되지 않았음. 가능하면 정시에 인쇄할 예정임.

주의 : 이번 사태의 원인에 대해 생각해 볼 것. 군사적 문제인가? 우주적 문제인가? 과학적 문제인가? 종교적 문제인가? 현재까지는 사태 파악에만 진력하고 있음. 몸조심하고 계속 연락 바람.

두 번째 메일도 스티브가 보낸 것으로, 벅에게만 보냈다.

벅, 전 직원에게 보낸 메시지는 무시하게. 무슨 수를 써서라도 가능한 한 빨리 뉴욕으로 오게. 물론 가족한테 신경도 쓰고, 다른 직원들과 마찬가지로 개인적 경험이나 생각을 정리하게. 하지만 자네가 책임지고 이 현상의 원인을 밝혀내야겠네. 정말 의견이 다양하더군. 모두 한 가지씩은 내놓고 있으니 말이야.

우리가 어떤 결론에 이르게 될지는 알 수 없지만, 최소한 그럴듯한 원인을 정리할 수는 있을 거야. 이 일에 왜 자네가 필요한지 궁금하겠지. 실은 나만 알고 있는 이유가 있다네. 내 위치가 위치인 만큼 이런 것들을 알 수 있는 유일한 존재가 아닐까 하는 생각이 드네. 부서장 세 명이 각기 이번 달 뉴욕에서 모이는 여러 국제단체 회의에 대한 취재안을 제출했네. 정치부장은 맨해튼에서 열리는 신세계 질서 정부와 관계가 있는 '유대인 민족주의자 회의'를 취재하고 싶어 하네. 그들이 이 문제에 대해 어떤 생각을 하고 있는지는 나도 모르고 정치부장도 모르네. 종교부장은 뉴욕에서 있을 정통파 유대교인들의 회합에 대해서 내게 메일을 보냈다네. 이 사람들은 이스라엘뿐만 아니라 전 세계에서 오는 사람들이고, 사해문서에 대해 더 이상 이러쿵저러쿵하지 않고 있어. 그들은 자네가 아직도 초자연적인 현상이라고 믿고 있는 러시아와 그 동맹국들의 멸망에 대해 들떠 있다네. 이봐, 자네 믿고 있는 거 맞지? 종교부장은 그들이 사원을 재건하기 위해 도움을 구하고 있다고 생각하고 있어. 그건 중요한 문제도 아니고 종교부와만 관련 있는 문제라고 할 수 있지만, 내가 주목하는 건 시간의 일치야. 이 회합과는 별도로 또 다른 유대인 단체가 같은 시간과 장소에서 다분히 정치적인 문제 때문에 모인다는 점이야. 그 종교 회합에는 정통 교단에서부터 뉴에이지 운동가까지 주요 종교지도자들이 참석하고, 단일세계 종교질서에 대한 논의도 한다고 하더군.

그들은 유대인 민족주의자들과 틀림없이 만날 걸세. 그렇지 않을까? 이 점에 관해서 자네의 의견이 필요하네. 이 문제를 어떻게 받아들여야 할지 모르겠단 말이야.

사람들의 관심이 온통 실종 사건에 있다는 걸 알지만, 우리는 그외 세상에도 주의를 기울일 필요가 있지 않을까. 조만간 유엔에서 3개 통화 체제를 중간 점검하기 위한 국제 통화 당국자 간담회를 연다고 하더군. 개인적으로 난 3개 통화 체제를 선호하긴 하지만, 달러가 아니라면 단일통화로 가는 건 다소 신중해야 한다는 쪽이야. 엔화나 마르크화로 거래하는 걸 상상할 수 있겠나? 이러고 보면 나도 아직 편협한가 봐.

모두 자네 친구 로젠츠바이크에게 감명을 주었다는 카르파티아란 루마니아 친구에게 굉장히 열광하고 있네. 2주 후에 유엔에서 연설하도록 초청받았다는 이유로 자기 나라 상원의원 모두를 사로잡았다고 하더군. 그가 초청장을 어떤 경로로 받았는지는 아무도 모르지만, 그의 국제적 인기는 마치 바웬사나 고르바초프를 떠올리게 하더군. 그 사람들 기억나나?

이봐, 친구. 아직 무사하다는 소식 전하게. 지금까지 나는 조카 하나, 조카딸 둘, 내가 별로 좋아하지 않는 제수 그리고 먼 친척 두세 명을 잃었네. 그들이 돌아올 것이라고 생각하나? 우리가 이번 사건의 진상 파악에 착수할 때까지는 그런 생각일랑 미뤄 두게. 글쎄, '하늘이 놀랄 만큼' 엄청난 액수의 몸값을 요구하지 않을까? 무슨 말인가 하면, 사라진 사람들이 죽었을 것 같지는 않단 말이야. 그럼 생명보험 회사들은 어떻게 되겠는가? 아직 싸구려 주간지를 신뢰할 생각은 없어. 외계인이 마침내 지구를 침략했다고 주장할 테니까.

벅, 속히 돌아오게.

4

벅은 찬물에 적신 손수건을 뒤통수에 대고 눌렀다. 출혈은 멈췄지만 통증이 가시지 않았다. 전자 메일의 받은 편지함에서 다른 메시지를 발견하고 열어 보려는 순간 누군가 벅의 어깨를 두드렸다.

"의사인데요, 상처를 치료해 드릴게요."

"아니, 괜찮습니다. 전 지금……."

"그냥 하게 해 주세요. 전 지금 할 일이 없어 미칠 지경이니까요. 마침 진료 가방도 있고, 오늘은 돈도 받지 않습니다. '휴거 기념'이라고 해 두죠."

"뭐라고 하셨습니까?"

"아니면 뭐라고 불러야 할까요?"

가방에서 약병과 가제를 꺼내며 의사가 되물었다.

"아주 기본 처치이긴 하지만, 균은 완전히 제거될 겁니다. 혹시 에이즈 보균잔가요?"

"뭐라고요?"

"참나, 그냥 형식적인 절차입니다."

의사가 처덕처덕 소리를 내며 고무장갑을 끼었다.

"에이즈 보균잔가요? 아니면 다른 재미있는 균이라도?"

"아뇨. 그리고 이봐요, 호의는 감사합니다만……."

그때 의사가 가제에 소독약을 듬뿍 묻혀서 벅의 상처에 발랐다.

"아야! 살살해요!"

"남자답게 참아요. 감염되는 것보다 훨씬 나을 테니까요."

의사는 상처 부위를 세게 문질러 청결하게 닦고 다시 피가 흐르도록 했다.

"붕대가 떨어지지 않게 하려면 머리를 조금 깎아야겠는데 괜찮겠어요?"
벅의 눈에는 눈물이 맺혔다.
"예, 그럼요. 그런데 아까 휴거에 대해 말씀하신 건 뭐죠?"
"달리 그럴듯한 설명이라도 있나요?"
메스로 벅의 머리카락을 헤집으며 의사가 말했다. 여직원이 다가와서 화장실에 가서 치료할 수 없는지 물었다.
"깨끗하게 정리할게요, 아가씨. 거의 됐어요."
의사가 말했다.
"위생상 좋지 않잖아요. 다른 손님들 생각도 하셔야죠."
"그 사람들한테 음료수하고 땅콩이나 갖다 주지 그래요? 오늘 같은 날엔 아무도 개의치 않을 테니까요."
"저한테 그런 식으로 말씀하지 마세요."
의사가 치료하며 한숨을 내쉬었다.
"그렇군요. 이름이 뭐죠?"
"수지요."
"이봐요, 수지. 무례하게 군 거 사과할게요. 됐죠? 그러니 하던 건 끝내게 해 줘요. 이제 여기서 더 이상 치료하지 않을게요."
수지는 머리를 설레설레 가로저으며 돌아갔다.
"선생님, 나중에 제대로 인사라도 드리게 명함이나 한 장 주시죠."
벅이 말했다.
"그러실 거 없어요."
도구를 챙기며 의사가 말했다.
"이번 일에 대한 선생님의 의견을 듣고 싶은데요. 휴거라는 말씀은 무슨 뜻으로 하신 건가요?"
"나중에요. 전화 쓰실 차례가 된 거 같은데요."
벅은 고민했다. 하지만 뉴욕과 연락할 기회를 포기할 수는 없었다. 직접 통화를 시도했지만 여의치 않았다. 모뎀을 전화에 연결해서 스티브 플랭크의 자상한 비서인 마지 포터가 보낸 메시지를 보고 있는 동안 발신이 반복되도록 했다.

벅, 이 악당 같으니라고! 아무렴 오늘 같은 날, 내가 할 일도 없고 아무 걱정도 없을까 봐 여자친구의 가족 안부까지 확인하라고요? 해티 더럼이라는 아가씨는 도대체 어디서 만났죠?
그녀한테 전하세요. 서부에 계신 어머니와 연락이 되긴 했어요. 그런데 홍수인지 폭풍 때문인지 전화선이 다시 끊기기 전이었어요. 어머니는 건강하시지만, 많이 놀라셨다더군요. 따님이 무사하다는 소식을 들어서 감사하고, 다른 두 자매도 무사하다고 했어요.
이런 사람들을 도와주다니 역시 참 다정한 분이군요. 스티브한테 곧 돌아온다는 소식 들었어요. 무척 반갑네요. 이번 일 정말 끔찍하죠. 지금까지 직원 몇 명이 사라졌고, 시카고에 있는 몇 명을 포함해서 행방 확인이 안 된 직원이 몇 명 더 있어요.
이렇게 벅에게도 연락이 왔으니까 간부 직원은 전원 무사한 걸로 확인됐고요. 무사하게 해 달라고 빌고 기도했답니다. 이번 재앙으로 주로 선량한 사람들이 희생됐다고 생각해 보지 않았나요? 주위에서 사라진 사람들은 모두 아이들 아니면 아주 훌륭한 사람들이잖아요.
물론 몇몇 훌륭한 사람들이 아직 남아 있긴 하지만요. 벅도 그렇고 스티브도 그렇잖아요. 전화 주세요.

메일에는 결혼한 형과 홀로 계신 아버지와 연락이 닿았는지에 대해서는 아무 말이 없었다. 벅은 마지가 일부러 그런 건지 아무런 소식도 듣지 못해서 그랬는지 궁금했다. 살아 남은 아이가 한 명도 없다는 것이 사실이라면 그의 조카도 사라졌을 것이다. 사무실과 직접 통화하는 것을 포기하고 다시 온라인 통신에 접속했다. 파일과 자신의 행방에 대해 급히 작성한 메시지를 보냈다. 이렇게 하면 전화 시설이 복구되고 난 후 그가 보낸 자료로 〈글로벌 위클리〉 지는 우위를 점할 수 있을 것이다.

벅은 전화를 끊고 바로 뒤에서 기다리던 사람에게 미안해하며 의사를 찾아 나섰다. 어디에도 없었다. 마지는 선량한 사람들에 대해서 말했었다. 의사는 그것을 휴거라고 단정했고, 스티브는 외계인 이야기에 코웃음을 쳤다. 하지만 이런 상황에서 무엇인들 배제할 수 있겠는가. 그의 머릿속은 이미 이번 실종 사건의 뒷얘기를 구성할 생각으로 분주하게 움직이고 있었다. 일생의 과업이 될 것이다.

서비스 데스크 앞에서 줄을 서며, 벅은 정상적인 방법으로는 뉴욕에 가기 어렵다는 것을 깨달았다. 기다리는 동안 '올해의 뉴스메이커'인 하임 로젠츠바이크가 루마니아 청년 니콜라에 카르파티아에 대해 한 말을 떠올리려고 애썼다. 벅은 그 일에 대한 것은 스티브 플랭크에게만 얘기했다. 스티브도 이미 기삿거리로 꽉 찬 잡지에 끼워 넣을 만큼의 가치는 없다는 점에 동의했다. 로젠츠바이크는 카르파티아에게 감명을 받았다. 그건 사실이었다. 하지만 어떤 이유로 감명을 받았을까?

순서를 기다리며 앉아 있다가 필요한 경우에만 움직였다. 저장되어 있는 로젠츠바이크 인터뷰 파일을 찾아서 카르파티아를 검색했다. 당혹스럽게도 로젠츠바이크에게 카르파티아에 대해 들어 본 적이 없다고 한 말이 떠올랐다. 녹음한 인터뷰 전문을 뒤적이며 찾다가 일시 정지 버튼을 누르고 읽었다. 배터리가 부족하다는 표시등이 깜빡여 가방에서 선을 꺼내 벽에 있는 콘센트에 꽂았다.

"줄 조심해요!"

벅은 이따금 지나가는 사람들에게 소리쳤다. 카운터 여직원 한 명이 그에게 선을 뽑으라고 소리쳤다. 벅이 그녀를 향해 싱긋 웃으며 말했다.

"안 그러면 날 밖으로 쫓아내기라도 할 건가요? 아님 체포라도 할 건가요? 오늘 같은 날은 좀 봐주지 그래요!"

바닥에 주저앉아 카운터 여직원에게 고함치는 미치광이 남자에게 누구도 신경 쓰지 않았다. 팬콘 클럽에서는 좀처럼 보기 어려운 광경이지만, 오늘만큼은 웬만해선 놀라지 않았다.

레이포드 스틸은 알링턴 하이츠의 북서부에 소재한 커뮤니티 병원의 헬기 착륙장에 내렸다. 이곳에서 밀워키로 후송할 환자를 태워야 했기에 모두 내려야 했다. 다른 조종사들은 택시에 합승하려고 병원 입구에서 서성였지만, 더 좋은 생각이 떠오른 레이포드는 걷기 시작했다.

그의 집은 약 15킬로미터 떨어진 곳에 있었고, 택시를 잡는 것보다 차를 얻어 타는 편이 더 쉬우리라고 확신했다. 기장 유니폼과 깔끔한 외모 덕에 좀더 쉽게 차를 얻어 탈 수 있게 되길 바랐다.

트렌치코트를 팔에 걸고, 가방을 들고 터덜터덜 걷고 있자니 공허하고 절망스러운 기분이 들었다. 지금쯤 해티는 아파트에 도착해서 메시지를 확인하고, 가족과 통화하기 위해 애쓰고 있을 것이다. 그의 생각대로 아이린과 레이미가 사라졌다면, 그 순간 두 사람은 어디에 있다가 그렇게 됐을까? 두 사람이 사고로 죽지 않고 사라졌다는 증거를 찾을 수 있을까?

레이포드는 실종 사건 시각이 어젯밤 늦게, 중부 표준시로 밤 11시쯤이라고 추정했다. 두 사람에게 무슨 일이 생겨서 그 시간 밖에 나가진 않았을까? 그럴 만한 일은 떠오르지 않았고, 그럴 가능성도 크지 않았다.

마흔 살쯤 되어 보이는 여자가 알곤퀸 길가에서 레이포드를 보고 차를 세웠다. 그가 감사하다는 말을 하고 사는 곳을 말하자 여자는 그곳을 안다고 했다.

"제 친구가 거기에 살아요. 아니, 살았었죠. 7번 채널의 뉴스를 진행하는 한국인 리 엔지를 아시나요?"

"그녀와 그녀의 남편 모두 압니다. 아직도 이웃에 삽니다."

레이포드가 말했다.

"이제는 아니에요. 그녀가 오늘 정오 뉴스를 진행해야 했거든요. 그런데 가족 모두가 사라졌어요."

레이포드는 크게 한숨을 쉬었다.

"도대체 실감이 나지 않아요. 혹시 주위에 사라진 분이 계신가요?"

"유감스럽게도 조카 열 명 정도가."

여자가 떨리는 목소리로 말했다.

"이런……."

"선생님은요?"

"아직은 모르겠습니다. 방금 비행에서 돌아오는 길이라 아직 연락을 못 했거든요."

"기다려 드릴까요?"

"아뇨, 저도 차가 있습니다. 갈 곳이 있다면 어디든 갈 수 있습니다."

"오헤어 공항이 폐쇄됐대요."

여자가 말했다.

"그래요? 언제부터요?"

"방금 라디오에서 들었어요. 활주로는 비행기로 가득 차 있고, 터미널은 사람들로 붐비고, 길은 자동차로 발 디딜 틈이 없다고 하더군요."

"더 자세히 말씀해 주시죠."

여자가 훌쩍이며 차를 마운트 프로스펙트로 진입시키자 레이포드는 지금껏 느끼지 못한 피로감이 밀려왔다. 차도는 자동차로 붐비고, 사람들은 배회하고 있었다. 이곳저곳에서 모두가 누군가를 잃었다. 그는 자신도 곧 그렇게 되리란 것을 알고 있었다.

차가 속도를 줄이며 집 입구로 들어서자 레이포드가 말했다.

"사례를 하고 싶습니다만……."

그녀가 고개를 저으며 말했다.

"도와드릴 수 있어서 기쁠 뿐입니다. 정 사례를 하시려면 저를 위해 기도해 주세요. 이 시련을 견딜 수 있을지 자신이 없네요."

"기도에는 소질이 없어서요."

레이포드가 고백했다.

"잘하시게 될 거예요. 저도 전엔 그랬지만 지금은 곧잘 한답니다."

"그럼 저를 위해서도 기도해 주십시오."

"그러죠, 꼭."

레이포드는 차가 보이지 않을 때까지 손을 흔들었다. 안뜰과 진입로는 예전처럼 말끔했지만, 그의 전리품이라 할 수 있는 대저택에는 음침한 기운이 감돌고 있었다. 현관문을 열었다. 현관 계단에 놓인 신문으로 시작해서 전망창에 드리워진 커튼과 문을 열었을 때 풍긴 커피 냄새까지, 모든 것이 그가 걱정한 방향으로 흘러가고 있었다.

아이린은 꼼꼼한 주부였다. 6시에 작동하도록 시간을 맞춘 커피포트에 카페인 없는 커피를 내리고 계란 프라이를 만드는 것이 아내의 아침 일과 중 하나였다. 라디오는 6시 30분에 켜지도록 시간이 맞춰져 있었다. 주파수는 지역 기독교 방송에 고정되어 있었다. 아래층으로 내려오면 아이린은 제일 먼저 집의 앞뒤 커튼부터 열어젖혔다.

레이포드는 울컥 목이 메어 신문을 주방에다 던지고는 벽장에 코트를 걸고 가방을 밀어 넣었다. 아이린이 오헤어 공항으로 발송한 소포가 생각나 꺼내서 유니폼의 넓은 주머니에 넣었다. 아내가 사라졌다는 증거를 찾는 동안 몸에 지니고 있을 작정이었다. 만약 아이린이 사라졌다면 그녀의 말이 옳았기를 진심으로 바랐다. 무엇보다 아내가 자신의 꿈이 이루어지는 것을 직접 눈으로 확인했기를, 항상 즐겨 말했듯이 눈 깜짝할 사이에 예수님께 인도되어 그분의 곁으로 갔기를, 고통 없이 짜릿한 천국으로의 여행을 했기를 빌었다. 다른 사람들도 그렇게 된 거라면 아내에게도 그럴 자격이 충분히 있었다.

그리고 레이미, 그 앤 지금 어디에 있을까? 아이린과 함께 있을까? 물론 그렇겠지. 레이미는 아빠가 가지 않더라도 엄마와 교회에 나갔다. 그 아이는 교회를 좋아했고 성경공부도 열심히 했다.

레이포드는 일곱 시간이나 꺼졌다 켜지길 반복해 커피가 바짝 졸아붙은 커피포트의 코드를 뽑았다. 원두 찌꺼기를 버린 후, 커피포트를 싱크대에 넣었다. 그리고 실종 사건으로 인한 비극과 피해에 대한 지역 뉴스를 쏟아내는 라디오 방송도 껐다.

깔끔하게 꾸며 놓은 평소의 분위기 외에 다른 어떤 모습도 발견되지 않기를 바라면서 거실, 식당, 주방을 둘러봤다. 눈물이 그렁한 눈으로 아내가 아침에 열어야 했을 커튼을 열어젖혔다. 이 사람이 어디로 가진 않았을까? 쪽지를 남기진 않았을까? 그렇지만 다른 어디엔가 있어서 그가 찾아낸다면 아내의 믿음은 어떻게 되는 것인가? 이건 아내가 믿어 의심치 않던 휴거가 아니지 않은가? 아니면 그가 늘 그랬듯이 잘못된 믿음에 매달렸다는 말이 되는 건가? 이게 휴거라면 아무쪼록 아내가 사라졌기를 바랐다. 하지만 아픔과 공허함이 벌써 그를 짓누르고 있었다.

자동 응답기를 켜자 공항에서 이미 들었던 메시지와 그가 공항에서 남긴 메시지가 흘러나왔다. 자기 목소리가 낯설었다. 아내나 아들에게 메시지를 남긴다기보다는 단지 그런 척만 하고 있는 듯한 체념 같은 것이 느껴졌다.

위층으로 올라가는 것이 두려웠다. 거실을 거쳐 차고 입구까지 발을 질질 끌듯이 걸어갔다. 차 한 대가 없어졌으면 좋으련만. 그런데 마침 한 대가 없었다! 어쩌면 아이린이 다른 곳에 갔을 수도 있다. 하지만 이런 생각을 하자마자 그는 차고 안의 계단 위로 넘어졌다. 없어진 차는 그가 전날 오헤어 공항으로 타고 간 BMW이었다. 교통 상황이 호전되면 가져올 작정이었다.

아이린의 차와 클로이가 집에 있는 동안 사용하는 차가 차고에 있었다. 레이미를 생각나게 하는 사륜차, 설상차, 자전거도 모두 있었다. 레이포드는 레이미와 더 많은 시간을 함께하겠다는 약속을 지키지 못한 자신이 미웠다. 두고두고 후회로 남을 것이다.

레이포드는 멈춰 서서 주머니 속의 봉투에서 바스락거리는 소리를 들었다. 위층으로 올라갈 때가 되었다.

벅 윌리엄스는 팬콘 클럽 카운터에서 줄을 서 거의 자기 차례가 왔을 때, 디스크에서 자료를 찾았다. 며칠 동안의 녹음 작업 중 벅은 로젠츠바이크 박사의 환심을 샀고 그의 화합물을 손에 넣으려는 나라들에 대한 얘기로 화제를 돌렸다.

"참, 재미있는 일이었네."

로젠츠바이크가 인정했다. 그의 눈이 반짝이고 있었다.

"미국 부통령이 직접 방문했을 때 무척 기뻤지. 내게 미국 대통령을 만나게 해 주고 군대 사열을 받으면서 학위를 받는 영예를 주겠다고 했다네. 외교적 예의의 대가로 내가 뭔가를 해 줘야 한다는 얘기는 안 했지만, 그게 다 빚 아니겠나? 수십 년간 미국이 이스라엘에 얼마나 소중한 우방이었는지에 대한 말들이 많이 오갔지. 그 점은 분명한 사실이네. 그렇지 않은가? 그걸 부정할 순 없지. 하지만 난 그 모든 혜택과 호의를 전적으로 나 개인의 영예로 받아들이는 척했지. 왜 그런 줄 아는가, 젊은이? 그건 내가 무척 겸손하기 때문이네. 그렇지 않나?"

노인은 자조하듯 호탕하게 웃은 뒤 그의 환심을 사려고 애쓰던 그 밖의 몇몇 유명인들 이야기를 해 주었다.

"그 중 진지한 사람은 없었습니까? 인상에 남는 사람이오."

벅이 물었다.

"있고말고."

로젠츠바이크가 주저 없이 대답했다.

"세상에서 가장 복잡하고 경이로운 변방 국가인 루마니아에서 온 사람이었네. 그 사람을 누가 보냈는지 아니면 스스로 왔는지 모르지만 후자 쪽이 아닐까 생각하네. 상을 탄 후에 만난 최하위 관리였기 때문이지. 그 점이 그를 만나고 싶었던 이유 중 하나였네. 그는 전례를 통하지 않고 직접 나와의 만남을 요청해 왔다네."

"그 사람 이름이 뭔가요?"

"니콜라에 카르파티아."

"카르파티아라면……?

"맞아, 카르파티아 산맥. 참 부르기 좋은 이름이지. 매력적이고 겸손한 사람이었네. 마치 나 자신을 보는 것 같더군."

그는 다시 한 번 웃었다.

"들어 본 적도 없는 이름인데요."

"듣게 될 걸세, 아무렴."

벅은 대화의 주도권을 잡으려고 노력했다.

"그 사람이……."

"인상적이었지. 그렇게밖에 표현을 못 하겠네."

"지금 그 사람은 하위 외교관이라고요?"

"루마니아 하원의원이지."

"참의원인가요?"

"아니, 참의원은 상원의원이지."

"그렇죠."

"자네가 국제적인 언론인이긴 하지만 그걸 몰랐다고 해서 마음 상할 필요 없네. 이건 루마니아 인과 나 같은 아마추어 정치학자들이나 알 수 있는 문제니까. 내가 즐겨 연구하는 분야지."

"여가 시간에 말이죠?"

"그렇지. 하지만 나도 이 사람에 대해 몰랐네. 무슨 말이냐 하면 '대의원 의회'라고 이건 루마니아 하원의 명칭인데, 어떤 의원이 중재자로 군축 운동을 이끌고 있다는 사실은 알고 있었다네. 하지만 그 사람의 이름은 몰랐지. 내가 알기로, 그의 목표는 이스라엘 인이 지금까지 불신했던 전 세계의 군비축소라네. 물론 그는 자기 나라에서 먼저 군축을 실천하도록 해야겠지. 그런 일은 자네가 평생 못 볼 일이겠지만……. 여담인데, 그 사람 자네와 비슷한 연배네. 몽골 인의 영향을 받기 전 로마에서 온 순수 루마니아 인처럼 금발에 푸른 눈을 가진 젊은이라네."

"뭐가 그렇게 마음에 드시던가요?"

"그는 자국어는 물론 우리말도 할 줄 아네. 게다가 영어도 유창하고 다른 외국어도 몇 개 더 할 줄 안다고 하더군. 좋은 교육을 받기도 했지만, 독학으로 여러 분야에 정통하더군. 무엇보다 난 그 의원을 한 사람의 인격체로 좋아하지. 상당히 총명하고 정직하고 아주 열린 사람이야."

"박사님께 뭔가를 원하던가요?"

"그 점을 가장 흡족하게 생각하고 있네. 개방적이고 정직한 사람이라는 걸 알았기 때문에 단도직입적으로 그걸 물었지. 자신을 니콜라에라고 부르라고 하더군. 이건 한 시간 정도 정담을 주거니 받거니 한 후 누린 기쁨이었지. 그래서 '니콜라에, 나한테 뭘 원합니까?'라고 물었지. 그런데 그가 뭐라고 했는지 아나? '로젠츠바이크 박사님, 저는 박사님의 호의면 충분합니다'라고 하더군. 그래서 '니콜라에, 그거라면 자네는 이미 가지고 있네'라고 했지. 알다시피 나한텐 비현실적이지 않은 평화주의자적인 면이 있거든. 하지만 그에게 이런 이야기는 하지 않고 다만 그에게 호감이 있다고 했지. 물론 자네에게도 그렇고."

"박사님은 그런 말을 쉽게 하시는 분이 아닌 걸로 알고 있습니다만……."

"그래서 자네를 좋아하고, 자네에게 호의가 있는 거네. 언젠가 자네는 카르파티아를 만나게 될 거야. 그리고 두 사람은 서로 좋아하게 될 걸세. 그의 목표와 꿈은 조국에서조차 이루어지지 않을지 모르지만, 원대한 이상을 품고 있지. 그가 유명해지면 그 사람에 대해 듣게 되겠지. 그리고 자네가 자신의 분야에서 유명해지면 그도 자네에 대해서 듣거나 자네에게 연락을 받게 되겠지. 그렇지 않을까?"

"그렇게 되길 바랍니다."

그 순간 벅의 차례가 되었다. 그는 전선을 챙기고 여직원에게 양해해 줘서 감사하다고 했다.

"미안했어요."

벅은 웬만해선 못 들을 것 같은 용서한다는 말을 듣기 위해 잠시 말을 멈췄다.

"다른 날도 아니고 오늘이니까 이해해 주세요."

여직원은 이해하지 못하겠다는 표정이었다. 그녀에게도 힘든 하루였을 것이다. 하지만 누그러진 표정으로 벅을 바라보며 말했다.

"무슨 일인들 못 해 드리겠습니까?"

"이런, 부탁한 대로 하지 않아서 그랬다는 얘긴가요?"

"아니에요. 이 말은 다른 분들한테도 하고 있는걸요. 제가 해 드릴 일이 아무것도 없어서 하는 농담입니다. 오늘 예정된 항공편은 없습니다. 공항은 곧 폐쇄될 거고요. 잔해를 모두 치우고 교통이 다시 원활해질 때까지 얼마나 걸릴지 누가 알겠습니까? 제 말씀은요, 손님의 요구는 뭐든 들어 드릴 수 있습니다만 저희 회원님들께 하듯이 손님의 짐을 접수하고, 항공편을 잡고, 전화 편의를 봐주고, 호텔을 예약하는 일 등등은 해 드릴 수가 없다는 말이죠."

그녀가 말했다.

"저도 회원입니다."

"골드입니까, 플래티넘입니까?"

"이봐요, 아가씨. 나는 말하자면 '크립톤' 회원입니다."

벅은 카드를 꺼내 보였다. 전 세계 항공 여행자 중 상위 3퍼센트에 속한다는 사실을 증명해 주는 카드였다. 요금이 가장 저렴한 구역에 자리가 있는 경우에는 그에게 내줘야 하고, 무료로 일등석 자리로 올려 배정해야만 했다.

"어머, 그 잡지의 캐머런 윌리엄스 기자님 아니세요?"

"맞아요."

"〈타임〉 지인가요? 정말이에요?"

"모욕하지 말아요. 그 경쟁사인데요."

"어머, 거기 알아요. 저도 언론계에서 일하고 싶었거든요. 대학에서 전공도 했고요. 기자님에 대한 기사를 읽은 적이 있어요. 최연소 수상자 아니면 열두 살 미만 최다 표지 기사 작성자였을걸요?"

"재미있군요."

"아닌가요?"

"이런 날 농담을 하다니 대단하군요."

벅이 말했다.

그 말에 그녀의 표정이 갑자기 어두워졌다.

"그 일은 생각조차 하고 싶지 않아요. 제가 어떻게 도와드릴 수 있을까요?"

"그렇군요. 난 뉴욕에 가야 해요. 아, 그런 표정을 짓지 말아요. 지금 뉴욕이 가장 가기 어려운 곳이라는 건 알아요. 하지만 직원이니까 사람들을 알잖아요. 부업으로 비행하는 조종사들을 알고 있을 거고, 전세기 같은 거 말이에요. 어떤 공항에서 그 사람들이 출발하는지 알 거 아닙니까. 돈이라면 얼마든지 가지고 있고, 그들이 원하는 대로 요금을 지불할 수 있어요. 자, 누구를 추천할 거죠?"

그녀가 벅을 유심히 바라봤다.

"제게 그런 부탁을 하시다니 기막힌 일이군요."

"어째서죠?"

"왜냐하면 제가 그 일에 적합한 사람을 알고 있기 때문이죠. 그 사람은 워키간이나 팔워키 공항 같은 곳에서 출발해요. 요금은 비싼 편이에요. 특히 비상시에는 손님이 누구고 얼마나 다급한지 알면 두 배를 요구할 사람이거든요."

"그걸 숨길 수는 없겠죠. 더 자세히 알려 주세요."

방송으로 보고 듣는 것과 직접 당하는 것은 달랐다. 레이포드 스틸은 아내와 아들이 이 세상에서 사라졌다는 증거를 찾으면 어떤 느낌일지 가늠할 수 없었다.

그는 계단 맨 위의 가족사진 옆에 멈춰 섰다. 항상 정리 정돈하는 습관이 몸에 배어 있던 아이린은 레이포드와 자신의 증조부모로부터 시작해서 사진을 연대순으로 걸어 놓았다. 중서부 출신으로 엄숙한 표정을 짓고 있는 빼빼 마른 남녀의 낡고 갈라진 흑백사진이 맨 위에 걸려 있었다. 다음으로 50주년 결혼기념일에 찍은 조부모의 빛바랜 컬러 사진이 그 뒤를 이었다. 다음으로 부모, 형제자매들 그리고 자신들의 사진이 있었다. 아이린은 뒤로 넘긴 머리를 하고 있고, 자신은 귀를 덮은 머리에 구레나룻을 기르고 있었다. 결혼사진을 관심 어린 눈으로 바라본 게 얼마 만인지?

그리고 어린 동생을 안고 있는 여덟 살의 클로이가 찍혀 있는 가족사진이 눈에 띄었다. 클로이가 아직 무사하고 어떻게든 만날 수 있다는 것이 얼마나 감사한 일인가! 하지만 이번 일이 두 사람에게 뭘 말해 줄까? 두 사람은 버려졌다. 그는 뭘 바라야 할지, 뭘 위해 기도해야 할지 몰랐다. 겉으로 보이는 것이 현실이 아니기를, 아이린과 레이미가 아직 무사하기를 빌어야 하나?

더 이상 기다릴 수 없었다. 레이미의 방문이 약간 열려 있었다. 자명종이 울리고 있었다. 자명종을 껐다. 침대 위에는 레이미가 읽던 책이 놓여 있었다. 이불을 젖히자 레이미의 불스 농구팀 잠옷과 양말이 보였다. 레이포드는 침대에 앉아서 실컷 울다가, 레이미가 잠자리에서 양말을 신지 않는다고 아이린이 잔소리하던 기억이 나서 피식 웃었다.

옷가지를 가지런히 개어 놓고 침대 곁의 작은 탁자 위에 놓인 자신의 사진을 보았다. 창밖의 747기를 배경으로 한 사진으로, 레이포드는 모자를 팔에 끼고 대합실 안에서 웃으며 서 있었다.

'레이미에게, 사랑하는 아빠가. 오헤어 공항에서 팬콘티넨털 기장, 레이포드 스틸.'

사진에는 문구와 함께 서명이 있었다.

그는 고개를 떨구었다. 도대체 어떤 아빠가 아들에게 주는 사진에 이런 서명을 하는 걸까?

몸이 납덩이처럼 무거웠고, 힘들어서 간신히 서 있었다. 현기증이 나자 몇 시간 아무것도 먹지 않았다는 사실이 떠올랐다. 레이미 방을 뒤돌아보지 않고 천천히 나와 문을 닫았다.

큰 방으로 통하는 복도 끝에 있는 유럽풍 고급 여닫이문 앞에 멈춰 섰다. 아이린은 레이스와 장신구를 이용해서 문을 아름답게 꾸며 놓았다. 그는 한번도 아내에게 수고했다는 말을 하지 않았다. 도대체 그런 수고에 대해 감사한 적이 있기는 한 걸까.

이곳에는 꺼야 할 자명종이 없었다. 커피 향이 아이린을 깨웠다. 레이포드가 자신 있게 카메라를 쳐다보고 있고, 그런 그를 아이린이 바라보고 있는 사진이 걸려 있었다. 과분한 아내. 그는 자신의 이기심으로 우롱당하고 일생에서 가장 소중한 사람을 잃어 마땅함을 알았다.

레이포드는 무엇을 찾아낼지 알면서 침대 쪽으로 갔다. 움푹 들어간 베개와 구겨진 이불에는 예상한 대로 온기는 없지만 아내의 체취를 느낄 수 있었다. 조심스럽게 담요와 시트를 걷어 내자 남편 사진을 넣고 다니던 아내의 목걸이가 나왔다. 그의 놀림 때문에 남편이 집에 없을 때만 입던 아내의 모직 잠옷은 주인이 사라지던 당시의 모습을 간직하고 있었다.

눈물을 머금은 그의 눈에 베개 근처에 있던 결혼반지가 들어오자 순간 목이 메었다. 아내는 항상 반지를 낀 손으로 턱을 받치고 베개를 베곤 했다. 레이포드는 더 이상 참지 못하고 무너져 내렸다. 그는 반지를 손에 쥐고 침대 모서리에 앉았다. 피로와 슬픔으로 고통스러웠다. 반지를 재킷 주머니에 넣다가 아내가 보낸 꾸러미가 생각나서 열어 보니 그가 가장 좋아하는 과자가 들어 있었다. 여러 개의 하트를 초콜릿으로 그린 것으로 집에서 아이린이 종종 굽곤 하던 것이었다.

'너무도 다정한 사람, 나한텐 과분한 여자! 실컷 사랑해 주지도 못하고…….'

과자를 침대 옆 탁자 위에 놓았다. 과자 냄새가 실내를 채웠다. 뻣뻣해진 손가락으로 옷을 벗어 방바닥에 던지고는 침대로 올라가 얼굴을 묻고 엎드렸다. 아내의 체취를 맡고 좀더 가까이 느끼기 위해 아이린의 잠옷을 움켜잡았다.

그렇게 울다가 레이포드는 잠이 들었다.

5

벅 윌리엄스는 팬콘 클럽의 남자 화장실 칸막이 안에 처박혀 짐을 다시 확인했다. 청바지 안쪽에 있는 특수용 주머니에 손을 넣어 달러, 마르크, 엔화로 상환할 수 있는 수천 달러에 달하는 여행자 수표가 제대로 있는지 확인했다. 그의 가죽 가방 안에는 갈아입을 옷 두 벌과 노트북, 휴대 전화, 녹음기, 세면도구, 자잘한 소지품과 만약을 대비한 방한복 등이 들어 있었다.

이 종말론적인 실종 사건이 발생하기 3일 전, 벅은 뉴욕을 떠나면서 열흘 동안 영국에서 지낼 짐을 챙겼다. 챙겨 간 여벌 중 한 벌은 두고, 나머지 한 벌은 세면대에서 직접 빨아 온종일 말렸기 때문에 가뿐하게 짐을 쌀 수 있었다. 그 덕분에 단 한 번도 무거운 짐으로 부담을 느껴 본 적이 없었다.

영국에 가기 전에 벅은 〈글로벌 위클리〉 지의 시카고 지국장인 오십대 흑인 여성 루신다 워싱턴과의 관계 개선을 위해 먼저 시카고에 들렀다. 별다른 일은 아니었다. 벅이 그녀 팀의 기자들이 바로 코앞에 두었던 스포츠 기사를 통째로 특종 기사로 보도하는 바람에 두 사람의 관계가 틀어져 버렸다. 시카고 베어스의 한 나이 든 전설적인 인물이 프로 미식 축구팀을 매수하는 데 도움을 줄 여유 있는 동업자들을 마침내 구했다는 낌새를 벅이 알아채고 그를 쫓아다니다 내용을 파악한 후 기사화했다.

"캐머런, 정말 존경스러워."

루신다 워싱턴은 그를 벅이라는 별명으로 부르지 않았다.

"멋대로 나를 화나게 하는 거 보면 말이야. 그래도 이번만큼은 최소한 내게 알려 줬어야지."

"그러고 나서 이 기사를 이 분야의 최고 적임자에게 쓰게 하려고요?"

"스포츠는 자네 분야도 아니잖나. 올해의 뉴스메이커뿐 아니라 나 개인적으로는 하나님이 하신 일이라고 말하고 싶은 이스라엘이 러시아를 패전시킨 사건까지 다룬 자네가 어떻게 이런 하찮은 기사까지 관심을 둘 수 있는 거지? 자네처럼 아이비리그 출신들은 원래 라크로스나 럭비 같은 스포츠나 좋아해야 하는 거 아닌가?"

"루신다, 이번 일은 스포츠 기사 그 이상이었어요. 그리고……."

"이봐!"

"미안해요, 루신다. 근데 그거 정말 고전적인 표현 아니에요? 라크로스와 럭비라뇨?"

두 사람 모두 웃음을 터뜨렸다.

"자네가 여기에 머물고 있다는 사실을 내게 알려야 했다는 게 아니야. 최소한 그 기사를 〈글로벌 위클리〉 지에 게재하기 전에 내가 알고는 있었어야지. 우리 직원들과 내가 그렇게 당하고 얼마나 당황했을지 짐작이나 했나? 특히 전설의 인물인 캐머런 윌리엄스에게 말이지. 흠, 어쨌든 그건 그렇다 치자고."

"그래서 저를 밀고하신 거로군요?"

루신다가 다시 웃음을 터뜨렸다.

"그래서 플랭크 편집국장에게 말했지. 자네와 나를 계속 잘 지내게 하려면 얼굴을 직접 보여 줘야겠다고."

"왜 제가 그렇게 할 거라고 생각하셨나요?"

"날 좋아하니까. 절대 부정할 순 없을걸."

벅은 대답 대신 빙긋 웃었다.

"하지만 캐머런, 또다시 나 몰래 내 구역에 왔다가 붙잡히는 날에는 정말 가만두지 않을 거야."

"아, 참! 이거 하나 알려 드리지요. 제가 추적할 시간이 없어서 드리는 특종인데요, NFL(National Football League) 가맹점 인사부에서 결국엔 안 하기로 했다는 걸 우연히 알게 되었어요. 자금도 불안정하고 리그에서도 거절할 예정이랍니다. 시카고 베어스의 그 전설적인 양반만 곤혹스럽게 될 것 같네요."

루신다는 부리나케 휘갈겨 쓰기 시작했다.

"설마 진담은 아니겠지?"

전화기를 들며 루신다는 의심스러운 표정으로 물었다.

"뭐, 그렇죠. 하지만 국장님이 바로 태도를 바꿔 행동을 취하시는 걸 보니 재미있는데요."

"이 짓궂은 인간 같으니! 다른 사람이라면 혼쭐을 내줄 텐데!"

"그래도 절 좋아하시잖아요. 부정하지 마세요."

"비록 기독교인은 아니지만 말이지."

"그 얘기는 다시 입 밖으로 꺼내지도 마십시오."

"왜 이래, 캐머런. 자네도 하나님이 이스라엘에 하신 일을 보고 마음을 정하지 않았는가."

"인정해요. 그렇다고 저를 기독교인이라고 하지는 마세요. 전 자연신주의자에 더 가까우니까요."

"내가 다니는 교회에 같이 가 그곳에서 오래 좀 머물러 봐. 하나님이 자네의 마음을 움직이실 거야."

"이미 그렇게 하셨어요. 하지만 예수님은 또 다른 문제죠. 이스라엘 인은 예수님을 미워해요. 하지만 하나님이 그들에게 행하신 일을 보세요."

"하나님이 일하실 때에는……."

"신비로운 방법으로 하시죠. 저도 압니다. 어쨌든 저는 월요일에 런던으로 가요. 그곳에 있는 친구에게서 일급 정보를 얻기로 했거든요."

"그래? 뭔데?"

"신경 끄십시오. 우리가 아직 그 정도로 서로 친하지는 않잖아요?"

루신다는 웃음을 터뜨렸고 두 사람은 따뜻한 포옹을 한 후 헤어졌다. 바로 3일 전의 일이었다.

벅은 비운의 그 런던행 비행기를 타면서 어떤 준비도 없었다. 단지 학교를 졸업한 후 줄곧 런던 재계에서 일하고 있는 웨일스 출신의 프린스턴 대학 동창이 흘려 준 정보를 쫓고 있을 뿐이었다. 더크 버턴은 과거에도 믿을 만한 정보원 역할을 했으며, 국제 금융 전문가들 중에서 특히 거물들이 비밀리에 회담한다는 일급 정보를 흘려주기도 했다. 그동안 벅은 더크가 제기하는 음모론을 그저 재미 삼아 들었던 것이다.

"정리 좀 해 보자고. 그러니까 네 말은 이 사람들이 세계를 주무르는 실세들이라는 거지?"

벅의 물음에 더크는 진지하게 대답했었다.

"그렇게까지 확대시키지 마, 캠. 단지 내가 알고 있는 건 그들이 강력하다는 것, 은밀히 움직인다는 것, 그리고 모임을 가진 후엔 꼭 큰일이 터진다는 거지."

"그러니까 네 생각은 그들이 선거를 이용하든, 자신들이 독재자를 내세우든 세계 지도자들을 만들어 낸다는 거지?"

"네가 날 음모론 북클럽 회원쯤으로 생각한다면 그건 아니야."

"그렇지 않다면 이런 정보를 어디서 얻은 거야? 말해 봐. 너도 꽤 꼼꼼한 사람이잖아. 얼굴 없는 권력자라고? 자금을 맘대로 쥐고 흔든다고?"

"내가 알고 있는 건 런던 거래소, 도쿄 거래소, 뉴욕 거래소 모두 기본적으로 이들이 만날 때까지 그냥 방향성 없이 표류 상태로 있다는 거지. 그러다가 이들이 만난 다음에는 곧 사건이 터진다는 거야."

"그러니까 대통령의 결정이나 의회 투표 결과로 뉴욕 증시가 폭등한 것도 이 비밀 모임의 결과라는 말이잖아."

"그렇진 않아. 하지만 네가 든 예는 정확했어. 만일 너희 나라 대통령의 건강 문제로 증시가 요동치고 있다면 이 실세들이 모여서 세계시장에 어떤 일을 할지 생각해 봐."

"그렇지만 그 사람들이 만나는 걸 세계시장이 어떻게 알겠어? 아마 너 빼고 아무도 모를걸."

"캠, 진지하게 생각해 봐. 많은 사람이 내 말을 믿지 않을 거라는 거 알아. 그래서 아무한테나 말하지 않는 거고. 우리 쪽 거물 한 사람이 이 모임의 일원이야. 그들이 만난다고 당장 무슨 일이 생기지는 않지. 그렇지만 며칠 혹은 일주일 정도 지나면 꼭 일이 터진단 말이야."

"어떤 일이?"

"나보고 미쳤다고 하겠지만 내 친구 중 한 명이 아까 말한 그 거물의 비서 밑에서 일하는 여자랑 관계가 있어."

"잠깐만! 그래, 그렇지! 거기에 단서가 있었군."

"그래. 비록 몇 다리 건너기는 하지만 그렇다고 그 비서가 어떤 말을 흘리지 않을 거라는 건 너도 알 거야. 그건 그렇고 이 거물이 전 세계의 통화를 단일화하는 데 열을 올리고 있다더군. 알다시피 이쪽 일의 절반이 환율에 대한 거잖아. 하긴, 전부라고 해도 과언이 아니지. 시시각각 변하는 시장에 따라 계속 조정하려면 컴퓨터로도 벅찰 정도야."

더크의 말을 벅은 이해할 수 없었다.

"전 세계 단일통화라고? 그럴 리가."

"왜 아닐 거라고 생각하지?"

"너무 엉뚱하잖아. 현실화할 수 없는 일이라고. 사람들이 미터법을 들여왔을 때 미국에서 무슨 일이 있었는지 알지?"

"들여와야 했어! 너희 양키는 정말 어리석었어."

"미터법이야 국제 무역에서나 필요했지. 양키 스타디움에서 외야수 거리가 얼마나 되는지, 인디애나폴리스에서 애틀랜타까지 몇 킬로나 되는지는 알 필요가 없었겠지."

"나도 알아, 캠. 너희 나라 사람들은 그런 식으로 지도에 거리를 표시하는 것은 공산주의자들이 읽기 쉽게 해서 미국 점령에 도움이 될 거라고 여겼지. 하지만 지금 공산주의자들이 어디 있어?"

벅은 더크 버턴의 생각을 대부분 별 생각 없이 받아넘겼다. 몇 년 후 어느 날 한밤중에 더크의 전화를 받기 전까지는 말이다.

"캐머런."

더크는 그때까지도 캐머런의 동료들이 자신의 친구를 '벅'이라고 부르는 줄 몰랐다.

"길게 통화는 못 해. 이 일을 쫓아다니든가, 그냥 일이 생기는 걸 구경만 하다가 '그때 쓸걸' 하고 나중에 후회하든가 맘대로 해. 내가 단일통화에 대해 말했던 것 기억하지?"

"그래, 하지만 여전히 회의적이야."

"다행이군. 그런데 우리 쪽 거물이 지난번 모임에서 자신의 생각을 밀고 나갔고, 뭔가 음모를 꾸미고 있는 것 같아."

"무슨 소리야?"

"주요 유엔 통화 회의가 열릴 거야. 통화 간소화를 회의 안건으로 해서."

"난리가 났군."

"그야말로 난리지. 그런데 우리 쪽 거물의 뜻이 물거품됐어. 당연하겠지만 단일통화로 파운드화를 밀고 있었거든."

"그렇게 되었다니 유감인걸. 하지만 현재 너희 나라 경제를 봐."

"들어 봐. 네가 그 비밀 모임에서 새어 나오는 말을 조금이라도 믿는다면 더 놀라운 소식이 있어. 대신 한 걸음 물러서서 세 개 통화로 줄이기로 했다는군. 앞으로 10년 내에 단 하나로 통합하기로 하면서 말이야"

"그럴 리가……. 있을 수 없는 일이야."

"캐머런, 내 정보가 틀림없다면 첫 단추는 이미 채워졌어. 유엔 회의는 단지 눈속임용일 뿐이라고."

"그 비밀 모임이 배후에서 조종한 후라는 거로군."

"맞아."

"잘 모르겠어, 더크. 그런데 이 친구야, 네가 차라리 내 일을 하는 게 낫겠다."

"누군들 안 그럴까?"

"정말이야. 나는 네가 하는 일을 하고 싶은걸."

"틀림없어, 캐머런. 내 정보를 한번 진지하게 생각해 보라고."

"어떻게?"

"앞으로 2주 동안 유엔에서 나올 일들을 예측해 볼게. 만일 내 말이 정확하다면 최소한의 예의와 존경심으로 날 대하라고."

대학 시절 주말에 다른 학생들이 기숙사에서 피자와 맥주로 떠들썩하게 보내는 동안, 두 사람은 늘 언쟁을 벌이며 이런 식으로 말을 주고받던 때가 있었다.

"이봐, 더크. 그렇게 하지. 재미있겠는걸. 하지만 농담이 아니라 네가 틀렸다고 해도 너를 눈곱만치도 무시하거나 뭐라고 하지 않을게. 알겠지?"

"정말 고마워, 캐머런. 내겐 그게 아주 중요하거든. 보너스로 내가 재미있는 얘기 하나 해 줄까? 유엔에서 합의할 화폐 단위는 달러, 마르크, 엔화가 될 거야. 게다가 그 보이지 않는 힘 뒤에 있는 진정한 실세는 미국인이라는 거지."

"무슨 말이야, 뒤에 있는 실세라니?"

"국제 금융가 비밀 모임에서 가장 강력한 자."

"다른 말로 하면 그 모임을 움직이는 사람이라는 거지?"

"화폐 통합에서 파운드를 쏴 버린 인물이지. 궁극적으로는 달러를 단일 통화로 하려고 마음먹고 있기도 하고."

"계속해 봐."

"조너선 스토나갈."

벅은 더크가 얼토당토않은 이름을 들먹여서 웃음을 터뜨릴 수 있길 바랐다. 하지만 한 사람을 골라 논리적으로 따진다면 스토나갈밖에 없다는 걸 인정해야만 했다. 세계에서 가장 부유한 부류에 속하면서 오랫동안 미국에서 막후 실력자로 알려진 그였기에, 만일 세계 금융에 대한 진지한 토론이 있다면 스토나갈이 포함될 수밖에 없다. 비록 여든 줄에 들어선 노인으로 뉴스에 나오는 사진도 노쇠한 모습이긴 하지만 스토나갈은 미국과 전 세계에 걸쳐 유수한 은행과 금융기관을 소유하고 있다. 또한 동종 업계의 엄청난 주주이기도 한 사람이다. 비록 친구이긴 하지만 더크가 좀더 열이 나서 계속 정보를 제공하게끔 하려면 조금은 애태우게 할 필요가 있다고 벅은 느꼈다.

"더크, 다시 자야겠어. 알려 줘서 고맙고 꽤 흥미 있는 일이야. 이번 유엔에서 어떤 거래가 일어나는지 우선 보도록 하지. 그리고 조너선 스토나갈의 움직임에 대해서도 추적이 가능한지 볼게. 만약 네가 생각하는 대로 일이 벌어지면 넌 내 최고의 정보원이 되는 거야. 그 사이에 넌 그 비밀 모임에 얼마나 많은 사람이 있는지, 그리고 그 사람들이 어디에서 만나는지 알아봐."

"그건 간단해. 몇몇 국가원수를 포함해서 최소 열 명이야. 어느 때는 그 수가 넘기도 하지만."

"미국 대통령도?"

"경우에 따라서는 믿거나 말거나."

"그건 여기에서도 흔한 음모론 중의 하나야."

"하지만 그게 사실이 아니라는 걸 의미하지는 않지. 그리고 그 사람들은 주로 프랑스에서 만난다고 하더군. 이유는 알 수 없지만 말이야. 뭐 누군가의 개인 별장이 있거나 안전을 보장해 주는 뭔가가 있겠지."

"그 거물 비서의 친척의 친구의 친구인 네 친구인가 누군가를 벗어나는 정보는 없는 거네?"

"비웃고 싶으면 비웃으라고. 그 모임에 속해 있는 우리 쪽 거물은 조슈아 토드코트란인데 다른 사람처럼 입 다물고 있을 만큼 보수적이지 않을 거야."

"토드코트란? 런던 거래소 경영주?"

"그래, 그 사람."

"보수적이지 않을 거라고? 그 사람이 어떻게 그 위치를 얻었는데 보수적이지 않을 거라는 거지? 게다가 보수적이지 않은 영국인이란 소리를 들어본 적이 있어?"

"있을 수 있지."

"잘 자, 더크."

더크의 말은 모두 맞았다. 유엔은 결의를 했다. 벅은 조너선 스토나갈이 유엔 회의가 진행되던 열흘간 뉴욕에 있는 플라자 호텔에서 지냈다는 사실도 알았다. 런던 거래소의 토드코트란은 능변의 연사 중 한 사람이었다. 그는 영국이 파운드화에서 마르크화로 대체하는 문제에 대해 수상을 지지하는 데 사활을 걸고 적극적으로 나서서 열의를 피력했다.

많은 제3세계 국가는 그러한 변화에 강력히 저항했지만 몇 년 지나지 않아 3개 통화가 전 세계를 휩쓸었다. 벅은 스티브 플랭크에게 유엔에서 있을 일들에 대한 정보를 알리긴 했지만, 출처가 어딘지는 밝히지 않았다. 벅뿐 아니라 플랭크 역시 이 일을 기사화하는 위험을 감수하지 않았다.

"아주 위험해."

스티브가 말했다. 그렇지만 이내 두 사람은 앞서 기사화하지 않은 것을 후회했다.

"그랬다면 벅 자네는 더더욱 전설적인 인물이 됐을 텐데 말이야."

더크와 벅은 그 어느 때보다도 가까워졌고, 더구나 이렇게 급히 런던으로 가는 일이 벅에게는 그리 낯선 일이 아니었다. 더크에게 중요한 정보가 있으면 벅은 짐을 챙겨 런던으로 가곤 했다. 종종 시골로도 출장을 가야 했는데 놀랄 만큼 기후 변화가 심해서 이렇게 악천후에 대비한 비상 의류를 챙겨야 했다. 하지만 이런 비상사태를 위한 장비들은 아무런 소용이 없었다. 인류 역사상 가장 충격적인 현상이 나타나는 바람에 벅은 시카고에 갇혀 뉴욕으로 가려고 발버둥치고 있었기 때문이다.

노트북에 내장된 수많은 기능에도 역시 수첩을 대신할 만한 것은 없었다. 벅은 출발하기 전에 해야 할 목록을 적었다.

전세 비행기 조종사인 켄 리츠에게 전화
아버지와 형 제프에게 전화
해티 더럼에게 가족 안부 전화
루신다 워싱턴에게 근처 호텔 물어보기
더크 버턴에게 전화

전화벨 소리에 레이포드 스틸은 잠을 깼다. 몇 시간 꼼짝도 않고 잠을 잤던 것이다. 어느새 초저녁이 되었고 점점 어두워지고 있었다.

"여보세요."

잠이 덜 깬 쉰 목소리를 감출 수가 없었다.

"스틸 기장님?"

겁에 질린 해티 더럼의 목소리였다.

"그래, 해티. 괜찮은 거요?"

"몇 시간 내내 기장님과 연락하려고 얼마나 애썼는데요. 제 전화가 아주 오랫동안 죽어 있었던데다가 다른 전화는 모두 통화 중이더군요. 기장님 전화기는 울렸는데 통 받지를 않으시더라고요. 엄마와 여동생이 연락이 안 돼요. 기장님은 어떠세요?"

레이포드는 일어나 앉았다. 어지럼증 때문에 현기증이 났다.

"클로이에게 메시지를 받았소."

"알아요. 오헤어 공항에서 제게 말씀하셨잖아요. 부인과 아드님은 모두 무사한가요?"

"아니."

"아니라니요?"

레이포드는 침묵했다. 달리 무슨 할 말이 있겠는가?

"그렇게 확신할 뭔가 있나요?"

"유감스럽지만 그래. 두 사람 모두 침대에 잠옷이 있거든."

"그럴 수가! 레이포드, 정말 안됐어요. 제가 해 드릴 일은 없어요?"

"아니, 괜찮소."

"위로해 줄 친구는 있으세요?"

"아니, 그렇지만 괜찮아. 고맙소."

"전 무서워요."

"해티, 나도 그래."

"어떻게 하실 건가요?"

"계속 클로이를 찾아봐야지. 그 애가 집으로 무사히 돌아오길 기다리든가, 내가 그 애에게 가든가."

"지금 어디 있는데요?"

"팔로알토의 스탠퍼드에 있소."

"우리 가족도 캘리포니아에 있어요. 그곳에서도 온갖 사건이 발생했나 봐요. 이곳보다 훨씬 심각한가 봐요."

"아마 시차 때문일 거야. 길거리에 사람이 많았을 시간이니까 사고도 훨씬 많았겠지."

"제 가족에게 무슨 일이 생겼을까 봐 무서워 죽겠어요."

"가족들 소식을 들으면 내게도 알려 줘. 알았지?"

"그럴게요. 그렇지만 기장님께서 먼저 전화하셨어야죠. 물론 제 전화가 불통이라 전화를 받을 수 없었지만……."

"해티에게 전화하려고 했다고 말하면 좋겠지만 사실 그렇지 않았어. 나 역시 이번 일로 무척 혼란스럽고 힘들군."

"레이포드, 제가 필요하면 연락하세요. 누군가 얘기할 사람이나 함께 있어 줄 사람 말이에요."

"그럴게. 가족 소식 들으면 나한테도 꼭 알려 줘."

레이포드는 이 말을 괜히 했다고 생각했다. 아내와 아들을 잃고 나서야 스물일곱 살 된 여자와 꿈꾸던 관계가 얼마나 쓸데없는 짓이었는지 깨달았다. 해티에 대해 아는 것도 없고, 가족의 안부에 대해서도 뉴스에 나오는 비극적 소식 정도의 걱정밖에 되지 않았다. 해티가 나쁜 사람이 아니라는 건 잘 알고 있다. 솔직히 말하면 착하고 따뜻한 여자다. 그렇다고 해서 레이포드가 그녀에게 관심을 둔 건 아니었다. 그 자신이 머리가 좋거나, 운이 좋았거나, 아니면 순진해서인지 행동으로 옮기지 않았지만 그녀에게는 어떤 육체적 매력이 있었다. 레이포드는 그런 생각을 했다는 것 자체에 죄책감을 느끼고 있었고 지금 이 순간 너무 슬퍼서 인사 차원으로 동료를 염려하는 것 외에는 아무 생각도 나지 않았다.

"다른 전화가 오고 있어요. 기다려 주시겠어요?"

"아니, 어서 받아. 나중에 다시 걸지."

"제가 다시 전화드릴게요, 레이포드."

"음, 그래."

벅 윌리엄스는 다시 줄을 서서 공중전화기를 이용할 수 있었다. 이번에는 전화선을 노트북에 연결하려고 애쓰지 않았다. 그냥 단순히 몇 통화가 가능한지를 알아보고 싶을 뿐이었다. 제일 먼저 켄 리츠의 자동 응답기에 연락이 닿았다.

"리츠 전세기 서비스입니다. 비상사태에 비춰 볼 때 다음과 같은 거래 조건을 제시하려고 합니다. 제가 소유하고 있는 리어 제트기는 각각 팔워키와 워키간에 있습니다. 나머지는 모두 소실됐습니다. 양쪽 공항 어디로든 데려다 드릴 수 있습니다. 그런데 지금 당장은 두 공항에서 주요 활주로를 누구에게도 허가하지 않고 있습니다. 밀워키, 오헤어, 케네디, 로간, 내셔널, 덜레스, 댈러스, 애틀랜타 공항도 들어갈 수 없습니다. 대신 그보다 더 작은 외곽 지역의 공항으로는 데려다 드릴 수 있습니다. 그것도 그쪽 공항 마음이라 유감스럽게도 운에 달려 있다고 봐야겠죠. 1.6킬로미터당 2달러로 계산하고 현금 선급입니다. 만약 목적지에서 이 비행기를 타고 돌아오는 사람이 있으면 조금 깎아 드릴 수도 있습니다. 오늘 밤 녹음된 내용을 들어보고 일차로 내일 아침에 출발하겠습니다. 확실히 현금을 지불하고 제일 멀리 가시는 분에게 우선권을 드립니다. 가는 길에 내려 드릴 수 있다면 끼워 타실 수 있도록 하겠습니다. 메시지를 남기시면 연락드리겠습니다."

벅은 웃음이 나왔다. 켄 리츠가 자신에게 어떻게 연락할 수 있다는 걸까? 그의 휴대 전화기는 믿을 수 없고 유일하게 생각할 수 있는 건 뉴욕의 음성 사서함 번호뿐이었다.

"리츠 씨, 벅 윌리엄스라고 합니다. 될 수 있는 한 뉴욕 근처로 갔으면 합니다. 요구하는 금액은 전부 여행자 수표로 지급하겠습니다. 원하시는 어떤 통화로도 상환할 수 있습니다."

때로는 여행자 수표가 계약자에게 더 끌릴 수도 있다. 환율 차이를 이용하면 상환할 때 약간의 차익을 얻을 수 있기 때문이다.

"여기는 오헤어 공항이고 교외에서 머물 곳을 찾아볼 생각입니다. 오시는 시간을 아끼기 위해 이곳과 워키간 사이의 지역을 택할 예정입니다. 그 사이에 새 전화번호가 생기면 알려 드리도록 하겠지만 우선은 지금 알려 드리는 음성 사서함에 메시지를 남겨 주십시오."

아직까지도 벅은 사무실과 통화할 수 없었다. 그나마 음성 사서함은 작동하고 있었다. 새로운 메시지를 검색하기 시작했다. 대부분 직장 동료의 전화로 벅의 안부를 확인하고 서로 알고 지내던 동료가 사라진 것에 대해 애석해하고 있었다. 그러고 나서 마지 포터의 환영 메시지가 있었다. 마지는 벅이 분명 확인하리라 믿고 기지를 발휘해 녹음했다.

"벅, 이 메시지 받으면 투손에 계시는 아버지께 전화드리세요. 형과 함께 계세요. 안타깝지만 형 제프의 아내와 아이들과는 연락이 안 되나 봐요. 벅이 전화할 무렵이면 소식을 듣겠지요. 무사하다는 소식을 들으면 아버지께서 무척 기뻐하실 거예요."

음성 사서함에 아직도 저장된 메시지가 있다고 했다. 벅에게 이 일을 시작하도록 부추겼던 더크 버턴의 메시지였다. 시간이 있을 때 다시 들어보기로 했다. 한편 벅은 마지에게 전화선이 복구되고 시간이 나면 더크 버턴에게 자신의 비행기가 히스로 공항으로 가지 못했다는 사실을 알려 주라는 메시지를 남겼다. 물론 지금쯤이면 더크도 알고 있겠지만, 자신이 사라진 사람들에 끼어 있지 않다는 사실과 조만간 그곳으로 갈 거라는 사실을 알릴 필요가 있었다.

전화를 끊은 벅은 아버지에게 전화를 걸었다. 통화가 되지 않았다. 그렇지만 들리는 신호음은 전화선이 두절됐다거나 전체 시스템이 파손되었을 때와는 다른 소리였다. 귀에 익숙한 그 짜증이 나는 신호음도 아니었다. 통화 중인 소리였다. 제프는 분명 아내 샤론과 아이들의 소식을 듣지 못해 미칠 지경일 것이다. 두 사람은 이견이 많았고 급기야 아이들이 어릴 때부터 별거를 했지만 최근 몇 년 사이에 두 사람의 관계는 점차 나아지고 있었다. 형수는 관대하고 타협도 잘했다. 제프 형도 아내가 자신을 다시 받아 줄지 혼란스럽다고 했다.

"내겐 과분한 사람이야. 감사할 따름이지."

벅에게 이렇게 말한 적이 있었다. 조카들은 모두 제 아빠를 쏙 빼닮은 보물 같은 존재였다.

벅은 아름다운 금발 머리 여승무원이 건네준 전화번호를 꺼내 누르면서 좀더 서둘러 연락하지 않은 자신을 탓했다. 잠시 후에 그녀가 전화를 받았다.

"해티 더럼 씨, 벅 윌리엄스입니다."

"누구라고요?"

"캐머런 윌리엄스요, 〈글로벌 위클리〉 지의……."

"아, 예! 무슨 소식이라도?"

"예, 좋은 소식입니다."

"어머나, 감사해요! 말씀해 주세요."

"저도 사무실 직원에게 들었습니다만, 그쪽에서 해티 씨 어머니와 연락이 닿은 모양입니다. 어머니와 여동생들 모두 무사하답니다."

"감사해요. 감사해요. 정말 감사해요! 가족들이 왜 연락해 주지 않는지 모르겠네요. 어쩌면 했을지도 몰라요. 제 전화기가 내내 불통이었거든요."

"캘리포니아에 여러 문제가 생겼어요. 전화선도 두절되고요. 가족과 통화하려면 시간이 좀 걸릴 겁니다."

"저도 들어서 알고 있어요. 이것만 해도 정말 감사해요. 윌리엄스 씨는 어때요? 가족과 연락이 닿으셨나요?"

"아버지와 형은 무사하다고 하는데 아직까지 형수와 조카의 소식을 못 듣고 있어요."

"아이들이 몇 살인가요?"

"기억이 잘 안 나는군요. 둘 다 열 살 아래인데 정확히는 모르겠군요."

"저런."

해티는 조심스러우면서도 안타까워하는 것 같았다.

"왜요?"

벅이 물었다.

"아니에요. 그냥……."

"뭔가요?"

"제가 괜히 마음만 불편하게 할 것 같아서요."

"말해요, 더럼 씨."

"지난번에 비행기 안에서 했던 말 기억하시죠? 뉴스에 따르면 아이들은 모두 사라진 것 같다고 해요. 심지어 아직 태어나지 않은 아이까지도 말이에요."

"예!"

"그렇다고 윌리엄스 씨 조카도 그렇다는 뜻은 아니에요."

"알아요."

"괜한 얘기를 꺼내 죄송해요."

"괜찮아요. 정말 이상하긴 하죠?"

"예. 조금 전에 윌리엄스 씨가 탄 비행기를 조종한 기장님과도 통화했는데요, 그분도 부인과 아들을 잃으셨대요. 다행히 딸은 무사하지만요. 딸도 캘리포니아에 있대요."

"몇 살이죠?"

"아마 스무 살 정도 됐을 거예요. 스탠퍼드 대학에 다니고요."

"이런……."

"윌리엄스 씨, 호칭을 어떻게 하면 좋을지?"

"그냥 벅이라고 부르세요. 제 별명입니다."

"그래요, 벅. 조카 얘기는 하지 말았어야 했는데 분명히 예외가 있어서 모두 무사할 거예요."

그녀가 울기 시작했다.

"더럼 씨, 신경 쓰지 말아요. 그럴 수 있을 겁니다. 알다시피 지금 정상적으로 생각할 수 있는 사람이 누가 있겠어요."

"해티라고 부르세요."

그녀의 말은 이런 상황에서도 그를 웃게 만들었다. 해티는 괜한 말을 꺼낸 것에 대해 사과하면서도 격식 차리는 것도 원하지 않았다. 그가 벅이라면 그녀는 해티였다.

"내가 이 전화선을 계속 독점해서는 안 되겠네요. 일단 가족 안부만 전하려고 했거든요. 지금쯤이면 이미 알고 있을 줄 알았어요."

"아니에요. 매우 감사해요. 나중에 생각나면 다시 한 번 전화해 주시겠어요? 정말 좋은 분 같아서요. 저를 위해 이렇게까지 해 주시다니 감사해요. 다음에 또 통화하게 된다면 정말 기쁠 거예요. 지금처럼 두렵고 외로운 때 말이에요."

벅은 달리 대답할 말이 없었다. 재미있는 건 해티의 부탁이 마치 유혹처럼 들린다는 것이었다. 해티는 아주 진지한 듯했고 벅 역시 그랬다. 사람 좋고 겁이 많으며 외로움을 타는 그녀 앞에 세상은 벅이나 다른 모든 사람처럼 무너져 있었다.

전화기를 내려놓으면서 벅은 카운터의 젊은 여성이 자신에게 오라고 손짓하는 것을 보았다.

"사람들이 우르르 몰려갈까 봐 안내 방송을 하지 말라고 했는데요, 조금 전에 흥미로운 얘기를 들었어요. 교통 동업조합이 밀약해서 통신 센터를 맨하임 환승로 부근의 중앙 분리대 쪽으로 옮겼대요."

그녀가 아주 낮은 소리로 속삭였다.

"그게 어디에 있습니까?"

"공항에서 바로 나가세요. 공항으로 들어올 수 있는 교통편은 없거든요. 완전히 꽉 막혔어요. 환승로 방향으로 쭉 걷다 보면 무전기를 들고 공항 리무진 버스에 교통 신호를 주고 있는 사람들을 발견할 수 있을 거예요."

"가격이 엄청나겠는걸요."

"아마 그렇진 않을 거예요."

"기다리는 시간도 엄청 길겠죠."

"올랜도에서 차를 빌리기 위해 줄을 설 때처럼요."

한 번도 그런 경험은 없었지만 그녀의 말을 상상할 수는 있었다. 그리고 그녀의 말은 맞았다. 맨하임 환승로를 향해 한무리의 사람들과 터덕터덕 걸어가자 배차원을 둘러싸고 있는 수많은 사람이 보였다. 간헐적으로 그 배차원이 외칠 때마다 모두가 귀 기울여 들었다.

"각 차 정원만큼만 태웁니다. 교외 어느 방향으로 가든지 1인당 100달러이고 현금만 받습니다. 시카고로 가는 차량은 없습니다."

"카드는 안 됩니까?"

누군가 소리쳤다.

"다시 한 번 말씀드리지만 현금만 가능합니다. 현금이나 수표가 집에 있으면 수단껏 운전사를 설득하세요."

그는 어느 회사가 어느 방향으로 가는지 큰 소리로 외치기 시작했다. 승객은 줄을 서서 고속버스를 탈 때처럼 달려가 각기 해당하는 차를 찾아 좌석을 채웠다.

벅은 외곽의 북쪽으로 가기 위해 배차원에게 100달러짜리 여행자 수표를 건넸다. 한 시간 반 후에 소형 리무진 버스에 다른 여러 명의 승객과 합승했다. 휴대 전화기가 여전히 작동이 안 되자 벅은 운전기사에게 전화기 사용료로 50달러를 건넸다.

"꼭 된다는 보장은 없어요. 되다 안 되다 하거든요."

벅은 노트북에 기록된 전화번호를 뒤져 루신다 워싱턴의 집 전화번호를 찾아낸 후 전화를 걸었다. 십대인 것 같은 남자 아이가 전화를 받았다.

"워싱턴네 집입니다."

"〈글로벌 위클리〉 지의 캐머런 윌리엄스입니다. 루신다 국장님, 계신가요?"

"엄마는 여기에 안 계신데요."

"아직 사무실에 계시니? 워키간 근처에 묵을 곳을 여쭤 보고 싶은데."

"아무 데도 안 계세요. 제가 이 집에서 유일하게 남은 사람이에요. 엄마, 아빠 그리고 나머지 가족 모두 갔어요. 사라졌다고요."

"확실하니?"

"옷이 모두 여기에 있는걸요. 앉았던 바로 그 자리에. 아빠의 안경이 목욕 가운 위에 그대로 있어요."

"이런, 정말 안됐구나."

"괜찮아요. 모두 어디에 있는지 아니까요. 그래서 별로 놀라지도 않았어요."

"방금 어디 있는지 안다고 했니?"

"엄마를 아신다면 당연히 지금 어디 계신지 아실 텐데요. 천국에 계시잖아요."

"음, 글쎄. 너는 괜찮은 거니? 돌봐 줄 사람은 있고?"

"친척이 한 분 계세요. 교회에서 오신 분도 있고요. 아직까지 여기에 남아 있는 유일한 분일 거예요."

"그렇다면 괜찮은 거지?"

"괜찮아요."

캐머런은 휴대 전화기를 끈 후 운전사에게 돌려주었다.

"아침에 워키간으로 출발하려고 하는데 어디에서 묵어야 할까요?"

"모텔은 이미 모든 방이 꽉 찼을 테고 워싱턴 쪽에 있는 싸구려 여인숙은 아마 빈방이 좀 남아 있을 거요. 공항에서도 가깝고. 마지막으로 내리면 될 거요."

"고맙습니다. 그곳에 전화기는 있겠죠?"

"수돗물은 모르겠지만 전화기와 텔레비전 정도는 있을 거요."

6

레이포드 스틸은 이렇게 술에 취해 본 적이 실로 오랜만이었다. 아이린은 원래 술을 즐기는 편이 아니었고 최근 몇 년 동안은 단 한 모금도 마시지 않았다. 남편에게도 독한 술을 집에 두고 마실 생각이라면 자기 눈에 보이지 않게 숨겨 놓으라고 했다. 아빠가 술을 마신다는 사실을 레이미에게 알리고 싶지 않았기 때문이다.

"그건 눈속임일 뿐이야."

아이린의 생각에 레이포드는 반대했다.

"조심하자는 거죠. 레이미가 아직 아는 건 아니니까요. 또 앞으로도 알 필요 없고요."

"그럼 당신이 우리 모두가 온전히 진실해야 한다고 주장하는 건 어떻게 되는 거지?"

"진실을 말한다는 것이 모든 것을 말해야 한다는 뜻은 아니에요. 당신도 승무원한테 화장실에 다녀온다고 말할 때 그 안에서 무슨 일을 하는지 일일이 설명하지는 않잖아요."

"아이린!"

"내 말은 아직 사춘기도 안 된 아들한테 당신이 독한 술을 마신다는 걸 꼭 보여 줄 필요가 있느냐는 거예요."

아이린의 말에 뭐라고 할 말이 없었다. 그래서 그는 버번위스키를 눈에 띄지 않는 높은 곳에 감춰 두었다. 독한 술을 마셔야 할 순간이 있다면 지금이 바로 그때다. 그는 싱크대 위 찬장 맨 꼭대기에 있는 빈 케이크 상자에 손을 뻗어 절반 정도 마신 위스키를 꺼냈다. 지금 기분으로는 평소에 눈치

보던 두 사람이 없으니 그냥 병째 들고 꿀꺽꿀꺽 마셔 버리고 싶었다. 하지만 이런 순간에도 습관이라는 게 남아 있었다. 병째 마시는 것은 그의 방식이 아니었다.

레이포드는 넓은 크리스털 잔에 8센티미터 정도 술을 따른 후 재빠르게 입 안에 탁 털어 넣었다. 이렇게 마시는 것이 성격상 가장 편한 방식이었다. 위스키는 목을 타고 뜨겁게 흘러 내려갔다. 닿는 곳마다 불에 타는 것 같으면서 한편으론 한기를 느끼게 해 온몸이 부르르 떨렸다. 입 밖으로 신음 소리가 나왔다.

'이렇게 바보 같은 짓을 하다니! 그것도 이런 빈속에.'

금세 취기가 오르기 시작했고, 병을 제자리에 두려던 레이포드는 더 이상 그럴 필요가 없다는 생각을 했다. 그는 병을 싱크대 밑에 있는 쓰레기통에 버렸다. 가끔 마시던 술까지 끊었다면 아이린에게 참 좋은 소식이 되었을 텐데. 이젠 레이미에게도 아무 소용이 없었다. 더는 레이미를 신경 쓰지 않아도 되지만 이렇게 혼자 술을 마시는 것도 옳은 일 같지는 않았다.

'나에게도 알코올 중독자가 될 만한 기질이 있는 걸까? 지금과 같은 상황이라면 누군들 그렇지 않겠어?'

레이포드는 어찌 되었든 지금 상황 때문에 분별력을 잃고 함부로 행동하고 싶지는 않았다.

술기운에 깊은 잠을 자긴 했지만 충분할 정도로 오래 자지는 못했다. 그에게는 당장 해야 할 일이 몇 가지 있었다. 제일 먼저 클로이와 연락을 시도해 보고, 그 다음으로는 다음 주까지 해야 할 일을 팬콘에 알아봐야 했다. 규정대로라면 과도한 장거리 비행과 동시에 회항해서 비상 착륙을 한 후에는 당분간 비행을 금해야 하지만, 지금 같은 상황에서 어떻게 될지는 아무도 모르는 일이었다.

조종사들은 몇 명이나 사라졌을까? 활주로는 언제쯤 재정비될까? 항공편 일정은 어떻게 될까? 항공사에게 이 모든 일은 다 돈이다. 비행기가 다시 이륙해야 항공사들은 이윤을 낼 수 있을 것이다. 그동안 팬콘에서는 레이포드에게 좋은 대우를 해 주었고 그도 팬콘이 어려울 때 잘 견디며 임무를 수행했다. 하지만 지금 이러한 슬픔과 절망, 공허함 속에서 무엇을 할 수 있을까?

이젠 그도 사랑하는 가족을 잃고 오열하는 유족의 고통스러워하던 모습을 이해할 수 있을 것 같았다. 또한 시간이 지날수록 잊혀지는 게 아니라 그 죽음을 사실로 받아들이는 시간과 과정이 더 힘들다는 고통에 찬 말들을 이해하게 되었다.

지금까지 그와 같은 사건은 레이포드에게 무척이나 이질적으로 다가왔다. 아내나 아들이 죽은 모습을 보고 싶어 하는 사람이 어디 있으며, 이들의 장례식을 치르고 싶은 사람이 어디 있겠는가? 당연히 그들이 살아서 행복해하던 때를 기억하고 싶지 않겠는가? 그런데 이제는 알 것 같았다. 의심할 바 없이 아내와 아들은 죽은 것과 마찬가지로 사라져 버렸다. 몇 년 전 부모님이 세상을 떠난 때처럼 아이린과 레이미는 다시 돌아오지 않을 것이며, 두 사람을 다시 볼 수 있을지도 의문스러웠다. 천국 가는 기회가 또 한 번 주어질지 알 수 없었기 때문이다.

침대에서든 관 속에서든, 어디에서든지 간에 한 번만이라도 두 사람을 다시 볼 수 있기를 바랐다. 잠시만이라도 볼 수 있다면 뭐든 내놓을 것 같았다. 그래도 여전히 두 사람이 죽었다는 사실이 받아들여지진 않겠지만 최소한 지금처럼 버려졌다는 공허함을 느끼지 않을 것 같았다.

레이포드는 일리노이와 캘리포니아가 몇 시간 혹은 며칠 동안이나 전화통화가 되지 않는다는 걸 알면서도 계속 연결을 시도하였다. 스탠퍼드의 중앙 행정과로 전화를 걸었지만 통화 중이라는 신호음도 자동 응답 메시지도 없었다. 클로이 방으로 전화를 걸었지만 아무런 응답이 없었다. 30분 간격으로 재발신 버튼을 눌렀다. 딸애가 받으리란 희망을 버리긴 했지만 만의 하나 받는다면 뛸 듯이 반가울 것 같았다.

레이포드는 자신이 쫄쫄 굶고 있다는 것을 깨닫고는 독한 술 한 잔에 나가떨어지기 전에 뭔가로 뱃속을 채워야겠다고 생각했다. 계단을 다시 올라가 레이미 방에 들러 아들 녀석을 기억할 만한 옷가지를 챙겼다. 아이린의 옷장에서 발견한 선물 상자에 아들의 옷가지와 아이린의 잠옷, 목걸이 그리고 결혼반지를 넣었다.

상자와 아이린이 보낸 과자를 아래층으로 가져왔다. 보내고 남은 과자가 집 안 어딘가에 있을 것 같아 찾아보니 찬장 타파웨어 통 안에 담겨 있었다. 과자를 다 먹기 전까지 과자 냄새와 맛이 아이린의 채취를 느끼게 하리란 생각에 고마울 따름이었다.

통에서 몇 개를 더 꺼내 종이 접시에 담고 우유도 한 잔 따랐다. 레이포드는 전화기 옆 식탁에 앉았지만 도저히 먹을 수가 없었다. 온몸이 마비된 것 같았다. 바쁘게 움직여 보려고 자동 응답기에 녹음된 통화 목록을 모두 지우고 다시 메시지를 녹음했다.

"레이포드 스틸입니다. 가능한 한 짧게 메시지를 남겨 주십시오. 제 딸 클로이가 통화할 수 있게 해야 하거든요. 클로이, 혹시 너라면 아빠는 자고 있거나 바로 근처에 있으니까 내가 받을 때까지 기다리렴. 만약 통화가 안 된다면 어떻게 해서든 집으로 오너라. 모든 항공료는 아빠가 지급하면 되니까. 사랑한다."

그런 후에 레이포드는 천천히 과자를 먹기 시작했다. 과자 냄새와 맛은 주방에 있는 아이린을 떠올리게 했고, 우유는 아들을 더더욱 생각나게 했다. 이건 정말 견디기 힘든 상황이었다.

레이포드는 완전히 녹초가 되었지만 위층으로 올라갈 수가 없었다. 밤에는 침대에서 자야 한다는 걸 알고는 있었지만 그냥 거실 소파에 쭉 뻗고 누워서 클로이의 연락을 기다리기로 했다. 무의식적으로 재발신 버튼을 눌렀다. 그런데 이번에는 빠른 속도의 통화 중 신호음이 들리면서 무슨 일인가 진행되고 있다는 신호가 왔다. 자신이 클로이를 생각하는 동안 클로이도 아빠를 생각하고 있을 것이다. 그렇지만 아직까지 클로이는 엄마와 동생에게 생긴 일을 모르고 있다. 전화로 그 소식을 전해야 할까? 두렵지만 분명 클로이는 물을 것이다.

무거운 발걸음으로 다시 소파로 돌아가 누웠다. 목에서 흐느끼는 소리가 새어 나왔지만 더 이상 눈물은 나오지 않았다. 클로이가 어떤 식으로든 자신의 메시지를 듣고 집으로 출발한다면 딸애 얼굴을 직접 보고 얘기할 수 있을 것이다.

레이포드는 소파에 누워 마냥 슬픔에 젖어 있었다. 텔레비전에서는 보고 싶지 않은 장면만 계속 보여 주고 있었다. 이 비극이 일어나던 시간에 전 세계적으로 일어난 무차별적 대참사에 초점을 맞추고 있었다. 순간 레이포드는 깨달았다. 일어나 앉아서 어둠이 내린 창밖을 바라보았다. 이제 클로이마저 놓쳐서는 안 된다. 사랑하는 딸이고 유일하게 남은 피붙이였다. 그는 아이린이 자신과 클로이에게 그토록 전하고자 했던 것들을 어떻게 놓쳤는지 알아내야만 했다. 왜 그렇게 받아들이고 믿기가 어려웠는지, 무엇보다 앞으로 일어날 일들에 대비하기 위해 연구하고 알아봐야만 했다.

사람들이 사라진 이유가 바로 하나님이 하신 일이라면 이게 끝일까? 신실한 믿음을 가진 기독교인들은 올라가고 남겨진 사람들은 여기에서 슬퍼하고 비통해하며 자신들이 저지른 잘못을 깨달아야 하는가? 그럴지도 모른다. 그게 남은 사람들이 치러야 할 대가인지도 모른다. 그렇다면 우리가 죽은 다음에는 어떻게 될까? 정말 천국이 있고 휴거가 사실이라면 지옥과 심판은 어떻게 되는 걸까? 그게 우리의 운명일까? 후회와 한탄의 이 지옥을 겪고 나서 성경에 나와 있는 그 지옥에 또 가야만 하는 걸까?

아이린은 언제나 인자하신 하나님에 대해 얘기했지만 하나님의 사랑과 자비에도 한계가 있을 것이다. 그동안 진실을 부정하던 사람들이 결국 하나님을 그 한계점으로 몰고 간 것일까? 이제는 자비도, 두 번째 기회도 없는 것일까? 그럴지도 모른다. 만약 그렇다면 그래야 할 것이다.

그렇지만 진실을 찾거나, 믿거나, 받아들이거나 혹은 아이린이 말해 온 일들을 수행할 길이 있다면 그래서 여전히 선택의 기회가 있다면, 레이포드는 그것을 찾아낼 작정이다. 모든 걸 잘 알지 못했다고 시인하는 건 무슨 의미일까? 그동안 자신만을 믿고 의지했는데 지금은 바보스럽고 나약하며 아무 쓸모없는 사람처럼 느껴진다는 걸까? 그렇다. 그동안 나름대로 인생에서 업적을 쌓고 자신의 분야에서 남보다 두드러져 최고라고 자부하던 그가 한순간에 그 누구보다 비참한 사람이 되어 버렸다.

그가 이해할 수 없는 알지 못하는 것들이 너무 많다. 만일 그 해답이 아직도 존재한다면 찾아낼 것이다. 누구에게 물어봐야 할지, 어디에서 시작해야 할지 알 수 없지만 바로 자신과 클로이가 함께 해야 할 일이었다. 두 사람은 지금까지 잘 지내 왔다. 클로이도 전형적인 십대의 사춘기 과정을 거치기는 했지만 그가 아는 한 딸은 그 어떤 바보 같은 일도, 구제 불능인 행동도 한 적 없었다. 오히려 두 사람은 무척 가까워서 문제일 정도였다. 클로이는 많은 면에서 자신과 매우 닮았다.

레이미가 엄마의 영향을 받은 건 단순히 어리고 순수하기 때문이었다. 그의 영혼이 그러했다. 아들에게는 악한 본성이 없었다. 레이포드는 레이미가 세상에서 성공하기 위해서는 무엇보다 '나 먼저'라는 태도가 필요하다고 여길 정도였다. 여성스럽지는 않았지만 레이포드는 아들이 마마보이가 되지나 않을까 걱정했다. 그 정도로 지나치게 남을 생각하고 감성적이며 배려심이 깊었다. 언제나 다른 사람이 우선인 아이였다. 레이포드가 보기에 레이미 자신이 누구보다 먼저 보살핌을 받아야 할 경우에도 그랬다.

하지만 지금은 레이미가 자신보다 엄마를 더 많이 닮았다는 사실에 굉장히 감사했다. 클로이에게도 그런 면이 있었다면 얼마나 좋았을까. 딸은 경쟁심이 강하고 저돌적이며 어떤 상황이든 확신이 서고 이해가 가야만 밀고 나가는 성격이다. 자신의 목적에 부합할 때만 친절하고 관대했으며, 아버지를 닮아서 항상 자신이 우선순위였다.

'잘했다. 그래 참 잘했어. 너랑 닮아서 그토록 자랑스러웠던 네 딸이 지금 너랑 똑같은 곤경에 빠져 버렸어.'

레이포드는 혼잣말로 중얼거렸다.

이제는 변해야 한다고 결심했다. 클로이를 다시 만나는 순간 변할 것이다. 두 사람에겐 수행해야 할 과업이 생겼다. 진리를 향한 탐구이다. 만일 너무 늦어 버린 거라면 사실을 받아들이고 어떻게든 극복해 나갈 작정이다. 그는 언제나 목표를 향해 애써 왔고 그 결과에 승복하는 사람이었다. 이번에는 그 결과가 영원히 지속되겠지만 말이다. 이제 그가 무엇보다도 바라는 소망은 진실을 찾을 기회를 한 번 더 갖는 것이다. 하지만 문제는 그 답을 아는 사람들이 모두 가 버렸다는 데 있다.

미드포인트 모텔은 조그마한 워키간 공항에서 그리 멀지 않은 워싱턴 가에 있었다. 대기자 명단이 필요 없을 만큼 낡고 지저분했다. 벅은 이러한 상황에서도 숙박료를 올리지 않는 것이 신기했지만 방을 본 순간 곧 이유를 알았다. 세상의 어떤 두 장소 '사이'에 이 모텔이 있기에 미드포인트, 즉 '중간 지점'이라는 뜻을 가졌는지 궁금했었다. 그 어느 쪽이든 여기보다는 나을 것 같았다. 방 안에 있는 물건은 죄다 손을 봐야 할 정도였다. 그래도 낡긴 했지만 전화기, 샤워 시설, 텔레비전 등 있을 건 다 있었다. 벅은 제일 먼저 뉴욕의 음성 사서함부터 확인했다. 리츠라는 비행사에서는 아직 연락이 없고 새로 들어온 메시지도 없었다. 벅은 런던 출장이 중요한 이유를 상기시켜 줄 더크 버턴의 저장된 메시지를 다시 들으며 노트북 컴퓨터에 타이핑했다.

> 캐머런, 네가 항상 이 음성 사서함은 비밀이 보장된다고 했는데 정말 그랬으면 좋겠다. 어쨌든 내가 누군지는 밝히지 않겠어. 너는 이미 알고 있을 테니까. 네가 이곳으로 달려올 막강한 힘을 가졌다는 그 배후 인물 말이다. 어느 날인가 이곳에서 우리 쪽 사람과 만나더군. 누구를 말하는지 알겠지? 그리고 그 모임에 제3자가 있었는데, 내가 아는 거라곤 유럽 쪽 아마도 동유럽 출신이라는 게 전부야. 그 사람이 어떤 계획을 세우고 있는지는 모르지만 엄청난 규모라는 건 분명해.
> 내 정보원에 따르면 너희 쪽 거물이 여러 지역을 다니면서 핵심 인물들과 함께 그 유럽 인을 만나고 다닌다고 하더군. 중국, 바티칸, 이스라엘, 프랑스, 독일, 여기 그리고 미국까지 일일이 이 사람을 소개해 주는 모양이야. 뭔가 한창 요리되고 있는 것 같은데, 얼굴을 보기 전까지는 얘기하지 않을 생각이다. 가능하면 빨리 와 주기 바란다. 혹시 못 올 경우에 대비해서 한 가지만 더 알려 줄게. 유럽에서 취임하

는 새 지도자에 대한 뉴스를 잘 봐라. 선거 일정이 잡혀 있는 것도 아니고 권력을 바꿔야 할 만큼 긴박한 상황에 놓여 있지도 않은 상황이라면 내 말의 의미를 알게 될 거다. 조만간 보자.

벅은 켄 리츠의 자동 응답기에 자신의 위치를 남겼다. 그리고 서부로 한 번 더 전화를 시도하자 이번에는 전화가 연결되었다. 아버지의 목소리는 지치고 힘이 없어 보였지만 그다지 많이 놀란 것 같지 않게 들렸고 목소리를 듣는 순간 한시름 놓였다.

"그곳에는 모두 무사한 거죠?"

"다는 아니다. 제프는 여기에 나와 같이 있다. 하지만 지금은 샤론이 마지막으로 목격된 사고 장소를 살펴보겠다고 차를 끌고 나갔어."

"사고라고요?"

"샤론이 수련회인가 뭔가 교회 행사에 참석한 아이들을 데리러 가던 중이었거든. 이제는 우리와 함께할 수 없게 되었지. 너도 알겠지만 샤론은 거기까지 가지도 못했어. 차가 뒤집혔거든. 옷가지를 제외한 어떤 흔적도 없단다. 그게 무슨 뜻일지는 너도 알 거다."

"사라졌군요?"

"그런 것 같구나. 제프는 아직 받아들이지 못하고 있지만 말이야. 매우 힘들어 해. 그래서 직접 눈으로 봐야겠다고 간 거다. 문제는 아이들도 모두 사라졌다는 거야. 그곳에 있던 아이들 모두가 말이야. 친구뿐만 아니라 그 산상 수련회에 있던 모든 사람이 사라졌어. 경찰에서 말하기는 한 백여 벌쯤 되는 아이들 옷만 남아 있었고 조리대에는 애들 밤참으로 보이는 음식이 타고 있었다고 하더구나."

"세상에! 형에게 제가 염려하고 있다고 전해 주세요. 얘기할 사람이 필요하면 제가 있다고요."

"글쎄다, 너한테 무슨 해결책이 있으면 모를까. 아마 제프가 전화 걸 일은 없을 거다."

"제가 할 수 없는 일이 바로 그거예요. 저도 누가 그랬는지 모르니까요.

제 느낌엔 그 답을 알고 있는 사람들은 모두 가 버린 것 같은데요."

"정말 끔찍한 일이다. 캐머런, 너도 우리와 함께 있으면 얼마나 좋겠니."

"정말 그럴까요."

"뭐냐, 빈정대는 거냐?"

"솔직한 제 심정이에요, 아버지. 제가 거기에서 아버지와 함께 있기를 원하시는 건 생전 처음 있는 일이잖아요."

"뭐, 이 순간이 바로 우리 마음을 고쳐야 할 때가 아니겠니?"

"저에 대한 마음을요? 그럴 리가요."

"캐머런, 지금 같은 때 이 문제는 좀 접어 두자구나. 한 번만이라도 너 아닌 다른 사람을 먼저 생각해 보거라. 어제 네 형수랑 조카가 사라졌어. 네 형은 영영 이 상황을 이겨 내지 못할 수도 있단 말이다."

벅은 입술을 깨물었다. 아버지는 왜 지금 같은 순간에도 늘 이런 식일까? 아버지가 옳긴 했다. 벅 스스로 이 사실을 인정하기만 하면 그의 가족도 마음을 움직일 것이다. 벅은 우수한 학업 능력으로 아이비리그의 대학에 들어간 이후로 줄곧 가족의 따가운 눈총을 받아 왔다. 그의 고향에서는 부모의 직업을 물려받는 것을 당연시했다. 벅의 아버지는 트럭으로 오클라호마와 텍사스에서 연료를 실어 나르는 일을 하고 있었다. 그 일은 중노동이었다. 주민들은 반드시 자신의 주에서 나온 연료를 이용해야 한다고 생각했기 때문이다. 제프는 작은 규모로 사업을 시작했으며 처음에는 사무실에서 일하다가 그 다음엔 트럭을 몰고 지금은 그날그날 일거리를 찾아 운영하고 있다.

그들 사이에는 많은 감정이 쌓여 있었다. 특히 어머니가 병에 걸렸을 때, 벅이 학교에 다니느라고 집에 오지 않으면서 관계는 더욱 악화되었다. 어머니는 계속 학교에 있으라고 고집을 피우셨다. 하지만 벅은 그보다는 돈 문제로 크리스마스 휴일에도 집에 오지 못했다. 그런데도 아버지와 형은 그를 결코 용서하려 들지 않았다. 결국 집에서 떠나 있을 때 어머니는 돌아가셨고 장례식에서조차 가족은 그를 냉담하게 대했다.

오랜 시간이 지나면서 가족의 상처는 조금씩 치유되는 듯했다. 사실 그 이유도 벅이 저널리스트로 유명세를 타게 되자 가족이 그를 자랑스럽게 생각하면서 진전이 있었다. 조금씩 마음을 가라앉히며 시간이 지나면 나아지겠지 했지만 자신이 유명해지니까 비로소 가족의 환영을 받는 것에 대해서는 비위가 상했다. 그래서 집에는 거의 가지 않았다. 가족간의 앙금을 완전히 씻어 내기에는 상처가 너무 컸다. 그렇지만 가족이 고통받는 이런 상황에서 오래된 상처를 들춰 낸 자신에게 더 화가 났다.

"만약 추도식이나 기념식 같은 것이 있으면 가도록 노력해 볼게요, 아버지. 괜찮으시겠어요?"

"겨우 노력해 본다고?"

"그게 약속드릴 수 있는 전부예요. 지금 이 순간 세계에서 할 일이 얼마나 많을지 아버지도 아시잖아요. 말할 필요도 없이 이번 일은 세기적 사건이니까요."

"표지 기사는 네가 쓸 거니?"

"물론이에요. 그 일로 해야 할 일이 많을 거예요."

"그래도 표지 기사란 말이지?"

벅은 한숨을 내쉬었다. 피로가 한꺼번에 몰려왔다. 당연했다. 거의 24시간 내내 깨어 있는 상태였기 때문이다.

"저도 몰라요, 아버지. 벌써 꽤 많은 자료를 모아 제출했거든요. 제 생각에 다음 호는 전 세계에서 발생한 엄청난 일들로 특대호가 될 거예요. 제가 쓴 글이 단독으로 표지 기사가 될 거 같지는 않아요. 앞으로 2주 동안은 주요 협정에 대한 일을 맡아야 할 거예요."

벅은 자신의 말에 그만 아버지가 만족하시길 바랐다. 전화를 끊고 자고 싶은 생각밖에 없었다. 하지만 뜻대로 되지 않았다.

"무슨 말이냐? 내용이 뭔데?"

"이번에 발생한 일에 관련한 여러 설에 대해 다른 기자들이 다룬 기사들을 제가 취합할 거예요."

"정말 할 일이 많겠구나. 내가 얘기해 본 사람들도 전부 생각이 제각각이야. 네 형은 이번 일이 아마도 하나님의 최후 심판일 거라면서 두려워하고 있다."

"그래요?"

"그래. 그렇지만 내 생각은 달라."

"어떻게요?"

벅은 혹시라도 늘어질지 모르는 이 논쟁에 끼어들고 싶지 않았지만 이야기는 다소 놀라운 것이었다. 그만큼 아버지의 반응은 의외였다.

"우리 목사님한테 물어봤거든. 목사님이 그러시는데 만약 예수 그리스도께서 사람들을 데려가신 거라면 목사님과 나 그리고 너와 제프까지 갔을 거라는 거지. 맞는 말인 것 같다."

"예? 저는 한 번도 믿음에 의지해서 기도한 적이 없는데요?"

"무슨 소리야? 네가 항상 제멋대로인 동부 얼간이들과 함께 지내서 그래. 너도 잘 알지 않니. 우리가 널 아기였을 때부터 교회와 주일 성경학교에 다니게 한 것 말이다. 넌 우리 가족들 중 누구에게도 뒤지지 않는 기독교인이었지."

캐머런은 '그건 바로 제가 하고 싶은 말이에요'라고 대꾸하고 싶었지만 그냥 잠자코 있었다. 스스로 선택할 수 있는 나이가 된 후부터 가족과 함께 교회에 다니는 것을 그만두었다. 가족의 교회생활이 일상생활에 어떤 영향도 주지 못했기 때문이다.

"알았어요. 어쨌든 형에게 제가 걱정하고 있다고 전해 주세요. 그리고 일이 끝나면 형수와 아이들을 위해 형이 하려는 일을 도우러 간다고요."

벅은 모텔에서 그나마 뜨거운 물로 샤워할 수 있다는 사실이 무엇보다 고마웠다. 뜨거운 물이 뒤통수에 입은 상처 부위를 때리고 붕대가 헐렁해진 뒤에야 비로소 그 부위가 내내 욱신욱신 쑤시고 있었다는 것을 깨달았다. 지금 당장은 상처 부위를 다시 감쌀 수 있는 어떤 것도 없었다. 그래서 계속 피가 흐르도록 놔둔 다음 얼음을 찾았다. 상처를 가릴 만한 붕대를 아침에 찾기로 했다. 지금은 어쩔 수가 없고 무엇보다 완전히 지쳐 버렸다.

방 안에는 텔레비전 리모컨이 없기 때문에 일단 잠에 곯아떨어지면 일어날 방법이 없었다. 벅은 CNN 뉴스를 틀어 방해받지 않을 정도로 소리를 낮추고 잠이 들 때까지 전 세계 상황을 지켜보았다. 화면에 보이는 장면들은 감당하기 어려울 정도로 처참했지만 어쩔 수 없이 그의 직업이므로 지켜봐야 했다. 지난 십여 년 동안 일어난 수많은 지진과 전쟁, 감동적이던 뉴스 보도들이 기억났다. 그리고 지금, 똑같은 사건이 세계 곳곳에서 동시에 일어났다. 그것도 모두 단 하루 만에. 역사상 수많은 사람이 목숨을 잃은 사건이 있었지만 이번처럼 이렇게 한순간에 사라진 사람들보다 많은 때는 없었다. 이 사람들은 모두 살해당한 걸까? 죽은 걸까? 다시 돌아올까?

벅은 눈꺼풀이 무거웠지만 화면에서 눈을 뗄 수가 없었다. 화면에는 사람들이 사라지는 순간을 찍은 가정용 비디오 영상들이 계속 나왔다. 그 중에는 생방송으로 진행하던 프로에서 찍힌 생생한 장면들도 있었다. 사회자의 텅 빈 옷자락에 매달려 있던 마이크가 구두에 맞고 튀어 올라 바닥을 굴러가면서 시끄러운 잡음을 만들어 내고, 방청객은 비명을 지르고 있었다. 방청석을 향한 카메라는 조금 전까지만 해도 꽉 차 있던 객석에 군데군데 자리가 비어 있는 모습을 찍었다. 그 빈자리에는 옷가지만 걸쳐 있었다.

'이런 대본은 쓸래야 쓸 수도 없을 거야.'

벅은 스르르 감기는 눈을 떴다 감았다 하며 생각했다. 만일 수많은 사람들이 사라지는, 그것도 모든 것을 남겨 둔 채 몸만 사라지는 그런 시나리오를 팔려고 하는 사람이 있다면 분명히 비웃음만 샀을 것이다.

탁자를 흔들어 대는 싸구려 전화기가 요란스럽게 울리고서야 자신이 깜빡 잠들었다는 걸 알았다. 손을 더듬어 전화기를 찾았다.

"윌리엄스 씨, 방해가 됐다면 죄송해요. 전화 끊으신 걸 지금 알았거든요. 아까 통화 중이셨을 때 리츠라는 분한테서 전화가 왔었어요. 다시 그쪽으로 전화를 주든가, 내일 아침 6시까지 나와 있으라고 하던데요."

"알았어요. 고마워요."

"어떻게 하실 거예요? 전화하실 건가요, 아니면 내일 만나실 건가요?"

"그걸 왜 알려고 하지요?"

"아니, 참견하는 게 아니고요. 6시에 떠나실 거면 미리 돈을 받아 놓아야 하거든요. 장거리 전화를 하셨더라고요. 그리고 저는 7시 전에는 일어나지 않거든요."

"할 말이 있는데, 음…… 이름이 뭐죠?"

"맥입니다."

"맥, 할 말이 있는데요. 난 이미 신용 카드 번호를 남겨 놓았으니까 몰래 도망칠 사람은 아니에요. 하지만 아침에 여행자 수표를 두고 나가도록 하지요. 방값과 전화비를 빼고도 돈은 충분히 남을 거예요. 무슨 말인지 알아들었어요?"

"팁이오?"

"그래요."

"그렇게 해 주시면 환상이지요."

"대신 한 가지 일만 더 해 줘요. 내 방 밑으로 붕대 하나만 넣어 줘요."

"하나 있는데, 지금 필요하세요? 괜찮으신 건가요?"

"괜찮아요. 지금은 필요 없고 맥이 자기 전까지만 갖다 주면 돼요. 조용히 소리 내지 말고. 그리고 혹시 모르니까 내 방 전화기는 꺼 줘요. 그 시간에 일어나려면 지금부터 푹 자 둬야 하니까. 그렇게 해 줄 수 있겠지요?"

"당연하지요. 지금 당장 끄도록 하지요. 모닝콜이 필요하세요?"

"아니, 괜찮아요."

말하는 순간 벅은 이미 전화기가 꺼진 것을 알고는 씩 웃었다. 맥은 들은 대로 하고 있었다. 아침에 붕대가 놓여 있다면 팁을 넉넉히 남겨 놓으리라. 벅은 몸을 일으켜 세워 텔레비전과 전등을 껐다. 벅은 잠들기 전 시계를 보고 몇 시에 일어나야겠다고 마음먹으면 정확히 그 시간에 일어나는 사람이었다. 시간은 거의 자정이었다. 그는 5시 30분에 일어날 것이다. 벅은 매트리스에 누워 머리를 대자마자 잠들었다. 그리고 5시 30분에 정확히 눈을 떴지만, 손가락 하나 까딱할 수가 없었다.

레이포드는 주방을 지나 위층으로 터덜터덜 올라가면서 마치 자신이 몽유병 환자 같다고 느꼈다. 소파에서 그렇게 오랫동안 잠도 자고 꾸벅꾸벅

졸기까지 했는데도 어떻게 이토록 피곤한지 알 수가 없었다. 신문은 여전히 돌돌 말린 채 고무줄에 묶여 의자에 놓여 있었다. 위층에서 잠을 청했다면 한번쯤 그 신문을 훑어보았을 것이다. 신문은 조판이 되자마자 나왔지만 역사상 가장 최악의 정신적 쇼크로 세상이 고통받을 거라는 사실은 미처 알지 못했다. 별 의미 없는 소식을 전하는 신문을 읽는 재미도 괜찮을 것 같았다.

레이포드는 전화기의 재발신 버튼을 툭 건드리고는 듣는 둥 마는 둥하면서 계단을 향해 천천히 걸어갔다. 그런데 전화가 걸리자마자 클로이의 기숙사 방 전화벨이 울렸다. 레이포드는 전화기 앞으로 후다닥 달려갔고 그 순간 전화를 받는 여자 목소리가 들렸다.

"클로이?"

"아닌데요. 클로이 아버님이신가요?"

"그래. 학생은 누구지?"

"에이미예요. 클로이는 집으로 갈 방법을 찾고 있는 중일 거예요. 내일쯤이면 방법을 찾아 이동하면서 전화할지도 모르겠어요. 중간에 연락하기 어려우면 그쪽에 도착해서 할 거고요. 어쩌면 집까지 택시를 타고 갈지도 몰라요."

"지금 집으로 오는 중이라고?"

"예, 마냥 기다릴 수 없다면서요. 전화를 얼마나 했었는데요."

"그래, 그랬을 거야. 고마워. 에이미라고 했지? 에이미는 괜찮아?"

"무서워 죽겠어요. 다들 그렇겠지만요."

"그럴 거야. 누구 없어진 사람은 없고?"

"없어요. 그래서 죄책감이 들기도 해요. 제가 아는 주변 사람들 모두가 누군가를 잃었거든요. 친구가 몇 명 사라지긴 했지만 가까운 사이는 아니었어요. 가족도 다 무사하고요."

레이포드는 축하한다고 해야 할지 안타깝다고 해야 할지 어쩔 줄 몰랐다. 만일 자신이 믿고 있는 게 사실이라면 이 불쌍한 아이는 천국에 간 사람을 아무도 모르는 셈이다.

"그래, 괜찮다니 다행이네."
"아버님은 어떠세요? 클로이 엄마랑 동생은요?"
"안타깝지만 두 사람 모두 사라졌어."
"어머, 그럴 수가!"
"혹시 나보다 먼저 클로이의 연락을 받게 되면 엄마와 동생 소식은 내가 전할 수 있게 해 줬으면 좋겠어."
"예, 걱정하지 마세요. 해 달라고 하셔도 전 말하지 못할 거 같아요."
레이포드는 잠시 침대에 누워 있다가 별 생각 없이 신문 일면을 훑어보았다.
'흠, 루마니아에서 놀라운 변화의 움직임이라.'

> 젊고 대중적으로 인기 있는 사업가이자 정치인이 대통령직을 맡는 것에 대해 국민과 정부 상·하원 모두 만장일치로 찬성함에 따라 민주 선거제도를 무색하게 하고 있다. 루마니아 북서부 클루지 태생인 33세의 니콜라에 카르파티아는 대중과 친구는 물론, 적까지 매혹시키는 인기 있고 설득력 있는 연설로 온 나라를 들썩이게 하고 있다. 특히 카르파티아는 국가 발전을 위한 여러 개혁안을 내놓아 권력과 명성을 한 몸에 안고 있다.

레이포드는 젊은 카르파티아의 사진을 쳐다보았다. 젊은 시절 로버트 레드포드와 닮았다고 느낄 만큼 금발의 수려한 외모를 지니고 있었다. 레이포드는 생각했다.
'앞으로 일어날 일을 알고 대통령직을 맡겠다고 한 걸까? 어떤 제안을 해도 지금 상황에서는 쉽게 먹히지 않을 텐데…….'

7

정각 6시, 요란한 굉음을 내는 차가 미드포인트 모텔로 미끄러져 들어왔다. 켄 리츠가 창문을 내리고 고개를 내밀었다.

“윌리엄스 씨 맞소?”

“맞습니다.”

벅은 대답하며 가방을 들고 리츠의 최신형 승용차에 올라탔다. 머리에 새로 감은 붕대를 만지작거리며 팁으로 받을 20달러에 좋아할 맥을 떠올리며 웃음을 지었다.

리츠는 키가 크고 마른 체형에 얼굴은 까칠했으며, 희끗희끗 새치가 보이는 머리칼은 서로 엉겨 붙어 있었다.

“본론부터 말하죠. 오헤어 공항에서 케네디 공항까지가 1,191킬로미터, 밀워키 공항에서 케네디 공항까지가 1,200킬로미터입니다. 대충 여기가 오헤어와 밀워키 중간 지점쯤 되니까 1,195킬로미터로 계산합시다. 뭐, 어쨌든 최대한 케네디 공항 근처에서 내려 주도록 하겠소. 그러면 1.6킬로미터당 2달러로 계산하면 1,494달러요. 또 내가 거기까지 차로 데려다 주고 있으니까, 택시비를 포함해 딱 잘라서 1,500달러로 합시다.”

“그렇게 하시죠. 택시비치곤 꽤 비싸군요.”

벅은 수표책을 꺼내 서명하기 시작했다.

“미드포인트에 묵은 사람한테는 특히 그렇겠죠.”

“꽤 쓸 만하던데요.”

리츠는 워키간 공항에 있는 철제 군용 막사에 차를 주차시킨 후, 비행 전 절차를 거치면서 얘기했다.

“여기선 추락 사고가 없었어요. 팔워키에서는 두 대나 추락했다고 하더군요. 그런데 오히려 사람들이 없어진 건 이쪽이란 말이야. 참 이상하지 않소?”

벅과 리츠는 사라진 주변 사람들에 대한 이야기를 나누었다. 그 일이 발생했을 때 두 사람 각각 어디에 있었는지, 그리고 두 사람이 정확히 어떤 사람들인지에 대해서도 이야기했다.

“기자 양반을 태우기는 이번이 처음이오. 여객기를 몰 때야 수도 없이 태워 봤지만.”

“개인 사업이 벌이가 더 좋죠?”

“그렇소. 그런데 이쪽으로 전환할 당시에는 이럴 줄 몰랐소. 자의가 아니었거든.”

비행기에 올라타며 벅은 새삼스럽게 그를 쳐다보았다.

“자격을 박탈당하신 겁니까?”

“염려하지 마시오. 목적지까지는 데려다 줄 테니.”

“만일 그러신 거라면 말씀해 주셔야 합니다.”

“잘렸소. 그러니 그것과는 다른 거요.”

“어떤 이유로 해고당했느냐가 문제죠.”

“그렇지. 이유를 들어보면 더 안심이 될 거요. 너무 조심한 게 탈이었으니까. 명심해 두시오.”

“자세히 말씀해 주시죠.”

“혹시 기억할지 모르겠소. 오래전 일인데 기온이 영하로 떨어지는 날이면 경비행기 추락 사고가 나곤 해서 비난하는 여론이 들끓듯 했지.”

“예, 그래서 그 경비행기들을 온통 다시 손봤었죠.”

“맞소. 그렇다면 그 당시 비행을 거부한 조종사도 기억하겠군. 사람들한테 그 모든 일은 우연의 일치이거나 설명할 수 있는 일이라며 안심시켰는데, 그 조종사는 비행을 거부했지.”

“그랬죠.”

“그런데 그 다음에 또 비행기 추락 사고가 나서 결국 그 조종사가 옳았다는 게 증명됐잖소."

"그랬던 것 같습니다. 희미하긴 하지만."

"내게는 어제 일처럼 선명하다오. 왜냐하면 그 사람이 바로 자네 옆에 있거든."

"이제 안심이 되는군요."

"혹시 그때 그 경비행기와 같은 기종이 지금 하늘에 몇 대나 떠다니는 줄 아시오? 한 대도 없소. 자신이 옳다고 생각하면, 그게 옳은 거요. 그러고 나서 내가 복직되었을 것 같소? 천만에! 어쨌든 한번 골칫덩이로 찍히면 계속 찍히는 거요. 그래도 회사 동료는 내게 고마워했지. 몇몇 조종사 부인들은 내 말을 무시하고 나를 해고시킨 회사에 분개했지. 자신들 남편은 이미 늦었으니까."

"저런……."

제트기가 굉음을 내며 동쪽으로 날아가는 동안 벅은 리츠가 사람들의 실종에 대해 어떻게 생각하는지 궁금해졌다.

"참 우습죠. 실은 오늘부터 그 사건에 대한 기사를 써야 하거든요. 어떻게 생각하세요? 녹음기 틀어도 괜찮을까요?"

"상관없소. 이렇게 어이없는 일은 생전 처음이오. 뭐, 사실 처음 겪는 일도 아니긴 하지만……. 나는 UFO를 믿고 있소."

"농담이시죠? 사리 판단력이 분명하고 안전 제일주의인 조종사가 아니신가요?"

리츠는 고개를 끄덕이며 말했다.

"내가 말하는 건 무슨 키 작은 녹색 인간같이 생겼다거나 사람들을 납치해 가는 외계인이 아니라, 그저 그동안 조종사나 우주 비행사들이 목격했던 좀더 신빙성 있는 자료에 근거한 것들이오."

"실제로 보신 적이 있습니까?"

"한 번도 없소. 뭐, 말로 설명할 수 없는 일들을 좀 겪긴 했지. 이상한 빛이라든가 신기루 같은 거 말이오. 한번은 내가 헬리콥터 무리와 너무 근접해서 날고 있구나 하는 자각을 느낀 적이 있었소. 여기에서 별로 멀지 않은 곳에 글렌뷰 해군 비행단의 기지가 있거든. 그래서 경고성의 무선 통신을 보내고 있는데, 그 순간 내 시야에서 확 사라지는 거요. 그래도 이건 말로 어떻게든 설명할 수 있을지 모르겠소. 생각보다 우리 비행기가 빨리 날 수 있고, 어쩌면 그렇게 가깝게 붙어 있지 않았을 수도 있거든. 그런데 아무런 교신 응답도 없고 심지어 정말 비행 중이었는지조차 알 수가 없었지. 기지에서 확인해 주지 않았으니까. 그래서 별일이겠냐 싶어 그냥 넘기고 말았지. 그런데 몇 주 지나서 또 그 지점 가까이에서 계기판이 요동을 치기 시작하는 거요. 계기판은 미친 듯이 돌아가고, 고도계는 꿈쩍도 안 하고 말이지."

"왜 그랬을까요?"

"뭐, 자기장이나 그와 비슷한 어떤 힘 때문이었겠지. 이번 사건도 그렇게 설명할 수 있을 거요. 기자 양반도 알다시피 군부대 근처에서 나타나는 이상한 일이나 현상을 보고하는 건 별로 의미가 없잖소. 왜냐하면 군에서 관할 밖의 일은 상관하지 않으니 말이오. 그래서 오헤어 공항 근처에서는 UFO 이야기를 들을 수가 없는 거요. 생각조차 안 하지."

"그러니까 사람들을 납치하는 외계인은 인정하지 않으면서 실종 사건은 UFO와 연관지으시는 겁니까?"

"아니, 그러니까 내 말은 외계인이 모두 ET처럼 생기지는 않았을 거란 말이오. 사람들은 외계인을 너무 단순하고 미숙한 존재로 보고 있소. 만약 외계에 지적인 생명체가 있다면, 그리고 존재할 수밖에 없기 때문에 존재한다면 말이오."

"그건 무슨 말씀이십니까?"

"저 거대한 우주를 봐요!"

"무수한 별과 그 공간으로 볼 때 어딘가에 무언가 존재할 거란 말씀이시군요."

"그렇소! 그리고 분명 우리보다 훨씬 지적일 거란 말이오. 그렇지 않고서야 어떻게 여기까지 올 수 있겠소? 그리고 만약 여기에 있다면, 아마도 우리가 꿈에서도 생각지 못했던 일들을 이룰 수 있을 만큼 정교하고 앞서 있을 거요."

"사람들을 옷 밖으로 사라지게 하는 일처럼 말입니까?"

"어젯밤까지만 해도 말도 안 되는 일이라고 했을 거요."

벅은 고개를 끄덕였다.

"전에는 외계인이 우리 생각을 읽고 머릿속이나 몸 안으로 들어올 수 있다고 믿는 사람들의 이야기를 듣고 콧방귀를 뀌었지. 하지만 한번 생각해 보시오. 어떤 사람들이 사라졌는지를 말이오. 신문에서 읽든, 뉴스에서 듣든, 아니면 주변 사람이든 사라진 사람들은 모두 열두 살 이하거나 성격이 별난 사람들뿐이었소."

"사라진 모든 사람들에게 뭔가 공통적인 게 있다는 말씀이십니까?"

"뭐, 지금 보니 그렇다는 얘기지. 그렇지 않소?"

"그렇다면 무언가 그들을 두드러지게 했고, 그래서 납치하기가 쉬웠다는 말씀이십니까?"

"바로 그거지."

"그렇다면 우리는 그 힘에 저항할 만큼 강하거나 데려갈 만한 가치가 없었던 거군요."

리츠는 고개를 끄덕였다.

"뭐, 그런 셈이지. 개인마다 저항하는 정도가 얼마나 되는지 측정할 수 있는 어떤 힘이 있어 그게 사람 몸속에 들어가면서 사람들을 지상에서 분리시킬 수도 있다는 거지. 그리고 한순간에 사라졌다는 건 육체가 분해된 거라고 볼 수 있지 않을까? 그리고 문제는 그 일이 진행 중에 육체가 파괴되는 건지 원상회복이 가능한지 하는 거요."

"어떻게 될 것 같으십니까?"

"처음엔 불가능하다고 말했을 것이오. 일주일 전만 하더라도 수백만 명의 사람들이 한순간에 공중으로 사라진다는 건 말도 안 되는 소리라고 생각했을 테니까. 하지만 실제로 일어난 일이니 다음에 이어질 논리적 단계를 인정해야 하지 않겠소. 아마도 어떤 특별한 형태로 어떤 특정한 곳에 머물러 있다가 원래 모습으로 돌아올 거요."

"그렇게 생각하면 마음이야 편하겠지만, 혹시 그렇게 되기를 바라시는 건 아닙니까?"

"뭐, 별로. 그다지 생각할 가치도 없으니까. 나야 그저 이 일로 돈이나 벌면 그만이지. 그리고 이렇다 할 단서도 없는 게 사실이고. 사실 나도 엄청난 충격을 받았고, 또 솔직히 좀 두렵소."

"뭐가요?"

"또다시 이런 일이 생기면 어떡하나. 만약 내 말이 맞는다면 그들은 다시 힘을 모아서 지난번에 데려가지 못한 더 강하고, 더 똑똑하고, 나이 많은 사람들을 데려갈 테니 말이오."

벅은 어깨를 으쓱하고는 몇 분 동안 입을 다문 채 앉아 있었다. 그리고 마침내 입을 열었다.

"하지만 조종사님 주장에는 한 가지 허점이 있군요. 사라진 사람들 중에 제가 아는 어떤 사람들은 그 누구보다 강했거든요."

"내 말은 육체적 힘이 아니오."

"저도 마찬가지입니다."

벅은 루신다 워싱턴을 떠올렸다.

"저는 누구보다 똑똑하고 건강하며 늘 행복하고 자신감 넘친 동료이자 친구를 잃었습니다."

"아니, 뭐, 내가 모든 걸 알고 있다는 게 아닙니다. 사실 쥐뿔도 아는 게 없소. 단지 기자 양반이 내 생각을 물어보니까 하는 소리요."

레이포드 스틸은 멍하니 누워서 천장을 바라보았다. 이따금 참기 어려운 단잠이 몰려왔고, 몸은 점점 무겁게 가라앉았다. 뉴스도 보기 싫었고, 새벽녘에 현관 밑으로 던져진 따끈따끈한 조간신문조차 읽기 싫었다. 오직 클로이가 집에 와서 함께 슬픔을 나누기를 바랄 뿐이었다. 이젠 슬픔보다 외로움이 더 견디기 어려웠다.

딸이 오면 함께 이 일을 고민하면서 뭔가를 알아내고, 그것을 깨닫고, 행동으로 옮길 것이다. 먼저 성경부터 찾기 시작했다. 오랫동안 선반 위에 둬서 뽀얗게 먼지를 뒤집어쓴 가죽 성경이 아니라 아이린이 보던 성경을 찾기로 했다. 아내가 즐겨 읽던 성경에는 이런저런 메모도 있고, 자신을 바른 방향으로 인도해 줄 만한 뭔가가 있을 것 같았다.

아내가 보던 성경은 쉽게 찾을 수 있었다. 보통 잠들기 전에 손이 닿는 곳에 두었기 때문이다. 성경은 침대 옆 바닥에 놓여 있었다. 지침이 될 만한 뭔가를 찾을 수 있을까? 차례라도? 휴거든 심판이든 뭔가 언급되어 있지 않을까? 그렇지 않으면 성경의 마지막을 찾아보면 되겠지.〈창세기〉가 '시작'을 의미한다면, 〈요한계시록〉은 '마지막'을 의미하지는 않더라도 분명 어떤 연관이 있을 것이다. 레이포드가 암송하는 유일한 성경구절은 〈창세기〉 1장 1절 말씀이었다.

"태초에 하나님이 천지를 창조하시니라."

그는 성경의 마지막에 이와 대응하는 다음과 같은 성경구절이 있길 바랐다.

"마지막 날 하나님은 자신의 자녀를 모두 하늘로 데려가시고, 나머지 사람들에게는 한 번 더 기회를 주시기로 하셨다."

하지만 눈을 씻고 봐도 그런 구절은 없었다. 성경의 마지막 구절은 전혀 의미 없는 내용이었다.

"주 예수의 은혜가 모든 자들에게 있을지어다 아멘."

그것은 마치 교회에서 흘려들었던 설교처럼 들렸다. 한 구절을 거슬러 올라가 앞부분을 읽었다.

"이것들을 증거하신 이가 가라사대 내가 진실로 속히 오리라 하시거늘 아멘 주 예수여 오시옵소서."

레이포드는 성경에 빠져들기 시작했다. 이것들을 증거하신 이는 누구일까? 그리고 '이것들'이란 도대체 무엇을 말하는 걸까? 그리고 이 구절은 왜 붉은색으로 되어 있을까? 레이포드는 성경을 훑듯이 넘기다가 앞쪽의 일러두기를 통해 '예수님 말씀은 붉은색'이란 구절을 발견했다. 그렇다면 예수님이 속히 오시겠다고 말씀하신 것이다. 벌써 오신 것인가? 성경이 기록된

지 얼마나 오래됐는데, '속히' 오시겠다는 말씀은 무슨 뜻인가? 역사에 대해 특별히 장시간의 개념을 가진 사람이 아니라면 '속히'가 '금방'을 뜻하는 개념은 아닐 것이다. 아마도 예수님이 세상에 오실 때는 속히 오신다는 의미일지도 모른다. 이것이 전부일까? 레이포드는 〈요한계시록〉 마지막 장을 한 번 더 훑어보았다. 마지막 장이 끝날 무렵, 세 구절이 붉은색으로 되어 있었고, 그 중 두 구절은 속히 오리라는 말씀이 반복되었다.

레이포드는 그 의미를 파악할 수가 없었다. 옛말에다가 딱딱한 문체로 되어 있기 때문이었다. 그러나 마지막 부분에 이르자 신기하게도 감동을 주는 구절이 있었다. 레이포드는 의미를 전혀 알지 못한 채 그냥 내려갔다.

"목마른 자도 올 것이요 또 원하는 자는 값 없이 생명수를 받으라 하시더라."

예수님 자신이 목마른 장본인은 아니므로 또 생명수를 마시고자 하는 이도 아닐 것이다. 분명 성경을 읽는 자들을 두고 하는 말이었다. 순간 레이포드는 바로 자신이 영혼이 목마른 자라는 사실을 깨달았다. 그렇다면 생명수란 무엇인가? 자신은 이미 그것을 놓쳤기에 엄청난 대가를 치르고 있는 것이다. 그것이 무엇이든 간에 분명, 이 성경 안에 수백 년 동안 존재하고 있었다.

레이포드는 성경 여기저기를 뒤적거렸지만, 어떤 구절도 그에게 의미 있게 다가오지 않았다. 그는 이내 낙담하고 말았다. 왜냐하면 각 구절은 하나의 전체적인 흐름이 없고, 상호 연관성이나 방향성도 없어 보였기 때문이다. 낯선 언어나 개념들은 아무런 도움이 되지 않았다.

성경에는 군데군데 아내가 정성스럽게 적은 메모가 있었다. 그 메모에는 그냥 '귀한 말씀'이라고 적혀 있기도 했다. 레이포드는 이러한 문구를 설명해 줄 수 있는 누군가를 찾아서 성경을 공부하기로 결심했다. 사실 레이포드는 대가 없이 생명수를 마시라는 〈요한계시록〉의 구절 옆에 '귀한 말씀'이라고 쓰고 싶었다. 값으로 매길 수 없지만 분명 자신에겐 귀한 말씀이기 때문이었다.

무엇보다 그는 자신이 너무 늦게 성경을 읽고 있다는 사실에 두려움을 느꼈다. 분명 아내와 아들과 함께 천국으로 가기에는 너무 늦어 버렸다. 하지만 정말 늦은 것일까? 성경의 앞부분에는 지난 주일의 주보가 끼워 있었다. 이게 뭐지? 수요일 오전? 3일 전이라면 내가 어디에 있었더라? 차고에 있었군. 레이미가 함께 교회에 가자고 졸랐지만, 다음 주에는 꼭 가겠다면서 미뤘다.

"지난주에도 똑같이 말씀하셨잖아요."

"너, 아빠가 이 차를 고쳐 줬으면 좋겠니, 아니면 그냥 둘까? 아빠는 시간이 남아서 차를 고쳐 주는 게 아니야."

레이미는 상대방에게 죄책감을 느끼도록 몰아붙이는 아이가 아니었다.

"다음 주엔 꼭 같이 가실 거죠?"

레이미는 이렇게 되물을 뿐이었다.

레이포드는 꼭 그러겠다고 약속했다. 그리고 지금 그는 '다음 주일이 지금이었으면 얼마나 좋을까'라고 생각했다. 특히 레이미가 자신을 교회에 데려가기 위해 여기에 있다면 얼마나 좋을까? 그랬다면 무조건 함께 갔을 텐데. 그런데 진짜 갔을까? 일요일에 비행 스케줄이 없는 날이던가? 교회가 있긴 있는 걸까? 교회의 교인들 중에 남아 있는 사람이 있을까? 레이포드는 아내의 성경에 꽂혀 있는 주보를 꺼내서 전화번호에 동그라미를 쳤다. 오후에 팬콘티넨털에 전화해서 비행 스케줄을 알게 되면 교회에 전화를 걸어 예배가 진행되는지 확인하기로 했다.

성경을 침대 옆 탁자에 놓으려는 순간, 문득 호기심이 발동한 레이포드는 성경의 앞 페이지를 펼쳤다. 흰 면에 쓴 글이 눈에 들어왔다. 이 성경은 첫 결혼기념일에 자신이 아내에게 준 선물이었다. 어떻게 이걸 잊을 수 있지. 도대체 무슨 생각을 하며 살았던 것일까. 당시만 해도 아내와 자신의 신앙은 별반 차이가 없었다. 다만 아내는 아이들이 태어나기 전 교회에 출석하는 문제를 좀더 진지하게 고민하고 싶어 했다. 레이포드는 아내를 감동시킬 만한 무언가를 찾고 있었고, 만일 아내에게 성경을 선물하면 자신을 신실한 사람으로 여길 것이라고 기대했던 것 같다. 혹은 이 선물로 자신의 신앙심을 증명해서 더는 아내가 자신을 데려가려 애쓰지 않고 혼자서 교회에 가기를 바랐는지도 모른다.

사실 몇 년 동안 레이포드는 가기 싫은 걸 꾹 참고 교회에 나가긴 했다. 둘이 다닌 교회는 많이 베풀고 적게 요구하는 그런 곳이었다. 두 사람은 그곳에서 많은 사람을 사귀었고 의사, 치과의사, 보험 설계사를 만나기도 했다. 심지어는 컨트리클럽 회원권까지도 구할 수 있었다. 레이포드는 보잉 747기 조종사로서 존경받으며, 새 신자나 방문객에게 자랑스럽게 소개되기도 했다. 심지어 교회위원회 소속으로 몇 년 동안 봉사 활동도 했다.

그러던 중 아이린은 라디오 기독교 방송국의 '진실한 설교와 가르침'에 대한 설교를 듣고 난 후, 기존의 교회에 환멸을 느끼고 새로운 교회를 찾기 시작했다. 이때를 놓치지 않고 레이포드는 아내가 정말 마음에 드는 교회를 찾으면 그때 같이 다니겠다며 교회 출석을 끊었다. 아내가 새로운 교회를 찾아 옮기고 나서 레이포드도 가끔 따라가기는 했지만, 그 교회는 말씀 중심으로 너무 딱딱한데다 개인의 신앙을 강조하는 곳이어서 그로서는 받아들이기가 어려웠다. 사람들에게 존경받기는커녕 마치 이방인처럼 겉돌다가 점점 교회에서 멀어졌다.

레이포드는 성경에서 아내의 또 다른 메모를 발견했다. 아내의 기도 제목으로 자신이 맨 위에 쓰여 있었다.

'레이프, 그의 구원을 위해서 그리고 남편에게 헌신하는 아내가 될 수 있도록……. 클로이, 주님을 알고 순결한 삶을 살도록……. 레이미, 어린아이 같은 순수한 신앙과 강인함에서 빗나가지 않도록…….'

그 다음으로 목사, 지도자, 선교사, 세계의 평화 그리고 몇몇 지인과 친척에 대한 기도 제목이 나열되어 있었다.

"그의 구원을 위해서."

레이포드는 속삭였다. 구원이라면 교회에서 흔히 들을 수 있는 단어로 그에게 별다른 감흥을 주지 않았다. 아내가 새로 옮긴 교회에서는 예전 교회에서 한 번도 들어본 적이 없는 영혼의 구원을 강조했다. 하지만 그 개념에 다가설수록 점점 더 강한 거부감이 생겼다. 구원이라는 것은 안수, 세례, 간증, 종교에 귀의, 거룩한 삶 등과 관련 있는 말이 아닌가? 그동안 레이포드는 구원이 무엇이든지 간에 자신의 삶을 구속당하고 싶지 않았다. 하지만 지금은 구원이 정확히 무엇을 말하는지 간절히 알고 싶었다.

⚛

켄 리츠는 착륙 허가를 위해 뉴욕 근방의 공항과 교신을 시도하였다. 마침내 펜실베이니아에 있는 이스턴 공항에서 착륙 허가를 받았다.

"이곳은 한때 헤비급 세계 챔피언이던 래리 홈스의 활동 무대였어요."

리츠가 말했다

"알리를 눕혔던 선수 말이죠?"

"바로 그 사람이죠. 래리가 아직도 예전의 기량을 갖고 있다면, 사람들을 납치해 간 그놈의 머리통을 확실하게 한 방 먹였을 텐데……."

리츠는 이스턴 공항의 인사과에 혹시 자신의 승객을 위해 뉴욕까지 차편을 마련해 줄 수 있는지 알아보았다.

"리츠, 지금 농담합니까?"

"농담 아닌데요, 오버."

"지하철에서 몇 킬로미터 떨어진 곳까지 데려다 줄 사람이 한 명 있어요. 지금 시내로 들어가는 차는 없습니다. 심지어 기차도 참상이 벌어진 장소를 우회해서 복잡한 노선으로 다니고 있는 실정입니다."

"참상이 벌어진 장소라고요?"

벅이 놀라 소리치듯 말했다.

"다시 한 번 말씀해 주시죠."

리츠가 무전기에 대고 말했다.

"뉴스도 안 봤어요? 승무원과 발차를 담당하는 직원이 실종되어 시내에서 최악의 참상이 일어났습니다. 기차 여섯 량이 정면으로 충돌하는 바람에 엄청난 사상자가 났어요. 몇몇 기차는 다른 기차 뒤에 얹혀 버렸어요. 모든 선로를 정리하고 차량을 대체하려면 아마 며칠은 걸릴 겁니다. 손님이 정말 시내 중심가로 갈 생각입니까?"

"그래요. 그 정도는 대처할 만한 분인가 봅니다."

"튼튼한 등산화가 있길 바랍니다, 오버."

벅은 기차역까지 걸을 수 있는 거리에서 내리기 위해 예상치 못한 비용을 지출해야 했다. 벅이 탄 차는 택시가 아니었지만 택시만큼 낡고 덜컹거렸다.

3킬로미터를 더 걷고 나서야 기차역 플랫폼에 도착했다. 시간을 보니 정오 무렵이었다. 역은 사람들로 북새통을 이뤘고, 40분을 넘게 기다려서야 긴 행렬의 중간쯤에 설 수 있었다. 벅은 다음 기차를 타기 위해 30분을 더 기다려야만 했다. 빙빙 돌아 맨해튼까지 오는 데 두 시간이 넘게 걸렸다. 기차 안에서 벅은 노트북 자판을 두드리거나 몇 킬로미터나 정체된 도로를 물끄러미 바라보는 것 외에 다른 할 일이 없었다. 자신과 경쟁하고 있는 각 지역의 주재 동료들이 다들 엇비슷한 기사들을 스티브 플랭크 편집국장에게 제출했을지도 모른다. 따라서 국장의 눈에 들어 기사화되려면 좀더 설득력 있고 강하게 쓰는 수밖에 없었다. 사실 눈앞에 벌어진 장면을 대하는 순간 자신도 공황 상태에 빠졌기 때문에 그 상황을 머릿속에서 제대로 끄집어낼 수 있을지 회의적이긴 하지만, 자신의 기록에 최소한의 극적인 요소를 넣기로 했다. 뉴욕은 정지 상태였지만, 놀랍게도 사람들의 출입을 허용하고 있었다. 대부분이 벅처럼 집이 이곳이어서 집으로 돌아가야 했기 때문이다.

기차는 도착 예정지보다 훨씬 못 미쳐 기우뚱거리며 멈춰 섰다. 안내 방송은 음향 상태가 좋지 않아 신경을 곤두세우고 들을 수밖에 없었는데 이곳이 새로운 종착역이라고 알렸다. 조금 떨어진 곳에는 몇 대의 크레인이 자동차를 들어내는 작업이 한창이었다. 어림잡아 정거장에서 사무실까지는 24킬로미터, 집까지는 4.5킬로미터 정도 더 가야 했다.

다행히 벅은 몸 상태가 괜찮았다. 일단 모든 소지품을 가방에 담고, 가방이 출렁이지 않게 끈을 줄여 몸에 최대한 달라붙게 했다. 시간당 6.5킬로미터씩 걸었다. 세 시간쯤 지나자 발이 아파 오기 시작했다. 발에는 물집이 잡혔고, 어깨와 목은 가방 무게로 인해 점점 뻣뻣해졌으며, 온몸은 땀으로 흠뻑 젖었다. 이 상태라면 사무실보다 집으로 곧장 갔어야 옳았다.

"하나님, 도와주십시오."

벅은 화가 나서 기도라기보다는 한숨짓듯 내뱉었다. 그런데 다음 순간, 하나님이 계시다면 분명 유머 감각이 있는 분이란 생각이 들었다. 골목길 한쪽 벽에 세워 놓은 노란색 자전거가 눈에 들어왔던 것이다.

'자전거 무료 대여. 필요하신 분 가져가세요. 단, 다음 분을 위해 도착지에 두고 가세요.'

공짜라고 함부로 가져가지 않는 곳, 뉴욕이기에 가능한 일이었다.

벅은 하나님께 감사 기도를 할까 생각했지만 지금 그의 눈에 보이는 이 세상에는 자비로운 신을 증거할 만한 그 무엇도 눈에 띄지 않았다. 자전거를 타는 순간, 벅은 자전거를 탔던 게 아주 까마득한 옛날이라는 생각이 들었다. 한참을 비틀거리다 겨우 균형을 잡고 달리자 금세 시내 중심가로 들어섰다. 시내는 사고 잔해와 복구 작업자들로 뒤엉켜 있었고, 자신처럼 그나마 효율적인 방법으로 움직일 수 있는 사람은 몇 명 되지 않았다. 자전거를 탄 배달원들, 자신과 같은 노란색 자전거를 타고 있는 두어 명 그리고 말을 타고 다니는 경찰관들이 전부였다. 〈글로벌 위클리〉 지 건물은 엄격한 보안 조치가 취해 있었지만, 벅은 그런 사실에 별로 놀라지 않았다. 새로 온 경비에게 신원 확인을 받은 후 27층으로 올라갔다. 화장실에 잠시 들러 간단히 세수를 하고 사무실로 들어섰다. 안내 직원은 벅을 보고 곧장 플랭크 편집국장실로 연락했고, 국장과 마지는 연락을 받자마자 방에서 튀어나와 그를 안고 반갑게 포옹했다.

난생 처음 겪는 낯선 감정들이 가슴을 타고 올라왔다. 울음이 복받쳐 올랐다. 그 역시 여느 사람과 마찬가지로 엄청난 정신적 공황을 겪고 있었던 것이다. 그러나 본능적으로 자기 방어 기지를 발휘하여 애써 감정을 누르고 사태를 수습해 왔다. 갖가지 수고와 노력 끝에 익숙한 환경에 발을 들여놓으니 마치 집에 온 듯한 안도감이 밀려왔다. 지금 그는 자신을 걱정하는 사람들과 함께 있다. 이들이야말로 바로 가족이 아닐까? 벅은 이들을 만나 진정으로 기뻤다. 그리고 그들 역시 마찬가지였다.

벅은 눈물을 참으려고 입술을 깨물었다. 국장과 마지를 따라 서류가 잔뜩 쌓인 자신의 작은 방을 지나 편집국장의 넓고 환한 회의실 겸 집무실로 들어서다가 문득 루신다 워싱턴 지국장의 소식을 들었는지 물었다.

마지는 걸음을 멈추고는 양손으로 얼굴을 감쌌다.

"예, 다시 이러지 않기로 했는데, 루신다를 포함해서 몇 명이 사라졌어요. 도대체 이 슬픔의 시작과 끝은 어딜까요?"

마지의 말을 듣고 벅은 무너졌다. 함께 있던 사람들뿐 아니라 스스로도 자신의 이런 면에 놀랐지만, 이제 더는 감정을 누를 수 없었던 것이다. 스티브는 벅에게 팔을 두르고 비서와 함께 간부 사원 모두가 기다리고 있는 자신의 사무실로 데리고 들어갔다. 벅이 들어오자 모두 격려해 주었다. 이들은 그와 일하고 경쟁하고 시기하며, 때로는 서로 자극하기도 하고, 서로 제치고 특종 기사를 내려고 애쓰던 사이였지만, 이날만큼은 벅의 생환을 진심으로 기뻐하고 있었다. 그들로서는 벅이 지금 어떤 기분일지 상상할 수 없었다.

"아, 돌아오니 정말 좋네요."

벅은 자리에 앉아서 얼굴을 손으로 감쌌다. 몸이 떨리는가 싶더니 흐르는 눈물을 주체할 수가 없었다. 자신의 동료이자 경쟁자들 앞에서 벅은 흐느껴 울기 시작했다. 잠시 후 눈물을 훔치고 자세를 가다듬으며 쑥스러운 표정으로 사람들을 올려다보니 그들도 모두 같은 감정에 휩싸여 있었다.

"괜찮아, 벅. 이게 처음 흘린 눈물이라면 앞으로 울 일이 더 많이 있다네. 우리 모두 자네와 똑같이 놀라서 두렵고 가슴 아파하고 있어."

한 동료가 어깨를 두드리며 말했다.

"맞아요. 그런데 벅의 이야기가 더 절절할 것 같은데요."

다른 누군가의 말에 모두 웃음을 터뜨렸다. 그리고 웃은 만큼 한동안 더 서럽게 울었다.

이른 오후에 레이포드는 팬콘 비행 센터에 전화를 걸었다. 이틀 후인 금요일에 비행 일정이 있었다.

"그래요?"

"아직 확실하지는 않습니다. 지금 현재로선 그때까지 이렇게 많은 비행기가 정상적으로 이륙할 거 같지는 않습니다. 내일 오후 늦게까지 비행 일정이 없다는 것은 확실하고요. 그리고 어쩌면 금요일까지도요."

"비행이 취소된다면 내가 집을 나서기 전에 알 수 있을까요?"

"물론입니다. 지금으로선 그렇게 정해져 있지만요."

"비행 경로는?"

"오헤어에서 보스턴을 거쳐 케네디 공항까지입니다."

"음, 시카고, 보스턴, 뉴욕이라……. 언제 돌아오죠?"

"토요일 밤입니다."

"다행이군."

"왜요? 데이트라도 있으세요?"

"농담 말아요."

"이런, 죄송합니다, 기장님. 제가 순간 깜빡했어요."

"우리 집 소식을 들었나 보군요."

"예, 모두 알고 있습니다. 죄송해요. 실은 기장님께서 히스로로 가다가 회항한 비행기에 탑승한 선임 승무원에게 들었습니다. 혹시 그날 함께 비행했던 부기장 소식도 들으셨나요?"

"듣긴 했지만, 아직 공식적인 통보는 받지 못했소."

"어떤 얘길 들으셨습니까?"

"자살이라고."

"맞아요. 끔찍하죠."

"개인적으로 부탁 하나 해도 될까요?"

"제가 할 수 있는 일이라면 뭐든지요."

"딸이 캘리포니아에서 집으로 돌아오려고 하는데……."

"어려울 겁니다."

"알아요. 그런데 이미 오고 있는 중이에요. 어쨌든 애쓰고 있는 중일 거요. 아무래도 팬콘을 이용하려 할 텐데, 혹시 동부에서 오는 승객 명단 중에 그 애가 있는지 알 수 있을까요?"

"어렵지 않습니다. 그쪽에서 오는 비행기도 거의 없지만, 여기에 착륙할 비행기는 한 대도 없습니다."

"밀워키 쪽은 어때요?"

"불가능할 겁니다."

담당자가 키보드를 두드리는 소리가 들렸다.

"따님이 어디에서 출발했죠?"

"팔로알토 근방에서 출발했을 거요."

"이런……. 좋지 않은데요."

"왜요?"

"거기에서 출발한 비행기가 없는 것 같은데요. 잠시만 기다리십시오."

레이포드는 담당자가 혼잣말을 하며 뭔가를 시도하고, 선택 사항을 제시하는 것을 들을 수 있었다.

"유타행 캘리포니아 항공. 찾았어요! 이름이 클로이, 맞죠?"

"맞아요!"

"팔로알토에서 탑승 수속을 밟았습니다. 따님은 팬콘에서 제공한 버스를 타고 외곽에 있는 공항으로 이동했어요. 그곳에서 캘리포니아 항공을 통해 솔트레이크까지 날아갔습니다. 그 비행기가 주를 벗어난 건 아마 이번이 처음일 겁니다. 그러고 나서 팬콘 비행기로 갈아탔군요. 음, 이런 세상에. 따님이 오클라호마 에니드에서 내렸군요."

"에니드라고? 우리 항로였던 적이 한 번도 없는데."

"맞습니다. 그들 역시 댈러스의 넘쳐 나는 승객으로 초과 운행을 한 것 같아요. 어쨌든 지금은 오자크에서 일리노이 스프링필드로 가는 중입니다."

"오자크라니!"

"저는 소식만 전해 드린 것뿐입니다, 기장님."

"그래도 누군가 일을 해결하려고 계속 애쓰고 있는 것 같군."

"맞습니다. 한 가지 희소식은 우리한테 터보프롭기가 한두 대 있어서 따님을 그쪽에서 태울 수 있다는 겁니다. 그런데 어디에 착륙할지는 알 수 없습니다. 목적지에 가까이 가야 알 수 있기 때문에 스크린으로도 표시가 안 되거든요."

"그러면 클로이를 어디로 태우러 가야 할지 알 수 없겠군요?"

"아마 힘드실 겁니다. 비행기가 착륙하면 따님이 곧바로 전화하겠죠. 혹시 모르죠. 지금 당장 나타날지도……."

"그럼 얼마나 좋겠소."

"기장님이 얼마나 힘드실지 압니다. 그래도 따님이 팔로알토에서 팬콘 직항을 타지 않아서 정말 다행입니다. 거기에서 어젯밤 마지막으로 출발한 비행기가 추락했거든요. 생존자는 단 한 명도 없고요."

"실종 사태가 일어난 다음에요?"

"바로 어젯밤에요. 그 사건과는 전혀 관계없습니다."

"어떻게 그런 기막힌 사고가 발생하죠?"

레이포드가 놀라 물었다.

"그러게 말입니다."

8

다른 수석 기자들과 부서장들이 각자 사무실로 흩어져 돌아가자, 스티브 플랭크는 벅에게 집에 가서 좀 쉬다가 저녁 8시 회의에 맞춰 돌아오라고 했다.

"차라리 지금 일을 끝내고 밤에 쉬는 게 낫겠는데요."

"그렇긴 한데, 지금 할 일이 한두 가지가 아닌데다가 자네의 예리함이 절실히 필요하다네."

국장의 말에 벅은 여전히 못마땅했다.

"런던에는 언제쯤 갈 수 있을까요?"

"거긴 왜 그렇게 가려고 하나?"

벅은 국장에게 미국의 재계 거물들이 국제적인 큰손들과 은밀히 만나려고 한다는 정보와 최근 유럽에서 급부상하고 있는 한 정치가에 대해 알려주었다.

"이봐, 벅. 우리도 모두 그 사람에게 반해 있다네. 자네 지금 카르파티아를 말하는 거지?"

벅은 깜짝 놀랐다.

"그런가요?"

"로젠츠바이크 박사가 그렇게 감명을 받았다는 바로 그 사람!"

"예, 하지만 아시잖아요. 그 사람은 제 정보원이 건네준……."

"자네가 요즘 소식을 통 못 들어서 그러는데 별일 아니더군. 그 큰손은 아마도 조너선 스토나갈일 걸세. 최근엔 카르파티아를 후원하고 있다지. 참, 카르파티아가 유엔에서 연설하기로 했다는 걸 말해 줬던가?"

"새로 임명된 유엔 주재 루마니아 대사 자격으로요?"

"아닐세."

"그럼요?"

"루마니아 대통령이네."

"예? 새 대통령이 1년 6개월 전에 선출되지 않았습니까?"

벅은 새로운 지도자가 의외의 시간과 장소에서 등장할 것 같다는 더크의 말을 떠올렸다.

"지각변동이 있었지. 그걸 알아보는 것도 좋겠군."

"그러죠."

"자네더러 하라는 건 아니네. 별 얘기도 없을 걸세. 내가 보기에 그 인물은 젊고 추진력 있는데다 무엇보다 매력적이고 사람을 끌어당기는 힘이 있어. 그 사람은 혜성처럼 나타난 사업가로 몇 년 전 루마니아가 서방에 시장을 개방하면서 한몫 크게 벌었다더군. 하지만 불과 지난주까지만 해도 상원의원도 아닌 한낱 하원의원에 지나지 않았단 말이야."

"대의원 의회죠."

"어떻게 알았나?"

벅은 싱긋 웃었다.

"로젠츠바이크 박사가 알려 줬어요."

"그 짧은 시간에 모든 걸 잘도 알아차렸군. 그래서 자네가 주변의 원성을 사는 걸세."

"제가 죽일 놈이군요."

"그래도 내세우는 법이 없단 말이야."

"제가 원래 그렇죠. 그런데 국장님, 어디에서 온지도 모르는 카르파티아 같은 인물이 루마니아 대통령 자리를 차지한 사건을 왜 심각하게 받아들이지 않죠?"

"엄밀히 말해서 카르파티아가 벼락출세를 했다고 할 수는 없지. 스토나갈의 자금에 힘입어 일어섰고, 이제는 동료 정치인과 국민에게 인기 있는 군비축소 주창자가 되었거든."

"하지만 군비축소와 스토나갈은 어울리지 않는데요. 그 사람은 막후 강경론자가 아니었던가요?"

플랭크 국장도 고개를 끄덕였다.

"그러니까 불가사의한 뭔가가 있을 것 같은데요."

"뭐, 일면 그렇기도 하지만 자네가 지금 맡고 있는 기사보다 더 중대한 것은 없다네. 사실 전략적으로 그다지 중요하지 않은 국가의 대통령이 된 친구까지 신경 쓸 겨를이 없어."

"하지만 뭔가 분명히 있어요, 국장님. 런던에 있는 친구가 준 정보에 따르면, 카르파티아가 세계적으로 가장 영향력 있는 비정치인과 손을 잡고 하원에서 대통령으로 올라갈 거라고 했거든요. 국민투표를 거치지 않고."

"또 뭐가 있나? 자네, 도대체 하고 싶은 말이 뭔가? 카르파티아가 현직 대통령을 죽이기라도 했단 소린가?"

"그렇게 말씀하시니 재밌군요. 사실 카르파티아 인생의 유일한 오점으로 몇 년 전에 경쟁 사업가를 무자비하게 다루었다는 소문이 돌거든요."

"얼마나 무자비했는데? 원래 남 씹어 대기 좋아하는 인간들이 있지."

"국장님! 아니, 뒷골목에서나 쓰는 말을 다 하시다니……."

"들어보라고. 전 대통령은 카르파티아를 위해 사임한 걸세. 카르파티아의 취임을 종용하면서 말이야."

"그런데도 기사로서 가치가 없다는 말씀이세요?"

"벅, 이게 남미식 쿠데타와 뭐가 다른가? 매주 한 건씩 일어나는걸. 대수롭지 않은 일이야. 그래서 카르파티아는 스토나갈의 힘을 빌리고 있는 거고. 이건 곧 스토나갈이 러시아 붕괴를 사상 최대 호재로 여기는 루마니아 자본시장을 자유자재로 통제하고 있다는 것을 의미하지."

"하지만 국장님, 이 일은 아직 대통령 임기가 남아 있는데 초선의원이 투표를 거치지 않고 미국 대통령이 되는 것과 같은 거라고요. 게다가 온 국민이 만족한다고요?"

"아니지, 아니야, 이건 아주 다른 얘기야. 우린 지금 루마니아에 대해 얘기하고 있는 거라고. 루마니아 말이야. 전략적 가치도 없고, 낮은 국민 소득에, 다른 나라를 침략해 본 적도 없고, 전략적으로 동맹을 맺은 적도 없어. 그곳에는 저급한 국내 정치만 존재할 뿐이라고."

"그래도 뭔가 있다는 느낌이 들어요. 남에게 그렇게 날카롭고 빈틈없는 로젠츠바이크 박사가 이 친구한테 열광하고 있다는 점도 말이지요. 이번에 카르파티아가 유엔에서 연설한다고 하셨죠. 다음은 뭘까요?"

"카르파티아가 대통령이 되기 전에 유엔에 오기로 되어 있었다는 걸 몰랐나?"

"그것도 석연치 않아요. 그 당시에는 별 볼일 없는 사람이었을 텐데요."

"그는 군비축소 분야에 새로운 인물이야. 하지만 반짝했다가 사라질 인물이니까 걱정하지 말게. 그에 관해서 두 번 다시 들을 일이 없을 테니까."

"스토나갈은 유엔도 배후에서 조종하고 있어요. 아시잖아요. 미국 대사와 개인 친분 관계에 있다는 거."

"이봐, 벅. 스토나갈은 대통령에서부터 웬만한 중소도시 시장까지 모든 선출직 공직자와 개인적인 친분을 쌓고 사는 인물이야. 그게 어떻다는 건가? 처세가 확실하다고 해야 할까? 왕년의 케네디나 록펠러 집안 사람을 떠올리게 하는 사람이란 말이야. 그런데 지금 요점이 뭔가?"

"카르파티아가 스토나갈의 위세 덕에 유엔에서 연설한다는 거죠."

"그렇겠지. 그래서 뭐?"

"뭔가 꿍꿍이가 있을 거란 예감이 듭니다."

"스토나갈이야 항상 자신의 계획에 윤활유를 칠 뭔가에 대한 꿍꿍이가 있지. 그렇고말고. 그래서 그 사람이 한 사업가를 루마니아 정치판에 밀어 넣은 거고, 결국 대통령 자리까지 앉혔다고 하자고. 그래 봐야 누가 알겠어? 기껏해야 로젠츠바이크 같은 소수의 사람이나 알겠지. 별것 아니라고. 이제 스토나갈이 카르파티아를 국제적으로 조금 노출시키는 건데, 그런 건 스토나갈 같은 사람한테는 일도 아니라고. 그런데 세계 역사상 가장 어마어마하고 비극적인 현상을 이해하는 데 동참하기보다 이 별것 아닌 이야기를 쫓아다니겠다는 말인가?"

"음, 생각 좀 해 보죠."

벅이 웃으며 말하자, 플랭크가 그의 등을 탁 쳤다.

"이봐, 확실한 길을 가라고."

플랭크 편집국장이 말했다.

"전에는 제 예감을 믿으셨잖아요."

"지금도 그래. 다만 자네, 지금은 잠이 좀 부족한 것 같아."

"런던에는 정말 갈 수 없는 겁니까? 만나기로 한 친구에게 알려야 하는데."

"마지가 자네 비행기를 기다리던 친구와 연락을 시도했으니까, 어떻게 해야 할지 알려 줄 걸세. 하지만 반드시 8시까지는 돌아와야 하네. 뉴욕에서 이 달에 열리는 여러 국제회의에 관심이 있는 부서 책임자들을 회의에 부를 테니까. 기사 정리는 자네가 하고. 그러니까……."

"모두 다시 절 미워하겠군요."

벅은 시큰둥하게 말했다.

"모두 이게 얼마나 중요하다는 것을 아니까."

"중요하다고요? 아니 카르파티아 같은 인물은 제쳐놓고, 그 뭐냐, 범교파적인 종교회의와 단일통화 세계회의 따위에 절 얽어매려고 하십니까?"

"확실히 잠이 부족하군. 그러니까 내가 자네 상사를 하고 있는 거야. 이해가 안 되나? 그래, 내가 원하는 건 짜임새 있게 잘 쓴 기사야. 한번 생각해 보라고. 그러다 보면 세계 고위층 인사들을 아주 자연스럽게 만날 수 있을 거야. 우리가 지금 얘기하고 있는 사람들은 세계 단일정부에 관심이 있는 유대 민족주의자들이야."

"말도 안 돼요. 억지라고요."

"전 세계에서 온 유대 정교회 사람들은 성전 재건에 관심이 있고?"

"유대인 얘기는 이제 그만하시죠."

"단일통화로 가려고 분위기를 띄우는 국제 통화주의자들은?"

"역시 말이 안 돼요."

"그렇다면 이 일은 귀가 솔깃해질 걸세. 자네가 주목하고 있는 유력자가……."

"스토나갈이오."

"맞아. 게다가 여러 종교단체의 지도자들이 국제적 공조를 도모하고 있어."

"정말 지루한 말뿐이네요. 이 사람들은 지금 불가능한 일을 논의하고 있어요. 언제부터 종교단체들이 그렇게 사이가 돈독했죠?"

"아직도 못 알아들었군. 일단 사건의 실체와 원인에 대한 기사를 작성하면서 종교, 경제, 정치 지도자인 이 사람들을 만나 보란 말일세. 그러면 각 분야의 다양한 관점을 통해 자네만의 안목을 갖게 될 테니까."

벅은 승복의 뜻으로 어깨를 으쓱했다.

"바로 그거예요. 부장들이 제게 분개할 거라고요."

"부장들에겐 일관성 있게 해 줄 말이 따로 준비되어 있어."

"카르파티아를 만나 그에 대해 파헤치고 싶은 마음에는 변함이 없어요."

"어렵지 않지. 이미 유럽에서 언론의 관심을 집중적으로 받고 있으니까 기꺼이 대화에 응할 걸세."

"스토나갈도요."

"그 사람은 인터뷰에 절대로 응할 인물이 아니란 걸 자네도 알잖나."

"오히려 구미가 더 당기네요."

"집에 가서 좀 쉬게. 8시에 보자고."

"아, 예!"

벅은 퇴근 준비를 하고 있는 마지 포터에게 다가갔다.

마지는 서류를 내려놓고 노트를 뒤적이며 말했다.

"더크 버턴 씨한테 여러 번 통화를 시도했지만, 딱 한 번 음성 사서함에 접속할 수 있었어요. 메시지를 남기기는 했는데 아직까지 응답이 없네요."

"고마워요."

온갖 생각으로 심란한 벅은 과연 이 상태로 집에서 편히 쉴 수 있을지 의문이었다. 건물 밖으로 나와 도로에 섰다. 여러 택시 회사에서 나온 사람들이 줄지어 서서 목적지로 우회해 갈 수 있는 택시를 안내해 주고 있어 반갑기도 하고 놀랍기도 했다. 당연히 할증 요금을 받고 있었다. 벅도 30달러에 합승해서 택시를 타고 집에서 두 블록 떨어진 곳에서 내렸다. 세 시간 후에 다시 사무실로 돌아가야 했기 때문에 택시기사에게 7시 45분까지 같은 곳에서 대기해 달라고 하긴 했지만 별 기대는 하지 않았다. 그가 진짜 온다면 기적일 것이다. 여태껏 뉴욕에서는 택시를 예약할 필요가 없었다. 그의 기억으로는 같은 택시기사를 두 번 만난 적도 없었다.

레이포드는 착잡한 심정으로 거실을 오갔다. 그는 자신의 인생에서 최악의 시기를 보내고 있음을 뼈저리게 절감했다. 지금까지 이렇게 힘들어 본 적이 없었다. 부모님은 또래 친구들의 부모보다 연로하신 편이었다. 두 분 모두 2년 사이에 돌아가셨을 때, 육체적으로나 정신적으로 건강하지 못하셨기 때문에 그 당시에는 오히려 다행이라고 생각했다. 두 분을 사랑했고 부모님도 자식에게 부담을 주지 않으려고 노력하셨지만, 뇌졸중으로 쓰러진 후 크고 작은 병들로 아파하시는 모습을 보며 마음속으로 두 분을 떠나보내고 있었기 때문이다. 부모님이 돌아가셨을 때 한편으로는 슬프기도 했지만, 그보다는 두 분에 대한 추억으로 감상에 젖어 있었다. 좋은 추억이 많았다. 장례식에서 따뜻한 배려와 위로의 말을 해 준 사람들에게 고마워하며 곧 일상으로 돌아갔다. 그가 흘린 눈물은 후회와 상심 때문이 아니라 그리움과 울적함 때문이었다.

그 외에는 고통이나 힘든 일이 거의 없었다. 조종사로서 여느 전문직 부럽지 않게 높은 보수를 받았다. 조종사는 지적인 능력과 함께 고된 육체적 훈련을 이겨내야 하는 직업이었다. 레이포드는 예비군 복무, 소형 항공기, 큰 비행기, 제트기, 전투기까지 여느 조종사와 마찬가지로 여러 단계를 거쳐 결국 정점에 도달했다.

레이포드는 대학 학군단 시절에 아이린을 만났다. 아이린은 부모님의 말씀을 거역해 본 적이 없는 군인 가정의 자녀였다. 그녀의 친구들은 영내 생활을 청산하고 심지어는 그때의 생활을 밝히고 싶어 하지도 않았다. 아버지가 전투에서 전사한 후 어머니가 다른 군인과 재혼했기 때문에 아이린은 전국의 모든 군 기지를 구경하며 살 수 있었다.

두 사람은 레이포드가 4학년, 아이린이 2학년일 때 결혼했다. 아이린은 레이포드가 군에 입대하면서 바로 학교를 자퇴했다. 그 후 모든 것이 순탄했다. 결혼한 첫 해에 클로이가 태어났고, 이후 이런저런 사정으로 8년을 더 기다린 후에야 아들 레이미를 얻었다. 첫 아이가 태어났을 때 흥분된 감정을 감출 수 없었지만, 레이포드는 사실 자신의 이름을 물려줄 아들을 오랫동안 기다렸다.

그러나 레이미는 불행히도 레이포드가 잠시 우울한 시기를 보낼 때 태어났다. 그는 서른 살이라는 나이보다 자신이 훨씬 늙었다는 생각에 아내의 임신이 반갑지 않았다. 어느새 생긴 보기 싫은 흰머리 때문에 사람들이 나이보다 더 노숙하게 봤다. 늙은 아빠가 될 거라는 농담을 들을 때면 씁쓰레하게 웃어넘길 수밖에 없었다. 아이린은 유난히 힘든 임신기간을 보냈고, 레이미는 예정일보다 2주 늦게 태어났다. 그때 여덟 살 된 클로이는 고삐 풀린 망아지처럼 뛰어다녔고, 레이포드는 가능한 한 밖으로 나돌았다.

레이포드는 아이린이 당시 가벼운 우울증에 시달려 작은 일에도 쉽게 짜증을 내고 훌쩍인다는 것을 알았다. 직장에서 능력을 인정받고 있던 레이포드는 팬콘에서 가장 크고 정교한 최신형 비행기를 배정받았다. 직장생활은 순탄했지만 귀갓길은 별로 즐겁지 않았다.

그때만큼 술에 젖어 산 적도 없었다. 결혼생활은 점점 더 힘들어졌고, 집에 늦게 들어가는 일이 잦아졌다. 때로는 비행 일정을 속여 집에서 하루 일찍 나와 하루 늦게 들어가기도 했다. 그러자 아이린은 그가 온갖 부정을 저지르고 다닌다며 추궁했고, 레이포드는 그런 사실이 없기 때문에 불같이 화를 냈다.

사실 아내가 비난하는 대로 하고 싶었고 일을 꾸미기도 했다. 그러나 그런 행동을 하면서도 자신이 외도를 할 만한 위인이 못 된다는 사실을 확인하고 낙담했을 따름이었다. 그럴 만한 수단이 없었고, 말도 어눌했고, 세련미도 없었다. 언젠가 한 여승무원이 그에게 매력적이라고 한 적이 있는데, 그에게는 그 말이 마치 변태나 대머리라는 말로 들릴 정도였다. 물론 돈만 주면 어떤 여자와도 즐길 수 있었지만, 그건 그답지 않은 짓이라고 생각했다. 연애를 하며 노닥거리고 싶은 마음이 없진 않았지만, 돈을 주고 사는 천박한 관계에 탐닉하고 싶지는 않았다.

그때 바람을 피워 보려고 얼마나 노력했는지 아이린이 알았다면 아마 분명히 그의 곁을 떠났을 것이다. 레이미가 태어나기 전에 즐긴 질펀한 크리스마스 파티에서 레이포드는 기억이 끊길 정도는 아니었지만 흠뻑 취했다.

망가진 자신의 모습에 죄책감이 들어 자신을 추슬러 술을 줄였고, 그 후로는 술을 거의 마시지 않았다. 정신을 차려 조종사로서뿐 아니라 아버지로서, 남편으로서 최선을 다해야 할 때임을 깨달았다.

욱신거리는 머리로 그때의 일을 떠올리며 뼈저리게 후회했다. 스스로가 실패자 같았다. 그리고 정말 아이린에게 아무런 가치도 없는 인간이었다는 자격지심에 마음 한구석이 뚫린 것 같았다. 예전에는 한 번도 생각해 본 적이 없지만, 아이린은 자신이 생각했던 것처럼 그렇게 순진하고 어리석지 않았다는 걸 이제야 조금 알 것 같았다. 아내는 남편이 얼마나 재미없고 깊이 없고 천박한지 분명히 알고 있었다. 그럼에도 불구하고 남편을 아끼고 사랑하고 가정을 지키려고 애썼던 것이다.

아내는 교회를 옮기고 신앙이 더 깊어지면서 완전히 다른 사람이 됐다. 처음에 아내는 레이포드에게 설교 같은 이야기를 늘어놓곤 했다. 자신이 발견한 진리에 대해 함께 이야기를 나누기 원했지만, 그는 이리저리 피해 다녔다. 결국 아내는 호소나 회유로도 레이포드가 마음을 돌리지 않을 것이라 생각하고 포기했을 것이다. 하지만 지금 아내의 기도 제목들을 보면서 남편을 포기한 적이 없음을 깨닫게 되었다. 단지 하나님께 기도로 매달렸던 것이다.

해티와의 관계는 가정을 돌이킬 수 없을 정도로 진전되진 않았다. 해티! 그녀에게 정신을 팔고 있었다니 너무나 부끄러웠다. 그가 아는 한 해티는 순수한 여자였다. 해티는 한 번도 아내에 대해, 그가 유부남이라는 사실에 대해 나쁘게 말한 적이 없었다. 그리고 어떤 부적절한 관계를 제안한 적도 없었다. 과장되고 경박하기 쉬운 젊은 세대답게 도덕적이거나 종교적인 윤리를 주장하지도 않았다. 레이포드는 해티가 까마득히 모르고 있는 동안 혼자서 그녀와의 온갖 가능성에 대해 꿈꾸고 상상하던 자신이 너무나 부끄러웠다.

이 죄책감은 어디에서 오는 걸까? 레이포드는 오랫동안 해티에게 정신을 팔았고 두 사람은 여러 도시를 오가며 함께 저녁을 먹기도 했지만, 그녀는 단 한 번도 그에게 자신의 방으로 가자고 하거나 키스하려 하지 않았고, 심지어 손조차도 잡지 않았다. 만약 자신이 먼저 요구했다면 반응을 보였을지도 모른다. 아니 어쩌면 기분이 상해 모욕감을 느끼고 실망했을지도 모른다.

레이포드는 머리를 흔들었다. 좇아서는 안 될 한 여자에게 품었던 욕망에 대한 죄책감이 들었다. 정작 본인은 어떻게 유혹해야 하는지도 모르는 숙맥이었다.

지금 그는 영혼의 가장 어두운 터널을 지나고 있었다. 무엇보다 클로이에 대한 생각으로 신경이 곤두섰다. 딸이 안전하게 집에 오기만을 간절히 바랐다. 아무래도 혈육과 함께 있으면 슬픔과 고통이 덜해지리라고 생각했기 때문이다. 분명 허기가 질 때인데 배에서는 전혀 느낌이 없었다. 먹어야겠다고 작정한 향기롭고 달콤한 과자는 아이린을 떠올리게 해서 도저히 먹을 수가 없었다.

텔레비전을 켰다. 비극적인 소식보다 거리의 교통질서가 잡히고 사람들이 제자리를 찾아가고 있다는 소식을 듣고 싶었다. 몇 분 동안 여전히 종전과 똑같은 화면만 나오자 텔레비전을 껐다. 오헤어 공항에 전화해서 차를 가지러 가도 되는지 물어보려다가 그만두었다. 혹시라도 그 시간에 클로이가 전화를 할지 몰라서였다. 팔로알토에서 비행기를 탔다는 소식을 들은 지 벌써 몇 시간이나 지났다. 말도 안 되는 기착지들을 다 거쳐 언제쯤 오자크 공항에서 시카고행 비행기를 타게 될지 알 길이 없었다. 그는 오자크를 거꾸로 읽으면 '크라조'(Krazo, 상공의 비행 교차로 중 하나로, 까마귀가 까옥까옥 우는 소리를 뜻하는 조종사끼리의 농담.—옮긴이)가 된다는 항공업계의 오래된 농담을 떠올렸지만, 그 농담도 시들할 뿐이었다.

전화벨이 울리자 뛰다시피 달려가 받았지만 클로이가 아니었다.

"죄송해요, 기장님. 전화 걸기로 약속해 놓고선, 전화 받고 나서 지금까지 잤어요."

"괜찮아요, 해티. 그리고 사실 나는……."

"이런 때 번거롭게 해 드리고 싶진 않아요."

"아니, 괜찮아. 난 그냥……."

"따님과 연락은 되셨어요?"

"지금 그 아이 전화를 기다리고 있는 중이오. 그래서 전화를 빨리 끊어야겠소!"

원래 의도보다 훨씬 퉁명스러운 어투였기에 해티는 당황스러웠는지 잠시 동안 말이 없었다.

"그랬군요. 죄송해요."

"내가 전화할게. 알았지?"

"예."

해티는 상처를 입은 것 같았다. 퉁명스러운 말투는 미안했지만, 그녀에게 전화하지 않은 건 전혀 미안하지 않았다. 도움이라도 되고 싶어서 전화한 그녀의 마음은 알지만, 해티도 전혀 자신의 말을 듣고 있지 않았다. 그녀도 자신처럼 외롭고 두려울 것이다. 하지만 해티는 지금쯤 가족과 연락이 닿았을 것이다.

'이런! 그녀에게 가족의 안부를 묻지 않았다니, 정말 섭섭하겠군. 어쩌면 이렇게 이기적일 수 있을까?'

레이포드는 이런 자신에게 다시금 놀랐다.

클로이의 소식을 애타게 기다리는 중이지만 몇 분간 모험을 감행하기로 했다. 해티에게 전화를 걸었는데 통화 중이었다.

집에 오자마자 벅은 런던에 있는 더크 버턴에게 통화를 시도했다. 시차를 따지고 할 겨를이 없었다. 응답기는 답하고 있는데 뭔가 이상했다. 그의 음성이 들리고 메시지를 남기라는 신호음이 들린 후에 평소보다 긴 소리가 들리는 게 테이프가 꽉 찬 것 같았다.

'이상하다. 그렇다면 더크는 내내 잠자고 있었거나, 아니면……?'

더크가 사라졌을지도 모른다는 생각은 해 본 적이 없었다. 스토나갈, 카르파티아, 토드코트란 그리고 이 모든 현상에 대해서 수만 가지 질문을 벅에게 던져 놓은 장본인이기에 앞서 가장 절친한 프린스턴 대학 동창이었다.

'아, 이것이 그냥 우연의 일치였으면. 아니 어디 여행 중일 거야.'

벅은 마음속으로 이렇게 위로했다.

전화를 끊자마자 전화벨이 울렸다. 다름 아닌 해티 더럼이었다. 울고 있었다.

"방해했다면 미안해요, 윌리엄스 씨. 집 전화로는 절대 하지 않겠다고 다짐했는데……."

"괜찮아요. 무슨 일 있어요?"

"사실 굉장히 바보 같긴 하지만 마음이 아프네요. 이런 일을 겪어도 얘기할 사람도 없고. 엄마나 여동생들과도 지금 연락이 안 되거든요. 그래서 벅이라면 이해해 줄 것 같아서요."

"말해 봐요."

해티는 벅에게 레이포드 스틸 기장에게 전화한 얘기를 꺼냈다. 그리고 레이포드가 누구이며, 그가 아내와 아들을 잃었고, 자신이 벅에게 희소식을 들은 후 늦게서야 전화했다는 사실들을 말해 주었다.

"근데 딸의 전화를 기다리고 있다면서 전화를 뚝 끊어 버리는 거예요."

"이해할 수 있겠는데요."

벅은 눈동자를 굴리며 이 대화에 인내심을 가지려고 노력했다.

'내가 어떻게 하다가 이 외로운 영혼들과 엮이게 된 거지? 이 여자는 이런 얘기를 털어놓을 친구도 없나?'

"저도 이해는 해요. 그럴 거예요. 부인과 아들이 죽은 것이나 마찬가지니까. 하지만 저도 가족의 소식을 못 들어서 피가 마르는데 그건 물어보지도 않잖아요."

"아마도 신경이 곤두서 있어서 그럴 거예요. 그쪽과 마찬가지로 슬픔에 빠져 있어서 그랬을 거요. 그리고……."

"알아요. 그냥 단지 누군가와 얘기하고 싶었어요. 그래서 윌리엄스 씨를 생각한 거예요."

"그래요. 아무 때나 전화해요."

벅은 거짓말을 했다.

'아이고 맙소사. 다음에 명함을 만들 때는 집 전화번호는 반드시 빼놓아야겠군.'

"저기, 전화 이만 끊어야겠는데요. 저녁에 회의가 있어서요."

"얘기 들어줘서 고마워요."

"이해합니다."

대답은 그렇게 했지만 솔직히 이해했는지 의심스러웠다. 아마도 그녀가 지금처럼 예민해 있지 않다면 훨씬 사려 깊고 분별 있게 행동했을 거라는 생각이 들었다. 그러길 바랐다.

레이포드는 해티가 통화 중이어서 내심 기뻤다. 바로 전화했다고 말할 수 있었기 때문이다. 그런데 더 이상 전화통을 붙들고 있을 필요가 없었다. 1분 후에 다시 전화벨이 울렸다.

"기장님, 저예요. 죄송해요, 시간 오래 빼앗지 않을게요. 저한테 전화 걸고 계셨을 것 같아서요. 제가 통화 중이었거든요."

"맞아, 그랬어. 해티, 가족들 소식은 들었소?"

"모두 무사해요."

해티가 울며 대답했다.

"오, 하나님, 감사합니다."

레이포드는 그 순간 떠오른 생각에 적잖이 황당했다. 말은 다행이라고 했지만 살아남은 사람들은 우주 역사상 가장 위대한 순간을 놓친 사람들이라는 결론에 도달했다. 그렇다면 이 순간 '해티네 가족 역시 남게 되어서 유감이야'라고 말해야 했을까?

전화를 끊고 나서 전화기 옆에 앉아 있자니 짜증이 나기 시작했다. 클로이의 전화를 놓쳤을 거란 생각 때문이었다. 화가 머리끝까지 치솟았다. 레이포드의 뱃속에서 갑자기 요란한 소리가 났다. 분명 뭔가 먹기는 해야 하지만 미루기로 했다. 클로이가 집에 오면 그때 같이 먹으리라. 그 아이도 분명 지금까지 아무것도 입에 대지 않고 있을 테니까.

9

그날 저녁 벅의 생체 자명종은 제대로 작동하지 않았다. 그는 8시 45분이나 되어 흐트러진 차림에 미안한 표정으로 플랭크 편집국장 사무실에 들어섰다. 벅이 옳았다. 각 부서장들은 격앙되어 있었다. 후안 오르티스 국제정치부장은 앞으로 2주간에 걸쳐 정상회담 기사를 쓸 계획이었는데, 거기에 벅이 끼어든다는 사실에 잔뜩 화를 내고 있었다.

"현재 유대 민족주의자들은 제가 몇 년 동안 추적해 온 문제에 대해 논의하고 있어요. 그 사람들이 세계 단일정부에 호의를 가질 줄 그 누가 생각이나 했겠습니까? 심지어 이러한 논의가 기념비적인 일이라고 환대까지 받으면서 말이지요. 예루살렘이나 텔아비브가 아닌 바로 여기 뉴욕에서 만나는 이유도 그만큼 사안이 혁명적이기 때문입니다. 대부분의 이스라엘 민족주의자들은 이미 성지가 은혜와는 거리가 멀어졌다고 여기고 있어요. 이 일은 정말 역사적인 사건입니다."

"그래서 최고 인력을 그 기사에 투입하자는데 뭐가 문젠가?"

플랭크는 단호한 목소리로 물었다.

"그 분야에선 제가 단연 최고이기 때문입니다."

"나는 국제회의를 여러 측면에서 파악하고 싶을 뿐일세."

플랭크의 말에 지미 볼랜드 종교부장이 끼어들었다.

"오르티스 부장의 반대는 충분히 이해합니다. 하지만 저희 쪽에는 지금 국제회의가 동시에 두 건이나 있으니 도움을 환영하는 바입니다."

"이제야 일이 좀 제대로 흘러가는군."

한시름 놓은 듯 플랭크가 말했다.

"벅, 하지만 최종 결정을 내릴 권한은 내가 갖고 싶네."

볼랜드 종교부장이 벅을 향해 말했다.

"물론이지."

플랭크가 벅 대신에 대답했다. 그러자 벅이 끼어들었다.

"잠깐만요. 저는 여기서 공동 취재단 기자 취급을 받고 싶진 않은데요. 전 이 회의에 대해서 나름대로 취재를 할 겁니다. 각 부서의 전문 영역을 침범할 생각은 추호도 없습니다. 각 회의에 대한 기사를 쓰는 대신 각 회의의 의미와 공통점을 찾아서 상호 관련성을 이끌어 내고 싶을 뿐입니다. 종교부장님, 그 두 종파 말입니다. 유대 종교주의자들은 성전을 재건하고자 하고, 세계 종교주의자들은 세계의 종교질서를 하나로 통합하자고 주장하는데 서로 반목하지 않겠습니까? 유대 종교주의자들이……."

"정통 유대교일세!"

"아, 예, 정통 유대교인들이 과연 세계 종교주의자 회의에 참석하겠습니까? 그건 성전을 재건하는 일과 모순되는 것 아닙니까?"

"음, 어쨌든 자넨 적어도 나와 뜻이 일치하는군. 고무적이야. 그건 그렇고 자네는 어떤 생각을 갖고 있나?"

볼랜드 종교부장이 물었다.

"아직 잘 모르겠습니다. 그래서 더 흥미로운지도 모르죠. 그 사람들, 같은 시간에 같은 도시에서 만날 텐데, 너무 환상적이지 않습니까?"

바바라 도나휴 경제부장이 마감하는 듯한 발언을 했다.

"스티브, 이런 종류의 작업에 대해 전에 같이 논의해 본 적이 있잖아요. 그리고 위협적이지 않게 모두 솔직한 감정을 드러내게 한 국장님의 수완에 경의를 표합니다. 하지만 국장님이 벅을 참여시키기로 이미 마음속으로 결정하신 것 같으니까, 이쯤에서 소모적인 논쟁은 접고 일을 진행하기로 하죠. 일단 각 부서는 개별 편집 기사를 다루고, 전체적으로 다뤄야 할 부분에 대해서는, 즉 핵심 부분이 되겠지만, 따로 분류해 빼놓기로 하고 일을 진행하도록 하죠."

이번엔 오르티스 부장도 고개를 끄덕였지만, 여전히 벅을 못마땅히 여기는 눈치였다.

"이제 벅이 총지휘하게 되었으니 앞으로 다들 벅과 연락하도록 합시다. 물론 벅은 내 지시를 받게 될 겁니다. 벅, 한마디 하지 그러나?"

플랭크가 벅을 주시하며 말했다.

"그저 감사할 따름입니다."

벅이 풀죽은 목소리로 대답하자 킬킬거리는 사람도 있었다. 벅이 이어서 말했다.

"경제부장님, 국제 금융 전문가들이 지난번 3개 통화 통폐합 때처럼 이번에도 유엔에서 모이는 거죠?"

도나휴 경제부장이 고개를 끄덕였다.

"장소도 똑같고, 관계자들도 거의 바뀌지 않았지."

"조너선 스토나갈은 어떻게 연관된 겁니까?"

"표면에 드러난 걸 말하는 건가?"

"그 사람이 용의주도한 인물인 건 모두 아는 사실이지만, 이번 일은 스토나갈의 영향력하에 이루어진 것 아닙니까?"

"알아보나마나 아닐까?"

도나휴 경제부장의 말에 벅은 웃으며 메모했다.

"긍정의 의미로 받아들이죠. 일단 그 사람 주변을 맴돌아야겠군요. 스토나갈과 접촉할 생각이거든요."

"잘해 봐. 그 사람이 모습을 드러내진 않겠지만."

"그래도 이곳으론 오겠지요? 지난번에 플라자 호텔에 묵지 않았습니까?"

"정말 쫓아다니려고 하는가?"

"글쎄요, 지난번엔 우두머리를 한 명씩 자신의 방으로 불렀다고 하더군요."

후안 오르티스가 손을 들었다.

"벅, 나 역시 이번 일에 협조할 거고 개인적으로 자네에게 아무런 감정이 없네. 하지만 기사에 어떤 조작이 가미되지 않는 한 각 회의에 상호 관련성을 찾기는 힘들 걸세. 만일 주요 4대 국제회의가 한 도시에서 그것도 거의 같은 시간에 열린다는 사실만으로 특집 기사를 다루기 시작한다면 괜찮겠지만, 그 이상으로 회의들을 상호 관련 지으면 왜곡될 수도 있네."

"제가 만일 공통점을 찾지 못한다면 전체 기사도 없을 겁니다. 이제 됐죠?"

벅은 딱 잘라 말하고 회의를 끝냈다.

레이포드 스틸은 아내와 아들을 잃은 슬픔과 클로이에 대한 걱정 때문에 거의 미칠 지경이었다. 도대체 클로이는 어디에 있을까? 온종일 집안에 틀어박힌 채 슬퍼하다가, 생각에 잠겼다가, 이리저리 왔다 갔다 했다. 온몸에 힘이 쭉 빠지고 폐쇄 공포증까지 느끼고 있었다. 레이포드는 팬콘에 연락했다. 주말 비행에서 돌아올 즈음이면 차를 빼낼 수 있다는 소식이었다. 텔레비전 뉴스에서는 곳곳에서 도로를 정비해 대중교통이 회복되어 간다고 보도하였다. 그러나 도시 전경은 몇 달이 되어도 크게 달라질 것 같지 않았다. 폐기물 처리장은 이미 포화 상태였고, 도로 옆 곳곳에는 폐허 잔해들이 위험하게도 겹겹이 쌓여 넘쳐 흘러나고 있었다.

레이포드는 아내가 다니던 교회로 전화를 걸어 보았다. 아무도 받지 않자 오히려 누구와 얘기하지 않아도 된다는 사실에 내심 안심이 되었다. 그가 바라던 대로 새로운 메시지가 자동 응답기에 녹음되어 있었다. 넋이 나간 것 같은 남자의 목소리였다.

"뉴호프 교회입니다. 저희는 주간 성경공부를 계획하고 있습니다만, 당분간은 매주 일요일 오전 10시에만 모임을 가질 예정입니다. 저를 제외한 교회 관계자 전원과 대부분의 성도님이 떠나셨기 때문에 지금은 남겨진 몇 분만이 교회를 지키고 있습니다. 아울러 담임목사님이 오늘 이러한 때를 대비해 준비하신 비디오테이프를 나눠 드리고 있습니다. 언제든지 오셔서 복사 테이프를 받아 가시기 바랍니다. 그럼 주일 아침에 뵙기를 소망합니다."

그랬다. 그 목사가 휴거에 대해 종종 설교하곤 했다는 사실을 레이포드는 생각해 냈다. 아이린이 교회에 그렇게 열심인 것도 그 때문이었다. 그런데 남겨진 사람들을 위한 메시지를 미리 녹화해 두었다니! 정말 기막힌 발상 아닌가! 클로이가 오면 내일 함께 그 테이프를 가지러 가야겠다고 다짐했다. 자신이 진실을 알아내는 데 관심을 쏟는 만큼 클로이도 관심 갖기를 바랐다.

무심코 어둠이 깔린 창문을 응시하던 그 순간 레이포드의 눈에 클로이의 모습이 보였다. 길 위에 커다란 여행용 가방을 내려놓은 채 택시 요금을 내고 있었다. 그는 맨발로 뛰어나가 클로이를 힘껏 안았다.

"아빠! 다른 가족들은요?"

딸애가 울부짖으며 물었다.

레이포드는 고개를 저었다.

"아니죠?"

클로이는 아빠를 밀어내고 엄마나 레이미가 현관문에 나타나기를 기대하듯 집 쪽을 쳐다보았다.

"클로이, 너와 나뿐이야."

두 사람은 어둠 속에서 눈물을 흘리며 그냥 그렇게 서 있었다.

벅 윌리엄스는 금요일이 되어서야 더크 버턴의 행방을 추적해 낼 수 있었다. 런던 증권 거래소에서 더크가 소속되어 있는 구역의 관리자와 통화 연결이 되었다.

"먼저 댁이 누구이고 버튼 씨와는 어떤 관계인지 구체적으로 말씀해 주셔야 알려 드릴 수 있습니다. 또한 부득이 지금부터 통화 내용을 모두 녹음하고 있다는 사실도 알려 드립니다."

나이절 레너드라가 말했다.

"예?"

"현재 윌리엄스 씨와의 대화를 녹음하고 있습니다. 만약 이것이 문제가 된다면 통화는 여기서 끝납니다."
"이해가 안 되는데요."
"어떤 부분이 말씀입니까? 녹음이 뭘 뜻하는지 아시지 않습니까?"
"알겠습니다. 그렇다면 제 쪽에서도 녹음을 하죠. 괜찮으시죠?"
"아니, 안 됩니다. 그런데 윌리엄스 씨는 왜 녹음을 하려고 하십니까?"
"그렇다면 그쪽에서는 왜 하죠?"
"저희는 현재 매우 유감스러운 사건에 빠져서 가능한 모든 실마리에 대해 조사해야 하기 때문입니다."
"무슨 사건이오? 더크가 실종자 명단에 속해 있습니까?"
"그렇게 간단한 문제가 아닙니다."
"말씀해 주시죠."
"먼저 물어보는 이유를 말씀해 주시죠."
"오랜 친구입니다. 대학 동창이죠."
"어느 대학이죠?"
"프린스턴이오."
"맞아요. 몇 연도였나요?"
벅은 연도를 말해 주었다.
"맞습니다. 마지막으로 통화한 게 언제였습니까?"
"기억이 잘 안 나는군요. 주로 음성 사서함으로 메시지를 주고받았으니까요."
"지금 하시는 일은 뭐죠?"
벅은 머뭇거렸다.
"뉴욕 주재 〈글로벌 위클리〉 지 수석 기자입니다."
"기자로서 궁금한 건가요?"
"전혀 아니라고 할 수는 없죠."
벅은 슬슬 부아가 치밀어 오르는 것을 참으며 대답했다.
"개인적으로 제게 중요한 사람이긴 하지만, 독자의 관심을 끌 만한 인물은 아닙니다."

나이절은 조심스럽게 말을 꺼냈다.

"윌리엄스 씨, 지금 상호간에 녹음이 되고 있지만 제가 지금부터 말씀드리는 것은 절대로 공개해서는 안 됩니다. 아시겠습니까?"

"전……."

"제가 알기에 미국이나 이곳 연방에서는 비공개를 원칙으로 말하는 것은 보호받는다고 하던데요?"

"그렇죠."

"뭐라고 하셨죠?"

"예, 알겠다고요. 맞습니다. 이제부터 하는 말은 공개하지 않겠습니다. 지금 더크는 어디에 있죠?"

"오늘 아침 자택에서 시신으로 발견됐습니다. 머리에 총상을 입은 채로요. 친구라니 정말 안됐습니다만, 자살이랍니다."

벅은 순간 할 말을 잃어버렸다. 간신히 정신을 가다듬고 물었다.

"누가 그래요?"

"관계 당국이오."

"어느 관계 당국 말입니까?"

"런던 경찰국과 증권 거래소 보안 요원들."

런던 경찰국이라고? 벅은 나중에 자세히 알아봐야겠다고 생각했다.

"증권 거래소는 왜 개입했죠?"

"정보와 직원을 보호하기 위해서죠."

"자살이라니 말도 안 됩니다. 아시잖아요?"

"제가요?"

"더크의 상관이시잖아요."

"선생, 실종 사건 이후 자살은 셀 수도 없이 많이 발생하고 있습니다."

벅은 나이절이 대서양 건너 자신을 보고 있기라도 한 것처럼 세차게 머리를 가로저었다.

"더크는 자살할 사람이 아닙니다. 아시지 않습니까?"

"어떤 심정인지 이해합니다만, 저라고 더크가 무슨 생각을 하고 있었는지 선생만큼 알지 못합니다. 그를 많이 좋아했지만 제가 부검 결과에 이의를 제기할 만한 위치에 있지도 않고요."

벅은 수화기를 거칠게 내려놓고 플랭크의 사무실로 향했다. 그리고 지금까지 통화한 내용을 전했다.

"끔찍하군."

"런던 경찰국에 더크를 알고 있는 접촉선이 있어요. 하지만 차마 전화로 얘기할 수는 없네요. 마지에게 런던으로 가는 비행기를 예약해 달라고 해 주세요. 꼭 가 봐야겠어요. 회의에 늦지 않게 돌아올게요."

"항공편이 있을까? 케네디 공항도 아직 폐쇄 중 아닌가?"

"라구아디아 공항은 어떻습니까?"

"마지에게 물어봐. 내일 카르파티아가 뉴욕에 도착하네."

"국장님은 카르파티아를 별 볼일 없는 사람이라고 하셨잖아요? 그 사람, 제가 돌아올 때까지 뉴욕에 있을 겁니다."

⚛

레이포드는 슬픔에 잠긴 딸에게 차마 외출하자는 말을 할 수가 없었다. 클로이는 남동생 방에서 한참을 틀어박혀 있더니, 부모님이 쓰는 침실로 들어가 엄마와 남동생이 남기고 간 물건 몇 가지를 모았다. 그러고 나서 아빠가 엄마와 남동생의 추억을 모은 상자에 소중하게 담았다. 레이포드는 그런 딸 때문에 또 한번 가슴이 무너졌다. 사실 마음속으로 딸애가 자신에게 위안이 되어 주기를 바랐다. 결국 그렇게 될 거라 믿고 있지만 지금 딸에게는 자신의 슬픔을 감당할 시간이 필요했다. 클로이는 실컷 울고 나서야 입을 열었다. 추억에 잠겨 옛이야기를 꺼내기 시작하더니 그의 마음이 더 이상 감당하기 어려워질 즈음에 이르러서야 실종 사건으로 화제를 바꿨다.

"아빠, 캘리포니아 사람들은 우주인이 침략했다고 믿고 있어요."

"그럴 리가……."

"아빠가 현실적인 분이고 흥미 위주의 타블로이드 신문에 회의적이라는 거 알아요. 하지만 도저히 이해할 수가 없어요. 초자연적이고 비현실적이라는 말이 어떤 거라는 건 알겠지만……."

"알겠지만, 뭐?"

"만약 어떤 외계의 힘이 이런 일을 벌였다면, 우리와 의사를 원활하게 소통해야 하지 않겠어요? 지금쯤이면 지구를 점령하거나, 납치한 사람들의 몸값을 요구한다거나, 그도 아니면 우리에게 어떤 일을 하라고 시키지 않겠어요?"

"누가? 화성인이?"

"아빠, 제가 그렇게 믿고 있다는 게 아니에요. 전 그 말을 믿지 않아요. 다만 추리가 그럴듯하지 않나요?"

"나를 이해시키려고 애쓸 필요 없단다. 일주일 전만 해도 이런 일이 일어날 수 있으리라고는 꿈도 꾸지 않았으니까. 지금 아빠의 이성은 한계점까지 와 있단다."

레이포드는 클로이가 자신의 생각을 물어봐 주기를 바랐다. 그는 종교를 주제로 딸과 논쟁을 벌이기는 싫었다. 클로이는 종교에 대해서 항상 적대적이었다. 고등학교 때부터 교회에 다니지 않았는데, 그 뒤로는 레이포드와 아이린 모두 그 문제로 싸우기를 포기했다. 그 외에는 언제나 착한 딸이고 말썽을 피운 적도 없었다. 학교 성적도 우수해서 부분 장학금을 받기도 했다. 가끔 밤늦게까지 집에 들어오지 않을 때가 있었고, 고등학교 때 지독한 사춘기를 겪기도 했지만, 그렇다고 두 사람이 그 애를 감옥에서 빼내거나 마약한 흔적을 발견한 적은 단 한 번도 없었다. 레이포드는 그런 일을 가볍게 여기지 않았다.

클로이가 파티를 몇 군데나 돌아다니며 술에 취해 밤늦게 들어온 적이 있었다. 밤새 토하는 딸을 보고서 레이포드와 아이린은 처음이니까 없던 일로 그냥 넘어갔다. 클로이가 그 정도쯤은 알아서 할 분별력을 가졌다고 믿었기 때문이다. 그러나 또 취해서 들어오자 레이포드는 클로이를 불러 앉혔다.

"알아요, 안다고요. 아빠, 저도 알아요. 그러니까 야단치실 필요 없어요."

"너를 야단치려는 게 아니야. 다만 과음한 후에는 운전하면 안 된다는 걸

네가 확실히 알았으면 하는 거야."

"물론 알고 있어요."

"과음이 얼마나 위험하고 어리석은 행동인지 너도 알고 있잖니?"

"야단치지 않으실 거라면서요."

"알고 있는지만 어서 대답하렴."

"말했잖아요."

레이포드는 할 말을 잃은 채 고개를 저었다.

"아빠, 저를 포기하지 마세요. 염려하고 계시다는 걸 보여 주세요."

"장난치지 마. 언젠가 너도 네 아이가 생기면, 나처럼 무슨 말을 해야 할지, 어떻게 해야 할지 모를 때가 있을 거다. 온 마음으로 누군가를 사랑하게 될 때, 그리고 오로지 그 사람이 잘 살기만을 바라는 부모의 마음을……."

레이포드는 더 이상 말을 이을 수가 없었다. 목이 메어 말을 잇지 못한 건 어른이 된 이후로 그때가 처음이었다. 아이린과 다툴 때는 그런 적이 없었다. 그때에는 어떻게 하면 자신이 아내를 사랑하는지 증명해 보일까 신경 쓰면서 지나칠 정도로 방어적이었다. 하지만 클로이에게는 무엇이 옳은지 알려 주고 싶었고, 자신을 지키고 보호할 수 있게끔 도와주고 싶었다. 자신이 클로이를 얼마나 사랑하고 있는지 알려 주고 싶었지만, 마음과 달리 모든 게 어긋나고 있었다. 마치 자신이 벌하고 가르치고 질책하고 생색이나 내려는 것처럼 되어서 마음이 너무 아팠다.

의도하지는 않았지만 그런 마음과 행동이 클로이에게도 전해졌다. 몇 달이나 클로이는 아빠뿐만 아니라 엄마와도 겉돌고 있었다. 늘 부루퉁한 표정으로 차갑게 대했으며, 혼자 있으려 하고, 무슨 말을 해도 빈정대거나 대들었다. 레이포드는 그 모든 현상이 성인이 되는 과정이라는 걸 알았지만, 참 고통스럽고 두려운 시간이었다.

자세를 가다듬고 민망함을 감추고자 입술을 깨문 뒤 숨을 깊이 들이마시는데, 클로이가 다가와서 어린아이처럼 그의 목에 팔을 감았다.

"아빠, 울지 마세요. 알아요. 아빠가 절 사랑하고 염려하고 계시다는 것을요. 걱정하지 마세요. 이제 다 겪어 봤으니까 다시는 바보 같은 짓 안 할게요. 약속할게요."

그의 눈에 눈물이 흘러내렸고 클로이도 함께 눈물을 흘렸다. 전에 없이 두 사람 사이에는 끈끈한 유대감이 형성되었다. 그래도 교회만큼은 다시 나가지 않았고, 레이포드가 떠돌기 시작한 것도 그 즈음부터였다. 두 사람은 친구가 되었고, 클로이는 점점 아빠를 닮아 갔다. 아이린은 두 아이가 각각 자신이 좋아하는 한쪽 부모와 편이 되었다고 레이포드를 놀렸다.

레이포드는 아이린과 레이미가 떠나간 이상, 그때 갈등으로 시작된 클로이와의 관계가 이 일을 계기로 풀어져 서로 편하게 대화할 수 있기를 바랐다. 지금 일어난 일보다 더 중요한 것이 있을까? 클로이의 정신 나간 대학 친구들과 캘리포니아 주민들이 지금 무엇을 믿고 있는지 알고 있다. 또 다른 새로운 설이 나온 것일까? 레이포드는 중서부 사람들이 〈시카고 트리뷴〉이나 〈뉴욕 타임스〉에 돈을 쓰는 것만큼 서부 사람들은 타블로이드판 신문에 열을 올린다고 생각했다.

금요일 늦은 시간, 레이포드와 클로이는 둘 다 억지로라도 뭔가 먹어야 한다는 생각이 들어 주방에서 함께 저녁을 준비했다. 냉장고를 뒤져서 과일과 채소로 샐러드를 만들었다. 아무 말 없이 딸과 저녁을 준비하다 보니 마음이 진정되고 고통이 잊혀지는 듯했다. 또 한편으로는 집 안에서 어떤 일을 하든 아이린이 떠올라 고통스럽기도 했다. 저녁을 먹기 위해 식탁에 앉을 때, 두 사람은 습관적으로 늘 앉던 자리인 식탁 양쪽에 마주보고 앉았다. 때문에 두 개의 빈자리가 더욱 눈에 띄었다.

클로이의 얼굴이 다시금 어두워졌다. 분명 같은 마음일 것이다. 사실 온 가족이 일주일에 서너 번이라도 한자리에 모여 함께 식사한 지도 얼마 지나지 않았다. 아내는 늘 레이포드의 왼쪽에 앉았고 레이미는 오른쪽, 클로이는 레이포드와 마주보고 앉았다. 순간 공허함과 침묵이 두 사람을 엄습해 왔다.

레이포드는 어마어마한 양의 샐러드를 입에 구겨 넣듯 식사를 끝냈다. 클로이는 먹던 손을 멈추더니 고개를 숙이고는 조용히 흐느끼기 시작했다. 무릎 위로 눈물이 툭툭 떨어졌다. 레이포드가 손을 잡아 주자 클로이는 일어나 아빠의 무릎에 얼굴을 파묻고는 목놓아 울었다. 딸의 마음을 알기에 레이포드 또한 가슴이 저렸다. 그리고 진정할 때까지 딸의 등을 토닥토닥 두들겨 주었다.

"엄마와 레이미는 어디에 있는 걸까요?"

클로이가 코멘소리로 물었다.

"아빠 생각을 묻는 거니? 정말 알기를 원하니?"

"당연하지요."

"두 사람은 천국에 있다고 믿는다."

"아빠! 학교에서도 그렇게 종교적으로 얘기하는 답답한 애들이 있었어요. 그런데 그렇게 잘 알고 있는 애들이 왜 천국에 못 가고 여기 있는 거죠?"

"아마도 자신들이 잘못해서 천국에 갈 기회를 놓쳤다는 걸 이제야 깨달은 거겠지."

"우리도 그런 것이라고 생각하시는 거예요?"

클로이는 자기 자리로 돌아가며 물었다.

"안타깝지만 그렇단다. 엄마도 예수님이 언젠가 오셔서 그를 따르는 자들을 천국으로 데려갈 것이라고 믿으셨잖니?"

"그랬죠. 하지만 엄마는 가족들 중에서 누구보다 믿음이 강한 분이셨잖아요. 저는 엄마가 신앙 때문에 우리와 점점 멀어진다고 생각했어요."

"그거 좋은 말이구나."

"예?"

"엄마는 정말 우리와 멀어져 천국으로 떠나셨잖니. 레이미도 그렇고."

"정말 그랬다고 믿는 건 아니시죠?"

"믿는다."

"그건 화성인이 침략했다는 말만큼이나 말도 안 되는 얘기라고요."

레이포드는 불쾌해졌다.

"그렇다면 너는 뭐라고 생각하니?"

클로이는 아버지를 등진 채로 식탁을 치우기 시작했다.

"저는 제가 모른다는 사실을 인정할 정도로 정직해요."

"그렇다면 아빠는 정직하지 못하다는 말이구나."

클로이는 몸을 돌려 딱하다는 표정으로 그를 쳐다보았다.

"모르시겠어요, 아빠? 지금 아빠는 가장 덜 고통스러운 쪽으로 기울고 계신 거라고요. 저보고 선택하라면, 저 역시도 엄마와 레이미가 천국에서 구름을 타고 하프를 연주하며 하나님과 함께 있다는 쪽을 택할 거예요."

"네 말은 아빠가 지금 착각하고 있다는 말이구나."

"아빠를 비난하는 게 아니에요. 다만 말도 안 되는 소리란 걸 아빠도 인정해야 한다는 뜻이에요."

레이포드는 화가 나기 시작했다.

"옷 밖으로 한순간에 사라져 버린 사람들보다 더 말이 안 되는 게 어디 있을까? 또 누가 그런 일을 할 수 있을 것 같니? 몇 년 전만 해도 소련에 화살을 돌렸겠지. 인간의 살과 뼈만 녹이는 어떤 초강력 기술을 개발했다고 떠들어 대면서 말이야. 하지만 이제 소련의 위협은 존재하지 않아. 더구나 이번에는 러시아에서도 사람들이 사라졌어. 그리고 그것이 무엇이든 간에 어떻게 누군 데려가고 누군 데려가지 않을지 결정할 수 있단 말이냐?"

"아빠 말씀은 하나님만이 유일하게 논리적으로 설명할 수 있다는 말 같은데요? 자신을 따랐던 사람들은 데려가고, 나머지는 남겨 두고."

"그래."

"이런 얘긴 듣고 싶지 않아요."

"클로이, 우리 가족을 보면 완벽한 그림이 그려지지 않니. 만일 내 말이 옳다면, 우리 가족 중 두 명은 사라지고, 두 명은 남게 되지."

"제가 훨씬 죄인이기 때문인가요?"

"아빠 말을 좀 들어 보렴. 네가 어떻다는 것이 아니라 이건 나를 말하는 거야. 너를 심판하자는 게 아니란다. 아빠 말이 틀림없다면, 우리는 뭔가를 놓친 거야. 아빠는 언제나 아빠를 기독교인이라고 했지. 그런 환경에서 자랐고, 무엇보다 유대인은 아니었어."

"아빠 말씀은 저도 기독교인이 아니란 거예요?"

"클로이, 너는 이 세상 누구보다 사랑하는 내 딸이고, 유일하게 남은 내 가족이란다. 그렇다 해도 기독교인들이 사라지고 그렇지 않은 사람들만 남겨진 것이라면 이 땅에 있는 그 누구도 기독교인이 아니란 말이다."

"그렇다면 아주 강한 기독교인들만 사라진 건가요?"

"음, 진실한 기독교인이겠지. 하나님만이 잘 알고 계실 거야. 아빠가 더 무슨 말을 할 수 있겠니?"

"그렇다면 하나님은 어떤 분이시죠? 피폐하고 가학적인 독재자이신가요?"

"신중히 말하렴. 내가 틀렸다고 생각하나 본데, 만일 내 말이 맞으면 어떻게 하려고 그러니?"

"그렇다면 하나님은 증오와 원한으로 가득 찬 분일 거예요. 누가 그런 하나님과 천국으로 가고 싶겠어요?"

"엄마와 레이미가 있는 곳이라면 나는 어디든지 함께 가고 싶다."

"저도 그러고 싶어요. 하지만 이 일이 어떻게 인자하고 자비로운 하나님과 어울릴 수 있어요? 제가 교회에 다닐 때 하나님이 얼마나 사랑이 풍성한 분인지 질리도록 들었는데요. 한 번도 제 기도에 응답해 주시지 않았기 때문에 주님이 절 알고 있지도 절 돌봐 주시지도 않는다고 느꼈지만요. 지금 아빠는 제 말이 틀렸다고 말씀하시는 거죠? 제가 신실하지 않기 때문에 남겨진 거라고요? 아빠 생각이 틀렸을 거라고 믿는 게 나을 것 같아요."

"내 말이 맞지 않다면 누구 말이 맞다는 거니? 그 사람들은 어디로 간 걸까? 모두 어디에 있는 거지?"

"보세요, 아빠는 지금 천국에만 집착하고 계세요. 그게 아빠 마음을 편하게 해 주니까. 하지만 저는 아니에요. 오히려 기분이 더 나빠지고 있어요. 전 받아들이지 않겠어요. 생각조차 하고 싶지 않아요."

레이포드는 거기서 얘기를 접고 텔레비전을 보러 갔다. 제한적이나마 정규 프로그램과 뉴스가 방영되고 있었다. 레이포드는 최근 신문에서 읽었던 루마니아 대통령의 독특한 이름에 시선이 꽂혔다. 카르파티아. 그는 토요일에 뉴욕 라구아디아 공항에 도착한 후, 유엔에서 연설하기에 앞서 월요일 아침에 기자들과 회견하기로 일정이 잡혀 있었다.

그렇다면 라구아디아 공항은 개항한 것이다. 라구아디아는 그날 저녁 좌석이 초과 판매되어 레이포드가 비행하기로 예정되어 있었다. 그는 오헤어 공항 팬콘티넨털에 전화를 걸었다. 그의 상사가 받았다.

"반갑네. 안 그래도 전화하려고 했네. 최근에 757기로 배당되었지?"

"아니요. 정기적으로 운항하긴 했지만 개인적으로 747기를 더 좋아해서요. 올해는 757기를 배당받지 않았습니다."

"이번 주말에 동부로 날아가는 비행기는 757기밖에 없네. 다른 사람을 구해 보겠지만 자네도 곧 757기로 올라갈 걸세. 그러면 좀 여유가 생길 거고."

"알겠습니다. 다음 비행은 언제죠?"

"애틀랜타행 월요일 비행기는 어떤가? 당일 돌아오는 걸세."

"비행기는?"

"747기."

"좋습니다. 혹시 남아 있는 좌석이 있습니까?"

"누구?"

"가족입니다."

"잠시만 기다리게."

전화기로 컴퓨터 자판을 두드리는 소리와 부산스러운 소리가 들렸다.

"알아보는 중에 한 승무원에게 자네와 같은 비행 스케줄로 지정해 달라는 요청을 받았네. 내 생각엔 그 승무원이 자네가 오늘 밤 로간 공항에서 케네디 공항으로 비행하는 걸로 알고 있었던 것 같아."

"누구요? 해티 더럼입니까?"

"잠시만……. 맞네."

"그러면 해티가 보스턴에서 뉴욕까지 가기로 했습니까?"

"맞아."

"저는 안 가는 거고요. 그 배정 요청은 아직 정해지지 않았겠군요?"

"그렇겠지. 어떻게 하겠나?"

"예? 무슨 말씀이십니까?"

"추측하건대, 그 승무원이 다시 물을 것 같아서 말이야. 앞으로 자네 비행에 그 승무원이 지정되는 걸 거부할 건가?"

"애틀랜타행은 아니겠죠? 너무 급해서요."

"아니네."

레이포드는 한숨을 내쉬었다.

"거부하지 않겠습니다. 아, 잠시만요. 만일 그렇게 된다면 그냥 두십시오."

"무슨 말인가?"

"해티가 정규 항로에 지정될 때는 그냥 받아들이겠습니다. 하지만 억지로 만들지는 마십시오."

"알겠네. 그리고 자네 애틀랜타행은 무료 비행기표가 가능할 것 같군. 이름이?"

"클로이 스틸입니다."

"일단 일등석에 배치해 놓지. 만약 일등석이 매진되면 알다시피 이등석으로 배치하겠네."

전화를 끊자 클로이가 방으로 들어왔다.

"오늘 밤은 비행 스케줄이 없단다."

"좋은 거예요, 아니면 나쁜 거예요?"

"해방이야. 너랑 더 많은 시간을 보낼 수 있으니까."

"아빠랑 얘기할 때 제 태도 때문에 다시는 절 보고 싶어 하시지 않을 줄 알았어요."

"클로이, 너랑 아빠는 터놓고 함께 얘기할 수 있단다. 우리는 가족이니까. 너와 멀어지는 생각은 꿈에서도 하기 싫단다. 월요일에 애틀랜타행 비행기를 타야 하는데 네 좌석도 예약해 두었다. 물론 같이 가고 싶다면 말이다."

"당연하죠."

"그리고 너한테 듣고 싶지 않은 말이 딱 한 가지 있는데……."

"뭔데요?"

"아빠 생각은 고려해 보고 싶지도 않다는 말, 그 말이다. 너는 언제나 내 생각을 좋아했었지. 내 생각에 동의하지 않는 건 상관없어. 무슨 말인지 이해가 되게끔 분명히 말할 수 있을지는 잘 모르겠다만, 엄마가 이런 얘기를 한 적이 있었지. 만약 예수님이 당신의 자녀를 데리고 가실 때 함께 갈 수 있을 것이라는 확신이 없다면 그 문제에 대해 가볍게 여겨선 안 된다고 경고했었지."

"그렇지만 아빠는요?"

"그랬었지. 하지만 다시는 그러지 않을 거야."

"아빠, 제가 그 문제를 무시하는 게 아니에요. 다만 받아들일 수가 없을 뿐이에요. 그뿐이에요."

"그래, 알았다. 그런데 생각조차 하지 않겠다는 말은 하지 말아라."

"그러면 아빠는 우주 정복자 이론은 생각해 보셨나요?"

"솔직히 말하면, 생각해 봤단다."

"정말요?"

"모든 가능성을 생각해 보았지. 사람의 경험으로는 도저히 있을 수 없는 이 일을 어떻게 설명할 수 있겠니?"

"알았어요. 제가 생각조차 하지 않겠다는 말을 취소하는 것, 그게 어떤 의미인데요? 갑자기 아빠랑 제가 광신도가 되어서 교회에 가기 시작한다고 해요. 그래서 뭐가 어떻게 되는 거죠? 그렇다고 누가 우리더러 너무 늦은 건 아니라고 하겠어요? 아빠 말씀이 옳다면, 우리는 영원히 기회를 놓친 거예요."

"그게 바로 우리가 찾아봐야 할 일이야. 한번 알아보자구나. 만약 엄마와 레이미를 다시 볼 기회가 있다면 말이다."

클로이는 고개를 저었다.

"어휴, 모르겠어요."

"사실 엄마가 다니던 교회에 전화해 보았다."

"어머나, 아빠!"

그는 딸에게 전화 녹음 내용과 테이프에 대해 얘기해 주었다.

"아빠! 남겨진 사람들을 위한 테이프가 있다고요? 제발요!"

"너처럼 의심 많은 사람에게는 바보 같은 이야기로 들릴지 모르지만, 나는 다른 논리적인 설명은 못 찾겠다. 그래서 그 테이프를 하루빨리 보고 싶다."

"정말 간절하시네요."

"당연하지. 너는 그렇지 않니?"

"저 역시 슬프고 두려워요. 하지만 학교를 그만둘 만큼 그렇게 절망적이지는 않아요. 아빠, 죄송해요. 그렇게 쳐다보지 마세요. 이 일을 알아보겠다는 아빠를 비난하지는 않겠어요. 그렇게 하세요. 제 걱정은 하지 마시고요."

"같이 안 갈래?"

"그냥 집에 있을게요. 하지만 아빠가 같이 가길 원하신다면……."

"차 안에서 기다려도 돼."

"그게 아니에요. 저와 생각이 다른 사람을 만나는 게 싫지는 않아요."

"내일 교회에 들러 보자구나."

레이포드는 클로이의 반응에 실망하긴 했지만 자신뿐만 아니라 딸을 위해서라도 꼭 진리를 찾아야겠다고 결심했다. 만약 레이포드의 생각이 옳다면, 딸이 이 기회를 놓치는 걸 보고 싶지 않았다.

10

캐머런 윌리엄스는 뉴욕을 떠나기 전까지 자신과 더크 버턴, 두 사람 모두의 친구에게 연락을 취하지 않기로 마음먹었다. 그동안 런던 경찰국에 있는 그들과 연락을 취하는 데 어려움이 있었다. 벅은 더크의 상사와 이상한 통화를 한 이후라서 누군가 엿들을지도 모를 위험을 떠안기 싫었던 것이다. 그는 런던 경찰국에 있는 친구의 안전을 지킬 수 있기를 바랐다.

금요일 밤, 벅은 진짜 여권과 비자 그리고 전통적인 안전 예방책이라고 할 수 있는 위조 여권과 비자를 모두 챙겼다. 그런 후에 라구아디아 공항에서 출발하는 런던행 마지막 밤비행기를 타서 다음날 토요일 아침에 히스로 공항에 도착하였다. 타비스톡 호텔에 짐을 풀고 오후 서너 시까지 잠을 잤다. 그러고는 더크의 죽음에 대한 진실을 찾는 일에 착수했다.

벅은 먼저 런던 경찰국에 전화를 걸어 중간 간부급 형사인 친구 앨런 톰킨스를 찾았다. 톰킨스는 검은 머리에 깡마른 체형 그리고 어딘가 좀 부스스한 모습을 한 형사였다. 비슷한 연배인 두 사람은 벅이 영국에서 일어난 테러 사태에 대한 기사를 쓸 때 인터뷰를 하면서 알게 되었다.

두 사람은 서로 잘 통했다. 저녁때는 더크도 합류해 술집에서 즐거운 시간을 보내기도 했다. 이렇게 해서 더크와 앨런과 벅은 친구가 되었고, 벅이 영국에 올 때마다 세 사람은 뭉치곤 했다. 벅은 전화 도청에 대비해 앨런이 재빠르게 알아채면서도 두 사람이 친구라는 게 드러나지 않는 방법으로 통화를 시도해야만 했다.

"톰킨스 씨, 잘 모르시겠지만 저는 〈글로벌 위클리〉 지의 캐머런 윌리엄스라고 합니다."

앨런이 웃음을 터뜨리며 반갑게 아는 체하기 전에 벅은 다음 말을 이었다.

"유엔에서 열리게 될 국제 통화 회의에 앞서 다뤄야 할 기사가 있어서 런던에 왔습니다."

앨런의 목소리가 갑자기 진지해졌다.

"제가 어떻게 도와드리면 되겠습니까? 그리고 그 일이 런던 경찰국과 무슨 상관이 있지요?"

"저와 인터뷰하기로 했던 사람을 찾는 데 어려움을 겪고 있습니다. 제 생각엔 그 사람한테 무슨 일이 생긴 것 같아서요."

"이름이?"

"버턴이라고 합니다. 더크 버턴, 증권 거래소에서 일하고 있습니다."

"제가 알아보고 나서 연락드리겠습니다."

몇 분이 지나고 나서 벅의 전화가 울렸다.

"예, 런던 경찰국의 톰킨스입니다. 이쪽으로 직접 오셨으면 합니다."

토요일 아침, 일리노이 주 마운트 프로스펙트다. 레이포드 스틸은 뉴호프 교회로 한 번 더 전화를 걸었다. 이번에는 한 남자가 전화를 받았다. 레이포드는 자신을 그 교회에 다니던 성도의 남편이라고 소개했다.

"예, 압니다. 전에 한번 뵈었죠. 저는 심방 목사 브루스 반즈입니다."

"아, 예. 안녕하십니까?"

"예전 성도라고 하시는 걸 보면 아이린도 이곳에 있지 않다는 말씀이시군요?"

"맞습니다. 아들 녀석도 함께요."

"레이미였죠?"

"예."

"교회에 나오지는 않았지만, 따님도 한 명 있으시지요?"

"클로이입니다."

"그럼 클로이는?"

"여기에 저와 함께 있습니다. 얼마나 많은 사람이 사라졌는지, 그리고 여전히 교회 모임이 있는지 목사님께 여쭤 보고 싶습니다. 제가 알기에는 매주 일요일마다 예배를 드리고 테이프를 나눠 주신다고요."

"그렇다면 다 알고 계신 겁니다. 교회 당직자들과 항상 출석하시던 성도님은 대부분 가셨습니다. 제가 유일하게 남은 교회 당직자입니다. 몇몇 여성도님께 사무실로 나와 도와 달라고 부탁드린 상태입니다. 주일에 몇 분이나 오실지 모르지만 그때 다시 뵐 수 있다면 정말 기쁘겠습니다."

"전 그 테이프에 관심이 많습니다."

"제가 미리 하나 드릴 수 있다면 좋겠네요. 주일 아침에 제가 그 테이프에 대해 말씀드리겠지만요."

"질문을 어떻게 드려야 할지 모르겠지만, 반즈 목사님……."

"그냥 브루스라고 하시지요."

"브루스 씨, 가르치실 건가요, 설교하실 건가요?"

"함께 토론할 생각입니다. 먼저 그 테이프를 못 본 사람들을 위해 틀어 줄 예정입니다. 그 후에 토론할 것입니다."

"아니, 제 말은 목사님이 아직까지 여기에 있다는 사실은 어떻게 설명하실 겁니까?"

"스틸 씨, 여기에는 한 가지 이유밖에 없습니다. 그 문제는 개인적으로 만나 얘기를 나누는 게 좋을 듯합니다. 만일 테이프를 가지러 오시는 시간을 제게 알려 주시면 여기에서 기다리고 있겠습니다."

레이포드는 오후쯤 클로이와 함께 들르겠다고 말했다.

앨런 톰킨스는 런던 경찰국 현관 입구에서 벅을 기다리고 있었다. 벅이 도착하자 앨런은 사무적으로 악수를 청하고 자신의 낡은 차가 있는 곳으로 데려갔다. 그러고는 재빨리 그곳을 벗어나서 몇 킬로미터를 달려 한적한 술집에 도착했다.

"거기에 도착할 때까지 서로 말하지 말자."

앨런은 끊임없이 백미러로 주변을 살피며 말했다.

"집중하고 있어야 하거든."

벅은 이 친구가 이렇게 불안에 떠는 모습을 한 번도 본 적이 없었다. 분명 겁에 질려 있었다.

두 사람은 칸막이가 있어 다른 사람들의 눈에 띄지 않는 구석자리에 앉아서 흑맥주 두 잔을 시켰다. 앨런은 입에 대지도 않았으나, 비행기에서 아무것도 먹지 못한 벅은 잔을 단숨에 비우고는 친구의 잔과 맞바꾸더니 그 잔도 역시 쭉 들이켰다. 종업원이 빈 잔을 가지러 왔을 때 벅은 샌드위치를 주문했다. 앨런은 사양했고 자신의 주량을 아는 벅은 소다수를 시켰다.

"지금 이게 활활 타오르는 불에다 기름 붓는 격이라는 걸 알지만 그래도 얘기는 해야겠지. 벅, 이 일은 아주 더러운 일이야. 그러니까 될 수 있는 한 멀리 떨어져 있어."

"이런 젠장! 그래, 불난 데 부채질하고 있구나. 대체 무슨 소리야? 뭐, 사람들은 자살이라고 하지만……."

벅은 격하게 말했다.

"그런데 너도 나도 그게 말도 안 되는 소리라는 거 알잖아. 증거가 뭔데? 현장은 목격한 거야?"

"했지. 관자놀이를 관통했더군. 손에는 총을 쥐고 있고 유서는 없어."

"없어진 건?"

"그런 건 없는 것 같았어. 캐머런, 너도 이게 어떤 일인지 알잖아."

"몰라!"

"이봐, 왜 그래. 더크는 음모론 주장자였어. 토드코트란이 국제적인 큰손들과 어떻게 연관되어 있는지, 3개 통화로의 화폐 통합에서 어떤 역할을 했는지, 심지어 너희 미국의 스토나갈 놈과는 어떤 관계인지 늘 캐고 다녔잖아."

"앨런, 이런 정도의 일은 책까지 나와 있어. 사람들은 모든 악한 일이 생기면 툭하면 삼자 위원회인 일루미나티, 심지어 프리메이슨까지 탓하며 화살을 그쪽으로 돌리는 게 취미잖아. 더크가 토드코트란과 스토나갈이 10인회인지 와이즈맨 클럽인지 뭔가 하는 데 속했다고 생각한 것은 맞지만, 그게 뭐? 별거 아니라고."

"가령 네게 부하직원이 있다고 해 보자. 거래소 사장의 처지에서 보면 한참 아래에 있는 부하직원이 자신의 경영주를 음모론과 연관지으려 애쓰고 있다면 그건 문제잖아."

벅은 한숨지었다.

"그렇다면 불려 가서 깨지거나, 해고를 당했겠지. 그렇다고 죽이고 자살로 몰고 가기까지 하겠어."

"캐머런, 지금부터 내가 하는 말 잘 들어. 나는 더크가 살해됐다는 거 알고 있어."

"그래, 그랬을 거라고 나도 확신하고 있어. 자살할 것 같았으면 내가 이미 눈치를 챘을 테니까."

"그놈들은 이번 참사에서 가까운 사람들을 잃은 것에 대한 슬픔 때문에 더크가 자살한 것이라고 설명하려고 해. 그렇지만 그건 말도 안 되는 소리야. 더크는 내가 아는 한 가까운 사람이 한 명도 사라지지 않았거든."

"살해되었다는 것을 어떻게 확신하지? 형사로서 꽤 확신에 찬 말투인데……?"

"내가 형사여서가 아니라 더크를 알기 때문에 확신한다는 말이야."

"그것으로는 안 되지. 나도 더크를 알기에 결코 자살할 사람이 아니라는 걸 알지만 그건 내 편견일 수 있거든."

"캐머런, 만약 우리가 더크를 모른다면 이번 일은 정말 뻔한 사건이라고. 매우 단순한 거야. 우리가 항상 더크를 뭐라고 놀렸지?"

"너무 많지. 그건 왜?"

"우리가 왼손잡이라고 놀렸잖아."

"그랬지. 그래서?"

"더크가 지금 여기 우리와 같이 있다면 어디에 앉아 있을까?"

벅은 순간 앨런이 무엇을 말하려고 하는지 깨달았다.

"어느 쪽이든 우리 왼쪽에 앉아 있겠지. 왼손잡이라서 손놀림이 서투르니까."

"그런데 더크는 오른쪽 관자놀이에 총을 맞았어. 자살에 사용되었다고 하는 총도 오른손에 쥐여 있었고."

"그럼 너는 다른 사람들에게, 더크가 원래 왼손잡이고 그걸로 봐서 살해당한 거라고 말했어?"

"지금 너한테 처음 하는 말이야."

"앨런! 지금 무슨 소릴 하는 거야?"

"나는 가족을 사랑해. 부모님도 아직 살아 계시고 형과 누나도 있어. 아직까지 사랑하는 헤어진 아내도 있고. 그녀에 대해 나 스스로가 희망을 버리는 건 상관없지만 다른 누군가가 해치는 건 원하지 않아."

"뭐가 두려운 거야?"

"물론 더크를 살해한 그 배후가 두렵지. 당연한 거 아니야?"

"네 뒤에는 런던 경찰국이 있잖아. 항상 법을 집행하는 공무원이라고 하면서 이 일은 그냥 내버려 두겠다는 거야?"

"그래. 그리고 너도 그래야만 하고!"

"난 아니야. 이렇게 살 수는 없어."

"이번 일을 갖고 무슨 일을 벌인다면 넌 결국 살아남지 못해."

벅은 지나가던 종업원에게 손을 흔들어 칩을 주문했다. 종업원은 그에게 수북이 쌓인 기름진 칩을 가져다주었다. 바로 그가 원하던 식이었다. 술이 뱃속에서 효력을 발생하기 시작해서 샌드위치만으론 참기에 부족했다. 취기가 올라오기도 했지만, 또다시 오랫동안 배고프다는 걸 못 느끼고 다닐지 모른다는 사실이 두려웠다.

"알겠어. 무슨 말이 하고 싶은 거야? 누가 너한테 왔었어?"

"네가 날 믿는다면 듣고 싶지 않을 거야."

"널 믿지 못할 이유는 없어. 그리고 보아하니 듣고 싶은 얘기도 아냐. 그러니까 털어놔."

"더크의 죽음은 자살로 처리됐어. 그걸로 이미 끝났어. 현장은 정리되었고 이미 화장까지 했어. 부검을 요구했다가 비웃음만 당했지. 내 위에 있는 설리번 경감이 부검해서 뭐가 나올 것 같으냐고 하더군. 나는 더크의 몸에 찰과상이 있고 여기저기 긁힌 자국과 싸운 흔적도 있는 것 같다고 했지. 경감은 어떤 놈이 자살하기 전에 자기 혼자서 구르겠느냐고, 그게 말이 된다고 생각하느냐고 물었어. 더크를 개인적으로 알고 있다는 사실을 알리지 않았거든."

"왜?"

"뭔가 냄새가 났으니까."

"만약 내가 국제 잡지에 이 사건에 대해 의혹을 제기하는 기사를 싣는다면 어떨까? 뭔가 조치를 취해야겠지."

"집으로 돌아가 이번 자살 건에 대한 걸 모두 잊으라고 하더군."

벅은 믿지 못하겠다는 표정으로 눈을 가늘게 치켜떴다.

"내가 오는 것을 아는 사람은 아무도 없어."

"네 말이 맞을 거야. 그런데 네가 나타날 것이라고 추정한 사람은 있어. 그래서 네가 왔을 때 놀라지도 않았잖아."

"왜 놀라야 하지? 표면상으로는 한 친구가 자살한 것으로 되어 있어. 그 사실을 그냥 지나칠 수는 없는 거 아냐."

"지금은 그냥 넘겨 버려야 해."

"지금 나보고 겁쟁이가 되라는 거야? 네가 그랬으니까?"

"캐머런, 나를 잘 알잖아."

"내가? 지금 같아선 널 제대로 알고 있는 걸까 싶군. 나는 우리가 생각이 같은 형제 같은 관계라고 생각했어. 앨런, 우리는 정의에 열광하고 진실을 추구하는 사람들이잖아. 나는 저널리스트고 너는 형사야. 둘 다 무신론자기도 하지. 그런데 왜 이 일에 대해서는 진실로부터 도망쳐야 하는 거지? 더구나 친구가 연관되어 있는 이 사건에 대해 말이지."

"못 들었어? 말했잖아. 네가 나타나면 이 일에서 손을 떼게 하라고 했다고."

"그럼 왜 나를 런던 경찰국까지 오게 한 거야?"

"너한테 몰래 정보를 흘렸다가는 문제가 생길 테니까."

"누구한테?"

"안 물어볼 줄 알았더니. 미국에서는 뭐라고 하는지 모르겠는데 깡패가 나를 찾아왔어."

"덩치 큰 놈이야?"

"그래."

"널 협박했어?"

"그랬지. 만일 친구한테 일어난 일이 가족이나 나한테 똑같이 일어나는 걸 원치 않으면 시키는 대로 하라고. 혹시 더크를 살해한 놈과 동일 인물일지도 모른다는 생각에 두렵기까지 하더라."

"어쩌면 그놈일 수도 있겠지. 그래서 협박받은 사실을 보고 안 했어?"

"그럴 생각이었지만 나 혼자서 이 일을 다루려고 했어. 그놈한테는 난 걱정할 필요 없으니, 그 다음날로 거래소에 가서 토드코트란을 만나게 해 달라고 했어."

"그 거물을 직접?"

"그래. 물론 약속한 건 아니었지만 런던 경찰국 업무상 만나야 한다고 우기니까 들어오라고 하더군. 사무실이 꽤 위압적이었어. 모두 마호가니로 되어 있고 암녹색 커튼이 드리워져 있었거든. 뭐, 바로 본론으로 들어가서 얘기를 꺼냈지. '저는 회장님이 직원 한 명을 살해했다고 믿고 있습니다.' 그러니까 너처럼 조용히 있더니 입을 열었어. '해 줄 말이 있는데요, 나리' 라고 말이야. 참, 나리라는 호칭은 그런 지위에 있는 사람이 우리 쪽 사람을 일반적으로 부르는 표현이 아니라 런던 토박이들이 흔히 부르는 말이야. 여하튼 그 사람이 뭐라고 말했는지 알아? '다음번에 어젯밤처럼 누군가가 아파트를 방문하면 날 대신해서 그 사람을 반갑게 맞이해 주게나, 알겠나?' 이렇게 말하더군."

"그래서 뭐라고 했어?"

"무슨 말을 할 수 있겠어? 놀라서 아무 말도 못했지. 그냥 그 사람 얼굴을 쳐다보고 고개를 끄덕였지. 그리고 말하더군. '한마디만 더하지. 자네 친구 윌리엄스에게도 이 일에서 손 떼라고 말하게.' 그래서 내가 그랬지. '윌리엄스라니요?' 하고 모르는 척했지만 무시하더군. 그 사람이 더 잘 알고 있단 뜻이겠지."

"더크의 음성 사서함을 들었군."

"바로 그거야. 그 사람이 '만약 벅이 의심하면 나도 그 사람만큼이나 아버지와 제프를 아주 좋아한다고 전하게!'라고 하더군. 근데 제프는 너의 형?"

벅은 고개를 끄덕였다.

"그래서 굴복한 거야?"

"그럼 어떡해? 처음엔 용감한 척하려고 했지. '제 몸에 도청장치가 되어 있을 수 있고 지금 이 대화가 녹음될 수도 있습니다.' 그랬더니 아주 차가운 목소리로 말하더군. '있었다면 금속 탐지기가 찾아냈겠지.' 그래서 그랬지. '저는 기억력도 좋습니다. 다 밝히겠습니다.' 그랬더니 '혼자서 그 위험을 다 감당하고 말인가요, 나리? 그럼 자네만 위험할 텐데. 누가 자네 말을 믿겠나? 마리안느조차 믿지 않을걸. 물론 이해할 수 있을 만큼 건강하지도 못하지만 말이야'라고 하는 거야."

"마리안느?"

"내 누이. 그건 아무것도 아니야. 아예 못을 박아 두겠다는 듯이 스피커폰으로 내 상사에게 전화를 걸더군. '설리번, 만약 자네 사람 중에 한 명이 나를 찾아와서 신경을 거슬리게 하면 어떻게 하면 되나?' 그러자 내 우상이던 설리번 경감이 어린아이 같은 목소리를 내더군. '토드코트란님, 원하시는 대로 하십시오.' 그러자 토드코트란이 묻더군. '지금 앉은 자리에서 죽여야만 한다면?' '물론 정당방위죠.' 토드코트란은 직통으로 런던 경찰국에 전화를 걸어 이 말을 한 거라고. 너도 알다시피 런던 경찰국은 외부에서 오는 모든 전화가 녹음되는 곳이야. 물론 토드코트란도 잘 알고 있을 거고. '이름이 앨런 톰킨스라고 하는 것 같던데.' 아주 무심한 말투였어. 그러자 설리번 경감이 대답하더군. '제가 직접 가서 시체를 처리하도록 하지요.' 그러자 한 장의 그림이 그려지더군."

"그래서 결국 의지할 사람이 한 명도 없게 되었군."

"생각나는 사람이 아무도 없었어."

"나 역시 꽁무니를 빼고 도망가야 하는 걸까?"

앨런이 고개를 끄덕였다.

"토드코트란한테 돌아가서 메시지를 전달했다고 보고해야 해. 네가 다음 비행기로 출국할 거라고 알고 있거든."

"만약 안 나간다면?"

"네 목숨은 보장하지 못해. 그렇지만 강요하지는 않을게."

벅은 한쪽 옆으로 접시를 밀쳐놓고는 몸을 뒤로 젖혔다.

"앨런, 잘 모르나 보군. 알아둬. 나는 이런 일을 접어놓을 그런 위인이 아니야."

"내가 걱정하는 것도 그 점이야. 나 역시 그랬지만 누굴 믿고 의지할 수 있지? 내가 뭘 할 수 있겠어? 어딘가 믿을 만한 사람이 있을 거라고 생각하지만 그 사람이 뭘 할 수 있겠어? 만일 이 모든 일이 더크의 생각이 맞았다는 걸 보여 주는 거라면, 토드코트란까지 연루된 어떤 비밀스러운 일에 너무 근접한 거라면 어디가 끝일까? 너희 쪽 스토나갈도 포함되어 있을까? 그렇다면 그 두 사람과 같이 만나는 다른 국제 경제인들은 어떨까? 혹시 그들이 모든 사람을 매수했을 거라는 생각을 해 본 적 있어? 어릴 적에 시카고 갱단에 대해 읽은 적이 있는데, 경찰과 판사 심지어 정치인들까지 돈으로 매수해서 그들을 건드릴 사람은 아무도 없었지."

벅은 고개를 끄덕였다.

"아무도 건드릴 사람이 없었어. 돈으로 살 수 없는 사람들만 빼고."

"언터처블 팀(영화 〈언터처블〉에 등장하는 돈으로도 매수할 수 없는 수사관들을 말함.-옮긴이)을 말하는 거지?"

"내 영웅이기도 하지."

"나 역시도 그래. 내가 형사가 된 이유이기도 하고. 하지만 경찰국이 더러운데 내가 어디로 가야 할까?"

벅은 한 손으로 턱을 괴었다.

"지금 네가 감시당하거나 미행당하고 있다고 생각해?"

"그래서 계속 살펴보는데 아직까지는 아니야."

"지금 우리가 어디 있는지 아무도 모르는 거지?"

"혹시 누가 미행하는지 지켜보고 있는데 내 직업상 직관으로는 우리가 여기 있다는 건 모르는 것 같다. 캐머런, 뭘 할 생각인데?"

"지금 여기서 내가 할 수 있는 일은 거의 없는 것 같아. 일단 다른 이름을 사용해서 돌아가고, 누구든 나를 감시하는 자에게 내가 여기에 끝까지 머물고 있는 척해야지."

"무슨 목적으로?"

"앨런, 나도 두려워. 그렇지만 나름대로의 방법을 찾아봐야지. 어떻게 해서든지 나를 도와줄 막강한 영향력을 가진 사람을 찾아야겠어. 여기에서는 누구를 믿어야 할지 잘 모르겠어. 물론 너를 믿긴 하지만 이미 넌 힘이 없잖아."

"내가 겁쟁이라는 말이군. 하지만 내게 선택권이 있다고 봐?"

벅은 고개를 저으며 말했다.

"네 심정은 충분히 이해해. 내가 너였더라도 뭘 해야 할지 모를 거야."

종업원이 테이블마다 돌아다니면서 무언가 묻고 있었다. 그녀가 두 사람 근처까지 오자 둘은 입을 다물고 무슨 말인지 들었다.

"연한 녹색의 세단 차량을 소지하신 분 있으세요? 차 실내등이 켜져 있답니다."

"제 차인데요. 불을 켜 놓은지도 몰랐네."

앨런이 말했다.

"나도 몰랐군. 여기 도착했을 때는 불이 꺼져 있었는데 말이야. 어쩌면 못 봤을 수도 있지."

"내가 가 볼게. 아무 일 없을 거야. 배터리가 좀 오래돼서 문제가 될 수 있거든."

"조심해. 누가 건드린 건 아닌지 먼저 살펴보고."

"그럴 리 없을걸. 우리가 바로 앞에 있었잖아."

벅은 의자에서 몸을 잔뜩 내밀고 앨런이 걸어 나갈 때까지 마치 형사처럼 눈으로 그 뒤를 쫓았다. 분명히 차 안에 불이 켜져 있는 게 술집에서도 보였다. 앨런은 운전석 쪽으로 돌아서 들어간 뒤, 차 안의 실내등을 껐다. 그리고 자리로 돌아온 앨런이 말했다.

"나이가 드니 사람이 바보가 되는가 봐. 아마 다음 번엔 헤드라이트를 켜 놓겠지."

벅은 친구가 처한 현실을 생각하니 갑자기 슬퍼졌다. 평생을 바쳐 일한 곳에서 상관이 결국 국제 살인 청부업자들과 한통속이라는 걸 알게 된 것이다.

"공항에 전화해서 오늘 밤 비행기 좌석이 있는지 알아볼게."

"저녁 이 시간대에 그쪽으로 가는 비행기는 없을걸."

"프랑크푸르트로 가는 비행기를 탄 다음 거기에서 아침에 출발하는 비행기를 타면 돼. 굳이 여기 있으면서 내 운을 시험해 볼 필요는 없잖아."

"문 옆에 전화기가 있어. 계산하고 있을게."

"내가 할게."

벅은 테이블 건너편으로 50마르크를 내밀었다.

앨런이 종업원에게서 잔돈을 받는 동안 벅은 히스로 공항으로 전화를 걸었다. 벅은 일요일 아침에 케네디 공항으로 가는 비행기에 탑승할 수 있는 좌석을 구했다. 45분 후에 프랑크푸르트로 가는 비행기였다.

"케네디 공항이 열렸나 보죠?"

"바로 한 시간 전에요. 비행편이 한정되어 있긴 하지만 독일에서 그곳으로 가는 팬콘티넨털이 아침에 있습니다. 승객이 몇 분이십니까?"

"한 명입니다."

"성함은요?"

벅은 자신의 가짜 영국 여권의 이름을 확인하기 위해 여권을 꺼내 슬쩍 쳐다보았다. 앨런이 다가오자 일부러 뜸을 들이며 말했다.

"뭐라고요?"

"성함을 말씀해 달라고요."

"미안해요. 오레스코비치예요. 조지 오레스코비치."

앨런이 입 모양으로 차 안에 가 있겠다는 표시를 했다. 벅은 고개를 끄덕였다.

"오늘 저녁 프랑크푸르트로 가서 내일 뉴욕 케네디 공항으로 연계되는 비행편까지 모두 예약됐습니다. 더 필요한 것 있으십니까?"

"아뇨, 고맙습니다."

벅이 전화를 끊는 순간 술집의 문이 가게 안으로 확 열리면서 순간 번쩍하는 섬광과 함께 귀가 먹먹해질 정도로 쾅 하는 소리가 들렸다. 술집에 있는 사람들은 비명을 지르며 바닥에 엎드렸다.

무슨 일이 벌어진 건지 보기 위해 사람들이 문 쪽으로 기어갔고 벅은 공포에 질린 채 앨런의 세단이 화염에 휩싸여 타이어가 녹고 있는 광경을 바라보았다. 창문은 모두 폭발과 동시에 날아가서 거리에 떨어져 있고 사이렌 소리가 울리고 있었다. 한쪽 다리와 몸통 일부분이 보도로 날아가 있었다. 앨런 톰킨스의 유해였다.

사람들은 불타는 광경을 보려고 밖으로 몰려 나갔다. 벅은 지갑에서 진짜 여권과 신분증을 꺼낸 후 혼란한 틈을 타서 그것들을 자동차 잔해 근처에 휙 던져 넣고는 확인할 수 있을 정도로만 불에 타기를 바랐다. 자신이 죽기를 바라는 자가 누구든 그것으로 죽은 줄 알 것이다. 벅은 사람들 사이를 빠져나와 텅 비어 있는 술집으로 들어가서 뒤쪽으로 힘껏 달렸다. 그러나 뒷문은 없고 창문만 있었다. 창문을 들어서 올리고 밖으로 기어 나가자 건물 사이로 60센티미터 정도의 비좁은 통로가 있었다. 통로 양쪽에 옷을 긁히면서 서둘러 골목으로 빠져나와 두 구역 정도를 달린 후에 택시를 불러 세웠다.

"타비스톡으로 갑시다."

몇 분 후에 택시가 호텔에서 세 블록 정도 떨어진 곳까지 왔을 때 호텔 앞에서 차량 한 분대가 교통을 통제하고 있었다.

"바로 히스로 공항으로 가 주시죠."

벅은 놓고 나온 소지품 중에 노트북 컴퓨터가 있다는 것을 깨달았지만 달리 선택의 여지가 없었다. 그리고 이미 중요한 자료는 옮겨 놓은 상태였다. 하긴 이미 자료들도 남의 손으로 넘어갔을지 누가 알겠는가?

"호텔에서 가지고 나올 짐은 없나요?"

운전기사가 물었다.

"없습니다. 누굴 좀 만나려고 했거든요."

"잘 됐네요."

더 많은 경찰이 히스로 공항을 수색할 것 같았다.

"기사님과 같은 모자를 어디에서 구할 수 있는지 혹시 아십니까?"

요금을 지불하면서 기사에게 물었다.

"이 낡은 모자를요? 이것과 작별을 고할 때가 됐나 보군요. 저한테 이 모자랑 똑같은 게 하나 더 있으니까 기념품으로 가져가시오."

"이거면 되겠습니까?"

벅은 그의 손에 큰돈을 꽉 쥐어 주었다.

"이 돈이면 넘치지요. 정말 고맙습니다."

기사는 모자에서 런던 택시임을 알리는 핀을 빼고 벅에게 건네주었다.

벅은 낚시꾼 스타일의 꽤 큰 모자를 귀밑까지 푹 눌러쓰고는 터미널 안으로 서둘러 들어갔다. 그리고 프랑크푸르트를 거쳐 미국으로 휴가를 떠나는 폴란드 출신의 영국인, 조지 오레스코비치의 이름으로 된 비행기표를 현금으로 계산했다. 자신이 사라졌다는 걸 경찰이 깨닫기 훨씬 전에 벅은 비행기를 타고 공중에 있었다.

11

토요일이 되자 레이포드는 클로이와 함께 집을 나섰다. 그동안 줄곧 슬픔에만 잠겨 있다가 차를 타고 밖으로 나오니 기분이 좋아졌다. 무엇보다 클로이가 교회에 함께 가겠다고 따라나서서 기분이 좋았다.

딸애는 하루 종일 멍한 상태로 조용히 있었다. 학교를 한 학기 쉬고 집 근처 대학에서 강의를 듣겠다는 말도 했다. 레이포드는 그 계획이 마음에 들었다. 머릿속에서 클로이에 대한 생각이 떠나질 않았다. 클로이 역시 아빠를 생각하고 있다는 걸 깨닫고 가슴이 뭉클해졌다.

차를 타고 가는 동안 레이포드는 클로이와 이런저런 얘기를 나누다가, 월요일 애틀랜타에 다녀오는 길에 차를 다시 가지고 오려면 오헤어 공항에서 각각 차를 몰고 집으로 와야 한다고 했다. 클로이가 아버지를 향해 미소를 지었다.

"할 수 있을 거예요. 저도 이제 스무 살인걸요."

"가끔 널 어린애처럼 대하지?"

"이젠 그렇게 심하시진 않아요. 아직 만회할 기회는 있잖아요."

"무슨 말을 하려는지 알 만하다."

"모르실걸요. 맞춰 보세요."

"널 어린애처럼 다룬 걸 만회하려면 오늘 네 의견을 존중하고 절대 설득하지 말라는 거지?"

"그야 두말할 나위 없이 제가 바라는 바죠. 하지만 똑똑하신 아빠, 틀렸어요. 절 신뢰할 만한 어른으로 여기신다면 월요일에 공항에서 제가 아빠 차를 몰고 오게 해 주시면 된다고 말하려고 했거든요."

"그야 쉽지."

이렇게 대답하고 레이포드는 갑자기 어린애 같은 목소리로 말했다.

"그럼 다 큰 어른처럼 느껴질까요? 좋아요. 그럼, 이 아빠가 그렇게 해 줄게요."

클로이는 아빠를 한 대 때리며 빙긋이 웃더니 이내 심각해지고 말았다.

"이런 때에 이렇게 웃다니 믿을 수가 없네요. 이럴 수가, 제가 아주 형편없는 사람처럼 느껴져요."

레이포드는 아무 말 없이 잠자코 있었다. 길목을 돌자 작고 아름다운 교회가 눈에 들어왔다.

"제가 방금 한 말에 너무 신경 쓰지 마세요. 저는 들어갈 필요 없죠?"

클로이가 조용히 입을 열었다.

"그래. 하지만 같이 가 주면 고맙겠구나."

클로이는 입을 오므리더니 고개를 저었다. 하지만 레이포드가 주차하고 차에서 내리자 따라 내렸다.

브루스 반즈 목사는 키가 작고 약간 뚱뚱한데다가 곱슬머리에 금테 안경을 쓰고 있었다. 평상복이지만 품위 있는 옷차림이었다. 레이포드가 보기에는 서른 살 초반 같았다. 손에 소형 진공청소기를 들고 강대상 뒤에서 나타났다.

"죄송합니다. 스틸 씨 가족이시죠? 이젠 제가 이 교회의 유일한 직원이나 마찬가지거든요. 로레타 부인만 빼고 말이죠."

"안녕하시우?"

레이포드와 클로이의 등 뒤에서 인사하는 소리가 들렸다. 한 노부인이 전쟁터에서 도망 나온 사람처럼 퀭한 눈에 흐트러진 모습으로 교회 사무실 문간에 서 있었다. 부인은 가벼운 농담을 건넨 뒤에 바깥쪽 사무실 책상으로 갔다.

"로레타 부인은 내일 있을 프로그램을 짜는 중이거든요. 문제는 예상 인원을 몇 명으로 해야 할지 모르겠다는 점이에요. 내일 오실 건가요?"

반즈 목사가 물었다.

"아직 모르겠습니다만, 아마 전 올 겁니다."

레이포드는 정중히 대답했다.

그리고 그와 반즈 목사는 클로이를 쳐다보았다. 클로이는 미소를 머금은 채 공손하게 말했다.

"아마 전 오지 않을 거예요."

"테이프는 준비했어요. 하지만 시간을 몇 분만 더 할애해 주셨으면 하는데요."

반즈의 요청에 레이포드는 고개를 끄덕이며 대답했다.

"좋습니다."

클로이도 체념한 듯이 대답했다.

"저도 아빠와 함께 갈게요."

반즈는 두 사람을 담임목사 사무실로 인도했다.

"담임목사님 책상에 앉거나 서재를 이용하지는 않습니다만, 여기 회의실 탁자는 사용하고 있습니다. 앞으로 저나 교회에 무슨 일이 닥칠지 모르겠습니다. 그리고 절대 주제넘은 짓은 하고 싶지 않아요. 하나님이 저를 부르셔서 이 일을 맡기신다는 건 상상하기 힘들지만, 만약 그러신다면 맡을 각오는 되어 있습니다."

"하나님이 목사님을 어떻게 부르실까요? 전화로요?"

입가에 웃음을 띤 채 클로이가 당돌하게 물었다.

하지만 반즈의 반응은 차분했다.

"솔직히 말하면 그렇다 해도 놀라지 않을 겁니다. 전 아가씨에 관해 잘 몰라요. 하지만 하나님은 지난주에 저의 모든 관심을 사로잡으셨습니다. 천국에서 전화가 왔다 해도 이렇게 충격적이지는 않았을 겁니다."

클로이는 눈살을 찌푸리며 다음 말을 기다렸다.

"저기 있는 로레타 부인도 저와 같은 심정일 거예요. 우린 권총이라도 맞은 것처럼 망연자실한 상태입니다. 무슨 일이 벌어진 건지 정확히 알고 있으니까요."

"알고 있다고 생각하시는 거겠죠."

클로이가 끼어들었다. 레이포드는 그러지 말라는 눈치를 보내고 싶었지만 딸은 시선을 마주치려 하지 않았다.

"텔레비전만 틀면 원하는 모든 종류의 이론이 쏟아져 나오고 있어요."

"압니다."

반즈 목사가 대답했다.

"그리고 전부 이기적인 목적 때문이죠. 타블로이드 신문들은 그게 우주 침입자가 한 짓이라고 말해요. 수년간 자신들이 떠들어댄 멍청한 이야기를 입증해 줄 테니까요. 정부는 적의 짓이라고 말하죠. 그럼 첨단 기술 방어에 더 많은 돈을 쓸 수 있으니까요. 목사님은 하나님이 하신 일이라고 말씀하시겠죠. 그래야 목사님 교회를 재건할 수 있을 테니까요."

브루스 반즈는 뒤로 물러나 앉았다. 그리고 먼저 클로이를 쳐다본 다음 그녀의 아버지를 보았다.

다시 클로이를 향해 말했다.

"그전에 먼저 간단히 제 얘기를 해도 될까요? 이해가 안 되는 부분이 있더라도 끼어들거나 아무 말도 하지 않았으면 합니다. 무례하게 굴고 싶지 않거든요. 아가씨도 꼭 그래 주었으면 좋겠네요. 제가 몇 분 할애해 달라고 부탁했죠? 그 시간 좀 쓰고 싶네요. 그러고 나서 물러가겠습니다. 제가 말한 내용에 대해 뭐든 원하는 대로 하셔도 됩니다. 제가 미쳤다고 말해도 좋고, 이기적이라고 해도 좋습니다. 교회 문을 열고 나가 다신 오지 않으셔도 됩니다. 전부 아가씨에게 달렸어요. 하지만 제가 먼저 몇 분만 얘기해도 될까요?"

클로이는 아무런 대꾸 없이 물끄러미 반즈를 바라보았다. 레이포드는 반즈 목사가 재치 있는 사람이라고 생각했다. 심한 말을 하지 않고도 클로이가 자신의 위치를 지킬 수 있게 했으니 말이다. 클로이는 그저 알았다는 손짓을 해 보였고 반즈 목사는 고맙다고 인사한 뒤 이야기를 시작했다.

"이름으로 불러도 될까요?"

레이포드는 고개를 끄덕였지만, 클로이는 아무 반응이 없었다.

"레이 맞지요? 그리고 클로이? 여러분 앞에 저는 이렇게 무너진 채로 있습니다. 아마 저처럼 괴로운 이가 있다면 그건 바로 로레타 부인일 겁니다. 수많은 일가친척 중에서 그분만 여기 혼자 남았거든요. 형제자매가 여섯이고, 이모, 고모에 삼촌들과 사촌에 조카들까지 다 합치면 몇 명인지도 모르겠어요. 작년에 그 집안 결혼식이 이 교회에서 있었는데 그때 모인 친척만 해도 족히 백 명은 넘었지요. 그런데 다 가 버린 거예요. 한 명도 빠짐없이 전부!"

"끔찍하네요. 아시다시피 우리도 엄마와 남동생을 잃었어요. 아, 죄송해요. 아무 말도 하지 않기로 했는데."

클로이가 놀란 듯 입을 막았다.

"괜찮아요. 제 상황도 로레타 부인과 거의 비슷해요. 숫자만 적다뿐이지요. 물론 제겐 작은 일이 아니지만요. 이젠 얘기를 들려 드리죠."

이야기는 평범한 일상 묘사부터 시작됐지만 이내 목소리가 탁해지면서 점점 가라앉았다.

"아내와 함께 침대에 누워 있었습니다. 아내는 자고 있었지요. 저는 책을 읽던 중이었고요. 아이들은 두 시간쯤 전에 잠자리에 든 상태였죠. 다섯 살, 세 살, 한 살이죠. 제일 큰 애는 딸이고 아래 둘은 아들이었습니다. 보통 때와 다름없었지요. 아내는 애들을 돌보느라 지친데다 시간제로 일도 했기 때문에 항상 9시쯤 되면 완전히 녹초가 되어 버리곤 했지요. 저는 책장 넘기는 소리가 나지 않게 조심하면서 스포츠 잡지를 읽고 있었어요. 가끔 아내는 한숨을 쉬기도 했는데, 한번은 얼마나 더 오래 읽을 건지 묻더군요. 전 다른 방에 가거나 그냥 불을 끄고 잠을 청해야 한다는 걸 알았죠. 하지만 금방 잘 거라고 대답했습니다. 아내가 빨리 잠들어서 잡지를 다 읽을 수 있길 바라면서 말이죠. 대개 숨소리를 들어보면 불빛에 방해받지 않고 깊이 잠들었는지 알 수 있거든요. 그리고 잠시 후에 그런 깊은 숨소리가 들려오더군요. 기뻤죠. 그래서 자정까지 계속 잡지를 읽기로 했습니다. 베개로 조금이나마 불빛을 가리면서 아내에게 등을 돌린 채 한쪽 팔꿈치로 기대고 비스듬히 누워서 잡지를 보고 있었어요. 얼마나 지났을까 침대가 움찔하더니 아내가 일어나는 게 느껴지더군요. 전 화장실에 가는 거겠지 하면서 다녀와서 아직도 불을 안 껐다고 잔소리하면 어쩌나 하고 생각했지요. 아내는 아이처럼 체구가 작았어요. 그래서 화장실로 걸어가는 소리가 들리지 않아도 신경 쓰지 않았습니다. 온통 잡지에 정신이 팔려 있었거든요.

몇 분이 지난 뒤에야 '여보, 괜찮아?'라고 물었습니다. 그런데 아무 소리도 들리지 않더군요. 아내가 일어난 게 그저 제 상상일까 궁금해져서 등 뒤로 손을 뻗으니 아내가 없었어요. 그래서 다시 한 번 불렀죠. 아마 아이들을 살피러 간 모양이라고 생각했지만, 평소에 워낙 깊이 잠드는 사람이라 애들 소리가 들리지 않는 이상 그러질 않거든요.

1, 2분쯤 더 지나서 몸을 돌려보니 아내는 사라졌고 이불과 침대보는 베개 위까지 끌어올려져 있는 겁니다. 제가 무슨 생각을 했는지 상상할 수 있으시죠? 아직도 책을 보고 있으니까 속상해서 불 끌 때까지 기다리길 포기하고 소파에서 자기로 했구나 싶었죠. 미안한 생각이 들어 사과하고 아내를 다시 침대로 데려오려고 밖으로 나갔어요. 그 후로 무슨 일이 벌어졌는지 아실 겁니다. 아내는 소파에 없었어요. 화장실에도 없었지요. 애들 요람을 흔들어 주거나 거기 앉아 있는 모양이라고 생각해서 애들 방마다 고개를 들이밀고 속삭이며 아내를 불렀어요. 아무 대답도 없더군요. 집 안의 모든 불이 꺼진 상태였어요. 제 침대 옆만 빼놓고 말이죠. 크게 소리쳐 부르면서 아이들이 깨서 놀라지 않게 현관과 거실의 불을 켜고 다시 애들 방을 확인했습니다. 큰 애들 두 명이 침대에 없는 걸 알게 된 후에도 전 짐작조차 하지 못했습니다. 처음에는 모두 막내 방에 건너가 바닥에서 자는 모양이라고 생각했지요. 전에도 가끔 그랬거든요. 다음에 든 생각은 아내가 뭘 좀 먹이려고 애들을 부엌으로 데려간 게 아닌가 싶었어요. 솔직히 전 한밤중에 무슨 일이 벌어졌는지 알 수가 없어서 그냥 좀 어리둥절한 상태였습니다. 막내가 요람에 없는 걸 발견하자 저는 고개를 내밀어 현관을 향해 큰 소리로 아내를 불렀어요. 대답이 없었죠. 그때 아기 잠옷이 침대 안에 있는 걸 발견했어요. 그리고 알게 됐지요. 그냥 알게 되더군요. 너무나 갑자기 깨달은 거죠. 저는 방마다 뛰어다니면서 이불을 걷고 아이들의 잠옷을 확인했습니다. 정말 내키지 않았지만 안방 침대로 가서 아내 자리 쪽 이불을 확 제

쳤어요. 아내 잠옷과 반지가 있더군요. 심지어 베개에 머리핀까지 놓여 있었어요."

레이포드는 자신도 비슷한 일을 경험한 걸 떠올리며 눈물을 참으려고 안간힘을 썼다. 반즈는 눈물을 닦으면서 숨을 크게 들이쉬다가 내뱉었다.

"전 여기저기 전화를 걸었습니다. 제일 먼저 목사님께 전화를 했지만 당연히 자동 응답기가 받더군요. 몇 군데 더 해 봤지만 다들 자동 응답기가 받기에 교회 전화번호부를 움켜쥐고 나이 든 사람들을 찾기 시작했습니다. 나이 든 분들은 자동 응답기를 좋아하지 않기 때문에 그런 게 없을 것 같았거든요. 전화벨이 끝없이 울렸지만 아무도 받지 않더군요. 물론 누군가를 찾기 힘들 거란 걸 알고 있었지요. 아무 생각 없이 전 밖으로 뛰쳐나와 차를 몰고 여기 교회로 왔습니다. 로레타 부인이 와 있더군요. 잠옷 차림에 머리는 헤어롤로 감아 올린 채 눈이 퉁퉁 붓도록 차 안에서 울고 있었어요. 우리는 휴게실로 들어가 화분 옆에 앉아 울면서 서로 끌어안았습니다. 무슨 일이 일어난 건지 정확히 알고 있었으니까요. 30분쯤 지나자 몇 명이 더 나타났어요. 우리는 진심으로 서로 불쌍히 여겼고 이제 무엇을 해야 할지 알고 싶었습니다. 그때 누군가 '목사님의 휴거' 테이프를 기억해 냈지요."

"무슨 테이프라고요?"

클로이가 물었다.

"우리 담임목사님은 그리스도께서 땅에 환난기가 닥치기 전, 교회를 휴거시키기 위해 산 자나 죽은 자나 모든 성도를 천국에 데려가기 위해 오실 거라고 설교하시곤 했지요. 2, 3년 전에 특별히 영감을 받은 적이 있으셨거든요."

레이포드는 클로이 쪽으로 몸을 돌렸다.

"엄마가 이 얘기를 했던 거 기억나니? 아주 열성적이었지."

"그럼요, 기억나요."

"목사님은 그런 설교를 자주 하셨고, 남겨진 사람들을 향한 메시지도 이 사무실에서 직접 녹화하셨어요. 많은 사람들이 갑자기 사라졌을 때 꺼내서 틀어 보라고 지시하면서 교회 도서관에 두셨지요. 우리 모두 그걸 몇 번이나 반복해서 봤습니다. 어떤 이들은 정말로 자신이 참 성도였다며 다른 사람들과 함께 부름을 받았어야 한다고 말하면서 하나님께 따지고 싶어 했어요. 하지만 우린 모두 진실을 알고 있었어요. 우린 가짜였습니다. 진정한 기독교인이 된다는 게 무슨 의미인지 모르는 사람은 아무도 없었어요. 하지만 우리는 진정한 기독교인이 아니었고, 그래서 여기에 남겨졌음을 깨닫게 되었습니다."

레이포드는 말을 꺼내기가 곤란했지만 그래도 물어봐야만 했다.

"반즈 목사님, 목사님은 여기 교역자이십니다."

"맞습니다."

"그런데 어떻게 그걸 놓치셨습니까?"

"말씀드리죠, 레이. 더 이상 숨길 게 없거든요. 저 자신이 부끄럽군요. 전에는 정말 한 번도 사람들에게 그리스도에 대해 말해야겠다는 열망이나 의욕을 가진 적이 없었지만 지금은 아닙니다. 다만 역사상 최대의 격변을 겪은 뒤에야 이런 마음이 들었다는 게 괴로울 뿐이죠. 저는 교회에서 자랐어요. 부모님과 형제자매들은 모두 기독교인이었지요. 교회를 사랑했어요. 교회는 저의 삶이자 문화였습니다. 전 성경에서 믿으라고 하는 건 다 믿고 있다고 생각했어요. 성경은 그리스도를 믿으면 영생을 얻는다고 말하고 있습니다. 그래서 전 제가 안전하다고 생각했지요. 저는 특히 용서의 하나님을 좋아했어요. 저는 죄인이었어요. 절대 바뀌지 않았습니다. 다만 계속 용서를 받고 있다고 착각했을 뿐이죠. 하나님은 그렇게 하실 의무가 있다고 생각했거든요. 꼭 그러셔야 했습니다. 왜냐하면 성경은 우리가 우리 죄를 고백하면 진실하시고 의로우신 하나님이 우리 죄를 용서하시고 우리의 모든 불의를 깨끗이 씻어 주신다고 말씀하셨기 때문이죠. 믿고 영접하고 신뢰하고 하나님 안에 거해야 한다고 말하는 다른 구절들도 알긴 했지만, 제게는 무슨 말인지 모를 일종의 신학적 주문에 불과했어요. 제가 원하는 건 핵심뿐이었어요. 가장 쉬운 길, 가장 간단한 방법 말이죠. 하나님이 은혜를 베푸신다고 해서 계속 죄를 지어서는 안 된다는 구절도 알고 있었는데 말입니다. 전 제가 멋진 삶을 살고 있다고 생각했어요. 신학대학에도 다녔고,

교회와 학교에서 옳은 말을 하고, 사람들 앞에서 기도도 하고, 기독교인의 삶을 권하기도 했습니다. 하지만 전 여전히 죄인이었어요. 사람들에게 이렇게 말하기까지 했죠. 난 완벽하진 않지만 용서받았다고 말입니다."

"제 아내도 그렇게 말했습니다."

레이포드가 입을 열었다.

"다른 점은 그분은 진심이었다는 거지요. 저는 거짓말을 했고요. 전 아내에게 교회에 십일조를 낸다고 말했습니다. 십일조가 뭔지 아시죠. 소득의 10분의 1을 드리는 것 말입니다. 하지만 실은 거의 낸 적이 없어요. 헌금 바구니가 오면 남들한테 좋은 모습을 보이려고 지폐 몇 장을 떨어뜨리기도 했지만 그 외에는 절대 아무것도 드린 적이 없어요. 매주 그 점을 하나님께 고백하고 다음 주엔 더 잘하겠다고 약속했지만요. 사람들에게 자신의 믿음을 다른 사람과 공유하고, 어떻게 기독교인이 됐는지 얘기하라고 권했습니다. 하지만 저는 절대 그렇게 하지 않았습니다. 제가 맡은 일은 매일 집이나 양로원이나 병원으로 사람들을 방문하는 것이었습니다. 제법 잘했어요. 격려하고 웃고 얘기 나누고 함께 기도하고 성경을 읽어 주기도 했습니다. 하지만 혼자 있을 때 그런 적이 한 번도 없었어요. 게으르고 안이했습니다. 남들이 제가 심방 가느라 자리를 비웠다고 생각할 때 실은 다른 동네 영화관에 있기도 했어요. 저는 호색가이기도 했지요. 읽어선 안 될 것들을 읽고 욕정을 채우는 잡지를 보았거든요."

순간 레이포드는 움찔했는데, 급소를 찔린 기분이었다.

"정말 방탕하게 살았습니다. 그리고 그 생활에 깊이 빠져들었지요. 하지만 마음속 깊은 곳에서는 잘 알고 있었죠. 진리를요. 진정한 기독교인은 삶의 열매로 알 수 있다는 것과 또 제겐 그 열매가 없다는 걸 말입니다. 하지만 자칭 기독교인이라는 사람들 중엔 나보다 더 나쁜 사람도 있다고 하면서 합리화했지요. 물론 강간하거나 어린애를 성희롱하거나 간음을 저지르지는 않았습니다. 제 욕망 때문에 아내에게 떳떳하지 못한 적이 많긴 했지만요. 그래도 언제나 기도를 통해 고백할 수 있었고, 그러고 나서 깨끗해졌다고 스스로를 속이고 있었어요. 그게 아니란 걸 분명히 알아채야 했는데 말이죠. 사람들이 제가 뉴호프 교회의 사역자인 것을 알게 되면 전 멋진 목사님과 깔끔한 교회에 대해 얘기하곤 했어요. 하지만 그리스도에 대해 말하는 건 부끄러웠지요. 누군가 시비를 걸면서 뉴호프 교회도 예수가 하나님께 이르는 유일한 길이라고 가르치느냐고 물으면 이런저런 말로 둘러대며 정작 그 질문에 대한 대답은 피했습니다. 그들이 날 괜찮은 사람으로, 고지식하지 않은 사람으로 봐주길 바랐거든요. '제가 기독교인이고 게다가 목사이긴 하지만 저를 이상한 사람들과 한데 묶진 말아 주세요. 부디 그러지만 말아 주세요.' 뭐 이런 식으로 말이죠. 물론 이젠 압니다. 하나님은 죄를 용서하시는 분입니다. 우리는 인간이고 용서가 필요하기 때문이지요. 하지만 우리는 그분의 선물을 받아들이고 그리스도 안에 거하며 그분이 우리 안에 사시도록 해야 합니다. 저는 제가 안전하다고 생각했기 때문에 뭐든 원하는 대로 하면서 자유를 누렸어요. 근본적으로 죄 안에 거하면서도 독실한 척할 수 있었지요. 훌륭한 가족이 곁에 있었고 근무 환경도 좋았어요. 그런데 정말 비참한 건 대부분의 시간을 홀로 지냈고, 제가 죽으면 천국에 갈 거라고 굳게 믿었다는 점입니다. 사람들과의 모임이나 성경공부를 준비할 때 외에는 성경을 읽어 본 적이 거의 없어요. '그리스도의 마음'도 품지 않았습니다. 그저 어렴풋이 '그리스도인'이란 말은 '그리스도의 사람' 또는 '그리스도를 닮은 사람'을 의미한다는 정도만 알고 있었지요. 하지만 저는 확실히 그런 사람은 아니었지요. 그리고 최악의 방법으로 그걸 깨닫게 됐습니다. 두 분께 이 말씀을 드리고 싶군요. 이건 여러분이 결정하실 일입니다. 여러분의 인생이니까요. 하지만 전 압니다. 로레타 부인도, 이 교회 주변을 서성이던 몇몇 사람도 며칠 전 밤에 무슨 일이 벌어진 건지 정확히 알고 있어요. 예수 그리스도께서 진실한 가족을 데리러 다시 오신 겁니다. 그리고 나머지 사람들은 남겨진 겁니다."

브루스는 클로이의 눈을 똑바로 바라보았다.

"우리가 휴거를 목격했다는 데는 의심의 여지가 없습니다. 일단 진실을 깨닫게 되자 가장 두려웠던 건 제게 더는 희망이 없다는 점이었어요. 전 그걸 놓쳤습니다. 가짜였기 때문이죠. 제가 만들어 낸 저만의 기독교는 자유로운 삶에는 도움이 됐을지 몰라도 그 대신에 제 영혼을 앗아 갔습니다. 사람들 말이 교회가 휴거하면 하나님의 성령이 이 땅을 떠나신다고 했어요. 이런 이치죠. 예수님이 부활 후에 승천하시자 하나님이 교회에 보내신 성령이 믿는 자들 가운데 거했어요. 그러니 믿는 자들이 부름을 받았으면 성령도 떠날 테고 남아 있는 자들에게는 희망이 없게 되는 거죠. 그런데 목사님의 테이프에는 다른 얘기가 있어서 얼마나 안심이 되었는지 모릅니다. 이제 우리가 얼마나 어리석었는지 깨닫게 되었습니다. 하지만 이 교회 사람들은, 적어도 다른 이들 모두가 사라진 그 밤에 이 건물로 마음이 끌렸던 사람들은 할 수 있는 한 열정을 다하고 있습니다. 여기 온 사람치고 우리가 믿는 게 뭔지, 또 하나님과 관계를 맺기 위해 필요하다고 생각하는 게 뭔지 정확히 알지 못한 채 떠나는 사람은 아무도 없을 겁니다."

클로이는 자리에서 일어나 가슴에 팔짱을 낀 채 천천히 걸으며 물었다.

"꽤 인상적인 얘기네요. 로레타 부인은 어떻게 된 거예요? 친척까지 모두 진실한 기독교인이었다면 어쩌다 그걸 놓쳤을까요?"

"나중에 직접 얘기해 달라고 부탁해 보세요. 하지만 제게 말하기로는 그리스도를 멀리 한 건 자랑거리이자 당혹스러운 일이었다고 하더군요. 부인은 매우 신실한 가정에서 태어났습니다. 그리고 십대 후반까지 개인의 신앙에 대해 진지하게 생각해 본 적이 없었답니다. 그냥 가족에 묻혀서 교회도 가고 교회 일도 하고 그랬던 거죠. 어른이 되어 결혼하고 엄마와 할머니가 되었지만 다른 사람들이 부인을 매우 영성 깊은 인물로 여기도록 그냥 놔뒀다는군요. 이 부근에서 부인은 존경의 대상이었죠. 하지만 실은 그리스도를 믿은 적도, 스스로 영접한 적도 없었던 겁니다."

클로이가 따지듯 물었다.

"그러니까 믿고 영접한다는 것과 그리스도를 위해 사는 것 또는 그리스도가 자기 안에 살도록 하는 것이 바로 우리 엄마가 말한 구원과 같은 의미인가요? 구원받는다고 말씀하시던데요?"

브루스는 고개를 끄덕였다.

"죄와 지옥과 심판에서 구원받는다는 말입니다."

“그런데 우리는 거기서 구원받지 못한 거고요.”

“맞습니다.”

“정말 그렇게 믿으시는군요.”

“예, 그렇습니다.”

“그건 너무 괴상한 얘기잖아요. 목사님도 그건 인정하셔야죠.”

“저한테는 그렇지 않습니다. 이젠 아니에요.”

매사에 정확하고 논리 정연한 것을 좋아하는 레이포드가 물었다.

“그래서 어떻게 하셨습니까? 제 아내가 뭘 했던 거죠? 어떻게 아내는 좀 더 기독교인답게, 그러니까 아, 뭐라고 해야 할지…….”

“어떻게 구원받았느냐고요?”

“예, 제가 알고 싶은 게 바로 그겁니다. 목사님 말씀이 옳다면, 그리고 이미 클로이에게도 얘기했지만 이제 제 생각도 목사님 말씀이 옳다고 인정하고 있습니다. 그렇다면 그게 어떻게 이루어지는 건지 알아야겠어요. 어떤 식으로 진행되는지 말입니다. 어떻게 사람이 하나의 상태에서 다른 상태에 이를 수 있습니까? 분명히 우리는 이 일에서 구원받지 못했고, 진실한 기독교인이던 사랑하는 사람들이 없는 삶에 직면해 있습니다. 그런데 어떻게 우리가 진실한 기독교인이 된다는 겁니까?”

“자세히 알려 드리겠습니다. 집에 가실 때 테이프도 드릴게요. 그리고 내일 아침 10시에 여기 오는 사람들을 위해 일일이 되풀이해서 설명할 겁니다. 사람들이 알 필요가 있는 한 매 주일 오전마다 같은 교훈을 다룰 거예요. 다른 설교와 교훈도 중요하지만 이것처럼 중요한 건 없다고 확신하거든요.”

클로이가 브루스 목사를 바라보며 팔짱을 낀 채로 벽에 기대서서 듣는 동안, 브루스 목사는 레이포드를 향해 몸을 돌렸다.

“그건 정말 아주 간단해요. 하나님이 쉽게 만들어 놓으셨거든요. 그렇다고 해서 초자연적 사건이 아니라든가, 제가 그랬던 것처럼 좋은 부분만 고르거나 선택할 수 있다는 얘기가 아닙니다. 진리를 알고 그에 따라 행하면 하나님은 우리에게 구원을 숨기지 않으신다고 말씀합니다. 우선 우리 자신을 하나님의 관점에서 봐야 해요. 성경은 모든 사람이 죄를 범하였고 의인은 하나도 없다고 말씀합니다. 또한 우리가 자신을 구원할 수 없다고 말씀합니다. 많은 사람이 선행을 통해 하나님이나 천국에 이르는 길을 얻을 수 있다고 생각했어요. 하지만 그거야말로 가장 큰 오해일 겁니다. 길 가는 사람을 붙잡고 한번 물어보세요. 천국 가는 길에 대해 성경이나 교회가 뭐라고 가르치는지 아느냐고. 그럼 열의 아홉은 착한 일을 하고 바르게 살면 된다고 말할걸요. 물론 우리는 그렇게 해야 합니다. 하지만 그걸 통해 구원을 얻을 수 있는 것은 아니에요. 구원에 대한 '응답'으로 선행을 하는 거죠. 성경은 우리의 바른 행동이 아니라 하나님의 자비로 인해 우리를 구원하셨다고 말합니다. 또한 그리스도의 은혜로 구원받았으며 이는 우리에게서 난 것이 아니기 때문에 우리의 선함을 자랑할 수 없습니다. 예수님께서 우리의 죄를 짊어지시고 그 값을 지불하셨기에 우리는 죗값을 치를 필요가 없지요. 죗값은 사망입니다. 예수님은 우리를 사랑하셨기 때문에 대신 돌아가신 겁니다. 우리는 죄인이며 길 잃은 자임을 인정한다고 그리스도께 말하고, 그분이 주시는 구원의 선물을 받아들이면 구원받게 됩니다. 사건이 일어납니다. 어둠에서 빛으로, 잃은 자에서 찾은 자로 바뀝니다. 이게 바로 구원입니다. 성경은 그분을 영접하는 자들에게는 하나님의 자녀가 되는 특권을 준다고 말씀하고 있어요. 그건 예수님, 즉 하나님의 아들이지요. 하나님의 자녀가 되면 우리도 예수님께서 소유하신 것을 갖게 됩니다. 하나님과의 관계가 회복되고 영원한 삶을 얻게 됩니다. 또한 예수님께서 우리의 죗값을 지불하셨기 때문에 죄도 용서받게 됩니다."

레이포드는 어안이 벙벙했다. 슬쩍 클로이를 쳐다봤더니 냉랭해 보이긴 했지만 적의를 품지는 않은 듯했다. 자신이 찾는 답이 실은 이미 알고 있는 내용이었다. 지난 수년간 짐작해 왔고 부분적으로 들었던 내용이었다. 하지만 그걸 하나로 통합해 본 적이 한 번도 없었다. 어쨌든 비디오테이프를 보고 클로이와 토론하며 좀더 깊이 생각해 봐야겠다고 마음먹었다.

브루스 목사가 다시 말을 이었다.

"두 분께 질문 하나 할게요. 전에는 절대 여쭤 보고 싶지 않았던 건데요,

바로 지금 이 순간 그리스도를 영접할 준비가 되어 있는지 알고 싶습니다. 제가 여러분과 함께 기도하고, 이 문제에 대해 하나님과 대화하는 법을 알려 드릴 수 있다면 좋겠습니다."

"싫어요."

클로이는 아버지가 뭔가 어리석은 짓을 할까 봐 두려운 듯 브루스를 쳐다보면서 재빨리 대답했다.

"싫다고요? 시간이 더 필요한가요?"

브루스 반즈 목사는 깜짝 놀란 게 틀림없었다.

"적어도 이건 목사님이 서두를 문제가 아닌 게 분명해요."

클로이가 신경질적으로 대답했다.

"제 말을 들으세요. 이건 제가 진작 서둘렀어야 하는 문제입니다. 저는 하나님이 저를 용서하셨고, 제가 여기에서 할 일이 있다고 믿어요. 하지만 진실한 기독교인이 모두 사라져 버린 지금, 이제 무슨 일이 벌어질지 모릅니다. 지금은 너무 늦어 버렸고, 몇 년 전에 이 지점에 이르렀더라면 훨씬 좋았을 겁니다. 지금 이 순간 제가 얼마나 가족과 함께 천국에 있고 싶은지 아실 겁니다."

"그럼 지금 누가 우리에게 이런 이야기를 해 주겠습니까?"

레이포드는 차분히 말했다.

"아, 이런 기회를 얻은 건 감사하지요. 하지만 대가가 너무 크군요."

"이해합니다."

레이포드는 브루스 목사의 강렬한 눈빛을 마주보며 자신이 헌신할 준비가 되어 있음을 이 젊은 목사가 알고 있다는 생각이 들었다. 그러나 그는 평생 무슨 일이든 간에 서두른 적이 없었다. 여기에다 외판원에 적용하는 잣대를 똑같이 둘 수는 없지만 생각할 시간이, 흥분을 가라앉힐 시간이 필요했다. 그는 분석적인 사람이었다. 브루스 목사의 말 덕분에 별안간 세상 돌아가는 상황이 이해되고 실종 사건에 대한 설명도 이제는 의심의 여지가 없게 되었지만, 곧바로 행동에 옮기려 하지는 않았다.

"테이프 주셔서 감사합니다. 장담하건대 꼭 내일 다시 오겠습니다."

브루스는 클로이를 쳐다보았다.

"전 장담은 하지 못하겠어요. 하지만 시간을 내주셔서 감사합니다. 테이프는 볼게요."

"제가 부탁할 수 있는 건 그게 다입니다. 하지만 떠나시기 전에 얼마나 급한 상황인지 잠깐 상기시켜 드려야겠군요. 오늘 제가 드린 말씀은 지금까지 살면서 가끔은 들으셨을 거예요. 저도 그랬거든요. 어쩌면 듣지 못했을 수도 있지요. 하지만 여러분은 어떤 장담도 할 수 없다는 걸 알아야 합니다. 며칠 전에 사라진 사랑하는 이들처럼 사라지기에는 너무 늦었어요. 하지만 사람들은 매일같이 죽지요. 차 사고에 비행기 추락에……. 아, 죄송합니다. 물론 레이 기장님은 틀림없이 훌륭한 조종사지만요. 여하튼 온갖 비극이 벌어지고 있어요. 준비도 되지 않은 일을 강요하지는 않을 겁니다. 하지만 부디 하나님이 이것이 진리라는 감동을 주신다면 제가 두 분을 돕게 해 주십시오. 미루지 마세요. 마침내 하나님을 찾았는데 너무 오래 지체하다가 그분 없이 죽는다면 이보다 더 끔찍한 일이 어디 있겠습니까?"

12

프랑크푸르트 공항에 도착한 벅은 가명으로 힐튼 호텔에 투숙했다. 가족과 동료가 자신의 사망 소식을 듣기 전에 미국으로 전화해야 했다. 그는 로비에서 공중전화를 찾아 우선 애리조나에 사는 아버지의 전화번호부터 눌렀다. 시차 때문에 그곳은 토요일 정오가 막 지난 시간이었다.

"아버지, 정말 죄송한데요, 제가 차량 폭발이나 테러 공격으로 피살됐다는 소식을 듣게 되실 거예요."

"도대체 이게 무슨 소리냐, 캐머런?"

"지금은 말씀드리기가 곤란해요, 아버지. 다만 제가 괜찮다는 걸 아셨으면 해서요. 지금 외국에서 전화하는 거예요. 어딘지는 말씀드리지 않는 게 낫겠어요. 내일 돌아가긴 하는데 당분간은 납작 엎드려 있어야 할 것 같아요."

"네 형수와 조카 추도식이 내일 저녁이야."

"아, 이런! 아버지, 제가 내일 그곳에 나타나면 너무 눈에 띌 거예요. 형에게는 정말 미안하다고 전해 주세요."

"그럼 이 연극을 끝까지 해야 하는 거냐? 내 말은 네 추도식도 열어야 하는 건가 해서 말이다."

"아니에요. 그렇게 오랫동안 죽은 척할 수는 없을 거예요. 일단 회사 사람들이 제가 멀쩡하다는 걸 알면 비밀은 오래가지 못할 거예요."

"널 죽이려 했던 자들이 알게 되면 네가 위험해지는 거냐?"

"아마 그렇겠죠. 아버지, 저 지금 가 봐야 해요. 형에게 말 좀 잘해 주세요, 아셨죠?"

"그러마. 조심해라."

벅은 다른 전화로 옮겨 회사에 전화했다. 꾸며낸 목소리로 교환원에게 스티브 플랭크의 비상 음성 사서함에 연결해 달라고 했다.

"국장님, 제가 누군지 아시겠죠. 앞으로 24시간 동안 무슨 소식을 듣게 되더라도 전 괜찮은 겁니다. 내일 전화할 테니 그때 만나요. 도와줄 수 있는 사람을 찾을 때까지는 제 신분을 숨겨야 해요. 다시 전화할게요."

클로이는 차 안에서 입을 꾹 다물고 있었다. 레이포드는 마구 떠들고 싶은 충동을 간신히 눌렀다. 평소라면 있을 수 없는 일이지만 지금은 그도 반즈 목사와 마찬가지로 위급함을 느꼈다. 그렇지만 분별력을 잃긴 싫었다. 분석적인 태도를 유지하고 싶었다. 연구하고 기도하고 확신을 얻고 싶었다. 하지만 그건 사실이 아닐 경우를 위한 대비책에 불과하지 않을까? 과연 지금보다 더 확신할 수 있을까?

혹시 그의 양육 방식 때문에 클로이가 너무 신중하고 조심성 있게 자라서 그에겐 아주 분명해 보이는 일조차 무시하게 된 건 아닐까? 레이포드는 진리를 발견했다. 브루스 반즈 목사가 옳았다. 무슨 일이 닥치기 전에 어서 이 진리를 따라 행동해야 한다.

뉴스는 이런 혼란을 틈타 범죄와 약탈 등 온갖 나쁜 짓을 저지르는 자들의 이야기로 넘쳤다. 사람들은 총에 맞거나 폭행당하거나 강간당하거나 살해됐다. 도로는 그 어느 때보다도 위험했다. 응급 요원도 부족하고 공항의 공중과 지상 통제 요원도, 노련한 비행기 조종사와 승무원도 이전보다 부족했다.

사람들은 사랑하는 이들의 무덤에 가서 시체가 사라지지 않았는지 확인했다. 파렴치한 부류는 그렇게 살펴보는 척하면서 실은 부자의 무덤에 묻혀 있을 수도 있는 귀중품을 찾으러 다녔다. 세상은 하룻밤 새에 추악하게 변해 버렸고, 레이포드는 자신과 딸의 안전이 염려되었다. 더 오래 끌지 말고 얼른 테이프를 본 뒤 결심한 바를 실천하고 싶었다.

"함께 봐도 되겠지?"

레이포드가 제안했다.

"정말 그러고 싶진 않아요, 아빠. 전 아빠가 어느 쪽으로 맘이 기울었는지 알아요. 그리고 그게 아직은 좀 불편해요. 이건 아주 개인적인 일이에요. 단체나 가족이 함께할 성질의 것이 아니라고요."

"그건 잘 모르겠구나."

"어쨌든 강요하지 마세요. 아빠 혼자서 보세요. 전 나중에 볼게요."

"네가 걱정스러워 그런단다. 내가 널 사랑하고 염려하고 있다는 건 알지?"

"그럼요."

"내일 교회 모임에 가기 전에 테이프를 보겠니?"

"아빠, 제발요. 그 문제로 계속 잔소리하면 전 더 멀어진다고요. 모임에 가고 싶은지도 잘 모르겠는걸요. 목사님 말이라면 오늘 실컷 들었고, 내일도 똑같은 얘기를 할 거라고 했잖아요."

"그런데 말이다. 내가 내일 기독교인이 되기로 결심한다면 어떻게 될까? 난 너도 그 자리에 함께 있었으면 하는데."

클로이는 아빠를 무심히 쳐다봤다.

"전 모르겠어요, 아빠. 그건 졸업 같은 게 아니잖아요."

"비슷할 수도 있지. 네 엄마와 동생은 진급했는데 난 못 했고."

"듣기 거북하네요."

"진심이란다. 둘은 천국에 갈 자격을 얻었고, 나와 너는 아니고."

"이제 그 얘긴 그만 하고 싶어요."

"알았다. 하지만 한마디만 더! 내일 안 가면 내가 없는 사이에 테이프를 봤으면 좋겠구나."

"저는……."

"난 정말 네가 월요일 비행 전에 결정했으면 해서 이러는 거란다. 항공교통은 더 위험해지고 있어. 무슨 일이 벌어질지 절대 알 수 없단다."

"아빠, 왜 이래요? 전 여태껏 아빠가 비행이 얼마나 안전한지 사람들의 오해를 풀어 주는 얘기만 들었어요. 추락 사고가 있을 때마다 누군가 아빠에게 두렵지 않은지, 위험에 빠진 적이 없는지 물었죠. 그러면 아빠는 비행기가 자동차 운전보다 몇 배나 더 안전하다며 통계 수치를 거침없이 줄줄 읊으셨잖아요. 그러니까 그런 말은 하지 마세요."

레이포드는 단념했다. 우선 자신의 영혼을 돌보고 딸을 위해서는 기도하되 믿음을 강요하지 않기로 했다.

클로이는 토요일 밤 일찍 잠자리에 들었지만 레이포드는 텔레비전 앞에 자리를 잡고 비디오를 틀었다.

"안녕하세요?"

전에 몇 차례 만났던 담임목사의 쾌활한 목소리가 흘러나왔다. 목사는 레이포드가 낮에 들렀던 사무실의 책상 모서리에 걸터앉아 말하고 있었다.

"제 이름은 버넌 빌링스입니다. 일리노이 주 마운트 프로스펙트에 있는 뉴호프 교회의 목사죠. 이 테이프를 보는 여러분의 얼굴에 떠올라 있을 두려움과 절망을 전 그저 상상만 할 수 있습니다. 왜냐하면 이 테이프는 지상에서 하나님의 백성이 휴거한 뒤에 보도록 녹화된 것이기 때문입니다. 이걸 보고 있다는 건 여러분이 남겨졌다는 얘기겠지요. 틀림없이 몹시 놀라고 충격을 받은데다 두려움과 후회에 사로잡혀 있으실 겁니다. 이제 제가 드리는 말씀을 깊이 생각해 보시기 바랍니다. 그리스도의 교회가 휴거한 이후의 삶에 대해 지침을 말씀드리고자 합니다. 휴거는 이미 일어났습니다. 여러분이 아는, 혹은 예전에 알던 분들 중에 오직 그리스도만을 신뢰하며 구원의 길을 걸은 이들은 모두 그리스도께서 천국으로 데려가셨습니다. 정확히 무슨 일이 일어난 건지 성경을 통해 보여 드리겠습니다. 지금쯤은 이미 이런 증거가 필요 없겠지요. 모두 역사상 가장 충격적인 사건을 경험했을 테니까요. 이 테이프는 이렇게 미리 준비되었고, 저는 이미 사라진 후일 거라고 확신합니다. 그러니 한번 자문해 보십시오. 저 사람은 어떻게 알았지? 여기 그 비결이 나와 있습니다. 〈고린도전서〉 15장 51절부터 57절까지 보겠습니다."

화면 위에 성경구절이 자막으로 올라가기 시작했다. 레이포드는 정지 버튼을 누르고 냉큼 달려가 아이린의 성경을 가져왔다. 〈고린도전서〉를 찾는 데도 시간이 꽤 걸렸다. 화면에 나온 구절과 번역은 약간 달랐지만 의미는 같았다.

목사의 목소리가 다시 나왔다.

"위대한 선교사이자 복음 전도자인 사도 바울이 고린도 도시에 있던 교회의 기독교인들에게 쓴 글은 다음과 같습니다."

> 보라 내가 너희에게 비밀을 말하노니 우리가 다 잠 잘 것이 아니요 마지막 나팔에 순식간에 홀연히 다 변화되리니 나팔 소리가 나매 죽은 자들이 썩지 아니할 것으로 다시 살아나고 우리도 변화되리라 이 썩을 것이 반드시 썩지 아니할 것을 입겠고 이 죽을 것이 죽지 아니함을 입으리로다 이 썩을 것이 썩지 아니함을 입고 이 죽을 것이 죽지 아니함을 입을 때에는 사망을 삼키고 이기리라고 기록된 말씀이 이루어지리라 사망아 너의 승리가 어디 있느냐 사망아 네가 쏘는 것이 어디 있느냐 사망이 쏘는 것은 죄요 죄의 권능은 율법이라 우리 주 예수 그리스도로 말미암아 우리에게 승리를 주시는 하나님께 감사하노니.

레이포드는 혼란스러웠다. 일부는 이해할 수 있었지만 나머지는 도무지 이해하기가 어려웠다. 그는 테이프를 앞으로 돌렸다. 빌링스 목사가 말을 이었다.

"여러분의 이해를 돕기 위해 몇 군데 설명해 드리겠습니다. 바울이 '우리가 다 잠 잘 것이 아니요'라고 말한 것은 우리가 다 죽을 것이 아니라는 뜻입니다. 또한 바울은 이 썩을 존재가 영원무궁토록 지속할 썩지 않을 몸을 입으리라고 말합니다. 바로 이런 일들이 일어날 때, 즉 이미 죽은 기독교인과 아직 살아 있는 기독교인이 영원한 몸을 받을 때 교회의 휴거가 일어날 것입니다.

예수 그리스도의 희생적인 죽음과 무덤에 묻히심과 부활하심을 믿고 인정하는 사람들은 모두 예수님께서 다시 자신들을 데리러 오시기를 기대했습니다. 이 테이프를 볼 때면 여러분 모두는 이미 '내가 다시 와서 너희를 영접하여 나 있는 곳에 너희도 있게 하리라'는 그리스도의 약속이 성취된 현장을 목격했을 겁니다.

저는 이들이 모두 글자 그대로 이 땅에서 데려감을 받았다고 믿습니다. 모든 물건은 남겨둔 채 말이죠. 수백만 명의 사람들이 사라지고 갓난아기와 아이들이 없어진 걸 발견했다면 제 말이 사실이란 걸 알 겁니다. 아이들은 믿음을 선택하는 문제에 대해 그 결과를 충분히 인식하면서 이성과 감성으로 결정할 수 있는 능력이 없기 때문에 하나님은 특정 연령 이하의 어린아이에게는 책임을 묻지 않으시리라고 믿습니다. 그게 몇 살인지는 아마 개인에 따라 다르겠지만요. 또한 아직 태중의 아기들이 어머니의 자궁에서 사라진 걸 발견할지도 모릅니다. 소중한 아이들을 잃은 세상의 고통과 비탄 그리고 자녀를 잃은 모든 부모들의 깊은 절망을 전 다만 상상할 뿐입니다.

고린도 사람들에게 보낸 바울의 예언적 편지는 이 일이 순식간에 일어난다고 말했습니다. 여러분은 사랑하는 이가 바로 눈앞에서 갑자기 사라지는 걸 목격했을지도 모릅니다. 그런 충격은 조금도 부럽지 않군요.

성경은 두려움 때문에 사람들의 심장이 말을 듣지 않을 것이라고 말합니다. 제겐 이 말씀이 충격 때문에 심장마비를 일으키고 사람들이 절망감에 사로잡혀 자살한다는 뜻으로 해석됩니다. 그 외에도 여러 유형의 교통수단에서 기독교인들이 사라지고 소방관과 경찰관과 각종 응급 요원들이 줄어드는 바람에 발생하는 혼돈에 대해서는 저보다 여러분께서 더 잘 알고 있을 겁니다.

이 테이프를 언제 보느냐에 따라 여러분은 이미 많은 곳에서 계엄령을 선포하고 남은 물건을 약탈하여 서로 차지하려고 싸우는 악행을 막기 위해 비상 대책을 세우는 걸 보셨을 겁니다. 정부가 무너지고 국제적 혼란 상태에 빠지게 될 겁니다.

왜 이런 일이 생겼는지 의아해하실 수도 있습니다. 어떤 사람들은 죄 많은 세상에 대한 하나님의 심판이라고 믿습니다. 사실상 진짜 심판은 후에 있게 됩니다. 이상하게 들릴 수도 있지만 이건 하나님을 무시하고 거부했던 모든 이들의 주의를 끌기 위한 주님의 마지막 노력입니다. 이제 하나님은 남아 있는 여러분에게 가까이 다가가기 위해 오랜 시험과 환난의 기간을 허락하실 겁니다. 하나님은 자신들의 욕망과 쾌락과 자신의 목적을 추구하는 부패한 세상에서 교회를 옮기셨습니다.

저는 이 일에 대한 하나님의 목적이 자기 자신을 돌아보지 못하고 미칠 듯이 쾌락과 자기실현을 추구하느라 지금껏 그 길에서 벗어나지 못한 사람들에게 진리를 찾아 성경으로, 구원을 찾아 그리스도께로 방향을 전환하는 기회를 허락하시기 위함이라고 믿습니다.

여러분의 사랑하는 사람들, 아이들과 태아, 친구, 지인들은 악한 세력이나 외계 침입에 납치된 것이 아니니 용기를 내십시오. 그런 식으로 설명하는 사람들이 여기저기 나타날 겁니다. 전에는 우습게 들었던 말들이 이젠 논리적인 것처럼 들리겠지요. 하지만 그건 사실이 아닙니다.

또한 성경은 커다란 속임수가 있을 것이라고 경고합니다. 이는 자칭 세계 지도자가 자행하고 미디어의 도움으로 선포될 것입니다. 예수님께서 직접 그런 사람에 대해 예언하기도 하셨습니다. '내가 내 아버지의 이름으로 왔는데, 너희는 나를 영접하지 않는다. 그러나 다른 이가 자기 이름으로 오면, 너희는 그를 영접할 것이다'라고 말씀하셨습니다.

개인적으로 여러분께 경고하자면, 유럽에서 나타날지도 모르는 매우 인간미 넘치는 지도자를 조심하십시오. 그는 많은 사람이 하나님의 사람으로 믿을 만큼 매우 놀랄 만한 기적과 신기한 일을 행하며 등장하지만 결국에는 엄청난 거짓말쟁이로 판명될 것입니다. 그는 남겨진 사람들 중에서 수많은 추종자를 얻고 많은 이들이 그를 기적의 일꾼이라고 믿을 것입니다.

그 거짓말쟁이는 힘과 평화와 안전을 약속할 것입니다. 그러나 성경은 '그가 공공연히 하나님을 대적하여 말하며 하나님의 성도를 공격하여 무너뜨릴 것'이라고 지적합니다. 그래서 이제 이 혼란과 소동의 끔찍한 시기에 세계를 차지하기 위해 나타날 대단한 카리스마를 지닌 새 지도자를 조심하라고 여러분께 경고하는 겁니다. 이 사람을 성경은 적그리스도라고 말씀합니다. 그는 많은 약속을 하지만 지키지 않을 겁니다. 여러분은 하나님의 아들 예수 그리스도를 통한 위대하신 하나님의 약속만을 신뢰해야 합니다.

성경은 교회의 휴거 후 7년간의 시험과 환난기가 도래한다고 가르치고 있습니다. 이 기간에 끔찍한 일들이 벌어질 겁니다. 그리스도를 여러분의 구원자로 받아들이지 않으면 여러분의 영혼이 위험합니다. 그리고 이 시기에 벌어질 대격변의 사건들 때문에 여러분의 생명 자체도 위험합니다. 여러분이 그리스도를 믿는다 해도 여전히 순교자로 죽어야 할 수도 있습니다."

레이포드는 테이프를 정지시켰다. 그는 구원 문제에 대해서는 각오가 되어 있었다. 하지만 환난과 시험이라니? 사랑하는 사람들을 잃고, 자신을 천국에서 멀어지게 한 교만과 이기심에 직면하게 되는 것만으로는 충분치 않다는 말인가? 그보다 더한 일이 남아 있다는 말인가?

그리고 목사님이 말한 '엄청난 거짓말쟁이'란 또 무슨 말인가? 아무래도 목사님의 이 예언은 너무 지나친 것 같았다. 하지만 목사님은 겉만 번지르르한 가짜 약장수가 아니었다. 신실하고 정직하며 믿을 만한 사람, 하나님의 사람이었다. 실종에 대한 목사님의 말씀이 옳다면 목사님은 존경과 주목을 받을 자격이 있었다. 레이포드는 그 말이 옳다는 걸 마음속으로 알고 있었다.

이젠 증거에 결코 만족하지 못하는 비평가나 분석가에서 벗어나야 할 때였다. 증거는 바로 그의 눈앞에 있었다. 텅 빈 의자, 쓸쓸한 침대 그리고 가슴에 뻥 뚫린 구멍 등이다. 이제 남은 건 마지막 단계, 즉 행동에 옮기는 것뿐이다. 레이포드는 재생 버튼을 꾹 눌렀다.

"여러분이 아직 지상에 남아 있는 이유가 뭔지는 이 시점에서 중요하지 않습니다. 너무 이기적이거나 교만하거나 바빴을지도 모르죠. 어쩌면 그저 그리스도께서 바로 여러분 자신을 위해 요구하신 것을 생각할 시간조차 내지 못했을 수도 있습니다. 이제 중요한 것은 여러분에게 또 다른 기회가 있다는 점입니다. 이 기회를 놓치지 마십시오.

기독교인들과 아이들의 실종, 뒤에 남겨진 혼란, 비탄에 잠긴 이들의 절망 등 이 모든 것은 제 말이 옳다는 증거입니다. 하나님이 여러분을 도와주시기를 기도하십시오. 지금 당장 그분의 구원의 선물을 받으십시오. 그리고 적그리스도의 거짓말과 노력에 저항하십시오. 적그리스도는 곧 나타날 것입니다. 잊지 마십시오. 그는 많은 사람을 속일 겁니다. 그에 속하지 않기를 간절히 바랍니다.

예수님이 처음으로 이 땅에 오시기 800여 년 전, 구약성경 이사야 선지자가 예언하기를 열국의 민족이 크게 싸우며 그들의 얼굴이 불꽃같을 것이라고 하였습니다. 저는 이 예언이 제3차 세계대전, 즉 수백만 명의 목숨을 휩쓸 핵전쟁을 의미한다고 생각합니다. 성경의 예언은 미리 쓰인 역사입니다. 이 주제에 대해 책을 찾아보거나, 이 분야의 전문가지만 어떤 이유로든 그리스도를 받아들이지 않아 남겨진 사람들을 찾아보시길 바랍니다. 함께 연구해 보면 무슨 일이 닥칠지를 알고 준비할 수 있을 겁니다.

정부와 종교가 변하고 전쟁과 인플레이션이 발생하며 죽음과 파괴, 성도의 모임과 심지어 파괴적인 지진도 만연할 겁니다. 마음의 준비를 하십시오. 하나님은 여러분의 죄를 용서하시고 천국을 보증하실 겁니다. 〈에스겔〉 33장 11절에 귀를 기울이십시오. '나는 악인이 죽는 것을 기뻐하지 아니하고 악인이 그의 길에서 돌이켜 떠나 사는 것을 기뻐하노라.' 여러분이 하나님의 구원 메시지를 받아들인다면 성령이 여러분께 임하셔서 영적으로 다시 태어나게 하실 것입니다. 이 모든 걸 신학적으로 이해할 필요는 없습니다. 제가 인도하는 대로 지금 하나님께 기도하면 그분의 자녀가 될 수 있습니다."

레이포드는 다시 테이프를 정지시켰다. 그리고 목사님의 얼굴에 떠올라 있는 염려의 빛과 눈에 담긴 연민을 확인하였다. 친구와 지인은 물론 딸조차도 미쳤다고 생각할 게 뻔하지만 레이포드는 목사의 말이 모두 옳게 여겨졌다. 7년간의 환난과 앞으로 나타난다는 거짓말쟁이 새 지도자에 대한 얘기는 이해가 되지 않지만 그의 삶에 그리스도가 필요하다는 사실을 깨닫게 되었다. 죄를 용서받아 언젠가는 천국에 있는 아내와 아들과 함께한다는 확신이 필요했다.

레이포드는 양손에 머리를 묻었다. 가슴이 마구 뛰었다. 클로이가 자고 있는 이층에서는 아무 소리도 들려오지 않았다. 그만이 홀로 깊은 생각에 잠겨 하나님을 대면하고 있었다. 하나님의 임재가 느껴졌다. 카펫 위에 살며시 무릎을 꿇었다. 전에는 예배 중에 무릎을 꿇은 적이 한 번도 없었다. 하지만 이제는 지금 이 순간이 얼마나 중요하고 엄숙한지 알 수 있었다.

그는 재생 버튼을 누른 뒤 리모컨을 한쪽으로 살짝 던졌다. 양손을 앞으로 내밀어 바닥을 짚고 그 위에 이마를 얹으니 얼굴이 바닥에 닿았다. 목사의 음성이 흘렀다.

"저를 따라 기도하십시오."

레이포드는 그 말대로 했다.

"존귀하신 하나님, 제가 죄인임을 인정합니다. 저의 죄를 회개합니다. 제발 저를 용서해 주시고 구원해 주십시오. 저를 위해 돌아가신 예수님의 이름으로 간청합니다. 바로 지금 예수님을 신뢰합니다. 예수님의 죄 없는 피가 제 구원의 값을 지불하기에 충분함을 믿습니다. 제 기도를 들어주시고 저를 받아 주셔서 감사합니다. 제 영혼을 구원해 주셔서 감사합니다."

목사는 누구든지 주의 이름을 부르는 자는 구원을 얻으리라는 성경구절과 하나님을 찾는 자를 버리지 않으신다는 구절을 인용하면서 확신의 말씀을 계속 전했고, 그동안 레이포드는 움직이지 않고 그대로 있었다. 테이프가 끝날 무렵 목사가 말했다.

"진심으로 기도했으면 이제 여러분은 구원받았고, 하나님의 자녀로 다시 태어났습니다."

레이포드는 하나님과 좀더 얘기하고 싶었다. 죄를 구체적으로 고백하고 싶었다. 자신이 용서받았음을 알았지만, 마치 어린아이처럼 자신이 어떤 사람이었는지 하나님이 아시기를 원했다.

교만을 고백하였다. 지성에 대한 교만, 외모에 대한 교만, 능력에 대한 교만 그리고 육욕에 사로잡혀 있었음을 고백하였다. 어떻게 아내를 거부했는지, 어떻게 쾌락을 추구했는지, 얼마나 돈과 물질을 숭배했는지 고백하였다. 다 털어놓고 나자 깨끗해지는 게 느껴졌다. 테이프에서 언급된, 앞으로 닥칠 힘든 시기에 대한 온갖 얘기 때문에 무섭긴 했지만, 예전 상태보다는 진정한 성도로 그 시기를 맞는 게 더 나았다.

이어 나온 첫 번째 기도는 바로 클로이를 위한 기도였다. 이 새로운 삶에 함께한다는 확신이 설 때까지 딸을 위한 염려와 기도를 늦추지 않을 작정이었다.

벅은 케네디 공항에 도착하자마자 스티브 플랭크에게 전화했다.

"거기 그대로 있게! 벅, 이 배신자야. 자네와 얘기하고 싶은 사람이 누구인 줄 알고 있나?"

"짐작하지 못하겠는데요."

"바로 니콜라에 카르파티아야."

"아, 그렇군요."

"농담 아니야. 그가 여기 와 있네. 자네 친구 하임 로젠츠바이크도 같이 왔네. 하임은 자넬 입이 마르도록 칭찬하더군. 모든 매스컴이 쫓아다니는데도 자네만 찾고 있네. 그러니 내가 자넬 데리러 가지. 만나면 도대체 무슨 일에 휘말린 건지 얘기해 주게나. 우린 살아 있는 자네 모습을 보게 될 테고, 자넨 그동안 기다려 온 멋진 인터뷰를 할 수 있을 거야."

벅은 전화를 끊고 손뼉을 쳤다.

'기막히게 잘 됐는걸. 국제 테러리스트나 악당보다, 심지어 런던 거래소와 런던 경찰국보다 위에 있는 사람이 있다면 그건 바로 카르파티아일 거야. 로젠츠바이크 박사가 좋아하는 사람이라면 괜찮은 사람인 게 분명해.'

레이포드는 뉴호프 교회 모임이 있는 다음날 아침까지 기다릴 수가 없었다. 신약성경을 읽기 시작했다. 그리고 아이린이 모아 놓은 책이나 성경공부 교재가 없는지 온 집 안을 뒤져 보았다. 아직 이해하기 어려운 부분이 많긴 했지만, 그리스도의 삶에 대한 이야기에 몹시 굶주렸고 목말랐기에 밤 늦게까지 네 복음서를 모두 읽은 뒤에야 잠이 들었다.

성경을 읽는 내내 레이포드를 온통 사로잡은 생각은 이제 자신도 아내와 아들이 속한 이 가족의 일원이라는 사실이었다. 교회가 휴거한 후에 나타난다는 온갖 끔찍한 일들에 대한 예언은 두려웠지만, 한편으로는 새로 갖게 된 믿음에 흥분되기도 했다. 언젠가 자신이 하나님과 그리스도와 함께 거하리라는 사실을 굳게 믿게 되었다. 그리고 클로이도 그렇게 되기를 더욱 간절히 바랐다.

레이포드는 클로이에게 하나하나 다 털어놓고 싶은 걸 꾹 참았다. 클로이가 먼저 묻기 전에는 무슨 일이 있었는지 얘기하지 않기로 결심했다. 다음날 아침 교회에 가려고 집을 나설 때까지도 클로이는 아무것도 묻지 않았다. 다만 함께 따라나서지 않아 죄송하다고 사과했다.

"언젠가 저도 함께 갈게요, 약속해요. 반감이 있는 건 아니에요. 그저 준비가 안 됐을 뿐이에요."

레이포드는 클로이에게 너무 오래 기다리게 하지 말라고 경고하고픈 충동을 간신히 눌렀다. 또한 테이프를 꼭 보라고 부탁하고 싶었다. 하지만 클로이는 아빠가 테이프를 이미 본 걸 알면서도 아무것도 묻지 않았다. 레이포드는 자신이 나가 있는 동안 클로이가 보기를 기도하면서 테이프를 되감아 비디오카세트 안에 넣었다.

10시 전, 교회에 도착한 레이포드는 거의 세 구역이나 떨어진 곳에 주차해야 한다는 사실에 깜짝 놀랐다. 교회는 북적대는 사람들로 발 디딜 틈도 없었다. 성경을 가져온 사람은 거의 없었고 정장 차림도 드물었다. 1층은 물론이고 2층 좌석까지 모두 겁에 질리고 절망에 빠진 사람들로 가득했다. 레이포드는 앉을 자리가 없어 끝날 때까지 계속 뒤편에 서 있어야 했다.

10시 정각이 되자 브루스 목사가 모임을 시작하였다. 그는 로레타 부인에게 문 옆에 서 있다가 늦게 오는 사람이 있으면 반갑게 맞아 달라고 부탁했다. 많은 인파에도 브루스 목사는 강단 조명도 켜지 않고 강대에 서지도 않았다. 그저 맨 앞자리에 마이크만 하나 갖다 놓고 꾸밈없는 태도로 모임을 진행하였다.

브루스 목사는 먼저 자신을 소개한 뒤 이야기를 시작하였다.

"제가 강대에 서지 않은 이유는 그곳은 훈련을 받아 부름받은 사람들을 위한 자리이기 때문입니다. 다른 분이 안 계셔서 오늘 제가 인도와 교육을 맡게 되었습니다. 평소 같으면 이렇게 많은 인파가 모인 걸 보고 교회 전체가 흥분했을 겁니다. 하지만 여기 오셔서 정말 기쁘다는 말씀은 드리지 않겠습니다. 여러분의 자녀와 사랑하는 이들에게 무슨 일이 벌어진 건지 알고 싶어서 이곳에 오셨다는 걸 알고 있으니까요. 저는 그 답을 알고 있다고 믿습니다. 분명 전에는 제게도 답이 없었습니다. 그렇지 않았다면 저도 사라졌겠지요. 오늘은 찬송 시간도 광고 시간도 없습니다. 다만 수요일 저녁 7시에 성경공부 모임이 있음을 알려 드립니다. 오늘은 헌금을 전혀 받지 않겠습니다. 다음 주부터는 비용을 감당하기 위해 다시 받아야 하겠지만요. 은행에 맡겨 놓은 교회 돈이 조금 있긴 하지만, 교회가 융자받은 것도 있고 저도 생활비가 들 테니까요."

그런 뒤 브루스 목사는 전날 레이포드와 클로이에게 얘기한 것과 같은 말씀을 전하기 시작하였다. 목사의 음성 외에는 아무 소리도 나지 않았다. 많은 사람이 울음을 터뜨렸다. 브루스가 비디오테이프를 보여 주자 백 명도 넘는 사람이 마지막 시간에 담임목사를 따라 기도했다. 브루스는 그들에게 뉴호프 교회에 나오라고 강권했다.

마무리하면서 브루스 목사는 덧붙여 말했다.

"여러분 중 많은 분들이 아직도 의심을 버리지 못하고 있다는 것을 압니다. 이번 사건이 하나님이 하신 일이라는 점은 믿을지 모르지만, 여전히 이 상황이 언짢고 그 때문에 하나님을 원망하고 계실 겁니다. 오늘 저녁에 다시 와서 그런 감정을 토로하고 질문하길 원하신다면 제가 여기 있겠습니다. 하지만 지금은 그런 기회를 드리지 않겠습니다. 여기 오신 많은 분들이 새로이 신앙을 갖게 되셨는데, 지금은 그 일에만 집중하고 싶기 때문입니다. 하지만 저녁 모임에서는 어떤 질문이든 솔직한 질문이라면 얼마든지 받을 테니 안심하시기 바랍니다. 이제 오늘 아침에 그리스도를 영접했고 그걸 우리 앞에서 고백하고 싶은 분들에게 기회를 드리겠습니다. 성경은 우리에게 그렇게 하라고, 우리의 결정과 우리의 처지를 밝히라고 명하고 있습니다. 부담 없이 마이크 앞으로 나오시기 바랍니다."

가장 먼저 움직인 사람은 레이포드였다. 그가 좌석 통로 사이로 걸어가자 많은 사람이 따라나섰다. 십여 명이 간증하기 위해, 그동안의 영적 여행에 대해 말하기 위해 기다렸다. 대부분 레이포드와 마찬가지로 사랑하는 사람이나 친구를 통해 진리의 가장자리에서 맴돌긴 했지만 그리스도에 대한 진리를 완전히 인정하지 않던 사람들이었다.

그들의 이야기는 감동적이었고 나가려고 일어서는 사람은 거의 없었다. 어느덧 정오가 지났는데도 아직 사오십 명이 줄을 서서 기다리고 있었다. 모두 자신을 남기고 떠난 이들에 대해 얘기하고 싶어 했다. 2시 정각이 되자 허기와 피곤이 모두에게 몰려왔고, 마침내 브루스 목사가 입을 열었다.

"이제 모임을 마치려고 합니다. 오늘은 교회에서 전통적으로 하던 일들을 하나도 하지 않았습니다. 찬송을 포함해서요. 하지만 오늘 여기에서 있었던 일에 대해 주께 찬양해야 할 필요성이 느껴지는군요. 간단한 경배의 찬양을 알려 드리지요."

브루스는 성경에 나온 짧은 찬양을 했다. 하나님 아버지와 그의 아들 예수님과 성령님의 영광을 찬양하는 노래였다. 모든 사람들이 경건한 마음으로 찬양을 드리자 레이포드는 왈칵 목이 메어 더 이상 노래를 부를 수가 없었다. 한 사람씩 노래를 멈추고 가사를 속삭이거나 입을 다물고 곡조만 부르면서 깊은 감동에 젖었다. 레이포드는 지금이 그의 삶에서 가장 감동적인 순간이라고 생각했다. 이 순간을 아이린과 레이미와 클로이와 함께 나눌 수 있다면 얼마나 좋을까.

브루스 목사가 기도로 모임을 마친 후에도 사람들은 떠나기를 주저하는 것 같았다. 많은 이들이 서로 얼굴을 익히기 위해 남았다. 새로운 교인들이 벌써 생기기 시작한 게 분명했다. 교회 이름은 예전보다 더 잘 들어맞았다. 뉴 호프, 새 희망을 갖게 된 것이다. 브루스 목사는 교회를 나서는 이들과 일일이 악수했다. 목사를 피하거나 서둘러 지나가는 사람은 아무도 없었다. 레이포드와 악수할 때 브루스 목사가 물었다.

"오늘 오후에 바쁘십니까? 저와 간단히 식사할 수 있으신가요?"

"물론입니다. 먼저 딸아이에게 전화하고 오겠습니다."

레이포드는 클로이에게 지금 자신이 어디에 있는지 알려 주었다. 클로이는 교회 모임에 대해서는 아무것도 묻지 않고 그저 이렇게만 말했다.

"오래 걸렸네요? 사람들이 많이 왔어요?"

레이포드는 두 질문 모두 간단히 그렇다고만 대답했다. 클로이가 묻지 않으면 더 말하지 않기로 한 터였다. 클로이가 호기심을 이기지 못하기만을 바라고 기도했다. 오늘 무슨 일이 있었는지 그대로 알려 준다면 아마 클로이도 여기에 함께 오지 않은 걸 후회할지도 모를 일이었다. 아니면 적어도 이 일이 레이포드에게 끼친 영향만은 인정하지 않을까.

알링턴 하이츠 근처의 작은 식당에서 마주한 브루스 목사는 지쳤지만 행복해 보였다. 그는 감정이 뒤죽박죽 섞여 있어 어찌해야 할 바를 모르겠다고 털어놓았다.

"가족을 잃은 슬픔이 아직도 너무나 생생해서 제 역할을 감당하기가 불가능할 지경이에요. 제가 가짜 성도였다는 수치심도 여전하고요. 하지만 제 죄를 회개하고 진실로 그리스도를 영접한 이후로 요 며칠 동안 그분은 제가 상상도 할 수 없던 축복을 내려 주셨어요. 집은 외롭고 온기도 없고 고통스러운 기억을 떠올리게 하지만, 오늘 일어난 일을 보세요. 제게 인도해야 할 새 무리를, 살아야 할 이유를 주셨습니다."

레이포드는 말없이 고개만 끄덕였다. 브루스 목사는 자신의 말을 들어줄 사람이 필요한 것 같았다.

"레이, 교회는 대개 신학교에서 훈련을 받은 목사들과 거의 평생을 기독교인으로 지낸 장로들이 세워요. 우리는 그런 사치를 누릴 수가 없지만요. 저는 우리에게 필요한 지도자 모델이 어떤 건지도 모르겠어요. 저 자신을 임시목사라고 부를 수밖에 없는데, 이 임시목사 자체가 새 교인인데다 다른 사람들도 다 마찬가지 상황이니 장로가 있다는 건 말이 안 되지요. 하지만 우린 서로 돌보고 제직에 헌신할 핵심 인물이 필요합니다. 로레타 부인을 비롯해 휴거가 있던 밤에 제가 만났던 사람들 중 몇몇은 이미 그 모임의 일원입니다. 수년간 교회에 다녔지만 어떻게 된 건지 역시 핵심을 놓쳤던 두어 분의 노인도 계시죠. 당신에게 이런 일이 얼마나 생소한지 알고 있어요. 하지만 우리 핵심 모임에 참여해 달라고 부탁해야 할 것 같은 느낌이 드는군요. 주일 오전 모임 후에 교회에서 만나고 가끔은 주일 저녁에도 모일 예정입니다. 수요일 밤에는 성경공부가 있고요. 그리고 매주 한 번씩 날을 정해 저희 집에서 만날 겁니다. 이때는 서로를 위해 기도하고 점검해 주고, 새 교인들을 인도하기 위해 좀더 심도 있게 공부할 거예요. 참여하시겠어요?"

레이포드는 뒤로 물러나 앉았다.

"아아, 잘 모르겠습니다. 이런 일은 너무 생소해서요."

"우리 모두 그렇습니다."

"그래도 목사님은 교회 안에서 성장하지 않으셨습니까? 그러니 잘 아시겠지요."

"가장 중요한 핵심을 놓쳐 버렸는걸요."

"그 모임이 어떤 점에서 끌리는지 말씀드리죠. 전 성경 지식에 굶주려 있습니다. 친구도 필요하고요."

"저도 그래요. 이건 모험입니다. 결국 서로에게 상처를 주다 끝낼 수도 있어요."

"목사님이 하시겠다면 저도 기꺼이 하겠습니다. 앞에 나서는 일만 시키지 않으면요."

"좋습니다."

브루스 목사가 힘차게 손을 내밀었다. 레이포드는 목사의 손을 맞잡고 흔들었다. 두 사람의 얼굴에는 웃음기가 없었다. 레이포드는 비극과 필요에 의해서 피어난 어떤 관계가 이제 시작되었다고 생각했다. 잘 되기만을 바랄 뿐이었다. 마침내 레이포드가 집에 도착하자 클로이는 일이 어떻게 됐는지 하나도 빠짐없이 다 듣고 싶어 했다. 아버지가 들려준 얘기에 무척 놀라면서 클로이는 부끄럽지만 아직 테이프를 보지 않았다고 털어놓았다.

"아빠, 하지만 지금 볼 거예요. 애틀랜타에 가기 전에요. 아빤 정말로 여기에 푹 빠지셨군요. 그렇죠? 아, 이러니까 제가 꼭 확인하고 싶은 것처럼 들리네요. 막상 아무것도 안 하면서 말이죠."

20분쯤 후에 레이포드가 쉬려고 잠옷으로 갈아입고 가운 차림으로 있는데 클로이가 불렀다.

"아빠, 깜빡할 뻔했어요. 해티 더럼이란 분이 몇 번이나 전화했어요. 몹시 초조한 것 같던데요. 아빠랑 같이 일한다고 하던데."

"맞아. 다음 비행에 같이 가고 싶어 했는데 내가 피했거든. 아마 그걸 알게 돼서 이유를 물으려는 모양인가 보다."

"왜 피하셨는데요?"

"얘기가 길어. 나중에 얘기해 줄게."

레이포드가 전화기에 손을 뻗는데 갑자기 전화벨이 울렸다. 브루스 목사였다.

"확인한다는 걸 깜빡해서요. 핵심 모임의 일원이 되기로 동의하셨다면, 첫 번째 임무는 이제 미몽에서 깨어난 사람들과 아직 의심에 찬 사람들을 만나는 오늘 밤 모임에 참석해야 합니다."

"엄격한 감독이 될 작정이시군요?"

"참석하지 못한다고 해도 이해해요."

"브루스 목사님, 천국 다음으로 가장 가고 싶은 곳이 바로 거깁니다. 꼭 가도록 하지요. 이번 모임에는 클로이와 함께 갈 수 있을 것 같기도 해요."

"무슨 모임이에요?"

레이포드가 전화를 끊자 클로이가 물었다.

"잠깐만, 해티에게 전화해서 먼저 성난 물결부터 잠재워야겠다."

의외로 해티는 비행 일정에 대해 한마디도 하지 않았다.

"놀랄 만한 뉴스를 들었지 뭐예요. 우리 비행기에 탔던 〈글로벌 위클리〉지 기자 생각나세요? 컴퓨터를 기내 전화에 연결했던 사람 말이에요."

"어렴풋이 기억나는 것 같아."

"이름은 캐머런 윌리엄스인데 비행 이후로 저와 두 번 정도 통화했어요.

어젯밤에 뉴욕 공항에서 전화했는데 연락이 안 되더라고요."

"그런데?"

"영국에서 차량 폭발 사고로 살해당했다는 뉴스를 들었어요."

"그럴 리가!"

"정말이에요. 너무 이상하지 않아요? 가끔은 제가 이런 일을 얼마나 더 감당할 수 있을까 싶어요. 그 남자에 대해 아는 건 없지만 뉴스를 들었을 때 충격이 너무 커서 그대로 주저앉아 울어 버렸어요. 이런 일로 귀찮게 해서 죄송해요. 하지만 기장님도 그 남자를 기억하고 있을지도 모른다고 생각했거든요."

"괜찮아, 해티. 얼마나 놀랐을지 알 만해. 나도 이렇게 놀랐잖아. 사실 할 얘기가 많소."

"그래요?"

"곧 만날 수 있을까?"

"기장님 비행에 신청해 뒀어요. 아마 그게 잘 되면 곧 만나겠죠."

"그럴 수도 있겠지. 안 되면 우리 집에서 나와 클로이와 함께 저녁을 먹어도 좋고."

"그러면 좋죠, 레이포드. 정말 꼭 그러고 싶어요."

13

벅 윌리엄스는 케네디 공항 비상구 근처에 앉아 자신의 사망 기사를 읽고 있었다. 기사 제목은 '잡지사 기자 사망 추정'이었다.

> 시사 주간지 간부 중에 최연소 수석 기자인 캐머런 윌리엄스(30세)가 지난 토요일 런던의 한 주점 앞에서 의문의 차량 폭발 사고로 사망한 것으로 우려된다. 이 사고로 런던 경찰국 조사관 한 명도 목숨을 잃었다.
>
> 〈글로벌 위클리〉에서 5년간 근무한 윌리엄스 씨는 간부 기자로 합류하기 전에 〈보스턴 글로벌〉의 기자로 활약하면서 퓰리처 상을 받았다. 수석 기자로 고속 승진한 이후 삼십여 차례 이상 표지 기사를 쓰고 〈글로벌 위클리〉의 '올해의 뉴스메이커' 기사를 네 차례 담당했다.
>
> 윌리엄스는 14개월 전에 이스라엘 상공에서 러시아 공군이 격파된 사건을 자세히 다룬 기사로 권위 있는 어니스트 헤밍웨이 종군기자상을 수상하였다. 〈글로벌 위클리〉의 스티브 플랭크 편집국장에 따르면 잡지사 측은 '확실한 증거를 입수할 때까지' 윌리엄스의 사망 보도를 인정하지 않을 방침이라고 한다.
>
> 윌리엄스의 부친과 기혼인 형은 투손에 거주하고 있으며, 그곳에서 지난주 실종 사건 때 형수와 조카 둘을 잃은 것으로 알려졌다.
>
> 한편, 런던 경찰국은 이번 폭발 사건이 북아일랜드 테러리스트가 자행한 보복 행위로 추정된다고 발표했다. 하워드 설리번 경감은 희생

자인 부하 직원 앨런 톰킨스(29세)를 '함께 일하면서 가장 큰 힘이 되어 주었던 훌륭한 사나이며 유망하던 조사관 중의 한 명'이라고 평가했다.

윌리엄스와 톰킨스는 몇 년 전 영국 테러 기사 취재차 인터뷰를 한 계기로 친구가 되었다고 설리번 경감은 덧붙였다. 톰킨스의 런던 경찰국 차량에 폭발물이 터졌을 때 이들은 런던의 아미티지 주점에서 막 나오려던 참이었다.

톰킨스의 유해는 확인되었지만, 윌리엄스는 현장에서 신원을 증명하는 개인 물품만 발견되었다.

레이포드 스틸은 한 가지 계획을 짰다. 해티 더럼에게 끌렸던 사실과 그로 인해 얼마나 죄책감에 시달렸는지 클로이에게 솔직히 말하기로 결심했다. 클로이가 그 말을 들으면 충격까지는 안 받더라도 적어도 실망하리라는 점은 알고 있었다. 그의 믿음을 해티와도 공유하고 싶다는 새로운 열망에 대해서도 얘기할 작정이었다. 마음을 상하지 않게 하면서도 클로이에게 한 걸음 더 나아갈 수 있기를 바랐다. 클로이는 약속대로 전날 밤 회의론자들을 위한 교회 모임에도 함께 다녀왔다. 하지만 모임 중간에 먼저 나가 버렸다. 담임목사가 녹화해 놓은 비디오를 보겠다는 약속도 지켰다. 그러나 두 사람은 모임에 대해서도, 비디오에 대해서도 아직 아무런 논의도 하지 않은 상태였다.

일단 오헤어 공항에 도착하면 함께 있을 시간이 별로 없다. 차창 너머로 도로를 따라 죽 펼쳐진 파괴와 잔해의 모습에 입을 다물지 못하고 바라보던 레이포드는 이윽고 그 이야기를 꺼내기로 했다. 집에서 공항까지 가는 길에 화재로 내부가 다 타 버린 집을 열 채도 넘게 보았다. 조리대 위에 뭔가 올려놓은 채 가족이 모두 사라진 모양이었다.

"저게 하나님이 하신 일이라고 생각하세요?"

클로이가 불손한 태도로 물었다.

"그래."

"전 사랑과 질서의 하나님이라고 생각했는데요."

"나도 그렇게 믿는단다. 이건 하나님의 계획이야."

"이전에도 수많은 비극과 의미 없는 죽음이 있었어요."

"나도 그 모든 걸 이해하지는 못해. 하지만 어젯밤에 브루스가 말한 것처럼 우리는 타락한 세상에서 살고 있단다. 하나님은 지금까지 사탄에게 세상의 지배권을 아주 많이 허락하셨단다."

"맙소사! 제가 왜 도중에 나갔는지 궁금하지 않으세요?"

"질문과 답변이 너무 급소를 찌르는 것 같아서 그랬다고 생각했는데?"

"그럴 수도 있죠. 하지만 사탄과 타락과 죄 등등 그 모든 게……."

클로이는 말을 멈추고 고개를 흔들었다.

"얘야, 지금보다 더 많이 이해해야 한다고 다그치는 건 아니야. 하지만 난 내가 죄인이고 이 세상은 죄인으로 가득하다는 건 알고 있어."

"그리고 아빠 저도 죄인이라고 생각하시죠?"

"너도 '모든 사람' 안에 포함된다면 그렇지. 넌 자신이 죄인이 아니라고 생각하니?"

"알면서 고의로 죄를 짓진 않았어요."

"넌 한 번도 이기적이고 욕심을 부리고 질투하고 인색하거나 앙심을 품은 적이 없니?"

"그러지 않으려고 노력해요. 적어도 다른 사람한테 폐를 끼치지 않으려고 노력한다고요."

"그럼 너는 모든 사람이 죄인이며 의인은 어디에도 없고 '한 사람도 없다'는 성경말씀에서 너만은 예외라고 생각하니?"

"모르겠어요, 아빠. 그냥 잘 모르겠어요."

"물론 내가 뭘 염려하고 있는지는 알겠지."

"예, 알아요. 시간이 없다고 생각하시죠. 이런 낯설고 위험한 세상에서 너무 오랫동안 기다리다가는 어떻게 해야 할지 결정하지도 못한 채 결국 너무 늦어 버릴까 봐 걱정하시는 거죠."

"클로이, 내가 말해도 그렇게 잘하진 못하겠구나. 오직 네 생각만 하고 있다는 걸 알아주면 좋겠다. 다른 건 없어."

"아빠, 그 점은 너무 걱정하지 않으셔도 돼요."

"비디오는 어땠니? 말이 되는 것 같든?"

"일단 믿기로 결정하면 꽤 말이 돼요. 제 말은 그걸 출발점으로 시작해야 한다는 거예요. 그럼 그 모든 게 기가 막히게 들어맞거든요. 하지만 하나님과 성경과 죄와 천국과 지옥에 대해 확신하지 못하면, 무슨 일이 벌어진 건지, 왜 그런 건지 여전히 헤매게 되겠죠."

"그게 지금 네 상태니?"

"제 상태가 어떤지는 저도 잘 모르겠어요."

레이포드는 클로이에게 간청하고 싶은 마음을 애써 참았다. 애틀랜타에서 점심을 먹으면서 여유가 생기면 슬슬 해티 얘기를 해 볼 생각이었다. 비행기는 도착 직후 45분 만에 오헤어로 귀항하도록 되어 있었다. 레이포드는 혹시 연착하게 해 달라고 기도해도 되는지 궁금해졌다.

"모자 멋진데."

케네디 공항으로 서둘러 달려온 스티브 플랭크가 벅의 어깨를 두드리며 말했다.

"그런데 이게 뭐야? 이틀간 수염도 안 깎은 거야?"

"원래 변장엔 재능이 별로 없어서요."

벅이 대답했다.

"자넨 숨어 다닐 정도로 유명하진 않다고. 당분간은 자네 아파트에 가지 않는 게 좋지?"

"예, 아마 국장님 아파트도요. 미행당하지 않은 거 확실해요?"

"피해망상에 걸린 거 아냐, 벅?"

"그럴 만하죠."

택시에 올라타면서 벅이 말했다.

"센트럴 파크요."

택시기사에게 행선지를 알린 뒤 벅은 스티브에게 처음부터 끝까지 모두 이야기했다.

잠시 후 공원을 거닐면서 플랭크가 물었다.

"왜 카르파티아가 자네를 도울 수 있다고 생각하지? 런던 경찰국과 증권거래소가 배후에 있다면, 그리고 카르파티아가 토드코트란과 스토나갈과 관련되어 있다고 생각한다면 자넨 카르파티아에게 자신의 후원자들을 거역하라고 부탁하는 꼴이 될 수도 있는 거야."

두 사람은 따가운 봄볕을 피해 다리 아래를 거닐었다. 벅의 음성이 자갈벽 저편으로 울려 퍼졌다.

"카르파티아가 요 전날 런던에서 스토나갈과 토드코트란을 만났다고 해도 놀랍지 않습니다. 하지만 지금은 그를 하수인 정도라고 생각하고 믿을 수밖에 없어요."

스티브가 벤치를 가리켰고 둘은 함께 자리에 앉았다.

"사실 오늘 아침, 카르파티아와 기자들이 회견하는 자리에 가서 그를 만났네. 내가 할 수 있는 말은 자네 판단이 옳기를 바란다는 것뿐이야."

"로젠츠바이크 박사는 그 사람이 아주 인상 깊었던 모양이에요. 박사처럼 통찰력이 뛰어난 노학자가 말입니다."

벅의 말에 스티브도 인정했다.

"사실 무척 인상적이더군. 젊은 날의 로버트 레드포드처럼 잘생겼어. 오늘 아침엔 9개 외국어를 하더라고. 자신의 모국어인 것처럼 아주 유창하게 말이야. 언론은 온통 그에게 관심이 쏠려 있어."

"국장님은 언론과 상관없는 사람처럼 말씀하시네요."

벅의 말에 스티브가 어깨를 으쓱했다.

"나 자신의 논지를 충분히 입증하려는 거지. 늘 의심을 많이 하라고 배웠거든. 〈피플〉 지나 타블로이드 신문이 유명 인사를 뒤쫓게 내버려 두라고 배웠지. 하지만 이 친구는 유능하고 비상한데다 뭔가 할 말이 있는 친구야. 난 그가 맘에 들어. 그러니까 내 말은 기자들과 회견하는 자리에서 잠깐 봤을 뿐이지만 그에겐 분명 뭔가 계획이 있어 보이더군. 자네도 맘에 들 거야. 그리고 자넨 나보다 더 의심이 많은 사람이 아닌가. 게다가 자네와 만나고 싶다더군."

"그 얘기 좀더 해 봐요."

"말했잖아. 카르파티아 곁에는 쓸 만한 사람이 거의 없어. 예외가 한 명 있긴 하지만."

"로젠츠바이크."

"맞아."

"로젠츠바이크와는 어떤 사이래요?"

"아직 아무도 확실히 몰라. 어쨌든 카르파티아는 기술, 정치, 재정 등 모든 면에서 앞서 갈 수 있도록 도와줄 전문가와 고문을 자기편으로 끌어들이고 있어. 그리고 벅, 자네도 알겠지만 나이도 자네보다 그리 많지 않다네. 오늘 아침에 들어보니 서른세 살이라고 하는 것 같았어."

"그런데 9개 외국어를 해요?"

플랭크가 고개를 끄덕였다.

"어떤 언어인지 기억나세요?"

"그건 왜 물어?"

"그냥 생각할 게 좀 있어서요."

스티브는 양복 주머니에서 기자 수첩을 꺼냈다.

"알파벳 순서로 얘기해야 하는 건 아니지?"

"그럼요."

"아랍 어, 중국어, 영어, 독일어, 프랑스 어, 헝가리 어, 루마니아 어, 러시아 어, 스페인 어."

"한 번만 더요."

뭔가 골똘히 생각하며 벅이 부탁하자, 스티브가 다시 한 번 불러 주었다.

"마음에 걸리는 게 뭔데 그래?"

"그 친구 정말 완벽한 정치가네요."

"날 믿으라고, 속임수가 아니었어. 9개 외국어에 능통하고 유창하던데."

"정말로 이게 어떤 언어들인지 모르겠어요, 국장님? 한번 생각해 봐요."

"얼른 말해 봐."

"여섯 개는 유엔 언어잖아요. 나머지 세 개는 자기 나라 공용어고요."

"그럴 리가!"

벅이 고개를 끄덕였다.

"그러니 곧 그를 만나러 가야겠지요?"

애틀랜타행 비행은 복잡하고 분주했다. 레이포드는 급변하는 대기 흐름 때문에 계속 고도를 바꿔야 했다. 부조종사가 조종실에 있고 비행기를 자동 조종에 맞춰 놓은 아주 잠깐 동안만 클로이를 볼 수 있었다. 레이포드는 총총걸음으로 통로를 오갔지만 얘기할 시간은 얻지 못했다.

애틀랜타에서 레이포드의 소망이 이뤄졌다. 다른 747기가 오후 중반에 시카고로 다시 날아가야 하는데, 한 명 남은 다른 조종사가 그보다 일찍 돌아가야 했다. 시카고 공항은 애틀랜타 공항과 조정하여 두 조종사간의 임무를 교체해 주고 클로이 좌석도 마련해 주었다. 그 바람에 레이포드와 클로이는 두 시간 이상이나 점심시간을 얻을 수 있었다. 그 정도면 공항을 나갔다 오기에 충분한 시간이었다.

택시 운전사는 목소리가 예쁜 젊은 여성이었는데 '정말 믿을 수 없는 광경'을 보고 싶은지 물었다.

"길에서 벗어나지만 않는다면 보고 싶군요."

"목적지에서 두 블록밖에 차이 나지 않아요."

운전사는 솜씨 좋게 몇 차례 우회하고 거대한 공사 차량 사이로 요리조리 빠져나가더니 경찰이 교통정리를 하고 있는 거리를 두 차례나 통과하였다.

"저쪽이에요."

운전사는 손가락으로 가리켜 보였다. 그런 뒤 가장자리가 1미터 높이인 콘크리트 블록으로 둘러싸인 모래 주차장 안에 차를 세웠다.

"길 건너편 차고 보이세요?"

"세상에!"

클로이는 놀라 입을 다물지 못했다.

"이상하지 않아요?"

운전사는 격앙된 목소리로 두 사람을 향해 물었다.

"무슨 일이 벌어진 겁니까?"

레이포드도 놀라 물었다.

"실종 사건 이후로 계속 저러고 있어요."

그들은 길 건너편의 6층짜리 차고를 자세히 바라보았다. 사방에서 서로 들이받은 것처럼 보이는 차들이 교차점마다 빽빽이 몰려 있었다.

"그날 밤늦게까지 야구 시합이 있었어요. 경찰 말로는 어쨌든 상황이 안 좋았데요. 길게 줄 서서 기다리고 있는데 교대로 양보하지 않고 서로 먼저 빠져나가려고만 했나 봐요. 어떤 상황인지 짐작이 되시죠?"

"예."

"바로 그때 휙 사라진 거죠. 사람들 말로는 운전사가 없어진 차가 3분의 1이더래요. 그 바람에 저렇게 된 거죠. 앞에 공간이 있던 차는 계속 달려서 다른 차를 박거나 벽에 부딪쳤고, 공간이 없던 차는 앞차에 부딪쳐 앞바퀴가 번쩍 들렸지요. 남은 사람들은 어느 쪽으로도 갈 수가 없었어요. 너무 엉망진창이라 사람들은 차를 버리고 다른 차 위로 기어올라 도움을 요청하러 밖으로 나갔지요. 새벽이 되어서야 견인차로 차를 끌어내기 시작했어요. 그 다음에는 정오까지 기중기로 차를 끌어냈고요. 그런데 그날 이후로 지금까지 내내 저러고 있어요."

레이포드와 클로이는 그 장면을 지켜보면서 고개를 설레설레 흔들었다. 보통은 신축 건물의 들보를 끌어올리는 데 사용하는 기중기가 자동차 둘레에 굵은 밧줄을 칭칭 감은 다음 힘껏 잡아당기고 질질 끌면서 콘크리트 건물의 트인 부분을 통해 치우고 있었다. 보아하니 앞으로도 며칠은 더 걸릴 것 같았다.

"기사님은요? 혹시 누구를 잃으셨습니까?"

레이포드가 운전사에게 물었다.

“예, 엄마와 할머니 그리고 어린 여동생 두 명이 사라졌어요. 하지만 어디에 있는지 알아요. 엄마가 늘 말씀하셨던 것처럼 천국에 있어요.”

“저도 그렇게 믿습니다. 제 아내와 아들도 떠났습니다.”

“선생님은 이제 구원받으셨나요?”

운전사는 궁금하다는 표정으로 물었다.

레이포드는 그녀의 솔직함에 깜짝 놀랐지만 무슨 뜻인지는 정확히 알고 있었다.

“그렇습니다.”

“저도 그래요. 이젠 눈이 멀지 않고서야 그 빛을 못 볼 리가 없지요.”

레이포드는 클로이를 살짝 쳐다보고 싶었지만 일부러 그렇게 하지 않았다. 레스토랑에 도착하자 젊은 기사에게 팁을 넉넉히 주고 내렸다. 점심을 먹으면서 그는 해티와 있었던 일을 있는 그대로 딸에게 털어놓았다.

클로이는 한참 동안 아무 말이 없었다. 그리고 마침내 가냘픈 목소리로 물었다.

“그러니까 실제로 행동에 옮긴 적은 없다는 말씀이죠?”

“감사하게도 그렇단다. 아마 그랬다면 나 자신을 용서할 수 없었을 거야.”

“그랬으면 엄마 마음도 산산조각이 났겠죠. 그건 확실해요.”

레이포드는 비참하게 고개를 끄덕였다.

“가끔은 네 엄마에게 성실하지 못했던 것 같아 마음이 무겁단다. 하지만 내가 그런 건 네 엄마가 너무 신앙에만 빠져 있기 때문이라고 정당화했었지.”

“저도 알아요. 그래도 좀 우습네요. 전 그 때문에 오히려 학교에서 더 착실하게 지냈거든요. 솔직히 멀리 떨어져 있는 동안 엄마가 알면 실망할 만한 말과 행동을 하긴 했어요. 묻진 마세요. 하지만 엄마가 얼마나 신실하고 독실한지 알기 때문에, 그리고 엄마가 제게 거는 희망과 기대가 얼마나 큰지 알기 때문에 정말 어리석은 짓은 피할 수 있었지요. 엄마가 저를 위해 기도하는 걸 알고 있었으니까요. 편지를 쓸 때마다 얘기해 줬거든요."

"엄마가 마지막 때에 대해서도 얘기해 주셨니, 클로이?"

"그럼요. 매번 그러셨죠."

"그런데 넌 아직 믿지는 않고?"

"아빠, 저도 그러고 싶어요. 정말이에요. 하지만 저는 저 자신에게 논리적으로 설명해야만 해요."

레이포드가 할 수 있는 일이라곤 가만히 있는 게 전부였다. 나도 저 나이 때 저렇게 까다로웠던가? 물론 그랬었지. 최근까지도 모든 걸 짜증나는 지적 잣대에 맞추곤 했으니까. 기적이 그의 학구적인 가면을 산산조각으로 부수기 전까지만 해도 말이다. 하지만 택시기사 말대로 이제 그 빛을 보지 않으려면 눈이라도 멀어야 할 판이었다. 아무리 자신이 많이 배웠다고 생각해도 말이다.

"이번 주에 해티를 저녁에 초대할 거란다."

그 말을 듣는 순간 클로이가 눈을 가늘게 떴다.

"뭐죠, 이젠 혼자라서 괜찮다는 건가요?"

레이포드는 자신의 반응에 깜짝 놀라 몸이 돌처럼 굳어졌다. 여태 한 번도 그런 적이 없었는데, 하마터면 딸을 한 대 후려칠 뻔한 걸 겨우 참았던 것이다. 그는 이를 갈며 내뱉었다.

"어떻게 그런 말을 할 수 있지? 내가 너한테 다 털어놓은 마당에, 정말 낯이 뜨겁구나."

"아빠가 그 해티 더럼이란 여자와 바랐던 게 바로 그거잖아요. 그 여자가 무슨 일이 벌어지고 있는지 몰랐다고 생각하세요? 이걸 어떻게 받아들일 거라고 생각하신 거예요? 그 여자는 이젠 요란스럽게 쳐들어올지도 모른다고요."

"내 의도가 뭔지 분명히 밝힐 거야. 아주 고결한 의도지. 예전과는 비교할 수 없을 정도로 고결해."

"그러니까 이제 관심에서 설교로 옮기시겠다는 말씀이군요."

레이포드는 따지고 싶었지만 참았다.

"이제 한 명의 인격체로 해티에게 관심 있는 거야. 그녀가 진리를 깨닫고 그 진리에 따라 행동했으면 하는 거라고."

"그러지 않으면 어쩌실 건데요?"

"그건 해티의 선택이지. 나는 그저 내 역할만 할 뿐이야."

"저에 대해서도 그렇게 느끼시나요? 만약 아빠가 원하는 대로 행동하지 않으면 자신의 역할을 다했다고 그냥 만족해하실 건가요?"

"그래야겠지. 하지만 해티보다 너에게 훨씬 관심이 많은 건 분명해."

"모든 걸 걸고 그 여자를 쫓아다니기 전에 그 점도 생각해 보셨어야죠."

레이포드는 또다시 마음이 상했다. 하지만 스스로 자초한 일이고 이런 대접을 받아 마땅하다고 느꼈다.

"그래서 행동으로 옮기지 못한 거겠지. 이런 일에 대해 생각해 본 적은 없니?"

"전부 처음 듣는 얘기인걸요. 아빠가 아내와 자식들을 생각해서 자제하셨기를 바라요."

"하마터면 그러지 못할 뻔했지."

"그래서 드리는 말씀인데요, 그런 전략을 썼다가 해티가 아빠를 더 좋아하게 되면 어쩌시려고요? 아빠가 해티한테 더 끌리지 말란 법도 없잖아요? 이제 아빤 결혼한 상태도 아니잖아요. 엄마가 천국에 있다고 확신하신다면 말이죠."

레이포드는 후식을 주문하고 냅킨을 테이블 위에 놓았다.

"고지식하다고 생각하겠지만, 네 엄마가 천국에 있다고 해도 그건 갑작스러운 죽음으로 엄마를 잃은 거나 다름없단다. 마지막으로 마음에 걸리는 건 다른 여자란다. 물론 해티는 아니야. 해티는 너무 어리고 미숙하단다. 지금은 마음이 끌렸던 나 자신이 너무 역겹기만 해. 해티에게 솔직해지고, 그녀의 말을 듣고 싶어. 이 모든 게 그저 나만의 생각인지 아닌지를 알아 두면 유익할 것 같구나."

"그러니까 앞으로 참고하겠다는 뜻인가요?"

"클로이, 사랑하지만 지금 넌 너무 짓궂게 구는구나!"

"저도 알아요. 죄송해요. 이럴 필요까지는 없는데. 하지만 이건 진지하게 묻는 건데요, 해티가 진실을 말할지 어떻게 알죠? 예전에는 순수하지 못한 이유로 관심이 있었는데 이제는 더 이상 관심이 없다는 말을 듣는다면, 해티가 뭣 때문에 그 관계를 인정하겠어요?"

그 말에 레이포드는 어깨를 움츠렸다.

"네가 옳을지도 몰라. 하지만 해티가 내게 솔직하지 않는다 해도 난 해티에게 솔직해야 해. 그만큼 빚을 지고 있는 거니까. 그녀에게 지금 필요하다고 생각하는 걸 말할 때 진지하게 들어주길 바라거든."

"잘 모르겠어요, 아빠. 제 생각엔 해티를 하나님 쪽으로 이끌기에는 조금 이른 게 아닌가 싶어요."

"도대체 뭐가 빠르다는 거니, 클로이? 그 어떤 것도 장담할 수 없어. 이제 더 이상 그 어떤 것도."

스티브는 양복 주머니에서 두 개의 기자증을 꺼냈다. 이 기자증이 있어야 그날 오후 유엔 총회에서 있을 니콜라에 카르파티아의 연설에 참석할 수 있었다. 벅의 기자증에는 조지 오레스코비치의 이름이 찍혀 있었다.

"어때, 이만하면 내 솜씨도 괜찮은 편이지?"

"대단한데요. 시간이 얼마나 남았죠?"

"한 시간 조금 넘게 남았군. 그리고 말했다시피 카르파티아가 자넬 만나고 싶어 해."

스티브는 택시를 부르려고 일어나면서 다시 한 번 강조했다.

"신문에서 봤겠죠. 안 그래요? 내가 죽었다고 생각할걸요."

"아마 그렇겠지. 하지만 오늘 아침에 만났으니 날 기억할 테고, 그럼 조지 오레스코비치와 인터뷰해도 전설적인 캐머런 윌리엄스와 하는 것만큼 좋을 거라고 이해시킬 수 있을 거야."

"하지만 카르파티아가 내가 아는 여타 정치인들과 별다른 점이 없는 인물이라면, 자신의 이미지가 걸려 있으니까 유명한 기자를 고집할 텐데요.

좋든 싫든 제가 바로 그런 기자고요. 무명 기자와 인터뷰하라고 어떻게 설득할 생각인데요?"

"나도 모르겠어. 안 되면 그냥 그게 자네라고 털어놔야지. 그리고 자네가 카르파티아를 인터뷰하는 동안, 난 사망 기사가 오보이고 지금 자네가 카르파티아와 표지 기사 인터뷰를 하고 있다고 발표하는 거야."

"표지 기사요? 비전략 국가 출신의 하급관리라고 부르시더니 많이 발전했네요."

"벅, 나는 기자들과 회견하는 장소에 있었고, 직접 그를 만나 봤단 말이야. 그리고 난 적어도 경쟁사를 가늠할 줄은 알아. 만약 우리가 그를 대서특필하지 않는다면 전국에서 유일하게 우리 잡지만 웃음거리가 될 거야."

"말했다시피 그가 전형적인 정치가라면……."

"벅, 그런 생각은 머릿속에서 싹 지워 버려. 머지않아 여태껏 만난 전형적인 정치가들과는 가장 거리가 먼 인물이란 걸 알게 될 테니. 자네에게 독점 인터뷰를 얻어다 준 내게 감사하게 될 거라고."

"빛나는 제 이름 덕분에 그가 제안한 것이라고 생각했는데요."

벅이 웃으며 말했다.

"그래서? 하지만 내가 거절할 수도 있었다고!"

"예, 그리고 미국을 방문한 가장 흥미로운 새 인물을 보도하는 데 실패한 전국 유일의 잡지사 편집국장이 되실 수도 있었겠죠."

유엔 건물로 가는 차 안에서 스티브가 말했다.

"날 믿게나, 벅. 이 일은 며칠간 우리가 쓰고 읽은 파멸과 암흑의 기사에서 벗어나는 기분 좋은 변화가 될 걸세."

두 사람은 기자증을 내밀고 안으로 들어갔다. 하지만 벅은 사람들이 모두 총회 자리에 앉을 때까지 동료와 경쟁자의 눈을 피해 뒤에서 주춤거리고 있었다. 스티브가 뒤편에 벅의 자리를 맡아 두었으니 마지막 순간에 슬그머니 가서 앉으면 남의 이목을 끌지 않을 것이다. 그동안 스티브는 회사에 벅이 다시 나타났음을 휴대 전화로 알려 하루가 끝나 갈 무렵 기사화하기로 되어 있었다.

회의장에 들어서는 카르파티아는 품위가 있어 보이면서도 어쩐지 불길해 보였다. 곁에는 하임 로젠츠바이크와 프랑스 정부에서 파견한 금융계의 귀재를 포함하여 여섯 명의 수행원이 따르고 있었다. 카르파티아는 키가 186센티미터 정도에 어깨와 가슴은 딱 벌어지고 날렵한 몸매에 햇볕에 그을린 피부 그리고 금발 머리였다. 숱 많은 머리칼은 귀와 짧은 구레나룻, 목둘레에 깔끔하게 손질되어 있었다. 그리고 가는 남색 세로 줄무늬 양복과 그에 맞는 넥타이가 절묘하게 어울리는 수수하면서도 세련된 차림을 하고 있었다.

멀리서 보았는데도 그 사내는 유머와 목적의식이 있어 보였다. 그의 존재가 회의장을 압도했지만 자아도취에 빠져 있다거나 자신에게 정신이 팔려 있는 것 같아 보이지도 않았다. 화려한 장신구를 걸치지도 않았다. 턱은 강인하고 콧날은 오뚝했으며 날카롭고 푸른 눈은 짙은 눈썹 아래 깊숙이 자리 잡고 있었다.

벅은 카르파티아가 수첩을 들지 않아서 내심 놀랐다. 아마 상의 주머니에 연설문이 들어 있든지 수행원이 가지고 있을 것이라고 추측했다. 하지만 벅의 예상은 둘 다 빗나갔다.

보츠와나 출신의 무안가티 응구모 사무총장은 총회에서 특별히 루마니아 새 대통령의 연설을 들을 기회를 얻게 되었다며 연사에 대한 정식 소개는 존경하는 하임 로젠츠바이크 박사가 한다고 알려 주었다. 로젠츠바이크 박사에 대해서는 모두 잘 알고 있었기 때문이다.

로젠츠바이크는 노인답지 않게 활기찬 모습으로 성큼성큼 연단에 올랐다. 처음에 박사는 카르파티아보다 더 열정적인 반응을 이끌어 냈다. 유명한 이스라엘의 정치 지도자이자 학자인 그는 다음과 같이 간단히 말했다.

“제가 그동안 만난 분들만큼이나 존경하고 감탄한 이 훌륭하고 위엄에 찬 젊은이를 소개할 수 있게 되어 정말 기쁩니다. 여러분, 루마니아의 니콜라에 카르파티아 대통령 각하를 환영해 주십시오.”

카르파티아는 일어나 회중을 향해 몸을 돌리고 겸손하게 인사한 뒤 로젠츠바이크 박사와 정감어린 악수를 했다. 품위 있는 자세로 연단 옆에서 가만히 기다리다가 박사가 자리에 앉은 다음에야 연단 앞에 서서 느긋하게 미소를 지은 뒤 즉석 연설을 하기 시작하였다. 그는 연설문을 사용하지 않았을 뿐만 아니라 한순간도 머뭇거리거나 부정확하게 말하거나 청중에게서 시선을 뗀 적도 없었다.

그는 진지하고도 열정적인 모습으로 계속 연설했다. 자주 미소를 짓고 가끔은 적절한 유머도 섞으며 말을 이어나갔다. 전 세계에서 수백만 명의 사람들이 실종된 사건이 일어난 지 채 일주일도 지나지 않았으며 그 중에 '바로 이 자리에' 계셔야 할 분도 많이 포함되어 있다고 공손하게 말했다. 카르파티아는 주로 영어로 말했다. 루마니아 억양이 아주 조금 느껴지긴 했지만 완벽한 영어였다. 약어는 전혀 사용하지 않았고 모든 단어의 음절을 하나하나 똑똑히 발음했다. 그리고 다시 한 번 9개 외국어로 유창하게 말했는데, 그때마다 영어로 통역해서 다시 말했다.

그 다음부터는 벅이 여태껏 본 것 중에 가장 감동적인 장면이 펼쳐졌다. 카르파티아는 많은 국가가 목표로 삼는 이 역사적인 장소에 오게 되어 정말 감동적이고 겸허해진다는 말로 본격적인 연설을 시작했다.

"전 세계 곳곳에서 수많은 나라가 차례차례 길을 나서서 떠오르는 태양의 열기에 얼굴을 드러낸 채 마치 성지를 향하는 이들처럼 신성한 순례 여행을 떠나왔습니다. 그리고 바로 이곳에 이르러 더는 전쟁과 유혈의 광기는 용납하지 않겠다는 단호하고도 바위처럼 굳은 언약을 통해 평화를 주장하였습니다. 이 국가들은 강대국이나 약소국 모두 전도유망한 젊은이들이 목숨을 잃고 불구가 되는 일을 수없이 겪었습니다. 우리 선조는 제가 태어나기 훨씬 전에 전 세계에 걸쳐 이 문제를 고민해 왔습니다. 1944년, 국제통화 기금과 세계은행이 설립되던 해에 훌륭한 주최국인 미합중국은 이 기구의 출범을 제안하기 위해 그 유명한 덤버턴오크스 회의에서 영연방과 소비에트 사회주의 공화국 연방을 만났습니다."

카르파티아는 역사에 대한 이해와 날짜와 장소에 대해 사진처럼 정확한 기억력을 발휘하면서 일사천리로 연설을 이어갔다.

"1945년 10월 24일에 공식 출범하고 1946년 1월 10일에 런던에서 첫 총회를 연 이래로 오늘에 이르기까지, 많은 종족과 국가가 평화와 형제애와 세계 공동체에 전심전력의 헌신을 맹세하고자 한자리에 모였습니다."

그리고 거의 속삭이듯 말했다.

"멀고 가까운 땅에서 이곳으로 모였습니다. 아프가니스탄에서 알바니아, 알제리……."

계속해서 유엔 각 회원국의 이름을 주의 깊게 발음하면서 그의 음성은 극적으로 오르내렸다. 벅은 카르파티아의 음성에서 그의 열정과 이들 국가에 대한 애정과 유엔의 숭고한 목표를 느낄 수 있었다. 나라 이름을 단조롭지도, 조급하지도 않게 하나하나 열거하며 카르파티아는 감동이 벅차오르는 게 분명했다.

그가 나라 이름을 열거해 나가기 시작하자 각국 대표들은 이름이 불릴 때마다 위풍당당하게 일어나 꼿꼿한 자세로 서 있었다. 마치 여러 국가 앞에서 다시 한 번 평화에 찬성하는 뜻을 밝히는 것처럼 보였다. 카르파티아는 대표들이 일어설 때마다 일일이 미소를 지으며 고개를 끄덕였고, 거의 모든 국가의 대표가 일어섰다. 온 인류가 전 지구적 충격 때문에 모두 해답을 찾아, 도움을 찾아, 격려를 찾아 모였다. 그리고 이제 다시 한 번 평화를 주장하는 기회를 부여받은 셈이었다.

벅은 몹시 피곤하고, 이틀간 옷도 갈아입지 못해 찜찜했다. 하지만 이런 걱정은 카르파티아의 연설이 진행되면서 저 멀리 사라져 버렸다. 카르파티아가 알파벳순으로 국가 이름을 읊다가 'S' 순서에 접어들자 새로운 국가가 언급될 때마다 이미 일어나 있던 사람들 사이에서 조용히 박수가 흘러나오기 시작했다. 지구촌으로의 복귀를 환영하는 존경과 찬탄을 보여 주는 실로 장엄하고도 강렬한 인상을 남길 만한 장면이었다. 박수 소리는 카르파티아의 말을 들을 수 없을 정도로 크지는 않았지만 진심에서 우러나온 박수라서 벅은 가슴이 벅차면서도 목이 꽉 메었다. 그때 뭔가 기묘한 점을 발견했다. 각국의 기자들도 대사와 대표단과 함께 일어서 있는 것이었다. 세계 언론의 객관성조차도 일시적으로 사라진 순간이었다. 이전에는 감성적 애국주의나 과잉 애국주의 혹은 경건주의로 치부할 만한 일인데도 말이다.

벅은 자신도 얼른 일어나고 싶어 안달하고 있다는 사실을 깨달았다. 벅의 나라는 알파벳 끝부분에 나오는 게 안타까웠지만 내면에서는 자부심과 기대감이 솟구치고 있었다. 계속해서 국가 이름이 호명되고 해당 국가의 참석자들이 자랑스럽게 일어나자 사람들의 수가 증가하는 만큼 박수 소리도 커졌다. 거의 끝에 다다르게 되었다. 새로운 국가 이름을 지명할 때마다 카르파티아의 목소리가 점점 더 격정적이고 강렬해졌다.

사람들이 일어서고 박수 치고 있는 중에 카르파티아는 계속 소리쳤다.

"소말리아! 사우스아프리카! 스리랑카! 수단! 수리남! 스와질란드! 스웨덴! 시리아!"

나라 이름을 읊기 시작한 지 5분이 넘었지만 카르파티아는 조금도 박자를 놓치지 않았다. 한번도 머뭇거리거나 더듬지도 않았고 한 음절도 잘못 발음한 적이 없었다. 카르파티아가 'T'를 다 훑고 다음으로 접어들자 벅은 의자 끝에 바짝 나와 걸터앉았다.

"우간다! 우크라이나! 아랍에미리트연방! 영국! 미국!"

벅은 후다닥 일어섰다. 오른편에 앉았던 스티브도 십여 명의 다른 기자들과 함께 벌떡 일어섰다.

전 세계에 걸쳐 사랑하는 이들이 실종되면서 무슨 일인가 벌어졌다. 언론계도 절대 예전과 같지 않을지도 모른다. 물론 회의론자들과 객관성을 숭배하는 사람들도 있을 것이다. 하지만 그동안 형제애는 어땠었나? 서로에 대한 신뢰는 다 어찌되었던가? 사람들과 국가들 간의 형제 관계는 또 어찌되었던가?

이제 그 모든 게 돌아왔다. 그리고 언론이 새로운 정치 스타를 위한 홍보기관이 될지도 모른다는 점을 아무도 예상하지 못한 가운데 카르파티아는 이날 오후 언론인들을 모두 자기편으로 만든 게 분명했다. 거의 200개에 달하는 국가 이름을 읊던 마지막 무렵에 이르자 젊은 니콜라에의 음조는 간절하고 열기에 가득 차 있었다. 그동안 서로 연합하기를 갈망해 온 모든 나라의 이름을 열정과 박력을 갖고 단순히 호명하는 것만으로도 카르파티아는 언론인과 대표들을 포함하여 군중이 일어나 목청껏 소리치고 손뼉을 치게 만들었다. 냉소적인 스티브 플랭크와 벅 윌리엄스조차도 손뼉을 치면서 환호했다. 자신들이 지금 지켜야 할 객관성을 완전히 상실하고 있다는 점에 전혀 당황하지도 않으면서 말이다.

그리고 그게 끝이 아니었다. 니콜라에 카르파티아의 군함은 항해를 멈추지 않았다. 이어서 30분이 조금 넘는 연설을 통해 그는 마치 자신이 창설하고 확장하기라도 한 것처럼 유엔에 대한 깊이 있는 지식을 드러냈다. 유엔 방문은 제쳐 놓더라도 미국 땅을 밟아 본 적도 없는 사람치고는 유엔의 내부 활동에 대한 이해가 놀랄 만한 수준이었다.

연설하는 동안에 카르파티아는 노르웨이 출신의 초대 사무총장 트뤼그베 리부터 현재의 무안가티 응구모까지 모든 사무총장의 이름을 거침없이 인용하였고 그 임기와 취임, 퇴임 연도뿐만 아니라 구체적인 날짜와 요일까지 언급하였다. 또한 유엔의 6개 주요 기구의 기능과 회원국, 현재 씨름하고 있는 특정 문제들에 대한 지식과 이해를 나열했다.

그런 뒤 18개 각종 유엔 기구를 하나씩 짚어 가면서 현 총재와 본부가 위치한 도시들을 언급해 나갔다. 실로 놀랄 만한 지식이었다. 어느 순간부터 이 사람이 본국에서 급부상했다는 사실이, 전임 지도자가 그 자리를 양보했다는 사실이 전혀 놀랍지 않았다. 뉴욕이 그를 기꺼이 받아들인 점도 하나도 놀랍지 않았다.

벅은 이 연설이 끝나고 나면 미국 전체가 니콜라에 카르파티아를 받아들일 거라는 생각이 들었다. 그 다음에는 온 세계가…….

14

레이포드의 비행기는 월요일 늦은 오후 퇴근 시간대에 시카고에 도착했다. 레이포드와 클로이는 차가 있는 주차장에 이르러서야 다시 대화를 시작할 수 있었다.

"생각나시죠? 제가 아빠 차를 몰고 집에 가기로 했잖아요."

"그게 그렇게 중요하니?"

"꼭 그런 건 아니지만, 그냥 그러고 싶어서요. 그래도 되죠?"

"물론이지. 차에서 전화기만 꺼낼게. 해티가 언제 우리와 저녁을 먹을 수 있는지 알고 싶거든. 너도 괜찮은 거지?"

"저보고 요리나 집안일을 하라고 하시지만 않으면요."

"그럴 생각은 추호도 없다. 해티는 중국 음식을 좋아하니까 주문하자."

"해티는 중국 음식을 좋아하니까? 그 여자랑 무척 친한가 보네요. 아니에요?"

레이포드는 고개를 저었다.

"그런 게 아니야. 어쩌면 해티를 필요 이상으로 많이 아는 걸 수도 있겠지. 하지만 승무원 열두 명의 음식 기호 정도는 알고 있단다. 그런 거 말고는 거의 몰라."

레이포드는 BMW에서 전화기를 꺼낸 뒤 시동을 걸어 계기판을 확인했다.

"차를 제대로 골랐구나. 연료가 거의 차 있는걸. 나보다 먼저 집에 도착하겠다. 엄마 차는 기름이 다 떨어졌는데 말이야. 가서 잠깐 혼자 있어도 괜찮겠니? 밖에 나온 김에 식료품 좀 사 갈까 하는데."

클로이가 머뭇거렸다.

"혼자 있으면 좀 섬뜩한데……."

"아빠 역시 그렇긴 해. 그래도 익숙해져야지."

그러자 클로이가 재빨리 말했다.

"아빠 말이 맞아요. 엄마와 동생은 떠났죠. 그리고 전 유령 따윈 믿지 않으니까 괜찮을 거예요. 그래도 너무 늦진 마세요."

니콜라에 카르파티아 루마니아 대통령의 유엔 연설이 끝난 뒤 이어진 기자회견에서, 벅은 곧 자신이 관심의 초점이 되고 있음을 깨달았다. 누군가 벅을 알아보더니 그가 살아 있다는 사실에 놀라고 기뻐했다. 벅은 사람들을 진정시키려고 애쓰면서 모두 오해였다고 말했다. 하지만 흥분은 가라앉을 줄 몰랐고, 하임 로젠츠바이크도 벅을 보더니 급히 다가와 양손으로 그의 손을 감싸고 격렬히 흔들면서 말했다.

"아니, 이렇게 건강하게 살아 있는 모습을 보니 반갑네. 자네가 죽었다는 끔찍한 소식을 듣고 얼마나 놀랐는지 모르네. 카르파티아 대통령도 그 소식을 듣고 무척 상심했어. 꼭 한번 만나고 싶어 했고 독점 인터뷰에도 동의했었으니까 말이야."

"그 인터뷰, 지금도 가능합니까?"

경쟁자들의 야유와 휘파람 소리에 아랑곳하지 않고 벅이 말했다.

"특종을 위해서라면 뭐든지 하겠지. 설령 죽는다 해도 말이야."

누군가 이죽거리는 소리가 들렸다.

"오늘 밤 늦게나 시간이 날 것 같은데."

로젠츠바이크는 방을 가득 메운 텔레비전 카메라와 조명, 마이크와 기자단을 손으로 한 바퀴 쭉 가리켜 보였다.

"낮에는 일정이 꽉 찼고, 저녁에는 일찍부터 〈피플〉 지 사진 촬영이 잡혔네. 아마 그 다음은 괜찮을지도 모르겠는데, 한번 얘기해 보겠네."

"그와는 어떤 관계이십니까?"

벅의 질문에 로젠츠바이크는 손가락을 입술에 대고 아무 말 말라는 신호를 보냈다. 그러고 나서 사람들을 헤치고 제자리로 돌아가 기자회견 시작에 맞춰 카르파티아 옆자리에 가 앉았다.

젊은 루마니아 인은 질문에 답변하기 전에 먼저 연설로 기자회견을 시작했다. 가까이에서 직접 봐도 여전히 인상적이고 설득력이 대단했다. 벅의 정보에 의하면 루마니아에서의 언론 관계도 그렇고, 방문한 유럽 국가들도 그리 많지 않아 경험이 풍부하지도 않을 텐데 그는 마치 전문가처럼 노련하게 처신하고 있었다.

벅은 카르파티아가 순간순간 방에 있는 모든 사람과 잠시나마 시선을 마주치고 있음을 눈치 챘다. 아래를 보거나 눈길을 돌린다거나 위를 보는 법이 없었다. 숨기는 것도 두려운 것도 전혀 없는 듯했다. 스스로를 잘 통제하고 주변의 소란이나 주목에 전혀 영향을 받지 않았다.

카르파티아는 놀라울 정도로 시력이 좋은 모양이었다. 방 저 건너편 쪽에 있는 사람들의 명찰도 보이는 게 분명했다. 기자에게 말할 때마다 미스터 또는 미즈 등의 호칭을 사용하며 이름을 불렀다. 그리고 자신을 뭐든 편한 이름으로 부르라고 강조했다.

"닉도 좋습니다."

미소를 지으며 그가 말했다. 하지만 그렇게 부르는 사람은 아무도 없었다. 모두 '미스터 카르파티아' 또는 '대통령'이라고 불렀다.

카르파티아는 연설할 때 그랬듯이 열정적이고도 명확한 어조로 대답했다. 벅은 그의 말투가 항상 그런지, 공적일 때와 사적일 때 모두 같은 말투를 사용하는지 궁금했다. 카르파티아가 세계무대에 또 무엇을 내놓을지는 모르겠지만 말솜씨만큼은 누구에게도 뒤지지 않을 게 분명했다.

"먼저 제가 이 나라에 오게 된 것과 역사적인 자리에 서게 된 사실이 얼마나 큰 영광인지 말씀드려야겠습니다. 루마니아 클루지에서 태어나 어린 시절을 보내면서 품은 꿈이 있었는데, 그 중 하나가 바로 언젠가 이곳에 오고 싶다는 것이었습니다."

초반의 덕담이 끝나자 카르파티아는 짧은 연설을 통해 다시 한 번 유엔과 그 임무에 대해 놀랄 만한 지식과 이해력을 드러내 보였다.

"기억하시겠지만 지난 세기 동안 유엔은 내리막길에 접어든 것처럼 보였습니다. 미국의 로널드 레이건 대통령이 동서 논쟁을 격화시켰고, 남북 갈등을 강조하던 유엔은 과거의 산물처럼 여겨졌습니다. 회원국들이 분담금을 내지 않아 재정적으로도 어려움에 빠졌습니다. 그러나 1990년대 냉전 종식과 더불어 새로 선출된 미국의 부시 대통령이 소위 '새로운 세계질서'를 공표했으며, 이는 제 젊은 가슴에 깊이 울려 퍼졌습니다. 유엔 헌장의 초안은 강대국을 포함하여 최초 51개 회원국간의 협력을 약속하고 있습니다."

카르파티아는 계속해서 1950년대 한국전쟁 이후로 평화 유지를 위해 유엔이 취한 다양한 군사 활동에 대해 논하였다. 그리고 다시 그가 태어나기도 훨씬 전의 일들을 언급하기 시작했다.

"아시다시피 유엔은 '국제연맹'의 유산을 물려받았습니다. 국제연맹은 최초의 국제평화유지기구로 제1차 세계대전 말기에 설립되었으나 제2차 세계대전을 막지 못하면서 시대착오적 기구로 전락했습니다. 국제연맹의 실패로 '국제연합', 즉 유엔이 출현했으니 이는 제3차 세계대전을 막을 만큼 강력해야 합니다. 물론 제3차 세계대전이 발발하면 유엔 역시 수명이 끝나고 말겠지요."

어떻게든지 유엔을 옹호하고자 하는 카르파티아의 열망이 어느 정도 드러나자, 누군가 끼어들어 실종 사건에 대해 질문했다. 카르파티아는 갑자기 미소를 거두며 진지한 태도로 연민과 따뜻함을 담아 말했다.

"나의 조국에서도 이 참담한 사태로 사랑하는 이를 잃은 분들이 많습니다. 전 세계적으로 많은 사람이 이 사건에 대해 나름대로 이론을 제시한 걸로 압니다. 하지만 그들 중 그 누구도 모욕하고 싶지 않습니다. 저는 이스라엘의 하임 로젠츠바이크 박사께 연구팀을 조직하여 이 엄청난 비극을 규명해 달라고, 다시는 이와 유사한 일이 벌어지지 않도록 조치를 취할 수 있게 해 달라고 부탁했습니다. 때가 되면 로젠츠바이크 박사께서 직접 발표하시겠습니다만, 현재 제가 말씀드릴 수 있는 가장 설득력 있다고 판단되는 이론은 대략 이렇습니다. 세계는 수많은 세월 동안 핵무기를 비축해 왔습니다. 미국이 1945년 일본에 원자폭탄을 투하한 이래로, 소련이 1949년 9월 23일 자체 개발한 원자폭탄 실험에 성공한 이래로, 세계는 항상 핵무기 대량 살상의 위험에 처해 있었습니다. 로젠츠바이크 박사와 저명한 학자들로 구성된 연구팀은 다수의 사람을 동시에 사라지게 할 수 있는 어떤 대기 현상을 발견하기 직전에 이르렀습니다."

"어떤 종류의 현상입니까?"

벅이 손을 들고 질문했다. 카르파티아는 벅의 명찰을 흘끗 쳐다보더니 다시 그의 눈을 바라보았다.

"너무 서두르고 싶지는 않습니다, 오레스코비치 씨."

기자들 중 몇 명이 숨죽여 웃었지만 카르파티아는 전혀 개의치 않고 말을 이었다.

"아니면 〈글로벌 위클리〉 지의 캐머런 윌리엄스 씨라고 해야 하나요."

카르파티아의 말에 방 전체가 술렁거리더니 이내 흥겨운 박수가 터져 나왔다. 벅은 소스라치게 놀랐다.

"로젠츠바이크 박사는 세계 곳곳의 핵무기에서 발생한 미지의, 혹은 아직 설명할 길 없는 원자적 이온화가 대기 중의 전자기 회류와 결합해서 무엇인가에 촉발되거나 점화되었을 수 있고, 그로 인해 전 세계에서 이런 즉각적인 반응이 일어날 수도 있다고 합니다. 촉발 원인은 아마도 번개와 같은 자연 요인이거나 심지어 이런 가능성을 우리보다 먼저 발견한 지적 생물체일 수도 있겠지요."

"마치 가스가 꽉 찬 방에서 성냥을 켜는 것처럼 말인가요?"

한 기자가 예를 들며 물었다. 이 질문에 카르파티아는 신중하게 고개를 끄덕였다.

"외계인이 납치했다는 주장과는 어떤 차이가 있습니까?"

"완전히 다르지는 않습니다. 그러나 저는 자연현상 이론을 더 믿는 편입니다. 번개가 아원자장에 반작용을 불러일으켰다는 이론 말입니다."

"실종이 그렇게 무작위로 일어난 이유는 무엇입니까? 왜 어떤 사람은 사라지고 어떤 사람은 남은 걸까요?"

"그건 저도 모릅니다. 로젠츠바이크 박사 역시 그 점에 대해서는 결론을 내리지 못하고 있습니다. 지금으로서는 몸에 포함된 전기의 강도 때문에 남들보다 더 쉽게 영향을 받는 사람들이 있는 게 아닐까 추정됩니다. 그렇다면 모든 아이와 갓난아기, 심지어 태중에 있던 아기들이 사라진 현상을 설명할 수 있을지도 모릅니다. 아이들의 전자기는 어떤 일에 저항할 수 있을 정도로 발달하지는 못했기 때문입니다."

"이번 일이 하나님이 하신 일이고, 휴거한 거라고 믿는 사람들에게는 어떤 말씀을 하시겠습니까?"

카르파티아는 연민이 가득한 미소를 지었다.

"지금도 그렇고 앞으로도 그렇겠지만, 그 누구든 성실한 사람의 신앙 체계에 대해서는 비판하지 않을 거라는 점을 조심스럽게 밝힙니다. 이것이야말로 사람들간에 진정한 조화와 형제애, 평화와 존중의 기본입니다. 사실 저는 그 이론에 수긍하지 않습니다. 의인이 천국에 간 것이라면 마땅히 갔어야 하는데도 남겨진 사람들이 너무 너무도 많기 때문입니다. 만약 하나님이 계신다면 이런 일관되지 않은 방식으로 일을 처리하시진 않으리라는 것이 제 의견입니다. 그리고 조금 전에 말씀드린 대로, 제게 동의하지 않는 사람들에 대해 어떤 무례한 발언도 삼가겠습니다."

다음 순간 벅은 이달에 뉴욕에서 열릴 예정인 세계 그리스도교회 종교회담에 연설 초청을 받았다는 카르파티아의 말에 깜짝 놀랐다.

"그 회담에서 저는 천년설, 종말론, 최후의 심판, 그리스도의 재림에 대해 논할 것입니다. 친절하게도 로젠츠바이크 박사께서 그 자리를 마련해 주셨습니다. 그때까지는 이 주제에 대한 비공식적 언급은 피하는 게 최선이라고 생각합니다."

"뉴욕에는 얼마나 머무르실 예정인가요?"

"루마니아 국민이 허락한다면 여기에 한 달 정도 있을 예정입니다. 국민과 떨어져 지내긴 싫지만 우리 국민은 제가 좀더 숭고한 세계의 유익을 위해 힘쓰고 있다는 점을 이해하고 있습니다. 또 오늘날은 통신 기술이 발달

한데다 루마니아에는 영향력 있는 훌륭한 분들이 계시기 때문에 계속 연락을 취할 수 있고 제가 잠시 자리를 비운다 해도 괜찮을 거라고 확신합니다."

저녁 방송과 함께 국제 스타가 새로 한 명 탄생했다. 카르파티아는 심지어 '성(聖) 닉'이라는 별명까지 얻었다. 유엔과 기자회견장의 청중들은 단순히 그의 입에서 나온 말 외에 그 이상의 것을 찾아냈다. 카르파티아가 여러 텔레비전 방송국과 각각 4, 5분 정도 즐겁게 인터뷰하면서 각 나라의 이름을 일일이 열거하며 세계평화에 다시 힘써 달라고 절박하게 요청하자 유엔의 청중들은 흥분으로 들썩였다.

카르파티아는 전 세계 군축에 대한 구체적 언급은 조심스럽게 비켜 갔다. 그의 메시지는 사랑과 평화, 이해와 형제애의 메시지였고, 싸움을 중단하자는 의도는 의심할 바가 전혀 없어 보였다. 틀림없이 그 점에 대해서는 다시 한 번 못을 박아야겠지만, 어쨌든 그러는 사이에 그는 아무도 끌어내릴 수 없는 불멸의 자리에 오르게 되었다.

방송의 논평위원들은 카르파티아를 유엔 사무총장의 협동 고문으로 지명해야 하며, 세계 여러 유엔 기구를 순회 방문하도록 해야 한다고 주장했다. 그날 저녁 늦게까지 다음 몇 주간 열릴 여러 국제 모임에 초청이 쇄도하였다.

카르파티아가 조너선 스토나갈과 함께하는 모습을 보고도 벅은 전혀 놀라지 않았다. 기자회견이 끝나자마자 카르파티아는 다른 약속 때문에 자리를 떴다. 로젠츠바이크 박사가 벅을 보더니 다가와 말했다.

"오늘 저녁 늦게 시간을 내기로 약속했네. 대부분 텔레비전 방송인데 몇 군데 인터뷰 좀 하고, 그 다음에는 'ABC 나이트라인'의 월리스 시어도어와 생방송이 있고, 그게 다 끝나고 나면 호텔로 돌아가서 자네에게 단독으로 기꺼이 30분을 할애하겠다고 약속했네!"

벅은 스티브에게 얼른 집에 가서 씻고 메시지를 확인한 다음, 사무실에 달려가 최대한 빨리 자료를 살펴보고 인터뷰 준비를 철저히 하고 싶다고 말했다. 스티브도 함께 가기로 했다.

"하지만 난 아직도 피해망상에 빠져 있나 봐요. 스토나갈이 어떤 식으로든 토드코트란과 연관되어 있다면, 사실 우린 실제로 그렇다는 걸 알잖아요. 그럼 그가 런던에서 있었던 일에 대해 대체 무슨 생각을 하고 있을지 누가 알겠어요?"

벅의 말에 스티브가 대꾸했다.

"너무 앞서 가진 말라고. 설령 증권 거래소와 런던 경찰국이 더러운 일에 연루되어 있다 하더라도 그게 곧 스토나갈이 그 일에 관심이 있을 거란 뜻은 아니지 않나. 내 생각엔 가능한 한 거리를 두고 싶어 하지 않을까 하는데."

"하지만 스티브, 이건 인정해야 해요. 더크 버턴이 살해된 건 토드코트란이 스토나갈의 국제단체와 비밀리에 연결되어 있다는 사실을 알게 되었기 때문인 것 같다고요. 만약 그들이 적이라고 여기는 사람들을 제거하길 원한다면, 심지어 앨런 톰킨스나 저와 같이 적의 친구까지 제거하려고 한다면 과연 어느 선에서 멈추겠어요?"

"하지만 자넨 스토나갈이 런던 일을 안다고 가정하고 있지 않나. 그 사람은 훨씬 거물이야. 토드코트란이나 경찰국 사람은 자네를 위험인물로 볼지 모르지만 아마 스토나갈은 자네 이름을 들어본 적도 없을걸."

"그 사람은 〈글로벌 위클리〉 지도 안 읽는단 말인가요?"

"기분 나빠하진 마. 설령 자네 이름을 안다고 해도 그 사람한텐 모기 한 마리 정도라고."

"국장님, 잡지로 모기를 철썩 내리치면 어떻게 되는지 아시죠?"

얼마 후 둘은 벅의 아파트에 들어섰고 스티브가 다시 말을 꺼냈다.

"자네 주장엔 큰 허점이 하나 있네. 스토나갈이 자네에게 정말 위험한 존재라면, 카르파티아는 어떻게 되는 거지?"

"말했다시피 카르파티아는 그저 하수인에 불과할 수도 있어요."

"벅! 자네도 좀 전에 그가 하는 말을 들었지 않나. 내가 그를 과대평가하는 건가?"

"아뇨."

"그럼 그가 누군가의 하수인처럼 보이던가?"

"그건 아니지만, 그러니까 그가 그 일을 모른다고 가정하는 거죠."

"카르파티아가 여기 오기 전에 런던에서 토드코트란과 스토나갈을 만났다고 거의 확신하고 있군?"

"일 때문인 건 분명해요. 여행 계획을 짜고 국제 고문들과의 관계도 상의했겠죠."

"자네 너무 큰 도박을 하고 있군."

스티브가 걱정스러운 듯 말했다.

"선택의 여지가 없는걸요. 어쨌든 각오하고 있어요. 전 니콜라에 카르파티아를 신뢰할 겁니다. 그가 다른 사실을 증명하지 않는 한 말이죠."

"흠!"

"뭐죠?"

"평소에는 정반대로 일하잖나. 달리 증명되지 않는 한, 불신하는 쪽으로 말이야."

"왜요, 국장님. 이제 새로운 세상이잖아요. 지난주와 똑같은 건 하나도 없어요, 안 그래요?"

이 말과 함께 벅은 샤워하기 위해 옷을 벗으며 자동 응답기를 눌렀다.

레이포드는 옆자리에 식료품 봉지를 놓고 차고 진입로로 들어섰다. 해티 더럼에게 전화했는데 도무지 끊을 기색이 없어 결국 핑계를 대고 끊어야 했다. 해티는 저녁 초대에 기뻐하면서 사흘 후 목요일 밤에 올 수 있다고 말했다. 레이포드는 클로이가 자신보다 30분쯤 일찍 도착했을 거라고 생각했다. 그리고 자신을 위해 차고 문을 열어 둔 배려에 기분이 좋아졌다. 그러나 차고에서 집으로 연결한 문이 잠긴 것을 발견하자 순간 불안해졌다. 문을 두드렸지만 아무 대답이 없었다.

레이포드는 건물 앞쪽을 둘러보려고 차고 문을 다시 열었다. 하지만 차고 밖으로 나와 문을 닫으려던 순간, 동작을 멈췄다. 차고에 뭔가 달라진 게 있었다. 차고 문 개폐기에 달린 전구 하나로는 어두워서 이를 확인하기 위해 불을 켰다. 세 대의 자동차는 모두 제자리에 있었다. 그런데…… 레이포드는 마지막으로 지프 주위를 빙 돌아보았다. 레이미 물건이 없어졌다! 사륜차, 설상차, 자전거가 모두 어디로 갔지?

레이포드는 천천히 앞문으로 다가갔다. 현관 보조문의 창문은 깨져 있었고 문은 한쪽 경첩에만 매달려 있었다. 현관문은 안쪽으로 걷어차인 상태였다. 보통 솜씨가 아니었다. 튼튼한 잠금장치가 달린 크고 육중한 문이었는데도 전체 틀이 완전히 부서진 채 입구 바닥에 조각조각 흩어져 있었다. 레이포드는 클로이의 이름을 부르며 안으로 뛰어들어갔다.

자신에게 남은 유일한 가족에게 아무 일도 없기를 기도하며 이 방 저 방으로 뛰어다녔다. 현금이 될 만한 물건은 모두 없어진 것 같았다. 라디오, 텔레비전, 비디오, 보석류, 시디플레이어, 비디오 게임기, 은제품, 심지어 도자기까지 말이다. 다행히도 핏자국이나 몸싸움의 흔적은 없었다.

레이포드가 경찰과 통화하고 있는데 통화대기 신호음이 들렸다. 그는 경찰에게 양해를 구했다.

"기다리게 해서 죄송하지만 제 딸일 수도 있어서요."

그의 짐작이 맞았다. 전화기 너머로 클로이가 울면서 말했다.

"아빠, 괜찮으세요? 차고에서 집으로 들어갔다가 물건이 모두 없어진 걸 봤어요. 사람들이 다시 돌아올까 봐 차고 쪽 문을 잠그고 현관문도 닫으려고 했어요. 그런데 유리며 목재며 다 부서져 있는 거예요. 그래서 뒤뜰로 달려갔어요. 지금 앤더슨 아저씨 댁에 와 있어요."

"클로이, 그 사람들은 다시 오지 않을 거야. 내가 데리러 갈게."

"앤더슨 아저씨가 집까지 바래다준다고 하시네요."

몇 분 뒤 집에 도착한 클로이는 소파에 앉아 두 팔로 가슴을 감싼 채 몸을 앞뒤로 흔들었다. 좀 전에 아빠에게 한 말을 그대로 경찰관에게 말했고, 다음에는 레이포드가 진술했다.

"방범 경보는 사용하지 않으십니까?"

경찰의 질문에 레이포드가 고개를 저었다.

"제 잘못입니다. 몇 년간 사용했지만 별 필요가 없었습니다. 한밤중에 잠깨는 것도 지겨웠고요. 가짜 경보에 또 그, 저……."

"경찰 전화 말씀이시죠? 압니다. 모두 그렇게 말하거든요. 하지만 이번에는 경보 장치가 작동했으면 좋았을 텐데요."

"꼭 지난 후에 생각나는 법이죠. 이 동네에 살면서 경보 장치가 필요할 줄은 꿈에도 몰랐습니다."

"이 동네에 이런 범죄가 지난주에만 벌써 배나 증가했습니다. 불량배들은 우리가 이런 일에 쏟을 시간도 인력도 없다는 걸 아니까요."

"저, 딸애를 좀 진정시켜 주십시오. 그 도둑들이 우리를 해치는 데는 관심도 없고 다시 돌아오지도 않을 거라고 직접 말씀해 주시겠습니까?"

레이포드가 부탁하자 경찰관이 클로이에게 가서 말했다.

"맞는 말이에요, 아가씨. 아버지께서 문을 고칠 때까지 우선 판자로 문을 고정할 겁니다. 그리고 저는 경비 시스템을 다시 작동시키겠습니다. 하지만 다시 오지는 않을 거예요. 적어도 같은 패거리는 말이죠. 저희가 건너편 사람들에게 물어봤는데, 오늘 오후에 양탄자 청소업체의 소형 트럭 한 대가 여기에 30분 정도 주차해 있는 걸 봤답니다. 집 앞으로 가서 앞문으로 들어간 다음, 차고 문을 열고 빈자리에 차를 후진한 뒤 바로 코앞에서 물건을 실어 나른 겁니다."

"앞문을 부수는 건 아무도 못 봤나요?"

"저쪽에서 보면 여기 입구가 잘 안 보입니다. 어디에서 봐도 그렇죠. 이건 전문가의 솜씨입니다."

"딸애가 들어오다 마주치지 않은 게 정말 다행스러울 뿐입니다."

레이포드는 진심어린 목소리로 말했다. 경찰은 밖으로 나가면서 고개를 끄덕였다.

"그 점은 감사할 만하죠. 이번 일은 보험으로 처리할 수 있는 게 많을 겁니다. 하지만 도둑맞은 물건을 되찾긴 힘들 거예요. 다른 사건과 비교하면 이렇게 운 좋은 경우는 없더군요."

레이포드는 여전히 떨고 있는 딸을 품에 꼭 안았다.

"아빠, 부탁이 하나 있어요."

클로이가 입을 열었다.

"그래, 뭐든지 말해 보렴."

"그 비디오테이프 복사한 게 하나 더 있으면 좋겠어요. 목사님한테 받은 거 말이에요."

"브루스 목사님께 전화해서 오늘 밤에 하나 더 받아 오자구나."

그런데 갑자기 클로이가 웃음을 터뜨렸다.

"이젠 이 일이 우습게 느껴지니?"

레이포드의 물음에 클로이는 눈물을 흘리면서 힘겹게 미소를 지어 보였다.

"그냥 생각난 건데요. 강도들이 그 테이프를 보면 어떤 기분이 들까요?"

15

벅의 자동 응답기에 저장된 첫 번째 메시지는 지난주에 만난 여승무원에게 온 것이었다.

"윌리엄스 씨, 저 해티 더럼이에요. 비행 때문에 지금 뉴욕에 와 있는데 전화해서 인사도 드리고 우리 가족과 연락하게 도와주셔서 감사하다고 다시 한 번 말씀드리고 싶어 전화했어요. 전화를 골라서 받을지도 모르니까 계속 얘기할게요. 만나서 한잔 하는 건 어때요? 부담 갖지 마시고요. 음, 아니면 다음에 만나도 좋아요."

"저건 누구야?"

샤워하러 들어가기 전에 메시지를 마저 들으려고 벅이 욕실 문가에서 머뭇거리자 스티브가 물었다.

"그냥 아는 여자예요."

벅은 시큰둥하게 대꾸했다.

"예뻐?"

"예쁜 정도가 아니에요. 눈이 부실 지경이죠."

"전화하지 그래."

"걱정하지 마세요."

이어서 별로 중요하지 않은 메시지를 몇 개 듣고 나니, 바로 그날 오후에 저장된 메시지가 두 개 남았다. 첫 번째는 런던 경찰국의 하워드 설리번 경감이었다.

"아, 윌리엄스 씨. 응답기에 메시지를 남기는 게 망설여지긴 합니다만, 편한 시간에 가능한 한 빨리 통화했으면 합니다. 아시다시피 윌리엄스 씨와 관련 있는 두 사람이 여기 런던에서 뜻하지 않게 죽었잖습니까? 그래서 제가 몇 가지 질문을 하고 싶습니다. 다른 기관에서 들으셨을 수도 있겠지만, 희생자 중 한 명이 불행한 최후를 맞이하기 직전에 윌리엄스 씨와 함께 하는 걸 목격했다는 사람이 있습니다. 전화 주십시오."

그런 뒤 그는 번호를 남겼다.

다음 메시지는 앞의 메시지가 남겨진 지 30분도 채 되지 않아 저장됐는데, 프랑스 리옹에 본부를 둔 국제경찰 조직 인터폴의 조르주 라피트 형사에게 온 것이었다.

"윌리엄스 씨, 이 메시지를 받는 즉시 제일 가까운 경찰서에 가서 제게 전화하십시오. 그곳에서 우리 직통 전화를 알려 줄 겁니다. 그리고 왜 그러는지 그 이유에 대한 자료도 갖고 있을 겁니다. 윌리엄스 씨 본인을 위해서도 절대 지체하시지 말기 바랍니다."

그는 강한 프랑스식 억양으로 말했다.

벅이 몸을 기울여 스티브의 얼굴을 쳐다보니 그 역시 어리둥절한 표정을 짓고 있었다.

"이건 뭐지? 용의자가 된 건가?"

"그건 아니었으면 좋겠는데요. 설리번이 어떤 인물인지, 또 그가 토드코트란의 수하에 있다는 사실을 이미 앨런한테 들은 마당에, 런던에 제 발로 걸어가 잡힌다는 건 말도 안 되죠. 꼭 이 메시지에 연연해할 필요는 없잖아요? 이 사람들의 메시지를 들었다고 해서 들은 그대로 행동할 필요는 없잖아요, 안 그래요?"

스티브가 어깨를 으쓱해 보였다.

"자네가 이걸 들은 건 나밖에 모르니까. 어쨌든 국제기관은 여기에 관할권이 없어."

"제가 국외로 추방될 수도 있다고 보세요?"

"이번 사망 사건에 자네를 연관시키려고 한다면 가능한 일이지."

그날 저녁 클로이는 빈집에 혼자 남아 있고 싶지 않았다. 그래서 아버지와 함께 차를 타고 교회로 가서 브루스 반즈 목사에게 새 비디오테이프를 받았다. 도둑이 들었다는 소식에 브루스 목사는 고개를 설레설레 저었다.

"전염병처럼 퍼지고 있군요. 마치 도시 빈민가가 교외 지역으로 옮겨온 것 같다니까요. 여기도 결코 안전하지 않아요."

레이포드는 도난당한 테이프를 다시 받자고 한 게 딸이었다는 걸 브루스 목사에게 털어놓고 싶은 마음을 애써 꾹 참았다. 딸이 현 상황에 대해 계속 생각 중인 게 분명하니 좀더 기도해 달라고 부탁하고 싶었다. 클로이는 아무래도 집에 도둑이 침입한 사건 때문에 예민해진 것 같았다. 어쩌면 이제 세상이 훨씬 위험해졌다는 것을, 더 이상 어떤 보장도 할 수 없으며 그녀에게 시간이 얼마 남지 않았을 수도 있다는 사실을 깨닫고 있는지도 모른다. 하지만 만약 자신이 이 상황을 이용하여 브루스 목사를 부추겨 클로이를 자극하면, 결국 딸에게 상처를 주고 오히려 밀어내는 꼴이 되고 말 것이다. 클로이는 이미 충분히 알고 있으니까, 그저 하나님이 딸에게 역사하시도록 기도해야 한다. 그런 줄 알면서도 여전히 지금 벌어지고 있는 일에 대해 브루스 목사에게 얘기하고 싶고, 꼭 얘기해야겠다는 생각이 들었다. 하지만 그는 좀더 적절한 때가 올 때까지 기다려야 한다고 스스로 다짐했다.

밖에 나온 김에 레이포드는 텔레비전과 비디오를 비롯한 당장 필요한 물건들을 구입했다. 앞문을 고정하고 보험회사 서류도 작성했다. 가장 급선무인 경비 시스템도 다시 작동시켰다. 하지만 레이포드는 그날 밤 자신도 클로이도 제대로 잠을 이루지 못하리라는 걸 알고 있었다.

둘이 집에 도착하자마자 해티 더럼에게 전화가 왔다. 외로운 모양이었다. 전화할 만한 진짜 이유도 없어 보였다. 그저 저녁 초대에 감사하고 기대된다고 말할 뿐이었다. 레이포드가 오늘 있었던 일을 말하자 해티는 진심으로 걱정하는 것 같았다.

"상황이 점점 이상하게 돌아가고 있어요. 제 언니가 임신 클리닉에서 일하는 거 아시죠?"

"응, 전에 얘기했었지."

"가족계획이나 상담을 하고 중절 수술할 병원을 소개시켜 주는 일을 하죠."

"그렇군."

"그리고 최근에는 거기서 직접 낙태 수술하는 일도 시작했어요."

해티는 레이포드가 듣고 있다는 뜻으로 어떤 반응이나 수긍의 표시를 해주길 기다리고 있는 듯했다. 하지만 그는 짜증이 나서 입을 꾹 다물고 있었다.

"이런, 통화가 조금 길어졌지요. 참, 언니가 그러는데 이제 일이 전혀 없다지 뭐예요."

"글쎄, 그럴 법도 하겠군. 뱃속의 아기들이 사라졌으니."

"언니는 그 일 때문에 기분이 별로 안 좋은 모양이에요."

"해티, 그 일 때문에 겁먹지 않은 사람이 어디 있겠어. 전 세계 모든 부모가 슬픔에 잠겨 있어."

"제 얘긴 그게 아니에요. 언니나 그쪽 사람들은 낙태하기를 원하는 여자들과 상담을 한다고요."

레이포드는 적절한 대답을 찾으려고 애썼다.

"그래, 그럼 그 여자들은 낙태하지 않아도 돼서 기쁠 수도 있겠지."

"아마 그럴 거예요. 하지만 이제 우리 언니나 관리자들, 또 나머지 직원들 모두 사람들이 다시 임신할 때까지는 할 일이 없어졌어요."

"아! 돈 문제로군."

"그 사람들은 일해야 해요. 지출도 있고 가족도 있으니까요."

"그럼 낙태 상담이나 수술 말고는 할 일이 전혀 없나?"

"없죠. 끔찍하지 않아요? 제 말은 그 일이 뭐든지 간에 이번에 벌어진 사건 때문에 언니 같은 처지의 사람들이 일자리를 빼앗겼다는 거예요. 그리고 다시 임신할 수 있을지 없을지도 다들 확실히 모르잖아요."

레이포드는 그동안 해티를 지적인 여자라고 생각해 본 적이 없었는데,

지금 같아서는 정말이지 해티의 머릿속을 들여다보고 싶은 심정이었다.

"음, 이걸 어떻게 물어봐야 할지 모르겠는데 그러니까 해티의 말은 여자들이 다시 임신하기를 언니가 바란다는 거야? 그러면 낙태가 필요할 테고, 다시 일할 수 있게 되니까?"

"예, 물론이죠. 그 밖에 뭘 할 수 있겠어요? 다른 분야에서 상담하기가 얼마나 힘든지 아시잖아요."

그는 고개를 끄덕이다가 해티가 자신을 볼 수 없다는 걸 깨닫자 멍청해진 기분이었다. 이게 무슨 바보 같은 짓이지? 도무지 갈피를 잡을 수 없는 상대와 논쟁하느라 힘을 낭비하기 싫었다.

"나는 언니가 일하는 클리닉 같은 곳에서는 원치 않는 임신을 하나의 폐해로 여길 줄 알았어. 그런 문제가 사라진다면 반가워해야 하는 것 아닌가? 그리고 다시는 임신이 되지 않는다면 오히려 훨씬 기뻐해야 할 텐데? 결국 인류가 멸종할 거라는 사소한 골칫거리만 빼면 말이지."

이런 아이러니도 해티에게는 아무 소용이 없었다.

"하지만 레이포드, 그게 언니 직업이에요. 센터에서 하는 일은 그게 전부라고요. 주유소는 있는데 이제 아무도 기름이나 타이어가 필요 없는 경우와 마찬가지예요."

"수요와 공급."

"바로 그거예요! 알겠죠? 그게 직업이니까 원치 않는 임신이 필요한 거라고요."

"말하자면 사람들이 아프거나 다치기를 바라는 의사처럼 말인가? 그래야 할 일이 생기니까?"

"이제야 이해하셨군요."

벅이 면도와 샤워를 마치고 나오자 스티브가 말했다.

"조금 전에 호출이 왔어. 뉴욕 형사들이 자네를 찾으러 사무실로 왔다고 하더군. 불행히도 조금 있다가 플라자 호텔에서 카르파티아를 만날 거라고 누군가 얘기한 모양이야."

"맙소사!"

"아무래도 자네가 맞부딪치는 수밖에……."

"국장님, 아직은 안 돼요. 제가 카르파티아를 취재해서 기사를 연재할 수 있게 해 주세요. 그럼 이 소동에서 벗어날 수 있어요."

"카르파티아가 도와주기를 바라고 있군."

"바로 그거예요."

"그를 만나기도 전에 누군가 먼저 자넬 찾아내면 어떻게 할 텐가?"

"그를 꼭 만나야 해요. 저한텐 아직도 오레스코비치 이름으로 된 기자증과 신분증이 있어요. 경찰이 플라자 호텔에서 저를 기다린다고 해도 처음엔 저인 줄 모를 거예요."

"이봐, 벅. 자넨 아직도 그들이 자네의 가짜 신분증에 속을 거라고 생각하나? 그걸로 유럽을 빠져나왔는데도? 나랑 바꿔치기하지. 경찰이 날 오레스코비치로 위장한 자네로 착각하는 사이에 자네가 안으로 들어가. 그럼 카르파티아를 만날 시간을 충분히 벌 수 있을 거야."

"해 볼 만하군요."

벅이 어깨를 움츠리며 말했다.

"여기 있는 건 싫고……. 〈나이트라인〉에 카르파티아가 나오는 걸 보고 싶어요."

"그럼 우리 집으로 갈 텐가?"

"거기도 절 찾으러 경찰들이 곧 들이닥칠 텐데요."

"마지에게 전화해 보겠네. 마지 부부가 멀지 않은 곳에 살고 있거든."

"제 전화기는 쓰지 마세요."

스티브가 얼굴을 찌푸렸다.

"첩보 영화를 찍는 것처럼 행동하는군."

스티브는 자신의 휴대 전화를 사용했다. 마지는 지금 당장 건너오라고 했다. 남편이 그 시간에 재방영하는 코미디 프로그램인 〈야전병원〉을 즐겨 보지만 오늘 밤엔 녹화해서 보게 하겠다고 말했다.

택시에 탄 벅과 스티브가 벅의 아파트 앞에 두 대의 차가 슬며시 멈춰서는 것을 보았다. 그걸 보고 벅이 한마디 했다.

"진짜 첩보 영화 같은데요."

마지의 남편은 제일 좋아하는 드라마와 쇼를 못 보게 되는 바람에 기분이 별로 좋지 않았다. 하지만 그조차도 정작 〈나이트라인〉이 시작되자 화면에서 눈을 뗄 줄 몰랐다. 카르파티아는 타고났든지 철저히 준비했든지 둘 중 하나였다. 틈날 때마다 카메라를 똑바로 봤기 때문에 시청자 한 명 한 명에게 말하는 것처럼 보였다.

진행자인 윌리스 시어도어가 먼저 입을 열었다.

"오늘 있었던 두 차례의 기자회견과 대통령의 유엔 연설 때문에 뉴욕이 흥분한 것 같습니다. 또 연설하는 모습이 지역 방송의 저녁 뉴스와 심야 뉴스에 모두 방영되었기 때문에 이 나라에서 순식간에 유명해지셨습니다."

이 말에 카르파티아는 미소를 지으며 말했다.

"유럽, 특히 동유럽에서 온 사람이라면 누구나 그렇듯이 저 또한 이곳의 과학기술에 놀랐습니다. 저는……."

"하지만 그건 사실이 아니죠. 각하는 사실 서유럽 쪽이 아닙니까? 루마니아에서 태어나긴 하셨지만 혈통으로 보면 사실상 이탈리아 인 아닌가요?"

"맞습니다. 많은 루마니아 인이 저와 같지요. 루마니아란 이름 자체가 이탈리아 로마에서 유래되었습니다. 그런데 제가 이 나라의 기술에 대해 얘기하려던 참이었지요. 정말 놀라운 기술입니다. 하지만 고백하건대 유명 인사가 되려고 이 나라에 온 건 아닙니다. 제겐 목표와 임무, 메시지가 있습니다. 그리고 그건 제 인기와 아무 관련이 없습니다. 또 제 개인적……."

"하지만 방금 대표적 연예 잡지인 〈피플〉 지와 사진 촬영을 하고 오신 건 사실이지 않습니까?"

"예, 하지만 저는……."

"그리고 〈피플〉 지가 선정한 올해 최고의 섹시남으로 뽑히신 것도 사실이고요?"

"저는 정말이지 그게 뭘 의미하는지 잘 모릅니다. 저는 주로 제 어린 시절과 사업과 정치 경력에 대한 인터뷰에 응했던 겁니다. 그리고 〈피플〉 지의 섹시남 기사는 매년 1월에 싣는다고 들었는데요. 그러니까 내년에 싣기엔 너무 이르고 올해는 뽑은 지 얼마 지나지 않았잖습니까."

"그렇죠, 그리고 우리가 그랬듯이 대통령께서도 두 달 전에 〈피플〉 지에 실린 젊은 가수 때문에 흥분했으리라 확신합니다. 하지만……."

"이런 말을 하게 되어서 유감이지만 잡지 표지를 통해 사진을 보기 전엔 그 사람을 전혀 몰랐습니다."

"그렇다면 〈피플〉 지가 전통을 깨뜨렸다는 사실도 모른다는 말씀이신가요? 현재 최고 섹시남에게서 사실상 그 자리를 빼앗아다가 다음 주 발간 호에 각하를 대신 그 자리에 앉힌다는 소식 말입니다."

"그쪽에서도 그런 말을 하려고 했던 것 같습니다만, 이해가 안 되더군요. 그 젊은이가 어떤 호텔에 피해를 줬던가 뭐, 그런 일을 하는 바람에……."

"그 이유 때문에 그 젊은이 대신 각하로 손쉽게 교체된 거로군요."

"그 점에 대해서는 아는 게 전혀 없습니다. 그리고 정말 솔직한 얘기인데 그런 내막을 알았더라면 인터뷰에 응하지 않았을지도 모릅니다. 전 제가 섹시하다고 생각하지 않거든요. 저는 세계 여러 민족이 화합하는 것을 보기 위해 운동을 펼치고 있습니다. 힘이나 권력을 차지하려는 게 아닙니다. 그저 제 이야기를 들어 달라고 부탁하는 겁니다. 저는 제 메시지가 잡지 기사에도 실리기를 희망합니다."

"카르파티아 씨는 이미 힘과 권력을 소유하셨습니다."

"글쎄요, 조그마한 우리나라가 제게 봉사하라고 해서 기꺼이 그렇게 하고 있습니다."

"대통령께서는 국제 협정을 은근슬쩍 어기셨고, 또 루마니아의 대통령이 된 것도 부분적으로 폭력이라는 수단에 기댔기 때문이라고 말하는 사람들에게 뭐라고 답하시겠습니까?"

"그건 루마니아와 다른 유럽 국가뿐만 아니라 전 세계의 군비축소에 헌신하고자 하는 평화주의자를 공격하는 말처럼 들리는군요."

"그렇다면 7년 전에 경쟁 사업가를 살해했다는 혐의와 루마니아의 대통령직을 빼앗기 위해 협박하고 친분 있는 미국 유력 인사들을 동원하기도 했다는 혐의를 부인하십니까?"

"당시 살해당했다는 그 경쟁자는 가장 절친한 친구 중 한 명이었습니다. 지금도 그를 생각하면 가슴이 너무 아픕니다. 얼마 안 되는 제 미국 친구들은 여기에서는 영향력이 있을지 모르지만 루마니아 정치와는 어떤 관련도 없습니다. 전임 대통령께서 개인적으로 제게 후임을 부탁하셨다는 점을 알아주시기 바랍니다."

"하지만 그건 루마니아 헌법의 권력 이양 절차를 완전히 무시한 것 아닙니까?"

"국민투표를 시행했고, 정부에서도 압도적 지지로 승인했습니다."

"사후에 말이지요."

"보기에 따라서는 그렇습니다. 하지만 만약 일반투표와 의회에서 이를 승인하지 않았다면 저는 우리나라 역사상 재임 기간이 가장 짧은 대통령이 되었겠지요."

마지의 남편이 투덜댔다.

"저 로마 친구 미꾸라지처럼 잘도 빠져나가는군."

"루마니아예요."

마지는 남편의 무지를 바로잡았다.

"저 친구가 순수 이탈리아 인이라고 말하는 걸 들었는데."

남편의 말에 마지는 스티브와 벅을 향해 눈을 찡긋해 보였다.

벅은 카르파티아의 논리 전개 방식과 능숙한 말솜씨에 놀라움을 금치 못했다. 시어도어가 계속해서 질문했다.

"왜 유엔이죠? 귀하가 우리 상원과 하원에서 연설하면 더 큰 영향력과 이득을 얻을 거라고 말하는 사람들도 있던데요."

"그런 특권은 꿈에도 바라지 않습니다. 그리고 아시다시피 저는 이득을 바라지 않습니다. 유엔은 원래 평화를 유지하자는 운동을 위해 설립되었으며, 다시 그 역할로 돌아가야 합니다."

"오늘 넌지시 비추셨고 지금도 목소리에서 느낄 수 있는데, 대통령께서는 유엔에 대해 어떤 구체적인 계획이 있으시군요. 유엔을 발전시키고 역사상 유례를 찾기 어려울 정도로 두려운 이 시기에 도움이 될 계획 말입니다."

"그렇습니다. 초대받은 신분으로 그런 변화를 제안하는 것은 적절치 않다고 생각했습니다. 하지만 이런 상황이니 주저할 사안이 아니군요. 저는 군비축소를 지지합니다. 그건 비밀이 아니지요. 유엔의 광범위한 발전 능력과 계획 및 프로그램에 감명받은 저는 유엔 회원국이 조금만 조정하고 협력하면 원래 의도한 유엔이 될 수 있다고 믿습니다. 우리는 진정한 지구공동체를 만들 수 있습니다."

"윤곽만 간략히 말씀해 주시겠습니까?"

마음에서 우러나오는 미소가 카르파티아의 얼굴에 떠올랐다.

"그런 일은 항상 위험하죠. 하지만 한번 시도해 보겠습니다. 아시다시피 유엔 안전보장이사회에는 미국·영국·러시아연방·프랑스·중국 이렇게 5개 상임이사국이 있습니다. 비상임이사국은 10개국인데 세계 곳곳의 다섯 지역에서 각각 2개국씩 선정하며 임기는 2년입니다. 5개 상임이사국에는 독점적 성격이 있음을 인정하는 바입니다. 저는 여기에 5개국을 더 뽑자고 제안합니다. 세계 다섯 지역에서 한 국가씩 말입니다. 비상임이사국은 없애고요. 그럼 안정보장이사회는 10개의 상임이사국으로 구성되겠죠. 제 다음 계획은 다소 혁명적인데요. 현재 5개 상임이사국은 거부권이 있어요. 절차상의 문제는 9개국의 동의로 의결되고 실제 문제는 5개 상임이사국을 포함한 과반수의 동의가 필요합니다. 그런데 저는 좀더 엄격한 제도를 제안하려 합니다. 바로 만장일치 제도입니다."

"예? 방금 뭐라고 하셨죠?"

"일단 대표가 되는 10개 상임이사국을 신중히 선출하는 겁니다. 해당 지역에 속하는 국가의 추천을 받고 그 지역 모든 국가의 지지를 얻어야 합니다."

"끔찍하게 들리는데요."

"하지만 효과가 있을 겁니다. 사실 진짜 끔찍한 건 바로 지난주에 우리가 겪었던 사건이 아닙니까. 이제 전 세계 민족이 일어나 정부에게 군비를 축소하여 무기의 10퍼센트만 남기고 모두 폐기하라고 주장해야 할 때입니다. 남은 10퍼센트는 유엔에 양도하여 유엔이 국제평화유지기구로서 올바른 위치로 돌아가 일할 수 있도록 권위와 힘과 장비를 갖추도록 하면 됩니다."

카르파티아는 유엔이 안전보장이사회 이사국을 11개국에서 15개국으로 늘리기 위해 본래의 헌장을 수정한 때가 바로 1965년이었다고 시청자에게 알려 주었다. 그리고 상임이사국의 거부권 행사로 냉전 시대와 한국전쟁 때에 군사적 평화 노력이 방해받았다고 말했다.

"어디에서 그렇게 유엔과 국제 정세에 대한 해박한 지식을 얻으셨습니까?"

"누구나 정말 하고 싶은 일에는 시간을 내게 마련이지요."

"개인적 목표는 무엇입니까? 유럽 공동 시장의 지도자 역할인가요?"

"아시다시피 루마니아는 회원국도 아닙니다. 다시 한 번 강조하지만 지도자가 되는 건 절대로 제 개인적 목표가 아닙니다. 다만 대변자가 되고자 합니다. 우리는 무장을 해제해야 합니다. 유엔에 힘을 실어 줘야 합니다. 통화를 단일화해야 합니다. 그리하여 하나의 지구촌을 이뤄야만 합니다."

레이포드와 클로이는 새로 산 텔레비전 앞에 앉아 니콜라에 카르파티아의 잘생긴 얼굴과 희망찬 신념에 말없이 눈과 귀를 집중하고 있었다. 마침내 클로이가 입을 열었다.

"굉장한 사람이네요. 정치가의 말을 듣는 건 어릴 때 빼곤 처음이에요. 그땐 절반도 이해하지 못했는데……."

레이포드도 동의했다.

"정말 괜찮은 사람이구나. 사심이 없어 보이는 사람을 보니 기분까지 좋아지는구나."

그러자 클로이가 미소를 지으며 말했다.

"아빠 저 사람을 목사님이 테이프에서 경고하신 그 거짓말쟁이와 비교하진 않을 건가 봐요? 세계를 지배하려는 누군가가 유럽에서 나올 거라고 했잖아요."

"저 사람은 아닌 것 같은데. 어딜 봐도 악하거나 이기적인 구석이 없잖니. 어쩐지 내 생각엔 목사님이 말씀하신 사기꾼은 좀더 티가 날 것 같구나."

"하지만 저 사람이 사기꾼이라면 솜씨가 대단한 거죠."

"얘야, 넌 지금 어느 편인 거니? 너한텐 저 사람이 적그리스도처럼 보이니?"

클로이가 고개를 저었다.

"시원한 산들바람처럼 느껴져요. 권력에 애매한 태도를 보이기 시작하면 의심할 수도 있겠지만, 작은 나라의 대통령에 만족하는 평화주의자인걸요. 그의 유일한 권력은 지혜로움이고, 유일한 힘은 진지함과 겸손함이에요."

전화벨이 울렸다. 해티였다. 지금 그와 꼭 통화하고 싶어 했다. 해티는 카르파티아를 칭찬하느라 거의 넋이 나가 있었다.

"그 남자 보셨어요? 정말 잘생겼죠! 그를 꼭 만나야겠어요. 혹시 뉴욕행 비행 스케줄 없으세요?"

"수요일 오전 늦게 비행이 있고 그 다음날 아침에 돌아올 예정이야. 그리고 그날 밤에 함께 저녁 먹기로 했고, 그렇지?"

"예, 좋아요. 하지만 기장님, 이번 비행에서 저도 같이 일하면 안 될까요? 그 잡지사 기자의 사망 기사는 오보였다는 뉴스를 들었거든요. 그 기자를 만나 카르파티아에게 저 좀 소개해 달라고 부탁할 수 있을지 알아봐야겠어요."

"그가 왜 카르파티아를 알 거라고 생각해?"

"벅은 모르는 사람이 없어요. 중요한 국제 기사는 전부 그 사람이 쓰는 걸요. 틀림없어요. 그리고 설령 모른다고 해도 벅을 만나고 싶어요."

레이포드에겐 다행스러운 일이었다. 그러니까 해티는 분명히 보고 싶은, 아니 최소한 만나고 싶은 두 명의 젊은 남자에 대해 거리낌 없이 말하고 있었다. 단지 레이포드의 관심이 어느 정도인지 시험해 보려고 그런 말을 하는 건 분명히 아니었다. 레이포드가 불과 얼마 전에 아내를 잃은 후로 아무에게도 관심이 없음을 해티는 분명히 알고 있었다. 그는 해티에게 품었던 지난날의 감정을 털어놓기로 한 계획을 그대로 따라야 할지 의문이 들었다. 아무래도 목사님의 비디오테이프를 보라고 권하는 일로 넘어가야 할 것 같았다.

"생각대로 됐으면 좋겠네."

레이포드는 딴 데 신경 쓰느라 성의 없이 말했다.

"그럼 이번 비행에 저도 신청해도 될까요?"

"일정이 어떻게 잡혔는지 확인해 보는 게 어때?"

"레이포드!"

"왜?"

"저와 함께 비행하는 게 싫은 거군요! 왜요? 제가 잘못이라도 했나요. 아니면 무슨 옳지 못한 행동이라도 한 거예요?"

"왜 그렇게 생각하지?"

"제 부탁을 무참히 거절했는데, 그걸 모를 줄 아셨나요?"

"정확히 말해 거절한 건 아니야. 난 그저……."

"그게 그거죠."

"난 그저 사실 그대로를 말한 거야. 해티가 내 비행기에 타는 걸 반대하진 않아. 하지만 왜 순서가 돌아올 때까지 그냥 기다리려고 하지 않는 거지?"

"그럴 확률이 낮다는 건 기장님도 아시잖아요. 그냥 기다리면 될 리가 없다고요. 특정 비행편을 요구하려면 상사가 도와줘야 한단 말이에요. 레이포드, 대체 왜 이러시는 거예요?"

"이 문제는 저녁 먹으러 와서 얘기하는 게 어떨까?"

"지금 얘기해요."

레이포드는 할 말을 생각하느라 잠시 머뭇거리다가 말했다.

"그렇게 특별히 부탁하면 비행 일정이 어떻게 될지 생각해 봐. 해티한테 맞추느라 다른 사람들 순서가 모두 늦춰지지 않겠어?"

"그게 이유예요? 다른 사람들이 걱정돼서요?"

레이포드는 거짓말을 하고 싶지 않았다.

"그런 면도 있지."

"전에는 그러지 않으셨잖아요. 늘 저보고 기장님 비행에 맞춰 신청하라고 하셨잖아요. 그리고 가끔은 그렇게 했는지, 저한테 확인까지 하셨고요."

"그랬었지."

"그런데 뭐가 달라진 거죠?"

"해티, 부탁이야. 전화로 이런 얘기하고 싶지 않아."

"그럼 우리 지금 만나요."

"그건 안 돼. 강도가 든 지 얼마 안 됐는데 클로이를 혼자 둘 순 없어."

"그럼 제가 거기로 갈게요."

"밤이 늦었어."

"레이포드! 절 무시하시는 거예요?"

"만약 해티를 무시한다면 저녁식사에 초대하지도 않았을 거야."

"기장님 집에서 따님과 함께 말이죠? 지금 저보고 귀부인처럼 고상하게 굴라는 거예요?"

"해티, 지금 무슨 소릴 하는 거요?"

"기장님은 저랑 따로 만나 함께 다니는 걸 좋아하셨잖아요. 뭔가 진행하고 있는 척하면서요."

"그건 나도 인정해."

"그리고 부인 일은 정말 유감이에요, 레이포드. 진심이에요. 아마 기장님은 죄책감을 느끼고 계시겠죠. 비록 우리가 죄책감을 느낄 만한 짓은 전혀 안 했지만요. 그래도 상실감을 극복하고 새로운 삶을 다시 시작할 기회를 갖기도 전에 절 밀어내지는 마세요."

"그게 아니야, 해티. 뭘 밀어낸단 말이지? 우리 둘이 무슨 사이였던 건 아니잖아. 만약 그랬다면 왜 그 잡지사 기자와 루마니아 인에게 그렇게 관심이 많은 거지?"

"전 카르파티아에게 관심이 있어요. 그리고 제가 그에게 갈 수 있는 유일한 통로가 벅이고요. 제가 벅한테 무슨 속셈을 가졌다고 생각하시는 거예요? 정말이에요? 그런 국제적 인물한테요! 아유, 참, 레이포드."

"그렇다 해도 난 상관없소. 난 단지 해티가 주장하는 우리 관계와 그 일이 맞지 않는다고 말한 것뿐이야."

"제가 뉴욕에도 가지 않고, 두 사람 모두에게 관심을 거두기를 바라시나요?"

"아니, 그런 뜻이 아니야!"

"전 갈 거예요. 사실 기장님과 기회가 있었다면 놓치지 않았을 거예요. 진심이에요."

레이포드는 허를 찔렸다. 그의 두려움과 추측이 옳았다. 하지만 이젠 자신을 변호하고 싶었다.

"기회가 있었다고 생각한 적이 한 번도 없나?"

"기장님은 어떤 암시를 준 적이 없었는걸요. 제가 아는 건 기장님이 저와 같이 있으면 절 재미있고 한참 어린 귀여운 젊은이로 생각하긴 했어도 손끝 하나 대진 않으셨잖아요."

"어느 정도는 사실이오."

"레이포드, 하지만 그 이상이었으면 좋겠다고 바란 적이 한 번도 없었나요?"

"해티, 함께하고 싶은 얘기가 바로 그거요."

"지금 당장 대답해요."

레이포드는 한숨을 쉬었다.

"그런 적 있어. 그 이상이었으면 하고 바란 적도 있었지."

"어머나, 고마워라. 제 추측이 틀렸네요! 기장님 얼굴에 접근 금지라고 쓰여 있어서 포기했는데……."

"맞는 말이오."

"이제 확실하군요. 이해할 수 있어요. 기장님은 괴로움에 빠졌고, 아마 잠시나마 아내 말고 다른 사람을 생각했었기 때문에 더 괴로울 거예요. 하지만 그렇다고 해서 저와 비행할 수도 없고 얘기도 못 하고 술 한잔도 할 수 없다는 뜻은 아니잖아요? 우린 다시 예전처럼 돌아갈 수 있어요. 그리고 기장님 마음속의 생각만 빼면 우리 다시 예전처럼 지내도 아무 문제 없다고요."

"해티가 나와 얘기할 수 없다거나, 우리 일정이 맞을 때 함께 일할 수 없다는 말이 아니야. 내가 해티와 어떤 일도 함께하기 싫다면 우리 집에 초대하지도 않았을 거야."

"뭔지 알겠어요, 레이포드. 그냥 '친구'로 지내자는 거지요?"

"맞아. 그리고 또 있어."

"뭔데요?"

"꼭 얘기하고 싶은 게 있소."

"제가 그런 식의 관계에는 관심이 없다면요? 기장님의 아내가 사라졌다고 해서 제게 달려오리라고 기대하진 않아요. 하지만 절 무시할 줄은 몰랐어요."

"해티를 무시한다면 집으로 초대한 건 뭐란 말이오?"

"전에는 한 번도 집으로 초대하지 않았잖아요?"

레이포드는 말문이 막혔다.

"그렇죠?"

"그때는 옳은 일이 아니라고 생각했어."

레이포드는 낮게 중얼거렸다.

"그런데 이젠 집 밖에서 만나는 게 옳지 않다고요?"

"솔직히 말하면 그래. 하지만 난 정말 해티와 얘기를 나누고 싶소. 무시하겠다는 말을 하려는 게 아니란 말이야."

"기장님의 얘기가 궁금하다고 해서 제가 꼭 가야 하나요? 할 말이 있는데요. 저 그 초대 거절해야겠어요. 바빠질 것 같거든요. 양해해 주세요. 어쩔 수 없는 일이 벌어졌잖아요. 무슨 말인지 아시죠?"

"제발, 우리는 정말 해티가 왔으면 좋겠어."

"레이포드, 그럴 필요 없어요. 뉴욕으로 가는 비행기는 많아요. 기장님 비행기에 타려고 더 이상 애쓰지 않을 거예요. 아니 일부러 피할 거예요."

"그럴 필요까지는 없잖아."

"당연히 그렇게 해야 해요. 나쁘게 생각하진 말아요. 클로이를 만났더라면 좋았을 거예요. 하지만 기장님은 한때 저한테 빠져 있었다는 사실을 클로이에게도 털어놔야 한다는 압박감에 시달리게 될 거예요."

"해티, 잠시만 내 말을 들어주겠어? 부탁이오."

"싫어요."

"목요일 밤에 꼭 와 줬으면 좋겠어. 정말 중요한 얘기가 있단 말이오."

"그게 뭔지 말해 봐요."

"전화로는 안 돼."

"그럼 안 갈 거예요."

"대강 얘기해 주면 오겠소?"

"일단 들어보고요."

"그러니까 나는 이번 실종 사건이 어떻게 된 건지 알아냈소. 내 말 알아듣겠소? 그게 의미하는 바를 알고 있단 말이오. 그리고 해티도 그 진리를 찾게 도와주고 싶소."

해티는 한참 동안 쥐 죽은 듯이 조용히 있다가 마침내 입을 뗐다.

"설마 광신자가 된 건 아니죠, 그렇죠?"

레이포드는 그 질문에 대해 잠시 생각해야 했다. 해티의 말이 옳은지도 모른다. 분명히 거의 광신자가 되어 가고 있었다. 하지만 그렇게 말하지 않기로 했다.

"해티, 나를 잘 알잖아."

"잘 안다고 생각했었죠."

"날 믿어. 시간 낭비가 아니라니까."

"간단히 얘길 좀 해 봐요. 그럼 듣고 싶은지 아닌지 말해 줄게요."

레이포드는 자신이 내린 결정에 스스로 놀라며 이렇게 말했다.

"그건 절대 안 돼. 직접 만나서 얘기하는 게 아니라면 말하지 않을 거야."

"그럼 안 갈래요."

"해티!"

"안녕히 계세요."

"해……."

그녀는 전화를 끊어 버렸다.

16

"다른 사람한테는 절대 이런 말 안 하는데 말이야."

마지에게 고맙다고 인사하고 각자 택시를 타러 가면서 스티브가 말했다.

"얼마나 오래 붙잡을 수 있을까? 날 다른 사람인 척하는, 자네로 착각하게 하는 게 얼마나 갈지 모르겠어. 그러니까 너무 멀리 떨어져서 오진 말라고."

"걱정하지 마세요."

스티브는 벅의 '조지 오레스코비치' 기자증을 가슴에 달고 첫 번째 택시에 올라탔다. 그는 곧장 플라자 호텔로 가서 카르파티아와의 면담을 요청할 계획이었다. 벅이 바라는 것은 스티브가 자신으로 오인되어 붙잡히고 그 사이에 약속 장소로 들어갈 수 있게 길을 터주는 것이었다. 관련 당국자가 벅에게 말을 걸면 스티브 플랭크의 신분증을 내밀 생각이었다. 두 사람 모두 이것이 위험한 계획이라는 것을 알고 있었다. 하지만 벅은 국외 추방을 피하고 앨런 톰킨스와 어쩌면 더크 버턴까지도 살해했다는 모함에서 벗어나기 위해 뭐든지 해 볼 작정이었다.

벅은 스티브가 탄 택시가 플라자 호텔로 떠나자 택시기사에게 잠깐 기다렸다가 출발하자고 부탁했다. 호텔 앞에 도착해 보니 경광등을 번쩍이는 경찰차와 범인 호송차 한 대, 일반 차량 몇 대가 세워져 있었다. 벅은 구경꾼을 헤치며 앞으로 나갔다. 경찰이 등 뒤로 수갑을 채운 스티브를 밀면서 문밖으로 나와 계단을 내려가고 있었다. 스티브가 경찰에게 말했다.

"내 말 좀 들어봐요. 기자증에 오레스코비치라고 쓰여 있잖아요!"

"댁이 누군지 알고 있어, 윌리엄스. 입 다물라고."

그때 기자 한 명이 손가락으로 스티브를 가리키더니 웃음을 터뜨리며 큰 소리로 말했다.

"캐머런 윌리엄스가 아니잖아! 이런 바보들! 저 사람은 스티브 플랭크라고."

"그래요, 저 사람 말이 맞습니다. 나는 윌리엄스의 직장 상사입니다."

스티브는 자신이 윌리엄스가 아니라고 주장했다.

"그러시겠지."

사복을 입은 경찰이 일반 차량에 스티브를 밀어 넣으며 대꾸했다.

벅은 플랭크를 알아봤던 기자의 눈을 피해 호텔 안으로 들어갔다. 로젠츠바이크의 방에 전화하기 위해 구내전화를 집어든 순간, 옆자리에 있던 동료 기자인 에릭 밀러가 몸을 휙 돌리더니 들고 있던 수화기를 손으로 막으면서 속삭였다.

"윌리엄스, 어떻게 된 거야? 방금 경찰이 여기에서 자네 상관을 끌고 갔다고. 자네라고 우기면서 말이야!"

"나 좀 도와줘. 30분만 모른 척해 줘. 나한테 빚진 것도 있잖아."

벅은 사방을 살피며 부탁했다.

"자네한테 빚진 적 없어, 윌리엄스. 하지만 무척 겁나는 모양이군. 어떻게 된 건지 나한테 제일 먼저 말해 주기로 약속부터 해."

"좋아. 어쨌든 기자들 중에는 자네에게 제일 먼저 얘기할게. 다른 사람한테 말하지 않겠다는 약속은 못 해."

"다른 사람 누구?"

"더 이상은 묻지 마."

"카르파티아에게 전화하려는 거라면 그냥 포기하게. 우리가 여태 계속 시도해 봤어. 오늘 밤에는 인터뷰하지 않을 거야."

"여기 와 있나?"

"응. 하지만 연락이 안 돼."

로젠츠바이크가 벅의 전화를 받았다.

"박사님, 저 캐머런 윌리엄스입니다. 올라가도 되겠습니까?"

에릭 밀러는 들고 있던 수화기를 쾅 내려놓더니 바짝 다가섰다. 벅의 수화기 너머로 로젠츠바이크의 목소리가 흘러나왔다.

"캐머런! 정말 못 당하겠군. 처음엔 죽었다더니 살아 있질 않나, 이번엔 방금 로비에서 체포되어 런던 살인 사건으로 심문받을 거라는 전화를 받았지 뭔가."

벅은 밀러가 눈치 채지 않길 바랐다.

"박사님, 빨리 움직여야겠어요. 플랭크라는 이름을 사용하겠습니다. 아시겠죠?"

"그건 니콜라에와 내가 처리하지. 아무튼 니콜라에를 내 방으로 오라고 할 테니 어서 오게."

로젠츠바이크가 방 번호를 불렀다.

벅은 입술에 손가락을 대면서 질문하지 못하게 했지만, 밀러를 따돌릴 수 없었다. 벅이 재빨리 엘리베이터에 올라타자 그도 서둘러 같이 탔다. 어떤 부부 한 쌍도 함께 타려고 하자 벅이 말했다.

"죄송합니다. 고장입니다."

부부는 다른 데로 갔지만 밀러는 꿈쩍도 안 했다. 벅은 자신이 가려는 층을 그에게 알려 주고 싶지 않아서 문이 닫히기를 기다렸다가 불을 꺼 버렸다. 그리고 밀러의 멱살을 잡아 벽에다 밀어붙였다.

"잘 들어, 에릭. 여기에서 벌어지는 일은 제일 먼저 자네에게 알려 준다고 약속했어. 하지만 이 일에 끼어들려고 하거나, 날 따라오면 국물도 없을 줄 알아."

밀러는 몸을 뒤틀어 빠져나오더니 옷매무새를 가다듬었다.

"알았어, 윌리엄스! 깜짝 놀랐잖아! 불 좀 켜!"

"불을 켜면 또 기웃거릴 거잖아."

"이봐, 그게 내 직업이야. 잊지 말라고."

"나도 마찬가지야, 에릭. 그래도 난 다른 사람의 꽁무니를 따라다니진 않아. 내가 스스로 찾아내지."

"카르파티아를 인터뷰하려는 거지? 그것만 얘기해 줘."

"아니. 영화배우가 방에 있는지 목숨을 걸고 알아보러 가는 중이야."

"그러니까 진짜 카르파티아한테 가는 거구나, 맞지?"

"그런 말은 한 적 없어."

"이봐, 나 좀 끼워 줘! 뭐든지 하라는 대로 할게!"

"자네 입으로 카르파티아는 오늘 밤 인터뷰가 없다고 했잖아."

"공중파 방송이나 산하의 지방 방송국 사람이 아니면 아무것도 알려 주지 않아. 그러니 난 도저히 만날 길이 없단 말이야."

"그거야 자네 사정이지."

"윌리엄스!"

벅이 다시 손을 뻗자 밀러는 서둘러 말했다.

"알았어. 갈게!"

귀빈층에 도착한 벅은 어찌된 일인지 밀러가 한 걸음 먼저 도착해서 제복 차림의 수위에게 스티브 플랭크라고 다급하게 밝히는 것을 보고 깜짝 놀랐다.

"로젠츠바이크 씨께서 기다리고 계십니다."

수위가 말했다.

"잠깐만요!"

벅이 스티브의 기자증을 내밀면서 소리쳤다.

"내가 플랭크요. 이 사기꾼은 쫓아내요."

수위는 양손으로 스티브와 벅을 제지하며 말했다.

"호텔 경비를 부르는 동안 두 분 다 여기에서 기다리십시오."

"그냥 로젠츠바이크 씨에게 전화해서 여기로 나오라고 해 주세요."

벅이 말했다.

수위는 어깨를 으쓱하더니 휴대 전화에 방 번호를 입력했다. 밀러가 몸을 기울여 번호를 확인하더니 쏜살같이 방으로 달려갔다. 벅은 밀러를 쫓아 뛰어가고, 무장하지 않은 수위는 뒤에서 소리를 지르면서도 여전히 전화로 누군가와 통화하려고 애쓰고 있었다.

더 젊고 건장한 벅이 밀러를 곧 따라잡았다. 벅이 현관에서 밀러를 덮치자 여기저기에서 문이 열렸다. 어떤 여자가 고함쳤다.

"다른 데 가서 싸워요!"

벅은 밀러를 일으켜 세워 팔 사이에 머리를 끼우고 비틀었다.

"자네 얼뜨기처럼 왜 이래. 정말 로젠츠바이크가 모르는 사람을 방에 들일 것이라고 생각해?"

"말만 잘하면 어디든 들어갈 수 있어, 벅. 자네도 똑같이 할 거잖아."

"문제는 말이지, 난 벌써 그렇게 했다는 거야. 이제 꺼져."

수위가 달려와 말했다.

"로젠츠바이크 박사께서 곧 나오시겠답니다."

"박사님께 질문 하나만 할게요."

밀러가 수위에게 부탁하는 말을 듣고 벅이 가로막았다.

"안 돼, 그럴 수 없어."

벅은 몸을 돌려 수위에게도 말했다.

"당장 내보내세요."

"박사님께서 결정하실 겁니다."

대답과 동시에 수위가 옆으로 비켜서면서 벅과 밀러를 잡아당겨 사람들이 지나갈 수 있게 현관 길을 터 주었다. 검은 정장 차림의 남자 네 명에게 둘러싸여 당당히 걷고 있는 사람은 바로 니콜라에 카르파티아가 분명했다.

"실례합니다."

카르파티아가 말했다.

"아, 카르파티아 씨. 아니, 대통령 각하."

밀러가 외쳤다.

"예?"

카르파티아가 밀러를 향해 몸을 돌리자 경호원들이 그를 노려보았다.

"아, 안녕하세요, 윌리엄스 씨. 오레스코비치 씨라고 불러야 하나요? 아니면 플랭크 씨라고 해야 할까요?"

카르파티아가 벅을 알아보더니 말을 걸었다. 그러자 밀러가 몸을 앞으로 내밀며 끼어들었다.

"〈시보드 먼슬리〉에서 나온 에릭 밀러입니다."

"잘 알고 있습니다, 밀러 씨. 하지만 제가 약속 시간에 늦어서요. 내일 전화해 주시면 통화할 수 있습니다. 괜찮으시겠죠?"

카르파티아의 말에 밀러는 당황한 모습이었다. 고개를 끄덕이며 뒤로 물러났다.

"이름이 플랭크라고 했던 것 같은데요."

수위의 말에 밀러만 빼고 모든 사람의 얼굴에 미소가 번졌다.

"자, 갑시다, 벅."

카르파티아가 따라오라고 손짓했다. 벅은 아무 말도 하지 않았다.

"사람들이 그렇게 부르던데요, 아닌가요?"

"맞습니다."

벅은 그렇다고 대답했다. 하지만 그 이름은 로젠츠바이크조차도 모르고 있었던 별명이었다.

레이포드는 해티 더럼 때문에 기분이 엉망이었다. 최악의 상황이었다. 왜 해티가 자신의 비행기에 타겠다는 걸 그냥 허락하지 않았을까? 그럼 그녀는 여전히 몰랐을 테고 목요일 저녁에 초대한 진짜 이유를 천천히 실행에 옮길 수 있었을 텐데 말이다. 그가 모든 걸 망쳐 버렸다.

이젠 클로이에게 어떻게 다가가지? 그의 진짜 동기는 해티와의 통화조차도 모두 클로이와 대화하기 위한 방편이었다. 이 정도라면 클로이도 충분히 알지 않았을까? 도둑맞은 비디오테이프를 새로 받아 오자고 한 걸 보면 좀더 희망을 품어도 되지 않을까? 레이포드는 하룻밤 걸리는 뉴욕행 비행에 함께 가지 않겠느냐고 클로이에게 물었다. 클로이는 집에 있으면서 근처의 대학에서 수강할 과목이 있는지 알아봐야겠다고 대답했다. 그는 함께 가자고 강요하고 싶었지만 그럴 용기가 나지 않았다.

클로이가 자러 간 뒤, 레이포드는 브루스 반즈 목사에게 전화를 걸어 초조한 심정을 털어놓았다.

"너무 열심이네요, 레이포드. 이제 우리의 믿음에 대해 말하기가 좀더 쉬워질 만도 한데, 사람들의 반감은 여전하군요."

브루스 목사가 위로했다.

"게다가 대상이 딸이다 보니 더 힘들군요."

"상상이 갑니다."

브루스 목사의 말에 레이포드는 의기소침해져 이렇게 대답했다.

"아뇨, 모를 겁니다. 하지만 괜찮습니다."

하임 로젠츠바이크는 멋진 스위트룸에 있었다. 경호원들을 문 앞에 배치한 뒤, 카르파티아는 로젠츠바이크와 벅을 개인 응접실로 안내하여 셋만의 자리를 마련하였다. 그리고 코트를 벗어 소파 등받이에 조심스럽게 걸쳤다.

"편히 앉으세요."

카르파티아가 권했다.

"나는 여기 있을 필요가 없는데, 니콜라에."

로젠츠바이크가 낮은 목소리로 속삭였다.

"오, 무슨 말씀이세요, 박사님. 벅, 괜찮으시죠?"

카르파티아의 물음에 벅이 대답했다.

"그럼요."

"제가 벅이라고 불러도 괜찮겠지요?"

"물론 괜찮습니다. 하지만 그렇게 부르는 사람들은……."

"잡지사 사람들이죠? 알고 있어요. 당신이 전통과 유행과 관습에 저항하기 때문에 그렇게 부른다지요. 맞습니까?"

"예, 하지만 어떻게……."

"벅, 오늘은 제 생애 최고의 날입니다. 이곳에서 정말 환영받고 있다는 느낌이 들어요. 그리고 사람들도 제 제안에 긍정적으로 생각하는 것 같습니다. 정말 가슴이 벅찹니다. 행복과 만족을 품에 안고 고국에 돌아갈 것 같군요. 하지만 당장은 아닙니다. 좀더 오래 있어 달라는 부탁을 받았거든요. 알고 계십니까?"

"들었습니다."

"정말 놀랍지 않습니까? 다음 몇 주 동안 여기 뉴욕에서 열리는 국제회의가 모두 제 관심사인 세계 협력에 대한 것이라니 말입니다."

"그러게 말입니다. 저도 이번에 취재를 맡게 되었습니다."

"그럼 서로에 대해 잘 알게 되겠군요."

"기대가 큽니다. 오늘 유엔 연설은 정말 감동적이었습니다."

"감사합니다."

"각하에 대해서는 로젠츠바이크 박사님께 말씀 많이 들었습니다."

"저도 말씀 많이 들었습니다."

그때 문 두드리는 소리가 들렸다. 카르파티아의 얼굴에 언짢은 빛이 떠올랐다.

"방해받지 않길 바랐는데 말이오."

로젠츠바이크가 천천히 일어나 문 쪽으로 가서 조용조용히 대화를 나누었다. 그러더니 벅에게 슬쩍 다가와 속삭였다.

"잠깐 자리를 비켜 줘야겠는데, 캐머런. 중요한 전화라서."

그러자 카르파티아가 로젠츠바이크를 말렸다.

"오, 아니에요. 나중에 받겠습니다. 제겐 이 인터뷰가 더 중요……."

"각하, 죄송합니다만, 대통령으로부터 온 전화입니다."

"대통령이라뇨?"

"미국 대통령께서 전화하셨답니다."

벅은 재빨리 일어나 로젠츠바이크와 함께 자리를 피하려고 했지만, 카르파티아는 둘이 남아 있기를 바랐다.

"전 이런 영광을 제 오랜 친구뿐만 아니라 새 친구와도 나누지 못할 만큼 대단한 사람이 아닙니다. 자리에 앉으세요!"

그들이 다시 앉자 카르파티아는 스피커폰 버튼을 눌렀다.

"니콜라에 카르파티아입니다."

"안녕하시오. 난 피츠요, 제럴드 피츠."

"대통령 각하, 전화해 주셔서 영광입니다."

"미국에 오신 걸 환영합니다!"

"대통령 취임 때 축하 서신도 보내 주시고, 정부 승인도 즉시 해 주셔서 감사했습니다."

"대통령직을 이어받았다는 소식을 듣고 무척 놀랐습니다. 처음에는 무슨 일이 벌어진 건지 확실히 몰랐었죠. 하지만 각하도 마찬가지였겠지요."

"정말 그렇습니다. 아직도 적응이 안 됩니다."

"6년간 재임한 사람으로서 얘기하는 건데, 절대 적응이 안 될 겁니다. 그저 알맞은 곳에 굳은살이 박이도록 열심히 일만 하면 되는 거지요."

"예, 각하."

"아, 전화한 이유는 대통령께서 예정보다 좀더 오래 머무르실 거라고 들었기 때문입니다. 나와 윌마는 각하가 하룻밤이나 이틀 정도 우리와 함께 보냈으면 합니다."

"워싱턴에서 말씀이십니까?"

"바로 여기 백악관에서 말입니다."

"정말 영광입니다."

"각하 쪽에 연락해서 적당한 날을 잡도록 하겠습니다. 국회가 개회 중이니 빠른 시일에 만나게 되겠군요. 분명히 의원들이 각하의 연설을 듣고 싶어할 테니 말입니다."

벅은 고개를 끄덕이는 카르파티아의 모습을 보고 그가 감격한 것 같다고 생각했다.

"영광이라는 말로는 부족할 것 같습니다."

"정말 놀라웠던 건 오늘 각하의 연설과 좀 전에 방송된 인터뷰였지요. 음, 정말 대단했어요. 속히 만나기를 기대하고 있겠습니다."

"저도 그렇습니다, 각하."

벅은 카르파티아와 로젠츠바이크만큼 감격하지는 않았다. 미국 대통령에 대한 경외심이 사라진 지 이미 오래였다. 특히 피츠라고 불리기 좋아하는 이번 대통령은 더욱 그랬다. 벅은 전에 '올해의 뉴스메이커'로 피츠휴 대통령에 대한 기사를 쓴 적이 있다. 벅이 '올해의 뉴스메이커' 기사를 다룬 적은 처음이었지만 피츠는 '올해의 뉴스메이커'로 선정된 게 벌써 두 번째였다. 어쨌든 방에 앉아 대통령의 전화를 받는다는 건 늘 있는 일이 아니긴 했다.

통화 때문에 아직 흥분 상태인 것 같았지만 카르파티아는 재빨리 주제를 바꿨다.

"벅, 모든 질문에 답하고 필요한 건 뭐든지 알려 주겠습니다. 그동안 박사님께 그렇게 잘해 주셨다지요. 그래서 비밀도 하나 알려 드릴까 합니다. 특종이라고 할 만하지요. 하지만 그보다 우선 심각한 상황에 빠지셨더군요. 할 수 있다면 도움을 주고 싶은데요."

벅은 자신의 상황을 카르파티아가 어떻게 아는 건지 도무지 짐작조차 할 수 없었다. 그렇다면 그에게 전후곡절을 털어놓고 도와달라고 따로 부탁하지 않아도 된단 말인가? 일이 너무 착착 진행되어서 믿기 어려울 정도였다. 이제 남은 문제는 카르파티아가 알고 있는 게 무엇인지, 또 자신이 알아야 할 건 무엇인지에 대한 것이었다.

이 루마니아 인은 몸을 앞으로 내밀고 벅의 눈을 똑바로 들여다보았다. 그러자 벅은 불안한 마음이 사라지고 평온해지면서 모든 일을 하나도 숨김없이 얘기하게 되었다. 심지어 스토나갈과 토드코트란이 누군가와 만난다고 친구 더크가 귀띔해 준 사실까지, 그리고 그 누군가가 바로 카르파티아 같다는 생각까지도 말했다.

벅의 말을 듣고 있던 카르파티아가 입을 열었다.

"제가 맞습니다. 하지만 이건 분명히 해야겠어요. 음모에 대해서 전 아무것도 모릅니다. 그런 얘긴 들어본 적도 없어요. 스토나갈 씨는 제가 그분의 동료와 국제 인사들과 만나는 게 좋겠다고 생각하셨습니다. 하지만 저는 그런 사람들에 대해 평소에 따로 생각하던 바도 없고 만난 적도 없습니다. 제 말 잘 들으세요. 저는 윌리엄스 씨가 지금 한 말을 믿습니다. 사실 윌리엄스 씨에 대해 제가 아는 건 그동안 썼던 기사라든가 로젠츠바이크 박사님처럼 제가 존경하는 분들의 평판을 통한 게 전부입니다. 하지만 지금 했던 말이 진실이란 건 느낄 수 있어요. 제가 듣기로 지금 런던에서는 윌리엄스 씨를 런던 경찰국 조사관을 살해한 혐의로 현상 수배 중이라고 합니다. 또 톰킨스의 주의를 다른 데로 돌린 다음 폭발물을 설치해 술집 안에서 작동하는 걸 봤다는 증인도 여러 명 확보했다고 합니다."

"말도 안 돼요."

"그래요. 친구의 뜻하지 않은 죽음에 슬퍼하고 있던 중이라면 그건 정말 말도 안 되는 얘기지요."

"우린 당연히 친구의 죽음을 슬퍼하고 있었습니다. 그리고 진상 규명을 위해 어떻게 해야 할지도 상의했고요."

누군가 다시 문을 두드렸다. 로젠츠바이크가 갔다 오더니 카르파티아에게 귓속말로 뭔가 속삭였다.

"벅, 이리 와 보세요."

카르파티아는 자리에서 일어나 벅을 데리고 로젠츠바이크에게서 멀찍이 떨어져 창가로 갔다.

"쫓기는 중에도 여기 들어오기로 한 계획은 정말 훌륭했습니다. 하지만 경찰이 상관의 신분을 파악했고 당신이 지금 여기에 있다는 것도 알아냈다는군요. 구속해서 영국으로 추방하려는 모양입니다."

"그렇게 되면 톰킨스의 예상이 적중하는 거죠. 전 죽은 목숨입니다."

"그들이 당신을 죽일 거라고 믿습니까?"

"버턴도 죽였고 톰킨스도 죽였습니다. 저는 글을 쓰는 기자니 훨씬 위험하다고 생각하겠죠."

"상황이 당신과 친구들이 말한 대로 돌아가고 있다면 기사를 써서 저들의 정체를 폭로한다고 해도 여전히 위험할 텐데요."

"압니다. 그래도 어쨌든 그렇게 해야겠지요. 다른 방법이 전혀 없으니까요."

"내가 해결할 수 있습니다."

갑자기 벅의 가슴이 요동치기 시작했다. 이것이야말로 바라던 바지만,

과연 카르파티아가 자신을 토드코트란과 설리번의 손에 잡히기 전에 구할 수 있을지 여전히 두려웠다. 카르파티아와 그 사람들의 관계가 자신이 아는 것보다 더 깊은 건 아닐까?

"각하, 전 각하의 도움이 필요합니다. 하지만 일단 전 기자입니다. 매수나 흥정은 받아들일 수 없습니다."

"오, 물론 그럴 수 없지요. 절대 그런 건 요구하지 않습니다. 내가 할 수 있는 일을 말해 드리지요. 무고함을 입증하기 위해 런던 사건을 재수사하도록 조정하려고 합니다."

"어떻게 그게 가능하지요?"

"당신의 말이 사실이라면 상관없지 않습니까?"

벅은 잠깐 생각에 잠겼다가 대답했다.

"분명히 사실입니다."

"물론 그렇겠지요."

"하지만 그런 일이 어떻게 가능하리라고 생각하십니까? 대통령께서는 혜성처럼 등장하셨고, 저의 이야기를 듣기 전에는 그 일에 대해서는 전혀 모른다고 주장하시지 않았습니까. 그런데 어떻게 런던에서 일어난 일에 대해 손을 쓰실 수 있다는 거죠?"

카르파티아가 한숨을 쉬었다.

"벅, 음모에 대해서는 더크가 잘못 생각한 거라고 내가 말했지요. 그게 사실입니다. 난 토드코트란이나 스토나갈이나, 또 최근에 만났던 국제 지도자 중 누구와도 그런 은밀한 사이가 아닙니다. 하지만 그들에게 영향을 미쳐 중요한 결정과 행동을 해야 할 때가 임박했습니다. 그리고 그 과정에서 발언권이 있다는 건 제 특권이지요."

벅은 카르파티아에게 다시 자리에 앉으면 어떻겠느냐고 물었다. 카르파티아는 로젠츠바이크에게 잠시 자리를 비켜 달라고 손짓했다. 자리에 앉자마자 벅이 말을 꺼냈다.

"각하, 전 아직 젊지만 그동안 별별 일을 다 겪었습니다. 그런데 아무래도 이 일은, 음모는 아니라 해도 적어도 사전에 계획된 게 분명합니다. 또한 이 일에 각하가 얼마나 깊이 관련된 건지 곧 알아낼 수 있을 겁니다. 제가 협력하는 척해서 목숨을 구할 수도 있지만, 만약 거절하면 각하는 절 런던으로 보내 위험에 빠뜨릴 수도 있겠죠."

카르파티아는 한 손을 위로 치켜들면서 고개를 흔들었다.

"벅, 다시 말하는데 우린 지금 정치와 외교 얘기를 하고 있는 겁니다. 사기나 범죄 얘기가 아니에요."

"그래서요? 계속 말씀하시지요."

"우선 이것부터 물어봅시다. 나는 돈의 힘을 믿습니다. 당신은요?"

"안 믿습니다."

"믿게 될 겁니다. 난 중학교 시절부터 이미 루마니아에서 어느 정도 성공한 사업가였습니다. 밤에는 필요한 외국어를 공부하고, 낮에는 수출입 무역 회사를 경영하며 부자가 됐지요. 하지만 내 가능성에 비하면 부는 하찮은 것이라고 생각했습니다. 그걸 배울 필요는 있지만요. 저는 그 모든 것을 쓰라린 경험을 통해 배웠지요. 유럽의 은행에서 수백만 달러를 빌렸는데 은행 관계자가 주요 경쟁자에게 내 사업 내용을 알렸던 거죠. 나는 나 자신과의 싸움에서 졌고 빌린 돈을 갚을 수가 없어 악전고투하고 있었습니다. 그때 돈을 빌려 줬던 그 은행이 재정 지원을 해 줬고 내 경쟁자를 파멸시켰습니다. 난 그를 다치게 할 의도도, 그러고 싶은 마음도 없었어요. 나를 옭아매려는 은행의 속셈에 그가 이용된 거죠."

"미국인 유력가가 소유한 은행이었나요?"

카르파티아는 벅의 질문을 무시하고 말을 이었다.

"내가 배워야 했던 것은 십 년의 시간이 지나면서 저쪽에 돈이 얼마나 많이 쌓일지에 대한 것이었습니다."

"저쪽이라면?"

"전 세계 은행 말입니다."

"특히 조너선 스토나갈이 소유한 은행 말이군요."

하지만 벅의 예리한 질문 공세에 카르파티아는 말려들지 않았다.

"자본은 곧 힘입니다."

"전 바로 그런 것에 반대하는 기사를 쓰고 있죠."

"당신의 목숨을 구하는 일에 대한 겁니다."

"계속하시죠."

"돈은 사람의 이목을 끌죠. 사람들은 돈에 기꺼이 굴복합니다. 그리고 열정과 활력이 넘치고 젊은 누군가에게 자기 자리를 넘겨주는 게 현명하다는 걸 깨닫도록 만들지요."

"그게 루마니아에서 일어났던 일인가요?"

"벅, 나를 모욕하지 마세요. 루마니아의 전임 대통령이 나를 후임자로 선택한 건 자의였습니다. 정부는 이를 만장일치로 통과시켰고, 국민도 거의 전적으로 찬성했습니다. 모든 게 전보다 상황이 더욱 좋아졌어요."

"전임 대통령은 통치권을 상실했지 않습니까."

"대신 호화롭게 살고 있지요."

벅은 숨이 턱 막혔다. 무슨 뜻이지? 그러나 그저 카르파티아를 물끄러미 쳐다볼 뿐 움직일 수도 어떤 반응을 보일 수도 없었다. 카르파티아가 말을 이었다.

"응구모 사무총장은 굶주림에 빠진 나라를 통치하고 있습니다. 세계는 내가 제안한 대로 안전보장이사회의 상임이사국을 10개국으로 하는 계획을 받아들일 준비가 되어 있어요. 이 두 가지 상황이 함께 맞물려 돌아갈 겁니다. 사무총장은 보츠와나의 내부 문제를 해결하는 데 시간을 쏟아야 합니다. 적절한 보상금만 있으면 그는 그렇게 할 겁니다. 행복한 부자가 되겠지요. 행복하고 부유한 국민과 함께 말입니다. 하지만 먼저 안전보장이사회에 대한 내 계획에 찬성한다는 조건을 수락해야 합니다. 10개국 대표의 구성은 흥미로울 겁니다. 현직 대사들도 포함되지만 대부분 재정적 배경이 든든하고 사상이 진보적인 새 인물들로 구성될 겁니다."

"각하가 유엔 사무총장이 될 거라는 말씀이신가요?"

"그런 지위를 추구한 적은 절대 없습니다. 하지만 그런 영광을 어떻게 거절할 수 있겠습니까? 그런 막중한 책임에 등을 돌릴 사람이 어디 있겠습니까?"

"안전보장이사회의 10개 상임이사국의 대표자들에게 각하는 어느 정도나 발언권을 갖게 되시는 겁니까?"

"난 거기서 그저 섬기는 지도자일 뿐입니다. 그게 어떤 개념인지 아시지요? 명령이 아니라 섬김을 통해 이끄는 지도자 말입니다."

"제 어림짐작이지만 토드코트란도 새 안전보장이사회에 포함될 가능성이 있겠군요."

벅의 말에 카르파티아는 무슨 말인지 알겠다는 듯이 뒤로 물러나 앉았다.

"흥미로울 것 같지 않습니까? 정치인도 아니고 탁월한 경제 감각을 지닌 데다 세계 통화 체계가 본인의 파운드화가 빠진 3개 체계로 통합돼도 좋다고 할 만큼 현명하고 친절하며 세계적인 마인드를 가진 인물이지 않습니까. 그런 역할을 하는 데 적합한 사람이지요. 세계는 토드코트란 덕분에 더 편해질 겁니다. 그렇지 않을까요?"

바로 눈앞에서 생명줄을 놓쳐 버린 사람처럼 벅의 마음에는 절망의 그림자가 드리워졌다.

"그렇겠지요. 만약 토드코트란이 그 불가사의한 자살이나 차량 폭발 사건의 중심인물이 아니라면 말입니다."

카르파티아의 입가에 미소가 떠올랐다.

"국제적 후보로 손꼽히는 사람이 과연 그런 꼬투리 잡힐 만한 일을 할까 싶은데요."

"그런데 지금 각하는 그에게 영향력을 행사할 수 있다고 말씀하시는 거구요?"

"벅, 날 과대평가하고 있군요. 난 그저 당신의 말이 옳다면 무고한 사람에게 가해지는 명백히 비윤리적이고 불법적인 행위를 중단하도록 애쓸 수도 있다는 말을 하고 있는 겁니다. 내가 보기엔 그게 분명히 옳은 일이니까요."

레이포드는 잠을 이룰 수 없었다. 어떤 이유 때문인지 아내와 아들을 잃은 슬픔과 회한이 생생히 밀려왔다. 살며시 침대에서 빠져나와 바닥에 무릎을 꿇고 아내가 눕던 자리에 얼굴을 파묻었다. 클로이에게 온 신경을 집중하느라 지쳐 버렸다. 딸을 걱정하느라 정작 아내와 아들을 잃은 슬픔은 가슴과 머릿속에서 밀려났다. 그는 아내와 아들이 천국에 갔다고 굳게 믿고, 어느 때보다도 잘 지내리라는 것도 알고 있었다.

지난날 한순간도 아내의 말을 귀담아들은 적이 없고 오히려 조롱했으며 수년간 하나님을 무시했던 잘못은 이미 용서받았음을 알고 있었다. 자신에게 두 번째 기회가 주어진 점과 새로운 친구들이 생기고 성경공부를 할 장소를 얻게 된 점도 감사했다. 하지만 그렇다고 해서 마음을 찌르는 듯한 공허감과 아내와 아들 곁에 있으면서 그들에게 입을 맞추며 얼마나 사랑하는지 말하고 싶은 갈망까지 사라지진 않았다. 그는 슬픔을 덜어 달라고 기도했지만, 마음 한편으로는 그런 슬픔이 사라지지 않기를 바랐다.

예전보다 더 많이 알게 되었는데도 어느 면에서는 이런 고통을 받아 마땅하다고 느꼈다. 하나님의 용서에 대해 이해하기 시작했고, 브루스 목사도 이미 회개한 죄에 대해 더는 죄책감을 느낄 필요가 없다고 말해 주었는데도 말이다.

무릎을 꿇고 흐느끼면서 기도하는데 새로운 고뇌가 밀려들었다. 클로이에 대한 절망감이 그를 감쌌다. 그동안의 모든 노력이 수포로 돌아갔다. 클로이에게 엄마와 동생이 사라진 지 이제 겨우 며칠이 지났고, 레이포드 자신이 회심한 것도 불과 며칠 전이라는 건 알고 있었다. 하지만 무슨 말을, 무슨 일을 더 할 수 있을까? 브루스 목사는 그저 기도하라고 격려했지만 그렇게 되질 않았다. 물론 기도해야겠지만 그는 늘 행동하는 사람이었다.

지금은 모든 행동이 클로이와 멀어지는 것만 같았다. 무슨 말이나 행동을 할 경우, 클로이가 그리스도를 거부하게 되면 그 외의 모든 일이 그의 책임일 것 같았다. 레이포드는 여태껏 이렇게 무력하고 절망스러웠던 적이

한 번도 없었다. 아이린과 레이미가 지금 이 순간 곁에 있다면 얼마나 좋을까. 클로이 때문에 너무나 절망스러웠다.

소리 없이 마음속으로 기도하고 있었지만, 내부에서 고통이 복받쳐 오면서 자신도 모르게 숨죽인 울부짖음이 터져 나왔다.

"클로이! 오, 클로이! 클로이!"

어둠 속에서 비통하게 흐느끼자 갑자기 삐걱거리는 소리와 함께 누군가 걸어오는 소리가 들렸다. 재빨리 몸을 일으키고 뒤를 돌아보니 클로이가 가운 차림으로 문간에 서 있는 모습이 방에서 흘러나온 흐릿한 불빛에 비치고 있었다. 레이포드는 클로이가 어디까지 들은 건지 알 수가 없었다.

"아빠, 괜찮으세요?"

클로이가 나지막이 물었다.

"그래."

"악몽을 꾸셨어요?"

"아니다. 자는 데 방해해서 미안하구나."

"저도 가족들이 보고 싶어요."

클로이가 떨리는 목소리로 말했다. 레이포드는 몸을 돌려 침대에 등을 기댔다. 그리고 딸을 향해 팔을 벌렸다. 클로이가 다가와 옆에 앉더니 그의 품에 안겼다.

"언젠가는 꼭 다시 만나게 될 거야."

"아빤 그렇게 될 거예요."

대답하는 클로이의 음성에는 비아냥거리는 기색이 하나도 없었다.

"그럴 거란 걸 전 알아요."

17

클로이는 아빠의 울부짖는 소리를 들었는지 이렇게 말했다.

"아빠, 내 걱정은 하지 마세요. 알았죠? 이제 끝이 보여요."

무슨 끝이 보인다는 말일까? 마음먹기는 시간문제라는 뜻일까, 단순히 슬픔을 이기고 있다는 뜻일까? 걱정된다는 말이 혀끝에서 맴돌았지만 클로이는 이미 알고 있었다. 딸이라도 있어서 마음에 위로가 되었는데 다시 방으로 가 버리자 또다시 극심한 외로움이 밀려들었다.

레이포드는 잠이 오지 않았다. 조심스레 계단을 내려가 새로 산 텔레비전을 켜 CNN을 틀었다. 이스라엘에서 참으로 기이한 일이 있었다. 화면을 보니 그 유명한 통곡의 벽 앞에 사람들이 잔뜩 모여 뭔가를 외치는 듯한 두 남자를 빙 둘러싸고 있었다.

화면 속의 CNN 기자가 전했다.

"정체를 알 수 없는 이 두 사람은 서로 엘리와 모이쉐라고 부릅니다. 이들은 동트기 전부터 통곡의 벽 앞에 서서 일찍이 미국 복음전도자들이 하던 방식으로 설교를 하고 있습니다. 이 두 사람은 신약의 예수 그리스도가 모세 오경의 예언을 성취했다고 주장합니다. 그러자 정통 유대교인들은 이들이 성소를 더럽힌다고 난리를 치면서 비난하고 있습니다. 아직 폭력 행사는 없지만 긴장된 분위기가 고조되고 있어 당국에서는 경계하는 눈길로 주시하고 있습니다. 이스라엘 경찰과 군인은 늘 이 지역에 발들이기를 꺼리면서 광신자들이 알아서 자신의 문제를 해결하도록 방관해 왔습니다. 러시아 공군이 패전을 한 적도 있는데다가 이스라엘이 새로이 전성기를 누리게 되면서 오로지 외부 침입에만 촉각을 곤두세운 이래 이 성지는 가장 긴

박한 상황을 맞이했습니다. 예루살렘에서 CNN 뉴스 댄 베넷입니다."

시간이 이렇게 늦지 않았다면 브루스 반즈 목사에게 전화를 했으리라. 멍하게 앉아 있으니 예루살렘의 두 남자가 속한 믿음의 테두리 안에 자신도 포함되어 있다는 느낌이 분명하게 들었다. 뉴스 내용도 이제껏 배운 바와 별 차이가 없었다. 예수가 구약에 계시된 메시아였다는 사실이다. 브루스 목사는 레이포드와 뉴호프 교회의 핵심 신도에게 이제 곧 예수 그리스도를 믿는 14만 4천 명의 유대인이 일어나 열방에 복음을 선포할 것이라고 했다. 그럼 이 둘이 그 시작인 걸까?

CNN 여성 앵커가 이어서 국내 뉴스를 전했다.

"뉴욕은 오늘도 루마니아의 니콜라에 카르파티아 신임 대통령을 좇아다니는 인파들로 분주한 모습입니다. 올해로 서른세 살인 이 지도자는 오늘 아침 약식 기자회견에서 기자들의 감탄을 자아낸 데 이어 유엔 총회에서는 노련한 연설로 기자와 참석자 모두에게 기립 박수를 받았습니다. 소식에 의하면 그는 〈피플〉 지의 표지 모델로 선정되었으며, 조만간 '최고의 섹시남'으로 선정될 전망인데, 이는 이전 모델이 뽑힌 지 일 년도 채 되지 않아 다시 선정된 최초의 사례입니다. 측근들은 카르파티아 대통령이 이미 일정을 연장하여 앞으로 2주 동안 뉴욕에서 열리는 각종 국제회의에서 연설하고, 피츠휴 대통령의 초대로 양원 합동 회의에서 연설한 후, 백악관에서 하룻밤을 보낼 예정이라고 공표했습니다. 오늘 오후에 열린 기자회견에서 대통령은 이 새로운 지도자를 지지한다고 밝혔습니다."

피츠휴 대통령의 모습이 화면에 가득 찼다.

"전 세계가 어려움에 빠진 이때, 평화와 화합의 수호자가 나서서 우리가 지구촌의 한 가족이라고 일깨웠다는 건 주목해야 할 사실입니다. 평화의 친구라면 누구든 미합중국의 친구이며, 카르파티아 대통령은 평화의 친구입니다."

CNN에서 기자가 질문하는 장면이 나왔다.

"각하, 카르파티아 대통령의 유엔에 대한 계획을 어떻게 생각하십니까?"

"이렇게 말해 봅시다. 저는 이제까지 유엔의 내부인과 외부인을 막론하고 유엔의 역사와 조직, 방향성을 이렇게 총체적으로 이해하는 분은 처음 봤습니다. 카르파티아 대통령은 준비도 완벽했고 계획도 좋습니다. 저는 듣고 있을 수밖에 없었지요. 각국 대사와 응구모 사무총장 또한 그랬으리라 믿습니다. 누구도 신선한 생각을 위협으로 받아들여서는 안 됩니다. 받을 수 있는 도움이 있다면 모두 받아야 한다고 생각하는데, 세계의 지도자들도 저와 같은 생각이리라 믿습니다."

앵커는 계속해서 다음 소식을 전했다.

"뉴욕 소식에 의하면 런던 경찰국 조사관의 죽음에 연루되었던 〈글로벌 위클리〉 지 기자의 죄와 혐의가 모두 벗겨졌다고 합니다. 〈글로벌 위클리〉 지의 수석 기자이며 수상 경력도 화려한 캐머런 윌리엄스는 친구인 앨런 톰킨스 조사관의 생명을 앗아 간 자동차 폭발 사고에서 목숨을 잃을 뻔했습니다. 유해는 톰킨스의 것으로 확인되었고, 윌리엄스 기자의 여권과 신분증 또한 폭발 잔해 속에서 발견되었습니다. 그리하여 윌리엄스 사망 추측 소식이 전국 일간지에 실렸으나 그는 오늘 오후 늦게 뉴욕에 나타나 니콜라에 카르파티아 대통령의 연설 후에 이어진 국제연합 기자회견에 모습을 드러냈습니다. 초저녁까지만 해도 윌리엄스는 폭발 사고에 연루되었다는 혐의로 런던 경찰국과 인터폴의 수배를 받아 국제 망명자로 분류되었지만 두 기관에서 모든 혐의를 취하한다고 공표해, 이제 그는 부상 없이 사고를 모면한 행운아로 인정받게 되었습니다. 스포츠 소식입니다. 봄철 훈련 중인 메이저리그 각 팀에서는 전 세계적인 실종 사건으로 잃은 십여 명의 선수를 보충해야 하는 심각한 상황에 직면하고……."

여전히 잠이 오지 않았다. 레이포드는 커피를 만든 뒤 비행 일정과 담당 승무원을 알려 주는 24시간 연락 사무실에 전화를 걸었다. 생각해 둔 바가 있었다.

"수요일 케네디 공항 비행에 해티 더럼 양을 배치할 수 있겠습니까?"

"한번 살펴보겠습니다. 아, 안 되겠습니다. 어려울 것 같은데요. 더럼 양이 뉴욕에 먼저 도착하겠는데요. 기장님은 오전 10시 비행인데 더럼 양은 8시 비행이거든요."

❋

벅 윌리엄스가 아파트로 돌아왔을 때는 이미 자정이 지난 후였다. 걱정거리를 처리했다는 니콜라에 카르파티아의 연락을 받고 나서였다. 카르파티아는 조너선 스토나갈에게 전화를 걸어 스피커폰으로 연결했고, 그도 똑같은 방법으로 한밤중인 런던에 전화를 해 윌리엄스의 혐의를 벗겨 주었다. 벅은 토드코트란이 칼칼한 목소리로 런던 경찰국과 인터폴의 혐의를 벗겨 주자는 데 동의하는 소리를 들었다.

"그나저나 내 짐은 안전합니까?"

토드코트란이 물었다.

"물론이오."

스토나갈은 간략하게 대답했다.

벅은 스토나갈이 이번 사건에 직접 개입했다는 사실에 무척 놀랐다. 한편 안심도 되고 고맙기도 했지만 벅은 비난의 눈초리로 카르파티아를 쳐다보았다.

"벅, 조너선이 손을 쓸 수 있으리라 자신은 했지만, 더 자세한 내막에 대해서는 나도 아는 게 없어요."

"하지만 이 일을 미루어 생각해 보면 더크의 말이 맞지 않습니까! 스토나갈은 토드코트란과 손을 잡고 있고 각하도 그 사실을 아셨으니까요! 게다가 무슨 소린지는 모르겠지만 스토나갈은 토드코트란의 짐이 안전하다고 확인까지 해 줬습니다."

"맹세컨대 당신이 말해 주기 전까지 나는 아무것도 몰랐습니다. 벅, 전혀 몰랐어요."

"이젠 아셨겠죠? 그렇다면 양심상 스토나갈의 힘을 업고 국제 정치계에서 힘을 떨칠 수 있으시겠습니까?"

"믿어 주세요. 내가 그 두 사람의 문제를 해결할 테니까요."

"게다가 그게 전부가 아니지 않습니까! 각하께서 만난 그 고위 관계자라는 사람들은 다 뭡니까?"

"벅, 내 사전에 위선과 부정이라는 말은 없습니다. 때가 되면 두 사람을 알아서 하겠다니까요."

"그럼 그때까지는요?"

"무슨 충고를 하려는 거죠? 지금 당장은 나도 어떤 일을 벌일 만한 입장이 못 됩니다. 그 사람들이 나를 등용하려 하는 건 사실이지만 그들이 일을 벌이기 전까지 내가 할 수 있는 일이라고는 소위 언론을 통해 정보를 누설하는 일밖에는 없습니다. 그 사람들의 촉수가 어디까지 미치는지도 모르는데, 내가 하면 얼마나 하겠습니까? 얼마 전까지만 해도 런던 경찰국이 일을 착수하기에 믿음직한 곳이라고 생각하지 않았던가요?"

벅은 어쩔 수 없이 고개를 끄덕였다.

"무슨 말인지는 알겠습니다만, 전 이런 일이 혐오스럽습니다. 그 사람들도 각하께서 아신다는 사실을 알 테고요."

"어쩌면 내게 유리하게 작용할지도 모르지요. 내가 자신들의 편이라고 생각할 테고, 그러면 나는 그 사람들에게서 더 자유로울 테니까요."

"그렇지 않으면요?"

"당분간입니다. 약속했잖습니까, 이 문제를 꼭 처리하겠다고. 지금으로서는 이렇게 미묘한 상황에서 당신을 빼낸 것만으로도 만족합니다."

"저 역시 만족합니다. 그런데 제가 뭐 도와드릴 일이라도 있습니까?"

루마니아 인은 빙그레 웃었다.

"글쎄요, 사실은 공보 비서관이 필요합니다."

"그런 말씀을 하시면 어쩌나 걱정했습니다. 그런데 전 각하의 부하가 아닙니다."

"물론 아니죠. 부탁드릴 생각은 하지도 못했습니다."

농담 삼아 벅이 제안했다.

"홀에서 만난 그 사람은 어떠세요?"

카르파티아는 다시 한 번 초인적인 기억력을 발휘했다.

"에릭 밀러라는 친구 말입니까?"

"맞습니다. 그 친구라면 맘에 드실 것 같은데요."

"안 그래도 내일 전화를 달라고 부탁했습니다. 당신이 추천했다고 얘기해도 괜찮겠습니까?"

벅은 고개를 저었다.

"그냥 농담한 겁니다."

벅은 카르파티아에게 로비와 엘리베이터 안에서, 그리고 밀러가 자신을 소개하기까지 홀에서 무슨 일이 있었는지 말해 주었다. 카르파티아는 다소 언짢은 표정이었다.

"다른 후보자를 추천하려면 머리를 쥐어짜야겠군요."

카르파티아가 심각한 표정을 짓자 벅은 분위기를 바꾸기로 했다.

"그리고 오늘 밤에 특종 기삿거리도 주신다고 약속하셨죠?"

"물론입니다. 새로운 정보가 있습니다만, 내가 어느 정도 힘을 얻기 전까지는 보도를 자제해 주십시오."

"예, 말씀하십시오."

"이스라엘은 요즘 위태위태한 상황입니다. 러시아 침공 직전처럼 말이지요. 그때는 운이 좋았지만 세계 각국은 그들이 번영을 누리는 걸 못마땅하게 여깁니다. 이스라엘은 보호가 필요하고, 바로 유엔이 그 일을 하게 될 겁니다. 사막에 꽃을 피우는 혼합물을 받는다는 조건이라면 어느 나라든 기꺼이 평화를 약속할 것입니다. 세계 각국이 무장해제하고 무기의 10분의 1을 유엔에 양도한다면 유엔만이 이스라엘에 평화를 약속할 수 있습니다. 이스라엘 수상은 로젠츠바이크 박사에게 이런 협정에 대해 협상할 자유를 주었습니다. 혼합물의 진짜 소유자는 박사이기 때문이지요. 물론 이스라엘에서는 보호 기간이 적어도 7년은 되어야 한다고 고집하지만 말입니다."

"좀 있으면 노벨 평화상을 수상하고, 〈타임〉 지가 선정한 '올해의 인물', 저희 잡지의 '올해의 뉴스메이커'가 되겠군요."

"그런 게 진정한 목표는 아닙니다."

벅은 카르파티아를 그 누구보다 깊이 신뢰하며 그 자리를 떴다. 그는 부하를 매수할 수 있는 돈에도 흔들리지 않는 사람이었다.

벅이 아파트에 돌아오자, 해티 더럼의 메시지가 남겨져 있었다. 이젠 그녀에게 전화를 해야겠다.

브루스 반즈는 화요일 오후 열성적인 성도를 뉴호프 교회에 모아 긴급회의를 열었다. 레이포드는 시간을 낭비하는 일이 아니길 바랐다. 차를 몰고 가면서도 클로이가 잠시나마 집에 혼자 있게 되어 내내 신경이 쓰였다. 도둑이 든 후로는 둘 다 살얼음판을 걷는 것 같았다.

브루스 목사는 사무실 책상 주변으로 사람들을 모았다. 약간 흥분한 상태이긴 했지만 명료하면서도 도움이 되는 내용을 전하길 기도하며 모임을 시작했다. 그러고는 사람들에게 〈요한계시록〉을 펴라고 했다.

브루스 목사의 눈에서는 빛이 났고 목소리에는 전화를 했을 때처럼 열정과 감정이 담겨 있었다. 레이포드는 왜 목사가 이토록 흥분하는지 의아해했다. 전화로 브루스 목사에게 물어봤으나 사람들을 직접 만나서 얘기해야 한다고 했다.

"오래 붙잡진 않겠습니다. 요즘 뭔가에 골몰한 게 있어 그걸 나누고 싶어서 오시라고 했습니다. 저는 여러분 모두가 성경말씀처럼 늘 깨어 있고 뱀처럼 지혜로우며 비둘기처럼 순결하시길 바랍니다. 다 아시는 것처럼, 이제까지 저는 〈요한계시록〉을 연구하면서 종말에 대한 주석서도 여러 권 보았습니다. 그러다가 오늘 목사님 서류함에서 우연히 이 문제에 관해 쓰신 설교문 하나를 찾아냈습니다. 이제까지 성경과 이 주제에 대한 책을 여러 권 읽으면서 알아낸 내용을 말씀드리겠습니다."

브루스는 전지로 만든 강연용 도록 맨 앞장을 넘겨 직접 작성한 연대표를 보여 주었다.

"앞으로 몇 주 동안 자세히 알려 드리겠지만, 저나 여러 선배 전문가의 생각으로는 지금 같은 시기가 7년 동안 지속될 것 같습니다. 초반 21개월 동안은 성경에서 말하는 일곱 인(印)의 심판, 즉 봉인된 일곱 두루마리의 심판이 있을 것입니다. 그 후 21개월 동안에는 일곱 나팔의 심판을 보게 되고요. 만약 그때까지 살아남는다면 환난기 7년 중 남은 42개월 동안에는 가장 끔찍한 시험인 일곱 대접의 심판을 견뎌야 할 것입니다. 7년의 후반에 해당하는 이 42개월은 대환난의 때로, 끝까지 살아남는다면 그리스도의 영광스러운 재림을 목격하는 은혜를 누리게 됩니다."

로레타가 손을 들었다.

"왜 자꾸 '살아남는다면'이라는 말씀을 하시우? 게다가 이런 심판은 대체 뭘 의미하는 건지?"

"심판이 갈수록 심해져서 살아남기가 점점 더 어려워지기 때문이지요. 제가 내용을 제대로 읽었다면 말입니다. 그리고 죽는다면 천국에서 그리스도와 함께 사랑하던 이들과 지내게 될 겁니다. 하지만 끔찍한 죽음을 감내할지도 모릅니다. 어떻게든 7년이라는 무시무시한 세월, 그 중에서도 후반을 견디면 영광스러운 재림은 더 영광스러워지겠지요. 그리스도께서 다시 오셔서 지상에 천년통치 시대를 여시게 되니까요!"

"천년왕국 말씀이군."

"그렇습니다. 어쨌든 그때까지는 아직 시간이 많이 남았습니다. 물론 초반 21개월이 시작되기까지는 며칠 남지 않은 듯합니다. 다른 얘기지만 제가 말씀을 제대로 읽었다면 적그리스도도 곧 권세를 잡아 평화를 약속하면서 전 세계를 통합하려 들 겁니다."

누군가가 물었다.

"세계를 통합하는 게 뭐가 문제입니까? 요즘 같은 때에는 힘을 모아야 할 듯한데요."

"그 자체는 아무 문제가 없을지도 모르지요. 적그리스도가 대단한 거짓말쟁이라서 진짜 속내가 드러나면 적들이 생긴다는 사실만 빼면 말이지요. 그 때문에 제3차 세계대전과 같은 전쟁이 일어날 테니까요."

"얼마나 빨리요?"

"순식간에 닥치지 않을까 걱정입니다. 그러니 새로이 떠오르는 세계 지도자를 주시해야 합니다."

"유엔에서 인기를 한 몸에 얻은 유럽 출신의 젊은이를 어떻게 생각하십니까?"

"인상적이었습니다. 앞으로 경계하면서 그 사람이 무슨 말을 하고 어떤 행동을 하는지 조심스레 지켜보려고 합니다. 겸손해서 세상을 손에 쥘 자로 보이지 않긴 합니다만."

브루스는 신중하게 대답했다.

나이 든 사람 중 한 명이 말했다.

"우리는 그 사람과 같은 일을 해낼 사람을 고대하고 있어요. 저도 그 사람이 우리 대통령이었으면 하고 바랄 정도였으니까요."

이 말에 다수가 동의했다.

그러나 브루스 목사는 경계심을 갖고 말했다.

"그 사람을 주시할 필요가 있습니다. 하지만 지금은 〈요한계시록〉 5장에 나오는 일곱 인(印) 재앙의 개요를 간략하게 설명해 드리고 각자 귀가하도록 하겠습니다. 여러분을 두렵게 하고 싶지는 않지만, 우리가 아직 이 자리에 있는 이유는 휴거 이전에 구원을 가볍게 여겼기 때문입니다. 두 번째 기회를 얻어 감사의 마음을 갖고 있다고 해서 다가오는 시련을 피하게 되리라는 보장은 없습니다."

브루스 목사는 두루마리에서 처음으로 나오는 네 가지 인은 네 말, 즉 흰 말, 붉은 말, 검은 말, 청황색 말을 탄 사람들로 설명된다고 말했다.

"흰 말을 탄 자는 분명 적그리스도로, 조직에 침투하여 평화를 약속하면서 한 달에서 석 달 동안 외교술을 발휘할 겁니다. 붉은 말은 전쟁을 상징합니다. 적그리스도가 남쪽에서 온 통치자 세 명의 대적을 받게 되면서 수백만 명이 죽게 됩니다."

"제3차 세계대전에서 말입니까?"

"제 예상으로는 그렇습니다."

"앞으로 6개월 안에 그 일이 일어난다는 말씀이군요."

"안타깝게도 그렇습니다. 핵무기를 사용할 수 있으니까 제3차 세계대전은 석 달에서 여섯 달 정도밖에 걸리지 않을 겁니다. 하지만 대전 직후에 인플레이션과 기근, 즉 검은 말이 나타난다고 성경에서는 예언합니다. 부자는 더 부자가 되고, 가난한 자는 굶어 죽게 되지요. 수백만 명의 사람들이 그렇게 죽게 됩니다."

"그럼 전쟁에서 살아남으려면 음식을 비축해 두어야겠군요?"

브루스는 고개를 끄덕였다.

"저라면 그럴 겁니다."

"모두 함께해요."

"좋은 생각입니다. 상황은 점점 더 나빠질 테니까요. 살인적 기근이 적어도 두세 달 정도 지속되면 곧 네 번째 인 맞은 재앙, 그러니까 청황색 말을 탄 자가 출현하게 됩니다. 이는 죽음을 상징하지요. 전후 기근에 더해 역병이 전 세계를 휩쓸게 될 겁니다. 이렇게 해서 다섯 번째 재앙이 시작되기 전에 현재 인구의 4분의 1이 죽게 됩니다."

"다섯 번째 인 맞은 재앙은 무엇입니까?"

"흠, 이 재앙은 아마 쉽게 이해하실 겁니다. 전에 이야기를 나눈 적이 있으니까요. 14만 4천 명의 유대 증인이 일어나 그리스도를 위해 세상을 복음화한다는 이야기 기억나십니까? 그들이 회심시킬 수백만 명의 회심자 중 다수가 세계 지도자와 창녀에게 목숨을 잃게 됩니다. 바로 그리스도를 부인하며 세계 단일종교라는 이름을 단 창녀에게 말이죠."

레이포드는 부지런히 받아 적었다. 3주 전에 이런 정신 나간 듯한 이야기를 들었다면 어떤 생각이 들었을까 궁금했다. 어떻게 이런 이야기를 놓칠 수 있었을까? 하나님은 이미 수세기 전에 말씀을 문서 형태로 남겨 백성에게 경고하셨는데 뭘 배웠는지 참 바보처럼 살았다는 생각이 들었다. 아직도 말씀을 충분히 숙지하지는 못했지만 그리스도의 영광스러운 재림이 있기까지 사람들이 살아남을 가능성이 점점 희박해진다는 사실만은 명백했다.

브루스가 말을 계속 이었다.

"여섯 번째 인 맞은 재앙은 성도를 죽이는 행위에 하나님이 분노를 발하시는 재앙입니다. 이 재앙으로 전 세계적으로 큰 지진이 발생하겠지만 워낙 파괴력이 엄청나 어떤 기구로도 규모를 측정할 수 없을 겁니다. 사람들이 떨어지는 바위에 깔려 울부짖고 절망에서 벗어나려 몸부림을 칠 정도로 비극적인 재앙일 될 것입니다."

사무실 안에 있던 사람들 중 여럿이 눈물을 흘리기 시작했다.

"일곱 번째 봉인에서는 일곱 나팔 재앙이 소개되는데, 이 재앙은 7년 중 4분의 2가 되는 시점에서 일어날 겁니다."

"중반 21개월이죠."

레이포드가 브루스 목사의 말을 거들었다.

"그렇습니다. 오늘은 이 문제까지 논하고 싶지 않습니다만, 재앙이 갈수록 심해진다는 것을 명심하십시오. 약간 위안이 될 만한 이야기를 해 드릴까요? 제가 두 명의 증인에 대해 간단히 언급하면서 앞으로 좀더 자세히 연구해 보겠다고 했던 말씀 기억나십니까? 〈요한계시록〉 11장 3절에서 14절 사이에는 초자연적 능력으로 기적을 일으키는 비범한 증인 두 명이 굵은 베옷을 입고 1,260일을 예언하리라고 나와 있습니다. 누구든지 그들을 해하려고 하면 죽음을 당할 것이며, 예언을 하는 날 동안에는 비가 오지 않을 것입니다. 그들은 물이 변하여 피가 되게 하고 아무 때든지 원하는 대로 여러 가지 재앙으로 땅을 칠 것입니다. 3년 반이 끝나는 날에 사탄이 그들을 죽일 것이고 그 시체는 큰 성 길, 곧 예수 그리스도께서 못박히신 곳에 놓일 것이라고 합니다. 두 선지자 때문에 괴로웠던 사람들은 그들의 죽음에 기뻐 날뛰며 시신을 땅에 묻지도 못하게 할 테고요. 하지만 그들은 3일 반 후에 죽은 자 가운데서 다시 살아나 적들이 지켜보는 가운데 구름을 타고 하늘로 올라가게 됩니다. 그때 하나님이 또다시 큰 지진을 보내셔서 도시 10분의 1을 무너뜨리고 7천 명의 사람을 죽게 하실 겁니다. 남은 사람들은 겁이 나서 하나님께 영광을 돌리게 되겠지요."

레이포드가 사무실 안을 둘러보니, 사람들은 서로 수군거리고 있었다. 모두 예루살렘 통곡의 벽 앞에서 예수 그리스도를 증거하는 두 기인에 대한 뉴스를 본 모양이었다.

누군가가 물었다.

"그 사람들입니까?"

"그럼 누구겠습니까? 그 실종 사건 이후 지금까지 예루살렘에는 비가 오지 않았습니다. 어디에서 온 사람들인지도 모르고요. 게다가 엘리야와 모세와 같이 기적을 일으키는 힘이 있어서 서로 엘리와 모이쉐라고 부르지요. 지금 이 순간에도 여전히 말씀을 전하고 있고요."

브루스 목사의 말이 끝나자마자 누군가 말했다.

"바로 그 증인들이군요."

"그렇습니다, 증인들입니다. 누구든 의심이나 두려움이 남아 있거나, 이제껏 일어난 일이 믿기지 않는다면 이 증인들을 보십시오. 그러면 모든 의심이 사라질 겁니다. 수십만 명, 그러니까 14만 4천 명의 회심자가 그리스도를 세계에 전파하는 모습을 이 두 증인도 보게 되리라 믿습니다. 우리는 그들 편입니다. 우리도 우리 몫을 해야 합니다."

벅은 화요일 밤 해티의 집으로 전화를 걸었다.

"뉴욕으로 온다고요?"

벅이 놀라 물었다.

"그래요. 당신도 만나고 싶고, 또 거물을 만나게 될지도 모르고요."

"나 말고 또 딴 사람이 있다는 말입니까?"

"똑똑하시군요. 니콜라에 카르파티아를 만나셨나요?"

"물론이죠."

"그럴 줄 알았어요! 그렇지 않아도 요전에 누구한테 카르파티아를 만나고 싶다고 말했거든요"

"방법은 찾아보겠지만 장담은 하지 못합니다. 어디에서 만날까요?"

"비행기는 11시 정도에 도착하는데, 1시에 팬콘 클럽에서 약속이 있어요. 시간에 맞춰 돌아오지 못해도 상관은 없어요. 아침까지는 비행도 없고 그분께 1시에 꼭 나가겠다는 말도 안 했거든요."

"남자가 또 있나요? 평일을 주말처럼 보내는군요."

"그런 게 아니에요. 기장님이거든요. 뭔가 할 말이 있으신 듯한데 들어야 할지 모르겠어요. 시간이 되면 만나러 가도 되고요. 하지만 애써 그러고 싶지는 않아요. 클럽에서 만나서 갈 곳을 정하는 게 어떨까요?"

"니콜라에 카르파티아 씨와 약속을 잡도록 해 보죠. 아마 그가 묵는 호텔이 될 겁니다."

⁂

화요일 늦은 밤, 클로이는 마음을 바꿔 아버지와 함께 뉴욕으로 가기로 했다.

"저 없이 가실 준비가 안 된 것 같아서요. 제가 필요하시다니 기분 좋은데요."

클로이는 웃으며 아버지를 안았다.

"사실은 해티를 만날 작정이야. 너도 그 자리에 있으면 좋겠구나."

"그 여자 분 방패로요, 아님 아빠 방패로요?"

"농담할 때가 아니야. 내일 오후 1시에 케네디 공항 팬콘 클럽에서 만나자는 메시지를 남겼어. 올지 안 올지는 나도 모르겠구나. 어떻게 되든 너랑 나는 한참 동안 같이 있어야 할 거야."

"아빠, 이제껏 같이 있었잖아요. 이제 저한테 싫증이 날 때도 되신 것 같은데요?"

"클로이, 그런 일은 절대 없을 거란다."

⁂

수요일 아침 일찍 벅은 〈글로벌 위클리〉의 발행인이자 사장인 스탠턴 베일리의 사무실로 호출을 받았다. 수년간 상을 받을 만큼 열심히 일하면서도 이 사무실에는 딱 두 번 왔는데, 한 번은 헤밍웨이 종군기자상을 받아 축하받기 위해서였고, 한 번은 시기하는 동료 기자들이 특혜라고 볼멘소리를 했던 크리스마스 근무기간 중일 때였다.

벅은 스티브를 먼저 보려고 들렀으나 마지에게 이미 베일리 사장과 함께 있다는 소리만 들었다. 마지의 눈은 충혈되어 부어 있었다.

"무슨 일이에요?"

벅이 걱정스러운 듯 물었다.

"말 못 한다는 거 아시잖아요. 가 보시면 알아요."

고위 간부의 사무실 안으로 들어가면서 별의별 생각이 다 지나갔다. 플랭크 역시 호출을 받고 불려 왔다고는 상상도 하지 못했기 때문이다. 무슨 일일까? 월요일 밤 둘이서 벌인 일 때문에 문제가 생긴 걸까? 사장이 혹시 런던 일을 비롯해 자신이 어떻게 빠져나왔는지 자세한 내막을 알아 버린 걸까? 벅은 이 회의가 해티 더럼과의 약속 시간에 맞춰 끝나기만을 간절히 바랐다.

베일리의 사무실 안내 직원이 가리키는 방을 바라보니, 이미 비서가 얼굴을 내밀고는 어서 들어오라고 손짓했다.

"아무 말도 안 해 줄 건가요?"

벅의 농담에 비서는 억지웃음을 짓더니 자리로 되돌아가 버렸다.

노크를 하고 조심스레 문을 열었다. 베일리 사장은 등을 보이고 앉아서 뒤를 돌아보지도 않았다. 사장은 자리에 앉은 채 들어오라는 손짓을 해 보였다.

"상관 옆에 앉게."

베일리의 말에 벅은 참 재미있는 단어 선택이라는 생각이 들었다. 물론 상관은 맞지만 평소 스티브를 그렇게 부르지는 않았기 때문이다.

벅이 앉으며 스티브를 바라보았다.

"스티브."

그는 고개만 끄덕여 보이고 여전히 베일리만 쳐다보고 있었다.

사장이 입을 열었다.

"윌리엄스, 본론으로 들어가기 전에 몇 가지만 물어보세. 자네 모든 혐의를 벗은 건가?"

벅은 고개를 끄덕였다.

"그렇습니다. 의심할 여지가 없는 일이었으니까요."

"물론 그렇겠지만, 그래도 운이 좋았네. 그게 누구인지는 모르겠지만 자네 뒤를 쫓던 자가 자넬 붙잡은 것처럼 보이게 한 건 잘한 일이야. 하지만 자네도 알다시피 우리 역시 그렇게 생각했다네."

"죄송합니다. 어쩔 수 없는 일이었습니다."

"이유야 어찌됐든 자네를 위협했으니까 자네에게 해가 되는 정보를 흘릴 수도 있는데 그러지 않았단 말이야."

"그랬죠. 저도 놀랐습니다."

"어쨌든 잘 됐네."

"예."

"그런데 어떻게 한 건가?"

"예?"

"'어떻게'라는 말을 못 알아듣겠나? 어떻게 빠져나왔느냐는 말이야. 자네가 그랬다고 말한 증인이 있다는 이야기도 들었는데."

"진실을 아는 사람들도 분명 많았을 겁니다. 톰킨스는 제 친구입니다. 죽일 이유도 없고 그런 무기도 없었습니다. 폭탄을 만드는 방법은 물론이고 그걸 수송하거나 터뜨리는 방법도 전혀 모릅니다."

"사람을 사서 했을 수도 있지."

"아닙니다. 그런 부류와는 친분도 없을뿐더러 설령 있다고 해도 앨런이 죽는 일은 없었겠지요."

"뉴스 보도가 너무 막연해서 누구의 잘못도 아닌 것처럼 보일 때가 있어. 그냥 오해가 빚은 일같이 말이야."

"바로 그겁니다."

"물론 그렇겠지. 캐머런, 이 아침에 자네를 보자고 한 건 내가 이 일을 시작한 이래 최고로 반갑지 않은 사직서를 받았기 때문이네."

벅은 수많은 생각이 맴돌았지만 잠자코 앉아 있었다.

"스티브는 이 소식이 자네한테 뉴스가 될 거라고 해서 그냥 알려 주는 걸세. 이 사람이 니콜라에 카르파티아의 공보 비서관을 수락하고 곧장 우리에게 사임 의사를 비쳤네. 우리는 넘볼 수도 없는 자리를 요청받았으니 현명한 일인지, 잘 맞는 일인지는 모르겠지만 일단 수락했고, 어쨌든 이 사람 인생 아니겠는가. 자네는 어떻게 생각하나?"

벅은 속마음을 숨길 수 없었다.

"기막혀, 말도 안 됩니다! 스티브, 무슨 생각을 하시는 겁니까? 루마니아로 갈 생각이세요?"

"벅, 난 여기 플라자 호텔에 자리를 잡을 걸세."

"멋지군요."

"그렇지."

"스티브, 이건 국장님이 할 일이 아니에요. 홍보나 할 분이 아니잖아요."

"카르파티아는 보통 정치인이 아니야. 자네도 월요일에 기립 박수를 보내지 않았나."

"그랬죠. 그렇지만……."

"소용없네. 이건 일생일대의 기회거든. 누가 뭐라고 해도 마음을 돌리지 않을 거네."

벅은 믿기지 않는다는 듯이 고개를 저었다.

"믿을 수 없어요. 카르파티아가 사람을 물색하고 있는 건 알았지만 그래도……."

스티브는 웃음을 흘렸다.

"벅, 사실대로 말해 보게. 자네한테 먼저 제안이 들어왔지? 안 그래?"

"아니에요!"

"나한테 이미 말을 했어."

"아니에요. 전 사실 〈시보드〉의 밀러를 추천했습니다."

스티브는 움찔하더니 재빨리 베일리를 쳐다보았다.

"정말인가?"

"예, 왜 그러세요? 그 사람이 딱이에요."

"벅, 에릭 밀러의 시체가 지난밤 스태튼 섬으로 밀려왔네. 배에서 떨어져 익사했어."

스티브는 놀라움을 감추지 못하고 말했다.

"어쨌든 그런 흉흉한 얘기는 그만하세."

베일리가 자리를 정리하기 위해 끼어들었다.

"스티브는 후임으로 자넬 추천했네."

벅은 아직도 밀러 소식에 현기증이 났지만, 그 제안을 흘려듣지 않았다.

"농담하지 마십시오."

벅은 놀랐지만 침착하게 대답했다.

"이 자리가 싫은가? 잡지 편집을 결정하고, 표지 기사를 정하고, 그러면서도 주제 기사를 쓸 수도 있는데? 자넨 할 수 있네. 내규에 따라 연봉도 두 배가 될 거고, 무슨 조건을 제시하든 받아들인다고 보장하지."

사장의 제안에 벅은 차분하게 응수했다.

"그 문제가 아닙니다. 전 지금 제 일을 하기에도 너무 어려요."

"그런 말 하지 말게. 그럼 제 실력을 발휘하지 못하게 돼."

"그렇지만 직원들의 사기도 생각하셔야지요."

베일리가 역정을 냈다.

"새삼스러울 것도 없잖나? 사람들은 날 너무 늙었다고 생각하지. 스티브는 너무 느긋하다고 하고, 너무 강압적이라고 하는 사람들도 있어. 교황을 데려다 놔 봐. 말이 없나!"

"저는 국장님이 행방불명인가 생각했죠."

"내 말이 무슨 말인지 알지? 이젠 어떤가?"

"저는 국장님을 대신할 수 없어요. 죄송합니다. 직원들이 스티브 국장님께 불평을 했을지언정 그래도 공평하고 자기들의 편이었다는 건 알았을 겁니다."

"자네도 그렇게 될 수 있어."

"그래도 사람들은 제 의심스러운 부분을 좋게 생각해 주지 않을 겁니다. 절 과소평가하고 첫날부터 불평을 터뜨리겠죠."

"내가 용납하지 않을 걸세. 벅, 이 문제로 시간을 무한정 끌 수는 없네. 내가 곧바로 공고하도록 그냥 수락하게."

벅은 으쓱하며 바닥을 내려다보았다.

"하루 동안 생각해 봐도 되겠습니까?"

"24시간이네. 그때까지는 아무에게도 얘기하지 말게. 플랭크, 이 일을 아는 사람이 또 있나?"

"마지뿐입니다."

"그녀라면 믿을 수 있지. 절대 누설하지 않을 테니까. 그녀와 3년 동안이나 바람을 피웠는데 단 한 사람도 몰랐지."

그 말에 스티브와 벅은 움찔했다.

"그래, 자네들은 상상하지도 못했을 걸세. 그렇지?"

"예."

둘은 동시에 대답했다.

"이제 그녀의 입이 얼마나 무거운지 알겠지?"

베일리는 잠시 뜸을 들이다가 웃으며 말했다.

"농담일세, 이 사람들아. 농담이야!"

두 사람이 사무실을 나올 때까지도 그는 웃고 있었다.

18

벅은 스티브를 따라 그의 사무실로 들어갔다.

"통곡의 벽 기인들 얘기 들었나?"

스티브가 물었다.

"관심을 두려던 참이에요. 보긴 봤는데, 글쎄요, 그 얘기를 갖고 기사를 쓰고 싶진 않은데요? 이제 이 방은 어떻게 되는 겁니까?"

"자네 사무실이 되겠지, 벅. 마지가 비서가 될 것이고."

"제가 국장님 자리를 원했다고는 상상도 하지 마십시오. 우선, 국장님을 이렇게 잃을 수는 없어요. 여기서 제정신인 사람은 국장님 한 분뿐인데요."

"자네도 포함해서?"

"저야 당연히 포함되죠. 사장님이 절 국장님 자리를 물려받을 요주의 인물로 생각한다면 저를 위해서라도 말리셨어야죠."

"이젠 자네 자리야."

"제가 받아들일 거라고 생각하는군요."

"당연하지. 나도 추천할 만한 다른 사람이 없고, 사장님에게도 지원자가 없었거든."

"결원 공고를 내기만 해 봐요, 물밀듯 밀려들었을걸요? 저 말고 누가 이 일을 마다하겠습니까?"

"그렇게 수지맞는 일인데, 자네는 왜 안 하려고 하나?"

"국장님 의자에 앉은 기분일 테니까요."

"그럼 의자 하나 새로 주문하면 되겠군."

"무슨 말인지 알면서 그러세요. 국장님이 없으면 절대 예전 같지 않을 거라고요. 이 자리는 제 자리가 아니에요."

"벅, 이렇게 생각해 봐. 받아들이지 않으면 새 상사가 될 사람에게 자넨 일언반구도 못 하게 되네. 자네가 그런 상황에서 일할 맛이 나겠나?"

"그러니까 국장님이 계셔야 하는 겁니다."

"이미 늦었어. 난 내일이면 떠나. 진지하게 말해 봐. 후안을 위해 일할 의향이 있나?"

"그 사람을 추천하지는 않을 거잖아요."

"자네 외엔 누구도 추천하지 않을 거야. 받아들이지 않으면 자넨 앞으로 혼자 일해야 할 걸세. 자네한테 분노하는 동료 밑에서 일하겠다고 결연히 다짐하면서 말이야. 그러면 앞으로 따끈따끈한 일감을 얼마나 더 얻을 수 있겠나?"

"수세에 몰리면 〈타임〉이나 다른 곳으로 옮기겠다고 협박하죠, 뭐. 물론 사장님이 그런 일이 안 생기게 해 주시겠지만 말입니다."

"승진을 거절하면 그런 일이 일어날 수도 있지. 승진 거절은 경력 관리에 그리 좋지 않아."

"전 그냥 글만 쓰고 싶다고요."

"이제껏 이 편집부를 나보다 더 잘 운영할 수 있겠다는 생각은 한 번도 안 해 봤나?"

"많이 해 봤죠."

"이제 기회가 왔어."

"제일 좋은 기사를 스스로에게 배당하면 사장님이 탐탁지 않아 하실 겁니다."

"그걸 수락 조건으로 걸게! 그 양반이 싫다고 해도 그건 그분의 결정이지, 자네 결정은 아니니까."

그제야 벅은 편집국장직을 수락할 일말의 가능성을 머릿속에 넣었다.

"아직도 국장님이 공보 비서관이 되어 떠난다는 사실이 믿기지 않아요. 아무리 니콜라에 카르파티아라고 해도 말입니다."

"벅, 그에게 어떤 미래가 열리고 있는지 아나?"

"조금은요."

"그 사람 배후에는 바다 같은 힘과 영향력과 돈이 있어. 그러니까 순식간에 세계적인 거물로 추인되어 만인을 깜짝 놀라게 할 거야."

"자신에게 충실해 보세요. 저널리스트잖아요."

"나 자신한테 충실하네, 벅. 어느 누구에게도 이런 감정을 느끼지 못할 거야. 미국 대통령이라 한들, 유엔 사무총장이라 한들 내 마음을 사로잡진 못할 거야."

"니콜라에가 그 사람들보다 더 크게 될 거라고 생각하시는군요."

"벅, 카르파티아의 세상이 열리게 될 거라고 믿고 있네. 월요일에 자네도 함께 있었잖아. 그리고 보았잖아. 그런 사람을 만난 적이 있었나?"

"없었죠."

"앞으로도 없을 거네. 내 생각에는 루마니아도 그에게는 너무 좁아. 유럽도, 유엔도 마찬가지야."

"그럼 뭡니까, 국장님. 세계의 왕이라도 된다는 말입니까?"

스티브는 수긍한다는 듯 웃어 보였다.

"그런 칭호를 달진 않겠지만 어쨌든 능히 되고도 남으리라 생각하네. 무엇보다 훌륭한 점은 자신이 그런 존재라는 점을 인식하지도 못하고 있다는 사실일세. 그 사람은 이런 감투를 쫓지 않아. 똑똑한데다 힘도 있고 열정이 있기 때문에 감투가 저절로 안기는 것이지."

"스토나갈이 배후에 있다는 건 물론 알고 계시겠죠?"

"물론이네. 하지만 영향력에선 카르파티아가 스토나갈을 곧 넘어서게 될 거야. 카리스마가 있으니까. 스토나갈은 그다지 잘난 사람이 못 되니까 절대 대중을 등에 업지 못해. 니콜라에가 권력을 잡게 되면 실제로 스토나갈에 대한 지배권을 갖게 될 거네."

"대단한 일이네요!"

"벅, 이 일은 더 빨리 일어나게 될 거야. 그 누구의 예측보다 말이지."

"물론 '그 누구'에서 국장님은 제외되는 거겠지요?"

"나도 그렇게 생각해. 자네도 알다시피 내 직감은 늘 정확했거든. 확신하건대 난 역사상 가장 거대한 도약을 해 권력을 잡은 사람의 부하가 될 거야. 그 사람은 최고가 될 거고, 나는 바로 그 현장에서 그 일이 이뤄지도록 도울 거네."

"스티브, 제 직감에 대해선 어떻게 생각하죠?"

스티브는 입술을 굳게 다물었다.

"글 솜씨나 취재 솜씨 빼고 내가 가장 부러워하는 게 바로 자네 직감이지."

"그럼 마음 편히 먹으세요. 제 직감도 국장님 생각과 같으니까. 난 절대 누군가의 공보 비서관이 될 수 없다는 것 빼고는 국장님이 정말 부러우니까요. 굉장한 자리에 앉았으니 삶을 질주하며 즐기시겠군요."

스티브는 빙긋이 웃었다.

"계속 연락하자고. 나나 니콜라에나 언제든 만날 수 있을 거네."

"그 이상은 바랄 수도 없지요."

마지가 신호도 먼저 보내지 않고 인터폰으로 불쑥 끼어들었다.

"텔레비전을 켜 보세요, 스티브 국장님. 누구든지 텔레비전 좀 켜 봐요."

스티브가 벽을 향해 빙긋 웃고는 텔레비전을 켰다. CNN이 예루살렘에서 두 명의 남자가 통곡의 벽 앞에서 설교자들을 공격하려 했던 모습을 생방송으로 보내고 있었다. 댄 베넷이 CNN 화면에 잡혔고, 그는 소식을 전하기 시작했다.

"많은 사람이 거짓 선지자라고 부르는 모이쉐와 엘리를 겨냥한 험악하고도 위험한 공격 사건이 발생했습니다. 두 설교자가 서로 그렇게 부르기 때문에 이름이라도 알게 되었을 뿐 이들을 잘 아는 사람을 찾아내지는 못했습니다. 성도 모르고 출생지도 모르고 가족이나 친구가 있는지도 알 수 없습니다. 이 두 사람은 번갈아 몇 시간씩 설교하면서 지난주, 이스라엘 지역을 비롯해 전 세계적으로 발생한 대규모 실종 사건이야말로 예수 그리스도가 성도를 승천시킨 증거라고 반복해서 주장하고 있습니다. 어떤 사람은 야유를 보내면서 그렇게 잘 아는 당신들은 왜 사라지지 않았느냐고 물었습니다. 모이쉐는 '너희는 우리가 어디서 오며 어디로 가는지를 알지 못하느니라'라고 대답하고 동역자 엘리는 '내 아버지 집에 거할 곳이 많도다'라고 하며 두 사람 모두 그리스도의 말인 신약성경 구절을 인용해 대답했습니다."

스티브와 벅은 서로 눈길을 주고받았다.

"유대주의자들에게 둘러싸인 설교자들은 결국 좀 전에 20대 중반의 두 남자에게 공격을 받았습니다. 당시 본사 카메라가 잡은 화면을 지켜보시기 바랍니다. 두 남자가 무리의 뒤에 서 있다가 앞으로 나가는 모습이 보입니다. 둘 다 모자가 달린 긴 옷을 입고 수염을 길렀습니다. 군중을 헤치고 앞으로 나가면서 무기를 꺼내고 있습니다.

한 남자는 우지 자동 기관총을 들고 다른 남자는 총검용 칼을 들었는데, 아마도 이스라엘제 군용 소총에 달려 있었던 것으로 보입니다. 칼을 휘두르는 남자가 먼저 앞으로 달려와 설교하던 모이쉐에게 무기를 내밉니다. 모이쉐 뒤에 섰던 엘리는 곧장 무릎을 꿇고 하늘을 향해 고개를 듭니다. 모이쉐가 말을 멈추고 그 남자를 쳐다보자 그는 고꾸라지고 맙니다. 남자는 큰 대자로 누웠고 우지 기관총을 든 남자는 총을 설교자에게 겨누고 방아쇠를 당기고 있습니다.

우지 기관총에 문제가 생겼는지 발사하는 소리가 나지 않습니다. 이 공격자도 누워 있던 동료의 발에 걸려 결국 바닥에 쓰러지고 맙니다. 구경꾼들은 뒤로 물러서서 보호를 요청했습니다. 다시 화면을 재생할 때 자세히 살펴보시길 바랍니다. 총을 가진 남자는 그냥 쓰러지고 있습니다.

지금도 두 설교자는 쓰러진 공격자 옆에 서서 여전히 설교를 하고 있습니다. 성난 구경꾼들은 공격자들을 도와달라고 요청하고, 모이쉐는 히브리어로 외칩니다. 통역하면 다음과 같습니다. '시온의 아들들아, 죽은 자를 끌어내라! 우리를 해칠 힘이 없는 저 들개들을 우리 앞에서 몰아내라!'

몇 명의 군중이 쭈뼛쭈뼛 앞으로 나오고, 이스라엘 군인이 통곡의 벽 입구에 모여 있습니다. 유대주의자들이 군인을 밖으로 몰아내자 엘리가 말합니다. '쓰러진 자를 돕는 자여, 지존하신 분께 기름 부음을 받은 자들에게 대항하지 않는다면 해를 입지 않으리라.'

아마도 자신과 동역자를 지칭하는 말인 듯합니다. 쓰러진 두 남자는 반듯하게 누운 채 들것에 실리고 있는데, 두 사람을 살피던 사람이 갑자기 뒤로 물러서며 울면서 소리칩니다. '죽었다! 둘 다 죽었다!' 사람들은 이제 군인이 오기를 기다리는 듯합니다. 군중이 길을 열어 주자 무장한 군인이 나타납니다. 알 수 없는 두 남자를 체포할지는 모르겠습니다만, 저희가 보기에 이 두 설교자는 쓰러져 누운 두 남자에 맞서서 어떤 공격도, 방어도 하지 않았습니다.

다시 모이쉐가 말합니다. '시체를 끌고 나가되 가까이 오지 말지니라. 만군의 주 하나님의 말이니라.' 큰 소리로 권위 있게 말하자 군인은 서둘러 맥박을 확인하고 두 남자를 싣고 나갔습니다. 예루살렘 통곡의 벽에서 설교자를 공격한 두 남자에 대한 소식은 들어오는 대로 알려 드리겠습니다. 설교자들은 지금까지도 계속 다음과 같이 선포하고 있습니다. '베들레헴에서 태어난 나사렛 예수, 유대의 왕이요, 선택받은 자이자 열방의 통치자라.'

이스라엘에서 CNN 뉴스 댄 베넷입니다."

마지와 다른 직원들이 방송 도중에 스티브의 사무실로 몰려왔다. 누군가가 말했다.

"누구 못지않게 저 둘도 진짜 괴짜들이군."

"누구를 말하는 거죠?"

벅의 질문에 누군가가 말했다.

"저 설교자들의 정체가 뭐든 간에 경고를 안 한 건 아니죠."

"도대체 무슨 일이 일어나고 있는 겁니까?"

또 누군가가 물었다.

"아무도 설명하지 못하는 일이 저기에서 일어나고 있어요."

벅이 혼잣말처럼 중얼거렸다.

스티브는 눈살을 찌푸렸다.

"동정녀 수태도 수세기 동안 진실이었다네. 믿기만 한다면 말이지."

벅이 일어서며 말했다.

"케네디 공항에 가야 합니다."

"그 일은 어떻게 할 생각인가?"

"24시간 남았습니다. 기억하시죠?"

"다 채우지는 말게. 대답을 너무 빨리 주면 욕심이 많아 보일 거고, 너무 늦게 주면 우유부단해 보일 거네."

스티브가 옳았다. 경쟁자들 사이에서 다치지 않으려면 어차피 승진을 수락해야만 했다. 벅은 해티 더럼을 만나 기분 전환을 할 생각에 기뻤다. 그런데 그녀를 알아볼 수 있을까? 가장 끔찍한 상황에서 만났는데…….

수요일 정오를 조금 지나 뉴욕에 도착한 레이포드와 클로이는 팬콘 클럽으로 곧바로 가서 해티 더럼을 기다리기로 했다.

"오지 않을 것 같아요."

클로이가 확신에 차서 말했다.

"왜?"

"저라면 안 올 테니까요."

"감사하게도 너는 그 여자가 아니잖니."

"아빠, 그 여자 분을 깔보지 말아요. 아빠가 그녀보다 나은 게 뭐가 있다고 그러세요?"

클로이의 말이 옳다는 생각이 들자 부끄러웠다. 가끔 멍청할 때가 있다고 무시해서는 안 되는 거였다. 그녀를 육체적 유희 대상으로 생각했을 때는 전혀 문제가 되지 않다가 전화 통화 중에 귀찮게 굴었다고 해서, 오늘 만나자는 말에 답을 하지 않았다고 해서 이제 그녀의 매력이 덜하고 품격까지 떨어진다고 선을 긋고 있다니!

"하긴 나라고 나을 게 없지. 그런데 왜 너라면 안 온다는 거냐?"

"난 아빠의 마음속을 알거든요. 이제 아무 감정은 없지만 영혼은 걱정된다고 그 여자 분한테 말할 참이잖아요."

"그렇게 말하니 참 우습게 들리는구나."

"그 여자 분은 아빠가 자신한테 한 명의 인격체로 관심이 있었다고 생각하는데, 이제 그녀의 영혼이 걱정된다고 하면 감동이 올까요?"

"클로이, 바로 그거다. 난 그 사람에게 하나의 인격체로 관심을 둔 적은 없었어."

"그분은 그걸 몰라요. 아빠가 워낙 신중하고 주의 깊은 사람이니까, 쉽게 접근해서 치근덕거리는 다른 남자들보다 아빠가 낫다고 생각했겠죠. 확신하건대 그분, 엄마한테도 미안함을 느낄 거고 아빠도 새로운 관계를 시작할 마음이 아니란 걸 알 거예요. 그렇다고 해도 그렇게 지나가 버린 시간을 그분의 탓으로만 돌릴 수는 없잖아요."

"그래도 분명 그 사람 탓이었어."

"아니에요. 그렇지 않았어요, 아빠. 그분은 혼자였어요. 아빠는 아니었는데도 그런 눈치를 보인 거고요. 이제 이런 일이 벌어져 공평한 게임이 된 거지만……."

레이포드는 고개를 저었다.

"바로 그런 이유로 그 게임을 평생 잘 해낼 수 없게 되었어."

"엄마를 생각하면 그렇게 못하신 게 다행이에요."

"그러니까 그 사람을 우습게 여기지도 말고 하나님 이야기도 하지 말라는 거니?"

"벌써 우습게 봤잖아요. 아빠가 무슨 말을 하려는지 그분도 눈치 챘고 아빠는 확실하게 도장까지 찍은 셈이죠. 그래서 오지 않을 거라는 거예요. 아직도 마음이 아플 테니까요. 화가 났을지도 모르고요."

"그래, 화가 났어. 맞아!"

"그런데 뭣 때문에 해티가 아빠의 천국 영업에 응할 것이라고 생각하죠?"

"영업이라니! 어쨌든 이젠 내가 진심으로 해티를 걱정한다는 게 드러나지 않겠니?"

클로이는 음료수를 가져왔다. 그리고 한 손을 레이포드 어깨 위에 올리면서 입을 열었다.

"아빠 나이가 저보다 두 배나 많긴 하지만 한수 가르쳐 드릴 테니 아는 체한다고 생각하지 말아 주세요. 여자는 어떤 생각을 하는지, 특히 해티 같은 여자는 무슨 생각을 하는지 알려 드릴 테니까요."

"열심히 들으마."

"해티에게 종교적인 배경이 있나요?"

"없는 것 같다."

"물어본 적은 있나요? 한 번도 얘기를 안 하던가요?"

"둘 다 그에 대해선 생각해 본 적이 별로 없구나."

"저한테도 몇 번 그랬던 것처럼 엄마가 집착이 심하다고 그분에게 불평을 한 적이 한 번도 없었나요?"

"생각을 해 보자. 그런 적이 있었구나. 물론 난 그 얘기를 하면서 네 엄마와 말이 통하지 않는다는 걸 보여 주려고 했지."

"그런데 해티는 하나님에 대한 생각을 전혀 얘기하지 않았군요?"

레이포드는 기억을 떠올리기 위해 애썼다.

"음, 네 엄마 편을 들거나 네 엄마를 안타까워했던 것 같구나."

"이제 얘기가 되는군요. 설령 그분이 아빠와 엄마 사이에 끼어들려고 했어도 두 분 사이에 분열이 생기게 한 사람은 자신이 아니라 아빠였다는 걸 확실히 하고 싶었을 거예요."

"무슨 말인지 이해가 안 되는데?"

"어쨌든 하려던 얘기는 그게 아니에요. 제 얘기는 교회에 다니지도 않은 사람이 천국이나 하나님 이야기에 귀를 기울일 것이라고 기대해선 안 된다는 거죠. 저조차도 그 문제를 해결하는 데 어려움이 있으니까요. 아빠를 사랑하고 이 일이 이젠 아빠 인생에서 가장 중요한 문제라는 걸 아는데도 말이에요. 그러니까 해티가 관심을 보이리라는 보장도 없는 거죠. 특히 해티가 위로 차원에서 종교 얘기를 하는 것이라고 느낀다면 말이죠."

"무슨 위로?"

"아빠의 관심을 잃은 데 대한 위로요."

"하지만 지금의 관심이 더 순결하고 진실해!"

"아빠한테나 그렇겠죠. 하지만 해티는 이런 얘기보다 자신을 사랑해 주고 늘 옆에 있어 줄 사람을 만나게 될 가능성에 훨씬 매력을 느낄걸요?"

"그런 일은 하나님이 해 주실 거야."

"아빠한테나 좋을 법한 얘기죠. 제 말은요, 아빠. 지금 해티가 듣고 싶은 말은 그게 아니라는 거예요."

"그렇다면 해티가 오면 어떻게 해야 하지? 그 이야기를 하면 안 되는 건가?"

"잘 모르겠어요. 만약 나타난다면 아직도 기회가 있을 거라고 기대하기 때문이 아닐까요? 기회가 있나요?"

"없다!"

"그럼 아빠는 그 점을 분명히 해야 할 의무가 있어요. 그렇다고 너무 단호해도 안 되고 그 시간에 종교 영업을 하려고 해서도 안 돼요."

"내 믿음을 놓고 영업을 한다는 둥 판매를 한다는 둥 그렇게 말하지 말아라."

"죄송해요. 그냥 해티에게 그 말이 어떻게 들릴지 솔직하게 말씀드린 것뿐이에요."

이제 해티에게 무슨 말을 해야 할지, 무엇을 어떻게 해야 할지 더 막막해졌다. 딸의 말이 맞다는 생각이 들자 더 겁이 났다. 해티의 마음이 어떨지 대충 짐작은 갔다. 브루스 반즈 목사는 대부분의 사람들이 진실에 눈이 멀고 귀가 먹어서 진리를 찾지 못한다고 했다. 이 상황에 딱 맞는 이야기다. 이미 이렇게 됐는데 무슨 말을 하겠는가?

벅이 11시 즈음 클럽에 도착하자마자 해티가 그에게로 달려왔다. 어떤 가능성을 가졌던 벅의 희망은 해티의 첫마디에 산산조각이 났다.

"그럼 이제 니콜라에 카르파티아를 만날 수 있는 건가요?"

벅은 별 생각 없이 해티를 카르파티아에게 소개해 주겠다고 약속했다. 그런데 스티브가 카르파티아의 탁월함을 찬양하는 소릴 듣고 나니 그에게 친구, 그러니까 팬을 소개한다고 전화하는 것이 참 쓸데없는 일처럼 느껴졌다. 벅은 일단 로젠츠바이크에게 전화를 했다.

"박사님, 좀 바보 같은 소리고, 또 분명히 안 된다고 하실 테지만 말씀드리겠습니다. 그분은 할 일이 너무 많고 바쁘셔서 이 여자를 만나고 싶지 않으실 것이라고 생각합니다만……."

"여자라고 했나?"

"예, 젊은 여성입니다. 항공기 승무원이죠."

"카르파티아가 승무원을 만나 줬으면 한다고?"

무슨 말을 해야 할지 몰랐다. 이것이야말로 가장 두려워한 반응이었다. 벅이 머뭇거리는 사이 로젠츠바이크가 송화구를 막고 카르파티아를 부르는 소리가 들렸다.

"박사님, 아닙니다! 묻지 마십시오!"

하지만 일은 일어나고야 말았다. 로젠츠바이크가 다시 전화를 받았다.

"니콜라에가 자네 친구라면 자신의 친구도 된다고 하네. 잠시 시간이 있긴 해, 지금. 하지만 잠깐뿐일세."

벅과 해티는 택시를 타고 플라자 호텔로 질주했다. 순간 벅은 지금 자신이 얼마나 난처한 상황인지, 또 앞으로 얼마나 더 비참해질지를 깨달았다. 국제 저널리스트로서 로젠츠바이크와 카르파티아와 함께 즐긴 명성에 영원히 금이 갈 수도 있었다. 이제 그는 팬을 끌고 다니며 니콜라에와 악수나 시키는 군식구로 소문이 날 것이다.

벅은 불편함을 감추지 못하고 엘리베이터 안에서 이렇게 내뱉었다.

"진짜 잠시만 시간을 내준다니까 오래 머물지 마세요."

해티는 벅을 물끄러미 바라보았다.

"거물급을 어떻게 대해야 하는지 저도 알아요. 비행기에서 가끔 접대를 하거든요."

"물론 그렇겠죠."

"내 말은요, 만약 나 때문에 당황했거나, 아니면……."

"전혀 아니에요, 해티."

"어떻게 행동해야 할지 모를 것이라고 생각한다면……."

"미안합니다. 그냥 그 사람 일정을 생각하는 것뿐이에요."

"그래요, 어쨌든 지금은 우리가 그 사람 일정에 포함되었잖아요. 안 그래요?"

벅은 한숨을 내쉬었다.

"그렇죠."

'이런, 어째서, 도대체 왜 내가 이런 일에 휘말리고 있는 거지?'

복도에서 해티는 거울 앞에 멈춰 서서 얼굴을 매만졌다. 경호원이 문을 열며 벅에게 인사하더니 해티를 머리끝에서 발끝까지 훑어보았다. 해티는 경호원을 무시한 채 목을 빼고 카르파티아를 찾았다. 로젠츠바이크 박사가 객실에서 나타났다.

"캐머런, 잠깐만 보세."

벅은 해티에게 양해를 구했지만 그녀는 별로 유쾌해 보이지 않았다. 로젠츠바이크는 벅을 한쪽에 세우고 나지막이 말했다.

"자네만 먼저 따로 만날 수 있을까 하던데?"

올 것이 왔다고 생각하며 해티에게 미안하다는 표정을 언뜻 보이며 손가락을 들어 오래 걸리지 않을 거라는 표현을 했다.

'카르파티아가 공연한 시간을 뺏는다고 내 목을 조를 모양이군'.

카르파티아는 텔레비전에서 조금 떨어져 CNN을 보며 서 있었다. 팔짱을 낀 손으로 턱을 괴고 있었다. 벅을 보자 들어오라고 손짓을 했다. 뒤에 있는 문이 닫히자 벅은 마치 교장실에 온 듯한 기분이 들었다. 하지만 그는 해티 얘기를 꺼내지 않았다.

"예루살렘에서 무슨 일이 벌어지고 있는지 보셨습니까?"

카르파티아가 그 사건을 묻자 벅은 그렇다고 대답했다.

"이제껏 본 일들 중에 가장 이상한 일입니다."

"전 아닙니다."

벅은 자신있게 대답했다.

"아니라고요?"

"러시아가 공격해 왔을 때 텔아비브에 있었거든요."

카르파티아의 눈은 설교자들이 공격당하는 모습과 살인 미수범들이 넘어지는 모습을 반복해서 보여 주는 CNN 화면에 꽂혀 있었다.

"그래요. 그 일도 이것과 유사했죠. 불가사의한 일입니다. 심장마비라고 하네요."

카르파티아가 중얼거렸다.

"예?"

"공격자들이 심장마비로 죽었답니다."

"처음 듣는 이야긴데요."

"그래요. 그리고 우지 자동 기관총에 문제가 있던 게 아니랍니다. 완전히 정상이었다는군요."

그는 화면을 보며 꼼짝 않고 서 있었다. 계속 화면에서 눈을 떼지 못하고 말을 이었다.

"제가 선택한 공보 비서관을 어떻게 생각하시는지 궁금하군요."

"놀랐습니다."

"그럴 거라고 생각했습니다. 여길 보십시오. 설교자들은 둘 중 누구도 털끝 하나 건드리지 않았습니다. 이게 가능한 일입니까? 너무 두려워서 죽었을까요? 그래서 그렇게 되었을까요?"

일리 있는 질문이었다. 벅은 대답하지 않았다.

"흠, 흠, 흠……."

카르파티아는 크게 소리를 냈지만 이제껏 들었던 그의 목소리 중 가장 알아듣기가 힘든 말이었다.

"정말 이상하네요. 하지만 플랭크가 이 일을 잘 해내리라는 데 의심의 여지가 없습니다. 동의합니까?"

"물론입니다. 하지만 각하께서 〈글로벌 위클리〉 지의 힘을 얼마나 많이 빼어 갔는지 아셨으면 좋겠습니다."

"아! 오히려 힘을 주었는걸요. 좋아하는 사람을 최고의 자리에 올리는 데 이보다 효과적인 방법이 어디 있겠습니까?"

벅은 오싹해졌지만 카르파티아가 텔레비전에서 눈을 떼자 안도의 숨을 내쉬었다.

"그러고 나니 사람들을 높은 자리에 앉히려고 책략을 펴는 조너선 스토나갈의 마음을 알겠더군요."

카르파티아는 웃음을 터뜨렸고, 그의 농담에 벅은 마음이 약간 놓였다.

"에릭 밀러에게 무슨 일이 있었는지 들으셨습니까?"

벅이 물었다.

"〈시보드 먼슬리〉 지 기자 말입니까? 못 들었습니다. 무슨 일이 있었습니까?"

"간밤에 익사했습니다."

카르파티아는 충격을 받은 듯했다.

"세상에! 끔찍하군요!"

"들어 보세요, 카르파티아 씨."

"벅, 부탁입니다! 니콜라에라고 불러요."

"그러면 마음이 편치 않아서요. 친구를 데려와 만나 달라고 해서 죄송합니다. 일개 승무원인 여자를……."

그 말에 니콜라에는 벅의 팔을 잡으며 말했다.

"누구도 '일개'라고 불러선 안 돼요. 지위의 높고 낮음을 막론하고 모든 사람은 똑같이 소중하니까요."

카르파티아는 벅을 문까지 데리고 가 소개해 달라고 요청했다. 해티는 분위기에 맞게 얌전한 모습이었지만 카르파티아가 양쪽 볼에 입을 맞추자 킥 하고 웃음을 터뜨렸다. 카르파티아는 해티에게 신상과 가족, 직업에 대해 물었다. 그가 카네기 수업에서 친구 사귀는 법과 사람들에게 영향을 주는 법까지 배운 건 아닌지 궁금할 정도였다. 그때 로젠츠바이크 박사가 나지막이 말했다.

"캐머런, 전화 왔네."

벅은 다른 방에 가서 전화를 받았는데, 마지였다.

"거기 있었으면 했어요. 캐럴린 밀러라고, 에릭 밀러 기자의 부인한테서 방금 전화가 왔어요. 많이 놀라서 통화하고 싶다고 하네요."

"여기서는 그분과 통화할 수 없어요, 마지."

"알았어요. 시간이 되는 대로 바로 전화해 주세요."

"근데 무슨 일이죠?"

"잘 모르겠지만 목소리가 절박했어요. 전화번호 불러 줄게요."

벅이 다시 돌아왔을 때 카르파티아는 해티와 악수하고 손에 입을 맞추던 중이었다. 그가 말했다.

"만나서 정말 반가웠습니다. 고맙습니다, 윌리엄스 씨 그리고 더럼 씨. 다시 만나게 된다면 정말 기쁘겠습니다."

함께 나오면서 보니 해티는 거의 넋이 나가 있었다.

"멋진 남자죠. 그렇죠?"

벅이 물었다.

"제게 전화번호를 줬어요!"

해티가 비명을 지르듯 말했다.

"전화번호를요?"

해티는 카르파티아가 준 명함을 벅에게 보여 주었다. 루마니아 공화국의 대통령이란 직함이 적혀 있었지만 주소는 의외로 부쿠레슈티가 아니었다. 플라자 호텔, 객실 번호, 전화번호 등이 적혀 있었다. 벅은 말문이 막히고 말았다. 카르파티아는 연필로 다른 전화번호를 적어 줬는데, 플라자 호텔 번호는 아니었지만 뉴욕 번호이긴 했다. 벅은 그 번호를 외워 두었다.

"팬콘 클럽에서 식사하면 되겠어요."

해티가 여전히 들뜬 채 말했다.

"1시에 기장님을 꼭 만나야겠다고 생각하지 않지만, 그래도 니콜라에를 만났다고 자랑은 해야겠어요."

"오, 이제는 니콜라에라고 부르는군요? 다른 사람들에게 질투 나게 하려고요?"

벅은 마음을 다독였지만 여전히 카르파티아의 명함 때문에 뒤숭숭했다.

"그렇다고 할 수 있죠."

"잠깐만 기다려 주겠어요? 돌아가기 전에 전화 한 통 해야 할 것 같아서요."

해티가 로비에서 기다리는 동안 벅은 구석으로 피해 캐럴린 밀러에게 전화를 걸었다. 참혹하게 들리는 목소리는 마치 몇 시간을 울면서 잠도 못 잔 듯했다. 진짜 그랬을 것이다.

"오, 윌리엄스 씨. 전화 주셔서 고마워요."

"별말씀을요, 부인. 남편 분의 일은 정말 유감입니다. 전……."

"우리 만난 적이 있는데 기억나세요?"

"죄송합니다, 밀러 부인. 언제였죠?"

"2년 전, 대통령 전용 요트에서였죠."

"그렇군요! 죄송합니다."

"만난 적이 전혀 없다고 생각하시지 않았으면 했을 뿐이에요. 남편은 배를 타러 가기 전날 밤에 전화를 했어요. 플라자 호텔에서 대단한 이야깃거리를 추적하다가 윌리엄스 씨와 마주쳤다고 했어요."

"사실입니다."

"윌리엄스 씨와 둘이서 엎치락뒤치락한 거랑, 그때 연설한 루마니아 사람과 인터뷰하려고 했던 황당한 얘기도 해 줬어요."

"모두 사실입니다. 하지만 심각하지는 않았습니다, 부인. 그냥 의견이 어긋난 거죠. 나쁜 마음은 없었어요."

"저도 그렇게 알아들었어요. 하지만 그게 우리가 나눈 마지막 대화였어요. 그래서 미치겠어요. 지난밤이 얼마나 추웠는지 아시죠?"

"제 기억으로는 살을 에는 듯했습니다."

갑자기 주제가 바뀌자 벅은 당황하며 대답했다.

"선생님, 추웠어요. 너무 추워서 배 밖에 서 있기도 힘들 정도였죠. 그렇지 않나요?"

"맞습니다, 부인."

"설령 서 있었다고 해도 그 사람, 대단한 수영 선수였어요. 고등학교 때는 우승도 했다고요."

"부인, 무슨 뜻인지는 알겠습니다만, 근데 그건 30년 전의 일이 아닙니까?"

"여전히 수영 선수 같았다고요. 믿어 주세요. 제가 안다니까요."

"무슨 말씀이 하고 싶으신 건가요, 밀러 부인?"

벅의 질문에 그녀는 울면서 소리쳤다.

"저도 모르겠어요! 선생님이라면 혹시 뭔가 알고 있을까 했을 뿐이에요. 그러니까 배에서 떨어져서 익사했다고요? 그건 정말 말도 안 되는 얘기예요!"

"저도 이해되지 않습니다, 부인. 제가 도와드릴 수 있다면 좋을 텐데. 정말 드릴 말씀이 없네요."

"알아요. 저도 그냥 희망 사항일 뿐이죠."

"부인, 돌봐 줄 사람은 있으신가요?"

"예, 전 괜찮아요. 가족과 함께 있어요."

"힘내십시오."

"고맙습니다."

벅은 전화기에 반사된 해티의 모습을 볼 수 있었다. 지극히 평온해 보였다. 그는 전화 회사에 다니는 친구에게 전화를 걸었다.

"알렉스! 나 좀 도와줘. 전화번호를 부르면 누구 번호인지 알려 줄 수 있겠나?"

"내가 알려 줬다고 밝히지만 않으면."

"잘 알면서 그래."

"불러 봐."

벅은 카르파티아가 해티에게 준 명함에서 외운 번호를 불렀다. 알렉스는 얼마 지나지 않아 전화를 다시 받고 컴퓨터 화면을 한 화면씩 내리면서 정보를 불렀다.

"뉴욕, 유엔, 행정국, 사무총장실, 비공개 선, 교환대 통과 요, 비서 통과 요. 됐나?"

"됐네, 알렉스. 정말 고마워."

벅은 어찌할 바를 몰랐다. 뭐라고 말할 수가 없었다. 벅은 해티에게 터벅터벅 걸어가 물었다.

"몇 분 더 걸릴 것 같은데요. 괜찮아요?"

"그럼요. 1시까지만 도착하면 돼요. 기장님이 얼마나 오래 기다릴지는 모르겠지만요. 딸이랑 같이 있거든요."

벅은 다시 전화를 걸면서 해티 더럼의 애정 문제로 카르파티아나 기장과 다툴 정도로 관심을 두지 않길 잘했다는 생각이 들었다. 스티브에게 전화를 걸었는데 마지가 받자 바로 부탁했다.

"마지, 나예요. 국장님 좀 빨리 바꿔 줘요."

마지는 즉시 스티브와 전화를 연결해 줬다.

"국장님, 그 친구 처음으로 실수를 했더군요."

"무슨 소리를 하는 건가, 벅?"

"국장님이 처음으로 하실 일이 카르파티아가 새로운 사무총장이 됐다고 공표하는 건가요?"

침묵이 이어졌다.

"국장님? 그 다음 일은 뭐지요?"

"자네 참 대단한 기자야, 벅. 최고야! 어떻게 알아냈나?"

벅은 명함 이야기를 해 주었다.

"이런! 전혀 니콜라에답지 않군. 무심결에 그랬을 것 같진 않은데. 일부러 그런 게 분명해."

"아마도 더럼이라는 여자가 그걸 알아낼 만큼 똑똑해 보이지 않았거나 제게 보여 주리라고 생각하지 못했나 보죠. 그런데 이 여자가 금방 전화를 하지도, 거기서 그 사람을 찾지도 않을 줄 어떻게 알았을까요?"

"벅, 적어도 내일까지만 기다려 준다면 아무 문제도 생기지 않을 거야."

"내일이라고요?"

"기사로 써서는 안 돼. 알겠나? 비공개 맞지?"

"국장님! 지금 대체 누구랑 통화하는 겁니까? 벌써 카르파티아 수하에 들어간 겁니까? 아직도 국장님은 제 상사라고요. 방금 어떤 문제에 대해 기사화하지 않았으면 좋겠다고 말씀하신 겁니까? 그런 거예요?"

"알겠네. 말해 주지. 사무총장 응구모의 본국인 보츠와나는 국토의 대부분이 칼라하리 사막으로 이뤄져 있지. 응구모는 내일 이스라엘의 비료 혼합물을 들고 금의환향하게 될 거네."

"어떻게 얻게 되었습니까?"

"물론 번뜩이는 외교력 덕이지."

"보츠와나 역사상 전략적으로 가장 중요한 때에 유엔이나 보츠와나 둘 다 통수할 수는 없겠죠. 그렇죠, 국장님?"

"그리고 왜 그래야 하나? 그 자리에 더 완벽하게 맞는 사람이 있는데. 벅, 우리 둘 다 월요일에 거기 있지 않았나? 누가 여기에 반대하겠나?"

"국장님은 아닙니까?"

"난 정말 탁월한 선택이라고 생각하네."

"스티브, 정말 완벽한 공보 비서관이 되시겠어요. 그리고 국장님이 하시던 일은 제가 맡기로 결정했습니다."

"잘했군! 내일까지 이 일은 묵혀 둘 거지. 그렇지?"

"약속하죠. 하지만 한 가지만 더 얘기해 주실 수 있습니까?"

"들어 보고."

"에릭 밀러는 뭘 캐려고 바짝 붙었던 거죠? 뭘 쫓고 있었던 겁니까?"

이 질문에 스티브의 목소리는 무심하고 퉁명스러워졌다.

"에릭 밀러에 대해 내가 아는 거라곤 에릭이 스태튼 섬의 유람선 난간에 너무 바짝 붙어 있었다는 거야."

19

레이포드는 딸이 팬콘 클럽 주변을 배회하는 모습을 보다가 창밖을 물끄러미 바라다보았다. 겁쟁이가 된 느낌이었다. 강요하지 말자고, 딸아이를 괴롭히지 말자고 며칠 동안 되뇌는 중이었다. 그 애를 잘 알았다. 클로이는 자신을 똑 닮았다. 너무 세게 밀면 튕겨 나갈 아이였다. 설사 해티가 나타나도 한 걸음 물러서라는 얘기까지 하지 않았던가.

무엇이 문제인가? 이젠 예전 같지 않을 것이다. 브루스 반즈 목사의 말이 옳다면, 하나님의 백성이 실종된 사건은 세계 역사상 가장 고통스러운 시기의 서막에 불과하다. 레이포드는 혼잣말을 중얼거렸다.

"그런데 난 여기 앉아 기껏 사람들에게 상처를 줄까 걱정하고 있으니. 나에겐 딸아이가 '지옥에 가는 상처를 받지 않게' 할 의무가 있는데……."

해티에게 다가간 것도 후회했다. 그녀를 쫓아다닌 잘못은 이미 해결했지만 그녀를 회유한 것은 후회했다. 하지만 이젠 부드럽게만 대할 수 없었다. 브루스 목사의 말에 비춰 볼 때 가장 두려운 것은 요즘 같은 때 많은 사람이 미혹되리라는 사실이었다. 평화와 통합을 외치며 나서는 사람이라면 누구든 의심해야 한다. 평화가 있을 수 없고 통합도 불가능하다. 지금은 종말의 시작일 뿐이며 이제부터 모든 것이 혼돈에 빠지고 만다.

이 혼돈 때문에 평화주의자와 입에 발린 말을 하는 자가 더 매력적으로 보이리라. 실종 사건 배후에 하나님이 계시다는 사실을 받아들이지 않는 사람들은 그 무슨 얘기를 들어도 마음의 위로가 될 테니까. 공손하게 얘기할 시간도, 따뜻하게 설득할 시간도 없다. 레이포드는 성경이 예언한 운명대로 직접 사람들을 인도해야 한다. 그는 자신의 이해력에도 한계가 있음을 깨달았다. 늘 박식한 다독가였지만 〈요한계시록〉과 〈다니엘〉, 〈에스겔〉의 내용은 새롭고 낯설기만 했다. 하지만 놀랍게도 이해가 되었다. 이젠 어디를 가든지 아이린의 성경을 갖고 다니기 시작했고 시간이 날 때마다 읽었다. 쉬는 시간에 부조종사는 잡지를 읽어도 레이포드는 성경을 꺼내 읽곤 했다.

"대체 왜 그러세요?"

몇 번이나 이런 소리를 들었다.

레이포드는 부끄러워하지 않고 여태껏 알지 못한 해답과 방향을 찾았노라고 대답했다. 하지만 딸과 친구들은 어찌한단 말인가? 이제껏 그들의 기분을 상하지 않게 하려고 너무 순순히 대했다.

레이포드는 시계를 보았다. 1시가 되려면 아직 몇 분이 남았다. 클로이의 시선을 좇아 전화를 걸겠다는 눈짓을 보냈다. 브루스 반즈 목사에게 전화를 걸어 지금까지의 생각을 이야기했다.

"맞습니다, 레이포드. 저도 며칠을 그렇게 보냈습니다. 사람들이 날 어떻게 생각할지 걱정하고 전도할 생각은 꿈조차 꾸지 못했어요. 말이 안 되지요. 그렇지 않습니까?"

"맞습니다. 말이 안 되지요. 목사님, 도움이 필요합니다. 이제 핍박받는 자가 되려고 마음먹었지만 두렵습니다. 클로이가 비웃든 튕겨 나가든, 결단을 내리도록 몰아붙일 겁니다. 그 아이도 자신의 처지를 정확히 알아야 하니까요. 우리가 성경에서 알아낸 사실에 직면하고 해결하도록 해야겠어요. 사실 이스라엘의 두 선지자만으로도 성경에서 예언해 온 일들이 정확히 일어난다는 확신이 생겼습니다."

"오늘 아침에 보셨습니까?"

"대합실에서 멀찍이 떨어져서 봤습니다. 공격 장면을 재방송해 주더군요."

"레이포드, 지금 텔레비전을 보십시오."

"무슨 일입니까?"

"레이, 전화 끊겠습니다. 공격자들에게 무슨 일이 생겼는지, 그 일들이 우리가 두 선지자에 대해 읽은 성경 내용과 모두 일치하는지 어떤지 확인해 보십시오."

"목사님!"

"끊습니다, 레이포드. 자신감을 갖고 증거하세요."

브루스는 전화를 끊었다. 목사를 만난 지 얼마 되지 않았지만 어떤 사람인지 잘 알기 때문에 기분이 상하기보다는 무슨 일인지 궁금해졌다. 레이포드는 급히 텔레비전 앞으로 달려갔다. 공격자들이 죽었다는 뉴스에 순간 정신이 멍해졌다. 아이린의 성경을 꺼내 브루스가 말한 〈요한계시록〉의 말씀을 읽어 보았다. 예루살렘의 두 남자는 그리스도를 전파하는 두 명의 선지자였다. 두 남자는 공격을 받았지만 대응할 필요조차 없었다. 공격자들은 스스로 쓰러져 죽었고, 선지자들은 털끝 하나 다치지 않았기 때문이다.

레이포드는 군중이 통곡의 벽 앞으로 몰려들어 두 선지자의 이야기를 듣는 모습을 CNN 방송으로 지켜보았다. 사람들은 무릎을 꿇고 울었으며 얼굴을 바닥에 댄 사람들도 있었다. 이들은 한때 두 설교자가 성지를 더럽힌다고 생각하던 사람들이었다. 하지만 이제는 선지자들의 말을 믿는 모양이었다. 아니면 그저 두려웠던 걸까?

레이포드는 더 많은 사실을 알았다. 14만 4천 명의 유대 복음주의자의 시초가 이제 막 눈앞에서 그리스도께로 회심하는 중임을 깨달았다. 그는 화면에서 눈을 떼지 않고 조용히 기도했다.

'하나님, 저를 용기로, 능력으로, 증인이 되기에 필요한 모든 것으로 채워 주소서! 더는 두려워하지 않도록 하소서. 더는 기다릴 수 없습니다. 마음을 상하게 할까 걱정하지 않게 하소서. 진리의 말씀에 뿌리를 둔 설득력을 주소서. 성령께서 사람을 모으시는 줄은 알지만, 저를 사용해 주옵소서. 클로이에게 다가가고 싶습니다. 해티에게 다가가고 싶습니다. 오, 주님. 도와주십시오.'

벅 윌리엄스는 가방이 없으면 벌거벗은 느낌이 들었다. 휴대 전화, 녹음

기, 새로 산 노트북 컴퓨터가 있어야 일할 기분이 들곤 했다. 벅은 택시 기사에게 〈글로벌 위클리〉 지 앞에 세워 달라고 한 후 가방을 가져올 생각이었다. 해티는 택시 안에서 기다리면서, 약속을 지키지 못하면 기분이 안 좋을 거라고 말했다. 택시에서 내린 벅은 차창을 통해 말했다.

"몇 분이면 됩니다. 근데 그 기장님을 만날지 말지 결정을 못 내리신 줄 알았는데요."

"이젠 결정했어요, 됐어요? 복수라고 하든 계속 놀리든, 아니면 무슨 말을 하든지 간에 만나기 힘든 사람을 만났다고 자랑할 기회가 그리 자주 있는 건 아니죠."

"니콜라에 카르파티아 말인가요, 아님 나 말인가요?"

"농담할 기분 아니에요. 어쨌든 그 사람과 만난 적이 있잖아요."

"그분이 내가 만났던 그 비행기 기장입니까?"

"그래요. 제발 좀 서둘러요!"

"나도 그 사람 만나고 싶은데……."

"얼른 갔다 오기나 해요!"

벅은 로비에서 마지에게 전화를 했다.

"내 가방 가지고 엘리베이터에서 만나면 안 될까요? 지금 택시가 기다려서요."

"그렇게 할 수는 있는데, 스티브 국장님과 영감님이 찾던데요."

하필이면 지금 찾는 것이 의아했다. 벅은 시계를 쳐다보면서 엘리베이터가 더 빨리 올라가길 바랐다. 고층 빌딩 생활이란 늘 이 모양이었다.

벅은 마지에게서 가방을 뺏어 들고, 후닥닥 스티브의 사무실로 들어가면서 말했다.

"무슨 일입니까? 지금 빨리 가 봐야 하는데요."

"사장님이 우릴 보자고 하시네."

"무슨 일인데요?"

벅은 스티브와 함께 복도로 향했다.

"에릭 밀러의 일이겠지. 뭔가 더 있을지도 모르고. 자네도 알다시피 얼마

안 있어 퇴직한다고 통보했는데도 베일리 사장님은 꿈쩍도 하지 않았어. 자네가 흔쾌히 승진에 응하리라 생각하고 동의했던 거지. 자네는 뭐가 어떻게 돌아가는지, 또 앞으로 몇 주간 무슨 일이 계획되어 있는지도 잘 아니까."

사무실에 들어서자 베일리 사장은 단도직입적으로 얘기했다.

"뼈 있는 질문을 두 개 던질 테니 망설임 없이 정직하게 대답하기 바라네. 지금 당장 이런저런 얘기가 오가는데 말이지, 난 우리가 그 누구보다 모든 일을 정확히 파악하기를 바라네. 첫째로 플랭크, 무안가티 응구모가 오늘 오후 늦게 기자회견을 연다는 소문이 도네. 다들 그가 사무총장 자리에서 내려올 것이라고 생각하네."

"정말입니까?"

스티브의 대답에 베일리는 호통을 치며 말했다.

"내 앞에서 모른 척할 생각하지 말게! 바보가 아닌 이상 무슨 일이 벌어지는지 정도는 짐작할 수 있네. 만약 응구모가 그 자리에서 사퇴하려 한다면, 그에 대해선 자네 상사라는 자가 잘 알겠지. 보츠와나가 유럽 공동 시장 참가국이 되었을 당시 내가 아프리카 담당 국장이었다는 걸 잊었나 보군. 당시 조너선 스토나갈이 끼어들었고, 그가 카르파티아라는 자의 수호천사 중 한 명이란 건 알 만한 사람이면 다 아네. 대체 무슨 관계야?"

스티브를 보니 얼굴이 하얗게 질려 있었다. 베일리는 두 사람이 예측한 것보다 더 많이 알고 있었다. 벅의 상사는 최근 들어 처음으로 초조하다 못해 공포에 질린 목소리로 말했다.

"그럼 아는 것을 다 말씀드리죠."

하지만 벅은 그가 말하지 않을 사실이 더 많을 거라고 짐작했다.

"제가 내일 아침 처음으로 할 업무는 카르파티아가 그 직책에 관심이 없다고 천명하는 겁니다. 그는 자신의 의견이 너무 혁신적이기 때문에 그에 대해서는 현 회원국의 만장일치에 가까운 동의를 얻어야 한다고 말할 겁니다. 각 회원국은 유엔의 재정비, 쟁점 변경 등 다른 몇 가지의 사안에 대해서도 동의를 해야 할 거고요."

"이를테면?"

"제 마음대로 말할 수는……."

순간 베일리가 상기된 얼굴로 자리에서 벌떡 일어났다.

"스티브 플랭크, 내 한마디 하지. 난 자네가 좋아. 자넨 늘 나의 슈퍼 스타였으니까. 자네를 고위 간부로 채용했지만 그때는 아무도 자네에게 그만한 가치가 있는지 이해하지 못했네. 그런데 자네는 이 애송이 기자를 내 앞에다 내세웠어. 어쨌든 이 사람 때문에 체면은 차리게 되었지만 말이네. 하지만 턱도 없을 때에 내가 자네에게 아홉 자리나 되는 연봉을 준 건 언젠가 그 값을 하리라고 믿었기 때문이야. 또 실제로 그렇게 되었고. 그리고 여기에서 자네가 말한 건 한마디도 이 방 밖으로 나가지 않을 테니 정보를 혼자 꼭 쥐고 있지 않았으면 하네. 자네 같은 인간들은 내가 현장에서 발을 뗀 지 2, 3년이나 되었으니 유지하는 정보망도 없고 여론에 귀도 기울이지 않는다고 생각하겠지? 하지만 오늘 아침, 자네가 이 방을 나가면서부터 내 전화기는 계속 울려 댔고, 직감으로 난 뭔가 큰일이 벌어졌다는 걸 알았지. 그게 뭔가?"

"누가 전화를 했습니까?"

스티브가 물었다.

"음, 우선은 루마니아 부통령을 안다는 어떤 남자한테서 전화를 받았네. 그쪽 말로는 부통령에게 일이 언제 끝날지 모르니 하루하루 일을 잘 처리할 준비를 해 두라는 요청이 들어왔다고 하더군. 대통령은 이미 뽑아 놓았기 때문에 부통령이 새 대통령이 되지는 않을 거라고 했는데, 그걸로 미뤄보면 카르파티아가 이곳에 어느 정도는 머문다는 얘기지. 그리고 아프리카에 있는 아는 사람들의 말에 따르면 응구모가 이스라엘의 혼합물을 손에 넣는 데 어느 정도 우위를 점하고 있지만, 그 거래를 위해 유엔에서 내려와야 한다는 조건을 그리 달가워하지 않는다고 하네. 그는 사퇴하려고 하지만, 모든 일이 약속된 대로 진행되지 않는다면 문제가 될 걸세. 무엇보다 그 후에 〈시보드 먼슬리〉 지의 사장 전화를 받았는데, 어떻게 캐머런 자네와 지난밤에 익사한 그 직원이 카르파티아를 같은 관점에서 캐게 되었는지 궁금해하더군. 그러면서 나보고 벅 자네도 의문의 죽음을 당하게 될 것 같으냐고 묻는 게 아니겠나. 나는 내가 아는 대로 자네가 그 사내에 대해 여느 때와 다름없는 표지 기사를 쓰려 했고, 내용도 긍정적일 거라고 말했네. 그 사람의 말로는 그 직원은 약간 다르게 접근하려고 했다네. 자네도 알다시피 다른 이들이 '예'라고 할 때 '아니요' 하는 사람이 있지 않은가. 밀러는 실종 사건 배후에 대한 기사를 쓰는 중이었는데, 내가 알기론 자네도 그 문제에 대해 한두 차례 쓰기로 계획한 걸로 아네. 어떻게 그 이야기가 카르파티아와 결부되었는지, 왜 그렇게 비관적으로 보았는지 나는 잘 모르겠네. 자네는 아는가?"

벅은 고개를 저었다.

"저는 두 문제가 완전히 다른 문제라고 생각합니다. 제가 카르파티아에게 그 일에 대해 어떻게 생각하느냐고 물었고, 모든 사람이 그 대답을 들었습니다. 밀러가 그 문제를 캐고 있는지도 몰랐지만, 그 실종 사건을 카르파티아와 어떻게 해서든 연관시켰으리라고는 전혀 생각하지도 못했습니다."

베일리는 다시 자리에 앉았다.

"사실 〈시보드 먼슬리〉 지의 그 친구 전화를 받았을 때, 처음에는 그 사람이 캐머런 자네의 신원 조회를 하려는 줄 알았네. 한 주에 망아지 같은 젊은 기자 둘을 모두 잃게 되면 조기 퇴직을 해야겠다는 생각마저 했지. 플랭크만 아는 이야기를 실토하기 전에 그 문제를 해결할 수 있겠나?"

"무슨 문제 말씀이십니까?"

벅이 물었다.

"자네 퇴직할 생각 있나?"

"없습니다."

"승진을 받아들일 건가?"

"그렇습니다."

"좋아! 자, 스티브. 카르파티아는 유엔직을 수락하기 전에 무슨 일을 더 벌이려고 하나?"

스티브의 망설이는 모습을 보니, 아는 것을 이야기해야 할지 고민하는 듯했다. 그러자 베일리가 재촉하듯 말했다.

"자넨 나한테 빚이 있어. 나도 이런 방법을 쓰고 싶지는 않아. 그냥 알고 싶어서 그래. 캐머런과 나는 어떤 기사를 제일 먼저 취재해야 할지 결정해야 하네. 실종 사건 배후에 있는 가장 재미있는 그 무언가에 대한 글을 캐머런에게 맡기고 싶어. 가끔은 우리가 신문 잡지처럼 점점 무미건조해져서 세상 사람들이 이제 매일 죽음을 두려워하고, 이 모든 일의 의미를 알고 싶어 한다는 사실을 잊는다는 생각이 들어. 스티브, 날 믿어도 좋아. 이미 누구에게도 말하지 않겠다고, 자네 명예를 손상시키지 않겠다고 약속했잖나. 그냥 나한테 털어놓게나. 카르파티아가 원하는 바가 뭔가? 그리고 그 직분을 수락할 생각인가?"

스티브는 입술을 오므렸다가 마지못해 말문을 열었다.

"안전보장이사회를 새로 꾸리고 싶어 하는데, 그 중에는 카르파티아가 대사로 삼고 싶은 인물들도 포함될 겁니다."

"영국은 토드코트란이 맡는 식으로요?"

이번에는 벅이 물었다.

"그 사람은 오래가지 않을 거야. 자네도 알겠지만, 카르파티아는 그 관계에 온전히 만족하지 않으니까."

벅은 갑자기 스티브가 모든 것을 안다는 생각이 들었다.

"그리고?"

베일리가 몰아붙였다.

"응구모가 개인적으로 자신을 후임으로 밀어주고, 대다수 대사들의 표를 받고 싶어 합니다. 또 솔직히 말하면, 두 가지 정도를 더 바라긴 하는데 얻기 어려울 겁니다. 우선 군사적인 면에서는 각 회원국이 무장을 해제한다는 서약을 해서 각 나라 무기의 90퍼센트를 없애고 나머지 10퍼센트는 유엔에 헌정하기를 기대하죠."

참기 힘들었는지 베일리가 갑자기 끼어들었다.

"평화를 지킨다는 목표만큼은 순진무구하네만, 어쨌든 논리적이긴 하군. 자네 말이 맞아. 얻어낼 수 없을 걸세. 또 하나는?"

"반대는 극심하고 가능성도 전혀 없을 법한 문제입니다. 논리 하나는 끝내 주지만 비용이나 뭐, 다른 문제가 좀……."

"뭔가?"

"유엔을 옮기고 싶어 합니다."

"옮겨?"

스티브는 고개를 끄덕였다.

"어디로?"

"이거야말로 좀 어처구니가 없긴 합니다."

"요즘 같은 때 어처구니가 있는 얘기가 있긴 한가."

베일리가 시큰둥하게 말했다.

"바빌론으로 옮겼으면 하더군요."

"농담하지 말게."

"그 사람은 농담이 아닙니다."

"몇 년에 걸쳐 그 도시를 쇄신하고 있다는 소식은 들었네. 그 도시를 만드는 데 수백만 달러가 투자되었다더군. 그 뭐라더라, 신(新) 바빌론인가?"

"수십억 달러입니다."

"동의할 사람이 있을 것 같은가?"

"얼마나 그 사람들이 카르파티아를 절실하게 원하느냐에 달린 거죠."

스티브는 킥킥 웃으며 말했다.

"오늘 밤에는 '투나이트 쇼'에 출연합니다."

"더 유명해지겠군!"

"지금은 국제 협정 때문에 모인 국제 단체 수장들을 만날 거고요."

"뭘 바라고 그 사람들을 만나지?"

"이것도 비밀로 해 주시는 겁니까?"

스티브는 신중하게 다시 한 번 물었다.

"물론이네."

"자신이 바라는 바를 몇 가지 지지해 줄 결의를 요청할 겁니다. 사막 비옥화 기술을 중개해 주는 대신 이스라엘과의 7년 평화 협정을 요구할 겁니다. 거기다가 신 바빌론으로 옮기는 문제, 또 전 세계 단일종교를 설립하여 그 본부를 이탈리아에 두는 문제도 함께 요구하는 중입니다."

"그렇게 되면 유대인과의 협력도 얼마 못 갈 텐데."

"유대인은 예외입니다. 니콜라에는 평화 협정 기간에 성전을 재건하도록 유대인을 도울 예정입니다. 특별대우를 받을 자격이 있다고 믿거든요."

베일리가 대꾸했다.

"그거야 지금도 받고 있지. 참 똑똑한 사람이야! 이렇게 혁신적인 생각을 하는 사람도 처음 봤지만, 이렇게 신속하게 행동에 옮기는 사람도 처음일세."

"두 분 다 카르파티아 때문에 속이 울렁거리지 않으신가요? 이 사람을 너무 가까이에서 냄새 맡은 사람은 다 제거된 것 같은데요."

벅은 가라앉은 목소리로 말했다.

"울렁이냐고? 음, 내 생각에 이 사람이 좀 순진하기는 하지만 그래도 원하는 것을 다 갖게 된다면 정말 놀랍지 않겠나. 그리고 어쨌거나 그 사람은 정치인일세. 그러니까 이런 문제를 최후통첩처럼 발표하지는 않을 거고, 그걸 다 얻지 못한다고 해도 그 직책을 받아들일 거네. 듣기에는 카르파티아가 응구모를 짓밟은 듯하지만 내가 보기에는 그 마음속에 보츠와나 최고의 관심사를 품은 듯해. 카르파티아는 더 나은 유엔 수장이 될 거야. 그리고 그가 옳기도 하고 말이야. 만일 이스라엘에서 생긴 일이 보츠와나에서 일어난다면, 응구모는 집 근처에 눌러앉아 번영을 관리해 나가기만 하면 되거든. 울렁이느냐고? 절대 아니네. 자네 둘처럼 나도 그 사내에게 감명을 받았거든. 그야말로 지금 우리에게 필요한 사람이야. 이런 위기의 시대에 통합과 협력은 당연한 거니까."

베일리는 흥분된 어조로 말했다.

"그럼 에릭 밀러는 뭡니까?"

"사람들이 그 일을 너무 크게 여긴다는 생각이 드네. 그의 죽음이 보이는 그대로가 아니었는지, 또 자네나 카르파티아와 싸운 건 그냥 우연일 뿐이었는지는 알 수가 없네. 카르파티아는 에릭이 뭘 캐냈는지 모르고 있지 않았나?"

"그건 모르죠."

벅은 말하면서 스티브가 한마디도 하지 않는 것을 눈치 챘다. 마지가 인터폰으로 호출을 했다.

"캐머런에게 해티 더럼이란 분이 긴급 전갈을 보냈어요. 더 이상 기다릴 수 없다고 전하랍니다."

"오, 안 돼요. 마지, 대신 사과해 줘요. 어쩔 수 없었다고 얘기하고, 내가 후에 전화를 하든지 따라가든지 하겠다고 해요."

베일리가 불쾌한 모습을 보였다.

"업무 시간에 이딴 짓을 하다니!"

"사실 오늘 아침 카르파티아에게 소개한 여자인데, 오늘 절 비행기 조종사에게 소개해 달라고 부탁했거든요. 지난주에 일어난 그 이야기를 쓸까 해서요."

"그렇군. 그럼 카르파티아를 특집 기사로 쓰고, 그 다음에 실종 사건 배후에 있는 이론들을 엮어 보게. 지금까지의 기사 중 최고가 될 걸세. 사건 자체에 대한 우리 기사는 〈타임〉이나 다른 어떤 잡지의 추종을 불허할 거야. 어쨌든 나는 자네 기사를 좋아해. 카르파티아에 대해 엄청나게 신선한 얘기라든지, 완전히 색다른 기사를 얻을 수 있을지 모르겠지만, 우리가 가진 정보를 다 활용하도록 하게. 솔직히 자네가 모든 이론을 총망라해 기사를 쓴다는 게 마음에 드네. 자네만의 색깔이 있는 글을 써 보게."

"그래야죠. 다른 사람들처럼 저도 아는 바가 없습니다만, 제가 발견한 점이 있다면 나름대로의 이론을 가진 사람들이 그것에 심취해 있다는 점입니다."

벅은 신중하게 말했다.

"그래, 나도 있지. 그리고 카르파티아의 주장이나 로젠츠바이크의 이론, 다른 사람들의 이론과 섬뜩할 정도로 비슷해. 내 친척들 중에는 외계인 따위를 믿는 사람이 있지. 삼촌은 예수 때문이라고 생각하지만, 그 예수가 자기를 잊었다고 말하고 있다네. 참! 나는 이 사건이 자연현상이었다고 생각하네. 그러니까 우리의 최첨단 기술이 자연의 힘과 결합한 현상인데, 바로 그런 일이 많은 사람에게 일어난 거야. 자, 캐머런. 자넨 어느 쪽 입장인가?"

베일리가 진지하게 물었다.

"이 일을 하기에 가장 적절한 입장이죠. 저는 혼란스럽지 않거든요."

"사람들은 뭐라고 하던가?"

"사장님이 말씀하신 것과 별로 다르지 않아요. 오헤어에서 만난 한 의사는 분명 휴거일 것이라고 말했죠. 다른 이들도 같은 말을 하더군요. 아시다시피 시카고 지국장도……."

"루신다 워싱턴 말인가? 이젠 그녀의 후임을 찾는 것도 자네 일이야. 거기 가서 상황을 파악하고 사람들도 알아두게. 근데 무슨 이야기를 하려던 참이었지?"

"루신다의 아들은 어머니와 나머지 가족들이 천국으로 갔다고 믿더라고요."

"그럼, 그 아들은 어째서 남게 된 거지?"

"그건 무슨 이유인지 저도 잘 모릅니다. 다른 기독교인보다 좀더 나은 교인이 있다는 건지, 원. 아무튼 이 일을 더 조사하고 난 후에야 이 기사를 마무리할 겁니다. 방금 전화한 여승무원이 무슨 생각을 하는지 잘 모르지만요, 어쨌든 오늘 만날 기장에게 나름대로의 생각이 있다고 하더군요."

"비행기 기장이라……."

베일리는 되뇌더니 뭔가 나오겠다 싶은지 열성적으로 지시했다.

"재미있는 이야기가 되겠군. 만약 그 사람 생각이 다른 과학자들 생각과 같지 않다면 말이지. 어쨌든 해 보게. 스티브, 후임 건은 공표하도록 하겠네. 행운을 비네. 하지만 여기서 말한 내용이 잡지에 실리지 않을까 걱정하지 말게. 다른 출처를 찾지 않는 한 그런 일은 없을 테니까. 그러기로 동의했지. 안 그런가, 윌리엄스?"

"예!"

벅이 이렇게 대답했지만 스티브는 마음을 놓지 못하는 눈치였다.

벅은 엘리베이터로 달려가 안내에 전화하여 팬콘 클럽 전화번호를 물었다. 해티를 불러 달라는 요청을 했지만 찾을 수가 없자 아직 해티가 도착하지 않았거나, 기장과 함께 나간 것이라고 생각했다. 휴대 전화로 연락해 달라는 메시지를 남기고 만일에 대비하여 택시를 타러 나갔다.

머리가 빙글빙글 도는 것 같았다. 실종 사건 배후의 일이야말로 큰 사건이라는 스탠턴 베일리의 말에 동의하되, 벅도 니콜라에 카르파티아가 의심스러웠다. 아니, 그래서는 안 될지도 모른다. 조너선 스토나갈에 집중해야 할지도 모른다. 카르파티아는 자신이 등용되면 여러모로 스토나갈을 도와 그의 경쟁자들을 따돌릴 수 있으리라는 점을 알 정도로 똑똑한 사람임에 분명하다. 하지만 카르파티아는 스토나갈과 토드코트란이 불법 행위의 배후에 있다는 걸 알고 있으면서도 그 둘의 문제를 '해결'하겠노라 장담했다.

그러면 카르파티아가 무고해지는 건가? 벅은 분명 그렇게 되길 바랐다. 살면서 이토록 사람을 믿고 싶었던 적이 없다. 실종 사건 이후로 벅은 자신에 대해 생각해 볼 겨를이 없었다. 형수와 조카를 잃은 상실감이 끊임없이 가슴을 아프게 했고, 이 일이 혹시 휴거와 관련된 건 아닐까 하는 의문도 들었다. 만약 이 지구상의 누군가가 천국으로 올라가게 되었다면, 바로 그들일 것이라는 생각이 들었다.

하지만 그 이상의 뭔가가 있을 것이다. 아이비리그에서 교육을 받은 벅이 아닌가. 어린 시절, 숨이 막힐 것 같은 가정환경 때문에 집을 떠났고, 교회도 떠났다. 때때로 도움이나 구원을 청하는 기도를 하기도 하지만 스스로를 종교적이라고 생각해 본 적은 없었다. 벅은 성취, 자극, 그리고 관심 있는 일을 중심으로 인생을 꾸려 나오고 있었다. 이는 부인할 수 없었다. 서명 기사, 직접 쓴 기사, 전국 잡지에 실린 논평 기사 등으로 이룬 자신의 지위를 사랑했다. 그래도 외로움은 있었다. 특히 스티브가 떠난다고 생각하니 외로움이 더욱 뼈저리게 몰려왔다. 벅은 연애도 했고 심각한 관계로 발전시킬까 몇 번 고민한 적도 있지만, 안정을 원하는 여자들은 그에게 너무 떠돌아다닌다고 늘 불평했다.

이스라엘에서 러시아 공군이 패전한 초자연적 사건을 목격한 이래 벅은 세상이 변해 가는 것을 느꼈다. 예전과 같을 수 없으리라는 생각이 들었다. 외계인에 의한 실종 사건이라는 이론에는 매력을 느끼지 않지만 엄청난 우주 에너지의 반응 때문이라는 사실은 상당히 그럴듯했다. 하지만 그 배후에는 과연 누가, 무엇이 있단 말인가? 통곡의 벽 사건도 불가사의한 초자연적 사건의 단면이었다.

벅은 자신이 선호하는 사고방식인 '이유와 원인' 이야기가 니콜라에 카르파티아의 등장보다 더 흥미롭다는 사실을 깨달았다. 카르파티아와 함께한 때를 떠올리며 벅은 그가 다른 교활한 정치인들과 다르길 바라는 건 요행이라는 생각이 들었다. 그는 이제껏 본 사람들 중 단연 최고였지만 더크의 죽음, 앨런의 죽음, 에릭의 죽음과 벅이 곤경에 빠진 일 등이 카르파티아와 완전히 무관한 일일 수 있을까?

벅은 그러길 바랐다. 세상의 이념을 온전히 손에 넣을 수 있는 사람이 한 세대에 한 명쯤은 나타나리라 믿고 싶었다. 그렇다면 카르파티아도 제2의 링컨이나 루스벨트, 아니면 일부 사람들에게 케네디가 그랬듯이 캐멀롯의 화신이 될 수 있을까?

택시는 도저히 뚫고 나갈 수 없을 정도로 정체된 케네디 공항 근처로 꾸물꾸물 기어가고 있었다. 그동안 벅은 휴대용 컴퓨터의 모뎀을 휴대 전화에 연결하고는 컴퓨터 화면으로 뉴스 서비스를 받았다. 재빨리 최근 2년간 쓴 에릭 밀러의 주요 기사를 검색한 후, 그가 바빌론 증건과 개량 공사에 대한 글을 썼다는 것을 알고는 아찔해졌다. 밀러가 쓴 일련의 기사에 붙인 제목은 바로 '신(新) 바빌론, 스토나갈의 최근 꿈'이었다. 기사를 재빨리 훑어보니 상당량의 재건 자금이 전 세계 스토나갈의 은행에서 나온 사실을 알 수 있었다. 물론 스토나갈의 말도 인용되어 있었다.

"우연의 일치일 뿐입니다. 여러 지점에서 자금을 지원한 내용을 상세적으로 아는 바가 없습니다."

벅도 니콜라에 카르파티아와의 동맹이 무안가티 응구모나 이스라엘, 심지어 안전보장이사회와 관계가 있다는 사실을 짐작하고 있는 바다. 카르파티아가 유엔의 사무총장이 되었을 때 조너선 스토나갈에게 어떻게 하느냐에 따라 그에 대한 벅의 최종 진단이 내려질 것이다.

나머지 회원국이 카르파티아의 조건을 받아들이면 그는 하룻밤 사이에 세상에서 가장 권력 있는 지도자가 된다. 모든 회원국이 무장 해제를 해 유엔의 힘이 증강되면 자신의 계획을 군사적으로 몰아붙일 힘을 손에 쥐게 될 것이다. 믿을 만한 지도자를 갈망하던 세계는 무조건 이 협정에 동의할 것이다. 또한 그런 권위를 가진 지도자는 흉악한 조너선 스토나갈 같은 배후 조종자들을 절대 묵과하지 않는 그런 인물이어야 한다.

20

레이포드와 클로이는 오후 1시 반까지만 기다리다가 호텔로 가기로 했다. 팬콘 클럽을 나서며 레이포드는 혹시 해티가 올까 해서 가던 길을 멈추고 메시지를 남기려 했다.

"조금 전에도 메시지를 받았는데요. 도착해서 전화를 주시면 캐머런 윌리엄스 씨가 곧장 뒤따라오실 거라고 그의 비서가 연락해 왔습니다."

카운터의 여직원의 말에 레이포드가 물었다.

"언제 이 메시지를 받았습니까?"

"1시가 막 지나서요."

"그럼 몇 분 더 기다려 봐야겠군."

레이포드와 클로이가 입구 가까이에 앉으려는데 해티가 뛰어왔다. 그녀를 보고 웃어 보였지만 해티는 방금 우연히 마주친 듯 멈칫거렸다.

"어머, 안녕하세요?"

카운터에 신분증을 보여 주고 메시지를 확인하면서 해티가 말했다. 레이포드는 그녀가 마음대로 하도록 내버려 두었다. 자업자득이었다.

"다시는 뵙지 않으려 했어요. 어쨌든 왔으니 우선 전화부터 할게요. 전에 말한 기자가 전화를 했네요. 그 사람이 오늘 아침에 니콜라에 카르파티아에게 절 소개해 줬거든요."

클로이와 인사를 나눈 후 해티가 말했다.

"그랬군."

레이포드의 대답에 해티는 고개를 끄덕이며 빙긋 웃었다.

"게다가 카르파티아 대통령이 명함도 줬어요. 곧 있으면 〈피플〉 지의 '올해 최고의 섹시남'으로 뽑힐 예정이라던데요?"

"아, 나도 들었어. 음, 인상 깊었지. 굉장한 아침이었겠군. 윌리엄스 씨는 어때?"

"멋지더군요. 많이 바쁘긴 하지만요. 이제 전화를 해야겠네요. 실례할게요."

⁂

대합실의 에스컬레이터에 있는데 휴대 전화가 울렸다.

"물론 안녕하시겠죠?"

해티였다.

"미안합니다, 더럼 양."

"어머, 왜 그러세요. 맨해튼 한복판에서 값비싼 택시에 날 버리고 간 사람이라면 당연히 이름을 불러야 하는 거 아닌가요? 그래야 당연하죠."

"택시비는 내가 낸다고 했잖아요."

"벅, 농담이에요. 이제 막 기장님과 딸을 만났으니까 억지로 오실 필요 없어요."

"벌써 가는 중인걸요."

"어머!"

"괜찮습니다. 할 일이 많으니까요. 다시 만나서 즐거웠고, 다음에 뉴욕에 오게 되면……."

"벅, 저와 만나야 한다는 부담은 느끼시지 않아도 돼요."

"부담을 느끼지 않습니다."

"느끼면서 뭘 그래요. 당신은 정말 좋은 사람이긴 한데 우린 별로 통하지 않는 것 같아요. 나를 위해 시간을 내주고 카르파티아 대통령도 소개해 줘서 고마웠어요."

"해티, 나도 부탁 하나 하죠. 기장님께 날 소개해 줄 수 있나요? 인터뷰를 하려고요. 그분 오늘 밤에도 여기 머무르십니까?"

"물어볼게요. 그럼 딸도 같이 만나게 되겠군요. 아주 예쁘게 생겼어요."

"따님까지 인터뷰하면 좋죠."

"당연히 그러셔야죠."

"해티, 꼭 물어봐요."

레이포드는 오늘 저녁 해티가 벅 윌리엄스와 데이트를 할지 궁금했다. 자신들이 묵을 호텔로 그녀를 초대해 함께 저녁식사를 하면 좋겠다는 생각을 했다. 해티는 공중전화 너머로 레이포드를 향해 손짓을 했다.

"레이포드, 벅 윌리엄스 씨가 만나고 싶어 해요. 기사를 쓰는 중인데 인터뷰하고 싶다는데요?"

"나를? 뭣 때문에 그러지?"

레이포드는 이해할 수 없다는 표정으로 물었다.

"저도 모르죠. 안 물어봤어요. 비행이나 실종 사건 때문이겠죠. 그 사건 당시 상공에 계셨잖아요."

"만나겠다고 전해. 우리 셋이 식사할 때 함께 만나자고 하는 건 어때? 해티도 시간이 괜찮으면 말이오."

그녀는 마치 무엇에 속았다는 듯이 레이포드를 빤히 쳐다보았다.

"그렇게 해, 해티. 우리 둘은 오후에 이야기하고 6시에 다 같이 모여서 칼라일에서 저녁식사를 합시다."

해티는 다시 전화기에 대고 벅에게 물었다.

"지금 어디예요?"

그러더니 잠시 말을 멈췄다.

"설마!"

해티는 구석구석을 살펴보더니 빙긋이 웃으며 손을 흔들었다. 송화구를 막고 레이포드를 돌아다보았다.

"저 사람이에요, 저기 휴대 전화를 든 사람!"

"그럼 두 사람 다 전화 끊고 소개나 해 줘요."

레이포드의 말에 두 사람은 전화를 끊었다. 그리고 벅은 들어오면서 전화기를 챙겨 넣었다.

"동행입니다."

레이포드는 안내원에게 이렇게 말하고 벅과 악수했다.

"제 비행기에 탔던 〈글로벌 위클리〉 지의 기자님이라고 들었습니다."

"예, 그렇습니다."

벅이 정중히 대답했다.

"저한테 뭘 인터뷰하고 싶으신 거죠?"

"실종 사건에 대한 입장입니다. 그때 일어난 일의 배후 기사를 쓰려고 합니다. 전문직에 있으면서 사건 발생 당시 혼란스러운 현장에 계셨던 기장님의 견해를 들으면 좋을 것 같았거든요."

'드디어 기회가 왔군!'

레이포드는 속으로 이렇게 생각하며 대답했다.

"좋습니다. 그럼 오늘 함께 저녁식사를 하시겠습니까?"

"예, 그러지요. 그런데 이분이 따님 되십니까?"

벅은 순간 아찔했다. 클로이의 이름, 눈, 웃음 모두에 그만 넋을 잃고 말았다. 벅을 똑바로 바라보며 손을 꽉 잡고 악수를 하는 태도, 바로 벅의 이상형이었다. 대부분의 여자는 나긋나긋한 손을 내밀며 여자 냄새를 물씬 풍겼지만, 클로이는 아니었다. 정말 멋진 여성이라는 생각이 들었다. 스틸 기장에게 내일이면 일개 기자가 아니라 편집국장이 된다고 말하고 싶은 유혹이 일었다. 하지만 자랑처럼 들릴 것 같아 입 밖에 꺼내지 않았다.

그때 해티가 말했다.

"저기요, 기장님과 잠시 이야기를 나누고 싶은데 두 사람 잠깐 인사 좀 나누시고 잠시 후에 다시 만나면 안 될까요? 벅, 시간 괜찮아요?"

벅은 속으로 '전 시간 괜찮아요!'라고 외쳤다.

"물론이죠. 두 분도 괜찮으시겠습니까?"

벅은 클로이와 그녀의 아버지를 보며 말했다.

기장은 망설이는 눈치였지만 딸은 간절한 눈길로 그를 바라봤다. 혼자서도 충분히 결정을 내릴 나이지만 아버지를 난처하게 하고 싶지 않은 모습이 역력했다.

"그러시죠. 우리는 여기 있겠습니다."

스틸 기장이 머뭇거리며 말했다.

"가방을 맡기고 대합실 안을 좀 걷죠. 괜찮나요, 클로이?"

그녀는 미소를 지으며 고개를 끄덕였다.

벅은 참으로 오랜만에 여자 앞에서 어색하고 부끄러운 감정을 느꼈다. 그는 클로이와 이야기하면서 어디를 쳐다봐야 할지, 또 손을 어디에 둬야 할지 몰라 안절부절못했다. 주머니에 넣어야 하나? 아니면 그냥 편하게 둬야 할까? 흔들어야 하나? 이 여자는 앉고 싶을까? 사람 구경을 하고 싶을까? 그것도 아니면 물건을 구경하고 싶을까?

벅은 클로이에게 어느 학교에 다니며 관심사가 무엇인지를 물었다. 클로이가 엄마와 남동생 얘기를 해 주자 벅은 마음이 아팠다. 어찌나 똑똑하고 명확하며 성숙해 보이는지 벅은 그녀에게 강렬한 인상을 받았다. 이 사람이야말로 관심을 둘 만한 여성이었다. 그런데 그보다 최소한 10년은 더 어린 듯했다.

클로이도 벅의 삶과 일에 대해 알고 싶었다. 묻는 말에 벅은 꼬박꼬박 대답해 주었지만 그 이상은 아니었다. 실종 사건 때 잃은 사람이 있는지 묻자 그때서야 투손에 있는 가족과 영국에 있던 친구들 이야기를 해 주었다. 당연히 스토나갈이나 토드코트란이 연루된 이야기는 한마디도 하지 않았다.

대화가 끊기자 클로이의 눈이 자신을 바라보던 벅의 눈과 마주쳤다. 그러자 벅은 황급히 시선을 돌렸다. 벅이 다시 돌아보자 클로이도 그를 쳐다보고 있었다. 둘은 쑥스러운 듯이 웃었다. 벅은 남자 친구가 있는지 궁금해 죽을 것 같았지만 차마 물어볼 수가 없었다.

클로이는 보통 젊은이들이 노련한 전문가에게 하고 있는 일이 어떤지를 묻는 수준 이상의 질문을 던졌다. 클로이는 벅이 업무상 겪어야 하는 여행과 경험을 부러워하는 것 같았다. 벅은 피식 웃으며 속속들이 알면 클로이도 넌더리가 날 것이라고 했다.

"결혼한 적 있나요?"

클로이의 질문에 벅은 자신에게 관심이 있는 것 같아 기뻤다. 아니라고, 약혼을 할 만큼 심각한 적도 없었다고 말할 수 있어 뿌듯했다.

"클로이는 어때요? 몇 번이나 결혼했죠?"

이제 이야기가 공평하게 진행되고 있다고 생각하며 물었다.

클로이는 어이없다는 듯 웃었다.

"진지하게 만난 사람은 딱 한 명 있었죠. 대학 1학년 때 그 사람은 4학년이었어요. 난 사랑이라고 생각했는데 그 사람, 졸업하면서 소식을 끊더군요."

"정말입니까?"

"해외여행을 가서 나에게 싸구려 기념품을 보내 준 게 끝이에요. 지금은 결혼했죠."

"그 사람 실수했군요."

"고마워요."

벅은 더 과감해졌다.

"그런데 그 사람, 눈이 멀었나 보죠?"

클로이는 대답하지 않았다. 벅은 자책하며 만회를 시도했다.

"제 말은 자기 손에 뭐가 있는지 모르는 남자도 있다는 말이었어요."

여전히 클로이가 말을 하지 않자 벅은 바보가 된 기분이었다.

'다른 일은 잘하면서 어떻게 이런 일 앞에서는 얼간이가 되는 걸까?'

클로이는 고급 제과점 앞에 멈춰 선 채 물었다.

"쿠키가 우릴 부르는 것 같지 않아요?"

"왜요? 내가 쿠키같이 생겼어요?"

"그런 말 할 줄 알았어요. 쿠키 좀 사 주세요. 그래야 배꼽시계가 자연사할 테니까요."

"노령으로 말이지요?"

벅의 재치 있는 대답에 클로이는 웃으며 말했다.

"재미있는 분이시네요."

레이포드는 예전처럼 해티에게 성실하고 정직하며 솔직했다. 둘은 큰 방 한구석의 푹신한 의자에 대각선으로 앉았는데, 소음 때문에 그들이 나누는 이야기는 다른 사람들에게 들리지 않았다.

"해티, 난 논쟁하거나 대화하려고 오진 않았소. 해야 할 이야기가 있는데 그냥 듣기만 해 줬으면 좋겠소."

"한마디도 하면 안 된다고요? 분명히 궁금하신 게 있을 텐데요?"

"물론. 하고 싶은 말을 할 기회를 주겠지만 우선은 나부터 하겠소. 나만 이야기하니 대화라고 할 수는 없을 것 같소. 속에 있는 이야기를 털어놓은 다음 해티가 전체의 감을 잡게 되면 그때 답을 줬으면 좋겠소."

해티는 어깨를 으쓱했다.

"선택의 여지가 없군요."

"해티, 이미 선택을 했잖소. 여기 오지 않아도 됐었으니까."

"정말 오고 싶지 않았어요. 그래서 그렇게 얘기했더니 죄의식에 사로잡혀 메시지를 남기고 만나 달라고 애원하셨잖아요."

순간 레이포드는 당황했다.

"들추고 싶지 않은 말만 하는군. 왜 여기에 왔는지 불평만 하면 내가 어떻게 사과를 하겠소?"

"사과하고 싶으시다고요? 난 받을 생각이 없는데요?"

비록 빈정거리는 말투로 말했지만 해티가 관심을 보이는 것을 레이포드는 눈치 챘다.

"사과하고 싶소. 이제 해도 될까?"

해티는 고개를 끄덕였다.

"이 문제를 해결하고 바로잡을 건 바로잡고 나서 받을 비난이 있다면 다 받겠소. 그 다음 전날 밤에 전화로 슬쩍 꺼낸 얘기를 하고 싶군."

"왜 실종 사건이 일어났는지 얘기하고 싶은 거겠죠."

레이포드는 손을 들었다.

"너무 앞서 나가진 말아요."

"미안해요."

해티가 손을 입술 위에 갖다 댔다.

"그런데 오늘 밤 벅의 질문에 대답할 때 같이 들으면 안 되나요?"

레이포드가 눈을 부릅뜨자 해티가 손을 저으며 말했다.

"그냥 궁금해서요. 제 생각일 뿐이니까 기장님의 입장을 다시 얘기하지 않으셔도 돼요."

"고맙군. 그래도 그 이유는 말해 주지. 이 문제는 중요하면서도 개인적인 문제라 따로 만나서 말해야 하오. 몇 번을 얘기한다고 해도 나는 상관없소. 내 생각이 맞으면 당신 역시 이 이야기를 몇 번이고 계속 들어도 괜찮을 거고."

해티는 놀랍다는 듯 눈을 치켜떴다.

"마이크를 쥐셨으니 다시는 끼어들지 않을게요."

레이포드는 몸을 앞으로 기울여 팔꿈치는 무릎에 두고 말하려는 자세를 취했다.

"정말 미안하게 됐소. 용서해 줘요. 우린 친구였잖소. 다른 친구들과도 잘 지냈고. 당신과 같이 시간을 보내는 게 좋았소. 해티가 아름답고 매력적이라고 생각했고, 해티와의 관계에 관심이 있었다는 건 알고 있으리라 생각해."

해티는 놀란 모습이었다. 침묵하겠다고 약속하지만 않았다면 그가 관심을 보이면서도 냉랭했다고 말했을 것이다. 레이포드는 말을 이었다.

"관계가 더 진전되지 않았던 이유는 이런 일에 경험이 없기 때문일 거요. 하지만 그 역시 시간문제였을 거요. 해티의 의향만 확인했다면 결국에는 부정한 일을 저질렀을 테니까."

해티는 이맛살을 찌푸리며 한 대 맞은 표정을 지었다.

"그래, 부정한 관계였소. 물론 행복하지도 만족스럽지도 않은 결혼생활을 했었지만 그건 내 잘못이었소. 어쨌든 난 서약하고 혼약했으니 어떤 변명으로 당신에 대한 관심을 정당화한다고 해도 분명 부적절한 것이었소."

얼굴 표정만 봐도 해티가 동의하지 않는다는 걸 알 수 있었다.

"어쨌든 내가 당신을 유혹했소. 게다가 정직하지도 않았지. 하지만 이젠 그때 어떤 일도 저지르지 않은 게 얼마나 고마운지 모르오. 바보 같은 일을 저지르지 않아서 말이오. 당신에게도 좋은 일은 아니었을 테니까. 내가 재판관이나 배심원은 될 수 없지만 해티의 도덕적 문제는 해티의 소관이겠지. 어찌되었든 우리에게 미래란 없었소. 당신과 나이 차이가 많이 나는 게 문제가 아니라 내가 오로지 해티의 육체에만 관심이 있었다는 게 문제였소. 날 비난해도 좋소. 나도 떳떳하지 않으니까. 난 해티를 사랑하지 않았소. 그런 관계로 얽히는 건 당신이 원하는 삶이 아닐 거요, 그렇지?"

해티는 고개를 끄덕였지만 얼굴엔 수심이 가득했다. 레이포드는 미소를 지어 보였다.

"침묵을 깰 기회를 잠시 주지. 적어도 날 용서했는지 알고 싶으니까."

"가끔 정직이 최선의 방식인지 의심스러울 때가 있어요. 부인이 사라져서 그간 우리 행동에 죄의식을 느낀다고 말했다면 받아들였겠죠. 실제로 벌인 일이라곤 아무것도 없지만, 좀더 친절하게 끝을 낼 수도 있었을 텐데요."

"친절해도 정직하지는 않았겠지. 해티, 나는 줄곧 정직하지 않았소. 나라는 사람은 친절하고 온화해서 남이 내게 화를 내지도 못하게 했소. 하지만 더 이상 속일 수는 없었소. 난 몇 년 동안 진실하지 않았소."

"그럼 지금은요?"

"지금은 당신이 매력을 못 느낄 정도지."

그녀가 고개를 끄덕였다.

"나라고 왜 그러고 싶겠소? 사랑받길 싫어하는 사람은 없는데 말이오. 다른 핑계를 대거나 아내의 탓을 할 수도 있었지. 하지만 난 자존심을 지키고 싶소. 확실히 얘기하지만 이따가 더 중요한 얘기를 할 때에도 사심은 없을 거요."

해티의 입술이 떨렸다. 입술을 꼭 다물고 아래를 내려다보는 순간 눈물이 볼을 타고 흘러내렸다. 레이포드는 그녀를 안을 수도 없었다. 안는다고 욕정이 생기지도 않겠지만 오해를 살 수도 있었기 때문이다.

"해티, 미안해. 날 용서해요."

그녀는 고개를 끄덕일 뿐이었다. 무슨 말이든 하려고 했지만 차마 입 밖으로 말이 나오지도 진정되지도 않았다.

"난 지금 당신을 친구로서, 한 인간으로서 정말 아끼고 있소."

해티는 두 손으로 얼굴을 감싼 채 울지 않으려 애썼다. 이런 일에 전혀 준비가 되지 않았다는 듯 고개를 저었다.

"이러지 말아요. 지금은 이러지 말아요."

그녀는 겨우 마음을 가다듬으면서 말했다.

"해티, 해야 해."

"부탁이에요. 잠시만 기다려 줘요."

"기다리겠소. 하지만 도망가지는 마. 내가 알아낸 것, 배운 것, 하루하루 지나면서 발견한 것들을 말해 주지 않는다면 난 친구도 아닐 테니까."

결국 해티는 얼굴을 숙이고 울음을 터뜨렸다.

"이러지 않으려고 했는데. 기장님이 만족할 만한 행동은 안 하려고 했는데……."

레이포드는 최대한 부드럽게 말했다.

"이야기해도 전혀 받아들이지 않는다면 내 마음이 아플 거예요. 당신의 눈물도 내겐 위안이 되지 않는다는 걸 알겠지. 눈물 한 방울 한 방울이 내겐 칼이 될 거야. 내 책임이오. 내가 잘못했소."

"제게 시간을 주세요."

해티는 황급히 자리를 떴다.

레이포드는 아이린의 성경을 뚫어져라 들여다보며 재빨리 몇몇 구절을 살폈다. 하지만 성경을 펼친 채 이야기하지 않기로 했다. 새로운 용기와 결단력이 생겼지만 그녀를 당혹하게 하거나, 협박하지 않기로 했다.

"우리 아버지가 말씀하시는 실종 사건 이론을 들으면 참 재미있을 거예요."

쿠키를 먹으며 클로이가 말했다.

"그래요?"

벅의 말에 고개를 끄덕이는 클로이의 입가에 초콜릿이 조금 묻어 있었다.

"잠시만."

벅이 손을 뻗었다. 클로이가 머리를 들자 벅이 엄지손가락으로 초콜릿을 닦았다. 이제 어떻게 해야 할까? 휴지에 닦을까? 그런데 벅은 자신도 모르게 엄지손가락을 입에 갖다 댔다.

"맙소사! 말도 안 돼요! 병균이라도 붙어 있으면 어떡하려고 그래요?"

클로이가 놀라 말했다.

"이제 우리 둘 다 똑같이 된 겁니다."

벅의 말에 둘 다 웃음을 터뜨렸다. 몇 년 만에 처음으로 얼굴이 붉어진 기분이 들어 벅은 화제를 바꾸었다.

"아버지의 이론이라고 이야기했죠? 자기 이론은 아니라는 의미인데, 두 사람의 의견이 일치하지는 않나 보죠?"

"아빠는 그렇게 생각하시죠. 제가 아빠와 논쟁을 벌이는 바람에 아빠가 한동안 힘들어 하셨거든요. 난 그리 호락호락 넘어가지 않길 바랐을 뿐인데. 솔직히 말하자면, 이젠 상당히 가까워졌다고 할 수 있어요. 물론 아빠의 생각은……."

벅이 손을 들었다.

"아, 미안한데 그만 말해요. 아버님께 직접 들으면서 테이프에 담고 싶습니다."

"어머, 몰랐어요."

"아닙니다, 괜찮습니다. 당황하게 할 생각은 아니었어요. 그냥 제가 일하는 방식일 뿐입니다. 난 클로이의 이론도 듣고 싶어요. 애송이 대학생들의 생각도 들을 예정이긴 한데, 한 가정에서 두 명의 이야기를 뽑아 실을 기회는 없을 겁니다. 어쨌든 아버지의 이론에 상당히 동의한다고 했으니까 좀 더 기다렸다가 한꺼번에 같이 듣는 게 좋겠어요."

클로이는 갑자기 말이 없어지고 심각한 표정을 지었다.

"미안해요. 클로이의 이론에 관심이 없다는 의미는 아니었어요."

"그 얘기가 아니에요. 날 당신의 방식대로 분류했잖아요."

클로이는 약간 화가 난 것 같았다.

"분류하다니요?"

"애송이 대학생이라고요."

"아, 그랬군요. 제 실수입니다. 제가 더 잘 압니다. '대학인'이 애송이가 아니란 걸요. 클로이도 나보다 훨씬 어리지만 애송이라고 생각하진 않아요."

"대학인이라고요? 그런 말을 평소에도 쓰나요?"

"나이 든 티가 나죠?"

"나이가 얼마나 되시는데요?"

"서른하고 반 년, 곧 서른하나가 되죠."

벅이 눈을 깜빡이며 말했다.

"나이가 얼마나 되시기에 그런 말을 쓰냐고 한 거예요."

클로이가 귀가 안 들리는 노인에게 말하는 것처럼 큰 소리로 말하자 벅은 웃음을 터뜨렸다.

"쿠키를 더 사 주고는 싶지만 꼬마 아가씨, 저녁식사의 입맛을 떨어뜨리고 싶지는 않군요."

"안 그러시는 게 좋겠어요. 훌륭한 음식을 좋아하시는 아빠가 오늘 내기로 하셨거든요. 배를 비워 두세요."

"그럴게요, 클로이."

"할 말이 있는데 좀 뜬금없다고 생각하지 말아 줄래요?"

"이미 늦었어요."

벅의 대답에 클로이는 얼굴을 찡그리면서 그를 툭 쳤다.

"제 이름을 부르는 방식이 맘에 든다는 말을 하려고 했던 거라고요."

"달리 부를 방법이 있는 줄은 몰랐는데요."

"있어요. 제 친구들은 발음을 흘리면서 한 음절로 '클뢰'라고 불러요."

"클로이."

벅은 반복해 그녀의 이름을 불러 보았다.

"그래요. 그렇게요. 두 음절로 장음 오, 장음 이."

"이름이 마음에 들어요. 딱 젊은 사람 이름이죠. 지금 몇 살이나 되셨수, 애송이 아가씨?"

벅은 일부러 나이가 들어 보이도록 노인 말투로 말했다.

"스물하고도 반 년이에요. 이제 스물하나가 되죠."

"이런, 열 살이나 적은 사람이랑 친구가 되다니!"

벅은 여전히 독특한 어투로 말했다.

팬콘 클럽으로 돌아오면서 클로이가 말했다.

"제 나이가 어리다고 왈가왈부하지 않으면 저도 벅의 나이로 왈가왈부하지 않을게요."

"왈가왈부라. 참 어른스러운 말투군."

대답하는 벅의 입술에 미소가 번졌다.

"칭찬으로 들을게요."

진심인지 어쩐지 모르는 클로이는 수줍게 웃었다.

"진심입니다. 클로이 나이 또래 중에 당신만큼 책을 많이 읽고 똑똑한 사람은 드물 거예요."

"이번에는 칭찬이군요."

클로이가 맞받아쳤다.

"파악도 빠르고요."

"진짜 니콜라에 카르파티아와 인터뷰를 했어요?"

벅이 고개를 끄덕였다.

"친구나 다름없죠."

"농담이죠?"
"음, 꼭 그렇지는 않아요. 친하게는 지내거든요."
"그 사람 얘기를 좀 해 주실래요?"
벅은 카르파티아에 대해 이야기해 주었다.

해티는 약간 진정이 되어 돌아왔지만 여전히 눈이 부어 있었고 마치 벌을 더 받아야 하는 사람처럼 자리에 앉았다. 레이포드가 사과는 진심이었다고 또다시 말하자 해티가 물었다.

"이 문제는 그만 접죠?"
"날 용서했는지 알고 싶소."
레이포드는 그 대답을 꼭 듣고 싶었다.
"정말 그 문제에 집착하시는군요. 그러면 책임이 면제되고 마음이 편해지나요?"
"그럴 것 같소. 무엇보다 내가 진지하다는 걸 해티가 믿고 있는지 알게 되겠지."
"믿어요. 그렇다고 해서 기분이 좀더 나아지거나 받아들이기가 더 쉽지는 않겠지만, 어쨌든 기장님의 마음이 편해진다면야 그렇다고 믿어 주죠. 원한은 없으니까요. 어쩌면 그게 용서하는 것이겠군요."
"내가 감수할 건 다 하겠소. 이제는 정말 해티에게 정직해지고 싶어."
"이런, 또 뭐가 남았나요? 아니면 지난주에 무슨 일이 일어났는지 나한테 가르칠 작정인가요?"
"음, 그래. 하지만 클로이는 지금 당장 이 이야기를 하지 말라고 충고하더군."
"그러니까 어……. 그 얘기는 지금 하지 말자는 말이죠?"
"맞아."
"똑똑하군요. 우린 서로 통하는 게 있나 봐요."
"그런가 봐. 나이 차이도 그리 많지 않으니까."

"그런 말씀 마세요, 레이포드. 딸만큼이나 어리다는 전법을 쓸 작정이었으면 진작했어야죠."

"내가 해티를 열다섯 살에 낳아 키우지 않았다면 그렇게 될 수는 없소. 어쨌든 클로이는 지금 해티가 이 이야기를 들을 기분이 아닐 거라고 하더군."

"왜죠? 제가 답을 드려야 하나요? 기장님의 생각이든 뭐든 제가 무조건 받아들여야 하나요?"

"그러길 바라지만 그러지 않아도 돼. 지금 당장 해티가 해결할 수 없는 문제라면 이해하겠소. 하지만 긴급한 문제라고 생각하게 될 거라 믿소."

레이포드는 브루스 반즈 목사와 만난 날 그도 이와 비슷한 말을 했다는 사실이 생각났다. 열정과 설득력이 넘쳤고, 용기와 일관성을 달라고 기도하자 곧 응답을 받았다. 레이포드는 해티에게 하나님과 함께한 세월, 교회에 다니는 가정에서 자란 얘기, 아이린과 결혼생활 내내 얼마나 많은 교회를 어떻게 전전하게 되었는지 이야기해 주었다. 심지어는 아이린이 휴거에 사로잡혀 살던 모습이 다른 데로 눈을 돌릴 생각을 하게 된 계기였다고 이야기했다.

해티의 얼굴을 보니 레이포드가 지금 어디까지 와 있는지, 그리고 이젠 아이린의 믿음에 동의하여 이 모든 이야기를 받아들였음을 눈치 챈 듯했다. 두 사람이 오헤어 공항에 내린 다음날 아침에 집에서 레이포드가 알아낸 이야기를 해 주자 해티는 미동도 하지 않고 가만히 듣고 있었다.

레이포드는 해티에게 교회에 전화를 걸어 브루스 목사를 만났고, 그의 이야기와 성경의 예언에 대해, 그리고 〈요한계시록〉에서 예언한 두 선지자와 완벽한 쌍을 이루는 이스라엘의 두 설교자에 대한 설명을 들었다고 이야기했다.

레이포드는 비디오테이프를 보면서 목사가 인도하는 대로 기도문을 따라 했으며, 이제는 클로이에게 큰 책임감을 느껴 딸애도 역시 하나님을 알게 되길 간절히 원한다고 해티에게 이야기했다. 해티는 그에게 힘이 될 만한 몸짓이나 표정을 전혀 보여 주지 않았지만 그는 이야기를 이어갔다. 같이 기도하자고 하지는 않았다. 그의 믿음 때문에 앞으로 사과하는 일은 없을 거라고만 말했다.

"이제 알겠지만 이 일을 진실로 받아들인 사람이라면 다른 이들에게도 말하지 않을 수 없소. 그러지 않으면 친구도 아닐 테니까."

해티는 만족하고 동의한다는 표시를 보여 주지 않았다.

시간이 30분 정도 지나 새로운 지식에 바닥을 드러낸 레이포드는 이야기를 마무리했다.

"나는 해티가 이 문제를 깊이 생각해 보고, 비디오테이프도 보고, 원한다면 브루스 목사도 만났으면 좋겠소. 내가 믿게 할 수는 없지 않겠소? 내가 할 수 있는 일이라곤 나 자신이 진실로 받아들인 내용을 해티를 아끼니까 알려 주는 것뿐이야. 아무도 말해 주지 않아 기회를 놓치지 않았으면 좋겠소."

마침내 해티는 물러앉으며 한숨을 내쉬면서 이야기했다.

"참 다정도 하시지, 레이포드. 진짜로요. 그렇게 다 말해 줘서 고마워요. 정말 낯설고 이상한 느낌이 드네요. 이제껏 그런 얘기가 성경에 있는 줄도 몰랐거든요. 어릴 때 가족과 교회에 다니긴 했지만 대부분 휴가 때나 초청받았을 때 가서인지 이런 얘기를 들은 적이 없어요. 생각은 해 보겠어요. 그럴 만한 문제네요. 기장님도 이런 이야기를 듣고 한동안 마음속에서 떨치기 어려웠겠네요. 이 얘기를 저녁 먹을 때 벅 윌리엄스에게도 해 줄 건가요?"

"단어 하나하나 그대로."

해티는 킥킥 웃었다.

"단 한 자라도 잡지에 실릴지 의문이군요."

"외계인, 화학 무기, 죽음의 광선 이야기와 함께 나란히 실리겠지."

21

벅과 클로이는 해티와 레이포드를 다시 만났을 때 그녀가 울었다는 걸 금방 알 수 있었다. 벅은 그만한 친분이 없어 무슨 일이냐고 물을 엄두를 내지 못했고, 해티도 전혀 내색하지 않았다.

벅은 레이포드 스틸을 인터뷰할 기회를 잡아 마음이 들뜨면서도 뒤죽박죽이기도 했다. 실종 사건 당시 자신이 탄 비행기를 몰았던 기장의 반응을 기사로 옮기면 극적인 재미가 더해질 것 같았다. 하지만 그보다 클로이와 더 있고 싶었다. 벅은 사무실로 갔다가 다시 집으로 가서 옷을 갈아입은 후에 칼라일에서 이들을 다시 만날 예정이었다. 사무실에서 벅은 스탠턴 베일리의 전화를 받았다. 언제쯤 시카고에 가서 루신다 워싱턴의 후임을 정하겠느냐는 전화였다.

"곧 가겠습니다. 하지만 유엔에서 나오는 최신 소식을 놓치고 싶지는 않습니다."

"내일 아침에 일어날 일은 플랭크에게 들어서 다 알잖나. 이미 그대로 진행한다는 말을 들었네. 그가 내일 아침에 새로운 직책을 맡아 카르파티아의 정치적 관심을 부정하면서 중언부언할 테고 우리는 그냥 기다리면서 누가 걸려드는지만 보면 되는 걸세. 아무도 걸려들지 않을 거란 생각은 들지만 말이야."

"좀 걸려들면 좋겠습니다."

벅이 이렇게 말하면서도 여전히 카르파티아를 믿고 싶었다. 또 그가 스토나갈이나 토드코트란을 어떻게 처리할지 보고 싶어 조바심이 났다.

"나 역시 그러네. 그런데 가능성이 있겠는가? 카르파티아는 이 시대를 위한 사람이긴 하지만, 전 세계 무장 해제나 유엔을 재구성하겠다는 것은 너무 야심 찬 계획이라서 이뤄질 가능성이 전혀 없는 건 아닐까?"

"그렇습니다만, 결정권이 있다면 동의하지 않겠습니까?"

베일리가 한숨을 쉬며 대답했다.

"그래, 그랬을 거야. 전쟁, 폭력이라면 이젠 넌덜머리가 나니까. 아마 유엔을 신 바빌론으로 옮기자고 해도 찬성할 걸세."

"유엔 대사들도 똑똑해서 이제 카르파티아의 세상이란 걸 충분히 알 겁니다."

"사실이라 믿기지 않을 만큼 너무 멋지지 않은가? 상황이 자네에게 불리할 때는 아무 말에나 내기를 걸지도 말고, 속상해하지도 말고, 하고 싶지 않은 일은 아무것도 하지 말게."

베일리가 진지하게 말했다.

벅은 새 상사에게 내일 아침 시카고로 갔다가 일요일 밤에 뉴욕으로 다시 돌아오겠다고 말했다.

"그곳 사정을 좀 보고 확실한 시카고 소식통이 있는지, 외부 지원자를 찾아야 할지 보고 오겠습니다."

"나한테도 알려 주게. 하지만 자네에게 결정을 맡기는 게 내 방침이야."

벅은 레이포드 스틸의 비행기가 내일 아침 8시에 떠나는 것을 알고 팬콘 항공사에 전화를 걸었다. 예약처 직원에게 같이 여행할 사람은 클로이라고 말했다.

"예, 스틸 씨는 일등석 무료 탑승객이십니다. 그분의 옆자리가 비어 있네요. 손님 역시 승무원 무료 탑승객이십니까?"

"아닙니다."

벅은 싼 좌석을 예약해서 그 비용을 회사가 지불하게 하고 클로이의 옆으로 승격시켰다. 오늘 밤엔 시카고에 간다고 말하지 않을 작정이다.

몇 년 만에 벅은 넥타이를 맸다. 어쨌든 칼라일 호텔에서 먹는 저녁이 아닌가. 벅은 빈손으로 다니는 법이 없었다. 다행히 일행은 약간 후미진 곳에 있는 외진 식탁으로 안내받아 벅은 어색하지 않게 가방을 보관할 수 있었다. 일행은 취재 장비를 담을 가방이 필요한 것이라고 추측했지만, 갈아입을 옷을 쌌으리라고는 생각하지도 못했다.

클로이는 세련된 이브닝드레스를 입어 눈부시게 아름다웠다. 성숙해 보이는 게 다섯 살쯤 더 들어 보였다. 오후에 해티와 미용실에서 시간을 보낸 게 분명했다.

그날 저녁 레이포드는 클로이가 눈부시게 아름다워서 잡지사 기자가 딸아이를 어떻게 생각할지 불안했다. 윌리엄스는 딸에 비해 나이가 너무 많다.

이곳에 오기 전에 레이포드는 자유롭게 시간을 보내고 늦은 낮잠을 잔 후 해티에게 그랬던 것처럼 똑같은 용기와 명료함을 가질 수 있길 기도했다. 그가 모든 이야기를 '다정하게' 했다는 걸 빼고 해티가 무슨 생각을 했는지 알 길이 없었다. 그게 빈정거림이었는지, 예의를 차린 말이었는지도 확실치 않았다. 그저 잘했기를 바랄 뿐이었다. 해티가 클로이와만 시간을 보낸 건 잘한 일일 수도 있었다. 레이포드는 클로이가 적대적이고 마음을 꽉 닫아 해티와 한 편이 되어 자신을 반대하지 않기를 바랐다.

레스토랑에서 윌리엄스는 클로이만 쳐다볼 뿐 해티는 안중에도 없는 듯했다. 레이포드는 예의에 벗어난 행동이라고 생각했지만 해티는 개의치 않는 듯했다. 해티가 그 모르게 중매를 섰는지도 모른다. 레이포드는 해티의 새로 산 옷에 대해서 일부러 한마디도 하지 않았다. 그녀는 변함없이 눈부셨지만 이전의 전철을 밟고 싶지 않았기 때문이다.

저녁을 먹는 내내 레이포드는 가벼운 대화만 나눴다. 벅은 그에게 인터뷰할 준비가 되면 알려 달라고 말했다. 후식을 먹은 후 레이포드는 웨이터를 따로 불러 말했다.

"여기서 몇 시간 더 있으려고 하는데 괜찮겠소?"

"손님, 예약 손님이 많으셔서……."

"그럼 우리 때문에 손해를 봐서는 안 되지요."

레이포드는 큰돈을 웨이터의 손에 찔러 주고 말했다.

"언제든 내쫓아도 됩니다."

웨이터는 지폐를 슬쩍 보고는 주머니에 집어넣더니 컵에 물을 가득 채우며 말했다.

"절대 방해하지 않겠습니다."

레이포드는 직업, 훈련, 배경, 성장 과정 등 윌리엄스의 질문에 가볍게 대답은 하면서도 인생의 새로운 소명이 된 문제로 넘어가고 싶은 마음이 굴뚝 같았다. 드디어 그 질문이 나왔다.

벅은 기장의 대답에 집중하려고 애쓰는 한편 클로이에게 잘 보이려고 무진 애를 썼다. 이 바닥에서 일하는 사람이라면 누구나 벅이 인터뷰에서는 세계 최고임을 인정했다. 게다가 재빨리 옥석을 가려내고 술술 읽히는 글솜씨며 기사에 전념하는 집중력 때문에 오늘의 그가 있었다.

준비한 질문을 수월하게 진행해 나가는 동안 벅은 이 기장이 좋아졌다. 스틸은 정직하면서 진실했고, 총명하면서 명쾌했다. 클로이가 레이포드의 이런 면을 많이 닮았다는 생각이 들었다.

"런던으로 가던 그 운명적인 비행기 안에서 무슨 일이 일어났다고 생각하시는지 여쭤 보도록 하지요. 사견이 있으신가요?"

기장은 망설이다가 준비가 된 듯 살짝 웃어 보였다.

"사견 이상이죠. 저같이 첨단 기술을 다루는 사람이 이런 얘기를 하면 이상하다고 생각할지도 모르지만, 전 진리를 찾았고 그때 무슨 일이 일어났는지 정확히 안다고 자부합니다."

벅은 기사가 재미있을 거란 예감이 들었다.

"자기 생각이 있는 사람이 어디 흔합니까. 이제 세상에 공표하실 기회가 왔습니다."

하필이면 그때 클로이가 벅의 팔을 살며시 치면서 자리를 잠시 비워도 되겠느냐고 물었다.

"저도 같이 가요."

해티가 따라 나섰다.

벅은 미소를 지으며 나가는 그들을 바라보았다.

"무슨 일입니까? 무슨 음모라도 있습니까? 저와 기장님만 남겨 놓으려고 그러는 겁니까, 아니면 이 이야기를 이미 들어서 되새기기 싫어서입니까?"

레이포드는 속으로 당황하다 못해 화가 치밀어 올랐다. 중요한 때에 클로이가 사라져 버린 건 오늘 하루 동안 벌써 두 번째였다.

"늘 이렇진 않다는 말씀을 드려야겠군요."

레이포드는 억지로 웃으며 말했다. 천천히 할 수도, 여자들이 돌아오길 기다릴 수도 없었다. 이미 질문은 던져졌고 준비도 되었다. 사회라는 낭떠러지 아래로 발을 떼는 심정으로 입만 열면 괴짜가 되어 버릴 이야기를 시작했다. 해티에게 한 방식대로 우선 허점 많은 자신의 영적 여정을 간략히 말하고, 현재의 이야기까지 30분을 말한 뒤에 관련된 모든 사항을 자세히 이야기했다. 어느 즈음엔가 여자들이 돌아왔다.

가장 명석하고 진지한 전문가가 3주 전까지만 해도 터무니없다고 생각할 만한 자신의 생각을 조용히 얘기하는 동안 벅은 아무 말 없이 앉아 있었다. 이미 교회에서나 친구에게 들었던 이야기와 비슷했지만, 이 사람은 자신의 생각을 지지할 만한 성경의 장과 절을 제시했다. 그럼 예루살렘의 두 설교자는 〈요한계시록〉이 예언한 두 증인을 대표하는 건가? 벅은 소름이 확 끼쳤다.

참지 못한 벅이 끼어들었다.

"흥미롭군요. 최근 소식은 들으셨습니까? 족히 수천 명은 될 법한 사람들이 통곡의 벽으로 성지 순례 같은 것을 가더군요. 몇 킬로미터나 길게 늘어서서 성 안으로 들어가 설교를 들으려 했습니다. 회심하고 설교하러 떠나는 사람들도 많았습니다. 정통 유대교에서 저지하고 있는데, 당국이 그들을 막아내기엔 역부족으로 보였습니다. 두 설교자에게 대항하는 사람은 누구든 언어 장애가 오거나 마비가 되고 다수의 옛 정통 유대교 수비대원도 두 설교자 편에 서서 세력을 이루었습니다."

벅은 아파트에서 잠깐 본 CNN 뉴스를 이야기해 주었다.

"놀랍군요. 더 놀라운 건 이 모든 일을 성경이 예언했다는 점입니다."

기장은 확신에 찬 목소리로 대답했다.

벅은 가까스로 평정을 유지할 수 있었다. 지금 들은 내용이 믿기지는 않았지만 스틸은 인상적이었다. 기장은 성경의 예언과 현재 이스라엘에서 일어나는 일을 연관지으려는 듯했지만, 그 누구에게도 해답은 없다. 스틸이 벅에게 읽어 준 〈요한계시록〉 말씀은 명쾌해 보였다. 하지만 틀릴 수도 있다. 헛소리일지도 모른다. 하지만 사건과 해석이 맞아떨어지는 유일한 경우였다. 어떤 이야기가 이토록 소름을 돋게 하겠는가?

벅은 스틸 기장에게 집중하였다. 맥박이 빨라졌고 좌로나 우로 한눈을 팔지도 않았다. 움직일 수조차 없었다. 터질 듯한 맥박 소리가 두 여성에게도 들릴 것 같았다. 이런 일이 가능할까? 정말 사실일까? 오늘, 이 순간을 맞게 하려고 하나님의 역사가 분명해 보이는, 러시아 공군이 파괴되는 사건을 경험하게 하신 건가? 머리를 털면 이 일을 다 잊을 수 있을까? 오늘밤 자고 일어나면 제정신을 차릴 수 있을까? 베일리나 플랭크와 이야기하고 나면 모든 것이 제자리를 찾아 이런 바보 같은 생각에서 벗어날 수 있을까?

그렇지 못할 것이라는 생각이 들었다. 이런 일에는 집중이 필요했다. 벅은 모든 의혹이 하나로 엮어지고 설명되는 그런 것을 믿고 싶었다. 하지만 한편으로는 니콜라에 카르파티아도 믿고 싶었다. 어쩌면 워낙 두려운 시기라서 감동을 주는 사람을 대하면 마음이 약해지는지도 몰랐다. 전혀 벅답지 않았지만 그렇다고 해서 자신의 생각대로 사는 사람이 요즘 어디 있겠는가? 이런 때 누구에게 자신의 생각대로 살라고 말할 수 있는가?

벅은 이런 식으로 합리화하기도, 그 문제로 쉴 새 없이 지껄이기도 싫었다. 레이포드 스틸에게 자신의 형수와 조카에 대해 묻고 싶었다. 하지만 개인적인 이야기인데다가 현재 취재 중인 기사와는 상관도 없을 터였다. 이 인터뷰는 개인적인 질문이 아니라 진리를 찾고자 시작한 것이다. 그리고 이 인터뷰는 진리를 찾는 데 일부일 뿐이었다.

벅은 마음에 드는 이야기를 골라 〈글로벌 위클리〉 지에 채택할 생각을 갖고 있지 않았다. 그는 그럴듯한 이야기부터 기상천외한 이야기까지 그 모두를 아우를 작정이었다. 독자들은 독자 후기에 자신의 의견을 적거나 이론의 신뢰성을 기준으로 마음을 정할 것이다. 벅이 기장을 미치광이로 다루지만 않는다면 이 의견이 가장 심오하고 신빙성 있는 얘기가 될 것이다.

생전 처음으로 벅 윌리엄스는 할 말을 잃었다.

레이포드는 자신이 인터뷰를 제대로 하지 못했다고 믿었다. 그저 이 기자가 영민하게 이해하고 정확하게 인용해서 독자가 기독교에 주목할 만큼 자신의 견해를 반영해 주길 바랄 뿐이었다. 윌리엄스는 개인적으로 동의하지 않는 것이 분명했다. 레이포드의 말에 그는 웃음을 숨기려 안간힘을 쓰거나, 너무 웃겨서 혹은 너무 놀라서 적절한 반응을 보이지 못하는 건지도 모른다.

레이포드는 자신의 첫 번째 목적은 클로이를 설득하는 것이지, 이 이야기가 잡지에 실려 독자에게 영향을 주는 것은 나중의 일임을 상기했다. 하지만 캐머런 윌리엄스가 레이포드를 완전히 미쳤다고 생각한다면 이런 어처구니없는 얘기를 듣고는 그냥 나가 버렸을 것이다.

벅은 조리 있게 대답할 수 없을 것 같았다. 여전히 소름 끼쳤고 온몸은 땀으로 끈적거렸다. 대체 이게 무슨 일인가? 간신히 속삭이듯 말했다.

"시간을 내주셔서 감사합니다. 저녁식사도요. 기장님의 의견을 인용하기 전에 다시 연락드리겠습니다."

물론 말도 안 되는 소리였다. 그저 기장과 다시 만날 핑계를 대려고 그렇게 말한 것뿐이었다. 이 문제에 관해 개인적으로 할 질문은 많지만, 인터뷰한 사람에게 인용한 기사를 먼저 보여 준 적은 한 번도 없었다. 벅은 녹음기와 자신의 기억을 믿었고 잘못 인용하여 욕을 먹은 적은 한 번도 없었다.

벅이 뒤돌아 기장을 바라보니 그의 얼굴에는 알 수 없는 표정이 스쳤다. 그의 모습은 뭐랄까, 실망한 모습이었다. 그러자 맥이 풀렸다.

갑자기 지금 만나는 사람이 어떤 인물인지 퍼뜩 떠올랐다. 이 사람은 똑똑하고 훌륭한 교육을 받은 사람이다. 분명 취재원은 정보원을 다시 만나지 않는다는 사실을 알고 있을 것이다. 아마도 기자만의 거절 방식이라고 생각했을 것이다.

'신출내기나 하는 짓을 했군, 벅. 넌 정보원을 얕본 거야.'

벅은 멍청한 짓을 한 자신을 탓했다.

벅은 도구를 치우다가 클로이의 뺨에 눈물이 흐르는 것을 보았다. 이 여자한테 무슨 일이 생긴 건지 알 수가 없었다. 그날 오후에는 해티가 기장과 이야기하며 울었다. 그런데 이번에는 클로이다.

클로이의 마음만큼은 알 수 있었다. 그녀 아버지의 진실함과 열정에 감동해서 운다면 전혀 놀랄 일이 아니었다. 벅도 목이 메었다. 러시아가 공격할 당시 이스라엘에서 두려움을 느꼈다. 무서워 떨며 고개를 처박았던 때 이후 처음으로 한적한 곳에 숨어 들어가 울고 싶었다.

"하나만 더 비공개로 물어봐도 될까요? 오늘 오후 클럽에서 해티와 무슨 얘기를 했는지 물어봐도 될까요?"

"벅! 그 문제는 당신이 신경 쓸……."

해티가 가로막았다.

"말하고 싶지 않다면 알겠습니다. 그냥 궁금했을 뿐입니다."

벅은 이내 물러났다.

"예, 개인적인 이야기니까요."

레이포드도 말하고 싶지 않았다.

"좋습니다."

"하지만 해티, 그 얘기 빼고 나머지 얘기는 지금 우리가 끝낸 얘기와 같다는 것 정도는 말해 줘도 될 것 같은데, 말해 주겠소?"

레이포드의 말에 해티는 어깨를 으쓱했다.

"해티, 물론 비공개입니다. 이 문제에 대한 의견을 얘기해 줄래요?"

"왜 비공개죠? 기장님의 의견은 중요하고 승무원의 의견은 그렇지 않은가요?"

해티가 톡 쏘아붙였다.

"괜찮다면 녹음하겠습니다. 공개를 바라는지 몰랐습니다."

"됐어요. 그냥 질문만 했으면 좋겠네요. 이미 늦었어요."

해티는 화가 난 것 같았다.

"의견을 주저 없이 말씀하시면……."

"예, 말씀드리죠. 제 생각에 레이포드는 진실하고 사려도 깊어요. 그렇지만 기장님의 말이 맞는지 저도 잘 모르겠어요. 내 능력 밖의 일이고, 아주 낯선 문제이기도 하니까요. 하지만 기장님이 확신하고 계신다는 것은 확실해요. 그분의 배경이나 지위를 봤을 때 이러셔야 하는 이유를 저는 모르지만요. 어쩌면 가족을 잃어서 이 문제에 민감하신 건지도 모르고요."

벅은 고개를 끄덕이며 해티보다 자신이 더 레이포드의 이론에 동의함을 깨달았다. 벅은 클로이를 바라보며 평정을 되찾아 주기 위해 데리고 나가고 싶었다. 클로이는 여전히 눈 밑에 휴지를 대고 있었다.

"제발 지금은 아무것도 묻지 말아요."

클로이가 울먹이며 말했다.

레이포드는 해티의 반응에는 그다지 놀라지 않았지만 클로이의 반응에는 상당히 실망했다. 클로이만은 아버지가 한 말이 정말 어처구니가 없다며 당황하게 하지 않을 거라고 확신했다. 레이포드는 고마워해야 한다고 생각했다. 적어도 딸은 아직까지 아버지의 감정을 잘 헤아리려고 했다. 레이포드도 딸을 잘 헤아려야 했다. 하지만 이제는 이런 식의 배려를 우선시하지 않겠다고 결심했다. 클로이가 결단을 내릴 때까지 딸과 믿음을 위해

투쟁할 생각이었다. 하지만 오늘 밤 딸은 들을 만큼 들은 게 확실했다. 더 몰아세우지 않는 게 좋을 것 같다. 딸을 그렇게 만든 회한이 밀려와도 잠을 잘 수 있기만을 바랐다. 레이포드는 딸을 진정으로 사랑했다.

레이포드는 일어나 손을 내밀었다.

"윌리엄스 씨, 만나서 반가웠습니다. 제가 말씀드린 목사님은 일리노이 주에 계신데 이 문제에 정통하시고 적그리스도나 그 외의 문제에 대해서도 저보다 더 많이 아십니다. 더 알고 싶다면 전화를 하셔도 좋을 것 같습니다. 성함은 브루스 반즈, 마운트 프로스펙트의 뉴호프 교회입니다."

"기억하고 있겠습니다."

벅은 정중히 말했다.

레이포드는 윌리엄스가 그저 예의상 그렇게 대답했다고 생각했다.

반즈 목사와 얘기해 본다니, 정말 기막힌 발상이라는 생각이 들었다. 시카고에 도착한 이튿날에 시간이 날지도 몰랐다. 그렇게 되면 혼자서 취재할 수도 있고 개인적 관심과 직업적 관점을 혼동하지 않아도 되었다.

네 명은 로비 쪽으로 천천히 걸었다.

"이제 작별 인사를 해야겠군요. 저는 내일 아침 일찍 비행이 있어요."

해티는 이렇게 말하고 나서 저녁을 잘 먹었다며 레이포드에게 인사했고, 클로이에게는 귓속말을 했지만 그녀는 별 반응을 보이지 않았다. 그러고는 아침에 호의를 베풀어 주어 고마웠다고 벅에게 인사했다.

"조만간 카르파티아 씨께 전화를 드려야겠어요."

해티의 말에 벅은 카르파티아가 곧 어떻게 될지 말하고 싶은 충동을 간신히 억눌렀다. 카르파티아가 그녀에게 시간을 내줄지 의문이었다.

클로이는 해티를 따라 엘리베이터에 타려고 하다가 벅에게 할 말이 있는지 아버지를 향해 말했다.

"아빠, 잠깐만 기다려 주세요. 곧 올게요."

클로이의 말에 벅은 깜짝 놀랐다.

클로이가 주춤거리며 다가와 따로 작별 인사를 하자 벅은 우쭐해졌지만, 그녀는 여전히 평정을 되찾지 못한 모습이었다. 오늘 좋은 시간을 보냈다며 형식적으로 인사하는 클로이의 목소리는 떨렸다. 벅은 애써 이야기를 이어가려고 했다.

"아버지가 상당히 인상적인 분이시군요."

"그래요. 요즘엔 특히 더하시죠."

"그 문제에 왜 상당 부분 동의하는지 알 것 같습니다."

"그래요?"

"물론이죠! 이제는 혼자서 생각해야 할 게 많아졌어요. 당신 때문에 아버님이 힘들어 하시죠, 그렇죠?"

"그랬죠. 하지만 앞으로는 안 그럴 거예요."

"왜죠?"

"아빠에게 그게 얼마나 큰 의미가 있는지 이제 아시잖아요."

벅은 고개를 끄덕였다. 다시 감정이 복받치는 것 같았다. 벅은 다가가 클로이의 손을 잡았다.

"같이 시간을 보내게 되어 즐거웠습니다."

클로이는 당황한 듯 싱긋 웃었다.

"왜 그러죠?"

"아니에요, 아무것도. 참 바보 같네요."

"왜 그래요, 무슨 일이에요? 오늘은 우리 둘 다 바보였어요."

"바보 같아요. 당신을 만난 지 얼마 되지도 않았는데 보고 싶을 거란 생각이 들어요. 시카고에 오시면 꼭 전화 주세요."

"약속하죠. 언제가 될지는 말할 수 없지만 생각보다 그날이 빨리 올 것 같군요."

22

벅은 제대로 잠을 이룰 수가 없었다. 얼마간은 내일 아침에 클로이를 깜짝 놀라게 할 생각에 들떠 있었고, 그녀가 기뻐하기를 바랄 뿐이었다. 하지만 그의 마음을 더욱 사로잡은 건 바로 경이로움이었다. 이게 사실이라면. 레이포드 스틸이 주장하는 게 모두 사실이라면……. 만약 그 중 하나라도 사실이라면 전부 사실이라는 것을 벅은 본능적으로 알 수 있었다. 어째서 벅은 여기까지 오는 데 평생이 걸렸을까? 자신이 추구하는 것이 무엇인지 깨닫지 못한 채 항상 이것만을 찾아 헤맸다는 사실이 가능한 일일까?

하지만 분석적이고 치밀한 조종사인 스틸 기장조차도 이제야 깨닫지 않았는가. 한 지붕 아래 믿음의 지지자요, 신봉자이며, 거의 광신자이던 사람과 함께 살아왔으면서도 말이다. 벅은 도저히 잠을 이룰 수 없어 침대에서 일어나 방 안을 서성거렸다. 그러나 마음은 혼란스럽지도 비참하지도 않았다. 단지 스스로 감당하기 버거웠을 뿐이다. 불과 며칠 전만 해도 이건 전혀 말도 안 되는 이야기라고 생각했지만, 지금은 자기 자신과 기사를 분리할 수가 없었다. 이런 일은 이스라엘 사건 이후로 처음이었다.

러시아가 이스라엘 성지를 공격한 사건은 벅의 인생에서 하나의 분기점이었다. 코앞에 닥친 죽음을 실감하면서 이 세상 것이 아닌 초자연적인 무언가가, 전능하신 하나님이 직접 보내신 무언가가 하늘을 뒤덮은 화염의 형태로 그 먼지 가득한 언덕 위에 던져졌음을 인정하지 않을 수 없었다. 그리고 거기에서 벌어진 설명할 수 없는 일들은 제아무리 아이비리그 출신의 냉철한 이지를 가졌다고 해도 과학적으로 분석하고 평가할 수 없다는 사실을 인정할 수밖에 없었다.

벅은 자신이 동료들과 다르다는 점에 항상 자부심을 느꼈다. 다른 기자들과 달리 인간적인 면이 있어 평범한 사람들의 일상적인 이야기도 기사에 포함하곤 했다. 이런 차별화된 접근 방식 덕분에 독자는 벅에게 동화되어 그런 이야기 속에서 소중한 자신의 모습을 찾고 맛보고 느끼고 냄새를 맡을 수 있었다. 벅은 죽음의 문턱에서 돌아온 이후에도 기사를 읽는 독자가 하나님의 존재에 대한 벅 자신의 깊은 고뇌를 눈치 채지 못하도록 할 수 있었다. 그러나 이젠 그런 분리가 불가능할 것 같았다. 평생토록 가장 중요한 이야기를, 이미 영혼에 깊숙이 들어와 버린 이 이야기를 어떻게 무의식적으로나마 개인적 혼란을 드러내지 않은 채 기사화할 수 있단 말인가?

새벽이 다가올 무렵 벅은 자신이 달라진 것을 깨달았다. 하지만 그토록 오랫동안 외면해 온 신을 향해 기도하거나 대화를 청할 준비는 아직 되어 있지 않았다. 이스라엘에서 하나님의 존재를 확신한 그날 밤조차도 기도하지 않았다. 도대체 뭐가 문제인 걸까? 세상 모든 사람이, 적어도 자신에게 지적으로 정직한 사람이라면 그날 밤 이후로 신의 존재를 인정해야만 했다. 놀랄 만한 우연의 일치는 그전에도 있었지만, 그 사건만은 어떤 논리로도 설명할 수 없었다.

물론 이스라엘이 막강한 러시아 군대를 이긴 것은 정말 예상치 못한 결과였다. 하지만 이스라엘의 역사는 그러한 전설로 넘쳐흘렀다. 아무리 그렇다고 해도 방어하지도 않았는데 부상자가 한 명도 없다는 사실을 하나님이 직접 개입하셨다는 설명 외에 대체 어떤 이유로 이해할 수 있을까.

벅은 어째서 그 사건이 자신의 내면세계에 단순한 충격만 주었을 뿐 그 이상의 영향을 끼치지 못했는지 의아했다. 쓸쓸한 어둠 속에서 벅은 이미 오래전에 자신이 이같이 인간의 가장 기본적인 요구를 따로 떼어내어 아예 관심 밖으로 밀어내 버렸다는 가슴 아픈 사실을 깨달았다. 이스라엘의 기적을, 정말 기적이라고밖에 할 수 없는 그 명백한 증거를 보고도 하나님께 마음의 문을 열지 않았다니 그 이유가 도대체 뭐란 말인가? 이 무슨 인간만도 못한 비천한 존재란 말인가?

그로부터 불과 몇 개월 후 전 세계에서 수백만 명의 사람들이 실종된 엄청난 사건이 벌어졌다. 그가 탄 비행기에서도 수십 명이 사라졌다. 뭐가 더 필요한가? 지금도 공상 과학 소설 속의 괴기한 세계에서 사는 것 같다. 인류는 의문의 여지없이 역사상 가장 엄청난 사건을 겪었다. 벅은 지난 2주 동안 차분히 생각해 볼 겨를이 없었다는 사실을 깨달았다. 만약 개개인의 비극을 직접 목격하지 않았더라면 전 세계를 통제 불능 상태로 몰아넣은 이 사건에 좀더 개인적인 태도로 접근했을지도 모른다.

벅은 브루스 반즈 목사를 만나고 싶었다. 기사 인터뷰라는 변명도 하고 싶지 않았다. 이제 그는 가슴 깊은 곳의 소망을 채우기 위해 한 개인으로서 탐색의 길에 나설 작정이었다. 오랜 세월 동안 그는 개개인을 위한 신의 존재, 혹은 자신에게 신이 필요하다는 생각을 의식적으로 거부해 왔다. 물론 신이 존재한다면 말이다. 그런 생각에 익숙해지려면 어느 정도 시간이 필요할 것이다. 레이포드 스틸 기장은 인간은 누구나 죄인이라고 말했다. 벅도 그 말이 비현실적이라고 생각하지 않는다. 자신의 삶은 주일학교 교사가 되기 위한 기준에도 절대 이르지 못한다. 하지만 그는 언젠가 하나님과 마주하더라도 자신의 선행이 악행을 능가했기를, 다른 사람에 비해 더 낫거나 비슷하게 살려고 노력했기를 늘 바랐다. 꼭 그래야만 했다.

그러나 레이포드 스틸과 그가 들려준 성경말씀이 모두 옳다면 자신이 얼마나 선한지, 혹은 다른 사람에 비해 얼마나 나은지는 중요하지 않았다. 불현듯 오래전에 들었던 성경구절이 떠올라 머릿속을 빙글빙글 돌았다.

"의인은 없나니 하나도 없도다."

벅은 자신이 의인이라고 생각해 본 적은 한 번도 없다. 그는 지금의 한계를 극복하고 하나님과 용서와 그리스도가 필요하다고 인정할 수 있게 될것인가?

그게 가능할까? 거듭난 기독교인이 되는 순간을 맞이할 수 있을까? 레이포드 스틸이 거듭난다는 용어를 썼을 때 벅은 마음이 편해지기까지 했다. '그런 부류의' 사람들에 대해 읽고 쓴 적이 있지만, 그의 풍부한 세속적인 지식으로도 그 말이 무슨 뜻인지 제대로 이해할 수가 없었다. 벅은 항상 '거듭난 사람'이란 말을 '극단적인 보수주의자' 혹은 '근본주의자'와 유사한 것으로 여겼다. 지금부터 전에는 상상하지도 못한 쪽으로 발걸음을 내딛는다면, 어쨌든 지적으로 외면할 수 없는 진실을 인정한다면, 그는 자신에게 새로운 임무를 하나 부과해야 할 것이다. 바로 이 짧고 혼란스러운 용어의 진정한 의미를 세상에 알리는 일이었다.

이런저런 생각으로 잠들지 못하던 벅은 머리맡에 불이 환히 켜 있는 거실 소파에서 졸기 시작했다. 두 시간 정도 푹 잠들었다가 공항에 나갈 시간에 맞춰 눈을 떴다. 클로이를 깜짝 놀라게 하고 함께 여행할 생각을 하자 정신이 번쩍 들면서 피곤함도 사라졌다. 하지만 그를 더욱 들뜨게 한 것은 대답을 들려줄 사람을 시카고에서 한 명 더 만날지도 모른다는 사실이었다. 권위를 담아 진실을 말하던 그 기장이 추천했다는 사실만으로도, 벅은 이미 그 목사를 신뢰했다. 훗날 레이포드 스틸에게 자칫 밋밋하게 흐를 수도 있던 그 인터뷰가 자신에게 어떤 영향을 끼쳤는지 얘기한다면 재미있을 것이다. 하지만 벅은 스틸이 그 점을 이미 안다는 생각이 들었다. 아마 그래서 스틸이 그렇게 열정적이었던 게 아닐까!

레이포드는 자신이 굳게 믿는 대로 만약 이것이 성경이 예언한 환난기가 곧 도래할 징조라면 이 기간에 과연 기쁜 일이 하나라도 있을까 싶었다. 브루스 목사는 소수의 개종자를 얻게 되는 기쁨 외에는 그런 일은 없을 것이라고 생각했다. 지금까지 레이포드는 자신을 실패자라고 믿었다. 하나님이 그에게 전할 말씀과 용기를 주신 건 확실하지만, 해티에게는 잘못 전달했다는 자책감이 들었다. 어쩌면 해티가 옳았다. 그는 이기적이었다. 그녀에게는 그저 죄책감에서 벗어나려고 애쓰는 것처럼 보인 게 틀림없었다. 하지만 그 정도로 생각이 짧지는 않았다. 레이포드는 하나님 앞에서 자신의 의도가 순수하다고 믿었다. 하지만 해티에겐 자신이 진지하며 이제 하나님을 믿는다는 사실 외에 아무것도 이해시키지 못한 게 분명했다. 그게 무슨 소용이란 말인가? 그는 믿지만 해티가 믿지 않는다면? 해티는 레이포드가 사이비 종교를 믿는다고 생각할 게 분명했다. 그게 아니라면 자신이 진실을 외면하고 있다는 걸 인정해야만 한다. 레이포드가 해티에게 해 준 말에는 그 이상 선택의 여지가 없었다.

캐머런 윌리엄스와의 인터뷰에서는 또 어땠나! 당시에는 성공적으로 잘 했다는 느낌이 들었다. 또박또박 말도 잘하고 차분하고 합리적이었다. 자신이 파격적이며 받아들이기 어려운 문제에 대해 얘기할 때, 하나님이 명쾌하게 설명할 수 있는 능력을 주셨음을 느낄 수 있었다. 하지만 그 기자에게서 얻어낸 반응이 고작 예의바른 찬사뿐이라면, 어떻게 그가 증인이 될 수 있단 말인가? 좀더 실질적인 도움을 주고 싶다는 소망이 마음 저 깊은 곳에서 솟구쳐 올랐다. 레이포드는 지금까지 삶을 낭비했으며, 이제 그 잃어버린 시간을 만회할 기회도 그리 많이 남지 않았다고 믿는다. 자신이 구원받은 사실은 두고두고 감사하지만, 이젠 그 기쁨을 공유할 좀더 많은 사람을 그리스도께 인도하고 싶었다. 잡지 인터뷰는 절호의 기회였다. 하지만 아무래도 잘 못했다는 느낌을 떨쳐 버릴 수가 없었다. 다시 기회를 달라고 기도한들 무슨 소용이 있을까? 레이포드는 캐머런 윌리엄스 기자를 다시는 못 볼 것이라고 생각했다. 그는 브루스 반즈 목사에게 전화하지도 않을 것이고, 자신의 인터뷰는 〈글로벌 위클리〉 지에 실리지 않을 거란 생각이 들었다.

레이포드가 면도와 샤워를 마치고 옷을 입는 동안 클로이가 짐을 챙기는 소리가 들렸다. 분명히 클로이는 전날 밤 눈에 띄게 당황했고, 어쩌면 윌리엄스 기자에게 아버지가 어리석고 두서없는 얘기를 늘어놔서 미안하다고 사과했는지도 모른다. 하지만 호텔로 돌아왔을 때 아버지 방의 문을 두드리고는 안녕히 주무시라는 인사도 했다. 그렇다면 '좋은' 징조가 아닐까?

레이포드는 클로이를 생각할 때마다 가슴이 아프고 극심한 공허와 슬픔에 시달렸다. 그래야만 한다면 다른 일은 모두 실패해도 견딜 수 있었다. 하지만 클로이를 위해 조용히 기도를 올릴 때면 저절로 무릎이 굽혀졌다. 딸을 잃을 수 없다는 생각이 너무 간절했다. 딸의 구원을 위해 자신의 구원을 포기해야 하는 상황이 온다고 해도 그렇게 할 것이다.

그렇게 전심으로 기도하자 하나님이 그에게 말씀하고 계시다는 걸 느낄 수 있었다. 그게 바로 사람들을 설득하기 위해, 사람들을 그리스도께 인도하기 위해 감내해야 하는 고통이라는 깨달음을 얻게 된 것이다. 그건 바로 인간을 살리기 위해 대신 형벌을 짊어지신 예수님의 자세였다.

레이포드는 클로이를 위해 기도하면서 새롭게 용기를 얻었다. 그래서 자신을 괴롭히는 실패에 대한 두려움에 다시 한 번 맞설 수 있었다. 그는 속삭이며 기도했다.

"하나님, 저에겐 격려가 필요합니다. 딸애의 마음이 완전히 떠나지 않았음을 언젠가 확인하고 싶습니다."

클로이가 밤에 인사를 하긴 했다. 하지만 이불을 뒤집어쓰고 우는 소리가 그의 방까지 들렸다.

제복을 갖춰 입고 방을 나선 레이포드는 여행하기 편한 옷차림으로 문 옆에 서서 기다리던 클로이에게 웃어 보였다.

"얘야, 준비됐니?"

레이포드는 주저하며 물었다.

클로이는 고개를 끄덕이며 미소를 짓는 듯하더니 뺨을 아버지의 가슴에 묻고 한참 동안 꼭 안았다. 레이포드는 말없이 기도했다.

'하나님, 감사합니다.'

그리고 뭔가 말을 해야 하지 않을까 하는 생각이 들었다. 지금이 기회라면 지금 몰아붙여야 하는 건 아닐까?

다시 한 번 가슴 깊이 하나님의 감동이 느껴졌다. 마치 주님이 그의 영혼에 직접 말씀하고 계시는 듯했다.

'기다려라. 그 애를 내버려 두어라. 그대로 내버려 두어라.'

침묵을 지키는 일이 지금까지 해 온 어떤 일보다도 힘들게 여겨졌다. 클로이 역시 아무 말이 없었다. 둘은 간단히 아침밥을 먹은 뒤 케네디 공항으로 향했다.

클로이가 비행기에 오른 첫 승객이었다.

"짬을 내서 다시 올 테니 이따가 보자."

조종실로 향하기 전에 레이포드가 말했다.

"바쁘시면 안 오셔도 돼요. 전 괜찮아요."

클로이는 웃으며 말했다.

벅은 다른 승객이 모두 탑승할 때까지 기다렸다. 이윽고 클로이의 옆자리로 다가갔다. 팔짱을 끼고 턱을 괸 채 창가로 몸을 돌리고 앉은 클로이가 눈을 떴는지 어떤지 분간할 수조차 없었다. 옆에 앉으면 시선을 돌릴 거라고 생각했다. 그러면서 클로이의 반응을 상상하자 입 꼬리가 올라가는 걸 참을 수가 없었다. 다만 기대한 것보다 덜 반가워하면 어쩌나 하고 조금 걱정이 됐다.

벅은 자리에 앉아 기다렸지만 클로이는 돌아보지 않았다. 자는 걸까, 뭔가를 응시하는 걸까, 깊은 생각에 잠긴 걸까, 기도하는 걸까, 설마 우는 건 아니겠지? 벅은 그렇지 않기를 바랐다. 그녀가 고통스러워하는 모습을 보면 그의 마음도 괴로울 정도로 이미 클로이에게 푹 빠졌다.

이번엔 벅에게 문제가 생겼다. 언제쯤 클로이가 자세를 바꿔 자신을 볼까 긴장하면서 그녀를 바라보자니 갑자기 피로가 몰려왔다. 근육과 관절이 쑤시고 두 눈이 화끈거리고 머리는 납덩이처럼 무거웠다. 이러다가는 꼼짝없이 잠들어 옆에서 꾸벅꾸벅 조는 꼴을 클로이에게 들킬 판이었다.

벅은 손짓으로 승무원을 불러서 가만히 부탁했다.

"콜라 좀 주세요."

카페인을 섭취하면 조금이나마 더 깨어 있지 않을까 해서다.

승무원이 안전교육을 하는데도 클로이가 전혀 움직일 기세가 없자 벅은 안달이 나기 시작했다. 그래도 먼저 알은체하기는 싫었다. 클로이가 먼저 알아봐 주기를 원했다. 그래서 기다리기로 했다.

같은 자세로 계속 앉아 있기가 싫증이 난 모양인지 클로이는 몸을 쭉 뻗으며 앞자리 아래에 내려놓은 가방을 발로 밀었다. 그리고 조금 남아 있던 주스를 마저 마시고 둘 사이에 있는 작은 받침에 컵을 내려놓았다. 그 순간 클로이의 눈에 벅의 가죽 부츠가 들어왔다. 벅이 전날 신은 신발이었다. 클로이의 시선이 서서히 위로 움직여 마침내 기대에 부푼 표정으로 미소를 짓는 벅의 얼굴에 가 닿았다.

그녀의 반응은 기다린 보람을 충분히 만끽할 정도였다. 깍지 낀 손으로 입을 가리고 눈에는 놀라움이 가득했다. 그러더니 두 손으로 벅의 손을 잡았다.

"어머나, 이럴 수가!"

"나도 만나서 반가워요."

벅은 웃으며 말했다.

클로이는 마치 행동을 자제하려는 듯이 재빨리 그의 손을 놓았다.

"어린애같이 굴려던 건 아니었어요. 그런데 기도에 바로 응답받아 본 적 있어요?"

벅은 깜짝 놀라 클로이를 쳐다보았다.

"가족 중에 기도하는 사람은 아버지뿐이라고 생각했는데요."

"맞아요. 하지만 저도 방금 수년 만에 처음으로 기도해 봤어요. 그런데 하나님이 응답하셨어요."

"당신의 옆자리에 나를 앉게 해 달라고 기도했어요?"

"아니에요. 그렇게 불가능한 일은 꿈도 꾸지 못했는걸요. 어떻게 된 일이에요?"

"일단 클로이의 비행기 시간을 아니까 어려울 게 없던데요. 그리고 이렇게 옆자리를 얻으려고 일행이라고 말했어요."

"하지만 왜요? 어디 가시는데요?"

"이 비행기가 어디로 가는지 모른단 말이에요? 난 산호세면 좋겠는데요."

클로이는 웃음을 터뜨렸다.

"그건 그렇고, 클로이. 하던 얘기나 마저 해 봐요. 난 기도 응답을 받아 본 적이 한 번도 없어요."

"얘기가 좀 길어요."

"시간이야 충분할 것 같은데요."

클로이는 다시 벅의 손을 잡았다.

"벅, 이건 너무나 특별한 일이에요. 오래전부터 누군가 제게 베푼 일 중에 가장 멋진 일이라고요."

"내가 그리워질 거라고 말한 적 있죠? 하지만 이 비행기에 탄 게 꼭 클로이 때문만은 아니에요. 시카고에 볼일이 있거든요."

클로이는 키득 소리를 내어 웃으며 다시 손을 놓았다.

"벅의 얘기가 아니에요. 물론 만나서 너무 좋긴 하지만요. 난 하나님이 제게 베푸신 멋진 일에 대해 말하는 거예요."

벅은 무안한 기색을 감추지 못하고 말했다.

"나도 알아요."

클로이는 자신의 이야기를 털어놓기 시작했다.

"어젯밤 제가 무척 당황했다는 걸 아셨을 거예요. 아빠 얘기를 듣고 크게 감동받았거든요. 제 말은, 사실 그게 처음 듣는 얘기도 아니었어요. 하지만 갑자기 아빠가 진정으로 사람들을 사랑하고 관심을 기울이신다는 생각이 들더군요. 그 일이 아빠한테 얼마나 중요한지, 아빠가 그 일에 대해 얼마나 진지한지 느낄 수 있었나요?"

"누구라도 느낄 수 있었을 거예요."

"제가 잘 몰랐더라면 아빠가 단순히 질문에 대답하는 게 아니라 개인적으로 벅을 설득하려고 한다고 생각했을 거예요."

"전혀 아니라고 할 수는 없겠죠."

"그래서 기분이 나빴나요?"

"천만에요, 클로이. 솔직히 말하면 그분의 말씀이 내게 큰 영향을 끼쳤어요."

클로이는 아무 말도 못 하고 고개를 저었다. 그녀가 마침내 입을 열고 거의 속삭이는 듯한 목소리로 말하자 벅은 무슨 말인지 알아듣기 위해 클로이 쪽으로 몸을 숙여야 했다. 그녀의 음성은 너무나 사랑스러웠다.

"그분은 제게도 영향을 끼쳤어요. 우리 아빠 얘기가 아니에요."

"정말 이상하군요. 저도 어젯밤에 그 때문에 거의 잠자지 못했거든요."

"우리도 멀지 않았군요. 그렇죠?"

클로이의 말에 벅은 아무 대답도 하지 않았지만 무슨 뜻인지는 알 수 있었다.

"내가 클로이의 기도에 응답되는 부분은 언제 나와요?"

벅이 하던 얘기로 말을 돌렸다.

"아, 맞아요. 저녁을 먹으면서 아빠가 모든 얘기를 털어놓으실 때 전 옆에 앉아 있었지요. 그리고 불현듯 깨달았어요. 아빠가 해티에게 똑같은 얘기를 하실 때 왜 제가 옆에 있기를 원하셨는지 말이에요. 요즘 제가 너무 힘들게 해서 아빤 저한테서 한 걸음 뒤로 물러섰던 상태였어요. 이제는 더 많이 알게 되셨고 저를 꼭 설득해야 한다는 마음이 더욱 간절해지셨지만, 제게 직접 다가오기가 두려우셨던 거예요. 그래서 제게 간접적으로 들려주고자 하신 거죠. 실제로 그렇게 됐고요. 해티와 화장실에 다녀오는 바람에 처음 부분은 못 들었지만, 아마 전에 들은 얘기였을 거예요. 자리에 돌아와 이야기를 들으면서 전 꼼짝도 할 수 없었어요. 사실 새로울 건 없었죠. 이미 브루스 반즈 목사님께 들었고, 비디오테이프에서도 봤으니까요. 하지만 그렇게 다급하고 확신에 넘치는 아빠 모습은 처음 봤어요. 예루살렘의 두 남자에 대해서는 다른 어떤 말로도 설명할 수 없어요. 안 그래요? 그 사람들 분명히 성경에서 말하는 두 증인임에 틀림없다고요."

벅이 고개를 끄덕였다.

"아빠와 하나님이 제게 영향을 끼치고 계시지만, 전 아직 준비가 안 됐어요. 제가 운 건 아빠를 너무 사랑하고 아빠의 말이 진실이기 때문이에요. 그건 모두 진실이에요, 아시겠어요?"

"그런 것 같아요, 클로이."

"하지만 아직도 아빠한테는 그런 말을 못 했어요. 제 인생에 무슨 일이 일어나는지 모르고 있거든요. 전 너무 지독할 정도로 독립적이었죠. 아빠가 저 때문에 좌절감을 느끼셨다는 거 알아요. 어쩌면 실망하셨을 수도 있어요. 그러니 제가 할 수 있는 일이라곤 우는 게 전부였지요. 생각하고, 기도하려고 애쓰고, 정리해야 했어요. 해티는 전혀 도움이 안 됐어요. 아빠 말을 받아들이지 않았고 앞으로도 그럴 거예요. 사소한 일에만 신경을 쓰던걸요. 가령 당신과 나를 맺어 주려고 애쓴다거나……."

벅은 미소를 지으며 장난으로 기분 나쁜 표정을 지었다.

"그게 사소한 일이라고요?"

"그러니까 지금 얘기하는 일에 비하면 그렇다고 봐야겠죠."

"그건 인정해야겠군요."

클로이가 웃으며 말했다.

"헤어지기 전에 당신과 잠깐 얘기하는 바람에 또 아빠가 오해하신 것 같았어요. 겨우 3분 정도밖에 안 걸렸는데도 말이에요."

"그보다 짧았을 거예요."

"방으로 들어갔더니 아빠는 벌써 잠자리에 드신 상태였어요. 그래서 그냥 안녕히 주무시라고 인사했지요. 아빠가 제게 더 이상 아무 말씀도 안 하시면 어쩌나 불안해서요. 대답하시더군요. 그리고 전 마지막 걸음을 내디딜 준비가 되지 않아 계속 뒤척이다가 아빠가 저를 얼마나 염려하시는지, 그리고 얼마나 사랑하시는지를 생각하며 엉엉 울었어요."

"아마, 그때 나도 깨어 있었을 거예요."

"하지만 이건 정말 저답지 않은 일이에요. 지금 거기 이르긴 했지만요. 제 말은 제가 바로 그 지점에 있어요. 무슨 말인지 아시겠어요?"

벅은 고개를 끄덕였다.

"나도 똑같은 일을 겪는 중이에요."

"전 이제 확신을 얻었어요. 하지만 아직도 몸부림치는 중이에요. 저는 스스로 소위 지성인이라고 생각해요. 제게 답변을 요구하는 비판적인 친구들도 있고요. 이걸 누가 믿겠어요? 제가 정신 나간 게 아니라고 생각할 사람이 누가 있겠어요?"

"난 이해할 수 있어요. 내 말 믿어요."

벅은 두 사람이 걸어온 길이 비슷하다는 사실에 놀라며 말했다.

"그래서 전 꼼짝도 못 하게 됐어요. 이러지도 저러지도 못 했죠. 아빠에게 이제 저도 그리 멀지 않았다고 말하고 용기를 드리려고 했어요. 하지만 아빠는 제가 괴로워하는 모습을 보셨어요. 제가 얼마나 가까이에 왔는지 전혀 모르고 계셨어요. 전 간절한 마음으로 이 비행기에 올라탔어요. 어려운 말을 써서 미안하지만, 심리학 용어로 말하자면 '심리적 확실감'을 얻기 위해서요. 그리고 하나님이 저 같은 사람의 기도에도 응답하실까 궁금해지기 시작했어요. 전 아직, 그러니까 무슨 말인지 알죠? 사실 전 아직……."

"거듭난 그리스도인?"

벅이 끼어들었다.

"바로 그거예요. 그 말을 하기가 왜 이렇게 힘든지 모르겠어요. 아마 더 잘 아는 분이 계시면 확실히 알려 줄 수 있겠지요. 전 기도했어요. 그리고 하나님이 응답하셨다고 생각해요. 벅, 지적인 추론 능력을 발휘해서 한번 말해 봐요. 만약 하나님이 계시다면, 그리고 이 모든 게 진실이라면 하나님은 우리가 그걸 알기를 바라지 않으실까요? 그러니까 제 말은 그걸 알기 어렵게 하지 않으실 테고, 간절히 기도하는 자를 외면하진 않으실 거란 말이에요. 아니 외면하실 수 없다고 해야겠지요. 안 그래요?"

"어떻게 그럴 수 있겠어요. 그럴 수 없지요."

"제 생각에도 그래요. 그래서 전 이게 훌륭하고 합리적인 시험이었고, 제 기대가 빗나가지 않았다고 생각해요. 전 하나님이 응답하셨다고 확신해요."

"그리고 내가 그 응답이고요."

"예, 그 응답이었죠."

"클로이, 정확히 뭐라고 기도했어요?"

"내용 자체는 별것 아니었어요. 응답을 받기 전에는 말이지요. 전 그저 조금 더 필요하다고 하나님께 말씀드렸어요. 그동안 들은 얘기도 있고 아빠를 통해 모든 걸 알게 됐는데도 아직 충분치 않다는 점이 마음에 걸렸어요. 전 정말 진심으로 기도했어요. 하나님이 저를 돌보고 계시고, 지금 겪는 일을 아시는 하나님이 거기 계시다는 걸 몸소 보여 주신다면 감사하겠다고 말했을 뿐이에요."

벅은 이상한 감정을 느꼈다. 입을 열면 쉰 목소리가 나올 것 같고 말을 채

끝맺지 못할 것만 같았다. 그는 마음을 가라앉히기 위해 손으로 입을 막았다. 클로이가 그를 뚫어지게 쳐다보았다. 마침내 벅은 입을 열었다.

"그런데 내가 그 기도에 대한 응답이라고 생각한다고요?"

"예, 한치의 의심도 없어요. 아까 말했듯이 제 생애 최고의 날에 당신을 제 곁에 나타나게 해 달라고 기도하는 건 상상하지도 못했어요. 다시 볼 수 있을까 확신조차 할 수 없었는걸요. 하지만 저보다 하나님이 더 잘 아셨나 봐요. 오늘 같은 날 당신보다 더 만나고 싶은 사람은 아무도 없을 거예요."

벅은 표현할 수 없을 정도로 깊은 감동에 젖었다. 그도 클로이를 만나고 싶었다. 그렇지 않았다면 해티가 일하는 비행기에 탔거나, 그날 아침에 시카고로 떠나는 열 대도 넘는 비행기 중에서 하나를 골랐을 것이다. 벅은 그저 클로이를 바라볼 뿐이었다.

"그래서 이제 어떻게 할 거예요, 클로이? 내가 보기엔 하나님께 제대로 걸린 것 같은데요. 정확한 표현은 아니지만 클로이는 기도했고, 하나님은 응답하셨어요. 이제 피할 길이 없는 것 같은데요."

클로이도 그의 말에 동의했다.

"선택의 여지가 없어요. 그렇다고 선택을 원하는 것도 아니에요. 브루스 반즈 목사님과 비디오테이프 그리고 아빠에게 들은 바에 따르면 이 길에 들어서기 위해 다른 사람의 인도를 받을 필요도, 교회에 갈 필요도 없어요. 좀더 분명한 증거를 달라고 기도한 것처럼 이 일에 대해서도 기도하면 돼요."

"기장님도 어제 그 점을 분명히 밝히셨어요."

"저와 함께 기도하실래요?"

클로이의 부탁에 벅은 머뭇거렸다.

"기분 나쁘게 받아들이진 말아요, 클로이. 난 아직 준비가 안 되었어요."

"뭐가 더 필요하죠? 오, 미안해요, 벅. 지금 제가, 아빠가 기독교인이 되던 날 하셨던 것과 똑같이 행동하고 있네요. 아빠는 자제하기 어려우셨고, 전 그런 아빠에게 아주 못되게 굴었거든요. 하지만 아직 준비가 안 됐다면, 준비가 안 된 거겠죠."

"날 억지로 이끌 필요는 없을 거예요. 클로이와 마찬가지로 나도 문턱에 들어선 느낌이에요. 하지만 난 워낙 신중한데다가 오늘 그 브루스란 분을 만나서 얘기해 보고 싶거든요. 그래도 이 말은 해야겠군요. 클로이에게 일어난 일을 보니 그나마 남은 의심도 사라질 것 같아요."

"이런 얘기 더 이상 하지 않기로 약속할게요. 하지만 제 생각도 아빠 생각과 같아요. 무슨 일이 생길지 절대 모르는 법이니까, 제발 너무 오래 기다리지는 말라고 꼭 부탁하고 싶어요."

"명심할게요. 그리고 이 비행기가 추락하지 않기만을 바라야겠는걸요. 여전히 브루스 목사와 얘기할 필요가 있다는 생각이 들어서요. 하지만 그 말을 잘 새겨 둘게요."

클로이가 뒤를 돌아보더니 말했다.

"저기 빈자리 두 개가 있군요."

클로이가 지나가던 승무원을 불러 부탁했다.

"아빠께 말씀 좀 전해 주시겠어요?"

"그러세요. 아버님이 기장님이세요, 부기장님이세요?"

"기장님이에요. 딸에게 매우 기쁜 소식이 있다고 전해 주세요."

"매우 기쁜 소식이오!"

승무원이 똑같이 따라 했다.

레이포드는 기분 전환도 할 겸 비행기를 수동 조종하던 참에 선임 승무원에게서 클로이의 전갈을 받았다. 기쁜 소식이 무엇인지 도무지 추측할 수가 없었다. 하지만 최근 들어 클로이가 먼저 말을 걸어온 건 처음이었기 때문에 무슨 소식일지 무척 궁금했다.

그는 부기장에게 조종을 부탁한 후 안전띠를 풀고 조종실에서 나가다가 캐머런 윌리엄스를 보고 깜짝 놀랐다. 클로이가 말한 기쁜 소식이란 게 윌리엄스는 아니길 바랐다. 브루스 반즈 목사를 방문하겠다는 약속을 벌써 지키려는 건가 싶어 반갑기도 했지만, 한편으로는 클로이가 경솔하게 로맨

스에 빠졌다는 선언을 하려는 게 아니기를 빌었다.

벅과 악수를 하는 레이포드의 표정에는 반가움과 우려, 놀라움이 동시에 떠올랐다. 클로이는 양손으로 레이포드의 목을 감고 부드럽게 잡아당기며 속삭였다.

"아빠, 저랑 잠깐 저쪽에 앉아 얘기 좀 하실래요?"

벅은 한눈에 레이포드의 실망한 눈빛을 읽을 수 있었다. 그는 자신이 시카고에 가는 이유를 레이포드에게 말하고 싶었다. 클로이 곁에 앉게 된 건 그저 보너스일 뿐이었다는 말도 하고 싶었다. 슬쩍 뒤를 돌아보니 스틸 기장이 딸과 깊은 대화를 나누고 함께 기도하고 있었다. 저런 행동이 혹시 항공법규에 어긋나는 건 아닌지 궁금했다. 오랫동안 저렇게 할 수는 없을 터였다.

몇 분 후 클로이가 일어나 통로에 서자 레이포드도 일어나 그녀를 안았다. 두 사람 모두 감격에 복받친 것 같았다. 통로 건너편에 앉은 중년 부부가 몸을 쭉 빼고 매서운 눈초리로 쳐다보고 있었다. 이를 눈치 챈 레이포드는 자세를 바로 잡고 조종실로 향하며 한마디 했다.

"제 딸입니다."

레이포드가 눈물을 흘리며 미소 짓는 클로이를 가리켰다.

중년 부부는 서로 마주보더니 부인이 한마디 던졌다.

"어련하시겠어. 그럼 난 영국 여왕이겠네."

이 말을 들은 벅은 큰 소리로 웃었다.

23

벅은 브루스 반즈에게 전화를 걸어 초저녁에 만날 약속을 잡았다. 그러고 나서 오후 내내 〈글로벌 위클리〉 지의 시카고 지국에 있었다. 그곳 사람들은 모두 벅이 새 상관으로 온다는 소식을 들었다. 벅을 처음 맞이한 사람은 루신다 워싱턴의 비서로 펑퍼짐한 신발을 신고 있었지만, 똑 소리 나는 말투로 말했다.

"플랭크 편집국장님이 루신다의 후임에 대해 아무런 언질이 없었기 때문에 제가 당연히 그 자리를 맡게 될 것이라고 생각했는데요."

그녀의 주제넘은 태도에 벅은 주저하지 않고 대꾸했다.

"그건 있을 수 없는 일이죠. 하지만 후임이 정해지면 댁한테 가장 먼저 알려 주도록 하죠. 당분간 내가 근무지를 옮기진 않을 테니까."

그래도 다른 직원들은 아직 루신다의 실종에 애도를 표하였고, 벅의 방문에 고마워했다. 스티브 플랭크는 시카고에 들른 적이 거의 없었고, 루신다가 사라진 후에는 발길을 아예 끊었다.

벅은 루신다의 옛 사무실에 임시로 머물면서 20분 간격으로 주요 직원들과 면담을 가졌다. 벅은 직원들한테 자신이 쓰는 기사에 대해 말하면서 이번 사건에 대한 각자의 견해를 물었다. 그리고 모두에게 마지막으로 다음과 같은 질문을 던졌다.

"루신다 워싱턴이 지금 어디에 있다고 생각하십니까?"

그들 중 절반 이상은 기사에 인용되길 원치 않는다면서 다양한 견해를 내놓았다. 하지만 결론은 '천국이 있다면 그곳에 있을 것'이라는 취지의 말이었다.

하루가 끝날 무렵, 벅은 CNN에서 생방송으로 유엔이 중대 뉴스를 발표한다는 소식을 들었다. 직원들을 사무실로 불러 함께 방송을 봤다. 보도가 시작되었다.

"국제기구로서는 역사상 가장 극적이고 파격적인 개혁을 외친 루마니아 대통령 니콜라에 카르파티아가 거의 만장일치로 유엔 지도부에 합류했습니다. 본인은 달가워하지 않은 눈치였습니다. 그러나 유엔의 방향과 권한에 획기적인 변화를 주장한 카르파티아는 정중하게 사양하다가, 방금 이곳에서 사무총장으로 선출되었습니다. 오늘 오전, 카르파티아의 공보 비서관이자 대변인인 전 〈글로벌 위클리〉 지의 편집국장인 스티브 플랭크에 의하면 카르파티아는 사무총장직에 관심이 없었다고 합니다. 하지만 이 자리를 고려하기 전부터 루마니아 국민의 열화와 같은 성화가 있었다고 합니다. 플랭크 대변인에 의하면, 이번 카르파티아의 취임은 보츠와나 출신인 무안가티 응구모 전 사무총장의 요청을 받아들인 결과라고 합니다. 그럼 응구모 전 사무총장의 사임 이유를 듣도록 하겠습니다."

눈을 내리깐 채 감정을 조절하는 표정이 역력한 응구모의 얼굴이 화면을 채웠다.

"본인은 자국과 국제연합 사이의 상충하는 이해관계로 인해 두 곳 모두를 위해 비효율적인 역할밖에 못 했음을 오래전부터 깨달았습니다. 그래서 저는 선택하지 않을 수 없었습니다. 그리고 무엇보다 저는 보츠와나 인입니다. 지금 우리는 인정 많은 이스라엘 친구의 도움으로 잘살 기회를 갖게 되었습니다. 지금이 시기적으로도 적절하고, 무엇보다 신임 사무총장이 누구보다 이상적인 분이기에 전적으로 그분에게 협력할 것입니다."

"카르파티아 씨가 사무총장직을 거절했더라도 사퇴하실 작정이었나요?"

응구모는 잠시 머뭇거렸다.

"결국에는 그랬을 겁니다. 시간이 좀더 필요하고, 이만큼 유엔의 미래에 대해 확신하지 못한 채였겠지만 말입니다."

CNN 보도가 이어졌다.

"카르파티아 대통령이 아침 일찍 기자회견에서 내놓았던 모든 제안이 불과 몇 시간 만에 유엔의 공식 안건으로 상정되었으며, 투표를 통해 비준되었습니다. 1년 내에 유엔 본부가 신 바빌론으로 옮겨집니다. 이달 내로 안전보장이사회의 구성은 10개의 상임이사국으로 개편되고, 월요일 오전에 기자회견을 통해서 카르파티아가 직접 선택한 상임이사국을 발표할 예정입니다. 물론 회원국이 자국의 군사력을 90퍼센트 삭감하고 나머지 10퍼센트를 유엔으로 인도한다는 조치에 모두 따른다는 보장은 없습니다. 하지만 몇몇 유엔 주재 대사들은 '철저한 평화주의자이자 헌신적인 활동가를 수장으로 하는 국제평화유지기구를 확실하게 설치할 수 있다'고 장담했습니다. 카르파티아는 '어느 나라도 군사력을 보유하지 않는다면, 유엔도 역시 그럴 필요가 없다. 따라서 본인은 유엔마저 무장 해제하는 날을 고대한다'고 말한 것으로 전해졌습니다. 오늘 회의에서도 상호 국경을 보장하고 평화를 확약하는 유엔 회원국과 이스라엘 간의 7년 협정이 발표되었습니다. 그 대가로 이스라엘은 유엔에 노벨상 수상자인 하임 로젠츠바이크 박사가 발명한 비료를 사용하는 데 선택적으로 허가하는 권한을 줄 것입니다. 이 비료로 사막을 기름지게 한 덕분에 이스라엘이 세계 최대의 수출국이 되었다고 합니다."

벅은 CNN을 통해 로젠츠바이크가 확신에 차서 카르파티아를 열정적으로 지지하는 장면을 지켜보았다. 카르파티아가 예정된 회의에 참석하기 위해 이미 뉴욕에 온 몇몇 국제단체에 안건을 내고 결의안과 협의를 도출하기 위한 회합을 지시했다는 보도도 나왔다.

"나는 그들에게 세계의 평화와 연대감을 고취할 수 있도록 서둘러 줄 것을 요청합니다."

한 기자가 거기에 세계 단일종교와 궁극적으로 단일정부에 대한 계획도 포함되는지 카르파티아에게 물었다.

"당장 생각할 수 있는 건, 궁극적으로 서로 공조하는 세계의 종교보다 좀 더 고무적인 일이죠. 지금까지 몇몇 최악의 불화와 내분은 인간간의 사랑을 지상의 과제로 삼던 단체 사이에서 벌어져 왔으니까요. 순결한 믿음을 신봉하는 사람들이라면 모두 이 가능성을 반길 것입니다. 증오의 시대는

갔고, 이제 인류애를 가진 사람들이 힘을 합치고 있습니다."

CNN 앵커는 보도를 계속했다.

"오늘 일어난 일 중에 주목할 만한 사항을 살펴보면, 세계 단일정부를 지지하는 단체들이 조직화한다는 소문입니다. 카르파티아 씨에게 그런 단체를 이끌 의향이 있는지 물어봤습니다."

카르파티아가 젖은 눈으로 합동 촬영 카메라를 정면으로 응시하며 탁한 음성으로 말했다.

"나는 유엔 사무총장으로 일해 달라는 제의를 받은 것만으로도 어찌할 줄 모르겠습니다. 그 외에는 아무것도 바라지 않습니다. 지금도 세계 단일정부에 대한 생각이 마음속 깊은 곳에서 요동치지만, 그런 과업을 이끌 만한 적임자는 아주 많습니다. 어떤 방식으로든 제게 요구하시는 대로 봉사할 수 있다면 명예로운 일입니다. 스스로 주도적인 역할을 하지 않더라도 요청이 있다면 그에 대한 노력의 결실을 얻기 위해 유엔의 모든 역량을 집중하겠습니다."

'막힘이 없군.'

벅의 마음이 흔들렸다. 관련 전문가와 세계의 지도자가 세계 단일통화와 단일언어, 심지어 이스라엘 성전 재건에 기꺼이 지원할 의사를 표시한 카르파티아에게 지지 의사를 밝히자 시카고 지국은 흡사 파티라도 열 듯한 분위기가 됐다. 어떤 기자가 말했다.

"내가 사는 사회가 밝게 느껴지기는 몇 년 만에 처음이군."

다른 기자가 덧붙였다.

"실종 사건이 난 뒤 웃어 보기는 처음이야. 우리는 물론 객관적이고 비판적인 시각을 견지해야겠지만, 이런 상황을 즐기지 않을 도리는 없지. 이 모든 것이 이루어지려면 족히 몇 년은 걸리겠지만, 언젠가 그리고 어디든 간에 평화로운 세계를 목격할 수 있을 거야. 더 이상 무기도, 전쟁도, 국경분쟁도 그리고 언어나 종교 차이로 인한 반목도 없을 거야. 와! 이런 세상이 오리라고 누가 상상을 했겠어?"

그때 스티브 플랭크로부터 벅에게 전화가 왔다.

"다 봤겠지?"

플랭크가 흥분된 목소리로 물었다.

"누군들 안 봤겠어요?"

"대단하지 않나?"

"가히 충격적이네요."

"잘 들어. 카르파티아가 월요일 오전에 여기에서 좀 보자고 하는군."

"왜요?"

"자네를 좋아하잖아. 괜히 뭐라고 하지 마. 그날 기자회견이 있기 전에 10개 상임이사국 위원하고 최고위 측근과 함께 모일 계획이야."

"저보고 그런 자리에 오라는 건가요?"

"맞아. 어떤 사람들이 측근인지 짐작할 수 있을 거야."

"누군데요?"

"음, 한 사람은 분명해."

"스토나갈이오?"

"맞아."

"토드코트란도요? 그 사람은 신임 영국 유엔 대사로 오겠네요."

"그렇지 않을 거야. 신임 대사는 따로 있어. 이름은 모르지만, 스토나갈이 운영하는 국제 금융 기관과 연관이 있다고 해."

"토드코트란을 버려야 할 때를 대비해서 카르파티아가 스토나갈에게 제3의 인물을 준비하라고 했나 보죠?"

"가능한 얘기야. 하지만 누구도 스토나갈에게 이래라저래라 할 수는 없어."

"카르파티아도요?"

"그 사람은 특히 누구 덕에 이 자리에 올랐는지 아니까. 하지만 카르파티아는 정직하고 순수한 사람이야. 불법적이거나 음흉한 짓, 심지어 지나치게 정치적인 일은 하지 않을 거란 말이야. 한마디로 순수해. 바람에 흩날리는 눈처럼 순수하지. 그러니까 올 수 있겠나?"

"그러는 편이 좋겠네요. 그곳에 기자는 몇 명이나 오죠?"

"놀라지 마. 자네 혼자야."

"농담이시겠죠."

"농담이 아니야. 그는 자넬 좋아해, 벅."

"뭘 바라는데요?"

"그런 건 없어. 아무것도 요구하지 않았어. 기사를 잘 써 달라는 부탁조차도. 자네가 객관적이고 공정해야 한다는 걸 알아. 언론사를 위한 기삿거리는 모임 후에 기자회견 자리에서 제공할 거야."

"이런 기회를 놓쳐서야 되나요."

벅이 의기소침한 목소리로 말했다.

"왜 그래, 벅? 이건 놀랄 만한 역사적인 사건이라고! 우리가 줄곧 원하고 바라던 대로야."

"그 말이 맞았으면 좋겠네요."

"내 말이 맞아. 카르파티아가 원하는 다른 뭔가가 있긴 해."

"바라는 게 있긴 하군요."

"그런 게 아니라 어떤 조건도 걸지 않는다는 말이야. 정 안 되겠으면 안 해도 돼. 그래도 월요일 오전에 오는 건 환영이야. 다만 카르파티아가 자네 친구인 그 스튜어디스 아가씨를 한 번 더 보고 싶다던데."

"스티브, 요즘엔 항공 승무원이라고 하지 스튜어디스란 말은 안 써요."

"어쨌거나 가능하면 그 아가씨와 같이 오라고."

"어째서 그가 직접 부르지 않는 거죠? 내가 무슨 뚜쟁이도 아니고."

"이 사람아, 자네답지 않게 왜 이러나! 외롭긴 하겠지만 이런 자리에 있는 사람이 어떻게 대놓고 그럴 수 있나? 밖에 나가서 여자를 유혹할 수 있는 처지도 아니고. 두 사람을 만나게 한 건 바로 자네야. 잊지 않았겠지? 그는 자넬 믿어."

'물론 그렇겠지. 기자회견 예비 모임에 날 초대할 정도라면…….'

벅은 속으로 이런 생각을 하며 말했다.

"물어보도록 하죠. 하지만 장담은 하지 못해요."

"좋은 소식 주게, 친구!"

레이포드 스틸은 그리스도를 영접하기로 결심한 날 이후로 늘 그랬듯이 오늘도 행복했다. 클로이의 웃는 모습과 제 엄마의 성경을 열심히 읽는 모습을 보는 것, 그리고 딸아이와 함께 기도하고 모든 걸 함께 이야기할 수 있는 지금은 그가 늘 꿈꾸던 것 이상이었다.

"네가 볼 성경책을 한 권 마련해야겠구나. 엄마 책이 다 닳겠다."

미소를 띤 채 레이포드가 말했다.

"아빠가 속한 모임에 저도 참여하고 싶어요. 그리고 브루스 목사님께 직접 모든 정보를 얻고 싶어요. 한 가지 염려되는 건 상황이 점점 더 악화되는 거예요."

레이포드와 클로이는 오후 늦게 브루스 목사를 찾아갔다. 브루스는 클로이의 견해에 힘을 실어 주었다.

"클로이가 우리 모임에 들어온다니 반갑군요. 하지만 클로이가 옳아요. 하나님의 백성은 암흑의 시간을 맞도록 되어 있어요. 모두가 그래요. 전 지금부터 '영광의 재림'이 일어나는 그날까지 교회가 무엇을 해야 하는지 숙고하며 기도할 겁니다."

클로이는 모든 것이 알고 싶었다. 브루스 목사는 앞으로 7년 후, '환난'의 마지막 날에 그리스도가 재림할 것이라고 믿을 수밖에 없는 근거를 성경에서 찾아 보여 주었다.

"대부분의 기독교인이 순교하거나 전쟁, 굶주림, 전염병, 지진으로 죽을 거예요."

"재미있는 얘긴 아니군요. 가입하기 전에 이 부분에 대해 생각 좀 할 걸 그랬어요. 이 대목이 가입 안내서에 있는 한 사람들을 모으는 데 문제가 있을 것 같네요."

클로이가 미소를 지으며 말했다. 이 말에 브루스가 얼굴을 찡그리며 말했다.

"맞아요. 하지만 대안이라고 해야 이보다 나을 수 없어요. 우리는 모두 첫 번째 기회를 놓쳤잖아요. 만일 우리가 사랑한 사람들의 말에 귀 기울였다면 지금 이 순간 천국에 있겠죠. 물론 저도 이 기간에 끔찍한 죽음을 맞이하고 싶지는 않아요. 하지만 어쩔 줄 몰라 하다가 일을 당하는 것보다 이 길을 택하는 편이 오히려 나을 것 같아요. 다른 사람들도 죽음의 위험에 처하기는 마찬가지죠. 그 사람들과 유일한 차이점이 있다면 그건 우리가 죽을 방법을 한 가지 더 가졌다는 것뿐입니다."

"순교 말인가요?"

"맞아요."

레이포드는 두 사람의 대화를 가만히 들으면서 생각에 잠겼다. 이렇게 짧은 시간에 자신이 사는 세상이 어떻게 변했는지 깨달았다. 존경받는 조종사로 생애 최고의 전성기를 구가하며 껍데기 같은 허위의 삶을 살았던 때가 그리 오래되지 않은 과거였다. 그런데 지금은 젊은 목사와 딸과 함께 동네 교회 사무실에서 은밀히 만나 휴거 후 7년의 환난기를 어떻게 견뎌 나갈지를 모색하고 있다.

"우리에게는 핵심 모임이 있어요. 클로이, 진심으로 헌신한다면 참여를 환영하겠어요."

브루스의 말에 클로이는 진지하게 대답했다.

"선택의 여지가 있나요? 목사님 말씀이 사실이라면 장난 삼아 할 수는 없잖아요."

"맞는 말입니다. 하지만 저는 핵심 모임 내에 소규모 조직을 결성할 것인지 고려하는 중입니다. 비범한 지식과 용기를 갖춘 사람들을 모으고 있어요. 제가 교회의 다른 구성원들, 특히 모임을 이끄는 분들의 성실함을 깎아내리는 건 아닙니다. 하지만 사람에 따라서는 소심하고 노쇠하고 나약하기도 합니다. 단지 살아남는 것 이상의 일을 하고자 하는 사람들로 구성된 내부 조직이 생기길 기도해 왔습니다."

"하시려는 일이 뭐죠? 적극적으로 대처하자는 건가요?"

궁금한 레이포드가 참지 못하고 물었다.

"뭐, 그런 거죠. 앞으로 속지 않도록 장차 이곳에 일어날 일을 연구하고 알아내는 것도 가치 있는 일입니다. 이스라엘에서 증거자들이 샘솟듯이 계속해서 나타나길 기도하는 것도 훌륭한 일입니다. 그리고 전 세계적으로 다른 신도의 모임이 존재한다는 사실을 발견하는 것도 기쁜 일입니다. 하지만 레이포드 씨도 직접 싸움터로 뛰어들고 싶은 마음이 아주 없는 것 같진 않은데요."

레이포드도 호기심이 생겼지만 확신할 수는 없었다. 오히려 클로이가 더 열성적이었다.

"대의죠. 우리가 죽는 이유도 되지만, 살아야 하는 이유도 되는 그런 거요."

흥분된 목소리로 클로이가 말했다.

"바로 그거예요!"

"단체, 팀, 군대."

"맞아요. 군대!"

흥분에 휩싸인 클로이의 두 눈이 반짝였다. 레이포드는 알게 된 지 불과 몇 시간밖에 되지 않은 대의를 위해 모든 걸 쏟는 클로이의 열정과 젊음이 자랑스러웠다.

"지금을 일컬어 뭐라고 한다고 하셨죠?"

"환난의 시기요."

클로이의 질문에 브루스가 대답했다.

"그러면 목사님께서 만드실 핵심 모임 내의 특공대인 소규모 조직은 '환난의 군대'가 되겠군요."

"환난의 군대라……."

브루스는 레이포드를 쳐다보고 자리에서 일어나더니 차트 위에 뭔가를 갈겨 썼다.

"좋아요. 명심하세요. 이 일이 그렇게 재미있지만 않을 겁니다. 오히려 인간으로서 참여할 수 있는 가장 위험한 대의가 될 겁니다. 연구하고 준비하고 사람들에게 널리 알려야 할 것입니다. 적그리스도, 거짓 예언자, 사탄, 사이비 종교의 정체가 분명해지면 그들과 대적하고 응징의 목소리를 높여야 합니다. 우리는 그들의 표적이 될 겁니다. 성경을 품에 안고 지하실에 숨어든 기독교인은 지진과 전쟁을 제외한 다른 모든 것에서 안전하겠죠. 하지만 우리는 온갖 것에 노출될 겁니다. 클로이, 적그리스도 추종자들이 몸에 짐승의 부호를 새겨야 할 때가 올 거예요. 문신에서부터 적외선으로만 탐지되는 이마의 도장까지, 부호가 어떤 형태일지에 대한 설이 다양합니다. 하지만 우리는 분명히 그런 낙인을 거부할 겁니다. 그런 저항의 몸짓 자체가 하나의 표시가 될 겁니다. 우리는 벌거벗길 겁니다. 다수에 속하는 자들에게서 받을 수 있는 보호를 받지 못하게 될 겁니다. 아직도 '환난의 군대'의 일원이 되고 싶나요?"

"그럼요. 무슨 일이 있더라도 참여하겠습니다."

딸의 확고한 대답에 레이포드는 고개를 끄덕이며 미소를 지었다.

스틸 부녀가 떠나고 두 시간 후, 벅 윌리엄스는 일리노이 주 마운트 프로스펙트의 뉴호프 교회 앞에 렌터카를 세웠다. 두려움이 스며든 운명 같은 게 느껴졌다. 브루스 반즈라는 사람은 어떤 인물일까? 어떻게 생겼을까? 그리고 비신자를 한눈에 알아볼까?

벅은 손으로 머리를 감싸고 차 안에 앉아 있었다. 성급한 결정을 내리기엔 자신이 지나치게 분석적이란 걸 스스로 깨닫고 있다. 몇 년 전, 언론인이 되기 위한 공부를 하기 위해 집을 떠날 때도 수년 동안 숙고했다. 가족에게는 갑작스러운 통보였겠지만, 어린 캐머런 윌리엄스에게는 필연의 다음 단계이자, 긴 인생 계획의 일부였다.

물론 지금 앉아 있는 이곳은 그의 계획에 없었다. 끔찍했던 히스로행 비행 이후 그를 위해 미리 정해진 대로 일어난 일은 아무것도 없었다. 살면서 자신의 의지와 상관없이 만나게 되는 사건을 즐겼다. 하지만 항상 논리라는 처리기를 통해 대처했으며, 질서의 관점에서 달려들었다. 이스라엘의 불기둥이 그를 한껏 흔들어 놓았지만, 당시에도 그는 질서에 따라서 행동했다. 일과 지위와 역할이 있었다. 그곳에서 해야 할 임무가 있었다. 따라서 비록 하룻밤 동안 종군기자 노릇을 하리라곤 예상하지 못했지만, 그에게는 나름대로 대처하는 방식이 있었다.

하지만 지인들의 실종이나 비명횡사에 대한 준비는 전혀 없었다. 이런 식의 상황 전개에 대한 준비가 되어 있어야 했지만, 그것도 그의 계획에는 없었다. 이제는 자신의 논점을 펼칠 이 기사로 인해 자신도 모르게 영혼 속에서 타오르는 불꽃에 가까이 다가섰다. 외롭고 위험에 노출된 연약한 존재처럼 느껴졌지만, 브루스 반즈와 만나고자 한 것은 순전히 자신의 생각이었다. 물론 그 조종사가 먼저 제안한 것이긴 하지만 거절할 수도 있었다. 이번 출장은 아름다운 클로이와 시간을 보내기 위한 것도 아니었다. 시카고 지사 일은 좀더 시간적인 여유가 있었기 때문에 오로지 반즈와의 만남을 위한 여행인 셈이었다. 교회로 향하는 벅에게 피로감이 뼛속까지 파고들었다.

벅은 브루스 반즈 목사가 자기 나이 또래라는 사실이 놀랍고도 반가웠다. 그는 명석하고 진지해 보였고, 레이포드 스틸이 풍기던 권위와 열정도 있었다. 벅으로서는 오랜만의 교회 나들이였다. 교회는 아주 현대적이고 깔끔했으며 실용적이어서 흠잡을 데가 없었다. 벅과 이 젊은 목사가 만난 곳은 아담한 사무실에서였다.

"윌리엄스 씨의 친구인 스틸 씨 부녀에게서 전화가 올 수도 있다는 말을 들었습니다."

벅은 목사의 솔직한 모습에 매료되었다. 자신이 활동하는 세상에서의 벅이었다면 처음 만난 사람에게 그런 사실을 밝히지 않았을 것이다. 하지만 벅은 목사가 이런저런 것을 따지는 사람이 아니라는 걸 깨달았다. 여기에서 숨겨야 할 것은 없었다. 기본적으로 벅은 정보가 필요했고, 브루스는 그걸 제공하고 싶어 했다. 브루스는 항상 그렇듯 진지하게 말했다.

"우선 윌리엄스 씨가 어떤 일을 하는지 알고 있으며, 그 능력을 높이 평가한다는 말씀을 드리고 싶습니다. 하지만 솔직히 말씀드리면, 이젠 제가 직업상 하는 유쾌한 대화나 잡담으로 허비할 시간이 없군요. 우리는 위태로운 시기를 삽니다. 제게는 진정으로 갈구하는 사람들을 위한 메시지와 해답이 있습니다. 저는 제가 할 발언에 대해 사과하지 않기로 했다고 누구에게든 미리 밝힙니다. 이런 원칙을 받아들인다면, 얼마든지 시간을 내어 드리죠."

"좋습니다, 목사님. 감사합니다. 얼마나 오래 걸릴지 모르겠습니다. 일 때문에 온 게 아니거든요. 물론 목사님의 의견이 기사에 도움이 될 수도 있겠지만, 독자도 목사님이 어떤 의견을 갖고 계신지 어렵지 않게 짐작할 수 있을 겁니다. 특히 제가 인용한 다른 사람들의 의견에 근거한다면 말입니다."

자신의 목소리에서 묻어나는 경건함과 감정의 떨림에 당혹해하며 벅이 말했다.

"스틸 기장님을 말씀하시는군요."

벅은 고개를 끄덕였다.

"여기는 저 자신을 위해 온 것입니다. 그리고 솔직히 말씀드리면, 저는 이 문제에 대해 어떻게 입장을 정리해야 할지 모릅니다. 불과 얼마 전까지만 해도 교회에는 발걸음도 하지 않았을 뿐 아니라 이런 곳에서 지적으로 가치 있는 것을 얻을 수 있으리라곤 상상하지도 못했습니다. 그게 기자가 지닐 공정한 태도가 아니란 건 잘 압니다. 하지만 솔직하게 말씀해 주신다면 저 역시 그럴 겁니다. 저는 스틸 기장님께 감명을 받았습니다. 명석하고 사려 깊은 분이더군요. 만나뵌 지 얼마 되지 않지만 목사님도 현명한 분 같습니다. 그리고 모르겠네요. 이제 저는 듣도록 하겠습니다. 제가 드릴 말은 이게 전부입니다."

브루스는 벅에게 기독교 집안에서 성장하고 신학대학에 진학하여 교인과 결혼을 한 후 목사가 되기까지의 인생 역정을 들려주는 것으로 얘기를 시작했다. 그는 그리스도의 역사와 용서의 방법, 그리고 하나님과의 관계에 대해 알고 있음을 분명히 했다.

"저는 저 자신이 두 가지 모두 잘 해낸다고 믿었습니다. 그러나 성경은 두 주인을 섬기지 말라고 분명히 못 박았어요. 두 가지를 동시에 취할 순 없어요. 전 아주 고통스럽게 그 진실을 깨달았습니다."

브루스는 가족과 친구들을 잃은 사실을 이야기했다. 모두 그에게 소중한 사람들이었다. 브루스는 울면서 말했다.

"일이 일어났을 때나 지금이나 고통스럽긴 마찬가지군요."

계속해서 브루스는 레이포드가 그랬던 것처럼 구원 계획에 관해 처음부터 끝까지 대략 설명했다. 벅은 점점 초조하고 불안해졌다. 잠시 쉬고 싶었다. 벅은 브루스의 말을 가로막으며, 자신에 관해 좀더 알고 싶지 않은지 물었다.

"물론 알고 싶습니다."

브루스의 대답에 벅은 러시아와 이스라엘 간의 충돌과 그 후 대략 14개월 동안의 일을 중심으로 자신의 지난 일에 대해 말했다.

"알겠습니다. 하나님은 윌리엄스 씨의 주의를 끌기 위해 애쓰고 계시는군요."

브루스가 마침내 입을 열었다.

"이미 그렇게 하신 겁니다. 하지만 분명히 말씀드리지만, 저는 결코 쉽게 넘어가지 않습니다. 이 모든 것이 흥미롭고 그 무엇보다 그럴듯하게 들리지만, 저는 원래 어떤 일에 무조건 뛰어드는 성격이 아니거든요."

"그 누구도 윌리엄스 씨에게 참여를 강요하거나 조를 수 없습니다. 하지만 우리가 위태로운 시대에 산다는 것을 다시 한 번 말씀드려야겠네요. 우리에게 숙고할 만한 시간이 얼마나 있는지 모르겠습니다."

"클로이와 비슷한 말씀을 하시는군요."

"그녀는 아마 자기 아버지와 비슷한 말을 했을 겁니다."

브루스가 미소를 지으며 말했다.

"스틸 씨도 목사님과 비슷한 말씀을 하시던데요. 어째서 당신들 모두 이 일을 그토록 위급하게 보는지 알 것 같아요. 하지만 제가 드리고 싶은 말은……."

"알아요. 시간이 더 있으시면, 이야기의 방향을 바꾸도록 할게요. 윌리엄스 씨는 명석한 분이니 이곳을 떠나기 전에 필요한 모든 정보를 알아내는 것이 나을 겁니다."

브루스의 말에 벅은 안도의 숨을 내쉬었다. 목사가 레이포드와 클로이처럼 기도를 드리라고 하며 불쑥 입교를 권하면 어떡하나 걱정했다. 물론 그것이 과정의 일부이며, 한 번도 진정한 대화를 나눠 본 적이 없는 신과 계약 및 관계를 시작하는 지표가 될 것이란 건 인정했다. 하지만 그는 아직 준비가 되어 있지 않았다. 적어도 생각은 그랬다. 그리고 남에게 휩쓸리고 싶지 않았다.

"뉴욕에는 월요일 아침에 돌아가면 됩니다. 그러니까 오늘 밤 목사님만 괜찮으시다면 시간은 얼마든지 있습니다."

"윌리엄스 씨, 이상하게 들리겠지만 저한테는 이제 책임져야 할 가족이 없어요. 내일은 중요한 모임이 있고 주말에는 예배가 있습니다. 오신다면 무조건 환영입니다. 윌리엄스 씨만 괜찮다면 저한테는 오늘 자정까지 계속할 에너지가 남아 있습니다."

"저야 물론 목사님의 뜻에 따르겠습니다."

브루스는 그 후 몇 시간 벅에게 예언과 종말에 대해 속성으로 강의를 했다. 벅은 휴거와 두 증인에 대해 들었고, 적그리스도에 대한 단편적인 지식도 얻을 수 있었다. 그러나 이야기가 곧 도래할 거대 세계 단일종교와 전쟁을 일으켜 유혈 사태를 가져올 소위 평화의 사도라는 거짓말쟁이와 이 세상을 열 개의 왕국으로 분열시킬 적그리스도에 대한 대목에 이르자 등골이 오싹해졌다. 벅은 브루스에게 질문을 하거나 의견을 내는 것을 멈추고 침묵을 지켰다. 벅은 가능한 한 신속하게 적어 내려갔다.

이 신실한 사람한테 니콜라에 카르파티아가 성경에서 언급한 바로 그자일 수 있다고 말할 수 있을까? 이 모든 것이 그저 우연의 일치일까? 브루스가 적그리스도와 이스라엘 간의 7년 협정, 성전의 재건 그리고 바빌론이 새로운 세계 중심이 될 것임을 이야기하자 벅의 손가락이 떨리기 시작했다.

마침내 자정이 되자 벅은 완전히 압도되었다. 극심한 두려움이 밀려왔다. 브루스 반즈는 그날 오후 뉴스를 통해 발표하기 전까지는 니콜라에 카르파티아의 계획에 대해 전혀 몰랐을 수도 있다. 어떤 면에서 벅은 브루스가 CNN 뉴스에서 보고 들은 것을 근거로 그 모든 것을 얘기한 게 아닌가

하는 생각도 들었다. 어쨌든 모두가 성경에 분명히 기록되어 있는 내용이었다.

"오늘 뉴스 보셨습니까?"

벅은 이 질문을 하지 않을 수 없었다.

"못 봤습니다. 정오부터 회의가 있었고 윌리엄스 씨가 도착하기 전에 요기를 좀 했거든요."

그러자 벅은 유엔에서 있었던 일을 알려 주었다. 벅의 이야기를 들으면서 브루스의 안색이 창백해졌다.

"그래서 자동 응답기에서 자꾸 찰칵거리는 소리가 났던 거군요. 벨 소리가 나지 않도록 했기 때문에 자동 응답기에서 찰칵거리는 소리가 나면 전화가 오는 거거든요. 사람들이 내게 소식을 알려 주려고 전화를 걸었던 거예요. 그렇게들 많이 하죠. 성경에서 예언한 일들에 대해 함께 얘기하고, 그 일이 일어나면 알리는 거죠."

"목사님은 카르파티아가 적그리스도라고 생각하십니까?"

"글쎄요, 그거 말고는 달리 생각할 여지가 없네요."

"하지만 전 그 사람을 진정으로 신뢰하는데요."

"그러시겠죠. 우리가 대부분 그랬으니까요. 자신을 내세우지 않고, 인류의 평화를 걱정하고, 겸손한데다 권력이나 지위는 탐하지 않는 사람이니까요. 하지만 적그리스도는 위선자입니다. 게다가 그는 사람의 마음을 지배할 수 있는 힘을 가졌어요. 거짓을 진실로 보이도록 만들 수 있다고요."

벅은 브루스에게 자신이 기자회견 직전에 있을 모임에 초대받은 사실을 알려 주었다.

"가면 안 됩니다."

브루스가 강하게 말했다.

"안 갈 수 없어요. 이건 제 일생일대의 기회라고요."

"미안합니다. 제가 이래라저래라 할 권리는 없지만, 나중에 어떤 일이 일어날지 생각해 보라는 경고를 하고 싶군요. 적그리스도는 강력한 힘을 과시함으로써 자신의 권력을 공고히 할 겁니다."

"그건 이미 현실이 아닌가요?"

"맞아요. 하지만 그가 양보를 이끌어 낸 모든 장기적인 계획을 시행하려면 몇 달 혹은 몇 년이 걸릴 거예요. 그래서 지금 자신의 힘을 어느 정도 보여 줄 필요가 있는 겁니다. 누구도 거역할 수 없을 정도로 자신의 입지를 굳건히 하기 위해 그가 무엇을 할 수 있을까요?"

"모르겠는데요."

"윌리엄스 씨를 그곳에 초청한 데는 분명 다른 꿍꿍이가 있을 거예요."

"전 그 사람한테 그렇게 호의적으로 대하지 않는걸요."

"그 사람이 원하는 대로 바뀔 수 있습니다."

"하지만 그에게는 그런 능력이 없습니다."

"만약 그가 성경에서 말하는 악마라면, 그의 힘으로 할 수 없는 일은 아무것도 없습니다. 아무 대책도 없이 그곳에 참석하지 마십시오."

"경호원이라도 데려가란 말인가요?"

"적어도요. 하지만 카르파티아가 적그리스도라면 하나님의 도움 없이 그와 대면할 수 있겠습니까?"

순간 벅은 당황했다. 브루스가 벅을 회심시키기 위해 어떤 수단을 사용하는 건 아닌가 싶을 정도로 대화가 묘하게 흘렀다. 분명 진지하고 논리가 있는 질문이긴 했지만, 벅은 순간 심한 압박감을 느꼈다.

"무슨 말씀인지 알겠습니다. 하지만 제가 최면에 걸리거나 하는 일은 없을 겁니다."

벅이 천천히 대답했다.

"윌리엄스 씨, 해야 할 일은 해야겠죠. 하지만 만일 하나님을 받아들이지 않은 채로 그 모임에 참석하면, 영적으로나 육체적으로 커다란 위험에 처할 것입니다."

브루스는 벅에게 스틸 부녀와 나눈 대화 내용과 그들이 어떻게 '환난의 군대'를 창안했는지를 말해 주었다.

"그건 적그리스도와 분연히 맞서 싸울 진지한 사람들의 모임입니다. 저는 적그리스도의 정체가 금방 드러나리라곤 생각하지 않습니다."

환난의 군대에 대해 듣고 나자 벅은 몸 안의 저 깊은 곳에서 무언가 요동치는 걸 느꼈다. 자신에게 세상을 바꿀 만한 힘이 있다고 믿던 초년병 기자 시절이 떠올랐다. 그는 동료들과 밤을 새우며 어떻게 하면 탄압에, 거대 정부에, 그리고 편견의 벽에 맞설 수 있는 용기와 대담함을 가질 수 있을지 토론하곤 했다. 시간이 흐르고 벅이 기사로 몇 번 상도 받고 하면서 그런 열정과 기백은 사라졌다. 여전히 일 처리를 공정하게 하고 싶었지만, 재능과 명성이 동료들을 앞지르기 시작하면서 개인과 전체를 동시에 존중하는 철학으로 무장한 그의 열정은 사라졌다.

벅 내부의 이상주의적인 이단자 기질이 당장 그런 계획을 수용하도록 부추겼지만, 그는 자신이 참여할 수 있는 매력적인 소규모 조직이 있다는 이유만으로 그리스도인이 되려는 자신을 말렸다.

"내일 중요한 모임에 제가 나가도 되겠습니까?"

"안 됩니다. 그 모임에 대해 흥미를 느끼고 그걸 통해 확신을 얻으리라 믿습니다만, 지도자급 성도만 참석할 수 있습니다. 사실은 지금 나눈 얘기에 대해 내일 그분들과 의논해 볼 작정입니다. 그러니까 내일 와도 새로운 건 없을 거예요."

"그럼 주일 예배는요?"

"대환영이죠. 하지만 주제는 다른 주일과 같을 거란 점을 말씀드립니다. 벌써 레이포드와 저한테 들은 내용일 겁니다. 한 번 더 듣는 게 도움이 될 것 같으면 오셔서 얼마나 많은 사람들이 구하고 얻는지 지켜보세요. 지난 두 주와 같다면 서서 들으셔야 할 겁니다."

벅이 일어서며 기지개를 켰다. 자정을 훨씬 넘긴 시간까지 브루스를 붙잡았던 것이다. 이에 대해 브루스에게 사과했다.

"미안해하실 것까지는 없습니다. 제가 해야 할 일인데요."

"성경책을 어디에서 구할 수 있을까요?"

"제가 한 권 드리죠."

⚛

다음날, 핵심 모임의 신도는 새로 가입한 클로이 스틸을 진심으로 열광하며 환영했다. 그들은 뉴스에 대해 검토하고, 니콜라에 카르파티아가 적그리스도라는 가능성을 확인하기 위해 하루를 보냈다. 어떤 다른 의견도 나오지 않았다.

브루스는 벅의 이름을 밝히거나 스틸 부녀와의 관계에 대해 언급하지 않고, 윌리엄스의 이야기를 했다. 사람들이 벅의 안전과 영혼을 위해 기도하기 시작하자 클로이가 조용히 흐느꼈다.

24

벅은 토요일 내내 아무도 없는 시카고 지국 사무실에 틀어박혀 실종 사건의 배후에 대한 기사를 써내려 가기 시작했다. 성경의 예언에 꼭 들어맞는 한 남자에 대한 기사를 보고 카르파티아는 과연 무슨 말을 할지 끊임없이 생각하다 보니 머리가 지끈거렸다. 하지만 다행히도 대망의 월요일까지는 기사 작성을 잠시 미룰 수 있었다.

점심 즈음에 벅은 뉴욕의 플라자 호텔에 있는 스티브 플랭크의 전화를 받았다.

"월요일 아침에는 저도 그 자리에 있을 거예요. 하지만 해티 더럼을 초대하지는 않았어요."

"왜 그러나? 친구 대 친구로서 작은 부탁을 하나 했을 뿐인데."

"우리가 친구라고요?"

"닉과 자네 말이네."

"이젠 닉이라고 불러요? 어쨌든 카르파티아와 저는 그렇게 허물이 없을 정도로 가까운 사이는 아니에요. 게다가 저는 친구에게 여자 파트너를 소개해 주지 않습니다."

"나한테도 그럴 건가?"

"해티를 더 깍듯이 대할 줄 알았다면, 아마 그녀를 소개했겠죠."

"정말 카르파티아에게 그렇게 해 주지 않을 거야?"

"예, 그럼 전 못 가는 겁니까?"

"각하께는 말씀드리지 않을 생각이야."

"해티가 나타나지 않으면 무슨 핑계를 대려고 그래요?"

"내가 직접 그녀에게 부탁해 보지. 벅, 이 소심한 친구 같으니라고."

벅은 해티에게 가지 말라고 경고할 거라는 말은 하지 않았다. 그는 스티브에게 카르파티아에 대한 표지 기사를 작성하기 전에 단독 대담을 할 수 있을지 물었다.

"한번 알아볼게. 그런데 정작 본인은 손끝 하나 까딱하지 않으면서 기회는 또 갖고 싶다는 말인가?"

"각하가 날 좋아한다면서요. 내가 각하에 대해 기사를 쓰려는 건 국장님도 알잖습니까. 그분도 내 기사가 필요할걸요?"

"어제 텔레비전을 봤다면 그분께는 이제 아무것도 필요 없다는 걸 알 텐데? 우리에게는 그가 필요하지만 말이야."

"그래요? 성경의 종말론과 그분을 연관짓는 사람들을 만나 봤습니까?"

이 질문에 스티브 플랭크는 대답하지 않았다.

"스티브?"

"듣고 있어."

"만나 봤습니까? 카르파티아 각하가 〈요한계시록〉에 계시된 악마에 꼭 들어맞는다고 생각하는 사람들 말입니다."

이번에도 스티브는 아무런 말이 없었다.

"여보세요? 스티브?"

"듣고 있어."

"이봐요, 스티브. 공보 비서관이니까 다 알 거 아니에요? 내가 그분께 이 이야기를 꺼내면 어떤 반응을 보일까요?"

스티브는 여전히 말이 없었다.

"이러지 마세요, 스티브. 내 입장이 그렇다거나, 누가 뭔가를 안다거나, 어떤 중요한 사람이 그렇게 생각한다는 건 아니에요. 다만 지금 실종 사건의 배후에 뭐가 있는지 기사를 쓰기 위해 온갖 종류의 종교계를 드나드는 것뿐이라고요. 어느 누가 둘을 동일시하겠어요?"

이번에도 스티브가 말을 하지 않자 벅은 시계를 보며 그저 기다리기로 했다. 20초 동안 무거운 침묵이 흐른 후 스티브는 부드러운 목소리로 말했다.

"벅, 단 두 마디로 대답하겠네. 준비가 됐나?"

"예, 됐습니다."

"스태튼 섬."

"지금 저한테 그……."

"이름은 말하지 말게, 벅! 누군가 들을지도 모르잖아."

"그럼 지금 저를 협박하는……."

"협박이 아니네. 경고하는 거야. 주의를 주는 거라고 할 수 있지."

"제가 경고를 잘 듣지 않는다는 걸 알면서 그래요, 스티브? 수년 전 우리가 함께 일할 때 이야기를 물어 오라고 보낸 사냥개들 중 제가 가장 거칠다고 하지 않았습니까?"

"엉뚱한 찔레 덤불의 냄새를 맡으며 다니지 마, 벅."

"그럼 이것만 물어보죠."

"조심해 줘."

"그럼 다른 선으로 통화할까요?"

"아니야, 벅. 자네가 조심해서 말을 해야만 나 역시 그럴 수 있다는 얘기였어."

"좋습니다."

벅은 대답하고 노란 종이에 '에릭 밀러 사건, 카르파티아인가 스토나갈인가?' 라고 휘갈겨 썼다.

"제가 알고 싶은 건 이겁니다. 제가 페리를 멀리해야 한다고 생각하신다면 그건 운전대를 잡은 사람 때문입니까, 연료를 대주는 사람 때문입니까?"

"후자이지."

스티브는 망설임 없이 말했다.

벅은 '스토나갈'에 동그라미를 치며 말했다.

"그럼 운전대를 잡은 사람은 연료 공급자가 자신을 위해 무슨 일을 벌였는지는 모른다는 말입니까?"

"그래."

"그렇다면 누군가가 항해사에게 너무 바짝 다가가면, 그는 보호를 받지만 눈치는 못 챈다는 얘기군요."

"그렇지."

"그런데 항해사가 알게 된다면요?"

"알아서 처리하겠지."

"그 모습을 곧 볼 수 있겠군요."

"거기에 대해서는 아무 말도 할 수 없네."

"진짜로 누구 수하에 있는지 말해 줄 수 있습니까?"

"자네가 예상하는 자의 밑에서 일하지."

도대체 이 말은 누구란 말인가? 카르파티아란 말인가, 스토나갈이란 말인가? 도청을 당할지도 모르는 플라자 호텔의 전화로 통화하면서 어떻게 하면 스티브의 대답을 얻을 수 있을까?

"루마니아의 사업가 밑에서 일합니까?"

"당연하네."

벅은 자신이 한심했다. 카르파티아일 수도, 스토나갈일 수도 있는 일 아닌가.

그러냐고 물었지만 더 이상 기대할 수 없었다.

"내 상사는 산을 움직일 수도 있지 않은가?"

스티브의 대답이었다.

"물론입니다."

벅은 '카르파티아'에 동그라미를 쳤다.

"요즘 돌아가는 일을 보면 즐거우시겠군요."

"그렇지."

벅은 또다시 '카르파티아, 종말, 적그리스도?'라고 휘갈겨 썼다.

"좀 전에 제가 제기했던 문제가 위험한데다 솔직히 엉터리라고 말했죠?"

"형편없는 얘기였지."

"그럼 이 문제를 카르파티아에게 꺼내면 안 된다는 겁니까? 제가 모든 근거를 포괄해서 곤란한 질문을 해야 하는 기자인데도 말입니까?"

"그 문제를 언급할 생각이 있다는 걸 알았다면 자네에게 인터뷰나 표지 기사를 권하지 않았을 거네."

"정말 끄나풀이 되는 건 순식간이군요."

레이포드 스틸은 핵심 성도와의 모임을 마친 후 브루스 반즈와 따로 이야기하면서 벅과 만났던 이야기를 새로이 들었다. 브루스가 말했다.

"개인적인 문제는 말씀드릴 수 없지만 카르파티아라는 자가 적그리스도라고 결정을 내리는 데 걸리는 문제가 딱 하나 있어요. 지리적으로 들어맞지가 않습니다. 제가 존경하는 종말론 작가들은 대부분 적그리스도는 서유럽, 그러니까 그리스나 이탈리아, 터키 중에서 나올 거라고 믿거든요."

레이포드는 브루스의 말이 무슨 뜻인지 알 수 없었다.

"목사님은 카르파티아가 루마니아 사람처럼 보이지 않는다고 하셨잖아요. 루마니아 사람들은 대부분 눈동자가 검지 않나요?"

"그렇습니다. 윌리엄스 씨께 전화를 해 보죠. 전화번호를 줬거든요. 카르파티아에 대해 어느 정도나 아는지 궁금하군요."

브루스는 벅에게 전화를 걸어 스피커폰으로 연결시켰다.

"레이포드 스틸 씨와 함께 있습니다."

"안녕하십니까, 기장님."

벅이 레이포드에게 인삿말을 건넸다.

"공부를 하다가 좀 뜻하지 않은 문제를 발견했습니다."

브루스는 벅에게 그들이 발견한 의문점을 말해 주고, 더 아는 내용이 있는지 물었다.

"그 사람은 도시 출신입니다. 규모가 큰 대학 도시인데, 이름은 클루지라고 하더군요. 그리고……."

"그렇습니까? 저는 이름 때문에 산악 지대에서 왔다고 생각했는데요."

"이름이라고요?"

벅은 되뇌며 공책에 뭔가를 끼적거렸다.

"카르파티아 산맥 이름을 따지 않았습니까? 아니면 그 이름에 다른 의미라도 있는 겁니까?"

벅은 벌떡 일어났다. 드디어 알았다! 스티브는 카르파티아가 아니라 스토나갈 수하에서 일한다고 말하려 했던 것이다. 물론 신임 유엔 대사들은 모두 스토나갈에게 신세를 지고 있었다. 스토나갈이 그들을 카르파티아에게 소개했기 때문이다. 그렇다면 스토나갈이 적그리스도일 수도 있다! 그렇다면 그의 권력은 어디에서 시작되는 걸까?

벅은 애써 정신을 가다듬으며 말했다.

"산맥에서 이름을 땄을지는 몰라도 태어난 곳은 클루지고 조상을 거슬러 올라가면 분명 로마 인입니다. 그래서 금발에 눈이 파란 겁니다."

브루스는 고맙다는 말을 하며 내일 교회에서 볼 수 있을지 벅에게 물었다. 레이포드에게는 벅의 목소리가 갈라지고 확신이 없는 것처럼 들렸다. 벅이 대답했다.

"당연합니다."

그래, 당연히 가야 한다고 벅은 전화를 끊으며 생각했다. 뉴욕에 가서 직업과 인생을 다 걸어야 할지도 모를 기사를 쓰기 전에 정보란 정보는 있는 대로 끌어모으고 싶었다. 진실이 무엇인지는 알지 못했지만, 진실을 찾는 것을 포기한 적도 없었다. 그리고 아직 시작도 하지 않았다. 벅은 해티 더럼에게 전화를 걸었다.

"해티, 곧 뉴욕으로 초대하는 전화가 올 겁니다."

"이미 왔어요."

"나한테 물어봐 달라고 했는데, 내가 그 사람들한테 알아서 하라고 했습니다."

"그렇게 하셨더군요."

"그 사람들의 말로는 시간이 된다면 다음 주에 카르파티아를 다시 만나서 파트너가 되어 줬으면 하던데요."

"저도 알아요. 지금 그럴 예정이고, 앞으로도 변함이 없을 거예요."

"전 그러지 않았으면 좋겠다는 말을 하고 싶었습니다."

전화기 저쪽에서 해티의 웃음소리가 들렸다.

"그러니까 이 세상 최고의 유력 인사와 데이트할 기회를 거절하란 말인가요? 전 그러고 싶지 않은데요."

"그래서 충고하는 겁니다."

"왜 그러는 건데요?"

"저는 해티를 그런 종류의 아가씨라고 생각하지 않으니까요."

"우선, 저는 아가씨가 아니에요. 당신과 나이도 비슷할뿐더러 나한테는 부모나 법적 보호자도 필요 없어요."

"난 친구로서 말하는 겁니다."

"내 친구도 아니잖아요, 벅. 또 날 좋아하지도 않았다는 것도 분명하고요. 난 벅을 레이포드 스틸의 딸과 맺어 주려고 했는데, 그걸 눈치 챘는지 모르겠네요."

"나는 해티에 대해 잘 모르지만 순순히 낯선 이에게 이용당할 사람이라 생각하지 않아요."

"당신도 낯선 사람이긴 마찬가지예요. 그런데도 나한테 이래라저래라 간섭하잖아요."

"정말 그런 사람입니까? 초청을 받아들이지 못하게 하면 당신의 즐거움을 방해하는 건가요?"

"좋을 대로 생각하세요."

"진지하게 얘기하면 안 되겠습니까?"

"그럴 필요 없어요!"

해티는 일방적으로 전화를 끊어 버렸다.

벅은 노란색 종이를 든 채 고개를 젓다가 의자에 기대어 앉았다.

"내 상사는 산을 움직이지."

스티브의 말이었다. 카르파티아는 산이다. 스토나갈은 그 뒤에서 산을 움직이고 흔드는 사람이다. 스티브도 정말 깊이 연루되어 있다고 생각했다. 그는 해티 더럼의 말마따나 이 세상 최고 유력 인사의 공보 비서관이지만, 실제로는 그 사람의 배후 인물과 내통하고 있었다.

해티가 뉴욕에 가서 며칠간 카르파티아의 파트너가 되어 달라는 초대를 받았다는 사실을 레이포드와 클로이가 알게 된다면 어떤 반응을 보일지 궁금해졌다. 벅은 어쨌든 이 일은 자신의 문제도, 그들의 문제도 아니라는 결론을 내렸다.

다음날 아침, 레이포드와 클로이는 마지막까지 벅을 기다렸지만 예배당 2층까지 자리가 차자 더 이상 자리를 맡아 둘 수가 없었다. 브루스 목사가 설교를 시작할 즈음 클로이가 아빠를 팔꿈치로 슬쩍 찔러 창밖을 가리켰다. 현관에서 한 걸음 떨어진 곳에 있는 외부 스피커를 통해 설교를 듣는 몇 명의 무리 속에 벅이 있었다. 레이포드는 기쁜 듯 주먹을 추어올리며 클로이에게 속삭였다.

"오늘 아침에는 네가 무슨 기도를 할지 궁금한데?"

브루스 목사는 전임 목사가 남긴 비디오테이프를 상영하면서 자신의 간증을 한 후 예언에 대해 짤막하게 이야기하고 그리스도를 영접하라고 요청했다. 그런 후에 각자 간증을 할 수 있도록 마이크를 켰다. 지난 두 주와 마찬가지로 사람들은 물밀듯이 밀려와 줄지어 서서 오후 1시가 넘도록 자신들이 어떻게 그리스도를 믿게 되었는지 간증하느라 여념이 없었다.

클로이는 아버지가 그랬던 것처럼 첫 번째가 되고 싶다고 말했지만, 예배당 2층에서 내려가는 시간 때문에 거의 마지막에 가서 섰다. 그녀는 자신의 이야기를 하며 하나님이 표적으로 집으로 가는 비행기 옆자리에 친구를 앉게 해 주셨다는 고백을 했다. 레이포드는 클로이가 군중 너머로 벅을 볼 수 없다는 사실을 알았고, 레이포드도 볼 수 없기는 마찬가지였다.

예배가 끝나고 레이포드와 클로이는 밖으로 나가 벅을 찾았지만 이미 가고 없었다. 브루스 목사와 함께 점심을 먹은 뒤 집에 돌아왔을 때 클로이는 벅이 대문에 남긴 메모를 발견했다.

인사 없이 가려고 했던 건 아니었습니다. 그래도 인사는 하지 못했군요. 사무실 일도 그렇고 당신도 보러 다시 올 겁니다. 물론 허락이 있어야겠지만요. 알다시피 지금 당장 생각해야 할 일이 많고, 솔직히 말하면 생각하는 시간에는 당신에게 마음을 뺏기고 싶지 않았습니다. 근데 그렇게 될 것 같네요. 당신은 참 아름다운 사람입니다. 클로이, 당신의 이야기에 눈물이 나도록 감동했습니다. 이전에도 들은 이야기지만 오늘 아침, 이런 자리, 이런 상황에서 들으니 더 아름다웠습니다. 이제까지 한 번도 한 적 없는 부탁을 하나 해도 될까요? 나를 위해 기도해 주겠어요? 곧 전화할게요. 다시 만나길 약속하지요.
벅.

벅은 집으로 가는 비행기에 앉아 전보다 더 외로움을 느껴야 했다. 승객으로 가득 찬 비행기의 이등석에 앉아 있었지만 아는 사람은 아무도 없었다. 브루스가 벅을 위해 표시해 준 성경의 여러 부분을 읽는데, 옆에 앉은 여자가 질문을 했다. 벅은 대화할 기분이 아니라는 걸 상대가 눈치 챌 정도로 대답했다. 무례하게 굴고 싶지는 않았지만 얄팍한 지식으로 누군가에게 설명하고 싶지도 않았다.

침실에서 서성이지 않고 바로 누웠는데 그날 밤 역시 잠이 쉽게 오질 않았다. 아침이면 가지 말라고 경고받은 모임에 갈 생각이었다. 브루스 반즈 목사는 니콜라에 카르파티아가 적그리스도라면 벅은 정신적으로 압도당하거나 세뇌당하거나 최면에 걸리거나 그보다 더 안 좋은 상황에 처할 것이라고 확신하며 말했었다.

이튿날 아침, 벅은 녹초가 된 채로 샤워하고 옷을 입으면서 종교적인 관점은 주관적이라는 생각을 상당 부분 버렸다. 예전에는 사랑하는 사람들이 천국에 갔다고 믿는 사람들을 보면 당혹감을 느꼈지만, 이제는 일어난 일이 대부분 성경에서 예언한 것이라고 믿었다. 더는 망설이거나 의심할 수 없다. 예루살렘의 두 증인과 실종 사건은 성경 이외에서 다른 해답을 찾을 수 없다고 생각했다.

아무리 생각해 봐도 많은 이들을 미혹시키는 적그리스도의 문제는 진실이냐 아니냐의 문제가 아니었다. 그 문제는 이미 해결한 지 오래였다. 벅은 이미 누가 적그리스도인지, 카르파티아인지 스토나갈인지 결정을 내리는 데까지 나아가 있었다. 벅은 여전히 스토나갈 쪽으로 기울었다.

벅은 가방을 어깨에 메고 테이블에 있는 총을 꺼내야 할까 망설였지만 금속 탐지기를 절대로 통과하지 못할 것 같았다. 어쨌든 그에게 필요한 건 그런 부류의 보호막이 아니었다. 그에게 필요한 것은 마음과 영혼을 지켜줄 보호막이었다.

벅은 유엔으로 가는 내내 괴로워 자문해 보기도 했다.

'기도해야 하는 걸까? 어제 아침에 많은 사람이 그랬던 것처럼 기도를 드려야 하는 걸까? 주술이나 신경과민에 빠지지 않도록 기도해야 하는 걸까?'

행운을 비는 주문을 하려고 성도가 될 수는 없다는 결론을 내렸다. 그렇게 되면 값싼 은혜가 된다. 분명 하나님은 그렇게 역사하지 않으신다. 브루스 반즈 목사의 말대로라면 이제 이 기간에는 다른 이들과 마찬가지로 성도에게도 보호막은 없다. 그리스도인이든 아니든 앞으로 7년 동안 많은 사람이 죽는다. 그렇다면 그 후에는 어디로 가게 될까?

벅은 하나님과 거래할 이유는 단 한 가지뿐이라고 결론을 내렸다. 바로 자신이 죄사함을 받고 하나님의 백성이 되었음을 진정으로 믿으면 하나님의 백성이 된다. 하나님은 벅에게 그날 밤 이스라엘의 상공에 나타나셨던 때처럼 자연의 힘이나 기적을 일으키는 존재 이상이었다. 하나님이 인간을 만드셨다면 그들과 이야기하고 관계를 맺고자 하시는 게 당연했다.

벅은 기자 간담회에 대비해 미리 자리를 잡아 둔 기자들의 무리를 뚫고 유엔으로 들어갔다. 리무진에서는 거물들이 내리고 군중은 경찰 방어막 뒤에서 기다렸다. 벅은 스탠턴 베일리가 입구 근처의 인파에 섞여 있는 것을 보았다.

"여기에서 뭐하십니까?"

회사에서 5년이나 근무했지만 건물 밖에서 베일리를 본 적은 한 번도 없다는 사실이 떠올랐다.

"자리를 잘 잡아야 기자 간담회에 가지 않겠나? 사전 회의에 참여하게 된 걸 자랑스럽게 생각하게. 모든 것을 기억해 오게. 그리고 이 기사의 초안을 보내 줘서 고맙네. 아직 할 일이 많이 남았다는 건 알지만, 시작은 아주 좋았네. 승리자가 되게!"

"고맙습니다."

벅의 말에 베일리는 엄지손가락을 세워 올렸다. 한 달 전에 이런 일이 일어났다면 이 시시한 늙은 사내 앞에서는 억지로 웃음을 참았다가 동료들에게 사장이 얼마나 바보인지 말해 주었을 것이다. 그런데 이상하게도 오늘은 그 응원에 고무되었다. 하지만 베일리는 벅이 어떤 일을 겪게 될지 알지 못했다.

바로 그날 월요일, 클로이 스틸은 아버지에게 집 근처에 있는 대학을 찾아보려는 계획을 얘기했다.

"해티와 함께 점심을 먹으면 어떨까도 생각해 봤어요."

"그녀에게는 관심이 없는 줄 알았는데."

"관심은 없지만, 그게 변명이 되지는 않죠. 해티는 제게 무슨 일이 일어났는지도 몰라요. 전화도 안 받고요. 비행 일정이 어떻게 되는지 아세요?"

"모른다. 하지만 내 것도 알아봐야겠구나. 해티가 오늘 비행이 있는지 알아보마."

레이포드가 알아보니 그날 해티는 일정이 잡혀 있지 않았고 30일간의 휴가를 요청했다고 한다. 레이포드는 클로이에게 말했다.

"이상하네. 서부에 있는 가족에게 문제가 생긴 게 아닌가 싶구나."

"그냥 쉬는지도 모르죠. 이따가 외출하면 전화해 볼게요. 오늘 뭐하실 거예요?"

"교회에 가서 오전 늦게 카르파티아 기자 간담회를 같이 보기로 브루스 목사님과 약속했다."

"그게 언젠데요?"

"여기 시간으로 10시쯤."

"점심이 되어도 해티와 연락이 안 되면 저도 거기로 갈게요."

"어찌되든 연락은 주렴. 기다리마."

벅의 출입증은 유엔 건물 로비의 안내 데스크에 놓여 있었다. 벅은 사무실 끝에 있는 비공개 기자회견장으로 인도되었는데, 이미 니콜라에 카르파티아도 그곳으로 움직였다. 20분쯤 일찍 도착해 엘리베이터에서 내리자 벅은 많은 사람들 속에서도 혼자인 것처럼 느껴졌다. 유리와 철재로 만든 복도를 따라 오랫동안 걸어 내려가면서 아는 사람은 단 한 사람도 만나지 못했다. 회견장에 들어서자 스티브와 새 안전보장이사회의 상임이사국 대표로 지정된 대사들, 새로운 사무총장을 위한 보좌관과 조언자들, 즉 로젠츠바이크, 스토나갈 그리고 금융 전문가들의 국제 모임에서 온 여러 회원과 카르파티아가 있었다.

벅은 언제나 열정과 자신감이 넘치는 사람이었다. 업무를 처리하면서도 그는 목적의식에 가득 차 성큼성큼 발걸음을 내디뎠다. 하지만 지금 벅의 걸음걸이는 느리고 불안정했으며, 걸음을 내디딜 때마다 두려움이 더 커졌다. 불빛은 어두워지고 벽이 좁혀 오는 것 같았다. 심장은 빨리 뛰고 불길한 예감도 들었다.

자신을 사로잡는 두려운 느낌, 바로 이스라엘에서 죽어 가고 있다고 느꼈을 때와 같은 기분이었다. 이제 죽는 걸까? 육체적인 위협은 느껴지지 않았지만 분명 카르파티아의 길 혹은 카르파티아를 위한 스토나갈의 계획에 끼어든 사람들은 모두 죽었다. 몇 년 전 루마니아에 있는 카르파티아의 경쟁 사업가에서 더크 버턴과 앨런 톰킨스, 에릭 밀러로 이어지는 일련의 선위에 벅도 있는 것은 아닌가?

벅이 두려워하는 건 생명의 위협이 아니었다. 지금, 여기서는 적어도 아니었다. 기자회견장에 가까이 갈수록 마치 악의 화신에게 다가가는 것처럼 짙은 냄새가 풍겼다. 생각할 겨를도 없이 벅은 자신이 조용히 기도하고 있다는 사실을 깨달았다.

'하나님, 저와 함께하소서. 저를 보호해 주소서.'

벅은 위안을 얻지 못했다. 얻은 것이라고는 하나님 생각을 하면 할수록 악을 더 강하게 감지했다는 것뿐이다. 벅은 열린 문에서 3미터가량 떨어져서 멈췄다. 웃음소리와 농담하는 말소리가 들렸지만 암흑의 기운에 벅은 온몸이 마비가 될 지경이었다. 벅은 어딘가로 가고 싶었지만 이미 그곳에 왔고, 이제 후퇴할 수도 없다는 사실을 깨달았다. 이 자리는 세계 정상들이 모인 자리이고 정신이 온전한 사람이라면 무엇을 주고서라도 이 자리에 있고 싶을 것이다.

하지만 벅은 이 자리를 벗어나 모임도 마치고 새로운 사람들을 환영하는 모습도 보고 헌약식 같은 것도 본 후, 그에 대한 글을 쓰는 일까지 빨리 끝나기만을 바랐다.

벅은 힘을 내어 문 쪽으로 다가가려고 했지만 생각도 이미 마비가 되었다. 다시 한 번 하나님을 외쳤지만, 다른 사람들처럼 은신처에서 기도하는 겁쟁이가 된 느낌이었다. 일생 동안 그는 하나님을 무시하고 살았지만 지금 영혼이 어두운 번민을 느끼게 되자 상징적으로나마 무릎을 꿇지 않을 수 없었다.

벅은 아직 하나님께 속하지 않았다. 아직은 아니었다. 그 자신도 알고 있었다. 하나님은 영적인 회심을 하기 전에 표적을 구하는 클로이의 기도에는 실제로 응답해 주셨다. 하지만 평온과 평안을 구하는 벅의 간청에는 왜 응답해 주시지 않는 걸까?

벅은 스티브 플랭크가 알아볼 때까지 움직일 수가 없었다.

"벅! 이제 시작하려던 참이야. 어서 들어와."

하지만 벅은 끔찍한 고통을 느꼈다.

"스티브, 화장실에 다녀와야겠어요. 시간이 좀 남았습니까?"

스티브는 시계를 흘끗 쳐다보며 말했다.

"5분 남았어. 돌아오면 저 자리에 앉게."

스티브는 사각형 탁자의 한쪽 구석을 가리켰다. 취재하기엔 아주 유리한 위치였다. 벅의 시선은 각 자리 앞에 놓인 이름표에 꽂혔다. 벅은 중앙 탁자를 마주하게 될 것이다. 그 자리에 카르파티아가 앉고 스토나갈이 옆에 앉을 것인가? 아니면 스토나갈이 상석에 앉을 것인가? 반대편 카르파티아의 옆자리에는 급하게 손으로 쓴 이름표에 '개인 비서'라고 적혀 있었다. 벅이 물었다.

"스티브, 국장님 자리입니까?"

"아니야."

스티브는 벅의 의자 반대편 구석을 가리켰다.

"토드코트란도 여기 있습니까?"

"물론이지. 저기 회색 머리야."

그 영국인은 그리 대단해 보이지 않았다. 그 옆에 목탄 색깔의 옷을 입은 스토나갈과 검은 양복, 하얀 셔츠, 감청색 넥타이에 금으로 된 넥타이핀을 한 완벽한 모습의 카르파티아가 있었다. 그를 본 순간 벅은 소름이 돋았지만, 카르파티아는 미소를 보이며 손짓했다. 벅은 몇 분 더 걸리겠다는 몸짓을 보였다. 스티브가 말했다.

"이제 4분밖에 안 남았어. 어서 다녀와."

벅은 체격이 크고 머리가 흰 경호원 옆에 가방을 두고 오래된 지인인 하임 로젠츠바이크에게 손짓을 한 후 화장실로 달려갔다. 벅은 관리인이 쓰는 양동이를 밖에 두고 문을 걸어 잠갔다. 문에 기대어 서서 주머니에 손을 찔러 넣고 턱을 가슴에 댄 후에 친구에게 말하는 것처럼 하나님께 말하라는 브루스 목사의 충고를 떠올렸다.

"하나님, 제게 당신이 꼭 필요하지만 이 모임 때문만은 아닙니다."

기도하면서 벅은 믿게 되었다. 이것은 실험도 아니고 마지못해 하는 시도도 아니다. 뭔가를 바라거나 시험해 보는 것도 아니었다. 벅은 하나님과 이야기하고 있었다. 자신에게는 하나님이 필요하다는 사실을 인정하고, 다른 이들과 마찬가지로 자신도 타락하고 죄 많은 사람임을 알게 되었다. 그는 다른 사람들처럼 기도드리고 싶지 않았지만, 기도를 마쳤을 때는 자신도 그와 비슷했음을 깨달았다. 벅은 뭐든 가볍게 일처리를 하는 사람이 아니었다. 무엇이든 알게 되면, 돌아올 길이 없다는 것도 잘 알았다.

기자회견장으로 돌아가는 벅의 발걸음은 더 빨라졌지만 이상하게도 자신감은 생기지 않았다. 조금 전 벅은 용기나 평안을 위해 기도하지 않았다. 자신의 영혼을 위해서 기도했다. 어떤 기분이 들지 알지는 못했지만 두려움이 계속되리라고는 상상하지 못했다.

하지만 벅은 머뭇거리지 않았다. 회견장으로 들어가자 카르파티아, 스토나갈, 토드코트란, 로젠츠바이크, 스티브, 경제계 거물과 대사 모두 제자리에 앉아 있었다. 그리고 벅이 상상도 하지 못한 한 사람이 있었다. 바로 해티 더럼이었다. 니콜라에 카르파티아의 개인 비서 자리에 앉은 모습을 보자 눈이 번쩍 뜨이고 할 말을 잃었다. 해티는 벅에게 눈을 찡긋해 보였지만 그는 알은척하지 않았다. 벅은 가방이 있는 곳으로 달려가 경호원에게 고맙다고 인사한 후 자리에 앉아 펜과 공책만 꺼냈다.

결정을 내릴 당시에는 별 느낌이 들지 않았지만 지금은 날카로운 감성으로 뭔가가 일어날 것이라고 예감하고 있었다. 이 방 안에 성경에서 말하는 적그리스도가 있다는 것은 의심의 여지가 없었다. 스토나갈이 누구인지도 알고 그 사람이 영국에서 무슨 일을 벌였는지도 아는데 점잖은 모습을 보노라니 기분이 나빠졌다. 막상 카르파티아를 바라보니 가장 어두컴컴한 악의 영이 깊은 곳에서 일어나는 듯한 느낌이 들었다. 니콜라에 카르파티아는 모든 사람이 착석할 때를 기다렸다가 품위 있게 일어났다. 그리고 말했다.

"신사 숙녀 여러분, 중요한 순간이 왔습니다. 이제 곧 기자들을 맞아 앞으로 다가올 새로운 세계질서의 황금시대로 여러분을 인도할 분들이라고 소개할 것입니다. 지구촌은 하나가 되었고 이제 우리는 인류에 부여한 가장 위대한 임무이자 기회에 직면하였습니다."

25

니콜라에 카르파티아는 앉은 자리에서 일어나 한 사람 한 사람에게 다가갔다. 그는 인사를 하며 각 사람의 이름을 부르며 일어서 달라고 했고 악수를 하며 양 볼에 키스를 했다. 해티는 건너뛰고 새로운 영국 대사부터 시작했다. 카르파티아가 말했다.

"토드코트란 씨, 이제부터 귀하를 동서 유럽의 상당 부분을 관할하는 대영합중국의 대사로 소개할 것입니다. 일원으로 맞이하며 귀하께 새 지위에 합당한 모든 권리와 특권을 수여합니다. 귀하를 이 자리에 있게 한 일관성과 지혜를 저와 귀하 수하의 모든 이들에게 보여 주시길 부탁드립니다."

"각하, 감사합니다."

토드코트란은 이렇게 말하고 카르파티아가 옆으로 움직이자 자리에 앉았다. 니콜라에가 토드코트란 옆에 앉은 영국 출신의 경제인에게도 거의 같은 직함, 즉 대영합중국의 대사라고 같은 말을 하자 토드코트란은 물론 다른 사람들도 충격을 받은 모습이었다. 토드코트란은 애써 웃음을 지어 보였다. 분명 경제 자문으로 소개해야 했는데 카르파티아가 실수를 한 게 분명했다. 하지만 벅이 보기에 카르파티아는 그런 실수를 할 사람이 아니었다.

탁자의 네 모서리를 돌아다니면서 카르파티아는 한 사람씩 모든 대사에게 똑같은 말을 했지만, 이름과 직함에 맞게 호칭을 적절히 사용하였다. 문구는 카르파티아 개인 조력자와 자문 앞에서만 조금씩 바뀌었다.

벅에게 다가왔을 때 카르파티아는 망설이는 듯했다. 그는 자신도 이들 중 하나인지 알 수가 없어 슬그머니 몸을 뺐다. 카르파티아는 따뜻하게 미소를 지으며 그를 일으켜 세웠다. 벅은 약간 비틀거렸지만 눈부신 카르파티아와 악수하는 순간에도 펜과 공책을 놓치지 않으려고 했다. 니콜라에의 손은 단단하고 힘이 있었으며 문구를 반복하는 동안에도 벅의 손을 놓지 않았다. 그는 벅의 눈을 똑바로 바라보면서 권위 있게 조용히 말했다.

"윌리엄스 씨, 귀하를 일원으로 맞이하며 귀하께 새 지위에 합당한 모든 권리와 특권을 수여합니다."

이게 무슨 일인가? 예상치도 못했지만 정말 끌리면서도 매력적인 일이었다. 하지만 벅은 그 어느 조직의 일원도 아니었기에 어떤 권리나 특권도 부여받아서는 안 되었다. 벅은 고개를 약간 저으면서 카르파티아가 또다시 혼동하였으며, 자신을 다른 누군가로 착각한 게 분명하다는 신호를 보냈다. 하지만 카르파티아는 가볍게 고개를 끄덕이며 더욱 확실한 미소를 보낸 후 벅의 눈을 뚫어지게 쳐다보았다. 카르파티아는 자신이 무슨 말을 하는지 알고 있었던 것이다.

"귀하께서는 귀하를 이 자리에 있게 한 일관성과 지혜를 저와 귀하 수하의 모든 이들에게 보여 주시길 부탁드립니다."

벅은 어깨를 으쓱하며 조언자이며 인도자이자 영예의 수여자에게 감사하고 싶었다. 하지만 안 된다. 옳지 않은 일이다. 벅은 카르파티아를 위해 일하지 않는다. 그는 독립 저널리스트이지 누구의 지지자도, 추종자도 아니고 직원은 더더욱 아니다. 그의 영혼은, 다른 이들과 마찬가지로 '각하, 감사합니다'라고 말하고 싶은 유혹을 물리쳤다. 그 사람의 악함을 감지했기에 그를 손가락으로 가리키며 적그리스도라고 외치지 않을 수 있었다. 하지만 여전히 마음속으로는 카르파티아를 향해 거의 그렇게 소리치고 있었다.

니콜라에는 계속 미소를 지으면서 벅의 손을 잡고 있었다. 어색한 침묵이 흐른 뒤 카르파티아가 웃으며 말했다.

"당신을 가장 환영합니다. 놀라서 입이 얼어붙은 친구여."

카르파티아가 벅에게 입을 맞추자 다른 이들이 웃으며 손뼉을 치는데도 그는 웃지 않았다. 심지어 사무총장에게 고맙다는 인사도 하지 않았다. 짜증이 울컥 밀려왔다.

카르파티아가 움직이자 벅은 자신이 무엇을 참았는지를 깨달았다. 하나님께 속하지 않았더라면 그 미혹하는 자의 손아귀에 휩쓸렸을 것이다. 다른 이들의 표정에서 이것을 볼 수 있었다. 그들은 이 정도의 권력과 신뢰를 얻어 측량할 수 없는 명예를 얻었다. 하임 로젠츠바이크도 마찬가지였다. 해티는 카르파티아의 존재 속에 녹아 버린 듯했다.

이제야 벅은 브루스 반즈 목사가 이 모임에 참여하지 말라고 호소한 이유를 알 것 같았다. 준비하지 않고 왔다면, 브루스와 클로이, 스틸 기장의 기도를 받지 않았다면, 이 순간 승낙과 권력의 유혹에 저항할 힘을 얻기 위해 그리스도에게 헌신할 결정을 내렸다는 것을 누가 알겠는가?

카르파티아는 긍지에 가득 차 있는 스티브와의 인사를 끝냈다. 이제 니콜라에는 경호원과 해티, 조너선 스토나갈을 제외한 방 안의 모든 사람과 인사를 마쳤다. 그는 제자리로 돌아가 먼저 해티에게로 돌아섰다. 그는 해티의 양손을 잡고 말했다.

"더럼 씨, 항공 업계에서 쌓은 눈부신 업적을 뒤로하신 귀하를 앞으로 제 개인 비서로 소개할 것입니다. 귀하를 일원으로 맞이하며 귀하께 새 지위에 합당한 모든 권리와 특권을 수여합니다. 귀하께서는 귀하를 이 자리에 있게 한 일관성과 지혜를 저와 귀하 수하의 모든 이들에게 보여 주시길 부탁드립니다."

벅은 해티와 눈을 맞추고 고개를 저어 보려 했지만 이미 그녀는 새 상사에게 넋을 잃은 상태였다. 이 모든 게 자신의 잘못인가? 해티를 카르파티아에게 소개해 준 사람은 다름 아닌 벅이었다. 아직 그녀에게 기회가 있을까? 그녀에게 다가갈 수 있을까? 벅은 주위를 둘러보았다. 해티가 미소를 지으며 가슴에서 우러나오는 감사를 표하며 앉자 그 아름다운 미소를 모든 사람들이 빤히 쳐다보았다.

카르파티아는 갑자기 조너선 스토나갈에게 돌아섰다. 스토나갈은 뭔가를 아는 듯 미소를 짓더니 위풍당당하게 일어섰고, 카르파티아가 말했다.

"무슨 말부터 시작해야 할까요, 내 친구 조너선?"

스토나갈은 고마워하며 고개를 숙였고 다른 이들은 이 사람이야말로 이 방에 모인 이들 중에 단연 최고라며 수군거렸다. 카르파티아는 스토나갈의 손을 잡고 격식을 차려 이야기했다.

"스토나갈 씨, 귀하야말로 제게 이 세상 그 누구보다 의미가 있는 분입니다."

스토나갈은 고개를 들어 미소를 지으며 카르파티아와 눈을 맞추었다. 카르파티아는 계속해 말했다.

"귀하를 일원으로 맞이하며 귀하께 새 지위에 합당한 모든 권리와 특권을 수여합니다."

스토나갈이 움찔거렸다. 스토나갈은 루마니아의 대통령에 올려놓으려고 애썼던 그 인물, 지금은 유엔 사무총장이 된 그 인물의 환영을 받았으나 팀의 일원 따위가 되는 데는 별 관심이 없었다. 얼어붙은 스토나갈의 미소는 카르파티아가 말을 계속하자 아예 사라져 버렸다.

"귀하께서는 귀하를 이 자리에 있게 한 일관성과 지혜를 저와 귀하 수하의 모든 이들에게 보여 주시길 부탁드립니다."

감사를 표하는 대신 스토나갈은 손을 비틀어 빼더니 젊은 남자를 날카롭게 노려보았다. 카르파티아도 그를 똑바로 응시하면서 나직하고 따뜻한 목소리로 말했다.

"스토나갈 씨, 자리에 앉으십시오."

"싫소!"

스토나갈은 소리치듯 말했다.

"스토나갈 씨, 귀하의 희생으로 제가 이제까지 약간의 즐거움을 누렸지만 그건 귀하께서도 이해하시리라 믿었기 때문입니다."

스토나갈의 얼굴이 붉어졌다. 과격하게 행동한 게 창피한 모양이었다.

"죄송합니다, 니콜라에."

이렇게 말하면서 억지로 웃음을 지어 보였지만 이런 충격적인 상황에 말려들어 상당히 불쾌한 모습이었다.

"부탁입니다, 친구여. 자리에 앉으시죠. 신사 숙녀 여러분, 이제 기자회견을 하기까지 시간이 얼마 남지 않았습니다."

카르파티아의 말이 시작됐음에도 불구하고 벅의 시선은 여전히 씩씩거리는 스토나갈에게 가 있었다.

"이제 여러분께 지도자의 본분과 추종자의 본분, 명령 체계의 본을 보여 드리겠습니다. 스코트 오터네스 씨, 이리로 와 주시겠습니까?"

구석에 있던 경호원은 깜짝 놀라 카르파티아에게 허겁지겁 달려왔다. 카르파티아는 말을 계속했다.

"제 지도력 기술 중 하나는 관찰력과 그에 더한 범상치 않은 기억력이지요."

벅은 무안을 당한 데에 앙갚음을 하려는 듯한 기세인 스토나갈에게서 시선을 거둘 수가 없었다. 여차하면 일어서서 카르파티아를 자리에 앉힐 심산인 것 같았다.

"오터네스 씨가 놀랐군요. 우리에게 자신을 소개하지 않았기 때문이 아닐까요?"

"그렇습니다, 카르파티아 각하. 아직 소개하지 않았습니다."

"그런데도 저는 오터네스 씨의 이름을 알지요."

나이 든 경호원은 씽긋 웃으며 고개를 끄덕였다.

"저는 오터네스 씨가 허리에 찬 무기의 모델명과 구경도 맞힐 수 있습니다. 저는 보지 않을 테니 꺼내서 이분들께 보이십시오."

공포에 질린 벅은 오터네스가 육중한 총을 감싸고 있는 권총 케이스의 가죽끈을 푸는 모습을 지켜보았다. 경호원은 권총을 꺼내 두 손에 잡고는 눈을 돌린 카르파티아를 제외한 모든 사람에게 보여 주었다. 격앙된 스토나갈은 여전히 씰룩거리고 있었다.

"제가 관찰한 바로는 10센티미터의 총열에 고속 홀로우 포인트 38구경 경찰 소총을 받으신 것 같군요."

"맞습니다."

오터네스는 재미있다는 듯 말했다.

"제가 잡아도 되겠습니까?"

"물론입니다, 각하."

"고맙습니다. 제자리로 돌아가셔서 윌리엄스 씨의 가방을 지켜 주십시오. 가방 안에 녹음기와 휴대 전화, 컴퓨터가 들어 있을 겁니다. 제 말이 맞습니까, 캐머런?"

벅은 카르파티아를 뚫어져라 쳐다보았지만 대답은 하지 않았다. 스토나갈이 "도대체 무슨 수작을 부리는 거야"라고 투덜거리는 소리가 들렸다. 카르파티아는 계속 벅을 쳐다보았다. 둘 다 한마디도 하지 않았다. 스토나갈이 큰 소리로 말했다.

"대체 이게 뭔가? 마치 아이처럼 행동하는군."

"앞으로 무슨 일을 보게 될지 알려 드리겠습니다."

카르파티아의 말에 벅은 이 방 안에 악의 기운이 다시금 밀려드는 것이 느껴졌다. 벅은 무엇보다도 팔에 돋은 소름을 없앤 뒤 기를 쓰고 달아나고 싶었다. 하지만 그는 앉은 자리에 얼어붙고 말았다. 다른 이들도 그 자리에 꼼짝없이 앉아 있었지만 벅이나 스토나갈처럼 당황한 기색은 없었다.

"한 번 더 스토나갈 씨를 청하겠습니다. 일어서 주십시오."

카르파티아의 옆에는 크고 무시무시한 무기가 안전하게 놓여 있었다.

"조너선, 일어나십시오."

스토나갈은 앉아서 그를 빤히 쳐다보았고, 카르파티아는 미소를 지었다.

"조너선, 절 믿어도 좋다는 건 아실 겁니다. 당신은 제게 큰 의미였기 때문에 저는 당신을 사랑합니다. 그리고 지금 당신에게 이렇게 본보기를 보이는 자리에서 저를 도와 달라고 겸손하게 요청하는 겁니다. 저는 스승도 제가 감당해야 할 역할의 한 부분이라고 생각합니다. 당신도 그렇게 말씀하신 적이 있고 실제로 몇 년간 제 스승이기도 하셨지요."

스토나갈이 눈치를 살피며 경직된 자세로 일어섰다.

"이제 서로 자리를 바꾸는 게 어떻겠습니까?"

"이게 뭐하는 짓인가?"

스토나갈은 소리를 지르며 다그쳤다.

"곧 있으면 정확히 아실 겁니다. 이제 당신의 도움은 필요 없습니다."

이 말은 지금 이런 본보기가 어떤 의미가 있든지 카르파티아에게는 더 이상 스토나갈의 도움이 필요 없다는 말처럼 들렸다. 총을 주지 않고 경호원을 제자리로 돌아가게 했을 때 사람들은 카르파티아가 스토나갈에게 감사를 표한 후 제자리로 돌아가게 하리라고 생각했다.

스토나갈은 얼굴을 찡그린 채 한 걸음 나와 카르파티아와 자리를 바꾸었다. 그렇게 되자 카르파티아가 스토나갈의 오른쪽에 있게 되었다. 스토나갈의 왼쪽에는 해티가, 해티의 옆에는 토드코트란이 앉아 있었다.

"조너선, 이제 무릎을 꿇으십시오."

카르파티아에겐 이미 웃음과 밝은 억양이 사라지고 없었다. 방 안의 모든 이들이 숨을 죽이고 쳐다봤다.

"그렇게 하지 않겠소."

스토나갈은 이를 악물고 말했다.

"그렇게 하게 될 겁니다. 당장 꿇으십시오."

카르파티아가 조용히 말했다.

"싫소! 하지 않겠소. 제정신이오? 이런 모욕을 주다니! 나보다 더 높은 자리에 오를 생각이라면 실수하는 거요."

스토나갈은 여전히 수그릴 조짐을 보이지 않았다.

카르파티아는 38구경 총을 들어 장전한 후 총구를 스토나갈의 오른쪽 귀에 갖다 댔다. 노인이 재빨리 피하자 카르파티아가 말했다.

"또 움직이면 죽습니다."

로젠츠바이크를 비롯하여 여러 명이 일어나 호소했다.

"니콜라에!"

"다른 분들은 앉아 주십시오. 조너선, 무릎을 꿇으십시오."

카르파티아는 침착하게 다시 말했다.

고통스러운 표정으로 노인은 해티의 의자를 의지하여 몸을 구부렸다. 카르파티아를 돌아보거나 쳐다보지도 않았다. 총은 아직 귀에 있었다. 해티는 하얗게 질려 자기 자리에 얼어붙었다. 카르파티아는 스토나갈의 머리 위로 몸을 기울여 해티에게 말했다.

"해티, 의자를 뒤로 1미터 정도 옮겨야 옷을 버리지 않을 거요."

해티는 움직이지 않았다.

스토나갈이 하소연하기 시작했다.

"니콜라에, 왜 이러나? 난 자네 친구잖나! 자넬 위협하는 게 아니라고!"

"애원하는 건 당신과 어울리지 않습니다, 조너선. 조용히 하십시오."

카르파티아는 해티의 눈을 똑바로 바라보며 말을 이었다.

"해티, 일어서서 의자를 뒤로 옮겨 앉으십시오. 머리카락이며 피부, 두개골 조직, 뇌 같은 것들은 토드코트란 씨와 그 옆에 앉은 다른 분들에게 대부분 묻을 겁니다. 당신에게는 아무것도 묻지 않았으면 합니다."

의자를 뒤로 미는 해티의 손가락이 떨렸다.

스토나갈이 흐느껴 울었다.

"안 돼, 니콜라에. 안 되네!"

카르파티아는 침착했다.

"홀로우 포인트로 뇌를 쏘면 스토나갈 씨는 듣지도, 느끼지도 못한 채 죽을 겁니다. 남은 우리의 귀만 먹먹해질 뿐이지요. 이 사건은 여러분 모두에게 본보기가 될 겁니다. 제가 최고라는 것과 아무도 두려워하지 않는다는 것, 아무도 제게 맞설 수 없다는 것을 확실히 인지하게 될 겁니다."

오터네스는 어지러운 듯 이마를 짚으며 한쪽 무릎을 꿇고 푹 쓰러졌다. 벅은 총을 향해 몸을 던져 살신성인할까도 생각했지만, 그렇게 되면 노력했는데도 다른 이들이 죽게 될 것이다. 스티브를 쳐다보았지만 그 역시 다른 이들처럼 움직이지 않고 앉아 있었다. 토드코트란은 눈을 감고 얼굴을 찡그렸다. 마치 다음 이야기를 기다리는 것 같았다.

"스토나갈 씨가 죽으면 여러분이 어떻게 기억해야 하는지 알려 드리겠습니다. 누구라도 제가 공정하지 않았다고 생각하실 것 같아 저는 토드코트란의 옷에 피 이상의 것이 튀게 하겠습니다. 이 거리에서 초고속 총알을 쏘면 그도 죽게 될 겁니다. 윌리엄스 씨, 제가 언젠가는 이 둘의 문제를 해결한다고 했지요?"

이 말에 토드코트란의 눈이 커졌다.

"안 돼!"

토드코트란의 소리와 함께 카르파티아가 방아쇠를 당겼다.

총성에 창문과 문이 흔들렸다. 스토나갈의 머리는 쓰러지는 토드코트란의 위로 떨어졌고 둘은 몸이 엉킨 채로 바닥에 떨어져 죽었다.

사람들이 두려움에 떨며 머리를 숨기자 의자가 여기저기에서 나뒹굴었다. 벅은 입을 벌린 채 카르파티아가 침착하게 총을 스토나갈의 오른손에 넣고 방아쇠에 손가락을 끼우는 모습을 물끄러미 지켜보았다.

해티는 의자에 앉아 부들부들 떨면서 소리를 지르려 했지만 차마 나오지 않는 것 같았다. 카르파티아가 다시 말을 꺼냈다.

마치 어린아이들에게 말하는 것처럼 친절히 말했다.

"방금 우리는 여기에서 매우 생산적인 삶을 사신 두 분이 끔찍하고 비극적인 최후를 맞는 모습을 목격하였습니다. 이 두 분은 제가 세상 그 누구보다 존경하고 사모하던 분들이었습니다. 무엇 때문에 스토나갈 씨가 경호원에게 달려가 무기를 빼앗고 자신의 생명뿐 아니라 영국인 친구의 목숨까지 빼앗아야 했는지 모르겠고, 전혀 이해가 되지 않습니다."

벅은 이성을 잃지 않고 제정신을 유지하려고 안간힘을 썼다. 오는 길에 상사가 말했던 것처럼 '모든 것을 기억하기' 위해서였다.

계속 말을 이어나가는 카르파티아의 눈에 눈물이 어렸다.

"여러분께 제가 말씀드릴 수 있는 것은 오늘 아침식사 때 조너선 스토나갈이 최근 영국에서 발생한 두 번의 살인 사건에 최근 들어 개인적으로 책임을 느꼈고, 더 이상 죄의식을 갖고 살아갈 수 없다고 말했다는 것뿐입니다. 솔직히 저는 그가 오늘 이후, 국제기관에 자수할 것이라고 생각했습니다. 그가 하지 않았으면 저라도 했겠지요. 어떻게 토드코트란과 공모하여 영국에서 살인 사건을 일으켰는지는 저도 모릅니다. 어쨌든 그가 이 일에 책임이 있다면 비록 방법은 안타까웠지만 오늘 이 자리에서 정의가 실현된 것입니다. 이 일을 목격한 우리는 모두 놀라고 큰 충격을 받았습니다. 누가 안 그렇겠습니까? 사무총장으로서 제가 처음으로 해야 할 일은 오늘 하루 이 시간 이후 유엔을 폐쇄하고 오랜 두 친구의 유감스러운 사망 기사를 공표하며 애도하는 일이 되었습니다. 저는 여러분 모두가 이 안타까운 일을 잘 처리할 것이며, 또 이 일이 중요한 소임을 하는 여러분의 능력에 영원히 해가 되지 않을 것이라 믿습니다. 감사합니다, 여러분. 더럼 씨가 경찰서에 전화하는 동안 저는 여기에서 무슨 일이 일어났다고 생각하시는지 여러분의 의견을 모으도록 하겠습니다."

해티는 전화기로 달려갔지만 흥분하여 말을 제대로 전하지 못했다.

"빨리 와 줘요! 두 사람이 자살했어요! 끔찍해요! 빨리요!"

"플랭크 씨?" 하고 카르파티아가 물었다.

"믿기지 않는 일입니다."

스티브의 말에 벅은 이 사람이 매우 진지하다는 사실을 깨달았다. 스티브가 말을 이었다.

"스토나갈 씨가 총을 잡는 순간 저는 그 사람이 우리를 다 죽이려는 줄 알았습니다!"

카르파티아가 미국 대사를 부르자 그는 이렇게 말했다.

"조너선을 수년간 알았지만 그 사람이 이런 일을 하리라고 그 누가 상상이나 했겠습니까?"

"각하께서 괜찮으시니 다행입니다, 사무총장님."

하임 로젠츠바이크가 말했다.

이에 카르파티아가 응수했다.

"괜찮지 않습니다. 또 한동안 괜찮지 않을 겁니다. 두 사람은 제 친구였으니까요."

이런 식으로 회견장 전체를 돌았다. 벅은 몸이 납덩이와 같았지만, 결국 카르파티아가 자신에게 다가올 것이며 자신만이 최면에 걸리지 않은 유일한 사람임을 알았다. 하지만 진실을 말하면 어찌될 것인가? 다음으로 살해당할 차례인가? 물론이다! 반드시 그럴 것이다. 거짓말을 해야 하나? 그래야 할까?

모든 사람이 카르파티아의 바람대로 본 것을 말하고 굳게 믿는 모습을 확인하면서 카르파티아가 한 명씩 거치자 벅은 절박하게 기도했다.

'침묵하라. 한마디도 하지 말라!'

하나님이 벅의 마음을 감동시키셨다.

벅은 악과 폭력의 한가운데에서 하나님의 임재를 느끼며 감사의 눈물을 흘렸다. 카르파티아가 다가왔을 때 벅의 볼은 젖어 있었고 아무런 말도 할 수가 없었다. 그는 고개를 저으면서 손을 들었다. 대신에 카르파티아가 말했다.

"끔찍한 일입니다. 그렇죠, 캐머런? 자살이 일어나 토드코트란도 같이 죽지 않았습니까?"

벅은 말을 할 수 없었고, 할 말이 있더라도 하지 않았을 것이다.

"두 사람을 좋아하고 존경했군요, 캐머런. 그 두 사람이 런던에서 당신을 죽이려 했다는 사실을 몰랐으니 그랬겠지요."

카르파티아는 경호원에게로 다가갔다.

"왜 총을 갖지 못하게 막지 않았습니까, 스코트?"

스코트가 일어섰다.

"너무 순식간에 일어난 일이었습니다! 유명한 갑부이기 때문에 제게 달려올 때도 무엇을 하시려는지 몰랐습니다. 그분은 권총 케이스에서 총을 꺼내 들었고 제가 손을 쓰기도 전에 자신을 쏘셨습니다."

"맞습니다, 맞습니다."

카르파티아가 이렇게 말하는 사이에 경찰들이 회견장으로 밀려들었다. 카르파티아가 구석으로 물러나 친구를 잃은 슬픔에 흐느껴 울자 모든 사람이 입을 맞추어 정황을 말했다.

사복 경찰이 몇 가지 질문을 했다. 벅은 그에게 다가갔다.

"증인은 충분한 것 같습니다. 제 명함을 두고 갈 테니 필요할 때 전화하십시오."

경찰과 명함을 교환한 후 벅은 허락을 받고 자리를 나섰다.

벅은 가방을 들고 택시로 달려가 사무실로 질주했다. 사무실 문을 걸어 잠그고 이야기의 전말을 부리나케 쳐냈다. 몇 장을 써 내려가자 스탠턴 베일리에게서 전화가 왔다. 이 늙은이는 헐떡거리면서도 벅에게는 대답할 기회도 주지 않고 질문을 쏟아 냈다.

"어디에 있었나? 기자회견에는 왜 나타나지 않았어? 스토나갈이 자살하면서 영국인을 같이 죽였을 때 그 자리에 있었나? 자네는 그 자리에 있어야 했네. 자네가 그 자리에 있었던 게 우리에게는 특권이 아니었나. 기자회견장에는 나타나지도 않았으면서 거기에 있었다고 하면 누가 믿겠나? 캐머런, 대체 무슨 일인가?"

"저는 급히 여기로 돌아와서 기사를 작성하였습니다."

"카르파티아와 지금 단독 면담을 하는 게 아닌가?"

벅은 잊고 있었다. 플랭크 역시 다시 확인해 주지 않았다. 이 일을 어찌해야 하나? 벅은 기도했지만 인도하심을 느끼지는 못했다. 브루스 목사나 클로이, 그도 아니라면 스틸 기장이라도 만나서 간절히 얘기하고 싶었다.

"스티브와 통화를 해 보겠습니다. 그 후에 연락드리죠."

꾸물거리면 안 된다는 걸 알았지만, 어떻게 해야 할지 정말 알 수가 없었다. 카르파티아와 단둘이서 한 방에 있어야 하는가? 그렇게 해야 한다면, 다른 사람들처럼 그의 최면에 빠진 척이라도 해야 하는가? 자신의 눈으로 그 광경을 보지 않았더라면 벅도 절대 믿지 않았을 것이다. 하나님의 도우심을 입으면 그 영향력에서 벗어날 수 있을 것인가? 벅은 알 수가 없었다.

스티브의 호출기로 전화를 걸자, 몇 분 지나지 않아 전화가 왔다.

"정말 바쁘네, 벅. 무슨 일인가?"

"카르파티아와 단독 면담을 가질 수 있는지 궁금해서요."

"지금 장난하나? 여기서 무슨 일이 있었는지 들었을 텐데 단독 면담이라니?"

"들었다고요? 전 그 자리에 있었어요, 스티브."

"그래, 이 자리에 있었다면 기자회견 전에 무슨 일이 있었는지 알 테지."

"스티브! 제 눈으로 직접 봤다고요!"

"내 말을 못 알아듣는군, 벅. 난 지금 자네가 이 자리에 있었다면 사전 모임에서 스토나갈이 자살했다는 소리를 들었을 거라고 말하는 거야. 자네가 오려고 했던 그 모임에서 말이야."

벅은 무슨 말을 해야 좋을지 몰랐다.

"거기서 절 봤잖아요, 스티브?"

"난 기자회견 때도 자네를 못 봤네."

"기자회견 때에는 없었어요, 스티브. 그렇지만 스토나갈과 토드코트란이 죽던 회견장에는 있었어요."

"이런 말을 할 시간이 없네, 벅. 장난칠 때가 아니야. 자네는 그 자리에 오기로 하고 오지 않았네. 나는 그 때문에 화가 났고 카르파티아도 마음이 상했어. 단독 면담은 절대, 절대 없어."

"전 출입증도 있습니다! 아래층에서 받았다고요!"

"그런데 왜 쓰질 않았나?"

"썼습니다!"

스티브는 전화를 끊었다. 마지는 신호를 울리며 사장의 전화가 대기하고 있다고 전했다.

"무슨 일 때문에 그 자리에 가지 않은 건가?"

이번에는 베일리가 침착하게 물었다.

"전 그 자리에 있었습니다! 들어가는 모습을 보셨잖아요!"

"그래, 봤지. 자네는 그 근처에 있었네. 도대체 뭘 했나? 더 중요한 걸 찾기라도 했나? 무슨 허튼수작을 한 건가, 캐머런!"

"전 거기 있었단 말입니다! 출입증을 보여 드리겠습니다."

"출입증 목록도 점검해 봤네. 자네는 거기에 없더군."

"지금 갖고 있습니다. 보여 드리겠습니다."

"내 말은 자네 이름은 있었지만 확인이 안 됐다는 말일세."

"베일리, 제 출입증은 지금 제가 보고 있습니다. 제 손안에 있다는 말입니다."

"자네가 이용하지 않았다면 그 출입증은 개털만큼도 의미가 없네. 자네 어디에 있었나?"

"제 기사를 읽어 보십시오. 그럼 어디 있었는지 아시겠죠."

"난 방금 그 자리에 있었던 서너 사람들과 이야기를 했네. 유엔 경호원과 카르파티아의 개인 비서, 플랭크는 말할 것도 없고. 아무도 자네를 보지 못했다고 말했네. 자네는 그 자리에 없었어."

"경찰관이 저를 봤습니다! 명함도 교환했단 말입니다!"

"지금 사무실로 가겠네. 내가 도착했을 때 그 자리에 없으면 자네는 해고야!"

"전 여기에 있을 겁니다."

벅은 경찰관의 명함을 꺼내 그 번호로 전화했다. 누군가 전화를 받았다.

"관내 경비대입니다."

벅은 명함을 읽어 내려갔다.

"형사과 경사 빌리 체니 씨 부탁합니다."

"이름이 뭐라고요?"

"체니 아니면 케니라고 발음해야 하나요?"

"찾을 수 없습니다. 이곳 관내가 맞습니까?"

벅은 명함에 적힌 번호를 다시 읽었다.

"번호는 맞습니다만 그런 사람은 없습니다."

"그럼 어떻게 찾을 수 있을까요?"

"지금은 바쁩니다. 중앙 경찰서로 전화해 보십시오."

"중요한 일입니다. 인명부는 없습니까?"

"이봐요, 경찰은 수천 명이라고요."

"한번 찾아봐 주십시오. 씨, 이, 엔, 엔, 아이입니다."

"잠시만 기다리십시오. 여기에 없습니다. 됐습니까?"

"신입은 아닙니까?"

"당신 누이가 아닌지 모르겠군요!"

"어디로 전화를 해야 합니까?"

벅은 경찰 본부의 전화번호를 받았다. 벅이 똑같은 이야기를 하자 이번에는 상냥한 젊은 여성에게로 전화가 연결되었다.

"한 곳만 더 찾아봐 드리죠. 제가 인사과에 전화해 볼게요. 댁이 사복 경찰이 아니라면 그 사람들은 한마디도 안 해 줄 거예요."

벅은 그녀가 인사과로 이름을 불러 주는 소리를 들었다. 그리고 그녀의 그 다음 말까지 들렸다.

"아, 예, 고맙습니다. 그렇게 말하지요."

그녀는 벅의 전화를 다시 받고 이렇게 말했다.

"여보세요? 뉴욕 경찰서에는 체니라는 이름의 직원이 아예 없답니다. 그리고 이전에도 없었답니다. 누군가가 가짜 경찰 명함을 그럴듯하게 만든 거라면 직원들이 꽤 보고 싶을 거랍니다."

벅이 이제 해야 할 일은 스탠턴 베일리를 설득하는 일뿐이었다.

레이포드 스틸, 클로이, 브루스 반즈는 유엔 기자회견의 장면을 지켜보면서 벅을 찾느라 혈안이 되어 있었다. 그러나 클로이는 벅을 찾을 수 없었다.

"그 사람 어디에 있는 거죠? 어디엔가 있을 텐데. 그 모임에 간 사람들은 다 있는데. 저 여자는 누구죠?"

레이포드는 아무 말도 없이 화면 속의 그녀를 가리켰다.

"아빠! 지금 저랑 같은 생각을 하시는 거 아니죠?"

"그녀처럼 보이는구나."

레이포드는 한숨을 쉬며 말했다.

"쉬, 그가 모든 사람을 소개하는 중입니다."

브루스가 말했다.

"제 개인 비서로, 항공 업계를 뒤로하고……."

레이포드는 의자에 털썩 주저앉았다.

"벅은 저 자리에 없었으면 좋겠군."

"그러게 말입니다. 그렇게 되면 벅 역시 수하에 들어갔다는 말이 되는데요."

스토나갈의 자살과 토드코트란의 예기치 않은 사망 소식이 들리자 그들은 아연했다.

"벅이 제 충고를 받아들여 그 자리에 가지 않았을지도 모릅니다. 그러길 바라야죠."

브루스가 간절한 마음으로 말했다.

"그건 그답지 않은 행동이에요."

클로이가 자신 있게 말했다.

"맞아, 그래."

레이포드도 동의했다.

"저도 압니다. 그래도 희망은 가져 볼 수 있죠. 벅이 비겁한 술수에 빠지지 않았으면 좋겠네요. 거기에서 무슨 일이 일어났는지는 아무도 모르는 일인데, 우리 기도는 전달이 되었을까요?"

"충분했을 거라고 생각해요."

클로이가 미동도 하지 않은 채 말했다.

"아닙니다. 벅에게는 하나님의 보호가 필요했어요."

안타까운 목소리로 브루스가 말했다.

한 시간 후 스탠턴 베일리가 사무실로 허겁지겁 뛰어들자 벅은 자신이 도저히 맞서 싸울 수 없는 세력과 직면했음을 깨달았다. 그 모임에 있던 기록은 물론이고 그 회견장에 있던 사람들의 기억 속에서도 벅은 사라져 있었다. 스티브가 꾸며낸 일은 아니었다. 그는 벅이 그곳에 없었다고 진짜로 믿었다. 카르파티아가 사람들에게 뻗친 권세에는 끝이 없었다. 만약 자신의 믿음이 진짜이고 하나님이 자신의 인생에 개입하신다는 사실을 증명해야 했다면 했을 것이다. 회견장에 들어서기 전에 그리스도를 영접하지 않았다면 자신도 카르파티아의 또 다른 꼭두각시가 되었을 것이라고 확신했다.

베일리는 이야기를 들을 마음이 아니었기 때문에 벅은 자신을 변호할 생각도 하지 못하고 늙은이의 이야기를 듣기만 했다.

"자네가 거기 있었다는 얼토당토않은 얘기는 듣고 싶지 않네. 자네는 그

건물에 있었고 자네 출입증도 봤지만, 나도 알고 자네도 알고 그 자리에 있던 사람들도 다 아네. 자네는 그 자리에 없었네. 자네가 생각한 뭔가가 더 중요했는지는 모르겠지만, 자네는 틀렸네. 이 일은 받아들일 수도, 용납할 수도 없는 일이야. 난 자네를 편집국장으로 둘 수 없네."

"기꺼이 수석 기자로 물러나겠습니다."

"그것도 역시 안 되네. 뉴욕을 떠나게. 시카고 지국으로 가게."

"기꺼이 그렇게 하겠습니다."

베일리는 고개를 저었다.

"캐머런, 내 말을 못 알아들은 거 아닌가? 난 자네를 안 믿네! 자네를 해고해야 하는데, 그렇게 되면 자네가 다른 잡지사에서 일하게 될 테니까……."

"다른 사람과 일하기 싫습니다."

"어쨌든 자네가 경쟁사로 튈 작정이라면, 난 그 사람들한테 이번 곡예에 대해 이야기할 걸세. 이제 자네는 시카고 지국의 기자가 되어 루신다의 후임 밑에서 일하게 될 거야. 오늘 전화해서 이미 그 소식을 전했네. 급료도 상당히 삭감되겠지. 승진했던 걸 생각해 보면 더 그렇겠지. 며칠 휴가를 줄 테니 여기 물건 정리하고 아파트는 전세를 주고 시카고에서 살 곳을 찾아보게. 언젠가는 나와도 깨끗하게 정리가 되겠지. 이제까지 듣던 중 최악의 변명이로군. 게다가 이 일에는 최고인 사람이 말이야."

베일리는 문을 쾅 닫고 나갔다.

일리노이에 있는 친구들에게 이야기할 시간조차 없었다. 하지만 사무실이나 아파트에서 전화하기도 싫었다. 휴대 전화가 안전한지도 알 수 없었다. 벅은 짐을 싸고 택시를 불러 공항으로 향하면서 대합실에서 2킬로미터 떨어진 곳에 있는 공중전화에 세워 달라고 기사에게 부탁했다.

스틸 씨 집에서 전화를 받지 않자 벅은 교회로 전화를 걸었다. 브루스가 전화를 받아 클로이와 레이포드도 함께 있다고 전했다.

"스피커폰으로 연결할게요."

"3시에 아메리카 항공을 타고 오헤어 공항으로 갈 예정입니다. 이 이야기만 하죠. 카르파티아는 목사님이 말씀하시던 자이고, 의심의 여지가 없습니다. 그자야말로 모든 조건에 딱 들어맞습니다. 모임에서 여러분의 기도를 느낄 수 있었습니다. 하나님이 절 보호하셨습니다. 지금 시카고로 가는 중인데, 그 뭐죠, 브루스? 그 일원이 되고 싶은데요."

"'환난의 군대' 말입니까?"

"예, 맞습니다!"

"그럼……?"

클로이는 뭔가 묻고 싶은 것 같았다.

"무슨 뜻인지 알 텐데요. 나도 넣어 주세요."

벅은 확신에 찬 말투로 말했다.

"벅, 무슨 일이 있었죠?"

다시 클로이가 물었다.

"만나서 이야기하는 게 좋겠어요. 할 이야기가 정말 많습니다! 여러분만이 제 이야기를 믿어 주실 겁니다."

마침내 비행기가 착륙하자 벅은 서둘러 승강 통로를 빠져나왔다. 그리고 클로이와 브루스, 레이포드 스틸이 맞아 주는 출구로 달려가 모든 사람과 포옹했다. 그 무뚝뚝한 기장과도 말이다. 모퉁이를 돌아 나오며 브루스는 새 형제를 주시고 그를 지켜 주신 것에 감사 기도를 드렸다.

네 명은 서로 어깨동무를 하고 성큼성큼 걸으며 함께 대합실에서 빠져나와 주차장으로 갔다. 이제 한 가지 목적을 위해 하나가 되었다. 레이포드 스틸, 클로이 스틸, 벅 윌리엄스, 브루스 반즈는 이 세상 어느 누구도 직면하지 못할 위험한 사명을 받아들였다.

'환난의 군대'의 목표는 분명했다. 그들의 목표는 지구 역사상 가장 혼란스러울 7년 동안 하나님께 대적하는 무리와 맞서 싸우는 것이었다.

(2권에서 계속됩니다.)

옮긴이 CR번역연구소(CR Translation Institute, CTI)

올바른 번역 풍토 정착을 위해 학자들과 번역학 전공자들이 뜻을 모아 세운 번역 전문연구소로, 외국 작품과 우리 독자와의 건실한 소통을 위해 끊임없이 연구하며 번역하고 있다.

CR번역연구소 소장 원영희는 서강대학교와 미국 애리조나 주립대학교에서 석사, 성균관대학교에서 박사학위를 마쳤다. 월간 영한대역 〈가이드포스트〉 편집장과 영한대역 〈TIMEplus〉 편집위원으로 일했으며, 현재는 한국번역학회 편집이사, 성균관대학교 번역테솔대학원 번역학과 대우전임 조교수로 재직 중이다. 저서 《원영희 교수의 일급번역교실》 외 다수의 논문이 있다.

〈레프트 비하인드〉 시리즈는 소장 원영희의 책임번역하에 CR번역연구소의 이성열(성균관대 번역대학원 졸업), 진실로(세종대학교 영문과 박사 수료), 김예진(성균관대 번역대학원 졸업), 이은정(숙명여대 영문과 박사 과정)이 공동번역하였다.